入选"十四五"国家重点图书出版规划

丹曾·文化

丹曾人文
通识丛书

黄怒波
主　编

元曲讲读

杨　栋——编著

U0115781

北京大学出版社
PEKING UNIVERSITY PRESS

图书在版编目（CIP）数据

元曲讲读 / 杨栋编著；黄怒波主编 . — 北京：北京大学出版社，2024.4
（丹曾人文通识丛书）
ISBN 978-7-301-33597-0

Ⅰ.①元…　Ⅱ.①杨…②黄…　Ⅲ.①元曲–鉴赏②元曲–文学创作
Ⅳ.①I207.24

中国版本图书馆CIP数据核字（2022）第217513号

书　　　名	元曲讲读
	YUANQU JIANG DU
著作责任者	杨　栋　编著　黄怒波　主编
责 任 编 辑	刘清愔
标 准 书 号	ISBN 978-7-301-33597-0
出 版 发 行	北京大学出版社
地　　　址	北京市海淀区成府路205号　100871
网　　　址	http://www.pup.cn　　　新浪微博:@北京大学出版社
微信公众号	通识书苑（微信号:sartspku）科学元典（微信号:kexueyuandian）
电 子 邮 箱	编辑部jyzx@pup.cn　　　总编室zpup@pup.cn
电　　　话	邮购部010-62752015　发行部010-62750672
	编辑部010-62753056
印 刷 者	三河市北燕印装有限公司
经 销 者	新华书店
	650毫米×980毫米　16开本　31印张　376千字
	2024年4月第1版　2024年4月第1次印刷
定　　　价	89.00元

"丹曾人文通识丛书"

总　序

在我国国民经济和社会发展"十四五"规划开始的时候，人文学者面临从知识的阐释者向生产者、促进者和管理者转变的机遇。由"丹曾文化"策划的"丹曾人文通识丛书"，就是一次实践行动。这套丛书涵盖了文、史、哲等多个学科领域，由近百位人文学科领域优秀的学者著述。通过学科交叉及知识融合探索人类文明的起源、人类与自然的和谐共生、人类的生命教育和心理机制，让更多受众了解中国传统文化与文学，形成独具中华文明特色的审美品格。

这些学科并没有超越出传统的知识系统，但从撰写的角度来说，已经具有了独特的创新色彩。首先，学者们普遍展现出对人类文明知识底层架构的认识深度和再建构能力，从传统人文知识的阐释者转向了生产者、促进者和管理者。这是一种与读者和大众的和解倾向。因为，信息社会的到来和教育现代化的需求，让学者和大众之间的关系终于有了教学互长的机遇和可能。在这个意义上，我们不能再教"谁是李白"了，而是共同探讨"为什么是李白"。

所以，这套丛书的作者们，从刻板的学术气息中脱颖而出，以流畅而优美的文本风格从各自的角度揭示了新的人文知识层次，展现了新时代人文学者的精神气质。

这套丛书的人文视阈并没有刻意局限，每一位学者都是从自身的学术积淀生发出独特的个性气息。最显著的特点是他们笔下的传统人文世界展现了新的内容和角度，这就能够促成当下的社会和大众以新的眼光

来认识和理解我们所处的传统社会。

最重要的是，这套丛书的出版是为了适应互联网社会的到来。它的知识内容将进入数字生产。比如说，我们再遇到李白时，不再简单地通过文字的描写而认识他。我们将会采取还原他所处时代的虚拟场景来体验和认识他的"蜀道"，制造一位"数字孪生"的他来展现他的千古绝唱《蜀道难》的审美绝技。在这个意义上，这套丛书会具有以往人文知识从未有过的生成能力和永生的意境。同时，也因此而具备了混合现实审美的魅力。

当我们开始具备人文知识数字化的意识和能力时，培育和增强社会的数字素养就成了新时代的课题。这套丛书的每一个人文学科，都将因此而具有新的知识生产和内容生发的可能性。更重要的是，在我们的国家消除了绝对贫困之后，我们的社会应当义不容辞地着手解决教育机会的公平问题。因此，这套丛书的数字化，就是对促进教育公平的一个解决方案。

有观点认为，当下推动教育变革的六大技术分别是：移动学习、学习分析、混合现实、人工智能、区块链和虚拟助手（数字孪生）。这些技术的最大意义，应该在于推动在线教育的到来。它将改变我们传统的学习范式，带来新的商业模式，从而引发高等教育的根本性变化。

这套丛书就是因此而生成的。它在当前的人文学科领域具有了崭新的"可识别性"和"可数字性"。下一步，我们将推进这套丛书的数字资产的转变，为新时代的人文素质教育和终身教育的需求提供一种新途径、新范式。而我们的学者，也有获得知识价值的奖励和回报的可能。

感谢所有学者的参与和努力。今后，你们应该作为各自学术领域C2C 平台的建设者、管理者而光芒四射。

"丹曾人文通识丛书"主编

黄怒波

2021 年 3 月

编写与使用说明

第一，这是一本评介元曲基础知识与名作艺术成就的专书，也是当代第一本讲习制曲技术的教材，具有一定试验性。元曲自古与唐诗、宋词并称，都是一代文学的光辉典范，同时标志着一种文体创作的峰巅，令后继者可望而不可企及。自近代王国维与任二北两位学术大师前后开创戏曲与散曲的专学之后，元曲之学分篱为二，杂剧与散曲分治，一属诗歌，一属戏剧，各立门户，与历史事实及真相也渐行渐远。本书建基于现代学理，抓住"套数"的中介环节，并以"用流行歌曲唱戏"的"诗剧"之同一性沟通、整合散、剧二学，恢复、提炼元曲原有的学术话语与观念，重构"元曲"的知识系统。此种意向恰与西方古哲亚里士多德以剧为诗的"诗学"理念不谋而合，是以取亚氏之说作为本书编写的一个学理支点。

第二，本书三部分内容各有侧重，但又相辅相成，互为补充，交相为用。制曲习作是本书要达成的主要目标，由曲谱提供的格律模板实现，只要会说普通话，就可依"妈麻马骂"四声字调照模板填写曲词，完成一首合格的曲作。但是要写出好曲子，只掌握格律形式显然远远不够，唯一可指的出路就是体会揣摩经典作品的成功经验，从中获得开示、启悟，非此不可。古人所谓"熟读唐诗三百首，不会作诗也会吟"，所谓"操千曲而后晓声，观千剑而后识器"，说的都是这个道理——靠经典名作示范引领，是古今作家得以成功的不二法门。本书参考元曲家周德清《中原音韵》精选"定格四十首",树样板、做示范的作曲教学模式,筛选出30个曲牌的格律谱,分别安置在相应的经典作品之下,供读者习练,就是考虑了名篇精品易入易记,使之兼作曲谱的例曲。从名篇入手实为历代习曲捷径中的捷径。基础知识与精品鉴赏、曲词写作为三个内容不同的板块,各有特点,并无必然的阶进关系,因此抱有不同学习目的和兴趣的读者仍然可以针对特定内容板块或忽略一些板块进行研习。但是最终会发现,任何一个板块的有效学习,都不能离开另外两个板块的支撑。这是编者在长期教学实践中所获独得之秘。

第三,本书的适用对象首先是中等以上文化水平,其中有志修习曲学,并特别有兴趣习作曲词者。随着近年的传统文化热、国学热、古典诗词热,希望了解元曲知识、赏读元曲经典作品并有习作散曲意愿的读者越来越多,不少省市县都成立了散曲创作组织,并创办了大量散曲微刊。本书的编写首先考虑这些业余读者、作者的口味,尽力写得深入浅出,通俗易懂。本书同样也可作为大学通识课与中文、古代戏曲史、古代音乐史等相关专业选修课、拓展课的教材。编者曾执教中文专业曲学选修课数十年,了解专业大学生在这方面的知识水平与中等文化以上的社会业余爱好者实不存在巨差,他们也需要教材平浅通俗,最好从名篇赏析入门。兴趣才是最好的老师,对谁都公平无私。

第四,元曲曲牌格律谱的整理编制是本书的核心内容之一,目的是为习作者提供格律模板。首先是曲牌的筛选,不求全而求精,主要选取语言格律不同于诗词而具有特别个性者。作为写作模板,力求符号简明直观,一望而知。现在把我们整理编制的8个曲谱格律符号预先约定如下:

一	丨	十	＼	Ｖ	△	▲	、
平	仄	可平可仄		去	上	包韵	韵脚	步节

曲谱定式以格律相对稳定的散曲为标准。目前由于采用穷尽式统计法归纳元曲平仄律，结果容易出现"十十十"的三连"十"，或四连"十"的情况，这是由于每篇具体作品的小变叠加所造成的。凡遇到这类情况，可按诗歌平仄律的基本模式"交错律"常识处理。如"十十十十"，就应具体处理为"一一丨丨"或"丨丨一一"。

第五，曲学基本知识部分吸收了不少最新研究成果，超越了旧常识范围。如南戏现存最早标本《张协状元》为元代编剧，南戏成于元代，包含于元曲范畴，"南戏"之名亦为关汉卿等北人所称，北杂剧先熟于南戏等。这些结论不只经过长期研究论证，而且通过不同意见的竞争论战，已在学术上占据压倒优势。凡进入本书的客观知识都是经过严格的论证加以检验筛选的。需要说明的是，本书限于目的与体例，不宜进行繁复的引证论辩，很多关键论证只能举例示据。读者或用书教师如果需要了解这些新观念的学术研讨过程，可以去阅读"参考书目"中的相关参考书。

第六，对于名家名篇的选择与赏析，离不开主观性引领的价值评判。但为了防止跌入个人口味之争，杂入混乱无序的仁智之见，本书约定"真、新、精、深、趣"五字诀的审美标准。确立标准就有了不同价值通约兑换的客观基础，就可依之斟酌评断高下精粗。至于读者在具体理解与落实五字诀时会产生差异，也属正常；甚至读者不同意此五字诀，而另立一套其他几字诀，也不出编者意料。只要同意并坚持审美评判应当建基事实之上，有人为约定的客观标准，而非"公说公有理，婆说婆有理"的纯个人化主观演绎，就有"准头儿"，具备了商讨切磋的前提。这里特别提示读者，此五字诀也是创作好曲子之要领，有"真新"二字者即为好曲，加上"精"字者为精品，再加一"深"字者则为名作，再加一"趣"字可称绝唱。揣摩此五字诀作曲，则可循阶而上，渐入佳境。

第七，本书提供的知识内容只是供给初学入门的，如果读者希望拓宽加深，可以利用书后的"参考书目"。其中所列多是引导读者进一步深学之专书。例如，如果读者希望在本书给定的 30 个常用曲牌之外，习练更多的牌子，或者由写小令进而练习写套数，那就请参读郑骞的《北曲新谱》。

第八，本书选录作品文本多用流行易得版本为底本，如散曲采用《全元散曲》，杂剧采用《元曲选》等。出于易读易解的普及目的，对不同版本的文本存在差异之处，有不少做了校改。如元好问散曲《骤雨打新荷》，就采用了《元好问全集》中的易读版本。

第九，本书选入若干幅元曲文物插图，都是金元器物。有的已广为人知，如元青花大罐《鬼谷子下山图》，于 2005 年在英国伦敦佳士得拍卖会上以折合人民币 2.3 亿元之巨额成交，震动世界文化界。其余大多为近年出土的河北磁州窑古器，这些文物一向少为人知，甚至还有的是首次披露。这些插图仅供读者参考赏玩，不属于必要的学习内容。

目录

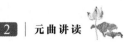

三、黄金时代——繁盛阶段

四、元曲四大家

五、白银时代——变异阶段

六、镔铁时代——余波阶段

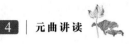

七、后元曲时代

（一）元曲名实与体式

1. 什么是元曲

中国一般文化人大多听说过"唐诗、宋词、元曲"的口头禅，知道这是古典韵文诗歌的三个标志性品类，分别代表各自时代的最高文学成就。这个口头禅其实还有一层意思，它指示着三座不可企及的顶峰，后来作者只能仰望而休想超越。今日张口能背几首、几十首唐诗、宋词的人随时随处可见。近年央视热播"中国诗词大会"擂台赛节目，挑战选手中能记诵成千上万首者大有人在，甚至有位快递小哥获得了 2018 年度冠军。可见唐诗、宋词是多么脍炙人口，深入人心。但是一说到"元曲"，则普遍感觉陌生、茫然。就算文学院的毕业生为应试而把教科书中包括"散曲"与"杂剧"的元曲定义背得滚瓜烂熟，也还是不一定能搞清楚这两个子类究竟是什么，有何内在联系。

其实元曲就是元朝的通俗歌曲或流行歌曲，也叫作"散曲"；用这种通俗歌曲唱戏，当时叫"杂剧"，后来二者统称元曲。例如，相传为马致远作的小令【越调·天净沙】《秋思》"枯藤老树昏鸦，小桥流水人家，古道西风瘦马。夕阳西下，断肠人在天涯"，就是一首流行歌曲——散曲。中学语文课本选学的元代大戏曲家关汉卿的《窦娥冤》就是杂剧，用【端正好】【滚绣球】【叨叨令】等散曲接龙联唱，所以历代管这种表演人物故事的戏剧也叫"元曲"。元曲既可总称散曲与杂剧，亦可分别专称其中任何一种。

2. 为"元曲"正名

元曲这个古老的传统文化概念之所以被人们忽略甚至遗忘，首先是因为它子类繁杂、关系混乱，甚至连专家都难能理清。仅以它包容唱歌与唱戏两个品种来说，就与近代传自西方的文学观念相冲突。现代文学理论的文体分类学采用诗歌、散文、戏剧、小说的"四分法"，拿来套入元曲，就必须拆分为诗歌与戏剧，这是不容混同的两种性质的文体。于是，现代的文学史、戏剧史教材都不得不放弃那些所谓"不科学"的概念。从此给"元曲"原本和睦的"大家庭"人为地制造离散分裂的困局。

现在恢复元曲的概念，为其正名，不仅仅是发自一种复兴优秀传统文化的热情，而且更是出于对通识学理的研讨与反思。认戏剧为诗歌，西方先哲亚里士多德早就开辟了这个传统。他的《诗学》被公认为是西方文学理论的开山之作，其讨论对象主要是古希腊悲剧。因为剧词用韵文写就，故称之为"诗"。元人的杂剧用散曲"唱戏"，更是典范的诗剧，古代学者以"元曲"二字统称散、剧两大门类，与亚氏不谋而合，可谓人同此心，心同此理。现在是把文学史、戏曲史丢弃的"元曲"概念捡回，重新恢复它光荣的文学艺术与文化地位的时候了。

3. 南戏与南曲是元曲吗

这是个十分尖锐的学术前沿问题，几乎没有人能够直接回答。元末高明的名作《琵琶记》，与同时的"《荆（钗记）》《刘（知远白兔记）》《拜（月亭）》《杀（狗记）》"所谓"四大传奇"，合称"五大南戏"，都与元人北曲交集于同一时空。"南戏"或"南曲"本来就是关汉卿等北方曲家叫出来的。如果说元人南曲不算"元曲"，恐怕没人能讲出理由。事实上，明清学者都曾经明确把南戏归入"元曲"，以下仅举三个名例。其一，明朝臧晋叔编《元曲选》，收录一百部元人杂剧，有自序说："世称宋词元曲……惟曲自元始有，南北各十七宫调，而《北西厢》诸杂剧亡虑数百种，南则《幽闺》《琵琶》二记已耳。"他对"元曲"术语的灵活用法做了示范，既可统称南北曲，也可单指杂剧、散曲或者南戏的任何一个子类。其二，清朝学者李渔在《闲情偶记》卷一中说："若以针线论，元曲之最疏者，莫过于《琵琶》。"明清曲论家都是"元曲包含南戏论者"。其三，近代学术大师王国维作《宋元戏曲史》，先行界定了"元曲分三种，杂剧之外，尚有小令、套数"，明确排除南曲南戏。但是，他在同书论及"元南戏之文章"时，则不得不承认南北"殆无区别"，"而元曲之能事固未有间也"，最后不知不觉地又把南戏重拾回"元曲"。表面看他是偶然粗疏而造成行文前后矛盾，深入追究恐怕背后掩盖着某种难以逃脱的引力。这就是元人南曲与元曲的不可割裂的内在逻辑联系。

本书主张元曲覆盖南曲南戏，当然不会盲从古人，而更要依据学理与事实，经过严谨的科学考辨，并通过与"南戏先熟论"派的反复论战，方才能认定。南戏发源于"温州杂剧"，却成熟并得名于元代，而与元人北曲有着千丝万缕，难以割断的联系。这些问题放到后面南戏介绍中再说，现在只说一个反证。元代中期，杭州有不少曲家兼作南北曲，其中沈和还发明了一种"南北合腔"的组套体式，被元人钟嗣成载入《录鬼簿》之中。很难想象把沈和与其他兼作南曲的作家踢出《录鬼簿》框定的元曲家队伍，更无从设想如何能够把"南北合腔"的一半南曲从"全元散曲""全元曲"中剔除出去。

4. 元曲还有哪些子类

除却上面已划出的散曲、杂剧与南戏三大主项，当时用流行歌曲演唱的还有其他一些曲艺品种，如诸宫调、唱赚及上文提及的南北合套等，也应当属于元曲大家庭中的小兄弟，虽然量级不大，但名头不小，身份显要。这里只选择本书所收名篇名作中涉及的元曲子类，进行简要介绍。

（1）诸宫调

诸宫调是一种曲艺，用流行歌曲说唱故事，类似今日北方的大鼓书与南方的评弹，北宋神宗时由一个艺名叫作"孔三传"的市井艺人发明。不过那时候极可能采用宋代的"流行歌曲"宋词来说唱。据记述当时"士大夫皆能诵之"，表明故事不长。但说一段唱一段的体式很新鲜，因为用不同宫调的不同词牌接龙联唱，所以叫"诸宫调"。这种曲艺形式非常新颖，随风生长，传到南宋就用南方小曲联唱。今存南戏《张协状元》就是根据这种"南诸宫调"改编而成，书中第一出还残留着一段"诸宫调唱出来因"的残片。

进入金元之后，流传在北地的诸宫调则可随时大量采用新兴北曲。今日可见的"北诸宫调"有三种，正好代表三个时段。第一种为无名氏所作《刘知远》，即二十世纪初考古发掘出土的本子，残存三分之一，据考证是金朝早期之物，其中旧词牌多而新兴北曲的牌子所占比例较小。第二种最著名，为董解元的《西厢记诸宫调》，创作于金朝中后期，一直传唱到明朝，其中新兴北曲已占据压倒性优势。元明两代论曲家公认董解元是元曲创始的"第一人"，《董西厢》为"北曲之祖"，大体符合历史真实。第三种为《天宝遗事诸宫调》，为元代中期王伯成所作，已经散佚。但是，有六十多套曲文保存在明代曲选中，所以能知道王伯成是全用元曲作诸宫调。把诸宫调纳入元曲范畴，是合情合理的。借此顺便说明，理解元曲不能机械僵死地拘泥于元朝，新兴北曲既然在此前的金朝就已经发达流行，就应当实事求是地从彼时彼地予以承认。这就是本教材首先选入《董西厢》名段以及元好问、商道等金末名家名篇的理据。

（2）南北合腔

上节提及沈和的"南北合腔"，其创制之作【仙吕·赏花时】《潇湘八景》今传，已选入本教材中。这种新歌艺是把南北曲混合编织成套，一支北曲与一支南曲相间，均匀排列，所以后人称之为"南北合套"。这个称名容易产生误导，即预设了南套先在。其实南曲本无宫调，更无所谓套数。沈和所创，其实质是在北套中插入相等支数的南曲，按当时元曲家钟嗣成《录鬼簿》的记载，应当称之为"南北合腔"，比较切合实际。

这种南北合腔在文学上实是一篇或一首，它对元曲包括南戏论是一个十分有力的辩护理据。谁要是反对，谁就试试看把相间插入其中的一半南曲剔除出去。

（3）南曲散套

与北曲的散曲产生先于杂剧相反，南曲散套产生于南剧套之后。

南曲散套宋元文献无载，隋树森《全元散曲》所收关汉卿、高文秀等七人及无名氏之作共 14 套，都出自明人所编曲集，假托之迹甚明。一般认为，其中元末杨维桢的一套【双调夜行船】《吴宫吊古》与《琵琶记》作者高明的一套【双调二郎神】《秋怀》较为可靠。这是公认现存最早的南曲散套样本，仅从其标调与首曲之名看，就可认出是仿制北套。杨维桢套用牌为"【双调夜行船】—【斗蛤蟆】—【锦衣香】—【浆水令】—【尾声】"，其中前两牌及【尾声】出自北曲，后两牌为南曲，仍是于北套中插入南曲，与前述南北合套模式相比，只是间隔插入得并不匀称而已，其模仿元人北套的痕迹甚明。

（二）散曲的名义与子类

1. 散曲的地位

散曲在元曲诸子类中居于核心位置。杂剧、诸宫调等或者用散曲讲唱，或者用散曲讲唱故事，表明只有散曲才是元曲的本体、根本，具有本原与基础的性质。而其他子类则属于散曲的应用、枝叶，都是派生性的。民国著名词曲研究家卢前曾评估散曲身价，肯定散曲为曲的"正宗""正体""根源"。这在当时是一个新发现与新认识。无论是对元曲的研究还是创作，只有从散曲入门才是正确进路。散曲定名就与这次价值重估直接相关。

2. 散曲的定名与学术独立

元朝人创作、演唱与评论散曲的风气十分盛行，却并不叫"散曲"，而自称为"曲"和"乐府"。几部元人编刻的元人散曲选集一律题有"乐府"二字。当时已有"世之共称唐诗、宋词、大元乐府，诚哉"的赞誉。"散曲"之名由明初曲家朱有燉发明，他把自己写的小令称名"散曲"，与"套数"合编为一集，叫《诚斋乐府》。"散曲"显然用以相对散套而称，明代虽然偶有使用，但并不通行。这里顺便提示一下，明清以来散曲流行"词余"之名，意思是"词为诗之余，曲为词之余"，包含着"词由诗变来，曲由词变成"的一种简单认识，所以为文化人津津乐道。

直到清末民初，学术大师王国维在《宋元戏曲史》中还是把元曲"分三种，杂剧之外，尚有小令、套数"；白话文运动的发起人胡适作有一篇散曲专论，题目为"元人的曲子"。曲学大师吴梅第一个把戏曲搬上大学课堂，开始采用"散曲"的术语，使之包括小令与套数，却收入他的《中国戏曲概论》中，散曲沦为了戏曲的附庸。

二十世纪三十年代初，吴梅弟子任二北（名讷，字中敏，二北为其号）编成《散曲丛刊》，专收历代散曲专集与专论，把散曲从戏曲的附庸中独立出来。特别是其中《散曲概论》二卷，是他独家发明的系统专论，是现代散曲学的开山之作。从此"散曲"成为一个文学史的通行术语而广为人知。

3. 散曲的定义与分类

任二北的《散曲概论》开宗明义，对散曲作了一个清楚确切的界说：

散曲二字，自来对剧曲而言……纯属于散曲之下者，有小令与套数两种。"套数"二字，对剧曲中不散之套而言；"小令"二字，对套曲体制较大者而言。"散曲"为总名，"散套""小令"为分别之名。

这个定位与分类非常清楚明白，基本合乎事实，因此是科学和正确的，至今通行于各类散曲史与文学史的教科书中。下面分别评介。

4. 小令

意指一首短小的歌词，名出唐宋词的"小令"。一个曲牌填写一段歌词，与唐五代小词的样式相同。宋词的小令则多发展为填写两段歌词，分上下两片，甚至有扩张至三片四片，即三叠四叠者。元散曲的小令在具体创作中分别为若干种类。

（1）单章小令

单章小令，即一个牌调填写一段歌词，元人称之为一"章"或一"段"，这是元曲的最小独立单位，计数则为一支，或一只，其他体式都由单章小令叠加串联构成。

元曲中仅有极个别小令曲牌，如【黑漆弩】【小梁州】等也用两片制，往往是一些流入曲中的旧词牌所保留的。不过元人不称下片为"下片"，而称为【幺】，有时讹写作【么】，本是"後"字的省写，意为"后篇"。关汉卿《望江亭》杂剧中有"小娘子休唱前篇，则唱幺篇"的道白可证。顺便提示，【幺】少见于小令却常用于套曲中，参看后面解说套数的"过曲"。

（2）联章小令

联章小令特指用一支曲牌连续填写多篇曲词，形成在题目、题材内容方面相类或相关的一组同调曲，又叫"重头"，其实就是组歌。元人最喜欢写这种联章体，如"八景""四季""吹弹歌舞""风花雪月"之类的总题目特别多。联章体在诗词中就已普遍存在，并非元人散曲独有。

（3）带过曲

带过曲是元人北曲的独创，一般串联两三个曲牌为一篇，如【雁儿落带得胜令】。因曲牌间用"带""过"或"兼"表示联结，所以叫"带过曲"。近年出土文物发现，元人作带过曲也有不标"带""过"字样的。能够辨认出来，是因为元人作带过曲有套路，所用曲牌名目、数量与组合模式都有严格限制，不能随意拉配。

根据统计，元人带过曲总共只有 27 格，绝大部分使用频率极低，前列【雁儿落带得胜令】一格使用频率最高，共存 69 首作品。其次是【骂玉郎过感皇恩采茶歌】，共存 48 首，【普天乐过红衫儿】存 11 首，其余的都不超过 10 首。【快活三过朝天子】存 9 首、【十二月过尧民歌】存 8 首。取此前五名，算是带过曲常用格，推荐给初学者练习择用。

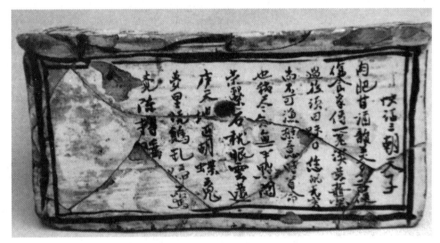

带过曲【快活三过朝天子】（〔元〕曾瑞作）

带过曲与联章小令有同也有不同，联章小令以同一牌调写作曲词若干篇，编排为一组内容相关之曲。带过曲是组合两三个牌调填写一篇曲词，元人的曲选文献也列入小令类，而且所用曲牌也要按小令来计数。如周德清《中原音韵》选"定格四十首"，实有 36 首，所差 4 首，就是因为其中的带过曲是依实际用牌计数的。

带过曲很神秘，至今说不清楚它的起源。任二北先生说是发生于曲词的写作过程之中，最初填完一个曲牌，意犹未尽，就再接续一两个牌调写完。有人认同这个说法，认为带过曲是小令向套数发展的过渡环节，属于进化过程的遗存。有人反对这个猜测，认为不符合实际。他们发现带过曲格多见于套数，于是提出另一种新意见，认为带过曲不过是从套曲中摘出来单另写作的固定曲组。这种说法破绽更多。全面研究相关材料，带过曲的发生应当出自歌场联唱"串烧"的实验，有一些曲调串联因为特别和谐动听，固定下来，然后才被文人作家们拿去写作，最后作为固定件插入套曲中。说明这个真相，是要告诉大家写作带过曲不能随便拉郎配，也不可为了炫技而专挑那些生僻格式，还是以选用上述前五名常用格为上，因为那是歌场实验筛选的结果。

（4）集曲

集曲是利用旧曲牌生产新曲牌的一种方法，其原理是从两个以上的牌调中分别摘取一些乐句，重新联缀编排，组合成为一支新曲牌。由于曲牌体"以乐定词"的特点，所以从曲词一边看，集曲就是摘集不同牌调的片段句格重建的一种新词格。如高明《琵琶记》23 出共用 6 支曲，除第一曲【喜迁莺】外，其他 5 支全是集曲。试以其中【锦缠雁】为例，就是从原牌【锦缠道】摘 8 句，然后再从【雁过声】摘 2 句，凑合成一个新牌子，这个新曲牌命名也从两个原牌名中摘字凑合而成，让人一看就知道这个新牌是从哪些旧牌集成的。有少量的集曲仅从牌名看不出究竟为哪些牌子所集，一种是以"犯调"称名的，如《琵琶记》23 出的【二犯渔家傲】，仅仅可以断定由两个曲调摘句集入【渔家傲】中，至于那是两个什么牌子、各摘了多少句，就非查《曲谱》专书不可知了。还有一种曲牌名，如【三十腔】【四时八种花】等，一看就猜到前一个由 30 个曲牌各取一句拼合，后一个包含 8 个以花名为名目的曲牌，如【水红花】【小桃红】之类——摘集其零句而成。要想弄清具体牌子名目及各摘取句数句格，就也要靠查检曲谱专书。

集曲体普遍存在于南曲之中，元人北曲极其罕见，仅有【菩萨梁州】与【转调货郎儿】两调。前一调首5句采自【鹌鹑儿】，中间2句采自【菩萨蛮】，末3句采自【梁州第七】，故名【菩萨梁州】。后一调采【货郎儿】之首尾数句，中间塞入【醉太平】全首，或者摘集部分，也可以再采他调零曲掺入。这叫转调，意思是从一个牌调转换为另一牌调，其实质就是集曲。北曲有一套【九转货郎儿】，非常独特，联唱9支【转调货郎儿】，元代仅见《货郎担》一剧，后世仿作者不少。就其曲牌摆布看，应是小令联章体，但由于元曲《货郎担》杂剧是插入到正宫套中，后来仿作也不独用，所以有人叫"夹套"或"集曲套"，并不准确。

集曲体与带过曲都是集合多曲为一曲，但并不相同，很多曲学专家都搞不明白，混为一谈。除了二者各自分隶南北曲之外，最大的区别是带过曲为整曲连接，集曲是摘句拼合。自明代以来就有二者牌名混淆的现象，有集曲者标"带过"，也有带过曲标"集曲"。要想弄清楚，就要实事求是地具体分析，考察其原曲体结构是否被打碎重组。

（5）摘调

摘调是元曲独有的一种现象，指从散套或剧套中摘录文笔特别优美的支曲，当作小令名篇欣赏。严格说它不属于创作的概念，而是赏析选编的方法。这个方法特别适合元曲的阅读品赏，因为元曲套数多是用曲在十多支以上的长篇大套，很少能够做到每一支都写得精彩漂亮。所以元代论曲大家周德清特别赞叹马致远的散套【双调夜行船】《秋思》，说那是"万中无一"。就是在唐诗宋词中，我们熟悉的那些精品名篇其实也是凤毛麟角，只是因为与一般作品自然分离，所以选优欣赏并不需要进行切割手术。由于元曲套数的特殊性，不少套曲整体达不到名篇标准，但不排除其中个别支曲写得文采斐然，这就需要用摘调的特别手段把它剥离出来，转换成小令品赏。这其实也是元曲自我诗化、经典化的一条独特途径。

摘调法由元人发明。周德清《中原音韵》中的"定格"40首小令，有一些就是摘调而来。如【雁儿落带得胜令】一曲就注有"指甲摘"三字，说明这篇带过曲的文词选自佚名氏的咏美人指甲的散套。其他【雁儿】【金盏儿】【迎仙客】三首，虽未注为摘调，但可以查出分别摘自马致远与郑光祖的杂剧《黄粱梦》《岳阳楼》《王粲登楼》的剧套。明代编选曲集蔚然成风，散曲、杂剧往往混编，其中多有摘调之体，只是没有注明摘自何剧何套，加之大量剧本失传，已大都无从查检出处。

本书所选散套与剧套在具体处理中也运用了摘调法，目的也是在有限篇幅内保证入选作品的精品性与样板性。只要能够对读者的阅读与习作起到抛砖引玉的示范启迪作用，即使冒有割裂原文、断章取义的风险，也是值得的。

5. 套数

（1）套数的性质与地位

套数为元人之称，又叫"散套"。套数实为联结散曲与杂剧的枢纽，散套加上科白就是剧套。元杂剧其实就是以套数唱戏，后人称为剧套。套数是一种可长可短、自由伸缩的曲体，短则仅首、尾二曲，如【仙吕·赏花时】一曲带尾之类的短套，《全元散曲》至少收有三十多首；长则可在首尾之间插入若干乃至几十个牌调。如刘时中的名套【正宫·端正好】《上高监司（后篇）》共用34调，是元曲套数之最。

　　近代以来，曲论家总结套数的特征，总是强调它【尾声】之前最少用二支曲以上，或再规定通篇"使用一个宫调，押一韵到底"，普遍忽略或轻视元代曲乐学家燕南芝庵所下"有尾声名套数"的定义，甚至有人公然表示反对。这里体现了古人跟今人根本不同的理解，今人看重的是【尾声】之前"至少二支曲"以上的多曲接龙，而元人却特别看重这个不起眼的附带【尾声】，认为这不只是套曲，也是曲之为曲的唯一特征标志。这是为什么呢？金元人有"诗头曲尾"的口头禅，说明他们认识到元曲最终跟诗词区别开来的个性化特征，就在于这个【尾声】。无此【尾声】，无论有多少支曲接龙都是小令，而小令与宋词就没有根本的体制区别了。元人杜仁杰发明的【雁儿落过得胜令】带过曲在元人曲选中明确属于小令范畴，按小令计数。关汉卿作有一套【双调·新水令】的散曲，【尾声】之前连用 20 支曲，作者自注"二十换头"。换头是宋词过片字格变异的术语，表明关汉卿等元曲家认为多曲接龙再热闹也未跳出小令的组合范围，而小令与宋词并没有绝对界限。词曲不分，称小令为"词""小词"，在元代曲论家的论述中普遍存在。有了这个【尾声】后，改换视角从这个不起眼【尾声】去看，情况就完全不同了。【尾声】一旦粘上小令，这个小令马上就变成"首曲"，实际上创出一种前所未有的具有巨大吸附力的开放结构，为单支小令与"联章""带过"各种组合模块的编排接龙带来了无限可能性。这就是套数的与众不同及其巨大威力，也是燕南芝庵"有尾声名套数"定义的奥秘。清末大学术家刘熙载与王国维都主张"元曲分三种，杂剧之外，尚有小令、套数"。把套数独立为一类，除了强调其联结小令与剧套的枢纽地位，更是要突出其文体自身的独特性，这是非常有见地的。

　　（2）套数的源流与名目

　　"套数"之名，为金末元初人所创。最早见于燕南芝庵《唱论》。

今天看有些陌生，不易理解，其实在当时，套数是个普通用词，最早见于南宋早期罗烨《醉翁谈录》："此是神仙之套数"。参考当时"家数""礼数"之类词的构词规则，可以确定所谓套数，就是"很多套"之义。元人还有一个"散套"的说法，见于姚桐寿《乐郊私语》，应当是套数的别称。

套数直接来源于北宋末年的市井民间曲艺。据南宋耐得翁《都城纪胜》记述，在北宋末年汴京的市井俗曲中，有缠令与缠达两种新唱，"有引子、尾声为缠令，引子后只以两腔递且，循环间用者为缠达"。缠令就是一令缠尾，显然就是元曲套数中仅有首、尾二曲的最短之套。缠达在元套中也不少见，【正宫·端正好】套中在【端正好】首曲与【尾声】之间，往往插入【滚绣球】与【倘秀才】交替循环。北宋"二缠"发源之后分为三流：一流南渡，被一个叫张五牛的杭州艺人发展成为"唱赚"；另外传存于北方一派，入金之后分为两流，一流入诸宫调，另一流在金院本中发展出《唱尾声》一类节目。【尾声】不可独立成唱，必定是唱二缠。不过此时的二缠已在首、尾之间不断增插支曲，是升级版二缠。这从平行支流诸宫调能够推断出来。正是通过《唱尾声》的主渠道，直接流为元曲套数。诸宫调则是北宋二缠流为元套的支脉。

套数是此前缠令、缠达与升级版二缠的集大成，而且发展出超级二缠。刘时中的【正宫·端正好】《上高监司》可作为一个极限例证。从金院本的《唱尾声》追溯套数流向，套数最先流入北杂剧中唱戏，所以也用套数泛指剧套。后套数又流入南曲，演为南套。南曲本无宫调，更无【尾声】，所以原本无套。南戏第一套经鉴定应是《宦门子弟错立身》第十二出的一套【越调斗鹌鹑】，加【尾声】共 11 牌，其中仅有【四国朝】【驻云飞】两牌为南曲。其实这套南戏就是在北套中插入两支南曲。元代中期沈和的南北合套与元末南散套皆为模仿北套，实则在北套中插入南曲而成。故可认定南套仿自北套，为北套之流。

（3）套数的结构

首曲 套数第一支曲叫首曲，具有提纲挈领的功能。北曲有三百多个曲牌，并不是都可以用作首曲，每个宫调中只有个别曲调可作首曲，如【南吕宫】包括23牌，首曲仅限于【一枝花】；【越调】33牌，首曲只有【斗鹌鹑】与【南乡子】二调。在十二个北曲宫调中，【双调】下牌调最多，有114个，首曲有【新水令】【夜行船】【五供养】【风入松】【行香子】【蝶恋花】【朝元乐】7个。这个统计是穷举式的，把那些使用频率不高的也包括了。事实上，每个宫调中只有一个曲牌是最常用的，如【黄钟·醉花阴】【正宫·端正好】【仙吕·点绛唇】【中吕·粉蝶儿】【越调·斗鹌鹑】【双调·新水令】【双调·夜行船】等最为通用，大约占到百分之九十以上。只要记住首曲，就抓住了元曲套数的要领。

首曲决定套式，规定所接续的曲牌名目。如【双调】首曲用【新水令】，常接【驻马听】，以下可以选择采用的必是【川拨棹】【七弟兄】【梅花酒】【收江南】等一组曲牌，形成套式模板。如果首曲用【夜行船】则常续接【风入松】【乔木查】【庆宣和】【拨不断】等，就构成了另外一种模板。郑骞有《北曲套式汇录详解》，可以参看。

正因为首曲曲牌决定套式模板、贯穿全套，所以可与宫调并列充作题目。古今曲选收录套数，开篇曲文不标曲牌，常使初学者困惑不解，这就是因为首牌被提升为题目，紧接录出的第一支曲文就无标牌了，其实是一牌两用。

尾声 按照周德清《中原音韵》的观点，【尾声】跟一般曲牌一样计入"335"章，但其性质并不相同。一般曲牌都有可以辨识的音乐个性，尾声则最初只有三个七字句，或增为四句，在音乐上具有附加性

越调闹鹌鹑皆素风朝真

半空龟枕生寒遊僊梦中

瑞气蟠和祥云堆笺進赴天

關臨月宮歌舞吹撺前後簇

攤紫花兒畫錦堂莛開玳瑁

琦鐘深泛流霞博山銅細裊

香風幘開孔雀褥隱芙蓉擡

栢青松瘦竹寒梅浸古銅清

香浮動品竹調絃走犇飛觥

小桃紅

【越调·斗鹌鹑】套数（【元】童童学士作）

的程式化特点，只有音高的区别，所以各个宫调的【尾声】不同。诸宫调与南套的尾声基本上保持着原始的"三句儿"形态，北曲套尾则进化发展出各种繁复的形式。燕南芝庵《唱论》曾总结"有赚煞、随煞、隔煞、羯煞、本调煞、拐子煞、三煞、七煞"等名目，这还没包括"十三煞"。暂不管这些叫人眼花缭乱的名自，先把元人散套具体作品的结尾进行归纳，可分为简尾与繁尾两大类。

简尾指在正曲完了之后，只用一支【尾声】结尾的。最简单的就是原始的"三句儿尾"，跟诸宫调与南曲的尾没什么不同。然后是在此基础上增句，比如"摊破"——将七字句破为两个四字句，等等，总之还只是句法的繁衍。这大约就是燕南芝庵说的"随煞"——跟随最后一调煞尾。北套还发展出一种"本调煞"，指用一些具有结尾功能的牌子代尾，如【浪里来煞】。带过曲因为末曲必定具有结束的功能，所以亦常见用作代尾。在此基础上又进化出一种结构复杂的【尾声】，就是在代尾曲牌之后再附之尾，如双调套数既可用【离亭宴煞】，也可用【离亭宴带歇指煞】。这仍属于只用一尾的简尾范畴。

繁尾指在【尾声】之前，加入若干支【煞】作为过渡，最多可用十三支（俗称"【耍孩儿】十三煞"），成为一个"尾大于体"的奇特煞尾结构。此十三煞与燕南芝庵所谓"三煞"（又叫"三错（绪）煞"）、"七煞"（也叫"朝元七煞"），都属于这类繁尾，而且多用倒计数编排。如刘时中的《上高监司》（后套）、杜仁杰的《庄家不识构阑》、马致远的《借马》、睢景臣的《高祖还乡》等名作均是这类繁尾。【耍孩儿】原属般涉调，但常被借入【正宫·端正好】和【中吕·粉蝶儿】两个套式中，【南吕】套也偶有借用。一般都是连十三煞一起借入。如刘时中《上高监司》后套中的【耍孩儿】十三煞就是借调。由于【般涉】【中吕】与【正宫】等三个套式都是使用频率很高的常用套式，再加上用十三煞的多有名套杰作，所以读元曲让人觉得到处都是倒计数的煞，其实主要就是一个"【耍孩儿】十三煞"，只要抓住它，多支煞倒计数的问题就抓住了主线。元曲家用倒计数一定是有目的或原因的，应当是出于演唱规范化与专业化的需要。试述理由如下。

元人套数的倒计数指向"将来时"，是一种十分罕见的反常思维方式。如无特殊必要，绝不能造出如此怪诞的排序方式。我们知道现代科学家发射火箭采用倒计时，据说源自 1927 年德国一部科幻故事影片《月球少女》，其中有一个发射火箭的镜头，导演设计采用十秒倒计时，那只是为了增加时间迫近的紧张感。后来的火箭科学家当真一律效法之，肯定不是为了制造发射现场的紧张空气，相反是为了克服紧张，避免出错。火箭点火需要很多人协作同时摁下按钮，不容许一个人提前或拖后，不得已或最好的选择是倒计数。正计数是人的惯熟思维，具有延续性的特点，连读 10 或 20 后准确地终止于某一点，本来就不容易控制。特别在多人协作高度紧张的环境中，要保证整齐划一而绝对不能出错，因此科学家采取逆向思维的倒计数，规定数完"1"时协同行动，因再无数可数，则不易滑过。人同此心，心同此理，以今类古，元套煞尾倒计数，亦应出自同样的原因。除此之外，找不出其他合理的解释。

分析十三煞的格律，会发现除去衬字，每煞基本格式完全相同，都是八句，各句字数为 33777344，已为现代曲律家运用穷举式统计法所证明。这表明其音乐旋律也是相同的反复，即只换词而不换乐。这一规律还可以由元代无名氏的【般涉调·耍孩儿】《咏西湖》套中的九煞标作【九么】得到证实。"么"即"幺"，是"後"字的省写。幺篇就是后篇，"九幺"指九支煞曲都是【耍孩儿】简化体的后篇。同一首曲调的多次重复，容易造成记忆疲劳，发生混乱。要保证歌手与伴奏乐队在合作表演时整齐划一，同步平行地完成这种多煞重复而进入尾声的演唱，除了倒计数，似无其他更有效的操控办法。由此可见元曲音乐指挥与组织管理之严密，也反映出元曲演唱专业化与规范化程度之高。

由于十三煞倒计数的设计在于追求演唱实践的"最便""最好"，所以并不是非用不可。实际上元曲套数文本有不少标为正计数。试比较杨朝英的《阳春白雪》与此后无名氏的《乐府新声》，后者选录的正计数增多。现存最早的倒计数例证是金末元初杜仁杰的【般涉调·耍孩儿】《庄家不识构阑》，可见正计数是后起的。这有两个原因：一是后来的文人作家已不清楚倒计数的演唱需要，以为无此必要，而改为正计数；二是编集者或刻印者可能因为感到倒计数古怪别扭而臆改。如《元刊杂剧三十种》所收《薛仁贵衣锦还乡》中的【粉蝶儿】套，【耍孩儿】后依次为【五煞】【二煞】【三煞】【四煞】【收尾煞】，显然是编刻者改"正"原作倒计数时发生混乱而留下的痕迹。元曲套数多煞正计数后起，说明倒计数并不是非用不可，也从另一方面证明我们所推论的倒计数便于控制、保证划一，是合理的，并非牵附臆想。

最后需要说明，【耍孩儿】所带十三煞，实为【耍孩儿】的简化体，在音乐旋律上大致类同于【耍孩儿】，但并非其【幺篇】。【耍孩儿】自有其【幺篇】，格律全同，常用于【耍孩儿】与十三煞之间。从词式上看，【耍孩儿】九句，各句字数为777677344。十三煞则为八句体，比【耍孩儿】少一句，前三句词式大简，仅后五句格律相同。正确的解释应是：十三煞作为北套繁尾的过渡部分，实为【耍孩儿】的简化体，专用作尾，而不能独用。

过曲 首尾之间可以插入若干支过渡曲接龙，造成一种可长可短、自由伸缩的灵活体式。明代南曲格律家将首尾之间的过渡曲叫作"过曲"，词明义胜，可以借用。套数过曲数目可增可减，但前后顺序不能颠倒，这有规则可循，说明其中有着音乐逻辑性。在今天元曲音乐失落的前提下，只能按照曲书来编排次序，而不能任意安放。

这里特别说明过曲的两个结构术语。南北套中过曲普遍大量采用同调反复，北曲写作【幺篇】，是后篇的意思。有不少的古书错写成"么"，也得读"幺"，也有人强调应当读成"后"。南套中则标为【前腔】，意思性质与【幺篇】相同，都是指后一曲牌同上，相当于宋词的下片或后阕。【幺篇】与【前腔】分换头与不换头，跟宋词相似，换头是不完全重复，要求特别标明；不换头是完全重复，则无须标明。在创作中要不要换头，也要根据曲谱填写，不可擅自做主。

（三）元曲分类之树

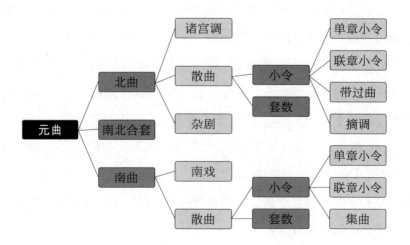

（四）元曲的音乐

元曲属于音乐文学，不论唱歌还是唱戏，都与音乐紧密相关。了解一些曲乐常识，对于元曲的阅读与曲的写作十分必要。

1. 元曲的传唱

元曲还能唱吗？现在还能听到吗？这是每个初学元曲的人都会想到或者提出的问题。大家都知道古代没有录音设备，六百多年前的元曲音乐肯定无法保留下来。那么这个提问就转换成了有无乐谱传存与传唱。

（1）元曲是否有乐谱

根据文献记载，答案是肯定的。周德清《中原音韵》讲"作乐府"即散曲之法："大抵先要明腔，后要识谱，审其音而作之，庶无劣调之失。"大诗人虞集晚年在《中原音韵序》中回忆："每朝会大合乐，乐署必以其谱来翰苑请乐章，唯吴兴赵公（赵孟頫）承旨时，以属官所撰不协，自撰以进，并言其故，为延祐天子嘉赏焉。"他们所说的"谱"，指的都是乐谱。那么元曲是采用什么方法记谱的呢？因为没有实物传存，只能根据同时期的音乐文献材料进行推断。

乐谱是记录乐音的符号。现代的音乐记谱法有五线谱与简谱两种形式，都是舶来品。人类想法近同，我国古人也创造了很多种记谱符号，有一种叫"工尺谱"，从唐代的燕乐半字谱演变而来，用"上、尺、工、凡、六、五、乙"七个字记写音符，相当于现代简谱的1（do）2（re）3（mi）4（fa）5（sol）6（la）7（si）七声。宋代以来，工尺谱在民间音乐中被广泛应用，一直到今天仍然存在于传统音乐文化之中。

根据宋代沈括《梦溪笔谈》、陈旸《乐书》、张炎《词源》，以及《辽史·乐志》等音乐文献所记载的"今教坊所用"工尺谱推测，出身于市井俗曲的元曲也应是用这种工尺谱来记音的。但是，元曲的乐谱仅限少数曲师与个别作曲家需要且有能力掌握着，一般演员与作家并不必需也读不懂。因其流传范围狭窄，似乎到明朝中后期就已大部失传，即使有些保留，已无人能够视唱。明末沈宠绥说："惟是北曲元音，则沉阁既久，古律弥湮，有牌名而谱或莫考，有曲谱而板或无征，抑或有板有谱，而原来腔格，若务头、颠落、种种关捩子应如何摆放，绝无理会其说者。"李开先《词谑·词乐》条记述明代著名北曲教师周全教曲的情形：

　　教必以昏夜，师徒对坐。点一炷香，师执之，高举则声随之高，香住则声住，低亦如之。盖唱词惟在抑扬中节，非香，则用口说，一心听说，一心唱词，未免相夺。若以目视香，词则心口相应也……高不结（揭），低不噎，此其紧关。所传音节，一笔之于词旁，如琴谱之勾踢，二十年（前）曾一见之，今求之，无存者矣。

　　由此可以看出，元曲音乐传播主要依靠民间歌唱家的口耳相授，明朝曲师"所传音节"，已多为私人所制，仅起备忘作用，并不是通行的工尺谱。

　　（2）元曲昆唱

　　《九宫大成南北词宫谱》是现存最早的元曲乐谱，编成于清代乾隆年间，记录了北曲六百多个曲牌的工尺谱。不少人真的把它当作元曲音乐进行研究和翻译，其实那是一部"元曲昆唱"的昆曲乐谱。元曲音乐在南曲的冲击下，从明朝中期开始走向衰微，"听者即不喜，而习者亦渐少"（何良俊《四友斋曲说》），"更数十年，北曲亦失传矣"

（杨慎《曲品·北曲》）。那么元曲的音乐流传到哪里去了呢？流入了新兴的昆曲，这是有史实和文献可考的。昆曲的创新改革者魏良辅原本就是北曲歌手，只是因其出身南方，语音所限，无力与北人竞争，才"愤而改习南曲"。他改良提高本地昆山土腔，自然会继承吸收元曲音乐。据记载，他曾经把一位因犯罪发配南方的北曲器乐家招为上门女婿，由此可以看出他学习借鉴北曲的明显意图。沈宠绥《度曲须知》指出，当时人们虽然还把元曲称之为北调，"然腔嫌袅娜，字涉土音，则名北而曲不真北也。年来业经厘剔，顾亦以字清腔径之故，渐近'水磨'，转无北气，则字北而曲岂尽北哉"。"水磨调"就是魏良辅新创昆曲的别名。清初曲乐学家徐大椿说得更明白："至明之中叶，昆腔盛行，至今守之不失，其偶唱北曲一二调，亦改为昆腔之北曲，非当时之北曲矣，此乃风气自然之变，不可勉强者也。"（《乐府传声·源流》）可见，清初所编《九宫大成南北词宫谱》以及后来的《纳书楹曲谱》等收录的元曲乐谱，已都是这种昆曲化的北曲。传至今天的昆曲，仍然保留着大量北曲，甚至保留着《单刀会》等不少坚守原词歌唱的元杂剧。昆曲中的北曲，采用七声调式，吐字发声用中州韵，声情激昂悲慨，在昆腔中自成系统，与采用五声调式、以柔媚婉转为特征的南曲水磨调并不相混。

（3）元曲今唱

现在可以明确回答，元曲的音乐既已失传又未灭绝，不可歌唱却能听到。说它失传而不可歌，是针对北曲的原汁原味的本来唱法而言；说它并未灭绝而可听到，则是指它几百年在昆曲音乐家间口耳相授，薪尽火传，元曲音乐的某些特质、元素或风格特色，至今还是能够在昆腔中听到。

2. 宫调

依调唱曲，是曲乐一大特征。元初曲乐学家燕南芝庵在《唱论》中特别强调唱曲要"贴调"，并把"不入调""劣调（走调或跑调）"视为歌唱的大毛病。因此，元曲曲集中几乎每篇作品的题目都标有"正宫""南吕""双调""越调"之类的字样，这些就是"宫调"。宋词虽然也是歌唱文学，但只有柳永、姜夔等个别精通音乐的作家才标注宫调，一般作者都没这个习惯，故可把标调视为曲别于词的一个标志。

（1）什么是宫调

这是个涉及古代音乐史专门知识的学术难题，极其深奥复杂。有曲学家惊呼"还是让专门家去研究吧"。不过，根据不同读者的需要，可以提出略知、粗通与通晓等不同层次的要求。对于一般读者，只要简单明了地懂得宫调的大概原理，能够解除字面的困惑就够了，而不必追求深细与精准。依照略知的标准，只需知道宫调就是调门，即调高，就行了。现代歌谱同样要标调，简谱往往注明"1 = c""1 = A"之类的字样，意思是规定这首曲子"1（do）"的高度等同于钢琴上中央一组 c 键的音高。1（do）音符的高度一旦确定，以下 2（re）3（mi）4（fa）5（sol）6（la）7（si）的音阶乃至全曲的调高也就随之确定了。只有如此才能保证歌唱者的声乐与伴奏者的器乐统一到一个音高标准上，达到音乐逻辑的规范与和谐。元曲的【正宫】【双调】之类，就是当时歌唱与伴奏所规定的调门或调高，跟现代歌曲所讲究的 c 调、a 调之类在音乐原理上大致相同。到此为止，如果还想了解更具体的一些宫调知识，那就非得去研读中国古代音乐史的著作不可。

这里提醒读者要特别注意，"调"这个术语在词曲学中除了指宫调之外，还有几种不同的常见用法。一是指曲牌，叫"牌调"或"调牌"，如古磁州窑出土器物上的一首曲作标题"词寄【山坡里羊】"，意为这首作品用【山坡里羊】这个曲牌。还有时指乐曲、腔调，"南腔北调"的成语就是这个用法。一般教科书中常见"宋词多用双调，元曲都是单调"的说法，就是指腔调的两段与一段，而北曲中恰好有【双调】的宫调名目，二者极易混为一谈。

（2）从十七宫调到北九宫

金元曲乐家归纳当时唱曲用调，燕南芝庵《唱论》最早加以记述，并一一标注每个宫调所独具的风格色彩：

> 大凡声音各应于律吕，分于六宫十一调，共计十七宫调：仙吕宫唱清新绵邈，南吕宫唱感叹伤悲，中吕宫唱高下闪赚，黄钟宫唱富贵缠绵，正宫唱惆怅雄壮……

统计金代《董西厢》诸宫调所用共计十七宫调，不仅与《唱论》数目相合，而且有十五个宫调名称全同。这不会是偶然巧合，表明二书应属同一宫调体系。诸宫调十七调被元散曲继用的有【仙吕宫】【南吕宫】【中吕宫】【黄钟宫】【正宫】【大石调】【小石调】【般涉调】【商角调】【双调】【商调】以及【越调】等，共计十二调，比原来减损五调。散曲【双调】中有【歇指煞】一牌，应是原十七调中【歇指调】的曲牌，证明元曲在归并宫调的同时，对所裁减宫调原来统率的曲牌也有归并。元杂剧用调进一步归并散曲十二宫调为"五宫四调"，又减少了【小石调】【般涉调】与【商角调】三调，这就是著名的所谓"北九宫"。

（3）宫调声情说

燕南芝庵所论十七宫调各有风格，人称"宫调声情说"。历代曲论家一无例外地转述，从未见有人表示异议。直到近代方有人提出怀疑，并运用统计元曲剧套文学内容的方法，以"能找出多少肯定声情说的例子，同样也能找出多少否定其说的例证"来否定该说法。这个问题必须讲清楚，因为直接牵涉当代作曲选牌标调的具体操作，不容以讹传讹。

以现代乐理学之见，不否认因宫调类型的不同，会产生风格色彩的多样性。如西洋大调式的明亮高昂，小调式的灰暗低沉。中国古代学者也早就有此类看法。司马迁《史记·刺客列传》记易水送别，说荆轲"为变徵之声，士皆垂泪涕泣"，"复为羽声慷慨，士皆瞋目，发尽上指冠"。这是有意识地通过音乐转调所产生的声情变化来展示人物的精神面貌，表明作者对乐理有很深的造诣和理解。宫调声情说总结的应当就是这种调性色彩，属于对不同调性特质的直感描述。这是音乐形式范畴的问题，既不等同于具体一首乐曲的音乐情感，更与歌词内容的文学情感不是一回事。燕南芝庵讲的是声情，而不是文情。反对者多用统计元曲文学内容的方法来否定，实际是把音乐问题同文学问题混作一谈，转换了概念与论题。明白了这个内密，创作就不用再去纠结宫调声情，只管文情就可以了。

（4）南九宫的由来

明白了北曲宫调的原理，南曲宫调的谜底就容易揭开。南曲原本无宫调，只是信口而歌的"随心令"（徐渭《南词叙录》）。元代南戏已引入北曲一些宫调，后来它的"南九宫"名目全是明朝人模仿"北九宫"杜撰的。明代南曲中有个【仙吕入双调】的怪诞名目，不见于北曲，蒙人几百年，近年已经被学者考辨清楚，纯系古书翻印页行错乱所致。到明清昆曲兴起，南北曲宫调均用笛子定调，实际又都转换为曲笛工尺七调。其间与"南九宫"分配对应情况可详看吴梅的《顾曲麈谈》。写、唱并重的人不能不知道一些这类知识。

3. 曲牌

（1）依牌制曲原理

元曲采用曲牌体音乐，就是在一首相对恒定的乐曲旋律框架中反复填词，曲词则依凭曲乐进行传播。"曲牌"一语出自六朝，原指乐府曲名，又叫调牌、牌调、牌子，实即曲调旋律的名称。从发生学的角度说，曲牌原本必是初始歌词的题目，如刘秉忠的八首【干荷叶】，其中前四首文词咏唱的就是干荷叶。这时候，曲牌与文题具有一致性，其乐腔可称为始调，其曲词可称为始词，其制曲法叫作"缘题成赋"，就是依题作词。而从曲、词配合的次序看则是据词谱曲，古人叫作"以词生乐"。但是，始调产生之后，曲家往往借填他词，这叫作"借腔别咏"，又叫"以乐定词"。于是形成了曲牌与文词的脱离，即曲牌只标示所用曲调的名称，而与文词无关。如刘秉忠的【干荷叶】"南高峰"咏史，"脚儿尖"写男女情爱，这就是"借腔别咏"。今存元曲的绝大部分作品都属文人拟作，多为此类借腔别咏的"填词"，而真正"缘题成赋"、词乐合一的始调始词却是凤毛麟角。为帮助读者理解，举现代流行歌曲一个例子做个类比。日本民歌《北国之春》以其深挚的乡情与优美的旋律流传中国，可以视作缘题成赋的始调始词；后来又有借腔别咏的"我衷心地谢谢你"与"榕树下"二词，都是情曲，经著名歌星邓丽君传唱，曾风靡一时。现代歌曲多采用"以词生乐"的据词谱曲法，像这种以乐定词的依曲填词并不常见，但在宋元词曲的创作中是普遍现象，而"缘题成赋"的"自度曲"，即自创曲牌的情况反而十分珍稀。

（2）曲牌功能与分类

金元北曲的牌调总共有三百多个。周德清《中原音韵》全部列有名目，总题为"乐府三百三十五章"，分列于十二个宫调之下。按理说这些牌调都能够通用于元曲小令、散套及剧套，但是对照存世作品的统计研究，发现其中存在不小的区别：有的曲牌专用作小令，有的专用作套数，当然也有一部分在小令、套数与剧套间通用。考虑读者初习写作，仅用小令之牌。本书还根据元人实际用牌，查对周德清漏收的曲牌如【汉东山】等，补充十余调；对于一些误收的，如【人月圆】【太常引】【秦楼月】【阳关三叠】等误作为曲牌的词牌，应当剔除。下面整理出可用作单调小令的牌子，以供读者制曲择调备选。特别说明：整理时以北曲本生调牌为主，适当剔除了【迎仙客】【风入松】【青玉案】等一些格律大同小异的沿用词牌，目的是为了确保练习者作曲如曲，不与词混，形成分类如下。

小令专用，不入套数，计有 22 牌，加下划线者为常用调：

黄钟：【昼夜乐】【红衲袄】【贺圣朝】

正宫：【黑漆弩】【甘草子】【汉东山】

仙吕：【锦橙梅】【三番玉楼人】

中吕：【四换头】

大石调：【初生月儿】

双调：【快活年】【袄神急】【皂旗儿】【枳郎儿】【华严赞】【山丹花】【骤雨打新荷】【河西六娘子】【对玉环】【新时令】【十棒鼓】【秋江送】

小令与散套、剧套共用曲牌，计 57 调，加下划线者为常用调：

黄钟：【节节高】【出队子】【刮地风】

正宫：【塞鸿秋】【叨叨令】【醉太平】【小梁州】【双鸳鸯】

仙吕：【后庭花】【醉扶归】【游四门】【寄生草】【醉中天】【一半儿】【青哥儿】

南吕：【四块玉】【玉交枝】【干荷叶】【金字经】【赏花时】

中吕：【上小楼】【乔捉蛇】【朝天子】【红绣鞋】【醉高歌】【喜春来】

【山坡羊】【普天乐】

商调：【梧叶儿】【凉亭乐】【挂金索】【望远行】

越调：【小桃红】【天净沙】【凭栏人】【酒旗儿】【寨儿令】

双调：【沉醉东风】【得胜令】【折桂令】【碧玉箫】【清江引】【步步娇】【落梅风】【庆宣和】【水仙子】【庆东原】【拨不断】【阿纳忽】【大德歌】【胡十八】【甜水令】【殿前欢】【春闺怨】【鱼游春水】【四季花】【得胜乐】

有人据《全元散曲》统计，【折桂令】一调使用频率最高，现存539首；其次为【水仙子】，现存330首。可见，此二调在元代歌坛流传最广，最为人们熟悉。

南曲曲牌据《九宫大成南北词宫谱》记录共有1513个。其数虽远超过北曲，但大都为集曲，原调并不多，散曲小令用调比北曲要少。任中敏《散曲概论》曾分别原调与集曲，统计结果如下：

仙吕：（原调）【皂罗袍】【桂枝香】【排歌】【浪淘沙】【月儿高】【傍妆台】【月中花】【解三酲】【西河柳】【春从天上来】

（集曲）【醉罗歌】【月云高】【甘州歌】【解袍歌】【一封书】【解酲歌】【醉花云】【香转南枝】【月照山】【闹十八】【九回肠】【十二红】【醉归花夜渡】【二犯桂枝香】【二犯月儿高】【二犯傍妆台】

正宫：（原调）【玉芙蓉】【锦缠道】

（集曲）【锦亭乐】

大石：（原调）【催拍】【两头南】【两头蛮】【红叶儿】

中吕：（原调）【泣颜回】【驻云飞】【普天乐】【驻马听】【石榴花】【永团圆】【番马舞秋风】

（集曲）【榴花泣】【倚马待风云】

南吕：（原调）【一江风】【懒画眉】【梁州序】【大胜乐】【贺新郎】【宜春令】【锁金帐】【香罗带】

【庆东原】

【红绣鞋】

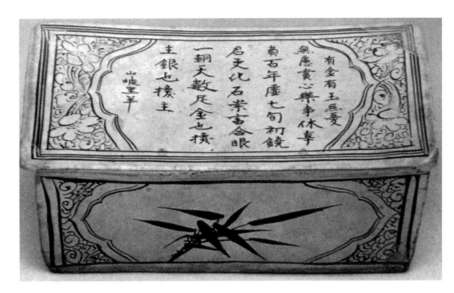

【山坡里羊】

【喜春来】

（集曲）【罗江怨】【三学士】【七犯玲珑】【六犯清音】
【梁州新郎】【梁沙泼大香】【浣溪刘月莲】【六犯碧桃花】【七贤过关】
【巫山十二峰】【九嶷山】【八宝妆】【仙桂引】【仙子步蟾宫】

黄钟：（原调）【侍香金童】【传言玉女】【啄木儿】【画眉序】

越调：（原调）【绵搭絮】

商调：（原调）【黄莺儿】【集贤宾】【山坡羊】【高阳台】【水红花】

（集曲）【金络索】【黄罗歌】【莺花皂】【山羊转五更】
【梧蓼金罗】【黄莺学画眉】

小石：（原调）【骤雨打新荷】【象牙床】

羽调：（原调）【马鞍儿】（集曲）【胜如花】【四季盆花灯】

双调：（原调）【玉抱肚】【锁南枝】【风入松】【四块金】【玉交枝】
【柳摇金】【朝天歌】【江儿水】【孝顺歌】【步步娇】【淘金令】
【转调淘金令】【锦法经】【四朝元】

（集曲）【二犯江儿水】【娇莺儿】【江头金桂】【孝南歌】
【二儿犯柳摇金】【孝南枝】【玉枝供】【六幺令犯】【落韵锁南枝】
【摊破金字令】【折桂朝天令】【锦堂月】【玉江引】

不知宫调名：【征胡兵】【弥陀僧】【对美人】【美樱桃】

以上是南曲小令用调，原调58牌，集曲54牌，不知宫调名的4牌，
共计116牌，不足南曲总牌数的十分之一。加下划线者为普通常用之
牌，总计不过16个。

（3）一牌多名

北曲中一牌多名的情况尤为普遍，至少有一百多个曲牌存在多名
状况，有的曲牌竟多至三四个名目。如【江儿水】，又名【清江引】
【岷江绿】；【挂玉钩】则有【挂搭沽】【挂搭钩】【挂打钩】【挂金钩】四
个别名。造成曲牌多名的原因主要有两个。一是文人卑俗尚雅的心理，

失牌【落梅风】：春将暮，风又雨，满园落花飞絮。
梦回枕边闻渡雨（杜宇），道一声声不如归去。

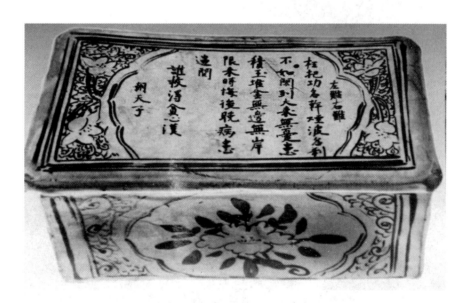

【朝天子】

四系瓶书元曲牌【沉醉东风】

金元瓷枕书诸宫调一曲【六幺实催】

词寄【寄生草】

元曲牌【金盏儿】

如【黑漆弩】本是宋金时流传很广的一首通俗歌曲，因元曲家白无咎学士作了"侬家鹦鹉洲边住"的名曲，文人们嫌原牌"曲名似未雅"（王恽【正宫·黑漆弩】《游金山寺序》），于是易之为【鹦鹉曲】【江南烟雨】【学士吟】等。二是同名异写，如【挂搭钩】【挂搭沽】【挂打钩】三名即是如此。

（五）元曲格律

格律也叫音律，主要包含韵律、声律与节律三个方面的内容，不仅是韵文诗歌区别于散文、小说等其他文体的根本标志，而且也是元曲跟唐诗、宋词的分野所在。曲之所以为曲，而与诗词不同，最终不在于文学审美，而在于其格律特征。以下简要介绍元曲格律的主要知识。

1. 曲韵

（1）曲韵与诗韵之别

曲韵主要研究曲文的读音与押韵规律，是格律的基础要素。元曲与诗词的韵律不同，诗词韵缓，多为隔句押韵，中间还可转换韵部；元曲韵密，倾向句句押韵，而且一韵到底，中间不能换韵。还有一些关键句提倡用包韵。如王实甫《西厢记》一本三折【麻郎儿幺篇】中的"忽听一声猛惊"，句中包含着"听""声"二韵字，周德清管这种类型的句子叫"六字三韵语"。元曲四声通押，诗词四声分押，近体律诗则规定只押平声韵。

元曲韵律看上去比诗词更有难度，但是经过实际分析发现，还是比诗词容易多了。首先，一般文人不怕韵密而怕韵险。"险韵"指一些韵字少的韵部，比如"支思""车遮"，韵字可选择余地小，加大了表达难度。马致远的名套【双调夜行船】《秋思》正是用了"车遮"韵，所以得到周德清"韵险语俊""万中无一"的称赏。其次，元曲句句押韵，而诗词隔句押韵，元曲所需韵脚字比诗词多一倍，但因为改诗词的四声分押为通押，所需韵部字数也扩容达四倍，故似难而实易。最后，元曲用近代音韵，把古代诗词的一百多个韵部合并为十九个，每部韵字大大增多。所以习曲者不用为韵脚密而担心。

（2）中原音韵

与诗词不同，元曲采用近代音韵，即中原音韵，又称中州韵、中原雅音等。这套音系的内容可以总结为两点：一是"入派三声""平分阴阳"的新四声，二是分韵19部的新韵类。元人周德清的《中原音韵》就是归纳北曲用韵的专门韵书，被明清作曲家奉为写作规范，而"兢兢无敢出入"。

新四声就是"妈麻马骂"四个字调，传统称阴平、阳平、上声、去声，今日普通话称一、二、三、四声。与诗词音韵使用的"平上去入"旧四声相比，新四声首先是入声消失，原有的入声字都转化到平上去三声之中。其次是诗词韵的旧平声，分化为新平声的阴平与阳平两个声调。北曲的新四声和今日普通话以及北方各地方言相对应，除陕西、山西等个别地区尚保留入声调之外，分类大体一致，这里不考虑具体调值的差别。新四声是曲律的声律内容的基础，清人黄周星在《制曲枝语》中总结为"三仄更须分上去，两平还要辨阴阳"。北曲声律实际上阴阳不辨，统划为一个平声；上去二声倒是经常需要分别，不似诗词可以统划为仄声。这应当理解为是由元曲的独特乐腔决定的。

《中原音韵》分韵19部，具体韵目及次序为：一东钟、二江阳、三支思、四齐微、五鱼模、六皆来、七真文、八寒山、九桓欢、十先天、十一萧豪、十二歌戈、十三家麻、十四车遮、十五庚青、十六尤侯、十七侵寻、十八监咸、十九廉纤。《中原音韵》与传统诗韵（词用诗韵）的《平水韵》106 韵比较，为什么在韵部上相差如此之远呢？首先是二者的编制体例不同。传统诗韵先分四声，以之为纲，然后下分韵类，以之为纬，故部类必多。《中原音韵》的设计思路正好相反，是以韵为纲，以四声为纬，在每部之下再分阴、阳、上、去四个声调，等于合并四声为一部，故立部大大减少。周德清为什么要一反诗词传统，如此大规模地省减合并韵部呢？这主要反映了元曲与诗词在押韵规则上的差异：曲韵宽而诗韵严，曲韵可以四声通押，故四声可以合为一部，而诗韵必须平仄分押，故四声各自为部。若是依照旧诗韵 106 韵的分类方法来统计，《中原音韵》中的韵类实有 76（19×4）部。最终计算，曲韵与诗韵相比还是少了 30 部，合并简省不少。这个差别则是近代汉语的通语语音演变的结果，不是人为的分合。

（3）中原音韵是哪里的话

据周德清自称，他的所谓"中原音韵"，是"天下通语"，即元代的普通话，这是可以相信的。后来的近代官话和现代普通话就由此发展而来，已经成为语言学界的共识。至于元代通语的方音基础究竟是大都（今北京）音系还是汴洛（今开封与洛阳）音系，目前还是语言学界争执不休的问题。我们倾向认为，元代通语的基础方音是汴梁语而不是大都话。元孔齐《至正直记》卷一："北方声音端正，谓之'中原雅音'，今汴、洛、中山是也。"元曲之祖《董西厢》与《刘知远》两部诸宫调用韵已是入派三声，而诸宫调正产生于北宋首都汴梁的瓦舍勾栏之中。周德清所谓"中原音韵"，所取应为河南语音的本义。

（4）南曲音韵

这里附带介绍一下南曲的音韵，以帮助那些有意研习南曲者。明清以来有"北叶《中原》，南宗《洪武（正韵）》"之说，但实际上南曲用韵一直混乱。虽然也曾编写出《洪武正韵》的官定韵书，却没有建立起如《中原音韵》那样的权威性，而极难落实执行。其原因不难理解，主要是南曲声腔种类杂多，作为语音背景的南方方言也相当庞杂。元代南戏初用温州方音，后来跻身杭州并走向全国，又吸收了杭州音与中原通语之音。明代前期的传奇作家多有以高明《琵琶记》用韵为标榜者。不过到明代中后期，随着昆曲繁兴并压倒南曲其他诸腔种，南曲格律家如沈璟、王骥德等都提出用中州韵的主张。这一方面反映昆曲走向全国、超升为"国剧"的客观需要，另一方面也因为南方方音的平上去三声与中原语音的分类较为接近。差别最大而难以处理的主要是入声。对此有人主张以入声分派进平上去三声，一律向中州韵看齐；有的则主张入声独立，以保留南曲的声韵特色，实质上是取三声用北，一声用南的双重立场；还有的主张在曲文的声律之中"以入代平"，而在韵律上则入声独立相押。尽管有如此多的分歧，但在遵中州韵的大原则上，南曲音律家并无异议。昆曲用中州韵，至今而然。因此，明清南曲诸韵书如《中州全韵》（明范善溱）、《韵学骊珠》（清沈乘麐）等，都基本上是依据周德清之书编成，前人"总未脱《中原音韵》的系统"的评语大致不错。

（5）可否用普通话音韵

中原音韵是现代汉语语音的鼻祖，至今还影响着当代歌曲的歌唱音律。如助词"的"（包括"地"与"得"）必须唱成"di"，而不能唱为"de"，人不可解，其实就是元曲的歌唱传统惯性使然。"的"旧为入声字，《中原音韵》"入派三声"，入"齐微"部上声，读如"di"音。经国剧昆曲传导到京剧以及众多说唱曲艺，于是进一步流传至今日唱歌。

今日习作北曲者多以《中原音韵》为据，甚有专门标举其中韵目如"齐微"等相炫耀。这是遵古派，主张仿古如古，应当给以支持与尊重。但是如果站在历史与学理的立场，则还可以有"从今"的选择。首先从积极方面考虑，前有元曲家如关、王、马、白等大作家勇弃旧诗韵而改用通语新韵的践行，后有周德清《中原音韵》的总结推崇之力，自始至终贯穿着一种与时俱进的革新精神，昭示后人无须拘守旧轨。流行歌曲的本质就是流行当下，用今音今韵是它的生命权利。其次从消极面考虑，《中原音韵》十九部已多不合乎今音，有的当合，有的当分。如闭口韵的"监咸""廉纤"二部，韵尾音收"m"，在现代汉语中早已绝迹，只有粤语方言中还有，应当跟其他今日已读不出分别的"桓欢""先天""寒山"三部合并为"an、ian、uan"一韵。"鱼模"韵当时只有一个韵母"u"，今日从中已分化出一个"ü"；"齐微"韵原来只是一个"i"，现在又分化出"ei""ui"两个韵母。如果拘泥《中原音韵》，不是自找拗口别扭吗？

今人制曲，常见标举用"新韵"者，有主张用明清曲韵"十三辙"的。本书索性连明清民国的各种"新韵"一并跳过，允许并鼓励直用当今普通话为韵。试看今日天下，南北东西中外，无论老幼，凡习汉语者无不自"现代汉语拼音"与新四声"妈麻马骂"为始。以此"说话"为准，无烦再编韵书，本来和谐上口，天然成韵，有何必要弃易从难，自套枷锁，专讨苦吃！

2. 衬字与增字

（1）衬字

衬字又叫"衬垫字"，也叫添字，是节律学的一个专用术语。一般来说，词无衬字，曲用衬字，衬字是南北曲独有现象。何为衬字？顾名思义，就是在正字之外临时增添的虚字，主要起铺垫、陪衬的作用。衬字与正字相对而言，相依而存。如刘秉忠有8首【干荷叶】小令，其中6首末句皆为5字，唯有另外2首末句是6字，即"寂寞在秋江上"与"憔悴损干荷叶"。这2句中的"在"与"损"就是衬字。"衬字说"最先由周德清提出，反映了曲文句字多少不等、既有定而又无定的特征。

南曲的衬字比较简单，一般为一两个虚字，最多不超过三个，素有"衬不过三"之说，故很容易就可以看出来。北曲的衬字远比南曲要复杂得多。一是数量多，甚至有超过正字几倍者。如关汉卿【南吕一枝花】《不伏老》套："我是个蒸不烂煮不熟捶不匾炒不爆响铛铛一粒铜豌豆，恁子弟每谁教你钻入他锄不断斫不下解不开顿不脱慢腾腾千层锦套头"，共计53字。其实这是两个七字句，正字为"我是一粒铜豌豆，谁教钻入锦套头"，计14字，其他39字都是衬字。不过，衬字的使用量因曲体、作家而有所不同。一般来说，套数比小令使用衬字的比率高，而剧套比散套更高；本色派比文采派要高，而周德清等格律派则坚决反对用衬字，主张作曲如词，提出衬字说就是为了消灭衬字现象。

衬字常用，变为正字。于是衬外再衬，直到难分正衬，唯有另立名称，这就是"增字"。近代曲律专家郑骞论"增字说"："衬字既为专供转折、联续、形容、辅佐之'虚字'，似应容易看出。但常有时全句浑然一体，字数虽较本格应有者为多，而诸字势均力敌，铢两悉称，甚难从语气上或文法上辨其孰为正孰为衬。前人每云北曲正衬难分，即谓此种情形。细推其故，实因正衬字之外，尚有予所谓增字。"增字其实就是常衬成正的实字，因其与本格正字已浑然为一、难以区分，所以才叫增字。试举二支【寄生草】为例。无名氏小令：

枯荷底，宿鹭丝。玉簪香惹蝴蝶翅，长空雁写斜行字，御沟红叶题传示。东篱陶令酒初醒，西风了却黄花事。

范康小令《饮》：

（长醉后）方何碍，（不醒时）有何思。糟腌两个功名字，醅淹千古兴亡事，麹埋万丈虹霓志。（不）达时皆笑屈原非，（但）知音尽说陶潜是。

【寄生草】正格七句，分别为 3377777 字。无名氏小令一字未衬，用的是本格。范康曲加括号的都是增字，第一、二句各增 3 字，变成了 6 字句，末两句各增一字，变成 8 字句。

（2）增句与减句

字既可增，句又何尝不可增，于是又有摊破增句；句字既然可以增，自然也可减，于是还有减字与减句。乃至同一曲调而面目大异，前代曲律著作只好称作"别体"或"又一体"。其实这些都是由衬字的灵活变化衍生出来的，初习作曲者暂可不必学此复杂麻烦的"又一体"，故不再一一举例。

衬字与增减字现象为曲律特有，且让人眼花缭乱，不知所以。这里需要从音乐语言学的原理对北曲增衬字一类现象做一个透彻的说明。首先，从曲牌体音乐的特性出发，把旋律腔格置于相对稳定的静态前提下，设乐句的长短、多少以及音符数目与板眼节拍等音乐范型都是恒定不变的，可以视为常量。与此相应，所填曲词文句的长短、多少与字数当然要接受音乐范型的约束控制，却不必机械僵死地一一对应，而是容许一定的弹性或伸缩性存在。因为其中包含着可以变通的因素，故可视为变量。当变量处于常量的约控之下进行运作，就会一方面既有一个自由活动的范围，以常量所能容忍而不遭破坏为最大限度；另一方面也有一个二者组合的最适中、最简洁、最常见的最佳方式，以变量的变化值最小、最易被控制为标志。这一最佳组合方式，就是正字；属于自由活动范围内增加的字就是衬字，当然也可减字。由此引申，除了正字，还可有"正句"；与之相对，当然也可有"增句"与"减句"。不过，传统曲谱学家往往把经过增损句数的格式称为"变体"或"又一体"。

上面的论述未免抽象烧脑，干脆换个最直白的说法。曲乐有1（do）2（re）3（mi）4（fa）5（sol）6（la）7（si）七声，配入"妈麻马骂"四个字调，双方数目都不对等，不可能一一对应。这就必须试验如何才能匹配和谐。字数配合乐符的最佳匹配就是正字。在此最佳峰值之外还有一个允许增减的可容值范围，这就是衬字或增减字句的存在区域。当然这个可自由伸缩的区域不是无限的，超限则为违律，属于"不可歌"的失败之作了。初学写作者，最好不用或少用衬字，待熟练掌握正字格之后，再逐步增加衬字，以收曲句的口语化与灵动性之效果。

3. 务头

务头是元曲声律学的一个术语，明清以来人言言殊，莫衷一是，成了一个"千古难明"的谜题，有人比之为曲学中的"哥德巴赫猜想"。务头一语，首见于《中原音韵》。《水浒传》第51回《插翅虎枷打白秀英》："那白秀英唱到务头，这白玉乔按喝道……"《水浒传》中雷横打死诸宫调艺人白秀英的文字如果袭用的是宋代话本，那么"务头"就可能是南宋勾栏中说唱艺人的一个行话。

问题出在周德清，他评论曲作，到处讲这里那里是务头，却偏没有一处讲务头是什么，造成这个偏僻术语本义失传。因为这个特别的术语对于元曲的赏析与写作有指导意义，在现有的条件下，找出一个比较靠谱的理解还是必要而且可能的。任二北在《作词十法疏证》中搜集了自王骥德至吴梅等十几家之说，经过比勘斟酌，提出：

> 据此可知务头者，初则为音调中事，并非文字中事也……继由音调中事，寖假而为文字之事矣。周氏言可施俊语其上者，谓音调之美与文字之美必令凑合而相得益彰，勿使参差而两俱减色也。

这个解释基本上把握住了周德清格律论的精神：力求乐与文的高度和谐统一。务头原本与文词无关，纯是一个音乐术语。"定格"之一【寄生草】《饮》中"陶潜"二字被周德清指为务头，一个人名无所谓语俊还是不俊，可见与语意无关。参以《水浒传》所云"唱到务头"，显然也是从音乐角度来使用这个术语的。综合各种情况来看，务头原意乃指一段乐曲中最精彩、最富特色因而也最动听感人的部分。这本来就是一个经验性的模糊概念，具有非定量化的特征。周德清将其引入北曲，对25首小令详细注明务头，计有单字20个，词组4个，单句18句，复句3组。他反复描述务头的标志是"起音""音从上转""转"，所标明的12个单字中有8个为上声字，3个为阳平，1个是去声，没有低调的阴平声字。此外，务头可出现于第二句以下的任何位置，而不出现于起句和结句的末字。这说明周氏所谓务头乃指元曲小令旋律进行中突然跳进或阶进升高的一个或两个音乐片段，具有明亮挺拔或曲折婉转的特色。人们容易受明代曲论家王世贞等人描述北曲声腔激昂急促的误导，周德清的"务头论"启示后来习作者从积极的意义上区分曲乐主次、抑扬、缓急、快慢等要素，突出重点，防治初学者容易发生的一味馄饤堆砌的毛病。

4. 曲谱

传统的曲谱分为两类。一类是音乐谱，又叫唱法谱或宫谱，如前面提到的《九宫大成南北词宫谱》。这类谱子以记录曲乐旋律为主，标注工尺与板眼，一般供乐工演奏和歌手演唱使用。对于音乐谱的知识已在上一节做过介绍，这里不再重复。另一类为字调谱，又称格律谱或作法谱。这类谱子是专门为不懂音乐的人作曲服务的。它以曲文为对象，举示例曲作为填词标准，厘定每牌的句数、字数、句型，以及平仄和押韵规则等，定出押韵规律、平仄声律与音步节奏的范式，目的是为曲词作家提供一个可以照猫画虎的格律模板。下面试举一个曲牌的谱例以见一斑：

黑漆弩　小令　白无咎撰

侬家鹦鹉洲边住，是个不识字渔父。浪花中一叶扁舟，睡煞江南烟雨◎

平平十仄平平去◎十仄十仄平去◎仄平平仄仄平平。仄仄十平平上◎

四句：七◎六◎七乙。六◎

第二句依本格作六字者甚少，多变七乙。又可变七字"十仄十仄去平去◎"如冯子振"山林朝市"曲。又可变六乙"十十仄，去平去◎"如冯子振"长绳难系"曲。

幺篇换头　同前

觉来时满眼青山。抖擞绿蓑归去◎算从前错怨天公。甚也有安排我处◎

仄平平仄仄平平。仄仄仄平平去◎仄平平十仄平平。去上仄十平上去◎

四句：七乙。六◎七乙。七乙◎

首句《阳春白雪》作"觉来时满眼青山暮：《正音》《广正》俱

无"暮"字。校以冯子振、吕济民诸曲，此句均作七乙，依文义固可有"暮"字，依曲律则必须删掉。

上谱取自郑骞《北曲新谱》，略有改动，这是目前最为完备的元曲格律谱，经过对现存【黑漆弩】一牌的曲作进行穷举式的排比归纳而得，其内容主要有如下几部分。首先选择例曲，即示范标准曲，这里选的是白无咎的小令，连【幺篇】也采用的是同一人之作。其次划分句段，剔除衬字，厘定平仄声韵。句下加点者为衬字，句中加"，"者表示句段，加"。"者表示整句（不是文义上的句，而是格律上的句），加"◎"者表示韵协，即韵脚。声调符号"仄"包括上去二声，"平"包括阴阳平二声，"十"则表示可平可仄，"上"代表上声，"去"代表去声。再次确定句数与句式。这首小令例用【幺篇】，连前篇共8句，3个六字句与5个七字句，计53字，句式分别为甲乙二型。甲型为诗词中的常见句式，故默认不注。如七字句为"侬家\鹦鹉\洲边住"的223步节与六字句"睡煞\江南\烟雨"的222步节，就属诗词句常见节律而无须加注的类型。谱中注明的"七乙"，特指七字句与诗中常型不同的322步节，如"浪花中\一叶\扁舟"，"六乙"型此谱无例，指由33步节构成的另一种六字句式，如【者剌古】首句的"占天边\月共星""拣山林\深处居"。最后用文字说明，主要交待在正格以外的句数、句字，以及句式增减与变化的其他具体情况，有必要时还应列出变格的别体或"又一体"。

字调格律谱实质上是音乐谱的抽象或转化形式，其设计思路是利用音乐语言学的规律，从文词应合曲乐的诸种格式中，挑选出最简洁、最稳定、最常见，也就是最佳的一种或几种，并使之凝定化、格式化，从而将原来曲牌的音乐模式转换为纯粹的字调格律模式。这种格律模式虽然对曲文形式具有研究分析和总结规律的功能，但主要是为那些既要制曲而又不通音乐的文人服务的。

元人无此格律谱。元曲家大多通晓曲乐，故填词时多以音乐谱为准。周德清于《作词十法》云："大抵先要明腔，后要识谱，审其音而作之，庶无劣调之失。"说的就是当时文人作曲的通例。周氏所说的"腔""谱""音"均指音乐。如果文人不懂音乐不识乐谱，则可以照前人名作制曲。如冯子振就曾模仿白无咎的【黑漆弩】小令一口气填了40余首，甚至连韵脚字都一仍白曲。格律谱的发明者是明初人朱权，他的《太和正音谱》是第一部名实相符的北曲格律谱，其中收录北曲335调，分别厘定字句、剔除衬字，并对正字标注平仄上去，做得相当完备。谱之称名也由原来的音乐性质转变为字调格律性质，实际是同一名词在朱权手里转换成了不同的概念。朱权格律谱的思想，其实在周德清的《中原音韵》中已经开始萌发，书中有"定格"40首，就是精选"名人词调可为式者"，立为样板曲，教人依样画葫芦的。所谓"定格"，就是定式、格式，即模板的意思，已经包含了后来格律谱的胚胎。只是由于选录曲牌太少，不够使用，再加之正衬不分，各种具体规则韵律、音律与节律内容也未系统化提出，故而在应用性、可操作性方面价值不是最高，还不能算是严格的格律谱。朱权显然是受周书"定格"的启发，又经过创造发挥，才给出了一部系统完备的曲谱，从而为北曲创作提供了一套切实可行的"绳墨规矩"，较为有效地解决了音乐与文学之间的普遍性矛盾。这样，无论作家懂不懂音乐，只要懂得"妈麻马骂"四声调就行，就可依照朱谱的格律模式去填写，而不会发生"不可歌"或"拗折歌姬嗓子"的问题。朱谱开了曲谱学的先河，此后的南、北曲谱著作，如李玉等人的《北词广正谱》、蒋孝的《南九宫谱》、沈璟的《南九宫十三调曲谱》、沈自晋的《南曲新谱》，以及近人吴梅的《南北词简谱》、郑骞的《北曲新谱》等，都未跳出朱谱的框架体例，只是后出转精而已。本书为了直观易记，约定了八种格律符号，已注明于《编写与使用说明》中。用新符号整理的【黑漆弩】格律谱置放在白无咎曲作之下，可以从《索引》中搜索查阅。

（六）元杂剧

1. 元杂剧的价值重估

元杂剧用的是唐宋"杂剧"的旧名字，但其实质远远超越了原来为小品短剧而且混有杂伎的旧范畴，发展成为一种纯粹表演长篇故事的大戏。王国维《宋元戏曲史》评之为"真戏曲""真戏剧"，指的就是完美成熟的一种新戏剧或新戏曲。元剧作家与评论家有的特别称之为"新杂剧"（贾仲明补《录鬼簿》吊词），有的题写"新编关目"（《元刊杂剧三十种》），有的称为"传奇"（钟嗣成《录鬼簿》），说明他们对自己前无古人的创举有着比较清醒的自觉意识。人们口耳相传"唐诗、宋词、元曲"各为"一代之文学"的口头禅，虽已充分认识到元曲丰富了中国传统诗歌"诗词曲赋"四大诗体的一个新品类，但对于其中元人"新杂剧"的文化价值意义还是大大低估了，有待发掘。

（1）世界艺术史意义

至元杂剧出，中国方进入"世界三大古剧"行列。西方戏剧的成熟以"古希腊悲剧之父"埃斯库罗斯（约前525—前456）为标志，比元杂剧之父的关汉卿（约1220—1300）早了一千七百余年；印度古剧据说由古希腊王亚历山大东征传入，《小泥车》是现存最早的成熟剧本，其作者叫首陀罗迦，生活时代大约相当于中国的秦汉之际，也比关汉

元杂剧故事图《单鞭夺槊》

元杂剧故事图《西厢记》

卿早了近千年。元剧"新戏曲"虽然晚生，而后出转精，生生不息，"子孙兴旺"，一直传存至今。古希腊戏剧早生却夭折，如同一花独放而速凋，造成其后欧洲戏剧的长期枯萎，直到两千年后才有莎士比亚戏剧的"文艺复兴"与重振，但已落后中国关汉卿三百多年。印度古剧与古希腊戏剧情况差不多，也是先熟早衰，与中国传统戏曲的香火兴盛不可同日而语。

关于元杂剧先熟的认定学术界存有争议，产生分歧的根本原因在于对"成熟"标准的理解。不少人以表演艺术或技艺的成熟为说，指定唐宋戏剧先熟，忽略了这是一个世界戏剧史语境下的话题讨论，必须还原为与全人类的对话，不仅批量作家与剧本的传存决不可少，就是成熟戏剧规定情节的"一定长度"也不容许见仁见智。古希腊传世的三十多个剧本摆在那里，具体比量，长短立见。

（2）中国文学史意义

唐代之前的文学史只有诗文，唐宋则补加了小说，但仍然缺漏戏剧。依中国传统保守落后的文学价值观看去，戏剧小说都是些不登大雅之堂的小道末技，跟神圣诗文相比，缺失了也不算什么。然而从全人类艺术史看，作为叙事文体的戏剧、小说，在反映生活深度与广度上更具有无与伦比的功能效力，价值意义更大。故西方文学史首重戏剧。如果在大学生文化层中组织问卷调查，命题限选西方文学的唯一最伟大作家，不要"之一"，毫无疑问都会公推莎士比亚。亚里士多德的《诗学》被公认为西方文学理论的开山之作，其实它是评论古希腊悲剧的专著。1958年世界和平大会理事会在瑞典限评一位中国的"世界文化名人"，进行全球纪念，筛选结果出人意料，居然是元剧作家关汉卿。依此普世价值观衡量，元代之前缺失了戏剧的中国文学史，那只能是断头跛足的或残断不完的文学史。是元杂剧的出现和关汉卿等四大元曲家的加入，中国文学史才有了它的"全家福"，补全了最为绚烂光辉的篇章。元杂剧所达到的语言艺术水平，不止是空前的，而且高踞中国戏剧的巅峰，后来的昆曲、京剧及历代诸多地方戏品种不能望其项背。

（3）文化传播载体的革命意义

中国人自古视戏剧为小道末技，至今藐称演员为"戏子"，实在是鼠目寸光！标志人类文明进步的传播工具或载体之革新屈指可数，但是只有元杂剧的发明，才把中国文明史划分为上下两个半场，足以称得上"革命"二字。前半场为仓颉造字、孔子办学创立儒教与刻板印书等几次著名的文化普及下移运动。文化人讲得热闹，又被今天的"国学"复古派炒翻天，其实那才是真正的小众活动、小道末技，跟百分之九十以上的大众"野人"没有半毛钱关系，因为他们都是不识字的文盲。直到元杂剧成熟，才最终打破了这层"铁幕"，超越了文明传播工具的局限，化间接符号为直观的视觉形象，变被动学习为艺术享受，把文化文明推广普及到全体民众百姓之中。传统文化的儒释道三教经典之类也是经由戏曲的载体传播给文盲大众的。元人胡紫山论"新杂剧"说："既谓之杂，上则朝廷君臣政治之得失，下至闾里市井父子兄弟夫妇朋友之厚薄，以至医药卜筮、释道商贾之人情物理，殊方异域，风俗语言之不同，无一物不得其情，不穷其态。"周德清论元曲四大家"关、郑、白、马"说："观其所述，曰忠曰孝，有补于世。"有关元杂剧在民间百姓中演出的记录，可以参看杜仁杰的名套【般涉调耍孩儿】《庄家不识构阑》与山西保存下来的大量演出舞台，以及少量描绘演出实况的珍贵壁画。时至今日，文化传播覆盖面最大的影视剧仍不过是元杂剧的后裔或变体，只是再加上声光电磁和现代科技手段而已，并未超越元杂剧的藩篱太远。

山西洪洞县明应王庙壁画《元杂剧演出图》

（4）元杂剧大爆发

新的传播载体与对象直接激发了剧本创作大爆发。在元代短短一百多年的时间中，究竟产生了多少位剧作家和多少部剧作，已无法确指。据文献记载，明代中后期著名曲家李开先、何良俊、汤显祖等都曾收藏过千种左右的元人杂剧；今天仍可见的前人著录的剧目，据近人傅惜华所编《元人杂剧全目》，共收集到735种。这些剧本不同于后来明清那些只能读不能演的文人案头剧，当时都曾上演于舞台。今天虽然大部分已经失传，保存下来不足四分之一，尚有170多种。至于剧作家，据元人钟嗣成《录鬼簿》、元末明初贾仲明《录鬼簿续编》和朱权《太和正音谱》的著录统计，大约有150多位。这些得到记述的自然都是当时知名的人物，而一般的"无名氏"作家就不知有多少了。元代也有人曾从演唱规模方面做过估量。燕南芝庵《唱论》记述元初有个著名歌社"金门社"，掌握着"词山曲海，千生万熟"；元末夏庭芝《青楼集》专门记录116名元曲女性演唱家的生平事迹，特别说明，元朝百年间，"天下歌舞之妓何啻亿万"，他所收录者都是名角巨星级的"色艺表表在人耳目者"。这些统计也包含着散曲歌唱的内容，对于演员来说实际上本就散曲、剧曲不分。

（5）跻身世界艺术圣殿

元杂剧首先以它登峰造极的语言艺术高踞于传统戏剧的峰巅，具体体现于那些群星璀璨、争奇斗艳的名家与名作。首屈一指的当然非关汉卿莫属，他与马致远、白朴、郑德辉（一说为王实甫）并称为"元曲四大家"。他的《窦娥冤》《单刀会》《望江亭》《救风尘》《拜月亭》等剧作，直到今天仍活跃在戏曲舞台上。王实甫剧作不多，且大都平庸无奇，但他的《西厢记》却成为千古绝唱，被认为是元杂剧的"压卷之作"。评论家将它与关汉卿的《拜月亭》、白朴的《墙头

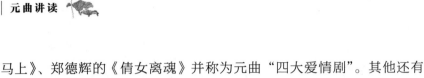

马上》、郑德辉的《倩女离魂》并称为元曲"四大爱情剧"。其他还有人把关汉卿的《单刀会》、白朴的《梧桐雨》、马致远的《汉宫秋》、高文秀的《渑池会》和纪君祥的《赵氏孤儿》并称作"五大历史剧"。总之，元杂剧以其严谨精粹的艺术结构、丰富多样的题材与风格、生香鲜活的戏曲语言，不仅生动地反映了元代的社会生活，而且充分呈现出中国人的独特精神天地，因而早就传播到西方社会，成为与世界人民进行心灵沟通与感情交流的一个窗口。

　　最早把元杂剧推向世界的是西方传教士。据查证，有人于1731年就把纪君祥的《赵氏孤儿》翻译到法国，引发欧洲诸国文学家的兴趣。到十八世纪末，续有不同译本达七八种之多，此外还有五种改编本。其中以法国启蒙运动的文化巨人伏尔泰的改编本《中国孤儿》影响最著，据说1755年在巴黎国家剧院初演，一下子轰动法国剧坛。除了直接标名的改编本，还有大文豪歌德的一部《埃尔彭诺》剧本，据专家考证，其中故事桥段与《赵氏孤儿》雷同，实际也是一种二度创作的改写本。李行道的《灰阑记》早在十九世纪中期就译传德国戏剧界，到二十世纪被德国大戏剧家布莱希特联结《圣经旧约》中索罗门王判断两母争儿案，编写出一部《高加索灰阑记》，成为世界比较文学的一个热门话题。布莱希特主张戏剧的陌生化"间离"方法与效果，创立了与中国和苏联相并立的第三大戏剧表演流派，他自己并不讳言借鉴了中国古典戏曲表演的程式化经验。王国维《宋元戏曲史》经过对元杂剧悲剧的发掘认证，最后论定元杂剧"即列之于世界大悲剧中，亦无愧色也"。他认为元杂剧能够跻身世界艺术圣殿并占有一席之地，绝不是夜郎自大的自吹自唱，西方学界有识者多持此类公议。如《法国拉鲁斯大百科全书》第五卷专列"元代戏剧"辞条，称关汉卿为"第一流的伟大戏剧大家"。苏联瓦西里耶夫院士在《中国文学史纲要》一

元杂剧故事图《尉迟恭单鞭夺槊》

元杂剧故事图《司马题桥》

元青花大罐元杂剧故事图《鬼谷子下山图》

书中评价王实甫《西厢记》说："即使在全欧洲恐怕也找不出多少这样优美的剧本。"关汉卿被评为世界文化名人并被全球纪念，就是这种普世的公论。

2. 古典戏剧在元代成熟与兴盛的原因

元杂剧的成熟与兴旺繁荣，自然离不开戏曲艺术自身进化的历史累积基础。一般戏曲史著作都会详尽描写从汉代百戏到唐代歌舞戏、参军戏，再到宋杂剧、金院本一步步最终演变为元剧新戏曲的轨迹，可以参考。这里只考察元代社会所提供的直接条件，总结起来主要来自以下三种影响。

（1）政治方面的原因

元朝贵族乃至最高统治者多喜欢歌舞戏曲，并提倡、支持杂剧创作，有不少文献能够证明。南宋孟珙《蒙鞑备录》记蒙古时期，"国王出师亦从女乐随行"。元末杨维桢《元官词》："开国遗音乐府传，白翎飞上十三弦。大金优谏关卿在，《伊尹扶汤》进剧编。"明初朱橚《元官词》："《尸谏灵公》演传奇，一朝传到九重知。奉宣赍于中书省，诸路都教唱此词。"元末明初大诗人高启曾作诗，记述元仁宗时宫廷歌舞戏剧规模与名角："仗中乐部五千人，能唱新声谁第一？燕国佳人号顺时（秀），姿容歌舞总能奇。"元代一些地方统治者，也极力招揽优养剧作家与演员。元初以白朴为首的真定曲家集团，就是环绕在真定帅史天泽周围，并全靠他的资助才得以生存的。

此外，元代法律中也有不少禁止戏曲的条文，如《元史·刑法志》载："诸妄撰词曲诬人以犯上恶言者，处死。"但那些禁令所针对的，都是讽刺批判封建帝王一类不合元朝统治者口味的内容，而不是戏剧本身。即使如此，在上有所好、下必甚焉的世风中，那些律令也往往流于一纸空文，历史文献中没有发现因编写或演出杂剧而招祸的记载。

由于元朝统治者的提倡支持，明清才有元朝"以曲取士"的传说。史实刚好相左，元朝不但从未进行过戏曲科考，倒是在前 80 余年的统治中，连隋唐以来相沿成习的科举考试制度都废止了。恢复科举是元朝后期的事情，也并没有以曲取士的记录。其实正是元朝废除科举，以及施行人分四等（蒙古人、色目人、汉人、南人）的歧视政策，反而成了最直接撬动了杂剧创作成熟与繁荣的那根杠杆。因为这些举措彻底杜绝了读书做官的传统进身之路，造成了文化人的群体沦落，于是一部分读书人不得不转以新兴杂剧的创作为业，以谋生存。钟嗣成《录鬼簿》中所记大量，"门第卑微，职位不振"的所谓前辈"才人"，大多是这类转行的失意文人。最关键的是他们之中的那些天才人物，如曲四大家，过去往往被科考掐尖录取的状元、榜眼、探花等，这批最优秀人才的转身加入，才是造成元剧创作无论数量还是质量都达至登峰造极的内秘。

（2）经济方面的原因

元杂剧的崛起与繁盛，有赖于社会生活的和平安定与城市经济的高度发展。蒙古人在早期南下灭金的战争中，由于还停留于一个落后的游牧民族，靠的是铁马弓刀，所到之处，玉石俱焚，甚至还有过杀光全部汉人，把农田变为牧场的谋划。但随着灭宋统一，元世祖忽必烈开始自觉地放弃落后的生产方式，注意恢复和发展农业生产，从此在一个较长的历史时段内，出现了相对稳定的社会秩序与经济繁荣局面。《元史·食货志》说"世称元之治以至元、大德为首"，可以信从。明代不少学者考察之后认为元朝赋税轻，首先是针对元朝前中期而言。元杂剧的黄金时期正好与这一历史时段相对应，绝非偶然的巧合。元末曲家贾仲明补《录鬼簿》吊词说："刘卿唐老太原公，生在承平志德

元杂剧故事图《萧何月下追韩信》

（至元、大德）中"，"元贞、大德秀华夷……养人才，编传奇，一时气候云集"，"一时人物出元贞"，"乐府词章性，传奇么末情，考（都）兴在大德、元贞"等，都说明一代新戏曲的大喷发正发生于元朝中前期的至元与大德之间。戏曲不同于诗文小说，不论是演戏还是看戏，都更依赖于经济的发展与社会的稳定。很难设想，一个兵荒马乱、民不聊生或食不果腹、衣不蔽体的社会，人们还会有闲心写戏、演戏和看戏。

此外，元朝经济还有一个突出特点，就是商品经济的"畸形发展"和大城市的"畸形膨胀"。原因是元朝统治者出于自身利益的考虑，一贯特别重视手工业。据文献记载，每次战争都有大批手工业者和有一技之长的农业人口沦为"匠户"，被集中到大城市作坊中分行别业地进行管理生产。因此，元朝大城市的规模与商品经济发达的程度，都大大超越了此前的宋金两代。当时来华的意大利人马可波罗传下的《游记》一书，对此记述十分详细，已有译本，可以参看。城市商品经济的发展，为杂剧的繁荣提供了物质的基础。

（3）思想文化方面的原因

任何一种文学艺术的创新与繁荣，都离不开思想文化的开放自由。元继女真金朝之后入主中原，然后统一全国，在思想文化方面带来两种结果。一是对汉族文化以儒家思想为最高价值的结构内核形成又一次更猛烈的撞击，在一定程度上造成了传统文化的断裂，从而为思想解放提供了一个千载难逢的历史机遇。元曲中呼唤的"愿天下有情的都成了眷属"的婚姻理想与放旷自恣，追求自由与享乐等强烈反传统的内容，都是这一特定时代的产物。二是造成了异质文化间的融合与交流，元曲表现出两个突出的特征：首先是吸收大量北方少数民族的音乐和语言的成分；其次是有一批少数民族作家参与了创作，如女真族的李直夫、蒙古族的杨景贤等，都是著名的杂剧家。应当说正是在

元杂剧故事图《红泥涧》

元杂剧故事图《西游记》

这种不同思想文化的碰撞、断裂、融合、再生的背景下，才有了元杂剧的空前繁荣发达。

3. 元杂剧的形式

为了帮助读者有效阅读元杂剧，下面简介一些剧本形式的专门术语。有关曲词的知识在以上散曲部分讲过，这里不再赘述。

（1）本、折和楔子

杂剧剧本的体例十分精严，一般由四折（曲用四套）一楔子构成一本，演述一个完整的故事。为何元杂剧一本规定四折？这应当是沿袭了宋杂剧的"四段式"惯例。而有的一本分五折或六折，那是后期或明代发展产生的。通常一本就是一部戏，个别情节过长的戏，可写成多本，如王实甫《西厢记》共五本二十折，杨景贤《西游记》六本二十四折，每本戏仍是四折。这很像后世的连台本戏或连续剧。一本戏限定由男主角（正末）或女主角（正旦）一人主唱，其他配角一律都只能道白或偶尔插唱一两段民歌小调，不能唱套曲。由男角主唱的叫末本戏，女角主唱的叫旦本戏。

折，首先是剧本情节的一个自然段落，可以是一场（一个固定场景）戏，也可包含多个场次；另外又是剧曲音乐的一个单元，每折由一个有严格程式的套数构成。

楔子，只唱一二支曲子，篇幅比折短小，位置也不固定。一般放在剧本开头，对人物、故事进行简要的介绍或交代，其作用相当于引子或序幕。也有一些楔子放在折与折之间，则是为了剧情的过渡或联络，与后来的过场戏相类。

（2）角色行当

角色与行当同义，是传统戏曲根据人物的性别、身份、年龄、品性等因素综合概括出的各种类型。与此对应，演员也根据自己的应工分为不同的行当。元杂剧的角色有旦、末、净、杂四类。旦是女角，除了正旦的女主角，还有小旦、贴旦（可省作"贴"，一般扮丫环）、搽旦（扮不正派的女人）等配角；末是男角，正末为男主角，外末（扮正末之外的男人）、冲末（开场之末）等为男配角；净类似京剧的花脸，一般为性格刚猛的人物（多扮男，也可扮女），也包括丑角的反派人物。元杂剧中原没有"丑"的行当，明刊版本中的丑是明人参照南戏增改的。杂是上述三类不能包括的杂角，例如，卜儿（老年妇女）、俫儿（小男孩）、孤（官员）、洁（和尚）、驾（皇帝）、邦老（强盗）等。杂剧剧本通常只在人物第一次出场时标明"旦扮×××"或"末扮×××"，以后则只标角色，不注人物姓名。这是在阅读剧本时要预先了解的。

（3）宾白

戏剧中的人物对话与念白，称道白，北剧南戏称"宾白"。对此前人有两种解释，一说"唱为主，白为宾，故曰宾白。言其明白易晓也"（徐渭《南词叙录》）；一说"两人对说曰宾，一人自说曰白"（单宇《菊坡丛话》）。前一说有字义学根据，且有杂剧本注明"全宾"的证据，是正确的。"宾白"的构词法类同于"宾鸿"，宾是修饰语。

杂剧宾白的样式很丰富，除了对白、自白，还有"带云"（歌唱中附带的说白）、"背云"（旁白）、"内云"（后台人员或角色与台上角色的对话）等。这些都属于口语化的散文白，与此相对，还有韵文白，如上场诗、下场诗，以及常见插入的通俗诗词，就都是由人物当场念诵的。可以说，后世戏曲的各种道白形式，差不多已经被元杂剧穷尽。

（4）科范

元杂剧的表演"唱念做打"俱全。科范就是做与打的做工表演，

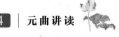

一般简称"科",在南戏中则写作"介",南方音读如"ge"。其实就是"科"字的南音假借字,故通称"科介"。徐渭《南词叙录》说:"相见、作揖、进拜、舞蹈、坐跪之类,身之所行,皆谓之科。"元剧中的科,除了徐渭所说的动作表演,还有其他两种指意。一是规定某种特殊的情感表演,如"做忖科",即做沉思的样子;"做哭科""做笑科",就是指定进行哭或笑的情感表演。二是指某种特定的舞台音响效果,如《汉宫秋》中的"内做雁叫科"、《窦娥冤》中的"内做风科",就是指示根据剧情制造雁叫或刮风的音响效果。

（5）题目正名

元杂剧结尾有"题目正名",用两句或四句对偶句总结全剧内容,交待剧名。它不是情节的组成部分,其功能在于作为演剧的广告宣传,可能在演出结束时由演员在下场前念出和写于戏报上。一般取末句作为剧的全名,取末句中最能代表戏剧内容的几个字作为剧的简名。如关汉卿《窦娥冤》的题目为"秉鉴持衡廉访法",正名为"感天动地窦娥冤",正名即全名,最后三字"窦娥冤"是简名。

（七）南戏

1. 南戏源流与名实

明清学者及曲论家大多说南戏源出北剧,南曲发自北曲:

> 金章宗时,渐更为北词……入元而益漫衍。其制栟调比声,北曲遂擅盛一代……南人不习也,迨季世入我明,又变而为南曲。（王骥德《曲律》卷一）

　　自北有《西厢》，南有《拜月》，杂剧变而为戏文；以至《琵琶》，遂演为四十余折，几十倍杂剧。（沈德符《顾曲杂言》）

　　金元创名杂剧，国初演作传奇。杂剧北音，传奇南调。（吕天成《曲品》卷上）

　　至元末明初，改北曲为南曲，则杂色人皆唱，不分宾主矣。（毛奇龄《西河词话》卷二）

　　今世俗搬演戏文，盖元人杂剧之变也。（胡应麟《少室山房曲考》）

　　宋元以来，因金之北曲变而为南戏，为酒筵用之。（清《文献通考》卷一一八）

　　近世所谓曲者，乃金元之北曲，及后复溢为南曲者也。（刘熙载《艺概·词曲概》）

　　这让今人很难理解与接受，南戏专家钱南扬先生在《戏文概论》一书指斥这些都是"揣测的谬论"。自王国维《宋元戏曲史》发其端，通过考证，发掘出南戏出自宋代"温州杂剧"的源头。综合所据，不过只有两个明朝中期人的意见。祝允明《猥谈》先说："南戏出于宣和之后，南渡之际，谓之温州杂剧，予见旧牒，其时有赵闳夫榜禁，颇述名目，如《赵贞女蔡二郎》等，亦不甚多。"徐渭《南词叙录》接着说："南戏始于宋光宗朝，永嘉人所作《赵贞女》《王魁》二种实首之。故刘后村有'死后是非谁管得，满村听唱蔡中郎'之句。或云宣和间已滥觞，其盛行则自南渡，号曰'永嘉杂剧'，又曰'鹘伶声嗽'。"祝、徐之论的根本问题是受"古已有之"的文人托古思维制约，把有关联的说唱曲艺都认成了戏剧。祝允明把南戏提前到南北宋之交，连徐渭都不同意。一是禁戏的赵闳夫出身赵宋宗室，与宋光宗同辈。二是因为陆游诗句"身后是非谁管得，满村听唱蔡中郎"（徐误记为刘后村诗）表明，南戏第一出戏的《蔡中郎》不大可能那样早，还是定在"始于宋光宗朝"比较稳妥。今天看来，徐渭的"宋光朝"也同样靠不住。首先他也没有能力分清说唱曲艺与"杂剧"的观念。陆游诗的主题句是"负鼓盲翁正作场"，明明白白指的是说唱曲艺。但是，在祝、徐二人看来这与它们当时被称为"温州杂剧"或"永嘉杂剧"名实相符。宋金杂剧之"杂"，本来包括一些说唱曲艺。周密《武林旧事》载有"官本杂剧"近三百个剧目，就有《诸宫调卦册儿》与《诸宫调霸王》二目。原始南戏的前身多为说唱曲艺，或者说早期南戏多由说唱曲艺改编而成，不止是南戏第一戏的《琵琶记》，早期南戏《张协状元》自身还保留了由诸宫调改编的痕迹。退一步说，就算"温州杂剧"的《蔡中郎》在南宋已由说唱改编成化装表演的"杂剧"，这个名字也显示它跟当时各地流行的"官本杂剧""川杂剧""金院本"等戏剧小品不会有本质差别，而与后来发展起来的元人"新杂剧"不是一类。其实，宋人本无"南戏""南曲""戏文"之名，这些名字是北剧流行至南方，由北方人发明的。"南戏"一名最早见于关汉卿杂剧《望江亭》的一个古本，非常合乎命名逻辑。这表明南戏的形成与得名不早于宋元之际，即元灭宋统一全国之后。所以王国维《宋元戏曲史》经过详尽的考辨之后，还是以宋人南戏等"而其本无一存"为理由，做出"而论真正之戏曲，不能不从元杂剧始也"的判断。王国维所谓"真戏曲""真戏剧"，就是后来文学史、戏曲史所说的纯粹的"成熟戏剧"。

2. 南戏的成熟与其原因

王国维关于元杂剧为"真戏剧"的论断预留了将来何时发现南戏剧本的实物，结论就要为之改写的余地。二十世纪二十年代中，《永乐大典》戏文三种从海外流回，其中《张协状元》一剧53出，曲白完整，不止公认是成熟的戏剧，而且是最早的南戏剧本。究竟早到何时？有的认为是南戏早期之作，即在"宣和之后，南渡之际"，有的认为不晚于南宋中期，总之，肯定在元人北杂剧之前。于是承接王国维的话头，形成"南戏先熟论"一派。也有一些人持谨慎保守态度，考虑到如果产生在南宋中后期，不一定必然早于北杂剧。于是提出宋元南戏北剧平行发展、同时成熟的主张。这两派都回避一个铁一样的事实，《张协状元》中有【山坡羊】【叨叨令】【红绣鞋】【斗蛤蟆】（讹作【斗黑麻】）等近二十个同名的元曲本生曲牌。同名必相关，如不能说明例外或偶然，就无法否认《张协状元》与元曲具有交流互渗的渊源关系。这些牌子都能证明出自元曲，而不是相反。除此还有语言学的不少证据，如《张协状元》的曲词与道白都有"入派三声"的普遍现象，这是元人北曲的语言特征。特别是人称复数"每"字，为元人发明独用，宋人都写作"们""门"，而《张协状元》中有大量写作"每"的例证。近年，我们运用严格的科学考证，并经过与"南戏先熟论"派激烈论战之后，最后认定《张协状元》编剧的时期实为入元之后，其中与北曲曲牌同名的牌子可以确认为由元曲流入。总之，元人南曲与南戏的套数、宫调、用韵等也都是模仿或借鉴了元曲；特别是元代南戏的多数剧目都是改编自元人北杂剧，如"四大南戏"中就有三个能够证明改编自元人杂剧。所以才有上引明清曲论家认为"南曲源自北曲，北剧变为南戏"的异口同声之论，固然失之偏颇夸大，但如果理解为南戏是在元剧的直接资助与影响之下发展成熟的，是元曲的组成部分，则符合历史事实与真相。

3. 南戏的体制

无论在剧目上，还是乐曲调牌上，宋元南戏与北曲杂剧之间都存在着互相交流与影响的印迹。但在体制形式上，南戏与北剧仍有根本的区别。

首先是剧本的结构体例，南戏具有开放性与灵活性的特点，体现在篇幅上，即可以根据剧情自由伸缩，而且不忌枝蔓，因此都比北杂剧冗长。

其次是南戏的角色比较复杂，除了净、末与北剧相同，生与丑则是南戏独有的。在歌唱体制上，与北剧正末或正旦的一角独唱大不相同，南戏每本都有生、旦两主角，不仅主角主唱，而且其他配角均可歌唱。歌唱形式也很丰富，有独唱、对唱、轮唱、合唱等，十分灵活多样。

再次还有"副末开场"的形式，即第一场戏照例由副末首先登场，通过歌唱词曲以及与后台演员互相问答，概括介绍剧情和交代创作意图，又叫"家门大意"或"家门引子"。副末不是以剧中人，而是以局外人的身份代剧作家或剧团向观众宣传，之后剧情方正式开始。这一独特形式也是南戏独有，之后一直保留到明清传奇剧中。

当然，最后也是根本性的还是南戏语言和音乐带有明显的地域性特征。它的语音分平上去入四个声调，与诗词的音韵相一致。这是江南语音的特征，与北剧所用"平分阴阳""入派三声"的新四声不同。南戏的曲调，主要采自南方的民歌小调。《南词叙录》说"宋人词而益以里巷歌谣，不叶宫调"。通过对传世作品的考察可以看出，早期南戏确是在地方乐曲的基础上融合了不少唐宋旧曲，包括词乐。而元朝的南戏还广泛吸收了北曲调牌，"南北合腔"的现象相当普遍。南戏的缀合联唱，原不受宫调形式的限制，只以音乐的接合顺畅为原则，所以宋元南戏的剧本都不标注宫调。南戏中的个别宫调，如《错立身》十二出的"越调"，实际上是采用北曲【半鹌鹑】一套时引入的，后来有人创出所谓"南九宫"也是模仿了"北九宫"。不过已是南戏发展到明代传奇的产物。由于语音与音乐的地域性特质，南戏形成了清柔婉转的演唱风格，与北曲的高亢激昂形成鲜明反差。

（八）元曲的分期与分派

1. 传统分期法

根据元曲发生、发展与变化的阶段性特征，研究者有不同的历史时段切分，比较有名的有"三分法"和"二分法"两种。最早提出三分法的是王国维，他根据元人钟嗣成《录鬼簿》将所录作家分为"前辈已死""方今已亡"与"方今"三期，在《宋元戏曲史》中切分三段：蒙古时代（自元太宗取中原到元世祖至元一统之初，1234—1278）、一统时代（自前至元到后至元，1279—1340）、至正时代（元代末期，1341—1368）。三分法拘泥于钟嗣成对元曲作家的年辈区分，不太注意彰显不同时代的创作特点，而且在钟嗣成之后，元末明初一段元曲的尾声失落，故采用者不是太多。

1949年新中国成立以来通行一种二分法：以元成宗大德末年（1300）为界，把元曲划为前后两期。前期的作家都是北方人，创作活动以大都（今北京）为中心，以关汉卿、王实甫、白朴、马致远等著名作家为代表，这是元曲发展的最辉煌时期。后期从大德末到元末明初，是元曲走向衰微的时代，创作中心已转移到南方的杭州，作家多为南方人，或是流寓南方的北方人。较有名气者有郑光祖、乔吉、宫大用等，其作品的思想与艺术水平都不逮前期作家。这种二分法既能够清楚地展示出元曲由盛而衰的历史线索，又简明易记，故为多数戏曲史及文学史著作普遍采用。但二分法未免失之粗疏，只是突出元曲的盛衰转折，遮蔽了之前与之后的全局性完貌。此外，二分法与三分法还有一个共同问题，二者都受散曲与杂剧分论的前提制约，不是侧重杂剧就是偏于散曲，而对于元曲整体性观照则显得模棱含混。这是读者在借鉴采用时需要注意的。

2. 四分法

为了彰显元曲发展历史的阶段性特征、展示元曲艺术的主要节点与重要景观，这里有必要整合传统分类法，提出一种新的四分法。古今曲论家公认元曲最为繁盛辉煌的"黄金时代"在元世祖忽必烈至相继的元成宗元贞、大德之世（1264—1307），关、马、郑、白"元曲四大家"就产生于这个阶段，其前其后则与之有明显的差距与不同，所以必须切割出来，独立为一个阶段。其前金末元初（1234—1264）的作曲家元好问、商正叔、商挺、杜仁杰、杨果等，多是传统诗文作家、社会名流，又都是关汉卿、白朴父师一辈。与关、白等散、剧兼作的职业元曲家相比，这代作家只作散曲而不作杂剧，普遍带有业余"票友"的性质，所以必须划分出来，列为第一期。

元末明初，从元顺帝至正元年（1341）到明成祖永乐末年（1424），相当于贾仲明《录鬼簿续编》记载的作家，多在钟嗣成《录鬼簿》所载作家之后，代表人物有杨景贤、汤式、兰楚芳等，都是由元入明者。这是元曲的余波尾声，于衰落中也有重振与新生。北曲二最——最长的名套《上高监司》与最长的杂剧《西游记》——都产生于此期。此前被割裂的元曲重要组成部分——南戏——恰好"中兴"在元末明初之时。现在应把"荆刘拜杀"四大传奇与高明《琵琶记》都收归在此。所以，元末明初也有必要单列一段。这样，本书采取的四段式划分就是非常必要合理的了：始以元好问、商道、杜仁杰为代表的初兴期，继之以元曲四大家为代表的繁盛期，承之以乔（吉）张（可久）为代表的变化期，终以杨景贤、贾仲明为代表的余波期。为形象醒目计，分别采用青铜、黄金、白银与镔铁四种金属以比拟之。

需要特别说明，处理年辈交叠作家排序有与以往不同者，本书的原则是参照年辈但并不拘泥之，而以作家代表作或名作的写作时间为准进行适当调整。比如白无咎年少于冯子振，论年辈以前都划入冯子振之下一期。但由于冯子振记述"壬寅岁"（大德六年，1302）曾步韵白无咎名作《鹦鹉曲》，据此则把白无咎提前，划入冯子振的同时代。睢景臣也是如此，按钟嗣成《录鬼簿》排辈在乔吉之后，但由于明确记载他的名套《高祖还乡》作于大德七年之前，所以提入前一个时代。

3. 元曲流派

明代朱权《太和正音谱》列有"乐府十五体"，是对元曲风格流派的专门划分。他的流派论虽然具有开创性，但因为概念混乱不清，所以不为后人所取。当代论曲者一般分为豪放与清丽二派，分别以关汉卿与王实甫为代表；也有用本色与文采相对为说者，指义差不多。这种二分法也有很多弊病，首先是失之粗简，如幽默滑稽是元曲中非常重要的一路，就被漏掉了。另外，豪放与清丽并不在同一逻辑平面上构成对立。豪放多指的是内容精神，而清丽则偏重于语言风格，二者常有交叉之处，豪放意境既可出之以本色爽利之语，也可以清词丽句加以表现，反之，文采华丽之语既可表达婉约细腻的情感，也可表达放达超越的思想。和豪放相对应的应是婉约，清丽的对立面应是俚俗朴实。还应说明的是，"豪放"清丽"的术语从词学中借来。虽然有些曲论家注意强调词曲二者的差异，由于术语混淆，仍难以摆脱以词律曲的惯性。

我们根据元曲创作实际，侧重于作品的语言辞采，选择整理前人术语，把元曲分为五派，也就是厘定为五种主要风格范式。有必要说明，风格流派的分析批评主要针对那些有明显特点与倾向的作家，而且还是针对其代表作品而言的。不必说那些大作家，就是其他名家也多是作品众多、风格多样化的。风格流派只能把握其主流，及其与众不同的特点，并不能包罗一切。

（1）本色派

本色派以关汉卿为代表，是元曲的主流，特指那种纯用俚俗口语、不用典故、不着色彩的一种朴实无华的语言表达。朱权《太和正音谱》评"关汉卿之词，如琼宴醉客"，可谓深得关曲精神之三昧。高档宴会上的酒醉之客，毕露人性本真面目，吐真言、道真情，放肆而行，但又非同醉汉骂街的市井酒徒之土俗无赖。如果说中国古典文学中有一种"大俗即大雅"的艺术，那么可以说由关汉卿为代表的本色派建立了最高的审美范式。

（2）清丽派

清丽派也叫文采派，是一种与本色派相对立的风格，讲究词采绚丽，由诗词的清华秀美一路发展而来。杂剧以王实甫《西厢记》为代表，散曲则由白朴开其风。朱权《太和正音谱》论"王实甫之词，如花间美人"，可谓的评。

（3）苍华派

苍华派指以马致远为代表的风格，苍劲中含有几许明媚，清旷与宏丽融合为一体。朱权《太和正音谱》评马曲为"朝阳鸣凤"，王世贞《曲藻》则评之"放逸宏丽而不离本色"，实为一种"老树春花，霜林枫叶"般的审美范式。

（4）喜剧派

喜剧派可以杜仁杰、睢景臣为代表。元曲与唐诗宋词最大的不同就是充满喜剧的谐趣，幽默、滑稽、讽刺、调侃、嘲弄的作品俯拾皆是。古代论曲家总强调元曲有一种特有的"蛤蜊"风致或"蒜酪"风味，所指主要就是这种独特的喜剧精神品格，甚至可以径直说曲味即谐趣，无喜剧则无元曲。

（5）格律派

格律派以张可久为代表，杂剧以郑光祖为代表，理论主张则以周德清为旗帜。周德清《中原音韵》中《作词十法》有专论"造语"一项，提出"两反对"——"太文则迂，不文则俗"，禁止用"俗语，蛮语，谑语，嗑语（拉闲嗑的口语），市语，方语"等，从而与上述各派做出自觉的区别，主张用一种"文而不文，俗而不俗"的白话书面语，具有明确的格律指标，那就是"音律好，衬字无，平仄稳"。郑光祖与张可久的曲语正好就是这样一种中规中矩的白话书面语，反映着元曲由前期天才的自由发挥向后期人工精密制作的转换。张可久到明代身价暴涨，自朱权《太和正音谱》开始，已被排到马致远之后的第二位。朱评其为"诚词林之宗匠也"，说的就是人工制作的典范。应当说也十分中肯。我们今日总是难以理解，郑光祖与张可久创作能力平平而经常被古代曲论家推崇为元人第一第二，就是因为他们是人工制造的宗匠。关、马、白、王那些天才不可仿学，而郑、张可法可学，这多半是越到后来他们越受推重的原因。

4. 杂剧的题材分类

戏剧在本质上属于叙事性文学，从题材类型方面对元剧加以划分具有普遍可行性。最早对元杂剧题材进行归纳分类的也是朱权。他在《太和正音谱》中列有"杂剧十二科"："一曰神仙道化、二曰隐居乐道、三曰披袍秉笏、四曰忠臣烈士、五曰孝义廉节、六曰叱奸骂谗、七曰逐臣孤子、八曰铍刀赶棒、九曰风花雪月、十曰悲欢离合、十一曰烟花粉黛、十二曰神头鬼面。"十二科名目有不少交叉，并不严密。今人对此加以整合，一般分为历史剧、婚姻爱情剧、公案剧、英雄传奇剧和家庭问题剧等几个主要题材类型。公案剧指包公戏之类的清官判案戏，英雄传奇剧指水浒好汉以及杨家将抗敌英雄一类的传奇戏，家庭问题剧指《东堂老劝破家子弟》《杀狗劝夫》一类家庭伦理剧。南戏多改编自北杂剧，大致也不外乎这几个类型，此不详述。

元曲的第一期为发轫之始期，作品古迹斑驳，朴拙可喜。为方便记忆，可以用标志历史早期文明的"青铜时代"比拟之。时当金末元初（1234—1264），文人尝鲜，把新兴的市井流行歌曲引入文坛，逐渐取得成功。这些作家有元好问、商正叔、商挺、杜仁杰、杨果、刘秉忠等，都是由金入元的传统诗文作家，也都是社会名流。他们都是关汉卿、白朴父师一辈。元好问是白朴的老师，白朴称杨果为"杨丈"。这代作家只作散曲而不作杂剧，普遍带有业余"票友"的性质。杂剧与散曲兼作，成为职业的元曲家则是从第二代的关、白一辈才开始的。元代曲论家称第一代曲家为"名公"，以与关、白等"才人"区别。金末元初时期实为元曲超越民间阶段跻身文坛的开创期、实验期，因为具有明显突出的阶段性区别特征，所以必须划分出来，列为第一期。

有两个特殊情况的处理需要说明。首先是《董西厢诸宫调》，虽然在金末元初还流行，仿作不少，但此书产生时间更早一些，既然元曲家都受其影响，把它公认为"北曲之祖"，自然可以放在此创始期加以观照。其次是胡紫山与王恽等，虽与白朴年辈相近，但其创作有证据表明较早，如胡紫山散曲名句"残花酝酿蜂儿蜜，细雨调和燕子泥"曾被关汉卿名剧《拜月亭》引用，据此也将这些人附入第一期。

（一）董解元（生卒年不详）

这位创作了"我们的文学史里很少伟大叙事诗"的"异常伟大的天才"（郑振铎《中国俗文学史》评语）作家，只留下一部《西厢记诸宫调》，却没有留下他的真实名字，也埋没了他的里籍事迹。"解元"本是科举考试第一级乡试的第一名，据此推想他有可能是一个中过举的读书人。但这个称呼也可能只是一个对读书人或者有文化的民间艺人的尊称。元明两朝的曲论家都说他是金朝后期章宗（1190—1205 在位）时人，是元曲的"创始者""第一人"。他的"董西厢"被后人奉为"北曲之祖"。

《西厢诸宫调》（摘调）

【仙吕调·赏花时】（离蒲西三十里①，日色晚矣，野景堪尽）落日平林噪晚鸦，风袖翩翩催瘦马，一径入天涯。荒凉古岸，衰草带霜滑。

瞥见个孤林端入画。篱落荒疏带浅沙。一个老大伯捕鱼虾。横桥流水，茅舍映荻花。

【尾】驼腰的柳树上有渔槎②，一竿风旆茅檐上挂③。淡烟消洒，横锁着两三家。（生投宿于村店。）

⊕ **注释**

① 蒲——蒲州（今山西永济）。著名的崔、张"西厢记"爱情传说发生在蒲州普救寺。
② 渔槎（chá）——小渔船。
③ 风旆（pèi）——风中飘荡的旗子，这里指"酒旗"或"幌子""望子"，古代是酒馆或旅店的标志。

⊕ **赏析**

这段曲词描写西厢记爱情故事的男主角张生痛别情人崔莺莺，赴京赶考，傍晚投宿在荒村野店。一路所见，秋风野水，暮烟迷蒙，冷落的渔村，弯曲的老柳树系着一只小渔船，一个老渔父，茅店门前一竿酒旗，在西风中飘荡。如同一幅意境悠远的风景画，令人玩味不尽。三个"一"字领起的句式反复交替出现，不动声色地烘托渲染出主人公一人一马的孤独冷落。试与唐代诗词的同题材名作略作比较，就可见出此曲的独特新奇。储光羲《钓鱼湾》："垂钓绿湾春，春深杏花乱。潭清疑水浅，荷动知鱼散。日暮待情人，维舟绿杨岸。"请特别注意"老大伯"与钓鱼人、"驼腰的柳树"与"绿杨"，曲与诗写同类人、物，而风味不同。再来读张志和的【渔歌子】词："西塞山前白鹭飞，桃花流水鳜鱼肥。青箬笠，绿蓑衣，斜风细雨不须归。"如果把唐人诗、词看作唐代通行的青绿山水画，碧丽绚烂，那么董解元之曲正如宋元发达的水墨山水画，纯用白描手法，不着色彩，用语质朴，采入口语俗词，别有一种风致情调。朴野古淡、荒寒野逸成为宋元艺术风景主题的共有审美范式，"董西厢"中就深蕴并体现着这种时代风尚。

◉ 曲谱

　　五句，77545，＋｜－－＋｜＋▲＋｜－－＋｜＋▲＋｜｜－
－▲－－＋｜，＋｜｜－－▲

　　例曲用两段，加上【尾声】，就是后来元曲"套数"的原型。燕南
芝庵《唱论》说："有尾声曰套数。"一曲带尾，就是最短的套曲。后
来元人作曲，一个牌子只作一段。如果需要写两段或多段，就要注明
【幺篇】。因此，习作曲词一般只需掌握一段的格律就够了，第二段是
第一段的完全重复。

　　一般练习写作，先记熟这首样板曲将其作为格律模板。因为样板
曲都是名作，在欣赏的过程中容易记诵。然后对比阅读曲谱格律，大
致掌握其平仄字调，以及音步节奏。制曲就是按样板曲照葫芦画瓢，
写出曲文，最后与格律谱检对，大致不差就行了。

　　【赏花时】的格律要点是每句都有一个"－－"的双字节音步，记
住它就好办了。两个七字句和两个五字句，都用律诗的格律，只要在
"－－"的音步前后组接字调大致相反的音步就行，不要求像律诗那
么严格。四字句的格律也遵守七言律句前四字的原则——两音步平仄
字调相反。

　　第二段第一句"瞥见个"，"个"是衬字，不计格律。第三句"老
大伯"是衬字。

（二）佚名氏（生卒年不详）【越调·天净沙】秋思

　　枯藤老树昏鸦，小桥流水人家，古道西风瘦马。夕阳西下，断
肠人在天涯。

⚙ 赏析

这首小令在元曲中知名度最高，传说是"曲状元"马致远之作。那是因为它写得太好，才有人以为非致远不办。其实真正的名篇绝唱并不需要靠作家名气来增值；而像马致远这样的大名家也不是靠一两篇名作就能抬高或降低身价的。这首曲子最早记载于元初盛如梓《庶斋老学丛谈》卷三："北方士友传沙漠小词三阙，颇能状其景。"此为其中第一首。加上近年地下出土的金元瓷器上书写样本，已经可以看到四个元朝版本，都没有记录作者，只能认为是佚名氏之作。经过三百多年之后，直到明朝中后期，才有蒋一葵的《尧山堂外纪》说是马作。考察马致远生平行迹，其主要活动于"燕赵""中原"与"江浙"，未见他有旅行西北沙漠的经历。这首名曲假托名人的痕迹十分明显。

此曲在元代就被曲论家周德清评为"秋思之祖"，意思是它超越了前代描写秋日情思的诗词名作，同时元曲中所有同题材之作都不能望其项背。此作抒写天涯游子在秋日黄昏里的思绪感受。前三句叠用九种富有意象特征的秋日景物，把所有的连接词、判断语统统删除，集中营造了一个苍凉荒寒的意境画面，表现天涯游子孑然一身，奔波于漫漫旅途中的孤独寂寞之情。"古道西风瘦马"既映射出他满面灰尘、疲惫不堪的身影，也写出他今夜不知落谁家的悲凉意绪，表现了一种人在旅途的生命沦落感与疲惫感。曲作字少句浅，但意象荒寒古野，深含哲理韵味。

⚙ 曲谱

五句，66646，＋ － ＋｜－ － ▲＋ － ＋｜－－▲＋｜－ － ｜｜▲＋ － － ｜，＋ － ＋｜－ － ▲

末句与前三句音步相同，都是"222"式的6字句，不可断为"33"式步节。

（三）元好问（1190—1257）

元好问，字裕之，号遗山，人称"元才子"，太原秀容（今山西忻州）人。出身官宦世家，金末曾中进士第，做过几任县令，后调入中央尚书省任职，官至翰林编修、知制诰。金朝灭国后流亡于山西、河北和山东之间，未再入仕，以教读著作终其生。元好问是金末元初文坛领袖。诗文词曲全能，其文被当时推为"北方文雄"；诗作最富，常为人称道的有丧乱诗与《论诗三十首》；其词为北方金元之冠，独与南宋相抗。一句"问世间情是何物，直教生死相许"，足以流芳百世；散曲存世9首，是文人派元曲的开山示范之作。明初朱权《太和正音谱》评其曲风"如穷崖孤松"。著名元曲家白朴、李文蔚等以及真定曲家群多为元氏弟子。元明评论家多奉其为元曲鼻祖。

【小石调·小圣乐】骤雨打新荷

绿叶阴浓，遍池亭水阁，偏趁凉多。海榴初绽①，朵朵蹙红罗②。乳燕雏莺弄语，对高柳鸣蝉相和。骤雨过，珍珠乱糁③，打遍新荷。人生百年有几？念良辰美景，休放虚过。贫富前定，何用苦张罗。命友邀宾宴赏，对芳樽浅斟低歌。且酩酊，任他两轮日月，来往如梭。

❀ 注释

① 海榴——石榴，又名海石榴。因来自海外故名。在古代诗文中多指石榴花。

② 蹙（cù）——皱，收缩。

③ 糁（shēn）——颗粒状撒落。

⊛ **赏析**

此曲有三新。一是腔调新，本曲是作者的一首自度曲，即自创新调。《辍耕录》卷九："【小圣乐】乃小石调曲，元遗山先生好问所制，而名姬多歌之，俗以为【骤雨打新荷】者是也。"宋词有【大圣乐】，出教坊曲。此名【小圣乐】，表明这是从旧词调改造的一个新曲调。元曲有"三源说"，除了"源自北方胡乐说"与"源自市井俗曲说"之外，最通行的还是"源于唐宋词"之说。此作就是一个词变为曲的具体实例，还残留着双片制、韵脚稀疏等蜕化未尽之迹。二是意境新。春花秋月易感易入，瑞雪端午也不难取材。此曲选择非程式化非典型性的初夏时令为题，取景精准，画面鲜明，显示了作者特别的观察能力与表现能力。三是语新字精。特别是"骤雨打新荷"之句，新采至极，成为千古警句。此后竟以此句改换为曲牌新名。有此三新，故当时"名姬多歌之"，成为一首广为流行的名曲。

（四）商道（1194—1269后）

商道，字正叔，或作政叔，曹州济阴（今山东菏泽）人。由金入元，与元好问交好。官至翰林国史院学士。为人滑稽豪爽，曾编撰《双渐小卿诸宫调》，已经失传。存世散曲有小令4首、套数8篇及残套5篇。《太和正音谱》论其曲"如朝霞散彩"。

【双调·新水令】

彩云声断紫鸾箫①，夜深沉绣纬中冷落。愁转增，不相饶。粉悴烟憔②，云鬟乱倦梳掠③。

【乔牌儿】自从他去了，无一日不喒道④。眼皮儿不住了梭梭跳⑤，料应他作念着。

【雁儿落】愁闻砧杵敲⑥，倦听宾鸿叫⑦。懒将烟粉施，羞对菱花照⑧。

【挂玉钩】这些时针线慵拈懒绣作，愁闷的人颠倒。想着燕尔新婚那一宵⑨，怎下得把奴抛调⑩？意似痴，肌如削。只望他步步相随，谁承望拆散鸾交⑪。

【乱柳叶】为他、为他曾把香烧，怎下得将咱、将咱抛调。惨可可曾对神明道⑫，也不索和他叫⑬。紧交，誓约，天开眼自然报。

【太平令】骂你个短命薄情才料⑭，小可的无福难消⑮。想着咱月下星前约，受了些无打算凄凉烦恼⑯。我呵，心儿里想着，口儿里念着，梦儿里梦着，又被这雨打纱窗惊觉。

【豆叶黄】不觉得地北天南，抵多少水远山遥。将一个粉脸儿何曾忘了。怕的是钟送黄昏鸡报晓，昏晓相催，断送了愁人，多多少少。

【七弟兄】懊恼，这宵，受煎熬。被凄凉一弄儿相刮噪⑰。画檐间铁马儿晚风敲⑱，纱窗外促织儿频频叫⑲。

【梅花酒】呀，罗帏中静悄悄，烛灭的烟消，枕冷衾薄⑳，梦断魂消。扑簌簌泪点抛，急煎煎眼难交，百般的睡不着，更那堪雨潇潇㉑。雨潇潇，夜迢迢；夜迢迢，最难熬；最难熬，晚风敲。

【收江南】呀，则听得淅零零细雨儿洒芭蕉。孤眠独枕最难熬，绛绡裙褪小蛮腰㉒。即渐的瘦了㉓，相思满腹对谁学㉔。

【尾】急煎煎每夜伤怀抱，扑簌簌泪点儿腮边落。唱道是废寝忘飧㉕，玉减香消。小院深沉，孤帏里静悄，瘦影儿紧相随，一盏孤灯照。好教人急煎煎心痒难挠，则教我千万声长吁到不的晓。

⊛ 注释

① 彩云声断紫鸾箫 —— 意指情侣隔断、分离。彩云：李白《宫中行乐图》诗有"只愁歌舞散，化作彩云归"句，后多以彩云喻所怀情人。紫鸾箫：刻有鸾凤的紫竹箫，这里反用萧史善吹箫而弄玉爱之的典故，见刘向《列仙传》。

② 粉悴烟憔 —— 即烟粉憔悴。意指脂粉消残，面容憔枯。烟：通"胭"，胭脂。下同。

③ 梳掠 —— 指梳理头发。

④ 唸（diān）道 —— 念叨，惦念。

⑤ 梭梭 —— 形容眼皮不自主跳动的情状。

⑥ 砧杵 —— 古代捣衣的工具，此指捣衣声。砧：石头砧板。杵：木杵，即棒槌。在古代诗词中，捣衣声多为思妇怀远的象征。

⑦ 宾鸿 —— 大雁。因其冬来春去，居止不定如同宾客，故称宾鸿。

⑧ 菱花 —— 菱花镜。古代铜镜，背面饰以菱花图案，故称。

⑨ 燕尔新婚 —— 欢乐的新婚。语出《诗经·邶风·谷风》。

⑩ 抛调 —— 同"抛掉"，抛弃。下同。

⑪ 鸾交 —— 和谐的爱情或婚姻。

⑫ "惨可可曾对"句 —— 意指曾对神发过吓人的毒誓。惨可可：言其惊心，吓人。或作"磣可可"。

⑬ 叫 —— 吵闹，争吵。多作"唱叫"。

⑭ 才料 —— 方言语词中指没出息、不长进的年轻人。

⑮ 小可的无福难消 —— 意为你命太薄，没福分消受我的爱情与美貌。

⑯ 无打算 —— 想不到，出乎意外。

⑰ "被凄凉"句 —— 被那些凄凉的秋声搅闹得心烦意乱。一弄儿：一切，所有的。刮噪：或作"刮躁"。吵闹得心烦。

⑱ 铁马儿 —— 古代建筑挂在角檐下的铁铃，又叫风铃。

⑲ 促织儿 —— 蟋蟀。

⑳ 衾（qīn）—— 本是搭在被子之上的大被，此泛指被褥。

㉑ 那堪 —— 怎么能够忍受，无法忍受。

㉒ 小蛮腰 —— 腰肢纤细。小蛮：唐代诗人白居易的侍妾，以腰细善舞著名。见孟棨《本事诗》。

㉓ 即渐的 —— 很快地，眼看着。也作"即里渐里"。

㉔ 学 —— 诉说。

㉕ 废寝忘飧 —— 废寝忘食。飧：晚饭，引申为吃饭。

◎ 赏析

　　这篇套曲写一个女子在秋夜里对远游情人的苦思，展现她由思极、恨极到无奈、无聊的精神受难历程。砧杵的敲击，宾鸿的哀鸣，蟋蟀的悲泣，以及风吹檐间风铃和秋雨打芭蕉的声响，交织成一支低回凄婉的旋律，把主人公内心的无限痛苦和哀怨推到顶端。这篇作品通过排比景物渲染气氛，淋漓尽致地剖析人物的内心世界，并大量使用口语、俚俗语造成曲作流动、轻灵的风格，对后来的元曲创作颇有影响。尤其【梅花酒】【收江南】二曲中的两个声词"呀"的运用，灵动飞扬，情态毕现。最后映带领起一串顶针连环句："更那堪雨潇潇。雨潇潇，夜迢迢；夜迢迢，最难熬；最难熬，晚风敲"，蝉联往复，一贯而下。后来马致远在《汉宫秋》名剧的同名曲牌中刻意效仿之而加倍增长，创造出更加美妙的华章。由此可见，"曲状元"也是学习借鉴前人而后才出蓝胜蓝的。

（五）杨果（1197—1269）

　　杨果，字正卿，号西庵，祁州蒲阴（今河北安国）人。金正大元年（1224）进士，曾官偃师县令（治所在今河南）。入元后历任北京宣抚使、参知政事、怀孟路总管等职。著有《西庵集》。《元史》本传说他"性聪敏，美风姿，工文章，尤长于乐府"。存世散曲有小令11首，套曲5篇。《太和正音谱》论其曲"如花柳芳妍"。

【仙吕·赏花时】

秋水粼粼古岸苍①，萧索疏篱偎短冈②。山色日微茫。黄花绽也，妆点马蹄香。

【胜葫芦】见一簇人家入屏障③。竹篱折补苔墙④，破设设柴门上张着破网⑤。几间茅屋，一竿风斾⑥，摇曳挂长江。

【赚尾】晚风林，萧萧响⑦，一弄儿凄凉旅况⑧。无数桑榆侵道旁，草桥崩荡漾孤航⑨。唱道向红蓼滩头⑩，见个黑足吕的渔翁鬓似霜⑪，靠着那驼腰拗桩⑫，瘿累垂脖项⑬。一钩香饵钓斜阳。

✿ 注释

① 粼（lín）粼——水波荡漾貌。

② 萧索——冷落。

③ 屏障——屏风，饰有山水花鸟图案的画屏。这里用来比喻自然山水之美，是风景如画的意思。

④ 竹篱折补苔墙——残破的墙头用竹篱笆补上。折补：相抵，找补。

⑤ 破设设——破旧。设设：北方口语中的衬字，表语气。

⑥ 风斾——飘荡在风中的酒旗。

⑦ 萧萧——拟声词，形容秋风吹过的声音。

⑧ 一弄儿凄凉旅况——旅途上到处是一片凄凉景象。一弄儿：一切，到处。

⑨ 孤航——一叶小舟。

⑩ 唱道——这里是语气衬词，即话搭头，无实义，仅起凑足音节作用。红蓼（liǎo）：生长在水边的一种野生植物，花红色穗状。

⑪ 黑足吕 —— 黝黑貌。足吕：或作"出律"，曲中衬字。今北方口语中仍有"黑出溜"一词。

⑫ 驼腰拗桩 —— 弯曲的缆船木桩。

⑬ 瘿（yǐng）累 —— 此处指脖子上的肿块，俗称大脖子病。

⊛ 赏析

这篇套曲写旅途所见荒江渔夫的一幕生活场景，运用简淡的白描手法，勾画出一副清奇古拙的西风斜阳垂钓图。镜头摇过稀稀落落的渔家茅舍、篱笆苔墙、破旧的柴门、渔网、秋风中的酒旗、败落的草桥、飘荡的小舟，最后推出靠着驼腰枯桩垂钓的老渔翁的特写：黝黑的面容和如霜的两鬓，表明他已饱经忧患和历尽人世沧桑；脖项下那颗不知垂挂了多少年的大赘瘤显示着他的古朴苍老。整个画面充满世外桃源般的宁静平和气氛，流淌着奇崛古野、混沌未凿的原始情调，反映了作者对劳攘尘世的厌弃和回归自然的愿望。此曲与《董西厢》的【仙吕赏花时】对读，真有古琴与洞箫合奏、异曲同工之妙。

（六）杜仁杰（生卒年不详）

杜仁杰，号善夫（善甫），长清（今属山东）人。金末元初人，与元好问同时且有交。青年时曾隐居于内乡（今属河南），金亡后返故里，曾入东平严实幕中。元王朝曾多次征辟，均不就。后因儿子为官，元朝赠授他资善大夫、翰林承旨等虚衔。性格诙谐，好学多才。存世散曲有小令1首、套曲3篇及一些残曲。《太和正音谱》论其曲"如凤池春色"。

【般涉调·耍孩儿】庄家不识构阑①

风调雨顺民安乐，都不似俺庄家快活。桑蚕五谷十分收，官司无甚差科②。当村许下还心愿，来到城中买些纸火③。正打街头过，见吊个花碌碌纸榜④，不似那答儿闹穰穰人多。

【六煞】见一个人手撑着椽做的门，高声的叫"请请"，道"迟来的满了无处停坐"。说道"前截儿院本《调风月》，背后幺末敷演刘耍和"⑤。高声叫"赶散易得，难得的妆哈"⑥。

【五】要了二百钱放过咱，入得门上个木坡，见层层叠叠团圞⑦坐。抬头觑是个钟楼模样，往下觑却是人旋窝。见几个妇女向台儿上坐，又不是迎神赛社⑧，不住的擂鼓筛锣。

【四】一个女孩儿转了几遭，不多时引出一伙。中间里一个央人货⑨，裹着枚皂头巾，顶门上插一管笔，满脸石灰，更着些黑道儿抹。知他待是如何过？浑身上下，则穿领花布直裰⑩。

【三】念了会诗共词，说了会赋与歌，无差错。唇天口地无高下，巧言花语记许多。临绝末，道了低头撮脚⑪，爨罢将幺拨⑫。

【二】一个装做张太公，他改做小二哥，行行行说向城中过。见个年少的的妇女向帘儿下立，那老子用意铺谋待取做老婆。教小二哥相说合，但要的豆谷米麦，问甚布绢纱罗⑬。

【一】教太公往前那不敢往后那⑭，抬左脚不敢抬右脚，翻来覆去由他一个。太公心下实焦躁，把一个皮棒槌则一下打做两半个。我则道脑袋天灵破，则道兴词告状，划地大笑呵呵⑮。

【尾】则被一胞尿爆得我没奈何，刚捱刚忍更待看些儿个，枉被这驴颓笑杀我⑯。

⊙ 注释

① 构阑 —— 多写作"勾栏",宋元间演出戏剧及各种技艺的场所,因用栏杆围绕,故称。

② 差(chāi)科 —— 徭役和赋税。

③ 纸火 —— 敬神用的纸钱和香烛等物。

④ 花碌碌纸榜 —— 指五颜六色的戏剧演出广告。

⑤ "前截"二句 —— 意为前半截演出《调风月》的戏,后面接着是刘耍和的演出。院本:金元人对滑稽戏与歌舞戏的专称。幺末:元杂剧的早期名称。刘耍和:金末元初一个著名的戏剧演员,曾任教坊色长。

⑥ "赶散"二句 —— 意为一般水平的演出容易看到,高水平的演出可是难得一见。赶散:到处赶场的散乐戏班,又叫草台班,如当时的"太行散乐忠都秀"班。妆哈:也写作装合,喝采,引申为精彩。

⑦ 团圞(luán)—— 团圆,此指坐成圆圈状。

⑧ 迎神赛社 —— 指农村集会祭神的活动。

⑨ 央人货 —— 害人精。央:同"殃"。

⑩ 直裰(duō)—— 长袍。

⑪ 道了低头撮脚 —— 意为表演完了,低头并足,向观众致谢。

⑫ 爨(cuàn)罢将幺拨 —— 意为帽戏结束,开始上演正剧。爨:宋杂剧和金院本中置于开头的一段简单表演。幺:幺末,即正杂剧。拨:拨弄,搬演。

⑬ "但要的"二句 —— 意为不管对方要什么彩礼,都不必计较,只管答应她。

⑭ 那 —— 同"挪"。

⑮ 划(chǎn)地 —— 反而。

⑯ 驴颓 —— 公驴生殖器,骂人的粗话。

⊛ **赏析**

　　此篇套曲最突出的特色是充满喜剧性，描写了一个没见过世面的庄稼汉第一次进城看戏，对剧场勾栏中的一切都感到新奇怪异，莫名其妙；对台上演出的人物和故事也似懂非懂，都按他的经验、见识进行想象和解释。他的眼睛就像一面哈哈镜，一切到了他的眼里都变得那样荒唐怪诞、滑稽可笑，而这个乡下佬的呆气和憨态就更令人捧腹。特别值得称道的是，作者拿乡下人制造笑料，分寸与火候掌握得较好，是善意的调侃、戏谑，并无恶意诬蔑丑化之嫌。可谓善诙谐而不虐。此外，作品中记录保存了早期戏剧的演出实况，具有极高的史料价值。

　　此套借用十分独特的代言体，这是剧本叙事的方法，就是作者代替故事中的一个人物发言，具体此篇就是从一个乡巴佬的眼睛看，用他的嘴巴说出，浓厚的喜剧色彩就是这样制造出来的。语言适应人物身份，纯用方言口语，"那答儿""前截儿"等新产生的儿化音词汇的大量采用，呈现出生活的原生态。此作代表元曲来源"市井俗曲"的一派，开辟出传统诗词前所未有的一个全新审美天地。

（七）商挺（1209—1289）

　　商挺，字孟卿，一作梦卿，自号左山老人，曹州济阴（今山东菏泽）人。著名散曲家商正叔的侄子。由金入元，历任东平行台经历、参知政事、枢密院副使等职，著有《左山集》。《元史》卷一五九有传，其散曲作品存小令19首。

1.【双调·潘妃曲】（二首）

> 冷冷清清人寂静，斜把鲛绡凭①。和泪听，蓦听得门外地皮儿鸣。则道是多情②，却原来翠竹把纱窗映。
>
> 戴月披星担惊怕，久立纱窗下，等候他。蓦听得门外地皮儿踏。则道是冤家③，原来风动荼蘼架④。

❀ 注释

> ① 斜把鲛（jiāo）绡（xiāo）凭 ——斜靠着身子以手帕托腮而凝思。鲛绡：
>   贵重的丝纱，引申指精美的手帕。
> ② 则道是多情 ——只当是情人。
> ③ 冤家 ——对情侣的昵称。
> ④ 荼（tú）蘼（mí）架 ——花木棚架。荼蘼：观赏性花木名，枝条为藤状，
>   初夏开白花。

❀ 赏析

　　这二首用同一个曲牌连写，内容相关，叫"重头小令"，又叫"联章体"。第一首写一个处于热恋中的少女，在冷冷清清的夜晚期待情侣前来幽会。久等不来，急得都流出了眼泪。忽然门外有响声，终于来了！她禁不住一阵狂喜，赶忙迎出门去，却空无人影。原来是等得急不可耐而误把翠竹拍打纱窗的声音当成了情侣的脚步声。第二首在主题、内容和构思上基本相同，仅在细节上加以变化，写女主人公错把风吹荼蘼架的响声当成了情人的脚步声，显得更为自然、活泼。

　　原本是各自独立的两篇，合起来则构成组歌形式，互相映照、补充，让读者在有意制造的重复情境中获致更深刻鲜明的意象。这组重头小令通过勾画女主人公的一个外在行动，刻画青年男女幽会时的微妙心理感觉，富有戏剧性，保持了民歌体的一些鲜明特征。

2.【双调·潘妃曲】

> 闷酒将来刚刚咽，欲饮先浇奠①。频祝愿：普天下心厮爱早团圆②！谢神天，教俺也频频的勤相见。

❀ 注释

① 浇奠——把酒浇在神前进行祭奠。
② 心厮爱——心里相爱。

❀ 赏析

这是一首有名的闺中相思曲。作品以女子口吻，抒写爱情受阻隔的苦闷和渴望欢会的痴情：也许他远在天涯，长年难归；也许他近在咫尺，却不得相见；也许他根本就不存在，只是她心中一个美好的偶像。总之，她只能向神天诉说自己的心愿，祈求普天下所有的情人都得以团圆，自己也在其中获得欢会的幸福。她能推己及人，说明她对阻隔之苦体味太多太深，也显示了她心灵的纯洁和善良。这首小令构思新奇，立意超远。爱情是古今中外永恒的主题，此曲却达到爱情至上主义的高度，唱出时代的最强音。后来关汉卿的《拜月亭》、王实甫的《西厢记》杂剧都吸取此曲的情意，为创造典型人物所用，"愿天下有情人都成了眷属"成了元曲爱情剧的共同口号。

❀ 曲谱

又名【步步娇】，六句，753735，十｜－－－－＼▲十｜－－＼▲十＼十▲十｜－－｜－十▲｜－－▲十｜－－＼▲

此调第一 7 字句中四平调相联，是定格。

（八）刘秉忠（1216—1274）

刘秉忠，字仲晦，号藏春散人，邢州（今河北邢台）人。出身官宦之家，青年时曾出家为僧。元世祖忽必烈时拜为光禄大夫、太保，参预中书省事，协助订立朝仪官制。《元史》卷一五七有传。他博学多才，性格恬淡，常以吟咏为乐事。著有《藏春散人集》，散曲存世有小令12首。

1.【南吕·干荷叶】

干荷叶，色苍苍，老柄风摇荡。减了清香，越添黄。都因昨夜一场霜，寂寞在秋江上。

❀ 赏析

这首小令取象独特，以苍凉沉重的调子，咏叹枯萎败落的干荷叶，前所未有。它被无情地抛弃在萧瑟冷落的秋江之上，任凭风摧霜欺，孤立无助；香消韵衰，生命即逝，再也无可挽回。它诉说着生命的大不幸、大悲哀和大无奈。作者通过这幅秋江败荷图，抒写了生命接近枯萎时的孤独感、被弃感和绝望感。

词曲牌子之名，初始就是文题。此作即是咏题，叫作"缘题成赋"。如果离题填写别的内容，叫"借题别咏"。刘秉忠作有8首【干荷叶】，"缘题"与"借题"都有，明朝著名文学家杨慎论曰"凄恻感慨，千古寡合"，允为的评。

❀ 曲谱

又名【翠盘秋】，七句，3353375，＋－＋，｜－－▲｜｜－－\▲｜－－▲｜－－▲＋－＋｜｜－－▲＋｜－－\▲

第四句"了"是衬字。也可与第五句合并为一个 7 字句，"减了清香越添黄"，"了"算作实字，全曲则变七句体为六句体。

2.【南吕·干荷叶】

南高峰，北高峰①，惨淡烟霞洞②。宋高宗③，一场空，吴山依旧酒旗风④。两度江南梦⑤。

⊛ 注释

① 南高峰，北高峰——在今杭州西湖边的两座高山，西湖十景中有一景名为"双峰插云"。
② 烟霞洞——西湖景点，在南高峰下。
③ 宋高宗——即南宋第一代皇帝赵构。
④ 吴山——山名，在西湖东南，俗称城隍山，系西湖景点之一。

⊛ 赏析

这首小令咏史吊古，拟写西湖风光，抒发历史兴亡之感。宋高宗赵构避金南渡，妄想苟安一隅，结果跟五代十国时的吴越王钱镠（liú）一样，仍是一场幻梦。犹如西湖春日的惨淡烟霞，最终化为历史的过眼云烟。而今惟有山水依旧，春光依旧。深沉的历史感慨出之轻快的笔调，别有一番风味。

3.【南吕·干荷叶】

夜来个①，醉颜酡②，不记花前过。醒来呵，二更过。春衫惹定茨蘼科③，拌倒花抓破。

⊛ 注释

① 夜来个——昨天傍晚。

② 酡（tuó）——饮酒后脸色变。

③ 茨（cí）縻科——丛生带刺的蔷薇、荼縻一类花木。茨：凡草木有针刺
者，俗谓之茨。科：同"棵"，口语称丛生的植物。

赏析

春光融融的夜晚，作者酒醒之后，发现衣衫破损了。这才记起昨晚喝酒过量，从花丛边经过，被花枝绊倒，刮破了衣服。这支小曲写得清新流宕，充满生活情趣。语言平浅俚俗，却毫无粗率直露之病。

（九）王和卿（生卒年不详）

王和卿，大名（今属河北）人。生性诙谐滑稽，名播四方。与关汉卿为友，但逝世于关之前。据《中堂事记》卷上记载，元世祖中统元年（1260），燕京行中书省架阁库官有王和卿之名，或即为此曲家。其散曲作品今存小令21首、套曲1篇及残套2篇。

1.【仙吕·醉中天】咏大蝴蝶

弹破庄周梦①，两翅驾东风，三百座名园一采一个空。难道风流种②，吓杀寻芳的蜜蜂。轻轻的飞动，把卖花人扇过桥东③。

注释

① 弹破庄周梦——从庄子的梦境中飞来。弹：指两翅扇动。庄周梦：庄周即庄子。他曾经梦见自己变成了一只蝴蝶，自由自在地飞舞。醒后发现自己仍是庄周，于是思考起来：究竟是我在梦中变成了蝴蝶呢，还是蝴蝶现在作梦变成了我呢？见《庄子·齐物论》。

②难道——难以言传、形容。风流种——天性风流狂放的人。这里比喻
　　蝴蝶采集花粉。

③"把卖花人"句——由宋谢无逸的《蝴蝶》诗句"江天春暖晚风细，相
　　逐卖花人过桥"发挥而来。

◉ 赏析

　　一只大得出奇的蝴蝶，不但把三百座名园的鲜花都采个精光，还追着卖花人采花，翅膀只那么轻轻一撩动，竟把卖花人扇过桥去。这只通过奇特想象和极事夸张而创造的大蝴蝶，着实可以和庄子笔下的大鹏鸟相媲美。不过庄子写得郑重严肃，王和卿写得诙谐滑稽；庄子的大鹏鸟体现着某种哲学思考，而这里的大蝴蝶则旨在逗人一笑，在幽默轻松的笑声中超越现实的人生重负。元末陶宗仪《辍耕录》卷二三载："大名王和卿滑稽挑达，传播四方。中统（1260—1263）初，燕市有一蝴蝶，其大异常。王赋【醉中天】小令云。"这个传说应该反过来看，市井中哪有那么大的蝴蝶，正好是因为这首曲子太有名，所以人们才由此作编出了这个故事。当代还有一种看法，认为大蝴蝶隐喻着元朝社会上的花花公子之类的流氓恶霸。其实作者就是喜欢写大蝴蝶、大鱼一类大家伙，不一定非有什么深意。还是明朝曲论家王骥德的理解比较到位，他在《曲律》中批评说这就是一首绝妙的"咏物"曲，"只起一句，便知是大蝴蝶。下文势如破竹，却无一句不是俊语"。其写作奥秘就在于不即不离，"如灯镜传影，了然目中，却摸捉不得，方是妙手"。可谓深得三昧之论。

◉ 曲谱

　　七句，5575646，＋｜＋－－＋▲＋｜｜－－▲＋｜＋－－＋｜＋，
＋｜－－｜▲＋｜－－｜＋▲＋－－＼，＋＋－、＋｜｜－－▲

末句为34步节的7字句，"把"为衬字。也可作六字句"十 一
十 | 一 一"。

2.【仙吕·一半儿】题情（二首）

书来和泪怕开缄①，又不归来空再三②。这样病儿谁惯耽③，越
恁瘦岩岩④。一半儿增添一半儿减。

将来书信手拈着，灯下姿姿观觑了⑤。两三行字真带草⑥，提起
来越心焦。一半儿撕挦一半儿烧⑦。

注释

① 缄——指书信。

② 又不归来空再三——意为多次失望，这次还是不能回来，岂不又是一场
空欢喜。

③ 这样病儿——指相思病。耽——过分沉迷。

④ 越恁瘦岩岩——意为越折磨越发消瘦。恁：这样。瘦岩岩：极言其瘦，
如同棱角突出的岩石。

⑤ 姿姿——同"孜孜"，仔细、认真的意思。

⑥ 真带草——意为情书写得匆忙潦草。真：书法术语，指真体，正楷。草：
草体，草书。

⑦ 挦（xián）——扯。

赏析

这是一双姐妹篇的情曲。第一首写苦思苦恋的少妇盼来了远游爱
侣的书信，激动得淌出了热泪。可她不敢打开信封，因为她已多次接
到他不能归来的信，害怕心里那一点希望又一次化为泡影。她已患了
沉重的相思病，身心再也无法承受这种盼望、失望、失望、盼望的精
神折磨。她的内心充满了激烈的矛盾斗争，连对自己的病的感觉都说

不清楚了，似乎好了一些，又好像重了许多。这首小曲捕捉住爱情心理活动的瞬间反应，加以深刻、细致的表现，堪称神来之笔。就连"一半儿……一半儿……"这两个曲牌定格词都一下子变得空灵飞动、生气勃发了。

第二首摹写思妇读情书的神态和心理反应，富有喜剧性。"姿姿"一词随手拈来，却活画出女主人公如饥似渴、急不可待的神态。接着笔锋突转，只见她满眼的希望之光一刹那变成两团焦火，怒冲冲地把情书撕碎，放在灯火上烧掉了。什么原因使她如此恼火？就是前曲中说的"又不归来空再三"。只有这么两三行潦潦草草的字，距离她的希望太遥远了，难怪她"越心焦"。这是一幕精彩的戏剧小品。

◎ 曲谱

五句，77739，＋ － ＋｜｜－－▲＋｜－－＋＼＋▲＋｜＋－＋＼＋▲｜－－▲一半儿－－一半儿＋▲

末句必须用"一半儿……一半儿……"句型，曲牌即由此得名。

3.【商调·百字知秋令】

> 绛蜡残半明不灭寒灰看时看节落①，沉烟烬细里末里微分间即里渐里消②；碧纱窗外风弄雨昔留昔零打芭蕉③，恼碎芳心近砌下啾啾唧唧寒蛩闹④；惊回幽梦丁丁当当檐间铁马敲，半歇单枕乞留乞良挨彻今宵⑤。只被这一弄儿凄凉断送的愁人登时间病了⑥。

◎ 注释

① "绛蜡残"句——意为夜静更深，残蜡燃尽，烛灰眼看着洒落下来。绛蜡：红蜡烛。半明不灭：光影暗，隐约闪烁的样子。寒灰：烧残的蜡烛灰，即烛油。看时看节：眼看着，很快地。

② "沉烟烬"句——沉香燃尽，残烟如线，瞬间消失。沉烟：指沉香之烟，沉香是一种名贵的香木。烬：此指烧残，燃尽。细里末里：残烟如线的样子。微分间：毫发之间，极言时间之短。即里渐里：很快地。

③ 碧纱窗——罩有绿纱的窗户。昔留昔零——拟声词，雨打芭蕉声。犹言淅淅沥沥。

④ 砌下——台阶下面。寒蛩（qióng）——寒秋里的蟋蟀。

⑤ 欹（qī）——同"倚"，靠着。乞留乞良——凄凄惨惨的样子。

⑥ 一弄儿——一切。断送——此为折磨意。

❀ 赏析

"思妇悲秋"是古代诗词中一个老而又老的题目；绛蜡、沉烟、碧纱窗、檐间铁马、雨打芭蕉等这类与悲秋意绪相配套的意象景物也被前代作家重复了无数遍。这首小曲却写出了新特色、新个性，开发出诗词中所无，而元曲中独有的一种新文体、新表达。首先是现实生活口语的大量摹声摹状词的集束轰炸，绘声绘形，极尽语言的音乐情色之能事。其次作者以俗化雅，雅俗兼济，使用口语、俚俗语去摹写那些雅丽的景物，并构成三组极其复杂的隔句取对的"扇面对"，却天然浑成而无堆砌雕饰之迹，堪称同主题诗词中之绝唱。此作影响甚大，后来散曲与剧曲常有效仿者，形成元曲修辞的一种独特文体，可称之为"摹词体"。

（十）盍西村

盍（hé）西村，盱（xū）眙（yí）（今属江苏）人。生卒年不详，钟嗣成《录鬼簿》所载"前辈名公"中有盍志学学士，可能就是盍西村。存世散曲有小令 17 首，套曲 1 篇；另盍志学传世有【蟾宫曲】小令 1 首。《太和正音谱》评盍西村之曲"如清风爽籁"。

【越调·小桃红】杂咏

> 绿杨堤畔蓼花洲①，可爱溪山秀。烟水茫茫晚凉后，捕鱼舟，冲开万顷玻璃皱②。乱云不收，残霞妆就，一片洞庭秋。

⬥ 注释

① 蓼（liǎo）花洲——开满蓼花的水中高地。

② 玻璃——原指涂釉的琉璃瓦，比喻碧绿的湖水。

⬥ 赏析

这是一篇寄情山水之作，写落日晚霞中的洞庭湖秋景。绿杨蓼花，碧波云霞，渔舟轻荡。用白描之法，简练明丽。本作与宋元山水画具有异曲同工之妙，体现着作者的细致观察力与感情的投入。

（十一）胡紫山（1227—1295）

胡紫山，名祇（zhǐ）遹（yù），字绍闻，紫山为其号。磁州武安（今属河北）人。历任应奉翰林文字兼太常博士、左右司员外郎、济宁路总管、山东东西道及江南浙西道提刑按察使等职。以刚直敢言闻名，所至颇多政绩。《元史》卷一七〇有传。著有《紫山大全集》，存世散曲有小令 11 首。《太和正音谱》评其曲如"秋潭孤月"。

1.【中吕·阳春曲】春景（三首）

几枝红雪墙头杏，数点青山屋上屏。一春能得几晴明。三月景，宜醉不宜醒。

残花酝酿蜂儿蜜①，细雨调合燕子泥②。绿窗春睡觉来迟。谁唤起，帘外晓莺啼。

一帘红雨桃花谢③，十里清阴柳影斜。洛阳花酒一时别④。春去也，闲煞旧蜂蝶⑤。

注释

① 残花酝酿蜂儿蜜 —— 百花即将凋谢，蜜蜂抓紧时间采花酿蜜。

② 细雨调合燕子泥 —— 和风细雨，为燕子衔泥筑巢调匀了泥浆。

③ 红雨 —— 这里指飘落的桃花，见李贺《将进酒》："桃花乱落如红雨。"

④ 洛阳花酒一时别 —— 洛阳盛产牡丹，人多爱饮酒赏花。春尽花残，牡丹到初夏才能开，因此说"花酒一时别"。花酒：赏花饮酒。一时：一时间，暂时。

⑤ 闲煞旧蜂蝶 —— 原来的蜜蜂和蝴蝶无花可采，闲得无聊。

赏析

这是一组题写三春景物的重头小令。第一首描写初春三月令人迷醉的美景。镜头首先对准伸出墙头的几枝盛开的杏花，以红雪作比，突出其娇艳之中含有冰清玉洁之神；紧接着把镜头推向房舍后的青山，以屋上屏风比喻淡雅的画面背景，很是新奇，富有立体感。然后把镜头拉回来，将焦点对准春色包裹的山野庭院和草堂高卧的主人。难得的好天气，难得的良辰美景，他岂能不喝酒赏春！镜头最后推出抒情主人公醉眼朦胧的特写。他醉于酒，更醉于春，醉于花。这首小令曲中有画，画中有诗。

第二首写仲春花事阑珊，但大自然依然生机勃勃。蜜蜂在残花丛中穿来穿去，忙忙碌碌地采花酿蜜；南来的燕子在如烟如丝的细雨中上下翻飞，急匆匆地衔泥筑巢。黄莺儿清脆的叫声把草堂高卧的人唤醒。放眼望去，窗外一片绿茵。这首小曲一反传统春深花残描写的感伤情调，明快清新，酣畅淋漓，是歌颂生命之春的赞歌。特别是开头两句，诗味浓郁，对仗工细，当时成了广为传颂的名句。大戏剧家关汉卿就曾在他的《拜月亭》杂剧中加以引用。

第三首写洛阳春归，风吹桃花，落英缤纷；放眼远望，行行绿柳已经成荫。春天走了，夏天到来。最爱赏花饮酒的洛阳人暂时告别了春天，等待着牡丹盛开的再一个花季的到来。然而，春天的归去终究使那些以春花为生的蜂蝶感到寂寞、无聊，反映着作者不无遗憾的淡淡感伤之情。

◉ 曲谱

又名【喜春来】，五句，77735，＋ － ＋｜－ － ｜ ▲＋｜ － －｜＋｜ － ▲＋ － ＋｜｜ － － ▲ － \＋▲＋｜｜ － － ▲

2.【中吕·快活三过朝天子】赏春

> 梨花白雪飘，杏艳紫霞消。柳丝舞困小蛮腰①，显得东风恶。野桥，路迢，一弄儿春光闹②。夜来微雨洒芳郊，绿遍江南草。寒驴山翁③，轻衫乌帽，醉模糊归去好。杖藜头酒挑④，花梢上月高，任拍手儿童笑。

◉ 注释

① 柳丝舞困小蛮腰 ——意指风吹杨柳，枝条不停地摇荡。小蛮：白居易的侍妾，以腰细善舞著名。此喻杨柳枝条的柔弱与飘舞。

② 一弄儿——到处。

③ 蹇（jiǎn）驴——跛驴。山翁——本指晋人山简，好酒，好游。当时有儿歌嘲他："日日倒载归，酩酊无所知。"这里作者以山简自比。

④ 杖藜——即藜杖，藜茎做的拄杖。

◉ 赏析

这是一首带过曲，从"野桥"以前为【快活三】，以下是【朝天子】，描写一个心境淡泊的山翁到郊野游春。但见夜雨之后芳草成茵，梨花似飞雪一样飘落，杏花也消失了她的紫色霞韵；杨柳的绿条在东风中摇荡，到处是一片早春光景。主人公杖头挑着一个酒葫芦，骑着一头跛驴跨过野桥，边喝酒边尽情地享受这山野之中的大好春光。傍晚归去，已是醉眼朦胧，东倒西歪，引得一伙儿童跟在后面拍手笑他。这首曲子反映了主人公投入大自然之中的惬意、陶醉和快感，充满浓厚的山情野趣。

◉ 曲谱

【快活三】，四句，5575，— — ＋ ｜ — ▲ ＋ ＋ ｜ — — ▲ ＋ — ＋ ｜ ｜ — — ▲ ｜ ｜ — — ＼ ▲

【朝天子】又名【谒金门】【朝天曲】，与同名词牌格律大异。十一句，22575445225，｜ ＋ ▲ ｜ ＋ ▲ ＋ ｜ — — ＼ ▲ ＋ — ＋ ｜ ＋ — ▲ ＋ ｜ — — ＼ ▲ ＋ ｜ — — ，— — — ＼ ▲ ＋ — ＋ ｜ ＋ ▲ ｜ ＋ ▲ ｜ ＋ ▲ ＋ ｜ — — ＼ ▲

第七句也可同第六句作"＋ ｜ — —"。结尾三句与开头三句格律全同，"杖藜头""花梢上""任"为衬字。

3.【双调·沉醉东风】（二首）

> 月底花间酒壶，水边林下茅庐。避虎狼，盟鸥鹭①，是个识字的渔夫。蓑笠纶竿钓今古②，一任他斜风细雨。
>
> 渔得鱼心满愿足，樵得樵眼笑眉舒。一个罢了钓竿，一个收了斤斧。林泉下偶然相遇，是两个不识字渔樵士大夫。他两个笑加加的谈今论古③。

注释

① 盟鸥鹭 —— 与海鸥和白鹭订盟，为友为伴，同居水云之乡。指渔隐生活。

② 蓑笠纶竿 —— 蓑衣、斗笠及钓鱼具。纶：钓鱼用的丝线。竿：钓鱼竿。

③ 笑加加 —— 笑哈哈。

赏析

第一首小令写逃避人世险恶的高人逸士，隐居于江湖之滨，甘与鸥鹭为伴。他身披蓑衣，头戴斗笠，垂钓于斜风细雨之中。突出"识字"，表明他的身份并不是真正的渔夫，而是一个有文化、有抱负的士大夫。为"避虎狼"而逃入江湖，更是大有深意。曲子在表面的宁静淡泊情调之中包含着对仕途艰险、世道黑暗的抑郁不平和无可奈何的情绪。

第二首小令歌咏渔樵之乐，写"不识字"的渔夫和樵夫，过着真正自由自在，无拘无束的生活。他们胸怀淡泊，别无所求，只要得到一网鱼、一担柴就心满意足了。林泉下偶然相逢，也不是有意而为，而是不期而遇；笑谈今古，闲评是非兴亡，完全是冷眼旁观者的超脱态度。一切都是那么从容洒脱，任其自然。他们虽然没有文化，无知无识，但他们逍遥自由的生活态度却体现了人生的真正意义和价值。

作者由衷的歌唱表现着元代文化人对官场异化的精神反抗和对生命自由价值的追求。

（十二）王恽（1227—1304）

王恽，字仲谋，号秋涧，卫州汲县（今属河南）人。历任中书省详定官、翰林院修撰兼国史院编修、监察御史、平阳路判、燕南河北按察副使、福建按察使等职，元成宗大德五年（1301）告退。平生好学善文，著述极多，主要有《秋涧先生大全集》100卷。《元史》卷一六七有传。今存散曲小令41首。

【正宫·黑漆弩】游金山寺并序

邻曲子严伯昌①，尝以【黑漆弩】侑酒②。省郎仲先谓余曰③："词虽佳，曲名似未雅。若就以'江南烟雨'④目之何如？"予曰"昔东坡作【念奴】曲⑤，后人爱之，易其名曰【酹江月】⑥，其谁曰不然？"仲先因请余效颦⑦，遂追赋《游金山寺》一阕⑧，倚其声而歌之。昔汉儒家畜声妓⑨，唐人例有音学⑩，而今之乐府⑪，用力多而难为工。纵使有成，未免笔墨劝淫为狭耳⑫。渠辈年少气锐⑬，渊源正学，不致费日力于此也⑭。其词曰：

苍波万顷孤岑矗⑮，是一片水面上天竺⑯。金鳌头满咽三杯⑰，吸尽江山浓绿。蛟龙虑恐下燃犀⑱，风起浪翻如屋。任夕阳归棹纵横⑲，待偿我平生不足⑳。

☺ 注释

① 邻曲子 —— 邻居家的年轻人。

② 【黑漆弩】—— 曲牌名。因白无咎以此调写过"侬家鹦鹉洲边住"的名句，故后来又名【鹦鹉曲】。侑（yòu）酒 —— 劝酒，唱曲以助酒兴。

③ 省郎 —— 在中书省供职的官员。仲先 —— 作者的友人，事迹不详。

④ "若就以"句 —— 就把【黑漆弩】曲牌改名为【江南烟雨】怎么样？因白无咎【黑漆弩】中有"睡煞江南烟雨"一句，故有改曲名之议。

⑤ 【念奴】曲 —— 指苏东坡所作【念奴娇】《赤壁怀古》词。

⑥ 【酹江月】—— 因苏词【念奴娇】中有"一尊还酹江月"之句，故【念奴娇】又称【酹江月】。

⑦ 效颦（pín）—— 这是谦辞，指模仿之作。

⑧ 追赋 —— 事后补作。

⑨ 汉儒家畜声妓 —— 汉代的儒学大师往往喜养家庭歌舞女妓。最著名者为东汉马融，据记载，他讲学时"前授生徒，后列女乐"。

⑩ 唐人例有音学 —— 唐代音乐发达，朝廷建有内外、两京、左右教坊，唐玄宗时宫廷创建"梨园"，都是专门教习乐舞的机关。唐玄宗亲自教练，至有"皇帝梨园弟子"之称。

⑪ 今之乐府 —— 指散曲。

⑫ 笔墨劝淫为狭 —— 以文字宣扬色情，引诱人不务正业。

⑬ 渠辈 —— 他们这些年轻人。

⑭ 日力 —— 指光阴和精力。

⑮ 孤岑（cén）—— 突兀而起的小山。

⑯ 天竺（zhú）—— 佛教发源地印度的古称，此处代指佛寺。

⑰ 金鳌头 —— 金山最高处有金鳌峰，此指金鳌峰巅。

⑱ 蛟龙虑恐下燃犀 —— 意为水中蛟龙水怪害怕有人点燃犀牛角照见它们的原形，所以兴风作浪，把江水搅得翻腾不已。燃犀照水怪事，见《晋书·温峤传》。

⑲ 归棹 —— 归来的小船。棹：本为船桨，代指船。

⑳待偿我平生不足——来补偿我平生为官场所拘，不能享受山水之乐的
缺憾。

⊙ 赏析

这首小令是作者游览镇江名胜金山寺的追忆。先写远望：金山矗
立于万顷苍波之中，山顶佛寺烟笼云埋，好像一座海上漂浮的仙山。
次写登临：作者站在金山寺之巅，远眺水天空阔，俯视江流激荡。最
后描写夕阳下的归舟，抒发放浪江湖的闲情逸致。全篇意境雄阔，具
有一种笼天地江山于袖中的豪迈气概。

（十三）奥敦周卿（生卒年不详）

奥敦周卿，女真族人，元世祖至元六年（1269）任怀孟路总管府
判官，与曲家杨果为同僚，后升任河北河南道提刑按察司金事。《录鬼
簿》列之为"方今名公"，记其官为待御。存世散曲有小令 2 首、套曲
2 篇。

【南吕·一枝花】

平林暮霭收①，远树残霞敛②。疏星明碧汉③，新月转虚檐④。院
宇深严，人寂静门初掩，控金钩垂绣帘⑤。喷宝兽香篆初残⑥，近绣
榻灯光乍闪。

【梁州】一会家上心来烦烦恼恼，恨不得没人处等等潜潜⑦。
想俺闹乡中直恁欢娱俭⑧。本是连枝芳树，比翼鸣鹣⑨。尺紧他遭
坎坷⑩，俺受拘钳⑪。致欠得万种愁添，不离了两叶眉尖。自揽场

不成不就姻缘，自把些不死不活病染，自担着不明不暗淹煎⑫。情思不欢，这相思多敢是前生欠⑬！憔悴损杏桃脸，一任教梅香冷句儿咭⑭，苦痛淹淹。

【尾】蓝桥平地风波险⑮，袄庙腾空烈火炎⑯。不由我意儿想、心儿思、口儿念，央及煞玉纤纤⑰。纤纤，不住的偷弹泪珠点⑱。

☺ 注释

① 平林——平原上的树林。暮霭（ǎi）——暮烟，黄昏里的烟雾。

② 敛（liǎn）——收。此指消散。

③ 碧汉——碧空中的银河。

④ 虚檐——空荡荡的屋檐。

⑤ 控金钩句——从约控帘子的金钩上垂放下绣花帘子。

⑥ 宝兽——饰有金宝的兽形香炉。香篆（zhuàn）——曲折如篆字状的香烟。

⑦ "恨不得"句——犹言恨不得没人时找个地缝钻进去。极言其痛不欲生。

⑧ 直恁（nèn）欢娱俭——只是如此地欢乐少。恁：这样。俭：少。

⑨ 比翼鸣鹣（jiān）——比喻夫妇和美相得。鹣：一种比翼双飞的鸟。似水鸭子，青赤色。

⑩ 尺紧——吃紧，突然。

⑪ 拘钳——拘管，钳制。

⑫ 淹煎——煎熬。

⑬ 多敢是——极可能是，一定是。前生欠——前生欠下的情债。

⑭ 任教——完全任从。梅香——泛指婢女。咭（diān）：咭道，这里引为冷言冷语。

⑮ 蓝桥平地风波险——喻恋爱受挫折。相传战国时尾生与情人约会，情人未来。水发，尾生抱柱而死。典出《庄子·盗跖》。

⑯ 袄（xiān）庙腾空烈火炎——喻爱情受挫。相传蜀帝公主与乳母陈氏子相爱，二人在袄神庙（波斯拜火教庙宇）约会，公主入庙值其熟睡，离

去。陈氏之子醒后见公主所留玉环，恨气成火而庙被焚。见《渊鉴类函》卷五八引《蜀志》。

⑰ 央及——殃及，连累。玉纤纤——喻指少女纤细润泽的手指。

⑱ 弹——拭，抹。

◎ 赏析

这篇套曲以一位少女的口吻，抒写爱情受阻隔、幸福遭破坏所带来的心灵痛苦。她爱上了一个少年，二人如同连理树、比翼鸟一样相亲相爱，情意深厚。但由于他们的爱情不合乎封建礼教的标准，她遭到家长拘管，而他也历经坎坷。她非常苦闷，在寂静的夜月深闺中孤独地流泪悲伤，品尝着残酷的生活给她酿造的苦酒。全篇多用生活口语，不加雕饰，显得十分真切动人。尤其是"自揽……自把……自担……"与"意儿想、心儿思、口儿念"等排比句构造出的鼎足对，如行云流水，气贯声畅，可作口语文体修辞的典范。

（十四）赵岩（生卒年不详）

赵岩，字鲁瞻，长沙人，寄居溧阳。南宋丞相赵葵之后。元初曾在太长公主宫中当差，因赋8首七律诗，公主赏赐甚厚。后遭谤，退居江南，日以饮酒为事，最后醉病而死。散曲存世仅小令1首。

【中吕·喜春来过普天乐】

琉璃殿暖香浮细①，翡翠帘深卷燕迟②。夕阳芳草小亭西，间纳履③。见十二个粉蝶儿飞：一个恋花心，一个揽春意④，一个翩翩粉翅，一个乱点罗衣，一个掠草飞，一个穿帘戏，一个赶过杨花西园里睡⑤，一个与游人步步相随，一个拍散晚烟，一个贪欢嫩蕊，那一个与祝英台梦里为期。

⚙ 注释

① 香浮细——熏香的细烟袅袅升腾。

② 翡翠帘深卷燕迟——用翡翠装饰的珠帘还未卷起，傍晚放燕子进屋归巢。

③ 间纳履——偶尔提一下鞋子。

④ 搀春意——争夺春光。意为忙着采花粉。搀：抢先，争抢。语出刘过《过早禾渡》诗："梅欲搀春菊送秋，早禾渡口晚烟收。"

⑤ "一个赶过"句——一只蝴蝶追着飘荡的杨花飞到西园，立在花枝上不动，似乎是因疲倦而睡着了。

⚙ 赏析

这是一首写景咏物的带过曲，前五句是【喜春来】，描写江南暮春的庭园景观；后十一句是【普天乐】，分写十二只嬉戏翻飞的蝴蝶，各有各的神态，各有各的精神，充分渲染出春光的明媚迷人，显示了作者惊人的观察力和表现力。曲子的主体由十一个排比句构成，各分句全由"一个"领起，最后"一个"句借梁、祝化蝶双飞的故事隐喻了两只蝴蝶，非常机智。全篇不但无有重复累赘之感，反而显出一派天真朴拙、轻快活泼之气。这是学习民歌俗曲的手法，浸染着民间文艺的浓烈风味。后来学此句型者很多，有王大学士【仙吕·点绛唇】套数，写"一百个儿童"玩耍，用百句"一个"排比成文，可谓穷极之作。

（十五）王嘉甫

王嘉甫，字国宾，号恕斋。一说王嘉甫即王利用。利用，字国宾，滁县人。曾任太府内藏官、监察御史、翰林待制、提刑按察使、中书平章政事等职。《元史》卷一七〇有传。嘉甫存世散曲仅套曲1篇。

【仙吕·八声甘州】

莺花伴侣①。效卓氏听琴②，司马题桥③。情深意远，争奈分浅缘薄。香笺寄恨红锦囊④，声断传情碧玉箫⑤。都为可憎才，梦断魂劳。

【六幺遍】更身儿俏⑥，庞儿俏⑦。倾城倾国⑧，难画难描。窄弓弓撇道⑨，溜刀刀渌老⑩，称霞腮一点朱樱小⑪。妖娆，更那堪杨柳小蛮腰⑫。

【穿窗月】忆双双凤友鸾交，料应咱没分消。真真彼此都相乐，花星儿照，彩云儿飘。不提防坏美众生搅⑬。

【元和令】谩赢得自己羞，空惹得外人笑。多情却是不多情，好模样歹做作，相逢争似不相逢，有上梢没下梢⑭。

【赚尾】那回期，今番约，花木瓜儿看好⑮。旧路高高筑起界墙，尽今生永不踏着。唱道言许心违⑯，说的誓寻思畅好脱卯⑰。待装些气高，难禁脚拗⑱，不由人又走了两三遭。

❀ 注释

①莺花伴侣——喻指男女情侣。和下文的"凤友鸾交"都是男女情好的代称。

② 卓氏听琴 —— 指汉朝卓文君在家守寡，因窃听司马相如弹《凤求凰》琴曲而跟他私奔的著名爱情故事。

③ 司马题桥 —— 司马相如初次离开四川赴京城长安，在成都北门外升仙桥题写"不乘赤车驷马，不过汝也"十字，表示自己不建功名不回故乡的决心。见《华阳国志·蜀志》。

④ 香笺寄恨红锦囊 —— 把书信放在红色锦囊内寄给对方，诉说离别后的精神痛苦。

⑤ 声断传情碧玉箫 —— 意指人去声杳，音讯断绝。

⑥ 倬（zhuō）—— 高，长。指身体苗条。

⑦ 庞儿 —— 脸庞。

⑧ 倾城倾国 —— 极言美女之绝色。

⑨ 窄弓弓撇道 —— 指妇女的三寸金莲。撇道：宋元俗语，指脚。

⑩ 溜刀刀渌（lù）老 —— 眼睛很有神，眼珠滴溜溜转。渌老：宋元俗语，指眼睛。

⑪ 朱樱 —— 喻指妇女的樱桃小口。

⑫ 杨柳小蛮腰 —— 言其腰肢柔细。

⑬ 坏美众生搅 —— 意指被人们的闲言碎语搅坏了好事。

⑭ 有上梢没下梢 —— 有始无终。

⑮ 花木瓜儿看好 —— 花木瓜好看不能吃，喻外表好看，内里不好。

⑯ 唱道 —— 正是，实在是。

⑰ 畅好 —— 恰好，正好。脱卯 —— 脱节。卯：卯眼，木器接合处插榫的孔。

⑱ 脚拗 —— 脚不听话，跟自己别劲。

◎ 赏析

这篇套曲以男子口吻诉说了一段悲欢离合的情遇。他深深地爱上了一个女子，伊人身材苗条，姿容娇好，成了他生命的一部分。她也像卓文君爱司马相如那样，为他的才华所吸引。最初二人海誓山盟，情深意长，但后来由于有人散布流言蜚语，致使爱情发生了危机。他又气又怨又恨，怨自己福浅命薄，恨她初衷有变。他想拿出男子汉的尊严，对她做出不屑一顾的姿态。却管不住自己的腿脚，仍是三番两次地朝她那里跑。作者使用生动活泼的口语，描摹爱情生活中理智与情感的心理冲突，极其细婉而深刻。凡名篇绝唱必具"真、新、精、深、趣"五项要素，此篇可谓达标。

（十六）王修甫（？—1275）

王修甫，东平（今山东聊城）人。一生漫游齐梁燕卫间，能诗善词，与名曲家王恽交好。存世散曲有套数 2 篇。

【仙吕·八声甘州】

春闺梦好。奈觉来心情，向人难学①。锦屏斜靠，尚离魂脉脉难招②。游丝万丈天外飞，落絮千团风里飘。似这般愁，着甚相熬③。

【六幺遍】自春来到春衰老，帘垂白昼，门掩清宵。闲庭杳杳，空堂悄悄，此情除是春知道。寂寥，唾窗纱缕两三条④。

【后庭花煞】无心绣作，空闲却金剪刀。眉蹙吴山翠，眼横秋水娇⑤。正心焦，梅香低报：晚妆楼外月儿高。

⊗ 注释

① 难学——难以诉说。
② 尚离魂脉脉难招——意为还沉浸于梦境之中。离魂：离开身体的灵魂，

此指在梦中与远游在外的爱侣相会。脉脉：呆呆凝视的样子。

③ 着甚 —— 用什么，靠什么。

④ 唾窗纱缕 —— 古代妇女做针工刺绣，于换线穿针时，每咬断线头，随口吐出于窗前。俗谓吐绒。

⑤ 眼横秋水 —— 目光明澈如同秋水。这里是双关语，还包含着望穿秋水，盼望相会的意思。

❀ 赏析

这是一篇思妇春怨曲，以少妇口吻述说其对远游在外的爱侣的思恋。在古代诗文中，这自然是个老题目。但这篇套曲在处理时空的有限与无限、意象的单纯与丰富方面，却独具匠心。曲子从女主人公清晨梦醒写到傍晚入睡，反复强调她这一天的愁怨，当然这是有限的和单纯的。但"向人难学"的昨夜好梦，整个春天只有春知道的难言之情，尤其是"晚妆楼外月儿高"的结尾，则把时间和情境拓展开去，给人以丰富的联想。可谓深蕴包藏，言有尽而意无穷。以词为曲，以雅化俗，此作提供了一种成功的经验，值得学习。

（十七）严忠济（？—1293）

严忠济，一名忠翰（"忠"或作"仲"），字紫芝，长清（今属山东）人。善骑马射箭，袭父职为东平路行军万户。曾从元世祖攻宋，有战功。因威权太盛为朝廷所忌，被罢官。《元史》卷九七有传。存世散曲有小令 2 首。

【越调·天净沙】

> 宁可少活十年，休得一日无权。大丈夫时乖命蹇①。有朝一日天随人愿，赛田文养客三千②。

❀ 注释

① 时乖命蹇（jiǎn）——时运不好，命运不济。此指仕途挫折。
② 田文——战国时期齐国贵族，人称孟尝君，喜交接养士，门下有食客数千人。见《史记·孟尝君列传》。

❀ 赏析

　　这首小令直抒胸臆，对自己强烈的权力欲望丝毫不加掩饰；极力张扬自己爱权、争权、保权，没有半点扭扭捏捏、羞羞答答之态。好权，争权、贪权、恋权，本来人人心中有，却是人人口中无。曲辞虽直白乏文，但能作惊世骇俗之语，言人所不敢言、不愿言或不便言，竟成千古警句。此曲写于他罢官丧权、时乖命蹇之时，包含着对世态炎凉的愤激情绪。好权、争权并非就是坏事，问题在于大权在握时干什么。作者的理想是仿效孟尝君养客，而且要在数量上超过他。从作者为官生平看，倒也没说假话。但从艺术角度考虑，结尾终究显得笔力不足，与开篇豪气殊难相符。此作有"真""新"，而乏"深""趣"。

三、黄金时代——繁盛阶段

　　第二期是元曲的"黄金时代"，时当世祖忽必烈至元与成宗元贞、大德之时（1264—1307）。这是元曲创作最为繁盛辉煌的时段，名家辈出，名作如林，流派纷呈，争奇斗妍，涌现出关、马、白、王"元曲四大家"等一批巨星。这些人已是元好问、杜仁杰之后的第二代、第三代，一般都是散、剧兼作，称为"才人"。他们没有功名，反而有的成立书会，如马致远和刘时中就是"元贞书会"的成员；或者加入戏班，为演员撰写剧本与歌词，如关汉卿就是这一行中的佼佼者——"驱梨园领袖，总编修帅首，捻杂剧班头"。总之他们都是职业的元曲人，以作曲为职业，甚至同关汉卿一流"至躬践排场，面傅粉墨，以为我家生活，偶倡优而不辞"的人也不在少数。专业化与职业化是元曲技艺登峰造极的不二法门。

　　元代曲论家特别认可并推崇这个时段作品的优越性与独特性。元末曲家贾仲明为《录鬼薄》中"前辈已死名公才人有所编传奇行于世者"补写挽词，自关汉卿至李时中共计56人，大都活动于至元、大德年间。他挽刘唐卿："生在承平志德（至元与大德）中"；挽赵子祥："一时人物出元贞，击壤讴歌贺太平。传奇乐府新时令，锦排场、起玉京……白仁甫、关汉卿，《丽情集》，天下流行。"挽花李郎："乐府词章性，传奇幺末情，考（都）兴在大德、元贞。"至元－大德构成了元曲的"喜马拉雅山"，不仅应当划为一个特别时期，专章评介，而且有必要将"元曲四大家"单列突出，推介给读者，因为他们是耸立在喜马拉雅山上的珠穆朗玛峰。

这些以曲为业的"才人"大多历史文献无载，生平不详。其中白朴是个例外，他出身名门，生平事迹清楚，是个"标杆性人物"。于是在推断论述关汉卿等其他作家年辈时，要经常把他拉上作为参照系，请读者理解并掌握这个说曲习惯套路。

（一）邓玉宾（生卒年不详）

《录鬼簿》列为"前辈已死名公"，记其曾官"同知"，当在元世祖至元后期。元曲家旧传还有一位"邓玉宾子"，亦有作品传世。近年始有学者从《道藏》中考证其实为一人，名邓锜，弃官入道之后取道号"玉宾子"，著有《道德真经三解》与《大易图说》。合计存世散曲有小令7首、套曲4篇。《太和正音谱》论其曲"如幽谷芳兰"。

1.【正宫·叨叨令】道情（二首）

一个空皮囊包裹着千重气①，一个干骷髅顶戴着十分罪②。为儿女使尽些拖刀计③，为家私费尽些担山力④。您省的也么哥⑤，您省的也么哥！这一个长生道理何人会⑥。

白云深处青山下，茅庵草舍无冬夏。闲来几句渔樵话⑦，困来一枕葫芦架。您省的也么哥，您省的也么哥！煞强如风波千丈担惊怕⑧。

⊛ 注释

① 皮囊——皮口袋。佛教用以指人的肉体、躯壳。

② 骷（kū）髅（lóu）——头骨，此指人的脑袋。

③ 拖刀计——古代战术，佯装失败，麻痹对手，突然反击，致对方于死地。此喻费尽心机，不择手段。

④ 担山力——指像蚂蚁搬山一样，不自量力。

⑤ 您——你们。省——知晓，懂得。也么哥——曲中衬词，无义。

⑥ 长生道理——这里指清心寡欲，清静无为道家养生之理。

⑦ 渔樵话——打鱼人和砍柴人的闲聊议论，代指群众对前朝人物故事的传述褒贬。

⑧ 煞强如——着实强过，实在胜过。

⊛ 赏析

"道情"原是道士化缘所唱的通俗歌曲，内容多为劝人警世的宗教说教，在元代成为散曲的一种体式。见朱权《太和正音谱·乐府体式》。作者用这个题目作有四首重头小令，这里选录其中二首。第一首寓笑世、叹世、愤世之情于一炉，讽刺世人为儿女积累财富不择手段，费尽心机，像蚂蚁搬山一样，费尽力气，而至死不悔。这是多么可悲可叹而又愚蠢可笑的行径啊！"空皮囊"等四个比喻词，配合【叨叨令】曲牌规定的前四句全用去声韵，震人心弦，沉痛万分，发人警醒。

第二首写山林隐居之乐。青山白云，草庐茅庵，闲时与渔夫樵子聊天，困了则高卧葫芦架下。世俗的价值标准在这里失去了意义，连时间概念也没有了，取而代之的是无忧无虑，悠哉悠哉的快意和轻松。这恰恰和同题组曲中描写的为子女的操心劳力和混迹仕途中担惊受怕、提心吊胆的官宦生涯形成了鲜明的对比，从而表现作者从生活重负下超脱出来的自我庆幸、自我愉悦心态。

☉ 曲谱

七句，7777667，＋ 一 ＋ ｜ 一 一 \ ▲ ＋ 一 ＋ ｜ 一 一 \ ▲ ＋ 一 ＋ ｜ 一 一 \ ▲ ＋ 一 ＋ ｜ 一 一 \ ▲ ｜ ｜ ＋ 也 么 哥，｜ ｜ ＋ 也 么 哥，＋ 一 ＋ ｜ 一 一 \ ▲

第五、六两句必用"……也么哥……也么哥"句型，王力先生称其"真有叨叨的意味"。曲牌之名正由此而得。例曲中的"您"字，《中原音韵》入"侵寻"部上声。

此牌格律独特易记，除五、六两句标志性句格之外，其他五个 7 字句，格律全同，并且全用去声韵。

【塞鸿秋】与【叨叨令】关系紧密，五个 7 字句格律全同，仅两个"也么哥"句改为"＋ 一 ＋ ｜ 一，＋ ｜ 一 一 \ ▲"。二牌存在衍生关系，可以联系学习，方便记忆。

2.【南吕·一枝花】

连云栈上马去了衔[①]，乱石滩里舟绝了缆。取骊龙颔下珠[②]，饮鸩鸟酒中酣[③]。阔论高谈，是一个无斤两的风云怛[④]。蝤蛴虫般舍命的贪[⑤]，此事都谙，从今日为头罢参[⑥]。

【梁州第七】俺只待学圣人问礼于老聃[⑦]，遇钟离度脱淮南[⑧]，就虚无养个真恬淡。一任教春花秋月，暮四朝三，蜂衙蚁阵，虎窟龙潭，阑纷纷的尽入包涵⑨，只是这个舞东风的宽袖蓝衫。两轮日月是俺这长明不灭的灯龛⑩，万里山川是俺这无尽藏长生药篮⑪，一合乾坤是俺这养全真的无漏仙庵⑫。可堪，这些儿钝憨⑬，比英雄回首心无憾。没是待雷破柱落奸胆⑭，不如将万古烟霞付一簪，俯仰无惭。

【随煞】七颠八倒人谁敢？把这坎位离宫对勘的严⑮，火候抽添有时暂⑯。修行的好味甘，更把这谈玄口缄⑰，甚么细雨斜风哨得着俺⑱！

⚙ 注释

① 连云栈——指陕西凤县南至褒城的栈道，是由关中入蜀的要道，全用竹木在悬崖峭壁上铺架而成。

② 取骊龙颏（kē）下珠——古代传说骊龙项下有千金之珠，要得到就要冒生命危险，等它睡着了方能去摘取。见《庄子·列御寇》。颏：下巴。

③ 鸩（zhèn）鸟酒——传说鸩鸟之羽有剧毒，以之浸过的酒能致人死命。

④ 是一个无斤两的风云怛（dá）——意为在朝庭上的高谈阔论，不过像没有分量，没有根基的风和云一样，瞬间消灭。怛：怛化，古时指死亡，这里引伸为消灭、消失之意。

⑤ 蝜（fù）蝂（bǎn）虫——一种性喜负重的小爬虫，遇到东西都要背上，压得不能动还是要背。见柳宗元《蝜蝂传》。比喻贪婪过分的人。

⑥ 从今日为头罢参——意为辞职休官。参：参见皇帝或上司。代指为官。

⑦ 圣人问礼于老聃（dān）——传说孔子曾赴周向老子请教古代礼乐制度的知识。老聃：即老子。

⑧ 遇钟离度脱淮南——钟离为传说八仙之一，名钟离权，汉代将军，入道成仙，世称汉钟离。淮南指淮南王刘安，好道术，传说其为八公所度，白日飞升，鸡犬成仙，见《神仙传》。这里把八公捏合为汉钟离，是活用典故。

⑨ 阑纷纷 —— 乱纷纷。尽入包涵 —— 一齐包卷起来。

⑩ 灯龛（kān）—— 此指灯笼。

⑪ 无尽藏 —— 意为包藏无穷，取之不尽。

⑫ 一合 —— 全部，整个。全真：全真养性，保持人的本性天真。这是金元时道教全真派的宗旨。

⑬ 钝憨 —— 拙笨愚呆，指放着官不做，放着荣华富贵不享，偏要出家修道。

⑭ "没是待"句 —— 意为没工夫再等待皇帝来惩罚那些奸佞小人，整顿吏制。雷破柱落奸胆：指天颜震怒，警戒惩罚奸臣。

⑮ "把这坎位离宫"句 —— 指严格按照八卦原理来安炉炼丹。坎、离：皆为八卦名称，道士之丹炉称八卦炉。对勘：比较，对照。

⑯ 火候抽添有时暂 —— 指炼丹要掌握火候，有急有缓，有长有短。

⑰ 缄 —— 闭，指沉默不语。

⑱ 哨 —— 指风吹雨丝斜射。

❀ 赏析

这篇套曲反映元朝黑暗统治下的宦海风险，犹如悬崖骑马断了缰绳、乱石滩中行船断了缆绳，又像去摘取黑龙项下的珍珠，饮鸩止渴一样，真是岌岌可危，朝不保夕。因此，作者决心逃离凶险可怖的官场，避世隐逸，修真养性，以日月为长明灯，以万里山川为长生药篮，以天地乾坤为栖身之所，俯仰优游，彻底摆脱尘世风雨和人间是非，摆脱那如临深渊、如履薄冰的仕途恶梦。本篇格调放逸宏丽，文笔洒脱超迈，取象譬喻，十分新颖贴切。特别是"两轮日月""万里山川""一合乾坤"三句，包卷天地，气度非凡，极尽道家的时空观念，大笔如椽，力道千钧。

（二）徐琰（？—1310）

徐琰，字子方，号容斋，又号汶叟，东平（今山东聊城）人。历任陕西行省郎中、岭北湖南道提刑按察使、南台中丞、江南浙西肃政廉访使、翰林学士承旨等职。在元初颇有文名，《元史》卷一六〇有传。著有《爱兰轩诗集》，今存散曲有小令12首，套数1篇。

【南吕·一枝花】间阻

风吹散楚岫云①，水淹断蓝桥路②，硬分开莺燕友，生拆散凤鸾雏③。想起当初，指望待常相聚，谁承望好姻缘遭间阻。月初圆忽被阴云，花正发频遭骤雨！

【梁州】我为他画阁中倦拈针指④，他为我绿窗前懒看诗书。这些时不由我心忧虑，这些时琴闲了雁足⑤，歌歇骊珠⑥。则我这身心恍惚，鬼病揶揄⑦。望夕阳对景嗟吁，倚危楼朝夜踌躇⑧。我、我、我觑不的小池中一来一往交颈鸳鸯，我、我、我听不的疏林外一递一声啼红杜宇⑨，我、我、我看不的画檐间一上一下斗巧蜘蛛。景物，太毒⑩。蜘蛛丝一丝丝又被风吹去，杜宇声一声声唤不住，鸳鸯对一对对分飞不趁逐⑪，感起我一弄儿嗟吁⑫！

【尾声】再几时能够那柔条儿再接上连枝树⑬？再几时能够那暖水儿重温活比目鱼⑭？那的是着人断肠处⑮：窗儿外夜雨，枕边厢泪珠，和我这一点芳心做不的主。

⚙ **注释**

① 风吹散楚岫云 ——喻指情爱姻缘遭受挫折。楚岫云：指巫山云雨，比喻男女欢会，典出宋玉《高唐赋》。

② 水淹断蓝桥路 ——古代传说有位叫尾生的青年在蓝桥下约会，女友未至而洪水冲来，尾生不走，抱桥柱而死。这里喻指爱情遭受破坏。

③ 凤鸾雏 ——喻男女情侣。

④ 倦拈针指 ——懒得拿针线做女工。指：俗称顶针。

⑤ 雁足 ——古琴腰旁底部有两个小方孔，装小木柱两枚，叫做雁足。

⑥ 歌歇骊（lí）珠 ——停止了美妙的歌声。骊珠：一种珍贵的珍珠，传说出自骊龙颔下。古代多用一串骊珠喻歌声的婉转流美。

⑦ 鬼病揶揄 ——被相思病折磨得很狼狈。鬼病：指相思病。揶揄：戏弄，侮弄。

⑧ 踌（chóu）蹰（chú）——此指心情烦乱，不能安宁。

⑨ 啼红杜宇 ——杜宇即杜鹃鸟，相传为古蜀帝所化。因叫声悲切，有杜鹃啼血之说。

⑩ 太毒 ——太狠毒。意指自然景物故意给人以难堪。

⑪ 趁逐 ——追随。

⑫ 一弄儿 ——许多。

⑬ 连枝树 ——比喻恩爱夫妻，典出干宝《搜神记》卷一一。

⑭ 比目鱼 ——即并头而行的鲽鱼。见《韩诗外传》卷五。此喻感情和谐的夫妻。

⑮ 那的是 ——曲中常用句型。意为那的确是，实在是。

⊙ 赏析

　　这篇套曲用一位女子的口吻，诉说她在爱情受到阻挠，好姻缘被活活拆散之后的怨愤和悲苦。自然景物在她眼里都成了加剧痛苦的刺激物。她恨池塘中交颈戏水的鸳鸯，恨疏林外叫个不停的杜鹃，恨屋檐下结丝斗巧的蜘蛛，她恨世界上一切有声有形的东西，简直是天地变色，日月失辉。曲子以精彩工致的语言，摹景写心，给爱情这个古老的题目平添了新的内容和魅力，成为元代众多情曲中不可多得的优秀之作。尤其是三个"我、我、我"结巴句的使用，为本曲之特色，极具节奏感。

（三）侯克中（1230—1325前后）

侯克中，字正卿，号艮斋，真定（今河北正定）人。幼年失明，听群儿诵书，悉记所授。长大工诗能文，与曲家胡紫山、白朴等均有唱和。后精心研治《易经》，著有《大易通义》。著杂剧《燕子楼》一种，失传。散曲存世有套曲2篇及残曲1句。

【正宫·菩萨蛮】客中寄情

镜中两鬓皤然矣①，心头一点愁而已。清瘦仗谁医？羁情只自知②。

【月照庭】半纸功名，断送关山③。云渺渺，草萋萋。小楼风，重门月④，应盼人归。归心急，去路迷。

【喜春来】家书端可驱邪祟，乡梦真堪疗客饥。眼前百事与心违，不投机。除赖酒支持。

【高过金盏儿】举金杯，倒金杯，金杯未倒心先醉，酒醒时候更凄凄，情似织⑤。招揽下相思无尽期，告他谁⑥？

【牡丹春】忽听楼头更漏催，别凤又孤栖⑦。暂朦胧枕上重欢会，梦惊回，又是一别离。

【醉高歌】客窗夜永岑寂⑧，有多少孤眠况味。欲修锦字凭谁寄？报与些凄凉事实。

【尾】披衣强拈纸与笔，奈心绪烦多书万一。欲向芳卿行诉些憔悴⑨，笔尖头陶写哀情⑩，纸面上敷陈怨气。待写个平安字样，都是俺虚脾拍塞⑪。一封愁信息，向银台畔读不去也伤悲⑫。蜡炬行明知人情意⑬，也垂下数行红泪。

注释

①皤（pó）——白。

②羁情——滞留旅途的愁情。

③断送关山——在关山旅途中被折磨的意思。

④重门月——照进深院重门之中的月亮。这里指家中闺房。

⑤织——编织，喻心绪烦乱。

⑥告他谁——告诉谁。他：衬语，无实义。

⑦别凤——喻指与妻子离别的丈夫。此系作者自指。

⑧岑（cén）寂——孤寂，寂寞。

⑨芳卿行——芳卿那儿。芳卿是对妻子的爱称。

⑩陶写——抒写。

⑪虚脾拍塞——说谎话搪塞，敷衍。

⑫"向银台畔"句——意为妻子看到我满是愁情的信，在梳妆台前会悲伤得读不下去。

⑬行——那儿。

赏析

　　这篇套曲抒写客中乡愁及对家中情侣的思恋。题目虽不算新，但一支笔从思念者与被思念者两方写来，缠绵悱恻，体贴入微，笔力老到，表现力极强。如"家书可驱邪、乡梦堪疗饥"等句，构想新奇，措词精警，均为人所未道。

（四）庾天锡（生卒年不详）

　　庾天锡，字吉甫，大都（今北京）人。历官中书省椽、员外郎、中山府判等职。《录鬼簿》把他列为"前辈已死名公才人有所编传奇行于世者"。所作杂剧15种，均已失传。散曲存世有小令3首、套数3篇。《太和正音谱》评其曲如"奇峰散绮"。

【商调·定风波】思情

迤逦秋来到①。正露冷风寒，微雨初收，凉风儿透冽襟袖。自别来愁万感，遣离情不堪回首。

【金菊香】到秋来还有许多忧，一寸心怀无限愁。恹恹镇日如病酒②，只恁般心上眉头，终不肯断绸缪③。

【凤鸾吟】题起来羞④，这相思何日休？好姻缘不到头。饮几盏闷酒，醉了时罢手，则怕酒醒了时还依旧。我为他使尽了心，他为我添消瘦。都一般减了风流。

【醋葫芦】人病久，怨日稠⑤，思情欲待罢无由。哎，你可怎下得便把人辜负⑥！这意儿知否⑦？料应来倚仗着脸娇柔⑧。

【尾声】本待要弃舍了你个冤家，别寻一个玉人儿成配偶。你道是强似你那模样儿的呵说道我也不能够，我道来胜似你心肠儿的呵到处里有。

⊗ 注释

① 迤（yǐ）逦（lǐ）——本意为曲折连绵的意思，这里引申为悠长，缓慢。

② 恹恹——因患病而有气无力的样子。镇日—整天。病酒——因醉酒而浑身无力。

③ 绸（chóu）缪（móu）——情意绵绵的样子。

④ 题——同提。

⑤ 怨日稠——怨恨一天天增多。

⑥ 下得——忍心，狠心。

⑦ 这意儿知否——指对方的真正动机。

⑧ 料应来——估量着是，料想是。

⊙ **赏析**

　　这篇套曲写一对相爱的青年男女，因为某种意见不合闹别扭，女子自恃容貌娇好，开始变心，下狠心要抛弃男子。但由于两人长期相恋，情深意长，根本无法斩断情缘。他仍然老是想着她、念着她，借酒浇愁愁更愁。他下决心忘掉她，并告诉她自己要另寻知己。可她却说你不会找到比我更好的，态度是那么自信。他便反过来对她说心眼比你好的到处都有，到处都能找到。用这样的反激法来说，无非是希望她能回到自己的身边。套曲多用口语，特别是【尾声】用杂糅句法，摹写男女爱情中的冲突矛盾，深入生活本真的原生态，如闻其声，如见其面。

（五）姚燧（1238—1313）

　　姚燧，字端甫，号牧庵，世居营州柳城，后迁居洛阳。曾任陕西汉中道提刑按察副使、江东廉访使、江西行省参知政事、翰林学士承旨等官职。《元史》卷一七四有传。他还是元代著名的古文家，与卢挚齐名，并称"姚卢"。著有《牧庵集》。散曲存世有小令29首、套曲1篇。

1.【中吕·普天乐】

　　浙江秋①，吴山夜②。愁随潮去，恨与山叠。塞雁来，芙蓉谢③，冷雨青灯读书舍。待离别怎忍离别？今宵醉也，明朝去也，宁奈些些④。

注释

① 浙江 —— 即钱塘江。

② 吴山 —— 山名，在杭州。

③ 芙蓉谢 —— 荷花凋谢零落。

④ 宁奈些些 —— 忍耐些点吧。奈：同耐。些些：一些，一点点。

赏析

这首小令在《中原音韵》中题作《别友》，写的是一个风雨交加的秋夜，作者在杭州为友人饯行，心中充满惆怅。虽不忍别但终有一别，还是强忍悲伤，珍惜今夜，相与一醉。曲文不用典，不藻饰，用纯净简洁的白话书面语，代表诗文家之曲风。写景抒情，精心选择雁来花谢等典型细节，富有表现力。

曲谱

十一句，33443377444，｜－ －，－ － －＼▲＋－＋｜，＋｜－
－▲＋｜－，－ － ｜▲＋｜－ － － －＼▲｜－ －、＋｜－ －▲＋
＋｜＋，－ － ＋＋，＋｜－ － ▲

2.【越调·凭阑人】寄征衣

欲寄君衣君不还①，不寄君衣君又寒。寄与不寄间，妾身千万难②。

注释

① 君 —— 指离家在外的丈夫。

② 妾身 —— 古代妇女的自谦之称。

赏析

这是一首怨妇思夫曲，写思妇给出门在外的丈夫邮寄寒衣。这类题目在古代诗歌中已写得很多，作者却能独运匠心，紧抓住女主人公在寄寒衣时的矛盾心理，把她置于寄与不寄的两难处境中，展示出一个柔情万种的心灵世界，构思新奇。语词的重叠反复，制造出往复回环、缠绵不尽的心理感觉。本曲在一个前人写滥了的题目中别出心裁，成为元散曲中脍炙人口的名作。

（六）卢挚（1241?—1318?）

卢挚，字莘老，号疏斋，又号嵩翁，涿州（今河北涿县）人。元世祖至元年间，曾任江东提刑按察副使、陕西提刑按察使、河南路总管。元成宗时，升任湖南岭北道肃政廉访使、集贤学士、翰林学士承旨等职，《新元史》卷二三七有传。诗文与姚燧、刘因齐名。著有《疏斋集》，散曲存世有小令120首。贯云石《阳春白雪序》称其曲秀美，"如仙女寻春，自然笑傲"。

1.【黄钟·节节高】题洞庭鹿角庙壁

雨晴云散，满江明月。风微浪息，扁舟一叶。半夜心①，三生梦②，万里别。闷倚篷窗睡些③。

注释

① 半夜心——意指夜深人静时内心产生的愁闷思绪。

② 三生梦——三生为佛家语，指人的前生、今生和来生。传说唐代李源

与僧圆观友好，圆观死后十二年，转身为牧童与李相会。事见袁郊《甘泽谣》卷五。所谓"三生梦"指身世梦幻之感和与亲友生离死别的悲伤情绪。

③篷窗——指船篷之窗。

◎ 赏析

元成宗大德年间，作者外放湖南肃政廉访使，赴任途中乘船经过洞庭湖畔的鹿角镇，在庙壁上题写了这首小令，抒写月夜江湖，一叶扁舟，远离故乡亲人的孤独悲凉意绪。试与唐诗中述说乡愁的名句"日暮乡关何处是，烟波江上使人愁"等对读，本曲用三个数量词，化笼统为具体，调子凝重，节奏顿挫，一唱三叹，具有宋词的含蕴包藏之美。

◎ 曲谱

或写作【接接高】，八句，44443336，｜－－\，｜－－\▲－－\十，－－十\▲｜｜－▲－－｜，十｜－▲\∨－－\十▲

2.【双调·沉醉东风】秋景

挂绝壁松枯倒倚①，落残霞孤鹜齐飞②。四围不尽山，一望无穷水。散西风满天秋意。夜静云帆月影低，载我在潇湘画里③。

◎ 注释

①挂绝壁松枯倒倚——这句化用李白《蜀道难》"连峰去天不盈尺，枯松倒挂倚绝壁"。

②落残霞孤鹜齐飞——这句化用王勃《滕王阁序》"落霞与孤鹜齐飞"。

③潇湘画——指宋朝画家宋迪的《潇湘八景图》。这里表示作者如同进入画中。"潇湘"原意指清凉的湘水，后泛指湖南地区。

赏析

　　这是一幅洞庭秋夜泛舟图。画面中心是盘屈如虬的绝壁古松和在落霞中飞翔的孤鹜，是一动一静的两个特写镜头；无穷无尽的苍山碧水则构成缥缈深远的背景，从有限的点推移到无限的面，是虚实兼得。这还都是画面外在的可见的形，而满天西风散发着浓重的秋意才是构成图画的内在的神，可谓动静结合、虚实相济、形神兼备。而画面的真正焦点则是人，是月夜泛舟的"我"。结尾引入当时著名的《潇湘八景》山水画，以画喻景，拓展审美空间。可谓曲中有画，画中有"我"。

3.【双调·沉醉东风】闲居

　　恰离了绿水青山那答①，早来到竹篱茅舍人家。野花路畔开，村酒糟头榨，直吃的欠欠答答②。醉了山童不劝咱，白发上黄花乱插。

注释

　　① 那答——那边。
　　② 欠欠答答——今作"疯疯答答"，这里形容酒醉后忘情失态，手舞足蹈的样子。

赏析

　　此曲写郊游乡饮，充满野趣。作者在青山绿水之间尽情地游赏，信步走进一户山庄人家。竹篱围绕着茅舍草屋，路边是盛开的野花，村酒刚刚榨好，香气四溢。他酒渴正急，岂能不开怀痛饮，结果是吃得忘情失态，手舞足蹈。跟随的小书童也任其放浪于乡野自然，把采来的菊花往他满头白发上乱插。曲子情调野逸、洒脱，把人投入自然怀抱中的那种惬意和快感表现得相当充分。

4.【双调·蟾宫曲】

> 想人生七十犹稀。百岁光阴，先过了三十。七十年间，十岁顽童，十载尪羸①。五十岁平分昼黑，刚分得一半儿白日。风雨相催，兔走乌飞②。仔细沉吟，都不如快活了便宜。

⊙ 注释

① 十载尪（wāng）羸（léi）——指老病交加的十年。尪：鸡胸、罗锅一类的骨骼弯曲病。羸：年老体弱。

② 兔走乌飞 ——喻日月交替轮转极快，时光流逝迅疾。古人常以玉兔和金乌指代月亮与太阳。

⊙ 赏析

此曲对人的生命历程算了一笔细账，"百岁光阴"是作者算账的逻辑起点。事实上绝大多数人活不到 100 岁，即使按"人生七十古来稀"计，已先天地损减了 30 岁。而前 10 岁又是浑不晓事、不懂苦乐的孩童，最后 10 年则是老病交加的风烛残年。而所余 50 年好时光，还有整整一半是黑夜，要在浑浑噩噩的睡梦中度过。作者把人生短暂的抽象概念数量化，经过精细计算，揭示了人的有效生命只有 25 年！真如晨钟暮鼓，当头棒喝，催人深省。如此计算人生细账，为先秦"个人主义"哲学家杨朱所发明，详见《列子·杨朱》篇。卢挚演绎成曲，曲中名之为"檃栝体"，就是改编或缩写前人诗文的名作为曲唱，是词曲创作的一种范式。

⊙ 曲谱

又名【折桂令】，十一句，74444477444，＋ ＋ ＋、＋｜—
—▲＋｜——，＋｜—— ▲＋｜——，＋ — ＋｜，＋｜——▲＋

十 十、十 一 ｜十▲十 十、十｜一 一▲十｜一 一▲十｜一
一▲十｜一 一，十｜一 一▲

末句之后可照末句格律增句若干。

又一体首句可减一字作 6 字句。又第五、六两个 4 字句可合并为一个"｜一 十、十｜一 一"的 7 字句，是为十句别体。

此牌易记，句格实仅 7 字句与 4 字句两类，7 字句全是前 3 后 4 式步节，而押韵 4 字句全是"十｜一 一"。据统计，此牌在元曲中使用频率排名第一，或许与其格律既灵活多变，又简明易记有关。

5.【双调·蟾宫曲】

沙三伴哥来嗏①，两腿青泥，只为捞虾。太公庄上②，杨柳阴中，磕破西瓜。小二哥昔涎剌塔③，碌轴上淹着个琵琶④。看荞麦开花，绿豆生芽。无是无非，快活煞庄家。

◎ 注释

①沙三、伴哥——农村青年的代名，犹今言张三、李四。嗏（chā）——语助词，犹"呵"。

②太公庄——泛指乡村。

③昔涎剌塔——犹今语"邋里邋遢"。

④碌（liù）轴句——意为小二哥蜷卧于碌碡上，如同上面搭着一个曲颈琵琶。碌轴：石滚子，碾轧农具，今写作"碌碡"。

◎ 赏析

此曲全用口语和白描手法，勾勒出质朴古野的农村生活的一幕。沙三和伴哥两个农村青年刚从河里捞虾回来，带着两腿青泥巴，于村边柳荫下大吃西瓜解渴。另一位小二哥也凑过来，吃得满脸满胸瓜汁

瓜籽，躺在碌轴上睡觉。这是多么自由自在、无忧无愁的惬意生活啊！"磕破西瓜"四字极接地气，传达乡村生活原始生态刻摹如画。

6.【双调·寿阳曲】别珠帘秀①

> 才欢悦，早间别②，痛煞煞好难割舍。画船儿载将春去也，空留下半江明月。

◎ 注释

① 珠帘秀 —— 姓朱，杂剧女演员。事迹详见下篇作者小传。
② 间别 —— 离别。

◎ 赏析

作者与名伶珠帘秀久别之后刚刚重聚，现在因为公务，马上又要离别，心中自是痛苦万分。而前来相送的她，更是难割难舍。曲子结尾两句用"共情法"，以己心度人，从对方写出：自己一去，好像美好的春天也被画船载走了，而留给她的只是半江寂寞冷月。这表达作者对珠帘秀的体贴关心，也反映了二人之间深深的恋情。可与后一首珠帘秀答曲对读。

（七）珠帘秀（生卒年不详）

珠帘秀，姓朱，元代著名的杂剧女演员。技艺高超，独步一时。与关汉卿、胡紫山、卢挚等许多名曲家皆有交往，诸家多有赠曲传世。后嫁于钱塘道士，凡二十年而卒。有弟子赛帘秀、燕山秀等，皆擅名当时。她能作诗作曲，其诗失传，散曲存世仅小令2首、套曲1篇。

【双调·寿阳曲】答卢疏斋

山无数，烟万缕。憔悴煞玉堂人物①。倚篷窗一身儿活受苦。恨不得随大江东去！

❀ 注释

①玉堂人物——指卢挚。玉堂是翰林院的代名词，卢曾做过翰林学士，故称。

❀ 赏析

这首小令是答谢卢挚赠别的唱和之作（可参看上一篇），写得深切动人。作者在一个春末的黄昏，到江边送别情投意合的友人，苍茫的暮烟和迷蒙的重山使她倍感惆怅伤怀。在开船分手、生离死别的一刹那间，她发现友人已变得憔悴不堪，痛苦地靠在船窗边。这更使她感到难以割舍，恨不得跃身跳入江中，追随友人而去！一笔兼写两方，感人至深。

（八）陈草庵（约1247—1330后）

陈草庵，原名陈英，一作陈士英，字彦卿，草庵为其号，析津（今北京）人。元成宗大德七年（1303）曾任江西宣抚使，后升任中书左丞、河南行省左丞。今存【山坡羊】小令26首，多为醒世警人之作。

【中吕·山坡羊】（选三首）

伏低伏弱①，装呆装落②，是非犹自来着莫③。任从他，待如何。天公尚有妨农过④，蚕怕雨寒苗怕火⑤。阴，也是错；晴，也是错。

生涯虽旧⑥，衣食足够，区区自要寻生受⑦。一身忧，一心愁，身心常在他人彀⑧。天道若能随分守，身，也自由；心，也自由。

晨鸡初叫，昏鸦争噪⑨。那一个不在红尘里闹⑩？路遥遥，水迢迢，利名人都上长安道⑪。今日少年明日老。山，依旧好；人，憔悴了！

⚙ 注释

① 伏低伏弱——同服低服弱，"伏"与"服"可通用。

② 落——自甘落后。

③ 着莫——沾惹，纠缠。

④ 天公——老天爷。妨农过——妨害农业的过错。

⑤ 火——此指天旱。

⑥ 生涯——生计，谋生手段。

⑦ 区区——形容愚蠢，语出《古诗为焦仲卿妻作》"何乃太区区"。生受——吃苦，劳累。

⑧ 身心常在他人彀（gòu）——意指身体思想已被人控制、利用。典出唐太宗见新科进士出入端门，乃自得地说"天下英雄入吾彀中矣"。见王定保《唐摭言》卷一。彀：本指张满的弓弩，喻为掌握之中，引申为圈套、牢笼。

⑨ 昏鸦争噪——乌鸦在黄昏噪叫着争相归巢。

⑩ 红尘——指俗世人生。

⑪ 长安——泛指京城。

⊕ **赏析**

　　第一曲感慨为人处世之难。即使服软服输，装傻装呆，自甘落后，也还是会招来是非，不得安宁。老天爷是最公道无私的，可还是不能尽如人意。雨多天凉养蚕的不高兴，雨少天旱种田的又不喜欢。不管是阴是晴，反正都有错。大有哲理，启人深思。

　　第二曲劝人顺其自然，安贫乐道，知足常乐。作者以官场中人的亲身体验告诫世人：物欲太强，功名心太重，就会被人操纵利用，从而丧失自我、自由以及人性尊严，沦为爪牙走狗，招致无穷无尽的烦恼和忧愁。只有自制与超脱，才能真正获得人生自由和生活的美感。

　　第三曲慨叹功名累人、误人、害人。从早晨鸡叫，到黄昏乌鸦噪晚，人们哪个不是为了生活而去滚滚红尘中闹腾呢？尽管通往京城的大道路遥山高，云水迢迢，但那些求取功名的人如蚁之趋膻、蝇之逐臭，连绵不绝。他们把有限的年华投入到这毫无意义的竞争中，红颜少年转眼就变成了白发老朽，实在是可怜可悲！这是过来人对仕途艰难的讽喻和叹息。此曲当时广泛传唱于市井民间，乃至匠人书写于古窑瓷器之上，这里采录的就是更为俚俗的瓷器版本。

（九）不忽木（1255 —1300）

　　不忽木，或作不忽麻、不忽卜，又名时用，字用臣，先世为康里部（即汉时高车国）人。元世祖忽必烈时，历任吏、工、刑三部尚书、翰林学士承旨、知制诰兼修国史、平章政事等显职。成宗时特命行御史中丞事，兼领侍仪司事。《元史》卷一三〇有传。存世散曲仅套数1篇。《太和正音谱》评其曲如"闲云出岫"。

【仙吕·点绛唇】辞朝

宁可身卧糟丘①，赛强如命悬君手②。寻几个知心友，乐以忘忧，愿做林泉叟。

【混江龙】布袍宽袖，乐然何处谒王侯？但樽中有酒，身外无愁。数着残棋江月晓，一声长啸海门秋③。山间深住，林下隐居，清泉濯足④，强如闲事萦心，淡生涯一味都参透。草衣木食⑤，胜如肥马轻裘。

【油葫芦】虽住在洗耳溪边不饮牛⑥，贫自守，乐闲身翻作抱官囚⑦？布袍宽褪拿云手⑧，玉箫占断谈天口⑨。吹箫仿伍员⑩，弃瓢学许由⑪。野云不断深山岫⑫，谁肯官路里半途休？

【天下乐】明放着伏侍君王不到头，休休，难措手⑬。游鱼儿见食不见钩，都只为半纸功名一笔勾。急回头，两鬓秋。

【哪吒令】谁待似落花般莺朋燕友⑭，谁待似转灯般龙争虎斗⑮，你看这迅指间乌飞兔走⑯。假若名利成，至如田园就，都是些去马来牛⑰。

【鹊踏枝】臣则待醉江楼⑱，卧山丘，一任教谈笑虚名⑲，小子封侯⑳。臣向这仕路上为官倦首㉑，枉尘埋了锦带吴钩㉒。

【寄生草】但得黄鸡嫩，白酒熟，一任教疏篱墙缺茅庵漏。则要窗明炕暖蒲团厚，问甚么身寒腹饱麻衣旧。饮仙家水酒两三瓯，强如看翰林风月三千首㉓。

【村里迓鼓】臣离了九重宫阙，来到这八方宇宙。寻几个诗朋酒友，向尘世外消磨白昼。臣则待引着紫猿，携着白鹿，跨着苍虬㉔，观着山色，听着水声，饮着玉瓯，倒大来省气力如诚惶顿首㉕。

【元和令】臣向山林得自由，比朝市内不生受㉖？玉堂金马间琼楼㉗，控珠帘十二钩㉘。臣向草庵门外见瀛洲㉙，看白云天尽头。

【上马娇】但得个月满舟，酒满瓯，则待雄饮醉方休㉚，紫箫吹彻三更后，畅好是孤鹤唳一声秋。

【游四门】世间闲事挂心头，唯酒可忘忧。非是微臣常恋酒，叹古今荣辱，看兴亡成败，则待一醉解千愁。

【后庭花】拣溪山好处游，饮仙家酒旋篘㉛。会三岛十洲客㉜，强如宴功臣万户侯㉝。不索你问缘由，把玄关泄漏㉞。这箫声世间无，天上有。非微臣说强口㉟，酒葫芦挂树头，打鱼船缆渡口。

【柳叶儿】则待看山明水秀，不恋您市曹中物穰人稠㊱，想高官重职难消受。学耕耨㊲，种田畴㊳，倒大来无虑无忧。

【赚尾】既把世情疏㊴，感谢君恩厚，臣怕饮的是黄封御酒㊵。竹杖芒鞋任意留㊶，拣溪山好处追游。趁着这晚霞收，冷落了深秋㊷，饮遍金山月满舟㊸。那期间潮来的正悠㊹，船开在当溜㊺，卧吹箫管到扬州㊻。

❀ 注释

① 糟丘 —— 酒糟堆积如山，卧糟丘比喻沉溺于酒。

② 赛强如 —— 赛过的意思。

③ 海门 —— 海口，泛指江河入海处。

④ 濯（zhuó）足 —— 洗脚。

⑤ 草衣木食 —— 结草为衣，采野果子为食。言其衣食粗劣简陋。

⑥ 洗耳溪边不饮牛 —— 意为洁身自好。传说上古唐尧命许由作九州长，许由认为污染了他的耳朵，跑到颍水边洗耳。隐士巢父正在饮牛，嫌许由洗耳之水不洁，就牵牛到上游去饮。见《高士传·许由》。

⑦ 抱官囚 —— 应作"报官囚"，呈报上官等待处决的囚犯。喻为官不自由如同被拘的囚徒。

⑧ 拿云手 —— 比喻志向高远，本事极大。

⑨ 谈天口 —— 比喻能言善辩。

⑩ 伍员 —— 即伍子胥，春秋时吴国大夫，原为楚国贵族，落难时曾吹箫乞讨，见《史记·范睢蔡泽列传》。此谓甘于清贫。

⑪ 弃瓢学许由 —— 喻避世隐居，不为世用。相传巢父赠给许由一瓢，作取水之用。许由挂之于树，风吹作响，于是就抛到了山下。

⑫ 岫（xiù） —— 山穴。陶潜《归去来兮辞》："云无心以出岫。"

⑬ 难措手 —— 棘手，难下手。

⑭ 莺朋燕友 —— 指朋友，多喻女子。这里似有政治含义，意为趋炎附势的小人们结成朋党。

⑮ 转灯 —— 走马灯。龙争虎斗 —— 互相争斗，互相倾轧。

⑯ 迅指间乌飞兔走 —— 极言时光流逝之快。迅指间：犹弹指间。乌飞兔走：日月交替如梭。太阳中黑子如乌形，故古人以金乌代日；月中有环形山似兔状，故以玉兔代月。

⑰ 去马来牛 —— 言不辨是非、真伪，弄不清人生的真正价值及意义。

⑱ 则待 —— 只要。

⑲ 一任教 —— 完全任随。

⑳ 小子封侯 —— 无知无识的家伙当上大官。

㉑ 倦首 —— 意为身心疲倦，懒倦。

㉒ 锦带吴钩 —— 珍贵的刀剑及佩带刀剑的织锦带子。吴钩：春秋时吴国冶城铸造的一种弯形刀，后即作为宝刀宝剑的代称。

㉓ 翰林风月三千首 —— 指精彩优美的诗文。欧阳修《赠王介甫》诗："翰林风月三千首，吏部文章二百年。"翰林指唐代大诗人李白。

㉔ 苍虬（qiú） —— 苍龙。虬：传说中龙的一种。

㉕ 倒大来 —— 十分，非常。此引为实在，可真是。

㉖ 生受 —— 辛苦，劳烦。

㉗ 玉堂金马间琼楼 —— 泛指宫廷及中央枢要机构的豪华建筑。汉代有玉堂殿与金马门，后常称翰林院为金马玉堂。

㉘ 控 —— 控制。这里指卷起珠帘用钩挂住。

㉙ 瀛州 —— 传说中的海上仙山。

㉚ 雄饮 —— 豪饮，放开量喝酒。

㉛ 旋篘（chōu）—— 意为想喝酒时随时准备。旋：马上，当场。篘：滤酒器，这里用作动词，意指安排酒席。

㉜ 三岛十洲 —— 都是传说中海上神仙的住处。见《海内十洲记》。

㉝ 宴功臣句 —— 皇帝设宴招待抚慰功臣，俗谓功臣宴。是古代最高规格的宴会。

㉞ 把玄关泄漏 —— 如同今语"泄露天机"。

㉟ 强（qiáng）口 —— 嘴硬，强说。这里指固执偏见的话。

㊱ 市曹中物穰（ráng）人稠 —— 集市上货物丰盛，人多热闹。穰：盛，多。

㊲ 耕耨（nòu）—— 耕耘。耨：指锄草。

㊳ 田畴 —— 犹田地，田园。

㊴ 把世情疏 —— 疏远红尘，摆脱各种人事关系。此谓逃离官场。

㊵ 黄封御酒 —— 专供皇帝喝的酒。如赏赐大臣，则意谓恩幸有加。黄封酒本指北宋京师酿造的一种酒，因以黄纸或黄绢封口，故名。曲子借名生义，并不专指此种酒。

㊶ 芒鞋 —— 草鞋。

㊷ 冷落了深秋 —— 即"冷落深秋"。了，仅起凑足音节的作用。

㊸ 金山 —— 在江苏镇江西北的长江之中。

㊹ 悠 —— 悠悠荡荡，江潮流淌的样子。

㊺ 当溜 —— 江河中心水流最急的地方。

㊻ 扬州 —— 唐宋以来的游乐胜地，即今江苏扬州。

❀ 赏析

在这篇套曲中，作者怀着浓烈的渴望和情致，反复摹写山林泉下隐居生活的种种可爱情境，展现了一个超尘拔俗、自由自在的美好世界。他之所以全身心地投入这样一个虚幻的天地，是因为极端厌弃现世官场对人的异化和扼杀。通篇以臣子对皇帝的上章口吻，直抒胸臆，声明自己辞朝是出于伴君如伴虎的忧惧，把林泉快意与仕途风险两相对照，在元代众多隐逸散曲中颇具特色。另外，此作词采清秀富赡，如同一幅淡雅的山水长卷，充满诗情画意。

（十）鲜于枢（1256—1302）

鲜于枢，字伯机，晚年自号困学山民，又号直寄老人，蓟州（今天津蓟县）人。曾任浙东宣慰司经历、浙江行省都事、太常典簿等职。为人意气豪放，颇有名士风度。《新元史》卷二三七有传。著有《困学斋集》。存世散曲仅套数1篇。

【仙吕·八声甘州】

江天暮雪，最可爱青帘摇曳长杠①。生涯闲散，占断水国渔邦②。烟浮草屋梅近砌③，水绕柴扉山对窗④。时复竹篱旁，吠犬汪汪。

【幺】向满目夕阳影里，见远浦归舟⑤，帆力风降⑥。山城欲闭，时听戍鼓嘡嘡⑦。群鸦噪晚千万点，寒雁书空三四行⑧。画向小屏间，夜夜停釭⑨。

【大安乐】纵人笑我愚和戆，潇湘影里且徜徉，不谈刘项与孙庞⑩。近小窗，谁美碧油幢⑪。

【元和令】粳米炊长腰⑫，鳊鱼煮缩项⑬。闷携村酒饮空缸，是非一任讲。恣情拍手棹渔歌⑭，高低不论腔。

【尾】浪滂滂⑮，水茫茫，小舟斜缆坏桥桩。纶竿蓑笠，落梅风里钓寒江⑯。

注释

① 青帘——指酒旗，酒店的幌子。长杠——高高的旗杆。

② 占断——全部占有，为我所有。

③ 烟浮草屋句——晚烟飘在茅屋上，梅花开在台阶旁。

④ 柴扉——以柴薪编制的简陋院门。

⑤ 远浦——远处的水滨。

⑥ 帆力风降——意为风力减弱船帆渐降。

⑦ 戍鼓嘭（péng）嘭——暮鼓咚咚。戍鼓：守城的军鼓，设于城中鼓楼上。因每天傍晚定时敲响，故在这里仅作为时间的象征，与军事无关。嘭嘭：拟声词。

⑧ 寒雁书空——寒冬之雁排成"人"字或"一"字飞行，好像在天空写字。

⑨ 停釭（gāng）——使灯固定长明。釭就是灯。

⑩ 刘项与孙庞——意指你死我活的政治争斗。刘项：刘邦与项羽，灭秦后二人争天下，最后项羽败亡。孙庞：指战国时孙膑与庞涓，二人皆从鬼谷子学兵法。庞为魏国大将，嫉妒孙膑，阴谋加以陷害。孙逃往齐国，掌握兵权，用添兵减灶之计杀庞涓于马陵。

⑪ 碧油幢（zhuàng）——青绿色油布帷幕，罩于达官贵族所乘车子上。是身份高贵或官位显赫的标志。

⑫ 粳（jīng）米炊长腰——用长粒的粳米煮饭。

⑬ 鳊（biān）鱼煮缩项——用短脖子的鳊鱼烧菜。《韵语阳秋》："'长腰粳米，缩头鳊鱼。'楚人语也。"

⑭ 棹（zhào）渔歌——唱渔歌。棹：船桨。船夫所唱之歌称为棹歌。这里用作动词，是唱的意思。

⑮ 浪滂（pāng）滂——波浪涌流的样子。

⑯ 落梅风 —— 元曲牌名，原为笛曲，又名【落梅花】。这里是双关语，既可指笛声，也可以指吹落梅花的寒风。

❀ 赏析

这篇套曲写江天暮雪中的渔家生活情景。前二支曲着重描绘渔乡环境的宁静、浑朴，由长杠酒旗、草屋炊烟、砌边梅花、柴门绕水、窗对青山、篱旁犬吠等一组镜头构成一幅萧疏的暮雪渔乡图。画面背景是满目夕阳、远浦归航、山城暮鼓、群鸦寒雁的几笔点缀，渲染出浓重的荒寒古野气氛。第三、四支曲写渔家生活的恬淡和潇洒。这里没有你死我活的政治争斗，没有追求功名利禄的焦虑熬煎，一切都任其自然，连唱歌都不必计较五音六律。最后的尾声是关于寒江垂钓的描绘，构成了全幅水乡生涯长卷的中心焦点，鲜明地展示出作者淡泊名利、渴望亲近自然的渔隐情怀。

（十一）白无咎（约 1270—1330）

白无咎，名贲，以字行，钱塘（今浙江杭州）人。曾任忻州太守、温州路平阳州教授、文林郎、南安路总管府经历等官。善画，工词曲。存世散曲有小令 2 首、套曲 3 篇及残曲。《太和正音谱》评其曲"如太华孤峰，孑然独立"。

1.【正宫·黑漆弩】

伈家鹦鹉洲边住①，是个不识字渔父。浪花中一叶扁舟，睡煞江南烟雨。【幺】觉来时满眼青山，抖擞绿蓑归去②。算从前错怨天公，甚也有安排我处③。

注释

① 侬家——我家。鹦鹉洲——在武汉长江中，因唐人崔颢《黄鹤楼》诗
句"芳草萋萋鹦鹉洲"而驰名。这里借指长满花草的水中小洲。

② 抖擞——抖动。绿蓑——用青草编织的雨衣。

③ 甚也有安排我处——意为"太好了，老天爷给我安排了这样一个自由
天地"。

赏析

这首小令写渔夫生活的逍遥自在，家住在长满萋萋芳草的鹦鹉洲
畔，与世隔绝，没有红尘的劳攘和喧闹。他驾着一叶扁舟垂钓于江中，
在轻柔温暖的江南烟雨中睡去，一觉醒来，映入眼帘的是两岸碧山，
雨洗之后，青翠欲滴；他抖落绿蓑衣上的水珠，荡舟归去。一切都是
那么从容、安宁、悠闲，没有时间的催迫，是老天给了他这样一个无
拘无束、任情适意的自由天地。作者写尽了人投入自然怀抱的那份惬
意和愉悦、舒心和满足。主人公不识字，没文化，是个真正的渔夫，
更是作者某种生活理想的象征。这是一首脍炙人口的名曲，当时就流
传开来，引发众多曲家效仿唱和。原为【黑漆弩】的曲牌也因此被人
们改称为【鹦鹉曲】或【江南烟雨】；因白无咎曾官文林郎，故又名
【学士吟】。

曲谱

四句，7676，— — ＋ | — —＼ ▲ ＋ ＋ ＋ | — ＼ ▲ | — —、
| | — —，| | ＋ — — ∨ ▲

第二句"不"是衬字。也可增一实字为7字句，见下冯子振和作。

此牌例用【幺篇换头】，四句，7677，｜ — —、｜｜ — —，
｜｜｜ — —\▲｜ — —、＋｜ — —，\∨｜、＋ — ∨\▲

第一句 7 字句，换为前 3 后 4 式步节，且不入韵，与前篇第一句 7
字句不同，所以叫"换头"。

2.【双调·百字折桂令】

弊裘尘土压征鞍鞭倦袅芦花①，弓剑萧萧，一径入烟霞。动羁
怀西风禾黍蒹葭②，千点万点老树昏鸦，三行两行写长空呀呀雁落
平沙③。曲岸西边近水湾鱼网纶竿钓槎④，断桥东壁傍溪山竹篱茅
舍人家⑤。满山满谷，红叶黄花。正是伤感凄凉时候，离人又在
天涯。

⊕ 注释

① 弊裘尘土 —— 破旧的皮袍布满尘土。袅（niǎo）—— 形容鞭梢飞动的
  形状。
② 羁怀 —— 困于旅途的愁怀。禾黍 —— 一种野生植物，在古代诗词中常
  作为荒凉的象征。蒹（jiān）葭（jiā）—— 芦苇一类生于浅水中的植物。
  全句说，西风吹拂禾黍、蒹葭，触动了游子的悲凉情怀。
③ 写 —— 大雁飞行排成"一"字或"人"字，好像在天空写字。
④ 钓槎（chá）—— 钓鱼的小船。
⑤ 东壁 —— 东边。

⊕ 赏析

此曲写天涯游子秋日的悲绪离情，实际上是根据元初"北方士友
所传"无名氏的名曲【越调·天净沙】《秋思》囊栝而成，但与原曲
相比有很大不同。原曲以词为曲，风调凄迷婉约，文笔雅洁凝练，讲
究锤字炼句，而这首小令则以曲为曲，崇尚繁复，极力铺陈，意象

纷沓，文笔清丽爽劲。特别是在语言上，使用了曲子独有的杂糅长句式和隔句相对的"扇面对"，这使得曲的特色和味道更加突出和浓郁。

（十二）冯子振（1251—约1328）

冯子振，字海粟，自号怪怪道人，又号瀛洲客，攸州（今湖南攸县）人。曾官承事郎集贤待制，以博学能文名于时。存世散曲有小令44首。贯云石《阳春白雪序》评其曲"豪辣灏烂，不断古今"。

【正宫·鹦鹉曲】（选二首）

序云：白无咎有【鹦鹉曲】云："侬家鹦鹉洲边住……"余壬寅岁留上京①，有北京伶妇御园秀之属②，相从风雪中，恨此曲无续之者。且谓前后多亲炙士大夫③，拘于韵度④，如第一个"父"字，便难下语。又"甚也有安排我处"，"甚"字必须去声字，"我"字必须上声字，音律始谐，不然不可歌。此一节又难下语。诸公举酒，索余和之。以汴、吴、上都、天京风景试续之⑤。

山亭逸兴

嵯峨峰顶移家住⑥，是个不唧溜樵父⑦。烂柯时树老无花⑧，叶叶枝枝风雨。【幺】故人曾唤我归来，却道不如休去。指门前万叠云山，是不费青蚨买处⑨

赤壁怀古

茅庐诸葛亲曾住，早赚出抱膝梁父⑩。笑谈间汉鼎三分，不记得南阳耕雨。【幺】叹西风卷尽豪华⑪，往事大江东去。彻如今话说渔樵，算也是英雄了处。

⊕ 注释

① 壬寅岁——元成宗大德六年（1302）。上京——即元朝上都，在今内蒙
古锡林郭勒正蓝旗草原闪电河边，是元朝的建基之都。

② 北京——此指大名府。

③ 亲炙（zhì）——本指亲受教化，这里是亲近、亲切之意。

④ 韵度——声韵格律。

⑤ 汴——开封，此指河南一带。吴——江苏一带。上都——即上京。天
京——京师，帝京，此指元首都大都，今北京市。

⑥ 嵯（cuó）峨（é）——形容山势巍峨。

⑦ 唧溜——宋元俗语，意为精明，伶俐。

⑧ 烂柯——喻世事变迁极速，时光流逝极快。典出南朝梁任昉《述异记》。

⑨ 青蚨（fú）——传说中的虫，指代钱币。

⑩ 赚——骗，这里是劝诱的意思。抱膝梁父——指诸葛亮。他隐居隆中
经常抱膝吟唱古歌谣《梁父吟》以消遣。

⑪ 豪华——指当年赤壁大战时英雄云集，轰轰烈烈的热闹场面。

⊕ 赏析

元成宗大德六年（1302）冬天，作者寓居上京，有歌女御园秀论及
白无咎名曲【鹦鹉曲】韵律独特，而无人敢于和作。作者遂应诸同事
之邀，一口气写出一组四十二首唱和之作，内容极为广泛，或即景抒
情，或登临感兴，或吊古伤今，才气横溢而不失格律，其中不乏珍品。
《山亭逸兴》是第一首，写樵隐之志，抒发超脱尘世官场、隐居山林、
纵情享受山水白云之乐的生活理想。主人公移家于高峰之巅，自称不
唧溜樵夫，正说明他并非真正樵夫，而是一个隐于樵中的文人士子。
山亭，即山中之亭，是这位隐逸避世者的游息之所。

《赤壁怀古》写诸葛亮被刘备劝诱走出南阳草庐，辅助其三分天下，却忘记了原来的出处，功成之后未能归去。而今，当年赤壁大战的英雄及其轰轰烈烈的业绩已被长江波涛淘洗一空，只有那些渔夫樵子还偶然谈起，这就是英雄的结局。作者在凭吊古迹、感怀历史之时，对盛衰兴亡和功业成败充满幻灭感和惋惜情绪。

（十三）王廷秀（生卒年不详）

王廷秀，益都（今属山东）人。曾任淘金千户。著杂剧4种，已失传。存世散曲仅有套曲1篇。《太和正音谱》论其曲风如"月印寒潭"。

【中吕·粉蝶儿】怨别（摘调）

【十二月】夜沉沉明河皎皎，昏惨惨暮景消消。低矮矮帏屏静悄，冷清清良夜迢迢。闷恹恹把情人去了，急煎煎心痒难挠。

【尧民歌】呀！愁的是雨声儿渐零零落，滴滴点点碧碧卜卜洒芭蕉①。则见那梧叶儿滴溜溜飘②，悠悠荡荡纷纷扬扬下溪桥。见一个宿鸟儿忒愣愣腾③，出出律律忽忽闪闪穿过花梢④。不觉的泪珠儿浸，淋淋漉漉扑扑簌簌韫湿鲛绡⑤。今宵，今宵睡不着，辗转伤怀抱。

> ⊛ **注释**

① 碧碧卜卜——拟声词，形容雨打芭蕉声。犹噼噼啪啪。
② 滴溜溜——拟态词，形容旋转的样子。

③ 宿鸟儿 —— 归巢栖息的鸟。忒愣愣腾 —— 拟声词，鸟抖动翅膀的
声音。

④ 出出律律 —— 形容鸟曲折滑翔的样态。

⑤ 揾湿鲛绡 —— 擦湿手帕。

⊙ 赏析

这篇套曲描写闺中少妇在秋雨之夜对远游丈夫的苦思以及因之而
产生的梦幻，这里摘录【十二月过尧民歌】二支曲，是带过曲。大量
采用生活口语中的叠声词、拟声拟态词来摹景传情，新颖别致，绘声
绘色，传神入化，曲味极浓。本篇是散曲中奇绝之笔，难得的珍品。
这些摹声摹态词至今还活在人们口头。

（十四）姚守中（生卒年不详）

姚守中，洛阳人。曾官平江路吏，系著名文学家姚燧之侄。著杂
剧 3 种，今不传。存世散曲仅 1 套，当时颇为人传诵。《太和正音谱》
评其曲"如秋月扬辉"。

【中吕·粉蝶儿】牛诉冤

性鲁心愚，住烟村饱谙农务①，丑则丑堪画堪图。杏花村，桃
林野，春风几度。疏林外红日西晡②，载吹笛牧童归去。

【醉春风】绿野喜春耕，一犁江上雨③。力田扶耙受驱驰④，
因为主甘分守苦⑤，苦，苦。经了些横雨斜风，酷寒盛暑，暮烟
晓雾。

【红绣鞋】放牧在芳草岸白蘋古渡，嬉游于绿杨堤红蓼平湖，画工描我在远山图。助田单英勇阵⑥，驾老子蓦山车⑦。古今人吟未足。

【石榴花】朝耕暮垦费工夫，辛苦为谁乎？一朝染患倒在官衢⑧，见一个宰辅⑨，借问农夫，气喘因何故？听说罢感叹长吁。那官人劝课还朝去⑩，题着咱名字奏鸾舆⑪。

【斗鹌鹑】他道我润国裕民，受千辛万苦。每日向堰口拖船⑫，渡头拽车。一勇性天生胆气粗，从来不怕虎。为侣的是伴哥、王留⑬，受用的是村歌社鼓。

【上小楼】感谢中书部⑭，符行移诸处⑮。所在官司，禁治严明，遍下乡都⑯。里正行，社长行⑰，叮咛省谕：宰耕牛的捕获申路⑱。

【幺】食我者肌肤未肥，卖我者家私不富。若是老病残疾，卒中身亡⑲，不堪耕锄，告本官，送本都，从公发付。闪得我丑尸骸不着坟墓。

【满庭芳】衔冤负屈，春工办足⑳，却待闲居。圈门前见两个人来觑㉑，多应是将我窥图。一个曾受戒南庄上的忻都㉒，一个是累经断北港汪屠㉓。好教我心惊虑。若是将咱卖与，一命在须臾㉔。

【十二月】心中畏惧，意下踌蹰。莫不待将我衅钟㉕，不忍其觳觫㉖。那思想耕牛为主㉗？他则是嗜利而图。被这厮添钱买我离桑枢㉘，不睹是牵咱过前途㉙。一声嗟叹气长吁，两眼恓惶泪如珠㉚。凶徒，凶徒！贪财性狠毒，绑我在将军柱㉛。

【耍孩儿】只见他手持刀器将咱觑，吓得我战笃速魂归地府㉜。登时间满地血模糊，碎分张骨肉皮肤㉝。尖刀儿割下薄刀儿切，官秤称来私秤上估。应捕人在旁边觑㉞，张弹压先抬了脾项㉟，李弓兵强要了胸脯㊱。

【二】却不道闻其声不忍食其肉[57]，划地加料物宽锅中烂煮[38]。煮得美甘甘香喷喷软如酥[39]，把从前的主雇招呼[40]。他则道三分为本十分利，那里问一失人身万劫无[41]。有一等贪哺啜的乔人物[42]，就本店随机儿索唤[43]，买归家取意儿庖厨[44]。

【三】或是包馒头待上宾[45]，或是裹馄饨请伴侣。向磁罐中软火儿葱椒煿[46]，胜如黄犬能医冷，赛过胡羊善补虚。添几盏椒花露[47]，你装的肚皮饱旺，我的性命何辜！

【四】我本是时苗留下犊[48]，田单用过牲[49]，勤耕苦战功无补。他比那图财害命情尤重，我比那展草垂缰义有余[50]。我是一个值钱的物，有我时田园开辟，无我时仓廪空虚。

【五】泥牛能报春[51]，石牛能致雨[52]，耕牛运土遭诛戮。从今后草坡边野鹿无朋友，麦垅上山羊失了伴侣。那的是我伤情处：再不见柳梢残月，再不见古木昏乌。

【六】筋儿铺了弓[53]，皮儿鞔做鼓[54]。骨头儿卖与钗环铺[55]，黑角儿做就乌犀带[56]，花蹄儿开成玳瑁梳[57]，无一件抛残物。好材儿卖与了鞋匠，碎皮儿回与田夫。

【尾】我元阳寿未终[58]，死得真个屈苦。告你个阎罗王正直无私曲，诉不尽平生受过苦。

⊛ **注释**

① 饱谙（ān）——特别熟悉，精通。

② 红日西晡（bū）——红日西斜。下午三时至五时左右，古称晡时。

③ 一犁江上雨——在春雨蒙蒙的江边拉犁耕田。

④ 力田——意为奋力耕作。扶耙——拽耙。

⑤ 甘分——甘心情愿。

⑥ 助田单句 —— 田单，战国时齐国名将，曾以火牛阵打败强势入侵的燕军。见《史记·田单列传》。

⑦ 驾老子驀（mò）山车 —— 传说老子曾乘青牛车出西关，游于流沙。见《列仙传》。驀：越过。

⑧ 官衢（qú）—— 官道，大道。

⑨ 宰辅 —— 宰相，此指汉代丞相丙吉。有一次，他外出巡查，遇见人打群架，死伤横道，他并不理会。但看到耕牛发喘，却详加询问。别人认为他重牛贱人，他说，管人打架，是司法官员的职责；春天牛喘，说明有可能是天时不正，而这正是做宰相应该管的大事。见《汉书·丙吉传》。

⑩ 劝课 —— 督促交纳赋税的意思。

⑪ 鸾舆 —— 同銮舆，皇帝乘坐的车轿，这里指代皇帝。

⑫ 堰（yàn）口 —— 指河堤。

⑬ 伴哥、王留 —— 元杂剧中泛用的人物名，犹张三、李四。

⑭ 中书部 —— 官署名，即中书省。元代中书省总领百官，是全国最高行政机构。

⑮ 符行移诸处 —— 指禁止私宰耕牛的法令下达到全国各地。符：法令，文告。

⑯ 遍下乡都 —— 普遍下达到乡村和城镇。

⑰ 里正行，社长行 —— 乡村长、保甲长那里。

⑱ 申路 —— 申报路一级行政长官。元代的路是介于行省和县级之间的行政机构。

⑲ 卒中身亡 —— 突然暴死。卒：同"猝"，突然。

⑳ 春工 —— 春季农活。

㉑ 圈（juàn）—— 指牛栏、牛棚等牲口住所。

㉒ 忻都 —— 和尚。古代印度译音拟字有天竺、身毒、贤豆等，元代拟写为"忻都"。《元史·世祖本纪（四）》："遣使持诏谕扮卜、忻都国。"这里以印度指代佛教，转指和尚。

㉓ 累经断 —— 累次犯法受到审判。

㉔ 须臾（yú）—— 片刻，一会儿。

㉕ 衅（xìn）钟 —— 古代新铸成的钟鼎，要杀牛马等牲口，用其鲜血涂抹其上以祭祀之。

㉖ 不忍其觳（hú）觫（sù）—— 不忍心去看它吓得浑身发抖的样子。语出《孟子·梁惠王上》："吾不忍其觳觫，若无罪而就死地。"这里引用前半句，而真义在后半句，意为牛无罪而被杀。

㉗ 耕牛为主 —— 是元代熟语"耕牛为主遭鞭杖"的略语。这句熟语包含着一个寓言故事，说牧牛童子睡着了，忽然来了老虎。牛为了救主人便用角把牧童抵醒，结果遭到牛童一顿鞭打。这里取其好心不得好报，有功反遭惩罚之意。

㉘ 桑枢 —— 桑木门轴，指简陋的牛栏。

㉙ 不睹是 —— 意为连看都不看，不管死活。

㉚ 恓（xī）惶（huáng）—— 凄惨。

㉛ 将军柱 —— 法场上捆绑犯人的柱子。

㉜ 战笃速 —— 颤抖，怕极之貌。

㉝ 分张 —— 分割开，分离。

㉞ 应捕人 —— 负责缉捕人犯的衙役，即捕快。

㉟ 张弹压 —— 指负责地方治安的衙吏。脖 —— 同脖。

㊱ 李弓兵 —— 县府中的地方兵丁。

㊲ 却不道 —— 岂不闻，难道没听说。闻其声不忍食其肉 —— 语出《孟子·梁惠王上》，意思是听见牲畜的哀叫，再也不忍心吃它的肉。

㊳ 划（chǎn）地 —— 反而。

㊴ 酥（sū）—— 奶酪一类的食品。

㊵ 主雇 —— 顾客。

㊶ 一失人身万劫无 —— 佛教主张轮回果报，认为今生作恶，来生就要被罚变作畜牲，永不得恢复人身。这里用来指斥那些嗜利贪吃之徒。

㊷ 哺（bǔ）啜（chuò）—— 吃喝的意思。乔人物 —— 意为装模作样的

家伙。

㊸ 随机儿索唤——意为碰见机会随手索买。

㊹ 取意儿庖（páo）厨——随意烹饪，想吃什么就做什么。

㊺ 馒头——宋元时馒头有馅，即今日包子。

㊻ 焐（wǔ）——火焰熄灭，此指用微火慢慢煨煮。

㊼ 椒花露——即椒酒，一种用椒花浸酿的露酒。

㊽ 时苗留下犊——时苗是汉末巨鹿人，曾为寿春令。上任时乘薄篷车，用一头母牛驾辕，后生一犊，离任时执意将此犊留在寿春，认为来时并无此犊，并不属自己所有。见《三国志》卷二二注引《魏略》。

㊾ 牯（gǔ）——这里指牛。

㊿ 展草垂缰——这是古代两则动物救主人的传说故事。展草：三国时东吴人李信纯酒醉后睡于草堆中，起火，李不觉，所养之狗名黑龙，以身入池塘蘸水，往返洒于草中。李得救，狗却累死在旁。见干宝《搜神记》卷五。垂缰：前秦苻坚被敌兵追赶，坠落水中，他的坐骑垂下缰绳，救苻坚上岸。见刘敬叔《异苑》卷三。

(51) 泥牛能报春——古代风俗，于立春前一天用泥土塑牛于官署门前，次日用鞭击打土牛，以示劝农早耕。泥牛就是这种土牛，又叫春牛，以其标志着春天到来，故曰能报春。

(52) 石牛能致雨——传说郁林县（今广西玉林）东南池中有一石牛，天旱时以牲血和泥涂其身，能立即下雨。

(53) 筋儿铺了弓——牛筋极韧，往往用来做弓弦。

(54) 鞔（mán）——把皮革蒙鼓并绷紧钉在鼓框周围，称为鞔鼓。

(55) “骨头儿”句——牛骨可作妇女头上的簪子等首饰，故此卖与钗环铺。

(56) 乌犀（xī）带——这里指用黑牛角为饰制成的腰带。

(57) 玳瑁梳——这里指用花牛蹄作为玳瑁的代用品，制成梳子。

(58) 元——同“原”，本来。阳寿——活在人世阳间的寿限。

⚙ 赏析

这篇套曲运用拟人的手法，让耕牛死后向阎王诉冤，铺述它一生勤劳耕种，有益于人，有功于国，最后却被宰杀瓜分吞食的不幸遭遇，具有明显的社会象征意义。实际上本篇是对封建社会广大农民的朴厚勤劳性格和悲剧命运的概括与反映。曲中所表现的悲愤不平既体现了作者对劳动人民的深厚同情，也包含了对浇薄炎凉的世道人情与残忍卑劣的人性之恶的批判与谴责。

本篇构思十分奇异，不同于传统诗歌的咏物抒情之作，而是采用了戏剧的代言体的叙述方式，让牛自己出面说话，并且是在被宰杀分割后诉说，但并不使人感到荒诞不经。这是把戏剧代言体与传统的寓言诗、禽言诗等叙述方式融为一炉所创造的一种更为奇妙的诗歌形式。

（十五）曾瑞（1260—1325）

曾瑞，字瑞卿，号褐夫，大兴（今属北京）人，流寓杭州。布衣终生。擅长绘画，喜作谜语、小曲。著有杂剧1种，今存。有散曲集《诗酒余音》，已失传。今存散曲小令95首、套曲17篇。

1.【南吕·骂玉郎过感皇恩采茶歌】闺中闻杜鹃

无情杜宇闲淘气①，头直上耳根底，声声聒得人心碎②。你怎知，我就里③，愁无际。帘幕低垂，重门深闭。曲阑边④，雕檐外，画楼西。把春酲唤起⑤，将晓梦惊回。无明夜⑥，闲聒噪，厮禁持。我几曾离，这绣罗帏？没来由劝我道"不如归"。征客江南正着迷⑦，这声儿好去对俺那人啼。

◎ 注释

① 闲淘气 ——无缘无故地捣乱，逗气。

② 聒（guō）——吵闹得令人心烦。下文"聒噪"与此同义。

③ 就里 ——内里，底细。此指内心。

④ 曲阑 ——曲折的栏杆。阑：同"栏"。

⑤ 春酲（chéng）——春天酒醉。

⑥ 无明夜 ——没日没夜。

⑦ 征客江南正着迷 ——意为旅人迷恋江南风物，不肯归家。征客：旅行在外的人。

◎ 赏析

写闺中思妇听到杜鹃鸟"不如归去"的啼叫声，加倍增添了焦躁愁烦之情，于是由思生愁，由愁生恨，发生了人和鸟的对话：该死的杜鹃，我什么时候离开过这深闺一步？你老对着我叫"不如归去"。他一去江南再不回来，你为什么不去对他叫。由怨人而恨鸟，无理而有情，构思新巧，语言也俚俗率真，模仿民歌表达方法的痕迹很明显。

◎ 曲谱

【骂玉郎】一名【瑶华令】，六句，767333，＋－＋｜－－＼▲＋＋｜、｜－－▲＋－＋｜－－＼▲＋｜＋▲＋｜＋▲－｜＋▲－－＼▲

第二句本 5 字句，增一字为 33 式 6 字句，以对偶为上，但不可破为两个 3 字句。

【感皇恩】十句，4433344333，＋｜－－▲＋｜－－▲｜－－，－｜＋，｜＋－▲－－｜＋，＋｜－－▲＋－＋，＋＋＋，｜－－▲

【采茶歌】一名【楚江秋】，五句，33777，｜－－▲｜－－▲＋－＋｜｜－－▲＋｜＋－＋＋＋▲＋－－＋｜｜－－▲

例曲衬字较多，"我""这""没""这声儿"都是。

2.【中吕·快活三过朝天子】警世（三首选一）

有见识越大夫①，无转理楚三闾②。正当权肯觅个脱身术，那的是高才处③。老孤④，面糊⑤！休直待虚名误。全身远害倒大福，驾一叶扁舟去。烟水云林，皆无租赋⑥。拣溪山好处居。相府，帅府，都与他别人住。

☉ 注释

① 越大夫 —— 春秋时越国大夫范蠡，越国被吴灭亡，助越王勾践复国灭吴，功成身退，退隐江湖。

② 无转理 —— 固执，认死理。三闾 —— 战国时屈原曾任楚国三闾大夫。

③ 那的是高才处 —— 那才是最高明之处。

④ 老孤 —— 老官，孤为大官。这里含有对屈原调侃，犹今言老头儿。

⑤ 面糊 —— 喻糊涂不清楚。

⑥ 皆无租赋 —— 指云水风景没人收租征税。

☉ 赏析

这是一首带过曲，凭吊古人以言志抒情。用对比互照结构法，推出先秦文人的两位著名"大夫"范蠡与屈原。前者救亡图存，助越灭吴，建立盖世功勋而后急流勇退，驾一叶扁舟归隐江湖而去。后者则忠君报国，明知不可为而强为之，最后投江而殉志。这本是传统文人的两种人生理想选择，各有其肯定的正向价值。但到了元代，隐逸变成了时代主旋律，有见识的范蠡和死心眼的屈原在作者笔下，则成为褒扬和贬抑的两种相反典型。此曲突出拒绝仕途，全身远害，弃功名如敝屣的元代文人集体愿望，并以终生布衣而实践之，所以广为传唱，当时就被民间工人刻写在了磁州窑生产的瓷枕上。

3.【般涉调·哨遍】羊诉冤

十二宫分了己未①，禀乾坤二气成形质。颜色异成多般，本性善群兽难及。向塞北李陵台畔②，苏武坡前③，嚼卧夕阳外；趁满目无穷草地，散一川平野，走四塞荒陂④。驱车善致晋侯欢⑤，拂石能逃左慈危⑥。舍命于家，就死成仁，杀身报国。

【幺】告朔何疑⑦，代衅钟偏称宣王意⑧。享天地济民饥，据云山水陆无敌⑨。尽之矣，驼蹄熊掌⑩，鹿脯獐豝⑪比我都无滋味。折莫烹炮煮煎煤炙⑫，便盐腌将卮⑬，醋拌糟焙⑭，肉糜肌鲊可为珍⑮？莼菜鲈鱼有何奇⑯？于四时中无不相宜。

【耍孩儿】从黑河边赶我东吴内⑰，我也则望前程万里。想道是物离乡贵有些峥嵘⑱，撞着个主人翁少东没西。无料喂把肠胃都抛做粪，无水饮将脂膏都化做尿。便似养虎豹牢监系，从朝至暮，坐守行随。

【幺】见一日八十番觑我膘脂，除我柯枝外别有甚的⑲？许下浙江等处恶神祇，又请过在城新旧新知。待赁与老火者残岁里呈高戏⑳，要雇与小子弟新年中扮社直㉑。穷养的无巴避㉒。待准折舞裙歌扇㉓，要打摸暖帽春衣㉔。

【一煞】把我蹄指甲要舒做晃窗㉕，头上角要锯做解锥㉖。瞅着颔下须紧要绘挞笔㉗。待生将我毛衣铺毡袜㉘，待活剥我监儿踏碲皮㉙。眼见的难回避，多应早晚，不保朝夕。

【二】火里赤磨了快刀㉚，忙古歹烧下热水。若客都来抵九千鸿门会。先许下神鬼戯了前膊^㉛，再请下相知揣下后腿。围我在垓心内，便休想一刀两段^㉜，必然是万剐凌迟。

【尾】我如今刺搭着两个蔫耳朵^㉝，滴溜着一条粗硬腿^㉞。我浑身恰便似檐蝙蝠模样精精的，要祭赛的穷神下的呵吃^㉟。

❀ 注释

① 十二宫分了己未 —— 意为羊在律历十二宫中分在己未一宫。古代律历学把一年十二月分别用天干地支配合表示，战国时又用十二生肖配十二地支，把羊属未。故有分在了己未之说。

② 李陵台 —— 李陵是汉代名将李广的儿子，为边将，勇武善战。因兵败降匈奴，娶匈奴王之女为妻。李陵台在内州（今山西大同），见《清一统志》。

③ 苏武坡 —— 汉朝苏武出使匈奴，被扣留十九年，执节牧羊，终不屈服。苏武坡是作者根据这个故事虚构的地名。

④ 陂（bēi）—— 山坡。

⑤ 驭车善致晋侯欢 —— 晋侯指晋武帝。他在宫中经常乘羊车，任由羊拉到某个嫔妃那里，去宴乐欢会。因此宫女们都把竹叶插在门口，用盐汁洒地，以引羊车。这里用的就是这个故事。见《晋书·胡贵嫔传》。

⑥ 拂石能逃左慈危 —— 左慈是汉末方士，具有空中取物等特异功能。曹操派人追杀他，他依石而过，逃进羊群，变成一只羊，躲了过去。见《后汉书·左慈传》。

⑦ 告朔何疑 —— 古代诸侯每月初一须杀一羊祭于祖庙，称告朔。这一仪式中原来还有其他具体内容，到孔子时代就只留下初一杀羊的纯粹形式。于是孔子的学生子贡主张取消这一毫无内容的形式，孔子则主张保留。于是师生展开了一次有趣的讨论。见《论语·八佾》。这句曲文指的就是这件事。

⑧ "代衅钟"句 —— 齐宣王要杀牛取血祭钟，牛吓得直打战。宣王于心不

忍，就传命用杀羊来代替杀牛。见《孟子·梁惠王上》。

⑨ 水陆无敌 —— 言其肉味鲜美，山珍海味都比不过它。

⑩ 驼蹄熊掌 —— 指名贵的菜肴。

⑪ 犯（bā）—— 通"羓"，腊制肉。

⑫ 折莫 —— 无论，不管。烹炮煮煎煤炙 —— 泛指各种烹饪方法。

⑬ 将卮（zhī）—— 用酱浸染。将：通"酱"。卮：一种可以提炼胭脂的植物。用作动词，意为浸染。

⑭ 糟焙 —— 用酒糟熏烤。

⑮ 肉糜 —— 肉粥。《晋书·惠帝纪》："及天下荒乱，百姓饿死，帝曰：'何不食肉糜？'糜：通"糜"。肌鲊（zhǎ）—— 一种以鱼和稻米混合蒸制的饭。见苏东坡《仇池笔记》。

⑯ 莼（chún）菜 —— 即蓴菜，产于江南湖泊河流中，以之做汤，味道极美。鲈鱼 —— 江南出产的一种名贵食鱼，以松江所出最为有名。

⑰ "从黑河边"句 —— 意为从遥远的北方被驱赶到南方。黑河：即今内蒙古金河。泛指北地。东吴：江浙一带，这里泛指江南。

⑱ 峥嵘 —— 指发达，露头角，出人头地。

⑲ 柯枝 —— 树枝树干，这里喻肢体瘦如干柴。

⑳ 老火者 —— 同老伙计，北方语音义同。指张罗年底杂戏演出的人。高戏 —— 指杂技一类的伎艺演出。

㉑ 小子弟 —— 指跑江湖以演艺为生的艺人。社直 —— 在迎神赛社的节目演出中扮演角色。

㉒ 穷养的无巴避 —— 意为白白养着是毫无道理的。巴避：因由。

㉓ 准折 —— 折合，折兑，这里是换取的意思。

㉔ 打摸 —— 与准折意近，是谋求，捞摸的意思。

㉕ 晃窗 —— 窗棂上的装饰物。

㉖ 解锥 —— 一种粗锥子。

㉗ 絟（quán）挝（zhuā）笔 —— 用羊须扎毛笔，即羊毫笔。絟：通"拴"，捆扎。挝笔：抓笔，特大号毛笔，以手抓攥书写。今仍称抓笔。

㉘ 生拸 —— 活生生地扯下来。毛衣 —— 指羊毛。

㉙ 犍儿 —— 同"犍儿",本指被阉的公牛,这里借指公羊。踏碴(tán)皮 —— 一种上等羊皮,今仍有碴皮之称。

㉚ 火里赤 —— 蒙古语,警卫士兵。亦写作"火鲁赤"。《黑鞑事略》:"环卫曰火鲁赤"。下句"忙古歹"也是蒙语,指小番。

㉛ 飐(diū)—— 通"留",留下。今北语方言音义有同,留即读音"丢"。前膊 —— 指前大腿。

㉜ 便休想一刀两段 —— 意谓想死个痛快而不可得。

㉝ 剌搭 —— 即搭拉,无力下垂貌。

㉞ 滴溜 —— 指提着,掂着,今北语音义同。

㉟ "要祭赛的穷神"句 —— 意为我就像屋檐下的蝙蝠那样精瘦,被祭赛的神仙怎么忍心吃啊。

⊙ 赏析

　　这篇套曲借用戏剧的代言体,采取拟人手法,代羊诉冤。曲中之羊曾伴忠烈,救危难,享天地,济饥民,有功于国,有益于民,最后却落得千刀万剐,被宰割被吞吃的悲惨结局。作者为之不平,为之愤慨,为之鸣冤叫屈,实际上这是对善良无辜者遭欺凌迫害、有功者反被杀害、好心难得好报的生活现象的概括和反映。在更深层的意义上,本篇则是对人性中以强凌弱,弱肉强食的兽性基因的无情暴露,体现着作者悲天悯人的人道主义高尚情操。本篇语言富赡丰腴,"向塞北"和"趁满目"两句组构成结构复杂的扇面对(隔句成对),工稳自然,代表着此曲的语言才华与成就。

（十六）真氏（生卒年不详）

真氏是一位歌妓，建宁（今福建建瓯）人。为宋代名儒真德秀之后。其父任济宁管库，因挪用库金无力偿还，将其卖入娼家。后流落大都，遇姚遂为她赎身，并认她为义女，使之与翰林属官王楝结为夫妻。所作散曲仅此小令 1 首传世。

【仙吕·解三酲】

> 奴本是明珠掌掌①，怎生的流落平康②？对人前乔做娇模样，背地里泪千行。三春南国怜飘荡③，一事东风没主张④，添悲怆。那里有珍珠十斛⑤，来赎云娘⑥。

⊙ 注释

① 奴 —— 古代少女自称。

② 平康 —— 古代长安里巷名，也称平康坊，是歌妓聚居之地，后来成为青楼妓馆的代称。

③ 三春 —— 春季分孟春、仲春和季春三期，此指季春，即春末。

④ 一事东风没主张 —— 落花被东风吹得到处飘荡，不能自主。这里比喻自己被人玩弄，身不由己的命运。

⑤ 珍珠十斛 —— 唐乔知之《绿珠篇》："石家金谷重新声，珍珠十斛买娉婷。"这里以石崇买绿珠事比喻赎身价极高。

⑥ 云娘 —— 崔云娘，本唐代澧州官妓，形貌瘦瘠。事见范摅《云溪友议》。这里作者以云娘自况。

⊛ 赏析

　　这是作者自叙身世之作，是来自地狱深层的呼唤。她本是清白人家的女儿，父母的掌上明珠，如何会沦落风尘、倚门卖笑的呢？"怎生的"一句，问得沉痛悲怆，该包含着多少血泪和耻辱！作者哀叹自己红颜薄命，期盼有人援手，救拔脱出苦海。曲子直抒胸臆，唱出自己的真实遭遇和亲身感受，如泣如诉，读之令人酸鼻，决非那些代人拟作可及。

⊛ 曲谱

　　南曲常用牌，因元南戏《东墙记》填此牌有"无言空对着，针线箱儿"之句，故又名【针线箱】。九句，777677344，十 十 十、－ － 十｜▲十 － 十、十｜－ 十▲十 － 十｜十 十｜▲十 十｜、｜－ －▲十 － 十｜－ －｜▲十｜十 － 十｜｜－▲－ －｜▲十 十｜｜▲十｜－ －▲

　　南曲用入声，第二句"的"，第五句"国"，第六句"没"，第八句"十"，都是入声字，按仄声处理。

　　第一、第二 7 字句，为上 3 下 4 式，第三句则为上 4 下 3 式，"对"是衬字。第四句 6 字句，为 33 式，称折腰格。

（十七）孛罗（生卒年不详）

　　孛罗，官御史，蒙古族人。元史中有数人名为孛罗，《元史·世祖本纪》载：至元年间有孛罗，官御史中丞，兼大司农卿，后为御史大夫，再晋为枢密院副使兼宣徽使、领侍仪司事，最后辞官。此或为曲家字罗。散曲仅套曲 1 篇传世。

【南昌·一枝花】辞官

懒簪獬豸冠①，不入麒麟画②。旋栽陶令菊③，学种邵平瓜④。觑不得闹穰穰蚁阵蜂衙⑤。卖了青骢马⑥，换耕牛度岁华。利名场再不行踏⑦，风波海其实怕他。

【梁州】尽燕雀喧檐聒耳⑧，任豺狼当道磨牙。无官守无言责无牵挂⑨。春风桃李，夏日桑麻，秋来禾黍，冬月梅花。四时景物清佳，一门和气欢洽。叹子牙渭水垂钓⑩，胜潘岳河阳种花⑪，笑张骞河汉乘槎⑫。这家，那家，黄鸡白酒安排下。撒会顽放会要⑬，拼着老瓦盆边醉后扶，任他风落了乌纱。

【牧羊关】王大户相邀请⑭，赵乡司扶下马，则听得扑冬冬社鼓频挝⑮。有几个不求仕的官员，更有那东庄里措大⑯。他每都拍手歌丰稔⑰，俺再不想巡按去奸猾。御史台开除我⑱，尧民图添上咱⑲。

【贺新郎】奴耕婢织足生涯。随分村疃人情⑳，赛强如宪台风化㉑。趁一溪流水浮鸥鸭，小桥掩映蒹葭。芦花千顷雪，红树一川霞。长江落日牛羊下，山中闲宰相㉒，林外野人家。

【隔尾】诵诗书稚子无闲暇，奉甘旨萱堂到白发㉓，伴辘轳村翁说一会挺脾子话㉔。闲时节笑耍，醉时节睡咱，今日里无是无非快活煞！

◎ 注释

① 獬（xiè）豸（zhì）冠——汉代侍御史、廷尉一类负责监察的官员所戴的法冠，是一种摹拟獬豸头首形状而特制的皮帽子。獬豸：是一种神羊，传说善于辨别是非曲直，以之为执法者，象征明察和公正，见《后

汉书·舆服志》。作者曾任御史，故有此说。

② 麒麟画 —— 汉宣帝曾绘制功臣像于麒麟阁上。

③ 陶令菊 —— 东晋陶渊明辞去彭泽县令之职，在宅院中栽满菊花，写出"采菊东篱下，悠然见南山"的名诗。此引为决心效法陶渊明隐居田园。

④ 邵平瓜 —— 邵平或作召平，为秦东陵侯。秦朝灭亡后，隐居长安东门外，种瓜为生。所种之瓜，人称召平瓜，或青门瓜。

⑤ 觑不得 —— 意为厌恶得看不下去。

⑥ 青骢（cōng）马 —— 一种青白杂毛马，这里泛指官僚骑的高头大马。

⑦ 行踏 —— 行走，踏入。

⑧ 尽 —— 任凭。燕雀 —— 此喻小人、庸人。聒耳 —— 嘈杂刺耳。

⑨ 言责 —— 指御史等监察官员负有纠察官员和对皇帝谏诤的责任。

⑩ 子牙渭水垂钓 —— 商末姜子牙曾在渭水滨钓鱼隐居，得遇周文王，后助武王灭商兴周。

⑪ 潘岳河阳种花 —— 西晋文学家潘岳曾任河阳县（今河南孟县）令，遍种桃李，人称"河阳一县花"。见《白孔六帖》卷七七。

⑫ 张骞（qiān）河汉乘槎（chá）—— 汉人张骞曾去黄河探源，后人相传他乘着木筏一直到达天河。见唐赵璘《因话录》卷五。这里表示以隐居田园为志，不求出世成仙。

⑬ 撒会顽放会耍 —— 指那些放荡不羁、玩世不恭的言行。

⑭ 王大户 —— 某个姓王的人家。这是泛言并非确指，下句赵乡司同。

⑮ 社鼓 —— 乡村庙会赛社时所敲之鼓。挝 —— 同"掴"，击鼓又叫掴鼓。

⑯ 措大 —— 措，同"醋"，言其酸腐。对穷书生的戏谑称呼。

⑰ 丰稔（rěn）—— 丰收。庄稼成熟为稔。

⑱ 御史台 —— 官署名，专司弹劾的监察机关。开除 —— 这里指辞职离开。

⑲ 尧民图 —— 尧时天下太平，百姓过着自耕自食的安适生活。唐代画家韩滉以此为题材作有《尧民击壤图》，表现悠哉悠哉的田园生活之趣。这

里引用的就是这个典故。

⑳ 随分 —— 指纯朴守分,安于环境。村疃(tuǎn)—— 村庄。

㉑ 宪台 —— 即御史台。这里泛指官场。风化 —— 教化。此指风气。

㉒ 山中闲宰相 —— 南朝梁陶弘景隐居于句曲山,但仍然操纵朝政,时人称"山中宰相"。见《南史·陶弘景传》。这里仅指弃官归山。

㉓ 奉甘旨 —— 以可口饭菜赡养父母。萱(xuān)堂 —— 本指老母亲,这里泛指父母。

㉔ 辘轳村翁 —— 摇辘轳浇灌田园的村翁。挺脖子话 —— 意为不知天高地厚的闲话。脖子:同"脖子"。挺脖子指强硬,倔强,是狂傲的意思。

⊙ 赏析

这篇套曲直抒胸臆,把仕途官场的险恶黑暗同山林田园的逍遥自由加以对比描述,表达了作者逃离政治漩涡、回归到自然之中的轻松愉悦以及自我庆幸之情。作者现身说法,真切透辟,尽情尽兴,放言无忌,雅俗杂陈。曲风爽利野逸,与今日走向乡村田园的康养休闲风气潮流有某种内在契合。

(十八)睢景臣(生卒年不详)

睢景臣,字贤臣。或名作舜臣,字嘉贤。又《全元散曲》有睢玄明,存散套二篇,亦应为景臣别字。心性聪明,酷嗜音律。大德七年(1303)自扬州至杭州,与《录鬼簿》作者钟嗣成相识。著有《睢景臣词》及杂剧3种,均失传。存世散曲有套曲3篇及残曲若干。

【般涉调·哨遍】高祖还乡

社长排门告示①，但有的差使无推故②。这差使不寻俗③。一壁厢纳草除根④，一边又要差夫，索应付⑤。又言是车驾，都说是銮舆⑥，今日还乡故⑦。王乡老执定瓦台盘⑧，赵忙郎抱着酒胡芦。新刷来的头巾⑨，恰糨来的绸衫⑩，畅好是装幺大户⑪。

【耍孩儿】瞎王留引定伙乔男女⑫，胡踢蹬吹笛擂鼓⑬。见一彪人马到庄门⑭，匹头里几面旗舒⑮。一面旗白胡阑套住个迎霜兔⑯，一面旗红曲连打着个毕月乌⑰，一面旗鸡学舞⑱，一面旗狗生双翅⑲，一面旗蛇缠葫芦⑳。

【五煞】红漆了叉㉑，银铮了斧㉒，甜瓜苦瓜黄金镀㉓。明晃晃马蹬枪尖上挑㉔，白雪雪鹅毛扇上铺㉕。这几个乔人物，拿着些不曾见的器仗，穿着些大作怪衣服。

【四】辕条上都是马，套顶上不见驴㉖。黄罗伞柄天生曲。车前八个天曹判㉗，车后若干递送夫。更几个多娇女，一般穿着，一样妆梳。

【三】那大汉下的车，众人施礼数。那大汉觑得人如无物。众乡老展脚舒腰拜，那大汉那身着手扶㉘。猛可里抬头觑，觑多时认得，险气破我胸脯。

【二】你须身姓刘，您妻须姓吕㉙。把你两家儿从头数：你本身做亭长耽几盏酒㉚，你丈人教村学读几卷书。曾在俺庄东住。也曾与我喂牛切草，拽坝扶锄。

【一】春采了桑㉛，冬借了俺粟，零支了米麦无重数。换田契强称了麻三秤㉜，还酒债偷量了豆几斛。有甚胡突处？明标着册历㉝，见放着文书㉞。

【尾】少我的钱差发内旋拨还㉟，欠我的粟税粮中私准除㊱。只道刘三谁肯把你揪捽住，白甚么改了姓更了名唤作汉高祖㊲！

注释

① 社长——元代五十家为一社。社长如同后来的村长。排门告示——挨户通告。

② 无推故——不许推脱。

③ 不寻俗——不寻常，不一般。

④ 一壁厢——边，一面。纳草除根——要交纳喂马的草，还要把草根去掉。

⑤ 索应付——必须应付、承担。

⑥ 銮（luán）舆（yú）——专指皇帝乘坐的车轿。与车驾同义，曲子写乡民不懂，误以为是两回事。

⑦ 乡故——故乡。为押韵倒置。

⑧ 乡老——乡里德高望重的头面人物。《汉书·高帝纪》："举民年五十以上，有修行，能帅众为善，置以为乡老，乡一人。"忙郎，则是跟随他的村童。瓦台盘——端饮食的托盘。

⑨ 刷——刷洗。

⑩ 糨（jiàng）——以米汁或面汁漂洗衣料，使之坚挺。

⑪ 畅好是——真像是，实在是。装么——装模作样。

⑫ 瞎王留句——这句写村民杂凑的乐队。王留是农村中一类青年人的通名，这里指农民乐队的指挥。瞎：农村中凡单眼瞎、近视眼、眼神不好，甚或干事没准头者均可称之为"瞎××"，不一定非双眼失明。男女：犹言不三不四的家伙，在宋元口语中指奴仆，引为对人的贱称。多指男子，单数、复数不限。

⑬ 胡踢蹬——犹言胡闹腾，胡折腾。

⑭ 彪（biāo）——一队人马。北方少数民族以三五百骑为彪，或写作"彪"。

⑮ 匹头里 —— 劈头，迎头。舒 —— 展。

⑯ "一面旗白胡阑"句 —— 这是皇帝仪仗队的月旗。胡阑：合音为环字。
  这是利用反切原理拆开音节的声和韵搞的一种文字游戏，叫"拆白道
  字"。意在加强幽默感。迎霜兔：白兔。古代传说月中有白兔捣药，月
  旗图案为光环套白兔以像圆月。

⑰ 红曲连 —— 红圈。曲连合音为圈。毕月乌 —— 即乌鸦。红圈打（套）
  住乌鸦，这是日旗的图案。古代以太阳中黑子为三足乌鸦。

⑱ 鸡学舞 —— 这是凤旗图案。村民不识凤凰，故误以为鸡舞。

⑲ 狗生双翅 —— 指飞虎旗。

⑳ 蛇缠葫芦 —— 指龙戏珠旗。

㉑ 红漆了叉 —— 指画戟。因形似农具叉，故云。此句及以下写皇帝的仪
  仗队。

㉒ 银铮了斧 —— 斧头镀了银，指斧钺。

㉓ 甜瓜苦瓜 —— 指金瓜锤。

㉔ 马蹬枪尖上挑 —— 指朝天镫。

㉕ 鹅毛扇上铺 —— 指鹅毛宫扇。

㉖ 套顶上不见驴 —— 这句指皇帝的马车与民不同。"天子驾六"，六匹马
  并驾齐驱，一字横排。而平民的马车则是前后摆列，一匹驾辕，一匹在
  前拉长套。套顶：即指辕马之前的长套。驴：与马同义，这里是为押韵
  和避重复而调整词语。众马拉车，不见有拉长套的，故乡民感到反常
  奇怪。

㉗ 天曹判 —— 天庭中的判官，当然只有在玉皇庙、城隍庙里才能看到泥
  塑。这里指引导车驾的侍臣。因其脸上毫无表情，故比作庙里的泥胎。

㉘ 那身 —— 挪动身子。

㉙ 您 —— 你。元曲中多不含尊敬之意。

㉚ 亭长 —— 刘邦早年曾做过沛县泗水亭长，官同今日的乡长。

㉛ 春采了桑 —— 意为你曾在春天偷采过我家的桑叶。

㉜ "换田契"句 —— 指刘邦曾借着换田契的机会，勒索过那位乡民的三秤

麻线。

㉝ 册历 —— 账簿。

㉞ "见放着"句 —— 意为现有文书为凭证。见：通"现"。文书：指立字画押的契约，借据。

㉟ 差发 —— 官府征派的差役或钱粮。古代可以钱抵役。

㊱ 私准除 —— 私下里在税粮中扣除。以上写村民向刘邦讨旧账。

㊲ 白甚么 —— 平白无故地为什么。

⊛ 赏析

这篇套曲讽刺流氓皇帝刘邦，通过描写他衣锦还乡、荣归故里的排场、声势、威风和傲慢，揭发他微贱时的流氓无赖行径和根底，借此对小人一旦得志便得意忘形、不可一世的暴发户嘴脸进行了无情的鞭挞和尖刻的嘲弄。作者既于史有据，又不拘泥，而是在史实基础上展开想象发挥，采用代言体叙述方式，紧抓住一个熟知刘邦过去根底的老乡亲，一位无知无识，没见过什么世面，淳朴憨厚得有些傻气的小乡民，一切都从他的眼中看见，从他的嘴里说出，非常滑稽幽默，为本篇涂上了一层浓厚的喜剧色彩。语言也纯用乡村生活俗语，生动活泼，趣味横生。在叙述结构上，则采取先扬后抑，类似相声抖包袱的手法，出人意料地扯去刘邦神圣、高贵的面具，露出其卑鄙肮脏的小人嘴脸。这些都能取得出奇制胜的喜剧效果。据《录鬼簿》记载，扬州曲界曾以"高祖还乡"为题举行作曲大赛，最后公评这篇套曲"制作新奇"，拔得头筹，成为元曲中不朽的绝唱。

元曲第二期"黄金时代"名作如林、名家辈出，历来传有"四大家"，反映着元曲经典化的过程与结晶。最早四大家排名为"关郑白马"，出自著名的元曲理论家周德清，所以影响最大，广为人知。其实元代还有"关马庾白"的不同名目，见于元末明初贾仲明题评《录鬼簿》的马致远传："共庾白关老齐肩"。这个"庾"只能是元曲第二期中的庾吉甫，除此元曲家再无此姓者。明代曲论家对"四大家"列名与排序争议不断，先有后七子的领袖王世贞，极力反对当时何良俊推举郑光祖为元人第一，认定郑氏代表作《倩梅香》除了"全剽《西厢》"，就是"中多陈腐措大语"。这个酷评确实抓住了郑作多因袭少创新的毛病，也成为今人从"四大家"中排除郑光祖的理由。王世贞在贬郑的同时，又力推王实甫，称"北曲故当以《西厢》压卷"。后来又有著名曲论家王骥德，在其《曲律》中直接质疑周德清的"四大家"之说，"顾不及王，要非定论"，主

张应为"王关马白"或"王马关郑"。本书综合古今论家评选"四大家"的各种不同意见，同时结合对各大家实际艺术成就及影响的估测，力求折衷调整为一种既保留传统"四大家"常识，又重构一个名实相符的"关马白王"新四大家格局。以下排序取"关马白郑"之后附加王实甫，而放弃生造"五大家"之说，实际上保留了元明两种"四大家"之说，就是经过平衡考量之后的选择。

（一）关汉卿（1220 前后—1300 后）

关汉卿，号己斋，祁州（今河北安国）人，一生主要生活在大都（今北京）。曾在太医院中任职。晚年曾游历江南，到过杭州、扬州等地。他是中国古代最伟大的戏剧家，1958 年被世界和平大会理事会评为"世界文化名人"。一生创作杂剧 60 多种，今存 18 种。为人滑稽风流，多才多艺。存世散曲有小令 57 首、套曲 13 篇及一些残曲。他是元杂剧之父，为元曲本色派的典范。《太和正音谱》论其曲风"如琼宴醉客"。

1.【双调·沉醉东风】（选三首）

咫尺的天南地北①，霎时间月缺花飞②。手执着饯行杯，眼阁着别离泪③，刚道得声：保重将息④，痛煞煞教人舍不得。"好去者⑤，望前程万里！"

忧则忧鸾孤凤单⑥，愁则愁月缺花残。为则为俏冤家⑦，害则害谁曾惯⑧！瘦则瘦不似今番⑨，恨则恨孤帏绣衾寒⑩，怕则怕黄昏到晚。

伴夜月银筝凤闲⑪，暖东风绣被常悭⑫。信沉了鱼⑬，书绝了雁，盼雕鞍万水千山。本利对相思若不还⑭，则告与那能索债愁眉泪眼⑮。

⊙ 注释

① 咫（zhǐ）尺的天南地北 ——意为现在离得很近，转眼间彼此就要远隔南北。咫尺：比喻距离很近。周代以八寸为咫。

② 月缺花飞 ——比喻分散。古人常以花好月圆喻团聚，故反用之即是离散。

③ 阁 ——同"搁"，存放。阁着泪是口语说法，即含着泪的意思。

④ 将息 ——指保养护惜身体。

⑤ 好去者 ——好好去吧。是对外出人的劝勉话，者：语气词，无义。

⑥ 则 ——只，就。"忧则忧……"是运用叠词法构成的一个固定句式，今语中尚存，如"怕就怕认真二字"。

⑦ 俏冤家 ——对情侣的昵称。

⑧ 害 ——害相思病的省略语。

⑨ 瘦则瘦不似今番 ——意为从来没有像这一次削瘦得如此厉害。

⑩ 帏（wéi）——帐子。绣衾（qīn）——绣花被子。

⑪ 银筝 ——装饰精美的筝。凤 ——指凤箫。

⑫ 常悭（qiān）——意为总是缺个人。悭：欠缺。

⑬ 沉了鱼 ——古人以为鱼和雁能为人寄信，故常以之代书信或信使。沉了鱼如同说断了信。下句绝了雁也是这个意思。

⑭ 本利对相思若不还 ——意为他欠我的情债越来越多，本利相滚，若再不还，就……。对：同"兑"，这里为相等的意思。还：这是双关语，一指还家，一指还债。如能还家团聚就还清了情债。

⑮ "则告与那"句 ——意思是你不回家偿还情债，就告到会讨债的那双愁眉泪眼那里，它就哭个没完。

⊛ 赏析

　　第一首小令写情侣送别的场景：她端着饯行的酒杯，强忍着两眼滚动的泪花，刚对心上人嘱咐了一声"保重身体"，就难过得再也说不出话。但为了减轻对方的精神痛苦，她还是强行克制住自己，转换了一个话题：好好地去吧，祝君前程万里！结语看似旷达，实则情感更加浓重。作者紧抓住情人生离之际的瞬间镜头，细致入微地表现了他们的神态和心理变化。曲子不加雕饰，纯用口语，生活的真实感很强。

　　第二首重点写闺中相思，从忧、愁、病、瘦、恨、怕等不同角度直抒胸中离愁别绪。作者用叠词法组句，采用"恨则恨"之类近代汉语的新生句型，又以排比句结构成篇，从多个方面铺排，极力渲染出离恨别情的浓度、深度和广度，不仅了无堆砌拼凑之痕，而且显得语语真切、层层递进、步步深化，给人以不吐不快之感。

　　第三首写男女离愁别恨，以欠债和还债比喻相思之磨人及盼望还家团聚的急切，十分新奇生动。女主人公长久得不到爱侣的音讯，连弹筝吹箫的心思都没有了。她整天失魂落魄，坐卧不宁。情侣欠她的情债太多，必须归来团圆才能偿还，否则就会连本带利越滚越多。自己的一双眼睛就像会讨债的人那样，整日泪水淌个没完。以讨债为比，新奇而生活化，感受深切。

2.【双调·碧玉箫】

　　盼断归期①，划损短金篦②。一搦腰围③，宽褪素罗衣。知他是甚病疾？好教人没理会④。拣口儿食，陡恁的无滋味⑤。医，越恁的难调理。

☸ 注释

① 盼断 —— 所盼落空。

② 划损短金篦（bì）—— 因为画记号把梳头的篦子齿都磨短了。金篦：饰以金属的一种梳头器具。篦，与梳子相类，但齿较细密。

③ 一搦（nuò）—— 握，一把。

④ 好教人没理会 —— 真是叫人弄不明白。

⑤ 陡 —— 意为突然感到。恁（nèn）的 —— 这样地。

☸ 赏析

　　这首小令写闺中少妇的离情熬煎之苦。她计算着心上人的归期，一道一道在墙上做着记号。梳子齿划损了，腰肢也熬瘦了，她患上了严重的相思病，吃饭没有滋味，吃药也没有任何效果，心病难医。全篇采用生活化口语句式，让人读来有极强的在场真切感。

☸ 曲谱

　　十句，4545553515，＋｜－－（或作＋－－｜）▲＋＋｜－
－▲＋｜－－（＋－－｜）▲＋＋｜－－▲－－－｜＋▲＋
－－｜－▲－｜＋▲＋｜－－＼▲－▲＋＋－－＼▲

3.【南吕·一枝花】赠朱帘秀

　　轻裁虾万须①，巧织珠千串，金钩光错落②，绣带舞蹁跹③。似雾非烟，妆点就深闺院④，不许那等闲人取次展⑤。摇四壁翡翠浓阴⑥，射万瓦琉璃色浅⑦。

　　【梁州】富贵似侯家紫帐⑧，风流如谢府红莲⑨，锁春愁不放双飞燕。绮窗相近⑩，翠户相连⑪，雕檐相应⑫，绣幕相牵。拂苔痕满砌榆钱⑬，惹杨花飞点如绵。愁的是抹回廊暮雨萧萧⑭，恨的是筛曲槛西风剪剪⑮，爱的是透长门夜月娟娟⑯。凌波殿前⑰，碧玲珑掩映湘妃面[18]，没福怎能够见？十里扬州风物妍[19]，出落着神仙[20]。

【尾】恰便似一池秋水通宵展，一片朝云尽日悬。你个守户的先生肯相恋[21]，然是可怜[22]！则要你手掌儿里奇擎着耐心儿卷[23]。

注释

① 虾万须——虾须，竹帘的别称，极言其质地的精致细腻。唐陆畅《帘》诗："劳将素手卷虾须，琼宝流光更缀珠"。

② 金钩——悬控帘子的金属钩，镀以金色，故称。

③ 绣带——缀在帘子上以为饰物的彩带。

④ 妆点——装饰，点缀。

⑤ 等闲人——一般的人。取次展——意为随便打开帘子观看。

⑥ 摇四壁翡翠浓阴——意指珠帘摇动起来，四壁映射着如同翡翠的绿影。

⑦ 射万瓦琉璃色浅——放射的光彩使琉璃瓦都黯然失色。

⑧ 侯家——是南朝晋宋时仅次于王、谢二姓的大族。这里指代贵族。紫帐——紫色帐幕。

⑨ 谢府——东晋丞相谢安的府邸。王、谢二家为晋宋间的江南豪族。红莲——南齐王俭领吏部，时人美其幕府如"红莲映绿水"，有"莲幕"之评。此喻帘。

⑩ 绮（qǐ）窗——美丽的窗子。

⑪ 翠户——绿色的门。

⑫ 雕栊——雕花的窗棂。

⑬ 榆钱——榆树荚，俗称榆钱。

⑭ 抹——抹过，转过。这里是回旋的意思。

⑮ 筛——指从缝隙中穿过。剪剪——风小而略带寒意。

⑯ 长门——汉宫名。泛指显贵府第。娟娟——美好貌，此指姣好的月光。

⑰ 凌波殿——唐宫殿名，这里泛指临水的华丽宫室。

⑱ 碧玲珑掩映湘妃面——珠帘内掩藏的都是仙女的面容。碧玲珑：指以绿

竹篾精工织成的帘子。掩映：半遮半露，似隐似现的样子。湘妃：湘水女神，传为舜帝的二妃——娥皇与女英。舜南巡死葬苍梧山，二妃泪洒于竹，成斑，称湘妃竹。这里代指像神仙一样娇美的容色。另，借竹帘与湘竹的联系、竹与朱之谐音造成某种双关暗示和象征。

⑲ 十里扬州风物妍（yán）——杜牧《赠别》诗："春风十里扬州路，卷起珠帘总不如。"这里化用杜诗暗切珠帘秀，极赞其美丽绝伦。妍：美好。

⑳ 出落——养育，培育。神仙——借指美女。

㉑ 守户的先生——指朱帘秀的丈夫。守户：把守门户。先生：元代称道士为先生。传说朱帘秀嫁给了杭州的一个道士。

㉒ 煞是可怜——极其可爱。

㉓ "则要你"句——希望你要加倍护惜，用手掌托着细心舒卷。奇擎（qíng）：托举。

⊙ 赏析

这篇套曲是赠给著名杂剧女演员朱帘秀的，或写作珠帘秀。作者与她有很深的交谊，此曲赠别，心中有许多话不便直言，便采用比喻、象征、双关等多种手法，借赞赏珍珠帘之光彩照人咏叹帘秀的天生丽质与身价高贵，其中包含着对她的无限爱慕之情。表面上字字描写珠帘，骨子里声声赞美帘秀，明写物暗写人，不即不离，不粘不滞，人与物相得益彰，形象极为鲜明。结尾一句连用两个儿化字，流露出作者的无限爱意，自然而轻俏。

4.【南吕·一枝花】不伏老

攀出墙朵朵花，折临路枝枝柳。花攀红蕊嫩，柳折翠条柔，浪子风流。凭着我折柳攀花手，直然得花残柳败休。半生来折柳攀花，一世里眠花卧柳。

【梁州】我是个普天下郎君领袖①，盖世界浪子班头。愿朱颜不改常依旧，花中消遣，酒内忘忧。分茶攧竹②，打马藏阄③，通五音六律滑熟，甚闲愁到我心头？伴的是银筝女、银台前理银筝、笑倚银屏，伴的是玉天仙、携玉手并玉肩、同登玉楼，伴的是金钗客、歌《金缕》捧金樽、满泛金瓯④。你道我老也，暂休！占排场风月功名首⑤，更玲珑又别透！我是个锦阵花营都帅头，曾玩府游州！

【隔尾】子弟每是个茅草冈、沙土窝初生的兔羔儿、乍向围场上走⑥，我是个经笼罩、受索网、苍翎毛老野鸡、蹅踏的阵马儿熟⑦。经了些窝弓冷箭蜡枪头⑧，不曾落人后。恰不道人到中年万事休，我怎肯虚度了春秋。

【尾】我是个蒸不烂、煮不熟、捶不扁、炒不爆、响珰珰一粒铜豌豆⑨，恁子弟每谁教你钻入他锄不断、斫不下、解不开、顿不脱慢腾腾千层锦套头⑩。我玩的是梁园月⑪，饮的是东京酒⑫，赏的是洛阳花，攀的是章台柳⑬。我也会围棋、会蹴踘、会打围、会插科⑭，会歌舞、会吹弹、会咽作、会吟诗、会双陆⑮。你便是落了我牙、歪了我嘴、瘸了我腿、折了我手，天赐与我这几般儿歹症候，尚兀自不肯休！则除是阎王亲自唤，神鬼自来勾，三魂归地府，七魄丧冥幽；天那，那其间才不向烟花路儿上走⑯。

⚙ **注释**

① 郎君——指嫖客。

② 分茶——古代茶道，把茶均匀的分注到小杯里待客，带有某种游戏娱乐的性质。攧竹——画竹。

③ 打马——弹棋博戏名，其玩法见李清照《打马赋》。藏阄——游戏名，始于汉代，以是否能猜中对方手握之字或东西赌输赢。

④ 金钗客——带金钗的女子。也指妓女。《金缕》——即《金缕曲》，唐代曲子名。金樽——和下文"金瓯"均指名贵的酒器。

⑤ 排场——这里指演戏。风月——指男女情爱。

⑥ 兔羔儿——喻指缺乏社会经验的年轻子弟（嫖客）。围场——打猎的地方。

⑦ 踏踏的阵马儿熟——意为非常熟悉逃避猎人追捕的方法。

⑧ 窝弓——猎人埋伏在草丛中的弓弩，触动机关，箭即发出射中猎物。蜡枪头——蜡通镴，原意为铅锡合金的枪头，不锋利，比喻中看不中用。这里是表示对冷枪暗箭的蔑视。

⑨ 铜豌豆——元代妓院中称老嫖客为"铜豌豆"或"铁碗豆"。

⑩ 锦套头——软手段，圈套。

⑪ 梁园——汉代梁孝王所建，在今河南商丘东。这里泛指名园。

⑫ 东京——指开封，又称汴京。

⑬ 章台柳——泛指妓女，典出唐许尧佐传奇《柳氏传》。

⑭ 蹴鞠——古代踢球游戏。打围——打猎。插科——插科打诨，说笑话逗趣。

⑮ 咽作——歌唱。朱有燉【双调 新水令】《赠歌者》："赛秦青，似这般咽作堪人听。"双陆——一种棋类游戏。

⑯ 向烟花路儿上走——指混迹于秦楼楚馆，与歌妓混在一起。

❀ 赏析

这篇套曲是大戏剧家关汉卿的自序传，自我刻画与塑造了一个风流浪子的鲜明形象。他毫不讳言自己生性喜好眠花宿柳，公然以"郎君领袖"和"浪子班头"自居、自豪，极力铺张、夸耀自己留恋诗酒，醉心声色，混迹秦楼楚馆的风流放荡生活，而且斩钉截铁地向世人宣布，这些坏毛病就是死了也不改悔！这是一种对传统、世俗和社会的挑战和叛逆精神，反映了在元王朝统治下文人集体沦落为社会最底层，精神严重受挫之后几近癫狂的心态与决绝偏激的情绪。这篇套曲多用摹状语，喜说反话与狠话，造成在思想精神上的新颖独特和语言上的泼辣恣肆，成为中国文学史上前所未有的奇作，既是关汉卿散曲的代表作，也是本色派的典范，为理解关汉卿奇特独立的精神世界打开了一个窗口。

5.《窦娥冤》第三折

（外扮监斩官上①，云：）下官监斩官是也。今日处决犯人，着做公的把住巷口②，休放往来人闲走。（净扮公人，鼓三通、锣三下科。刽子磨旗③，提刀，押正旦带枷上。刽子云：）行动些，行动些，监斩官去法场上多时。（正旦唱：）

【正宫·端正好】没来由犯王法，不提防遭刑宪，叫声屈动地惊天！顷刻间游魂先赴森罗殿④，怎不将天地也生埋怨。

【滚绣球】有日月朝暮悬，有鬼神掌著生死权。天地也只合把清浊分辨，可怎生糊突了盗跖颜渊⑤：为善的受贫穷更命短，造恶的享富贵又寿延。天地也，做得个怕硬欺软，却元来也这般顺水推船。地也，你不分好歹何为地？天也，你错勘贤愚枉做天！哎，只落得两泪涟涟。

（刽子云：）快行动些，误了时辰也。（正旦唱：）

【倘秀才】则被这枷纽的我左侧右偏，人拥的我前合后偃⑥，我窦娥向哥哥行⑦有句言。（刽子云：）你有甚么话说？（正旦唱：）前街里去心怀恨，后街里去死无冤，休推辞路远。

（刽子云：）你如今到法场上面，有甚么亲眷要见的，可教他过来，见你一面也好。（正旦唱：）

【叨叨令】可怜我孤身只影无亲眷，则落得吞声忍气空嗟怨。（刽子云：）难道你爷娘家也没的？（正旦云：）止有个爹爹，十三年前上朝取应去了，至今杳无音信。（唱：）早已是十年多不睹爹爹面。（刽子云：）你适才要我往后街里去，是什么主意？（正旦唱：）怕则怕前街里被我婆婆见。（刽子云：）你的性命也顾不得，怕他见怎的？（正旦云：）俺婆婆若见我披枷带锁赴法场餐刀去呵，（唱：）枉将他气杀也么哥，枉将他气杀也么哥。告哥哥，临危好与人行方便！

（卜儿哭上科⑧，云：）天那，兀的不是我媳妇儿！（刽子云：）婆子靠后。（正旦云：）既是俺婆婆来了，叫他来，待我嘱付他几句话咱。（刽子云：）那婆子，近前来，你媳妇要嘱付你话哩。（卜儿云：）孩儿，痛杀我也！（正旦云：）婆婆，那张驴儿把毒药放在羊肚儿汤里，实指望药死了你，要霸占我为妻。不想婆婆让与他老子吃，倒把他老子药死了。我怕连累婆婆，屈招了药死公公，今日赴法场典刑。婆婆，此后遇着冬时年节，月一十五，有瀽不了的浆水饭⑨，瀽半碗儿与我吃；烧不了的纸钱，与窦娥烧一陌儿⑩。则是看你死的孩儿面上！（唱）

【快活三】念窦娥葫芦提当罪愆⑪，念窦娥身首不完，念窦娥从前已往干家缘，婆婆也，你只看窦娥少爷无娘面。

【鲍老儿】念窦娥伏侍婆婆这几年，遇时节将碗凉浆奠。你去那受刑法尸骸上烈些纸钱，只当把你亡化的孩儿荐。（卜儿哭科，云：）孩儿放心，这个老身都记得。天那，兀的不痛杀我也！（正旦唱：）婆婆也，再也不要啼啼哭哭，烦烦恼恼，怨气冲天。这都是我做窦娥的没时没运，不明不暗，负屈衔冤。

（刽子做喝科，云：）兀那婆子靠后，时辰到了也。（正旦跪科，刽子开枷科。正旦云：）窦娥告监斩大人，有一事肯依窦娥，便死而无怨。（监斩官云：）你有甚么事？你说。（正旦云：）要一领净席，等我窦娥站立；又要丈二白练，挂在旗枪^⑫上；若是我窦娥委实冤枉，刀过处头落，一腔热血休半点儿沾在地下，都飞在白练上者。（监斩官云：）这个就依你，打甚么不紧^⑬。（刽子做取席站科，又取白练挂旗上科。正旦唱：）

【要孩儿】不是我窦娥罚下这等无头愿^⑭，委实的冤情不浅；若没些儿灵圣与世人传，也不见得湛湛青天。我不要半星热血红尘洒，都只在八尺旗枪素练悬。等四下里皆瞧见，这就是咱苌弘化碧^⑮，望帝啼鹃^⑯。

（刽子云：）你还有甚的说话，此时不对监斩大人说，几时说那？（正旦再跪科，云：）大人，如今是三伏^⑰天道，若窦娥委实冤枉，身死之后，天降三尺瑞雪，遮掩了窦娥尸首。（监斩官云：）这等三伏天道，你便有冲天的怨气，也召不得一片雪来，可不胡说！（正旦唱：）

【二煞】你道是暑气暄，不是那下雪天；岂不闻飞霜六月因邹衍^⑱？若果有一腔怨气喷如火，定要感的六出冰花滚似绵^⑲，免着我尸骸现；要甚么素车白马，断送出古陌荒阡^⑳！

（正旦再跪科，云：）大人，我窦娥死的委实冤枉，从今以后，着这楚州亢旱^㉑三年！（监斩官云：）打嘴！那有这等说话！（正旦唱：）

【一煞】你道是天公不可期，人心不可怜，不知皇天也肯从人愿。做甚么三年不见甘霖降，也只为东海曾经孝妇冤^㉒。如今轮到你山阳县。这都是官吏每无心正法^㉓，使百姓有口难言。

（刽子做磨旗科，云：）怎么这一会儿天色阴了也？（内做风科，刽子云：）好冷风也！（正旦唱：）

【煞尾】浮云为我阴，悲风为我旋，三桩儿誓愿明题遍。（做哭科，云：）婆婆也，直等待雪飞六月，亢旱三年呵。（唱：）那其间才把你个屈死的冤魂这窦娥显。

（刽子做开刀，正旦倒科，监斩官惊云：）呀，真个下雪了，有这等异事！（刽子云：）我也道平日杀人，满地都是鲜血，这个窦娥的血都飞在那丈二白练上，并无半点落地，委实奇怪。（监斩官云：）这死罪必有冤枉。早两桩儿应验了，不知亢旱三年的说话准也不准，且看后来如何。左右，也不必等待雪晴，便与我抬他尸首，还了那蔡婆婆去罢。（众应科，抬尸下。）

注释

① 外——"外末"的省称。因为是正末以外的次要角色，所以叫做"外"。也间有作为外旦的省称。

② 做公的——衙门里的差役或皂隶，也叫公人。

③ 磨旗——挥舞，摇动旗帜。"磨"一说为"麾"之误，麾即挥字。

④ 森罗殿——阎王殿。

⑤ 糊突——同"糊涂"。一本作"错看"。盗跖（zhí）——春秋末年鲁国人，著名的强盗，是古代坏人的典型。颜渊——颜渊是孔子的弟子，守贫乐道，是贤人的典型。

⑥ 前合后偃（yǎn）——前仆后仰。偃：仰倒。

⑦ 哥哥行（háng）——就是哥哥那里的意思。行，是指示方位词，元曲一般用在人称或自称名词的后面。

⑧ 卜儿——元曲中杂角名，扮老年妇女。是老鸨子之鸨字的省写。

⑨ 瀽（jiǎn）——本是倾、倒的意思，这里指祭祀时浇奠酒浆。

⑩ 一陌儿——陌是古时一百钱的总称，这里指一百个纸钱。

⑪ 葫芦提——糊里糊涂，不明不白。罪愆——过失，罪恶。

⑫ 旗枪——装饰有金属枪头的旗杆。

⑬ 打甚么不紧——没什么要紧。

⑭ 无头愿 —— 没头没脑、无对象之愿。

⑮ 苌（cháng）弘化碧 —— 传说周朝的忠臣苌弘含冤而死，其血化为青绿色的美玉。事见《庄子·外物》。

⑯ 望帝啼鹃 —— 望帝是古蜀王名，传说他被臣下逼迫退位，死后其魂化为杜鹃鸟，日夜悲啼。事见《华阳国志·蜀志》。

⑰ 三伏 —— 夏至后第三个庚日开始数三个十天，统称三伏。是一年中最热的时候。

⑱ 飞霜六月因邹衍 —— 邹衍为战国时燕惠王之臣，尽忠而遭谗，相传被下狱，仰天大哭，夏五月，天为之飞霜。事见《太平御览》卷一四引《淮南子》。

⑲ 六出冰花 —— 指雪，雪花六角形。

⑳ 断送 —— 发送，送葬。古陌荒阡 —— 荒野中的小路。

㉑ 亢（kàng）旱 —— 大旱，久旱。

㉒ 东海曾经孝妇冤 —— 相传西汉东海县有寡妇周青，孝养婆母而不改嫁，婆母仁慈，不忍拖累儿媳，自缢而死。官府错判害死婆婆，周青被冤处死，而东海大旱三年，后经清官平反冤案，天方降雨。事见《汉书·于定国传》及《搜神记》卷一一。

㉓ 官吏每 —— 官吏们。每，元曲中凡人称复数门，都写作"每"。

◎ 赏析

《窦娥冤》是关汉卿杂剧的代表作，也是中国古典悲剧的光辉典范。凡是名篇绝唱所应具备的"真新精深"几大要素，无不突出地体现在此剧之中，充分地展示着作者不同凡响的艺术才华。仅以制造窦娥冤案的直接原因而论，一般人就容易写成或理解为贪赃枉法，而剧作中也确实存在判案主官桃杌太守给告状人下跪，说"凡来告状的便是我衣食父母"的滑稽表演，但剧中并无贪腐受贿的桥段演绎。这不是关汉卿的疏漏，而是生活的本质真实与必然。调查古今那些震动社会的司法冤案，我们发现官吏昏暴、严刑逼供颇为典型与常态化。《窦娥冤》剧中"人是贱虫，不打不招"的艺术描写才是元朝生活的普遍真实，而且深刻触及到封建专制必然生产冤案悲剧的本质根因。

这里选讲的第三折是悲剧高潮，完全是神来之笔！女主人公窦娥本是一个不起眼的社会底层的小人物。剧作反复皴染她三岁丧母、七岁被卖、青春丧夫，与同样守寡的婆母相依为命的不幸经历，强调她的命运苦得不能再苦，而性格又善良得不能再善良这样一种基调或底色。第三折突出女主人公为保护婆母而屈招的牺牲精神，用大量宾白写她在赴刑场时提出绕走后街，担心婆母遇见精神难以承受。临刑前她对婆母提出的最后要求是："此后遇着冬时年节，月一十五，有瀽不了的浆水饭，瀽半碗儿与我吃；烧不了的纸钱，与窦娥烧一陌儿。"她对生活的索求已低到不能再低。如果仅止于此，不过停留于一般古典悲剧苦情戏或者加上孝妇受难戏的常套，当然也会赢得观众一掬同情之泪。但作者以惊天地泣鬼神之笔，为女主人公写出【滚绣球】一曲，斥天骂地，如火山喷发，如海啸潮涌，对现实社会秩序与一切终极的神圣、正义信仰都提出怀疑与否定，唱出了历史的最强音符。只有从人道主义的视角与入径，才能发现和开掘出这个弱女子小人物的生命意志与精神时空。任何个体生命，无论多么卑微弱小，都跟我们一样，是一个世界，一个星球。女主人公就如同划破夜空中的流星，在陨落毁灭之前，凝聚起全部生命能量，爆发出一道绚丽耀眼的光华。这曲惊天动地之唱，把窦娥悲剧升华至古典悲剧艺术的最高境界。近代学术大师王国维认定"即列之于世界大悲剧中，亦无愧色也"，实非虚言。

写实与写意，乃至与超现实笔法的交互为用，和谐统一，是此折的另一个突出艺术特征。沿着女主人公指天骂地，否定现实社会秩序的反抗性格的逻辑发展，就是她不再认命由天，委屈而卑微地生存，而是坚信：正义在我，我必报应；真理在我，我必伸张！并指令天地为我作证。女主人公所发三桩誓愿及其实现，都属于这类超现实笔法的运用。不如此不足以表达窦娥冤案的人神共怒，不如此不足以表现女主人公"争到头，竞到底"的生命意志，不如此更不足以表达观众心理情绪与正义终将战胜邪恶的历史愿景。所以这些超现实的情节对于深化戏剧主题、加重悲剧气氛色彩是不可或缺的，同样具有荡气回肠的感染力，而并不使人感觉荒诞不经。

6.《单刀会》第四折（摘调）

（正末关公引周仓上，云：）周仓，将到那里也？（周云：）来到大江中流也。（正末云：）看了这大江，是一派好水呵！（唱：）

【双调·新水令】大江东去浪千叠，引着这数十人，驾着这小舟一叶。才离了九重龙凤阙①，这里是千丈虎狼穴②。大丈夫心别③，我觑这单刀会似赛村社④。

（云：）好一派江景也呵。（唱：）

【驻马听】水涌山叠，年少周郎何处也⑤？不觉的灰飞烟灭，可怜黄盖转伤嗟⑥。破曹的樯橹一时绝，鏖兵的江水犹然热⑦，好教我情惨切！（云：）这不是江水，（唱：）二十年流不尽的英雄血！

❀ 注释

① 九重龙凤阙（què）——本指帝王宫殿。关羽在宋元时被朝廷封为义勇武安王，因其晚年镇荆州，民间信仰称其为"荆王"，见《三国志平话》。此剧正名即作《关大王独赴单刀会》。故此龙凤阙即谓关羽荆州王府。

② "这里是"句——指关羽前去所赴之单刀会，他明白必有一场血拼。

③ 心别——意向心志与人相左。

④ 觑（qù）——看。赛村社 ——农村庙会祭神活动。

⑤ 年少周郎 ——指吴军统帅周瑜。他在赤壁之战时 33 岁，古代少年、年少指年轻。苏东坡【念奴娇】故意说他"小乔初嫁了"，极言其年轻。

⑥ 黄盖 ——东吴名将。在赤壁大战中建议火攻，并用计诈降曹操，借机放火发起攻击。

⑦ 鏖（áo）兵 ——激烈的大战。

⊙ 赏析

《单刀会》是一部英雄颂剧，表现三国名将关羽"万人敌"的虎气雄风，是元剧历史剧中的第一名品，也是三国题材杰作中的杰作。此剧编创的绑架与反绑架的"双绑架"奇妙故事，远超古今中外所有绑架故事的构思，显示了关汉卿超凡出群的艺术想象力。这里选录第四折两段名唱，以见大戏剧家关汉卿的语言天才。别说一般写手不可望其项背，就是大作家罗贯中将其改编入四大名著之一的《三国演义》，也不能完全传达其风采神韵。只要对读两作，就可直感其间差距。

这段抒写赤壁怀古的唱词至少打破了三个极限禁区，挑战的几乎都是不可能。首先这段"大江东去"，一望而知是点化苏东坡的名词【念奴娇】而成。苏词一出即成绝唱，凡作家无不知道直接挑战名篇的冒险。就连天才诗人李白都不敢"撞诗"，看到崔灏的"题黄鹤楼"名作，只好写下"眼前有景道不得，崔灏题诗在上头"，而退避三舍。显然关汉卿就是要挑战一种创作极限。关曲同中见异，别开生面，独抒英雄相惜、怀念战友之豪情，令不尽长江都化作英雄热血，写得血脉偾张，大气磅礴。可谓与苏词异曲同工，各领千秋。至今昆曲与京剧仍在传唱关作原词。这也是古典文学的一个奇迹与佳话。

关曲的第二个挑战，是词曲难分。词雅曲俗，文人以词为曲易，以曲为曲难。关曲故意撞苏词，变词体为曲体，减词韵而增曲味，更是难上加难。苏东坡知道宋词用"破句法"，纡徐回还，更有词韵。如"多情应笑我，早生华发"，把"我"字破到上句。一本记载做"笑我生华发"，则是整句不破。关汉卿更知道曲用整句，一破即混为词体。按【念奴娇】首三句原为454字格，苏词创格把"浪淘尽"三字破出，把"千古"二字破入下句。造成一种若断若联，摇曳不定的诗意跳宕。关曲则变为"大江东去浪千叠"的整句，不粘不滞，朗畅明快，深得化词语为曲语之三昧。其他近代口语"我""这"等代词与"着""了""的（地、得）"等结构助词的随意采用，都体现了化词体为曲体的奥秘。读者细细对读揣摩，自能了然于心。

　　关曲打破的第三个禁区与局限，是元剧第四折普遍草率乏力，至有"强弩之末"的定评。此剧构思可谓匠心独运，创造了一种全新结构。他利用元剧一角主唱，但可扮演不同人物的灵活规则，把第一、二折空出来，让正末分别扮演乔玄与司马徽，从侧面渲染主人公关羽的英雄事迹与赫赫声威，为关羽出场铺垫蓄势。主人公延宕到第三折才出场，但早已先声夺人。经过如此延宕之法，绑架与反绑架的戏剧高潮就推迟到结束，从而打破了元剧虎头蛇尾的魔咒。【新水令】与【驻马听】的精彩唱段正好是对"双绑架"剧烈冲突的画龙点睛，与戏剧故事的高潮相辅相成，相得益彰，可以说是诗中的诗，经典中的经典。明清以来，昆曲与京剧都有专门挑择精华品赏的折子戏演出的习俗。《单刀会》第四折被特别称名为《刀会》，是京剧与昆曲舞台上最流行的几出经典折子戏之一。

（二）马致远（1250？—1324）

马致远，字千里，号东篱，大都人。元世祖至元二十二年（1285）前后，曾流寓扬州和杭州，做过管理地方盐政的"浙江省务官"。因官场失意，约在四十五岁左右归隐，回到北方，曾参加"元贞书会"，被文化界奉为"曲状元"。一生作杂剧 15 种，今存 7 种。存世散曲有小令 115 首、套曲 16 篇和残套 7 首。《太和正音谱》列为元曲家之首，论其曲风"如朝阳鸣凤"。

1.【南吕·四块玉】（选三首）

天台路

采药童①，乘鸾客②，怨感刘郎下天台③。春风再到人何在？桃花又不见开，命薄的穷秀才，谁教你回去来？

紫芝路

雁北飞，人北望，抛闪煞明妃也汉君王④。小单于把盏呀刺刺唱⑤。青草畔有收酪牛⑥，黑河边有扇尾羊⑦。他只是思故乡。

临邛市

美貌才，名家子⑧，自驾着个私奔坐车儿。汉相如便做文章士，爱他那一操儿琴⑨，共他那两句儿诗。也有改嫁时。

❀ **注释**

① 采药童——指东汉时刘晨与阮肇，原是两个以采药为生的青年。

② 乘鸾客——指刘、阮被仙女招为夫婿。

③ 怨感——埋怨，感叹。刘郎——即刘晨。

④ 明妃——即王昭君。晋人避司马昭讳，改昭君为明君，故称明妃。汉

君王——指汉元帝。昭君和番事，见《汉书·匈奴传》。按史实，昭君本是宫女，但后人作品往往把她说成是元帝之爱妃，故有"抛闪煞"之说。马致远曾以此编出了悲剧名作《破幽梦孤雁汉宫秋》。

⑤ 小单于——对当时的匈奴王呼韩邪单于的蔑称。呀剌（lā）剌——拟声词，犹言吱吱哇哇。

⑥ 收酪（lào）牛——奶牛。

⑦ 黑河——即《汉宫秋》中所言黑江，在今呼和浩特市南郊，河畔有昭君墓。扇尾羊——摇着尾巴的绵羊。绵阳尾大故云扇尾。

⑧ 美貌才，名家子——指卓文君，说她长得很漂亮，而且出身名门。

⑨ 一操儿琴——一段琴曲。琴：指古琴。

⊙ 赏析

这是一组凭吊古迹的作品，共有 10 首重头小令，分题吟咏 10 个历史故事或神话传说。这里选录三首。第一曲写刘、阮遇仙故事。传说东汉末年，剡（shàn）县人刘晨与阮肇入天台山采药，遇二仙女结为夫妻。半年后二人回到家中，人间已历十世，故园早已面目全非，后世子孙感到陌生，拒绝接纳。当他们被迫重返四季如春的天台仙境，却再也找不见仙女，连山中桃花都凋落了。作者一唱三叹，深为二人舍仙境不居而甘愿堕落红尘而惋惜，流露了超尘脱凡、遗世独立精神，委婉曲折地表达了隐逸的时代主旋律。

第二曲吟咏昭君和番的故事。紫芝就是灵芝。尽管番地草丰羊肥，满地灵芝，人们喝酒唱歌、生活富足，但她仍是思念着故乡和亲人，割不断那深厚的乡愁。作者衬入大量俗语，造成婉转多变的音律，曲味浓厚。

第三曲歌咏卓文君。《史记·司马相如列传》记载：临邛（今四川邛崃）富商之女卓文君寡居在家，听司马相如弹奏琴曲《凤求凰》，被吸引而生爱慕之情，即随相如私奔而去。这支小曲称扬文君爱上对方的才学就敢置封建礼教于不顾，充分肯定了她私奔、改嫁的叛逆精神。儿化语的反复运用，轻俏灵动。

⊛ 曲谱

七句，3377333，＋｜－，－－｜▲＋｜－－｜－－▲＋－＋｜－－｜▲＋｜－，＋｜＋▲－＼＋▲

《天台路》用皆来韵，"客"字原入声，派入皆来部上声，读音同"凯"。

后三个 3 字句，可用衬字加倍。

2.【南吕·金字经】

> 担挑山头月，斧磨石上苔。且做樵夫隐去来。柴，买臣安在哉①？空岩外，老了栋梁才。

⊛ 注释

① 买臣 ——指朱买臣。《汉书》卷六四记载：朱买臣，字翁之，吴人也，家贫，好读书。无以为生，靠打柴度日，妻子嫌其贫，弃之而去。后来仕途发达，官会稽太守。戏曲小说中多有以此为故事题材者。

⊛ 赏析

这首小令写一位樵隐外在的乐与内在的悲。担月磨苔的意境，空明灵动，恰似一幅幽静淡雅的樵子夜归图。浓郁的诗情画意，却遮掩不住怀才不遇的悲哀与无奈。他并不是一个天生的樵夫，而是胸怀经世济民之志的栋梁之才，真如同曾以打柴为生的朱买臣，被默默地埋没在山间林下。这位充满内在冲突的樵隐正是作者的自我写照。

曲谱

一名【阅金经】、【西番经】，七句，5571535，＋ ＋ ＋ 一 ｜，
｜ 一 一 ｜ 一 ▲ ＋ ｜ 一 一 ＋ ｜ 一 ▲ 一 ▲ ＋ 一 一 ＼ 一 ▲ 一 一 ＼ ▲ ｜
一 ｜ 一 ▲

第四句 1 字，可叠上句末字，也可以连下句为一句。

3.【双调·落梅风】潇湘八景（选三首）

山市晴岚

花村外，草店西，晚霞明雨收天霁①。四围山一竿残照里②，锦
屏风又添铺翠③。

渔村落照

夕阳外，古渡旁，两三家不成圈巷④。一簇儿聚船人晒网，都
撮在捕鱼图上。

烟寺晚钟

寒烟细，古寺清，近黄昏礼佛人静⑤。西风晚钟三四声，怎生
教老僧禅定⑥。

注释

① 霁（jì）——雨过天晴。

② 一竿残照——落日在山头之上一竿子高。

③ 铺翠——喻四围青山经雨洗过，青翠欲滴，如同在山水屏风画上又铺了
一层翠绿的颜色。

④ 圈巷——胡同，巷子。

⑤ 礼佛人——拜佛的人，指香客。

⑥ 禅定——指佛教徒坐禅入定。

◈ 赏析

　　"潇湘八景"是宋元山水画中特别流行的一个题目，相传创始于北宋画家宋迪。"八景"分题"平沙落雁""远浦归帆""山市晴岚""江天暮雪""洞庭秋月""潇湘夜雨""烟寺晚钟""渔村夕照"。仅从传存画题就可知那是一组八幅充满诗意的风景连环画。当时就有著名禅僧惠洪为之配诗，人称宋迪画为"无声诗"，惠洪诗是"有声画"。马致远组合八首重头小令题画，挑战一个热门题目，还要唱出新意，具有一定难度。这里选录其中三首，以见一斑。

　　《山市晴岚》写一个开满鲜花的山村集市，傍晚之时雨过天晴，夕阳青山，如同罗列周围的"四扇屏"织锦画幅，明秀宏丽。末句点"晴岚"之题。岚特指远山蒸腾的云气，画家常以湿笔渲染的技法加以表现，或径以清水泼洒于纸墨之上，产生一种洇晕朦胧、气韵生动的特效之美。这里则用铺饰翠鸟之羽于锦屏以形容之，是以实写虚，以有形写无形，给人以无限想象的空间，颇见"曲状元"之能。

　　《渔村落照》用散落与攒聚两相对立的构图法，一写荒江野岸二三渔家的稀稀落落，一写水湾之下数只小舟，渔归晒网，表达渔家生活的与世无争与悠然潇洒，结尾以一幅古朴野逸的《捕鱼图》拟之，言其风景如画。

　　《烟寺晚钟》写古寺黄昏的冷寂荒寒，静得令心如枯井的老僧都难以坐禅入定。作者用反衬法，以声、动写静，通过气氛渲染，尤其是三四声晚钟与老僧之无法入定的烘托，更加深化了凄清孤寂的意境。

◈ 曲谱

　　别名【寿阳曲】，或误作【落梅花】，五句，33777，— — ｜，＋｜＋▲｜＋ 十、｜— —\▲＋ — ｜ — 十\＋▲｜＋ 十、｜ — — \▲

三个 7 字句节律不同，两个 34 式夹一个 43 式。

4.【双调·寿阳曲】

> 心间事，说与他，动不动早言两罢。罢字儿碜可可你道是要①，我心里怕那不怕？

⊛ 注释

> ① 碜（chěn）可可——吓人，可怕。道——当，以为。

⊛ 赏析

这首小令通过一对情人间发生的小口角，抒写女方对爱情危机的忧虑，表现了她对爱人的深情和依恋。当她把心中的难言之隐说出来希望获得爱人的理解和支持时，爱人老是焦躁地说：不行就罢！每当她听到这个"罢"字，虽然也知道对方是信口开河，可总使她感到心惊肉跳。作者选取爱情生活中常见的一幕，寥寥几笔，就使一个多情、细腻、温柔的女性形象跃然纸上。

5.【双调·夜行船】秋思

> 百岁光阴一梦蝶①，重回首往事堪嗟。今日春来，明朝花谢。急罚盏夜阑灯灭②。
>
> 【乔木查】想秦宫汉阙③，都做了衰草牛羊野。不恁么渔樵无话说。纵荒坟横断碑，不辨龙蛇④。
>
> 【庆宣和】投至狐踪与兔穴⑤，多少豪杰！鼎足虽坚半腰里折⑥，魏耶？晋耶？⑦
>
> 【落梅风】天教你富，莫太奢，没多时好天良夜。富家儿更做道你心似铁，争辜负了锦堂风月⑧。

【风入松】眼前红日又西斜，疾似下坡车。晓来镜里添白雪⑨，上床与鞋履相别⑩。休笑鸠巢计拙⑪，葫芦提一向装呆⑫。

【拨不断】利名竭，是非绝。红尘不向门前惹，绿树偏宜屋角遮，青山正补墙头缺，更那堪竹篱茅舍。

【离亭宴煞】蛩吟罢一觉才宁贴⑬，鸡鸣时万事无休歇⑭。争名利何年是彻？看密匝匝蚁排兵，乱纷纷蜂酿蜜，闹穰穰蝇争血。裴公绿野堂⑮，陶令白莲社⑯。爱秋来时那些？和露摘黄花，带霜烹紫蟹，煮酒烧红叶。想人生有限杯，浑几个重阳节。人问我顽童记者：便北海探吾来⑰，道东篱醉了也。

⚙ **注释**

① 百岁光阴一梦蝶——犹言人生如梦。用庄子化蝶故事，见《庄子·齐物论》。

② 罚盏——酒筵间猜拳行令，输者被罚喝酒。

③ 秦宫汉阙——互文见义，秦朝和汉朝所建的华丽宫殿。

④ 龙蛇——指碑文字迹。

⑤ 投至——及至，这里是至于的意思。

⑥ "鼎足虽坚"句——喻指魏、蜀、吴三国鼎立，结果时间不长就全归灭亡。

⑦ 魏耶？晋耶？——魏灭吴、蜀，又为晋代替，晋又被刘宋所代。究竟谁是胜利者呢？

⑧ 锦堂——昼锦堂，北宋韩琦任相州知州时所筑，这里指清闲隐居之地。风月——清风明月，指美好的自然风光。

⑨ 白雪——白发。本句极言生命之短暂。

⑩ 上床与鞋履相别——意谓今晚上床，可能永远不再起来，极言生命之无常。宋元时有"上床脱下鞋和袜，不知明日穿不穿"的俗谚。

⑪ 鸠巢计拙——传说斑鸠生性笨拙，不善营巢，常占居于喜鹊巢中。典出《诗·召南·鹊巢》。这里自喻生性疏懒，不惯钻取营私。

⑫ 葫芦提 —— 糊涂。

⑬ 蛩 —— 蟋蟀。宁贴 —— 熨帖，安宁。

⑭ "鸡鸣时"句 —— 鸡一叫就要起床为名利奔波。

⑮ 裴公绿野堂 —— 唐代宰相裴度辞官后在洛阳隐居，筑绿野草堂，宴游其间，不问世事。见《新唐书·裴度传》。

⑯ 陶令白莲社 —— 东晋僧人慧远于庐山东林寺结白莲诗社，约陶渊明参加。陶实未入社。见晋无名氏《莲社高贤传·不入社诸贤传》。

⑰ 北海 —— 汉末北海太守孔融，以好客好酒闻名，常自述愿"座上客常满，樽中酒不空"。见《后汉书·孔融传》。这里借指官位很高而且好客的人。全句的意思是不管谁来看我，都说我马东篱醉酒不能出见。

❀ 赏析

这篇套曲是马致远的代表作，感叹宇宙人生和历史兴废的变化无常，否定帝王将相及其功业的价值和意义，对政治官场中如蚂蚁排兵、蜜蜂酿蜜、苍蝇争血般的丑恶极为反感。与此相对，则极力铺写田园隐居生活的自由、美好，表现了作者遗世独立、超尘脱俗的人生理想。本篇大量采用色彩鲜明的词语，造出五彩缤纷、绚丽多姿的意象，特别是三组鼎足对，出神入化，浑然天成，唱出了一代文士的愤慨和无奈、理想和追求。在结构上，古今并陈、美丑对举，表现与再现同体，开拓了晋唐以来山水田园诗的审美新天地。

元代曲论家周德清称赏说："此方是乐府，不重韵，无衬字，韵险语俊。谚云'百中无一'，余曰万中无一。"明代"后七子"领袖王世贞评论说："马致远'百岁光阴'，放逸宏丽，而不离本色，押韵尤妙……元人称为第一，真不虚也。"可谓的评。

6.【般涉调·耍孩儿】借马

近来时买得匹蒲梢骑①，气命儿般看承爱惜②。逐宵上草料数十番，喂饲得臕息胖肥③。但有些秽污却早忙刷洗，微有些辛勤便下骑。有那等无知辈，出言要借，对面难推。

【七煞】懒设设牵下槽④，意迟迟背后随⑤，气忿忿懒把鞍来鞴⑥。我沉吟了半晌语不语⑦？不晓事颓人知不知⑧？他又不是不精细⑨，道不得"他人弓莫挽，他人马休骑⑩"。

【六】不骑呵西棚下凉处拴，骑时节拣地皮平处骑。将青青嫩草频频的喂，歇时节肚带松松放⑪，怕坐的困尻包儿款款移⑫。勤觑着鞍和辔，牢踏着宝镫，前口儿休提⑬。

【五】饥时节喂些草，渴时节饮些水，着皮肤休使粗毡屈⑭。三山骨休使鞭来打⑮，砖瓦上休教隐着蹄⑯。有口话你明明的记：饱时休走，饮了休驰⑰。

【四】抛粪时教干处抛，尿绰时教净处尿⑱，拴时节拣个牢固桩橛上系。路途上休要踏砖块，过水处不教践起泥。这马知人义⑲，似云长赤兔⑳，如益德乌骓㉑。

【三】有汗时休去檐下拴，渲时休教浸着颏㉒，软煮料草铡底细㉓。上坡时款把身来耸，下坡时休教走得疾。休道人忒寒碎㉔，休教鞭颩着马眼㉕，休教鞭擦损毛衣㉖。

【二】不借时恶了弟兄㉗，不借时反了面皮。马儿行嘱咐叮咛记㉘："鞍心马户将伊打，刷子去刀莫作疑㉙"。则叹的一声长吁气，哀哀怨怨，切切悲悲。

【一】早晨间借与他，日平西盼望你，倚门专等来家内，柔肠寸寸因他断，侧耳频频听你嘶。道一声"好去"，早两泪双垂。

【尾声】没道理没道理，忒下的忒下的㉚。恰才说来的话君专记，一口气不违借与了你。

☺ 注释

① 蒲梢 ——古代骏马名，此指代好马。

② 气命儿 ——性命。

③ 膘息 ——长肉膘。息：生长。

④ 懒设设 ——懒洋洋，磨磨蹭蹭。

⑤ 意迟迟背后随 ——意为把马交给借马人后，心中犹犹豫豫，恋恋不舍地跟在后面走出牲口棚。

⑥ 鞴（bèi）——装置马鞍。

⑦ 语不语 ——说还是不说。

⑧ 颏人 ——这是骂人的话，犹言鸟人。颏：北方口语，指雄性生殖器。下文"浸着颏"，即指马的生殖器。

⑨ 精细 ——精明。

⑩ 道不得 ——常言道，岂不闻。

⑪ "歇时节"句 ——停歇时要给马把肚带放松，好让它休息解乏。肚带：固定马鞍绑在马肚子上的皮带。

⑫ "怕坐的困"句 ——意为骑马人累了，屁股要缓缓地挪动，千万不要在马上瞎折腾。尻（kāo）包儿：屁股蛋子。

⑬ 前口儿 ——马嘴里的铁嚼口。

⑭ "着皮肤"句 ——意为不要用粗糙的毛毡垫马鞍，以免使马的皮肤受屈。

⑮ 三山骨 ——指马尾上方突起处，脊骨、腿骨和肋骨的结合部，是马的敏感区，加鞭则狂奔。

⑯ 隐着蹄 ——硌坏马蹄。隐，硌。黄庭坚《山谷集》卷三〇记唐王梵志诗："梵志翻著袜，人皆道是错。乍可刺你眼，不可隐我脚。"

⑰ "饱时休走"两句 ——意为马刚吃饱不可让它立即跑，刚饮了水不能叫它奔驰。否则容易生病。

⑱ 尿绰（chuò）——撒尿。

⑲ 知人义 ——这里是通人性的意思。

⑳ 云长赤兔 —— 意为这匹马比得上关羽的赤兔马。

㉑ 益德乌骓（zhuī）—— 指张飞的乌骓马。

㉒ 渲 —— 指给马刷洗。

㉓ 底细 —— 仔细。

㉔ 寒碎 —— 寒酸小气，说话琐碎。

㉕ 颩（biāo）—— 指鞭梢扫过。

㉖ 毛衣 —— 毛皮。

㉗ 恶（wù）—— 得罪，伤害情谊。

㉘ 行 —— 那里。

㉙ "鞍心马户将伊打"两句 —— 意为坐在鞍子中的那家伙胆敢打你，他就是个驴屌。这是用拆字法制造的骂人字眼，马、户合起来是"驴"字，刷字去掉立刀旁是个"尸巾"字，即"屌"字的俗写体。见《元曲选·萧淑兰》一折"音释"。

㉚ 忒下的 —— 太忍心，太残忍。

赏析

本篇是马致远的名作之一，全篇运用戏剧代言体的叙述方式，选取一个借马的场面，刻画主人公爱马如命，舍不得出借，但又碍着面子不得不借的复杂矛盾心理。作者全用生活化的口语方言，摹写马主人不厌其烦的嘱咐和唠唠叨叨的叮咛，以及心里忿忿然而又不便发作的满腔牢骚抱怨，把主人公因疼爱马而近于吝啬的滑稽性格表现得惟妙惟肖，活灵活现。语言幽默诙谐，具有极高的喜剧价值。如用"折白道字"法，把骂人话"驴屌"拆破为"马户"和"刷子去刀"，就是当时市井文艺特有手法。作者成功地运用了戏谑调侃甚至是挖苦揶揄之笔，在审美追求上收到了良好的艺术效果。

7.《汉宫秋》第三折（摘调）

【七弟兄】说什么大王、不当、恋王嫱，兀良①，怎禁他临去也回头望。那堪这散风雪旌节影悠扬②，动关山鼓角声悲壮。

【梅花酒】呀！俺向着这迥野悲凉③。草已添黄，兔早迎霜④，犬褪得毛苍，人搠起缨枪，马负着行装，车运着糇粮⑤，打猎起围场⑥。他、他、他，伤心辞汉主。我、我、我，携手上河梁⑦。他部从入穷荒⑧，我銮舆返咸阳⑨。返咸阳，过宫墙；过宫墙，绕回廊；绕回廊，近椒房⑩；近椒房，月昏黄；月昏黄，夜生凉；夜生凉，泣寒螀⑪；泣寒螀，绿纱窗；绿纱窗，不思量。

【收江南】呀！不思量，除是铁心肠；铁心肠，也愁泪滴千行。美人图今夜挂昭阳⑫，我那里供养，便是我高烧银烛照红妆⑬。

（尚书云：）陛下，回銮罢，娘娘去远了也。

⊛ 注释

① 兀良——口语中衬词，无义。犹如今"哎哟"。

② 旌节——旗帜与符节。节是帝王特派钦使所持有的信物和标志，以牛尾制作，挂于竹木柄杆之上。

③ 迥（jiǒng）野——远野。

④ 兔早迎霜——迎霜兔即白兔，是元曲习用词。

⑤ 糇（hóu）粮——干粮。

⑥ 围场——军队包围山林打猎，叫围场。

⑦ 河梁——桥梁，古诗文中常用做送别之处。

⑧ 穷荒——边地。

⑨ 銮舆——帝后所乘车轿。

⑩ 椒房——皇后居所，据说用香椒和泥涂墙，故称。

⑪ 寒螀（jiāng）——本指一种秋蝉，此泛指凄鸣的秋虫。

⑫ 昭阳 —— 昭阳殿，汉代皇后所居宫殿名。

⑬ 高烧银烛照红妆 —— 是苏东坡咏海棠的诗句，这里比喻王昭君的花容月貌。

⚙ 赏析

　　昭君和番史有其事，在古代民族和亲故事中最为著名，流传最广，历代讲述有从怀才不遇、红颜薄命、怀乡之愁、天涯何处无芳草，甚或民族团结等各种视角切入者。马致远的《汉宫秋》杂剧与众不同，其改变了故事的性质与结局，把男女主人公汉元帝与王昭君写成一对生死恋人，他们在强敌压境，国破家危之际，被迫牺牲个人情爱与幸福，女主人公主动答应和亲以图和平，最后在进入敌境时投江殉国，保全了人性尊严与爱情忠诚。这是一部充满爱国主义激情的政治爱情剧。这里选录第三折中的三支名曲，描写汉元帝灞桥送别昭君，表现一对情人生离死别之情。

　　作者采用类似电影镜头"蒙太奇"的切换手法，从现在时男主人公眼望情人北去，突然跳切到将来时胡地狩猎生活场景，设想昭君面临异域生活遭遇的不可预料，表现对情人前途与命运的焦虑忧心。接着镜头闪回过去时的执手相别，又突然跳切将来时的即将回宫之路，用特写镜头，表现一步一挨，肝肠寸断。作者真是擅用镜头画面的高手，在过去分手，现在凝望，将来回宫所历三个时空中不停地跳切闪回，极大地丰富拓展了抒情的空间与维度。

　　多种语言修辞手段的精纯运用，也造成一种荡气回肠的音乐旋律之美。如"大王不当恋王嫱"的一句三韵。又如"他他他""我我我"的结巴句法，还有两个领起的"呀"字，都不纯是形式，而非常巧妙自然地传达出"世间惟有情难诉"之男女情深。特别是【梅花酒】【收江南】二曲使用的顶针连环句，量大而纯熟，极尽元人"顶针续麻"

体之能事，可谓登峰造极。讲修辞格者无不以此为范例，而见马致远曲语绝技之一斑。元人奉他为"曲状元"，信非虚誉！

8.《黄粱梦》第一折（摘调）

（洞宾云：）你这先生，敢是风魔的？我学成满腹文章，上朝求官应举去，可怎生跟你出家！你出家人有甚好处？（正末云：）俺出家人自有快活处，你怎知道！（唱：）

【金盏儿】上昆仑，摘星辰。觑东洋海则是一掬寒泉滚，泰山一捻细微尘。天高三二寸，地厚一鱼鳞。抬头天外觑，无我一般人。

（洞宾云：）这先生开大言。似你出家的有什么仙方妙诀，驱的什么神鬼？（正末云：）出家人长生不老，炼药修真，降龙伏虎，到大来悠哉也呵！（唱：）

【后庭花】我驱的是六丁六甲神，七星七曜君①。食紫芝草千年寿，看碧桃花几度春。常则是醉醺醺，高谈阔论，来往的尽是天上人。

（洞宾云：）俺做了官，也有受用处。（正末云：）你做官受用得几多！俺这神仙的快乐，与你俗人不同。你听我说那快乐处：（唱：）

【醉中天】俺那里自泼村醪嫩②，自折野花新。独对青山酒一尊，闲将那朱顶仙鹤引。醉归去松阴满身，冷然风韵，铁笛声吹断云根。

【金盏儿】俺那里地无尘，草长春，四时花发常娇嫩，更那翠屏般山色对柴门。雨滋棕叶润，露养药苗新。听野猿啼古树，看流水绕孤村。

（正末云：）你自不知，你不是个做官的，天生下这等道貌，是个神仙中人。常言道，一子悟道，九族升天，不要错过了。（唱：）

【醉雁儿】你有那出世超凡神仙分，系一条一抹绦，带一顶九阳巾③。君，敢着你做真人。

⊙ 注释

① "我驱的是"二句——六丁六甲与七星七曜都是道教根据天干地支与日月星辰构想的神仙名目。

② 自泼村醪（láo）——自酗村酒。

③ "系一条"二句——一抹绦，呈一字形的丝腰带。九阳巾，道士戴的一种帽子。道教以纯阳为九阳，故九阳巾即纯阳巾。

⊙ 赏析

《太和正音谱》综合元杂剧题材分为十二科，"神仙道化"为其中之一。《黄粱梦》是这类剧作的代表，由马致远与同"元贞书会"的其他三人合作。这里摘录马作第一折中五调，其余三折分属另外三人，可对比阅读，以见高下。此剧由唐人沈既济的传奇小说《枕中记》改编而成，主人公原为无名的道士吕翁度化田舍郎卢生，杂剧改为著名的八仙人物汉钟离度脱吕洞宾。第一折描述汉钟离下凡到邯郸道中黄化店，度化赶考举子吕洞宾，劝其放弃功名尘缘随其出家，遭吕坚拒，汉钟离趁店家炊煮黄粱饭之间，令吕入梦经历荣华富贵，以断"酒色财气"。

曲词放逸宏丽，高华清迈。作者幻化出一种宇宙视角，【金盏儿】"上昆仑，摘星辰"从世外俯视人间；【后庭花】则取"千年寿""几度春"的无限时间视野，其他三曲为仙山琼阁的环境描写，字里行间充溢着一股灵光仙气，读之令人顿生超尘脱凡、遗世独立之想。特别是续读其后三折，真有云泥之别。《太和正音谱》评论马曲"马东篱之词如朝阳鸣凤"，"岂可与凡鸟共语哉"。可谓的评。

9.《岳阳楼》第一折（摘调）

（酒保云：）我在这门首觑者，看有什么人来。（正末唱：）

【油葫芦】俺只见十二栏干接上苍。（酒保云：）招过客！招过客！（正末云：）休叫，休叫。（酒保云：）你怎生着我休叫？（正末唱：）我则怕惊着玉皇，谁着你直侵北斗建槽坊①。（酒保云：）你看我这楼上有牌，牌上有字，上写着："世间无此酒，天下有名楼。"（正末唱：）写道是岳阳楼形胜偏雄壮②，更压着你洞庭春好酒新炊荡。（酒保云：）老师父，你看这边景致。（正末唱：）翠巍巍当着楚山③。（酒保云：）休道是楚山，连太山、华山都看见了。师父你看这边景致。（正末唱：）浪淘淘临着汉江。（酒保云：）不要说汉江，连洞庭湖、鄱阳湖、青草湖都看见。（正末云：）正是鸡肥蟹壮之时。（唱：）正菊花秋不醉倒陶元亮④。（酒保云：）师父，你来迟了，我这酒都已卖尽，无了酒也。（正末云：）你道是无酒呵？（唱：）怎发付团脐蟹一包黄⑤！（酒保云：）这里有酒呵，把什么与我做酒钱？（正末云：）至如我无有钱呵，（唱：）

【天下乐】我则待当了环绦醉一场⑥。（酒保云：）说便这等说。实是无了酒也。（正末云：）你道无酒，你闻波。（唱：）那里这般清甘滑辣香？（酒保云：）酒有，只你醉了不好下楼去。（正末唱：）但将老先生醉死不要你偿。（酒保云：）师父，这楼上好凉快哩。（正末唱：）我特来趁晚凉、趁晚凉入醉乡。（酒保云：）老师父，天色将晚了。（正末云：）还早哩。（唱：）争知俺仙家日月长。（云：）小二哥，你供养的是一尊什么神道？（酒保云：）这是初造酒的杜康，我供养着他，这酒客日日常满。（正末唱：）

【那吒令】我待和你换上那登真的伯阳⑦，你觑当更悬壶的长房⑧，不强似你供养那招财的杜康？（酒保云：）师父，我买活鱼来做按酒。（正末唱：）更休说钓锦鳞乌新酿⑨，待邀留他过往经商。

【鹊踏枝】自隋唐，数兴亡。料着这一片青旗，能有的几日秋光？对四面江山浩荡，怎消得我几行儿醉墨淋浪！

（酒保云：）师父，我这酒赛过琼浆玉液哩。（正末唱：）

【寄生草】说什么琼花露，问什么玉液浆。想鸾鹤只在秋江上，似鲸鲵吸尽银河浪，饮羊羔醉杀销金帐⑩。这的是烧猪佛印待东坡⑪，抵多少骑驴魏野逢潘阆⑫。

（酒保云：）小人听得说，王弘送酒，刘伶荷锸，李白摸月⑬，也不似先生这等贪杯。（正末唱：）

【幺篇】想那等尘俗辈，恰便似粪土墙。王弘探客在篱边望，李白扪月在江心丧，刘伶荷锸在坟头葬。我则待朗吟飞过洞庭湖，须不曾摇鞭误入平康巷⑭。

（云：）小二哥，打二百长钱酒来⑮。（酒保云：）先交了钱，然后吃酒。（末云：）你也说的是，与你这一锭墨，便当二百文钱的酒。（酒保云：）笑杀我也，量这一锭墨有什么好处，那里便值二百文钱。（正末云：）我这墨非同小可，便当二百文钱也不多哩。（唱：）

【后庭花】这墨瘦身躯无四两，你可便消磨他有几场。万事皆如此，（带云：）酒保也，（唱：）则你那浮生空自忙。他一片黑心肠，在这功名之上。（酒保云：）我不要这墨，你则与我钱。（正末云：）墨换酒，你也不要，（唱：）敢糊涂了纸半张。

（酒保云：）我说这先生风了，当真风了。把袍袖往东一拂道，你来你来，往西一拂道，你也来你也来，一个舞者，一个唱者，一个把盏者，都在那里？（正末云：）可知你不见哩。（唱：）

【金盏儿】我这里据胡床⑯，望三湘⑰，有黄鹤对舞仙童唱。主人家宽洪海量醉何妨，直吃的卷帘邀皓月，再谁想开宴出红妆。但得一尊留墨客，（带云：）我困了也。（唱：）我可是两处梦黄粱⑱。

❀ 注释

① 槽坊——酿酒作坊，这里代指酒楼（岳阳楼）。

② 形胜——地势优越。宋·柳永【望海潮】词有"东南形胜"句。

③ 当着——一本作"对着"，意同。

④ 陶元亮——陶渊明，又名陶潜，字元亮。

⑤ 团脐蟹——螃蟹以腹甲尖形与圆形区别公母。母蟹有蟹黄而公蟹无。团，同圆。

⑥ 环绦——束腰的丝带。绦，丝织的带子。

⑦ 伯阳——即老子，字伯阳。后世道教奉为创始人。

⑧ 觑当——看准，看清。悬壶的长房——费长房，东汉汝南人。传说他曾从仙人壶公学道。壶公常悬一空壶于屋梁，日暮费长房随其跳入，见其中有仙宫世界。见晋葛洪《神仙传》。

⑨ 刍（chú）新酿——温热新酿的酒。刍，草，这里用如动词，点燃柴草以温酒。

⑩ 羊羔——羊羔酒，用酒加羊肉制成。明李时珍《本草纲目》记有具体酿造法。

⑪ 烧猪佛印——佛印为宋代金山寺僧人，名了元。精通佛典，能诗善文，与苏东坡交谊甚笃，相传他曾以猪肉宴请苏东坡。详见《续传灯录》《建中靖国续录》。《东坡梦》杂剧演此事。

⑫ 魏野逢潘阆——魏野字仲先，宋时蜀人。善吟咏，筑草堂于陕州东郊，号"草堂居士"，著《草堂集》。潘阆，宋代著名隐逸诗人，自号逍遥子，居洛阳，卖药为生。著有《逍遥集》。魏野有《赠潘阆》诗，中有

"从此华山图籍上，又添潘阆倒骑驴"二句。此剧捏合二人之事，旨在表现自由放浪。演唐人故事而用宋人典故，元人作剧往往如此。

⑬ 王弘、刘伶、李白——三位嗜饮名人。王弘，字休元，南北朝时刘宋人，以恬淡知名，嗜酒如命。元嘉中封太保，卒谥文昭。刘伶，字伯伦，晋时竹林七贤之一。纵酒任性，常携酒游玩，令人荷锸相随，说："死便埋我。"李白，唐代大诗人。传说李白醉酒泛舟，想拥抱水中明月，堕水而死。

⑭ 平康巷——即平康坊，唐代长安妓女聚居处。后人以之代称花街柳巷。

⑮ 二百长钱——二百文钱。

⑯ 胡床——一种可以折叠的坐具，类今日马札。亦写作交椅、交床、绳床。因由西域胡地传入，故名。

⑰ 三湘——潇湘、资湘、沅湘的合称。泛指洞庭湖南北，湘江流域。

⑱ 两处梦黄粱——黄粱梦故事原为道士吕翁度卢生，元人剧改作八仙汉钟离度吕洞宾。参见《黄粱梦》杂剧。此吕洞宾又醉于岳阳楼，故言两处。

☼ 赏析

《岳阳楼》是马致远神仙道化杂剧的典范之作。剧演八仙之一吕洞宾三登岳阳楼，终于度脱柳树精与白梅精成仙。故事情节曲折浪漫，结构颇为精当。这里摘录第一折吕洞宾所唱八曲，描写登楼雄观与醉酒壮思，取天地宇宙视角，寄托心灵自由于笔端，极力放飞情怀，俯瞰人世百代。词藻豪迈宏丽，读之令人超越现实重压，不禁作白日飞升之想。当时人称作者为"万花丛里马神仙"，后世至有作者曾经出家入道之传说，就是因为读其曲，确实令人感觉字里行间流淌着一种仙风灵气。如果作者天性中没有那种仙缘感悟，绝不可能写得如此空灵飞动，如真似幻。元人周德清《中原音韵》选取【金盏儿】一调为"定格"样板曲，评论说："妙在七字'黄鹤送酒仙人唱'，俊语也。况

'酒'字上声以转其音，务头在其上。有不识文义，以送为赍送之义，言黄鹤岂能送酒乎？改为'对舞'。殊不知黄鹤事——仙人用榴皮画鹤一只，以报酒家。客饮，抚掌则所画黄鹤舞以送酒。初无双鹤，岂能对舞？且失饮酒之意。"周德清提示，此曲用黄鹤楼的典故，送酒是劝酒、祝酒的意思。

（三）白朴（1226—1306后）

白朴，字太素，号兰谷，初名恒，字仁甫，祖籍隩州（今山西河曲），自幼师从大文学家元好问，随其师定居真定（今河北正定），晚年流寓南京，据新发现《白氏宗谱》显示，死后归葬真定。出身官宦世家，其父白华为金朝枢密院判官，和元好问交密。元灭金后，白朴不仕，布衣终生。著杂剧 16 种，有词集《天籁集》。存世散曲有小令37 首、套曲 4 篇。

1.【中吕·阳春曲】题情

> 从来好事天生俭①，自古瓜儿苦后甜②。奶娘催逼紧拘钳③，甚是严。越间阻越情忺④。

⊛ **注释**

① 从来好事天生俭——好事多磨的意思。俭：少。

② 自古瓜儿苦后甜——香瓜必然经过苦涩的成长过程，成熟后才变成甜瓜。

③ 奶娘——这里指母亲。拘钳——严格管束。

④ 间阻——阻止，从中阻挠。忺（xiān）——欣喜，快意。

◎ 赏析

题情就是歌咏男女爱情，此题下共有六首重头小令。这里选录一首，以少女口吻述说陷入爱河的心理感受：真正的爱是无法阻止和扼杀的，经得住各种考验和曲折，像火和水一样，越煽越烈，越激越猛。作者引用两句民间俗谚入曲，表现封建社会青年男女争取爱情幸福的坚强信心和乐观态度，十分生动有趣。

2.【越调·天净沙】秋

> 孤村落日残霞，轻烟老树寒鸦。一点飞鸿影下①，青山绿水，白草红叶黄花。

◎ 注释

> ①飞鸿——天空飞过的大雁。下——之下，下面。如解作动词，意为"飞下"，也通。

◎ 赏析

作者用【天净沙】曲牌作有两组重头小令的《春》《夏》《秋》《冬》四季歌，此曲是第一组中描写秋日景观的一首。作者运用一双审美的慧眼，扫瞄落日残霞中的绿水青山，摄取十一种意象鲜明的静物，并以飞鸿加以点染，动静互映，构成了一个悠远秀丽、宁静纯洁的诗的境界，如同一幅清丽淡雅的水墨山水图画，呈现着秋天特有的神韵和生气，堪称元散曲中的写景绝唱。

3.【双调·沉醉东风】渔夫

> 黄芦岸白蘋渡口①，绿杨堤红蓼滩头②。虽无刎颈交③，却有忘

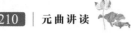

机友^④，点秋江白鹭沙鸥。傲杀人间万户侯，不识字烟波钓叟。

⊙ **注释**

① 蘋（pín）——一种生长在浅水中的植物，又叫田字草，夏秋开小白花。故称白蘋。

② 红蓼（liǎo）——一种野生花草，多生于湿地，花红艳呈穗状，故名。

③ 刎颈交 ——喻生死不渝的朋友。

④ 忘机 ——没有利害之心。忘机友指下句的白鹭沙鸥。这里使用了鸥鹭忘机的典故，语见《列子》。

⊙ **赏析**

这首小令写秋江垂钓的渔夫。他遗世独立，与鸥鹭为伴，鄙弃功名富贵，视王侯将相如同粪土，过着逍遥江湖、淡泊自在的渔隐生活。这其实是作者不与元朝统治者合作的精神性格写照，笔调潇洒超脱，着意红绿黄白色彩的点染，但不失意境的清旷野逸，富有一种青绿山水画的浓郁浪漫气息。

⊙ **曲谱**

七句，7733777，＋＋｜、－－｜＋▲＋＋＋－、＋｜－－▲＋｜－，－－｜▲｜－＋、＋＋－＋▲＋｜－－｜｜－▲＋＋｜、－－＼＋▲

五个7字句，四个34式，第六句为43式，不可混淆。

4.【双调·乔木查】对景

海棠初雨歇^①，杨柳轻烟惹，碧草茸茸铺四野^②。俄然回首处，乱红堆雪^③。

【幺】恰春光也，梅子黄时节^④，映日榴花红似血。胡葵开满院⑤，碎剪宫缬⑥。

【挂搭沽序】倏忽早庭梧坠⑦，荷盖缺。院宇砧韵切⑧，蝉声咽，露白霜结。水冷风高，长天雁字斜，秋香次第开彻⑨。

【幺】不觉的冰澌结⑩，彤云布朔风凛冽⑪。乱扑吟窗⑫，谢女堪题⑬，柳絮飞，玉砌长郊万里，粉污遥山千叠。去路赊⑭，渔叟散，披蓑去，江上清绝。幽悄闲庭，舞榭歌楼酒力怯，人在水晶官阙。

【幺】岁华如流水，消磨尽自古豪杰。盖世功名总是空，方信花开易谢，始知人生多别。忆故园，谩叹嗟⑮。旧游池馆，翻做了狐踪兔穴⑯。休痴休呆，蜗角蝇头⑰，名亲共利切。富贵似花上蝶，春宵梦说⑱。

【尾】少年枕上欢，杯中酒好天良夜⑲，休辜负了锦堂风月⑳。

❀ 注释

① 海棠初雨歇——意为一场春雨刚刚停止，海棠花朵朵开放。

② 茸茸（róng）——春草初生，柔细茂密的样子。

③ 乱红堆雪——红指代杏花等红花，白指柳絮等白花，季春飘落堆积。

④ 梅子黄时节——梅子入夏成熟变黄。

⑤ 胡葵——花木名，又称戎葵或蜀葵，花像木槿花，夏季开放。

⑥ 碎剪宫缬（xié）——比喻鲜花盛开犹如宫女剪碎的扎头花丝带。缬：染花丝织品。晋代妇女以花丝带束发，名缬子髻，始自宫中，风传天下，故名宫缬，见干宝《搜神记》。

⑦ 倏（shū）忽——迅疾，时间极短。庭梧——庭院里的梧桐树。这里代指梧桐树叶。

⑧ 砧韵切——捣衣敲击石砧板的声音很凄切。韵：声韵，声音。

⑨ 秋香——指菊花。次第——先后有次序。

⑩ 冰澌（sī）结——水结薄冰。澌：冰下流动的水。

⑪ 彤云——阴沉的云团。

⑫ 吟窗 —— 诗人的窗户。

⑬ 谢女堪题 —— 适合写诗。谢女：指东晋才女谢道韫，曾写过"未若柳絮因风起"的咏雪名句。

⑭ 赊（shē）—— 此指路途遥远，漫长。李白《扶风豪士歌》："我亦东奔向吴国，浮云四塞道路赊。"

⑮ 谩叹嗟 —— 徒然哀叹。

⑯ 狐踪兔穴 —— 狐狸的踪迹与兔子的洞穴。极言其荒凉破败。

⑰ 蜗角蝇头 —— 蜗牛的触角和苍蝇的头，言其微不足道。句意是说那些追名逐利的人，不过是为蜗角虚名和蝇头微利而奔忙，不值得浪费精神。

⑱ 春宵梦说 —— 比喻像春夜之梦一样虚幻。梦说：梦呓，梦话。

⑲ 好天良夜 —— 指美好的时光。

⑳ 锦堂风月 —— 指宴饮快乐的生活。锦堂：即昼锦堂，为北宋丞相韩琦所筑厅堂名，在河南安阳市。韩辞官后曾悠游宴乐其间。

◎ 赏析

这篇套曲通过描写春夏秋冬四季景物的循环交替，感叹流光似水，青春易逝，富贵功名如同花丛蝴蝶与春夜美梦那样飘忽不定。全篇前半写景，后半抒情。写景则清辞丽句，意象纷呈，令人目不暇接；抒情则沉痛感发，笔力凝重遒劲。情与景相辅相成，前后映带，转接自然，了无拼合之痕。

5.《梧桐雨》第三折（摘调）

（正末云：）寡人眼不识人，致令狂胡作乱，事出急迫，只得西行避兵，好伤感人也呵！（唱：）

【双调·新水令】五方旗招飐日边霞①，冷清清半张銮驾。鞭倦袅，镫慵踏，回首京华，一步步放不下。

（带云：）寡人深居九重②，怎知闾阎贫苦也③！（唱：）

【驻马听】隐隐天涯，剩水残山五六搭④。萧萧林下，坏垣破屋两三家。秦川远树雾昏花⑤，灞桥衰柳风潇洒⑥。煞不如碧窗纱，晨光闪烁鸳鸯瓦⑦。

⊛ 注释

① 颭（zhǎn）——旗帜在风中飘荡。今写作"招展"。

② 九重——指皇宫。

③ 闾阎——本为乡、里之门，指代民间百姓。

④ 搭——处，口语词。

⑤ 秦川——陕西关中一带，原为古代秦国地，故称。

⑥ 灞桥——在长安县东，灞水之桥。古代送别之地。

⑦ 鸳鸯瓦——屋顶盖瓦，一仰一俯，两相咬合，故喻之鸳鸯。

⊛ 赏析

《梧桐雨》杂剧演述唐明皇李隆基与杨贵妃的爱情悲剧，以唐人白居易的叙事诗《长恨歌》与陈鸿的传奇小说《长恨歌传》为蓝本编写而成。李、杨故事原型本就杂混着不同讲述人的意向。道德家谴责杨妃红颜祸水，淫乱误国；政论家或历史家则批判唐明皇沉溺私情，堕落腐败而招致政治祸乱，最终落得国破家亡失位的下场；神仙家又喜言杨妃不死，羽化登仙而去。白、陈则取文人才子喜闻乐道的帝妃生死爱情为主线，将上述众多主题整合贯穿为一体。白朴在继承融合白居易诗歌主题诸要素的基础上，则又寄寓了个人对家国丧乱之悲。他童年八岁遭遇金元易代战争，国破家亡，生母在战争中失联，心灵遭受巨大创伤。作者自幼经历的深层精神痛苦无意识地流露在《梧桐雨》的字里行间。

第三折是本剧故事高潮，演述安、史叛军势如海啸山崩，兵锋直指长安。唐明皇惊慌失措，携贵妃及其兄杨国忠连夜出逃，追随者只有一些宫人与部分卫队。行至马嵬坡，卫队兵变，杀死奸相杨国忠，并要求惩罚杨贵妃。明皇被迫无奈，不得不赐爱妃自杀。兵变平息，明皇流亡蜀国。

这里选摘的两支曲子是唐明皇所唱，以他的眼睛为"主观镜头"，即他所说所见的意象画面都带有个人浓烈的心理情绪色彩。【新水令】首先推出皇家依仗队的五色旗队与旭日朝霞交互辉映的绚丽镜头，除了点出逃亡时间与方位，更对比反照出明皇的"半张銮驾"之冷清。皇帝出行，仪卫豪华，排场浩大。但因为这次是连夜仓皇逃命，自是丢三落四，凌乱不整。"倦""慵"二字还写出了出逃队伍的人困马乏，士气低落。这就为后面的兵变暗设伏笔。最后的镜头定格于一步一停、"回首望京华"的画面，空身逃亡的太多失落与不舍，尽在不言之中。两支曲子写出唐明皇所见所想，但也牵连着所有随行之人，各人的失落与不舍各自不同而已。

【驻马听】把镜头摇向前路天涯，推出一虚一实两个含义丰厚的画面。"剩水残山"是由眼前山水联想到大半国土已经沦陷所生的山河破碎之意象；"坏垣破屋"则实写战乱带来的农村残破毁败，此处主要描写那些因官府抓丁征税而造成的农村破落。镜头最后转向秦川昏雾笼树花与凄风摧残灞桥衰柳，并在京城金碧辉煌的皇宫之间交替"闪回"，造成巨大的情感反差。

元曲后期大家乔吉论作曲之妙，曰"凤头、猪肚、豹尾"。所谓凤头，言其开端就要精彩漂亮，惊艳读者。曲史证明，这是一个极其高难的标准。"猪肚、豹尾"之名作，屡见不鲜，而足称"凤头"之绝唱，万中无一，此为绝无仅有之篇。仅以"半张銮驾"与"剩水残山"二语为例，銮驾无有半张，山水不能残剩，都是超常规组合，以表达难言之隐，此为无理而妙！看似平淡无奇，实则熔铸了作者白朴幼遭丧乱的身世切肤之痛，可谓字字泣血，非感同身受者不能办。

6.《梧桐雨》第四折（摘调）

【蛮姑儿】懊恼，窨约①。惊我来的又不是楼头过雁，砌下寒蛩②，檐前玉马，架上金鸡，是兀那窗儿外梧桐上雨潇潇。一声声洒残叶，一点点滴寒梢，会把愁人定虐③。

【滚绣球】这雨呵，又不是救旱苗，润枯草，洒开花萼，谁望道秋雨如膏？向青翠条，碧玉梢，碎声儿那必剥④，增百十倍歇和芭蕉⑤。子管里珠连玉散飘千颗⑥，平白地瀽瓮翻盆下一宵⑦，惹的人心焦。

【叨叨令】一会价紧呵⑧，似玉盘中万颗珍珠落；一会价响呵，似玳筵前几簇笙歌闹⑨；一会价清呵，似翠岩头一派寒泉瀑；一会价猛呵，似绣旗下数面征鼙操⑩。兀的不恼杀人也么哥！兀的不恼杀人也么哥！则被他诸般儿雨声相聒噪。

【倘秀才】这雨一阵阵打梧桐叶凋，一点点滴人心碎了。枉着金井银床紧围绕⑪，只好把泼枝叶做柴烧⑫，锯倒。

（带云：）当初妃子舞翠盘时⑬，在此树下，寡人与妃子盟誓时，亦对此树；今日梦境相寻，又被他惊觉了。（唱：）

【滚绣球】长生殿前那一宵，转回廊，说誓约，不合对梧桐并肩斜靠，尽言词絮絮叨叨；沉香亭那一朝，按【霓裳】舞【六幺】⑭，红牙箸击成腔调⑮，乱宫商闹闹炒炒。是兀那当时欢会栽排下⑯，今日凄凉厮辏着⑰，暗地量度。

（高力士云：）主上，这诸样草木，皆有雨声，岂独梧桐？（正末云：）你那里知道？我说与你听者。（唱：）

【三煞】润蒙蒙杨柳雨，凄凄院宇侵帘幕；细丝丝梅子雨，妆点江干满楼阁；杏花雨红湿阑干，梨花雨玉容寂寞；荷花雨翠盖翩翻，豆花雨绿叶满条；都不似你惊魂破梦，助恨添愁，彻夜连宵。莫不是水仙弄娇，蘸杨柳洒风飘^⑱？

【二煞】唻唻似喷泉瑞兽临双沼^⑲，刷刷似食叶春蚕散满箔^⑳。乱洒琼阶，水传宫漏；飞上雕檐，酒滴新槽。直下的更残漏断，枕冷衾寒，烛灭香消。可知道夏天不觉，把高凤麦来漂^㉑。

【黄钟煞】顺西风低把纱窗哨^㉒，送寒气频将绣户敲。莫不是天故将人愁闷搅，度铃声响栈道。似花奴羯鼓调^㉓，如伯牙【水仙操】^㉔。洗黄花，润篱落；渍苍苔，倒墙角；渲湖山，漱石窍；浸枯荷，溢池沼。沾残蝶粉渐消，洒流萤焰不着；绿窗前促织叫，声相近雁影高。催邻砧处处捣，助新凉分外早。斟量来这一宵，雨和人紧厮熬。伴铜壶点点敲，雨更多泪不少。雨湿寒梢，泪染龙袍，不肯相饶，共隔着一树梧桐直滴到晓。

☸ 注释

①窨（yìn）——地窨，引指深暗。窨约：意为暗想。

②寒蛩——此指蟋蟀。

③定虐——意同"定害"，谓折磨、扰害。

④必剥——拟声词，无定字，形容敲击声等等。元曲中亦作"毕剥"，重叠之则作碧碧卜卜、劈劈泼泼。现代汉语写作"噼叭"。

⑤歇和——同"协和"。此句意为与雨打芭蕉相应和，声响更乱。

⑥子管里——意同"则管里"，谓只管、一个劲地。

⑦瀽（jiǎn）瓮翻盆——犹今语倾盆大雨。

⑧价——语音衬字，无义，或写作"家"。一会价，即一会儿。

⑨玳宴——意为豪华宴席。

⑩ 征鼙 —— 战鼓。征鼙操：以战鼓主奏的打击乐，类今架子鼓乐。

⑪ 金井银床 —— 意指装饰华丽的井字栏干。

⑫ 泼 —— 表示卑视，讨厌。犹今北方人说"破玩意儿"。

⑬ 翠盘 —— 专门为杨妃跳舞特制的小型舞池。

⑭ 六幺 —— 唐代大曲之名。亦作【绿腰】【录要】等。详见宋王灼《碧鸡漫志》卷三。

⑮ 红牙箸 —— 用象牙制作的击鼓细棒，染成红色。

⑯ 栽排 —— 犹云栽下、种下。

⑰ 厮辏 —— 相凑合，犹言今日悲伤就是当日作乐的结果。

⑱ 蘸杨柳洒风飘 —— 宋元俗传世音菩萨手执杨柳，沾静瓶中清露作法。

⑲ 㻏（chuáng）㻏 —— 拟声词，形容泉水喷涌声。亦作"床床"，义并同。

⑳ 刷刷 —— 拟蚕食桑叶声。箔 —— 用芦苇编织的铺籍器具。

㉑ 高凤麦 —— 后汉高凤少年时以农为业。一次妻子下田耕作，曝麦于庭，叫他守看。适天暴雨，凤读书入迷，不觉被雨水冲走麦子。见《后汉书·逸民传》。

㉒ 哨 —— 风雨朝一个方向斜射，叫做"哨"。

㉓ 花奴 —— 唐汝阳王李琎小名花奴，擅长打羯鼓，一种少数民族传入的打击乐器。

㉔ 伯牙 —— 春秋时著名古琴师，即弹奏《高山流水》曲而为钟子期知音者。相传他创作【水仙操】琴曲。

◎ 赏析

　　唐明皇在安史乱后返回长安，权力、地位与情人尽失，退居西宫养老，实已沦为亡国之君。本折内容十分单纯，由正末唐明皇主唱，抒发对杨妃的苦苦思恋，全据白居易《长恨歌》"秋雨梧桐叶落时"诗句发挥而成，杂剧之名也出于此。其实白朴还有一个帮助构思铺叙的直接蓝本，那就是唐末五代温庭筠的名作【更漏子】"梧桐树，三更雨，不道离愁正苦。一叶叶，一声声，空阶滴到明"。

　　白曲与温词同用融情入景、借景传情的手法，但还是有很大不同。温词用表现式的白描勾勒之法，讲究遗形传神，以少胜多，意在言外。白曲则取再现式的皴染法，在精勾细描之上再反复皴擦渲染，多遍着色，追求明丽绚烂，形神兼备，从而开了元曲的文采一派。【蛮姑儿】与【滚绣球】连用九个"又不是"的博喻排句，进行反衬烘托，这是画家的"背面敷粉法"。【叨叨令】则转而用"一会价"的排比句型，集中一系列奇特比喻，从正面刻画描绘，这又类似画家的皴染与着色法。绘写至此，已足称完备，然而作者的惊人之笔更在后面。【三煞】【二煞】【黄钟煞】又换新笔墨，于听觉之外，再加入视觉，从正反两面着笔，再做一番整体的皴染，真是不惜浓墨重彩，精工密丽，无以复加。朱权《太和正音谱》评论白朴之曲如"鹏抟九霄"，后世多不以为然，认为此评与白曲的文采清丽相去甚远。如果理解为白曲笔力或腕力的超凡出众，则深以朱评为妙。王国维曾专论此剧"沉雄悲壮，为元曲冠冕"。

　　此折能写得如此精切丰厚，除了作者天赋才华，还有独特的生命感受投入其中。白朴幼年遭遇生母失联于金元战乱，心灵遭受严重创伤。终生郁积在潜意识中的恋母情结，不知会令他有多少不眠之夜的饮泣。在唐明皇苦苦思恋的描写中，作者深埋心底的情结无意识地流露笔底，无声地流淌于字里行间，是可以感受的。白朴创造了单纯抒情诗剧的写法，后来学白者多不可望其项背。就是曲状元马致远的名剧《汉宫秋》，其第四折写汉元帝听雁声而苦思昭君，因学白而与白剧齐名，然而取来比读，终觉马不及白远甚。

（四）郑光祖（1240前—1320前后）

郑光祖，字德辉，平阳襄陵（今属山西）人。与《录鬼簿》作者钟嗣成同时。曾官杭州路吏。为人方正，不轻易与人交往。卒后葬于西湖灵芝寺。生前名满天下，元曲艺人尊称为郑老先生。著杂剧17种。存世散曲有小令6首、套曲2篇。《太和正音谱》评其曲"如九天珠玉"。

1.【正宫·塞鸿秋】

门前五柳侵江路①，庄儿紧靠白蘋渡。除彭泽县令无心做②，渊明老子达时务③。频将浊酒沽，识破兴亡数。醉时节笑拈着黄花去。

⚙ 注释

① 五柳——陶渊明自号五柳先生，曾写过一篇《五柳先生传》。故这里有此想象发挥。

②"除彭泽县令"句——指陶渊明不为五斗米折腰，辞去彭泽县令之职归隐田园事。

③ 老子——犹言老头，是一种戏谑的称谓。

⚙ 赏析

这首小令想象陶渊明拂袖弃官，归隐田园，饮酒赏菊的逍遥自在生活，表达了作者隐逸避世、回归自然的理想和愿望。句句写陶渊明，实句句为自己写心。"做"字用险韵，《中原音韵》入"鱼模"部，与全曲用韵和谐。七句用六个去声韵脚，笔力拗拙顿挫。表达作者弃绝

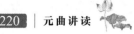

官场之意之决，非常传神。

⊛ 曲谱

七句，7777557，＋－＋｜－－\▲＋－＋｜－－\▲＋－＋｜－－\▲＋－＋｜－－\▲＋－＋｜－（或＋｜｜－－），＋｜－－\▲＋－＋｜－－\▲

【塞鸿秋】源出【叨叨令】，除五、六两个5字句，其余全同。可联系记忆。五个7字句格律全同，韵脚全用去声字。

2.【双调·蟾宫曲】

> 飘飘泊泊船缆定沙汀①。悄悄冥冥②，江树碧荧荧③，半明不灭一点渔灯。冷冷清清潇湘景晚风生④，淅留淅零暮雨初晴⑤，皎皎洁洁照橹篷剔留团栾月明⑥。正潇潇飒飒和银筝失留疏刺秋声⑦，见希飚胡都茶客微醒⑧。细寻寻思思："双生双生⑨，你可闪下苏卿⑩。"

⊛ 注释

① 沙汀（tīng）——水边沙滩。

② 悄悄冥冥——形容昏暗寂静。

③ 江树碧荧荧——指江树绿叶在渔灯微光照射下发出闪闪荧光。

④ 景晚——即晚景，晚上的景况。

⑤ 淅留淅零——形容淅淅沥沥的雨声。

⑥ 橹篷——船桨和船篷。剔留团栾——犹言滴溜溜圆，特别圆的样态。

⑦ "正潇潇飒飒和银筝"句——大意是苏卿所弹银筝的悲凉音调与凄凄惨惨的秋风声交织混合在一起。失留疏刺：拟声词，今作"稀里哗啦"。

⑧ 希飚胡都——拟态词，睡眼惺忪的样子。今言"稀里糊涂"。

⑨ 双生——即双渐。

⑩ 你可闪下苏卿——意为你把苏卿抛闪得好苦呵。这是苏卿在心里埋怨双渐的话。

🌑 **赏析**

　　此曲截取双渐与苏卿爱情离合故事的一个片断，通过想象发挥，展开具体场面的铺写。庐州名妓苏小卿与书生双渐相爱，双渐抛下小卿去赶考。鸨母趁机把她卖给了江西茶商冯魁。小卿被冯魁用贩茶船乘月夜载回江西，双渐驾船赶来，二人得以团圆。作者在曲中抓住苏卿被茶商载回江西，夜晚停泊江边的一个场面，为小卿抒怀，大量使用叠声词和摹声摹态词渲染气氛，写景传情，穷形尽相，让人顿生身临其境之感，极富表现力。

3.《王粲登楼》第三折（摘调）

> （正末诗云：）安道①，你看，危楼高百尺②，手可摘星辰。不敢高声语，恐惊天上人。（唱：）
>
> 【迎仙客】雕檐外，红日低。画栋畔，彩云飞。十二栏干、栏干在天外倚。（许达云：）这里望中原，可也不远。（正末唱：）我这里望中原，思故里，不由我感叹酸嘶③。越搅的我这乡心碎。

🌑 **注释**

　　① 安道——剧中人物，名许达，是主人公王粲的文友。
　　②"危楼高百尺"四句——李白五绝诗《夜宿山寺》。
　　③ 酸嘶——悲伤心酸的样子。

🌑 **赏析**

　　此剧演述穷书生王粲高才傲人。未来岳父蔡邕召其入京，为激励其上进，并消磨其头角锐气，故意当众羞辱贬损他，却暗中资助其投荆州王刘表建功。因其倨傲，终不为刘表所用。王粲资尽流落异乡。当地文友邀其游赏自家"溪山风月楼"。正当王粲穷极欲自尽，朝廷宣授兵马大元帅。最后由学士曹植说明，一切皆为其岳丈主使，终于阖家大团圆。

王粲为三国时著名的"建安七子"之一，曾于汉末投刘表不用而流亡荆州，而作《登楼赋》，成为文学名典。蔡邕、曹植也都是历史名人。但戏剧故事却是郑光祖杜撰，并不高明。岳父"故辱穷交"激其上进的桥段，是元剧中的熟套。又编造王粲为蔡邕女婿，将置其才女蔡文姬于何地？然而，独有第三折曲词为精心结撰，反映元代文人集体沦落的普遍心态感受，真实深刻而精准。

这里摘录【迎仙客】一调，抒写主人公登楼所见所感。前三句"红日低""彩云飞"与"天外倚"，用高度夸张的修辞手法，极力渲染高楼之危耸，顶处视界之寥阔，气度非凡，笔力雄健。后四句抒乡愁思归。"望中原"一句，承接有力而自然，腕力不减。登高思乡，前人名作如林。如唐人崔灏的《登黄鹤楼》就是一个曾经令李白退避而搁笔的标高。郑光祖以曲为诗，敢于挑战诗歌高难险题，能写出如此高远境界，且神韵不减，亦不愧曲中大手笔。此曲词壮格清，音律浏亮。元人周德清《中原音韵》曾取之为教人作曲的模板例曲，评曰："妙在'倚'字上声起音。一篇之中，唱此一字，况务头在其上。'原''思'字属阴，'感慨'上去，尤妙。【迎仙客】累百无此调也。美哉，德辉之才，名不虚传！"

4.《倩女离魂》第二折（摘调）

（正旦别扮离魂上①，云：）妾身倩女，自与王生相别，思想的无奈，不如跟他同去。背着母亲，一径的赶来②。王生也，你只管去了，争知我如何过遣呵③！（唱：）

【越调·斗鹌鹑】人去阳台，云归楚峡④。不争他江渚停舟，几时得门庭过马⑤？悄悄冥冥，潇潇洒洒。我这里踏岸沙，步月华。我觑这万水千山，都只在一时半霎。

【紫花儿序】想倩女心间离恨，赶王生柳外兰舟，似盼张骞天上浮槎⑥。汗溶溶琼珠莹脸，乱松松云髻堆鸦，走的我筋力疲乏。你莫不夜泊秦淮卖酒家？向断桥西下，疏剌剌秋水菰蒲⑦，冷清清明月芦花。

（云：）走了半日，来到江边，听的人语喧闹，我试觑咱。（唱：）

【小桃红】我蓦听的马嘶人语喧哗⑧，掩映在垂杨下。吓的我心头丕丕那惊怕⑨，原来是响珰珰鸣榔板捕鱼虾⑩。我这里顺西风悄悄听沉罢，趁着这厌厌露华⑪，对着这澄澄月下，惊的那呀呀呀寒雁起平沙。

【调笑令】向沙堤款踏，莎草带霜滑。掠湿湘裙翡翠纱，抵多少苍苔露冷凌波袜。看江上晚来堪画，玩冰壶潋滟天上下⑫，似一片碧玉无瑕。

【秃厮儿】你觑远浦孤鹜落霞，枯藤老树昏鸦。听长笛一声何处发，歌欸乃⑬，橹咿哑。

（云：）兀那船头上琴声响，敢是王生？我试听咱。（唱：）

【圣药王】近蓼洼，缆钓槎，有折蒲衰柳老兼葭；傍水凹，折藕芽，见烟笼寒水月笼沙。茅舍两三家。

⚙ 注释

①正旦别扮——旦是角色名。此剧正旦先扮演王倩女，此折改扮倩女之魂，所以叫别扮。大概是在原装之上披一缕白纱之类。

②一径——一直。

③ 过遣——过活，打发岁月。

④ "人去阳台"二句——用高唐云雨的故事，本指男女欢会，此谓情人分离。见宋玉《高唐赋》。

⑤ 门庭过马——此指情人衣锦还乡。

⑥ 张骞浮槎（chá）——原本是关于汉朝人黄河探源的神话故事。晋张华《博物志》卷一〇说有人乘木筏子沿黄河进入天上银河，见到牛郎织女。后来又传说此人为最早出使西域者张骞。

⑦ 菰（gū）蒲——两种水生植物。菰，俗称茭白，可食。蒲，蒲草。

⑧ 蓦——猛然。

⑨ 丕丕——形容心跳，即朴朴。

⑩ 榔板——此为一种装在小渔船上的板子，渔人敲响它驱赶鱼群入网。

⑪ 厌厌露华——浓密的露珠。

⑫ 玩冰壶句——意为赏玩明月映照水中的景色，波光潋滟，上下天水一色。冰壶，喻指明月。潋（liàn）滟（yàn），水光波动的样子。

⑬ 欸（ǎi）乃——形容渔夫唱歌之声。见唐元结《欸乃曲》及其序。

🏵 赏析

　　《倩女离魂》是郑光祖的杂剧代表作，与王实甫的《西厢记》、关汉卿的《拜月亭》以及白朴的《墙头马上》并称"元曲四大爱情剧"。剧演女主人公张倩女与书生王文举自幼订婚。王长大前来张家议婚，张母以"俺家三辈儿不招白衣秀士"为由，促其赴京应试。倩女相思成疾，一病不起。竟致一缕香魂出窍，连夜追上王生，结为夫妻，随同丈夫前去赶考。而遗落在床的倩女病体，受尽折磨。直到三年后倩女精魂随王生中举归来，当场合而为一，生还如初。这一灵肉始分终合的浪漫故事并非作者原创，实据唐人陈玄祐的传奇小说《离魂记》改编而成。本书从该剧第二折选摘六曲，描写倩女香魂离体，月夜私奔王生，能够代表郑光祖杂剧的特色与水平。

首先是对真幻虚实的节奏与尺寸的掌控准确到位，切换过渡自然无痕，从而获致浪漫主义叙事艺术极为宝贵的审美真实感。【斗鹌鹑】起笔点染"朝为行云，暮为行雨"的神女故事，逗起女魂之文。"悄悄冥冥，潇潇洒洒"拟其行迹神秘，自由无碍。飞渡"万水千山"，超越时空阻隔，更用虚幻之笔反复皴擦。【紫花儿絮】直接切换讲述倩女魂因长途奔波而汗流满面，装束不整，筋疲力尽，并不突兀生硬。因为她毕竟是一弱女子，具有人的一切现实性，是自然真切可信的。【小桃红】对"这一个"私奔少女的具体心理精雕细琢，更显作者笔锋的穿透力。她把渔父的鸣榔声错听成追拿的"人喊马嘶"，突出她少女的娇怯惊恐，刻画得惟妙惟肖。作者笔法之灵妙，更体现在写真写实之后，随时以虚笔幻笔点染，不粘不滞。如【调笑令】以下三曲，写完倩女魂踏行于沙堤霜草，露湿裙袜，突然转写她超然世外，赏玩月夜江湖的"堪画"美景。正由于这种真幻虚实之间的结合与恰当切换，不但避免了这类鬼魂"神剧"容易流为荒诞不经，而且从积极方面营造出一个既带有几分扑朔迷离的神秘色彩，又不失明丽清秀的诗画意境。

其次是语言工夫深。郑光祖似乎缺乏关、马那种天才挥发的神来之笔，走的是靠熔铸锤炼，人工打造的语言艺术之路。他除了喜欢用典，还特别喜欢揽入前人名句，如此折中的"夜泊秦淮卖酒家""烟笼寒水月笼沙"是唐人杜牧的诗句。"枯藤老树昏鸦"则取自相传马致远作小令【天净沙】的金句。"远浦孤鹜落霞"是从王勃《滕王阁序》采摘压缩的名句。"莎草带霜滑"是采自《董西厢》的句子，只改"衰"字为"莎"一个字。他粹取前人名句不是简单地掇拾堆砌，而都做了熔裁锻造，嵌入新生曲语的结构框架之中，形成一种非常独特的曲体风格，而非如张可久词化派那样变曲语为词语，弄得不伦不类。如在【圣药王】中，郑光祖就把杜牧诗句嵌入独创的曲语结构之中，熠熠生辉。元曲中有隔句对仗的"扇面对"，多为隔一句而对。这里发展为隔两句而对，非常罕见。曲不避熟，引用成句是曲体常态。但像郑曲这样掇拾旧句之多则少有，应当属于元人论元曲所说的"平熟""灏烂"一派。

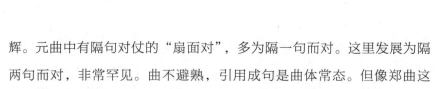

（五）附：王实甫（生卒年不详）

王实甫，名德信，以字行。大都人。大约稍晚于关、白，而略早于马、郑。苏天爵《滋溪文稿》中记有中书左丞定兴县王结之父名德信，曾官陕西行台监察御史，年四十余即弃官不做。近代学者冯沅君、孙楷第等以为此人即曲家王实甫。所著杂剧 14 种，其中《西厢记》影响最大，被公评为元剧"夺魁""压卷"之作。存世散曲有小令 1 首、套曲 2 篇及残套 1 个。王实甫是清丽派的代表，《太和正音谱》论其曲风"如花间美人"。

1.【中吕·十二月过尧民歌】别情

自别后遥山隐隐，更那堪远水粼粼。见杨柳飞绵滚滚，对桃花醉脸醺醺。透内阁香风阵阵①，掩重门暮雨纷纷。怕黄昏忽地又黄昏，不销魂怎地不销魂？新啼痕压旧啼痕，断肠人忆断肠人！今春，香肌瘦几分，搂带宽三寸②。

😊 注释

① 内阁——贵族妇女的内室，即深闺。

② 搂带——缕带，就是腰带。搂：系缕字之误刊。

◉ 赏析

这首带过曲摹拟一位思妇口吻，代其立言，诉说她在暮春黄昏时对远游情侣的苦思苦恋。曲子在画面构图上，采取了类似推镜头的手法，首先从时空的久远处落笔，层层剥茧，步步逼近，最后推出女主人公的特写，给人以浮雕般的印象。在语言上，前曲句句用叠字，后曲多用连环句式，又都分别构成极其工丽的对偶句，如玉盘滚珠、流走圆转，音节浏亮和婉，非常优美动听，充分发挥了语言形式的审美功能。

◉ 曲谱

【十二月】六句，444444，— —｜十▲十｜— —▲— —｜十，十｜— —▲— —｜十▲十｜— —▲

【尧民歌】七句，7777255，十 — —｜｜｜— —▲十｜— —｜— —▲十 — 十｜｜— —▲｜｜— —｜— —▲— —▲十 —｜｜｜—▲十｜— —＼▲

四个 7 字句皆为 43 式，"怕""不"是衬字，不可误认作 34 式。

第五句 2 字句，可叠；也可嵌入"也波"或"也么"二虚字。

2.【商调·集贤宾】退隐

拈苍髯笑擎冬夜酒①，人事远老怀幽②。志难酬知机的王粲③，梦无凭见的庄周④。免饥寒桑麻愿足，毕婚嫁儿女心休⑤。百年期六分甘到手，数支干周遍又从头⑥。笑频因酒醉，烛换为诗留。

【逍遥乐】江梅并瘦，槛竹同清⑦，岩松共久，无愿何求。笑时人鹤背扬州⑧，明月清风老致优⑨，对绿水青山依旧。曲肱北牖⑩，舒啸东皋⑪，放眼西楼。

【金菊香】想着那红尘黄阁昔年羞⑫，到如今白发青衫此地游。

乐桑榆酬诗共酒[13]，酒侣诗俦，诗潦倒酒风流[14]。

【醋葫芦】到春来日迟迟兰蕙芳，暖溶溶桃杏稠。闹春光莺燕啾啾，自焚香下帘清坐久。闲把那丝桐一奏[15]，涤尘襟消尽了古今愁。

【幺】到夏来锁松阴竹坞亭[16]，载荷香柳岸舟。有鲜鱼鲜藕客堪留，放白鹤远邀云外友[17]，展楸枰消磨长昼[18]，较亏成一笑两查收[19]。

【幺】到秋来醉丹霞树饱霜[20]，绽金钱菊弄秋[21]。半山残照挂城头，老菱香蟹肥堪佐酒。正值着登高时候，染霜毫乘醉赋归休[22]。

【幺】到冬来搅清酤鸡语繁[23]，漾茅檐日影稠，压梅梢晴雪带花留[24]。倚蒲团唤童重烫酒，看万里冰绡染就[25]，有王维妙手总难酬[26]。

【梧叶儿】退一步乾坤大，饶一着万虑休[27]。怕狼虎恶图谋，遇事休开口，逢人只点头。见香饵莫吞钩，高抄起经纶大手[28]。

【后庭花】住一间蔽风霜茅草丘，穿一领卧苔莎粗布裘[29]。捏几首写怀抱歪诗句，吃几杯放心胸村醪酒。这潇洒傲王侯。且喜的身登、身登中寿[30]，有微资堪赡赒[31]，有园亭堪纵游。保天和自养修[32]，放形骸任自由[33]。把尘缘一笔勾，再休题名利友。

【青哥儿】呀，闲处叹蜂喧、蜂喧蚁斗，静中笑蝶讪、蝶讪莺羞[34]。你便有快马难熬我这钝炕头[35]。见如今蔬果初熟，浊酒新篘[36]，豆粥香浮，大叫高讴[37]。睁着眼张着口尽胡诌，这快活谁能够？

【尾声】醉时节盘陀石上眠[38]，饱时节婆娑松下走[39]，困时节布衲里睡鼽鼽[40]。偶乘闲细把玄奥剖[41]，把至理一星星参透[42]，却原来括乾坤物我总浮沤[43]。

⊙ 注释

① 苍髯（rán）——苍白的胡须。擎——举。

② 人事远——指远离人间俗务。人事：指红尘中争名夺利的事情。

③ 志难酬知机的王粲——王粲，汉末文学家，博学多才，曾作《登楼赋》，抒写思乡和不遇之悲。曾劝刘表之子刘琮降曹操，有言"能先见事机者则恒受其福"。这里借王粲之事以述己志。知机：了解事物发展变化的规律、关键和趋向。

④ 梦无凭见景的庄周——指庄子梦见自己化为蝴蝶之事。这里借此言人生之虚幻无凭据。见景：看见蝴蝶之幻景。

⑤ 毕婚嫁儿女心休——儿子已成婚，女儿已出嫁，心事可了。《雍熙乐府》本作"抱孙孙儿成愿足，引甥甥女嫁心休"。

⑥ "数支干周遍"句——作者正好60岁，按天干地支纪年法，又须从头数起了。

⑦ 槛（jiàn）竹——栽种在围栏中的竹子。

⑧ 鹤背扬州——指人性贪婪，权欲物欲极强。这是"腰缠十万贯，骑鹤下扬州"的缩语，典出殷芸《小说》。

⑨ 老致优——人老了，得到了清闲优游之乐。

⑩ 曲肱（gōng）北牖（yǒu）——枕着胳膊草堂高卧，极言隐士生活之清闲自在。曲肱：胳膊弯曲，典出《论语·述而》："饭疏食，饮水，曲肱而枕之，乐亦在其中矣。"牖：窗子。

⑪ 舒啸东皋——陶渊明《归去来兮辞》："登东皋以舒啸，临清流而赋诗。"这里借指隐士的任情适意。皋：水边的高地。

⑫ 红尘黄阁——指争名争利的官宦生活。黄阁：即黄堂，引为地方长官的衙门。

⑬ 桑榆——桑榆暮景，喻晚年。

⑭ 潦倒——与句尾之"风流"均指狂放不拘。

⑮ 丝桐——指代古琴。

⑯ 竹坞亭——长满竹子的山坞，有亭子建造在其中。

⑰ 云外友 —— 指同是忘怀世情，隐居乐道的朋友。

⑱ 楸（qiū）枰（píng）—— 指围棋盘。名贵的棋盘由楸木做成。

⑲ 较亏成 —— 比赛输赢。两奁（lián）收 —— 把黑白棋子分别装回两个匣子。

⑳ 醉丹霞树饱霜 —— 指枫树经霜后叶子变得彤红。

㉑ 绽金钱菊弄秋 —— 意为秋天黄菊绽开如撒遍金钱。

㉒ 染霜毫 —— 把毛笔沾墨。

㉓ 清酣 —— 清静酣畅的睡梦。

㉔ "压梅梢"句 —— 意为雪后天晴，盛开的梅花又添上了一树雪花。

㉕ 冰绡（xiāo）—— 本指雪白的丝织品，此喻雪后银装素裹的世界。染就 —— 此指素白的质地点染红花绿叶等。

㉖ 王维 —— 唐代大诗人，也是大画家，所画《雪里芭蕉》最为有名。

㉗ 饶一着万虑休 —— 这里指忍让可以避免纠纷和烦恼。

㉘ 经纶大手 —— 比喻治国平天下的才能、手段。

㉙ 苔莎（suō）—— 指长满青苔的绿草地。莎：莎草，多年生草本植物，开黄褐色小花。

㉚ 中寿 —— 次于上寿为中寿，一般指六十岁以上。

㉛ 赡賙（zhōu）—— 赡养，养家过活。

㉜ 天和 —— 与自然规律相合的祥和之气。语出《庄子》。

㉝ 放形骸 —— 指放浪不羁，形体不为礼法拘束。

㉞ 蝶讪（shàn）莺羞 —— 喻指官场中取悦献媚，逢迎巴结的可耻现象。

㉟ "你便有快马"句 —— 意为你就是做高官，乘高车，骑好马，也不如我在土炕头上活得自在、长久。

㊱ 篘 —— 滤酒。

㊲ 讴 —— 唱歌。

㊳ 盘陀石 —— 农村中圆形的碾盘石。

㊴ 婆娑（suō）—— 枝叶茂盛。

㊵ 布衲（nà）—— 即布衲被，打着补丁的布被子。齁齁（hōu）—— 鼾声，

即睡觉打呼噜声。指睡得香甜。

㊶ 把玄奥剖 —— 对玄秘深奥的人生哲理进行剖析探讨。

㊷ 一星星 —— 一点一点地。

㊸ 括乾坤物我总浮沤 —— 意为物与我有生有灭，瞬间即逝。浮沤：水面上的泡沫，瞬间生灭且虚而不实。

⚙ 赏析

　　这篇套曲写于作者 60 岁之时，是自叙身世、自述怀抱之作。他回首当年，也曾有过官场争夺、仕途奔竞的羞耻经历，而今已退隐田园，一切都过去了、淡漠了。唯有眼前的田园自然风光和淡泊素朴的平凡生活令他满足和欣慰，他从中参透了宇宙人生的至理，内在精神也升华到庄子所追求的物我两忘、纯粹审美的艺术化人生境界。在知足常乐、安贫乐道的反复申述中，在作者那宁静平和的目光和微笑中，展示了一个正直士子的难以泯灭的良心和高洁人格，但也混合着从红尘中翻滚过来的几分苦涩和悲哀。词语丰赡，文笔流利，如行云流水，一串骊珠，既具有很高的审美价值，也是研究王实甫生平和思想的宝贵资料。近世曲学大师吴梅评此曲曰："有黄阁红尘之语，意亦出仕"，"则晚年林下之乐，可以想见"。

3.《西厢记》第一本第一折（摘调）

　　行路之间，早到蒲津①。这黄河有九曲，此正古河内之地，你看好形势也呵！

　　【油葫芦】九曲黄河何处显，则除是此地偏②。这河带齐梁，分秦晋，隘幽燕。雪浪拍长空，天际秋云卷。竹索缆浮桥，水上苍龙偃。东西溃九州，南北串百川。归舟紧不紧如何见③？却便似弩弓乍离弦。

> 【天下乐】只疑是银河落九天。渊泉，天外悬，入东洋不离此径穿。滋洛阳千种花④，润梁园万顷田⑤。也曾泛浮槎到日月边⑥。

注释

① 蒲津——蒲州的黄河渡口。蒲，蒲州，今山西永济。

② 此地偏——意思是黄河九曲，这里特别风险。偏，元曲中常用作特别突出之意。

③ 紧不紧——紧急。加不紧，起加重语气作用。

④ 洛阳花——洛阳自古盛产花木，特别以牡丹名闻天下。

⑤ 梁园——此指宋代京城汴梁，金元时称南京。今河南开封。汉代梁孝王曾在此营建园囿，称兔园，故名。

⑥ 泛浮槎——汉代有人探黄河之源，后代传说系张骞乘木筏漂流进入天河。见晋张华《博物志》。

赏析

王实甫《西厢记》杂剧居"元曲四大爱情剧"之首，本于唐人元稹的传奇小说《会真记》，直接改编自金代《董西厢》诸宫调。"王西厢"在把崔、张恋爱故事搬上舞台、变间接形象为直观形象的过程中，最大的创造是提出"愿普天下有情的都成了眷属"的口号，并作为贯穿全剧的精神红线，从而超越了旧作"红颜祸水、始乱终弃"，或"才子配佳人"的思想局限；把崔、张恋爱故事的主题提升到爱情至上主义的空前高度，从而对后来爱情题材的戏曲小说产生了深刻广泛的影响。

这里选摘的两调，是男主角张生初次登场所唱。抒写他赴京城赶考，途经蒲州，横渡黄河时的观感。明代曲论家王骥德评点说："曲中直咏黄河，甚奇。"作者表现黄河的宏大雄奇与气势激荡，巧妙地运用了长短镜头的切换与推摇。【油葫芦】从黄河"九曲"之长着眼，镜头摇过流经的齐梁、秦晋、幽燕等九州之地，最后推出眼前黄河的特写画面——"雪浪拍，长空天际秋云卷；竹索缆，浮桥水上苍龙偃。"特别说明，这样断为隔句对仗的"扇面对"，不止比旧传本的 5 字句豆腐块的断句生动，且更能传达王实甫画面语言的精准与精彩。试比较"雪浪拍长空"，夸张过度而生硬。点断后使"长空"从下句，则是视线沿浪高上移，镜头向上摇起，过渡到天空云际，就非常自然合理了。【天下乐】则切换为广角镜头，从九天摇到东洋入海，在更大空间范围上表现黄河的巨长。由实入虚，给人无限想象空间。作者借眼前之景，侧显男主人公的气度不凡，及他志存高远的"书生英雄"精神，为男主人公性格塑造奠定基调或底色，服务于爱情至上的主题。这样以景写人，妙在有意无意，不着痕迹。

4.《西厢记》第二本第一折（摘调）

（且引红上，云：）自见了张生，神魂荡漾，情思不快，茶饭少进，早是离人伤感，况值暮春天道，好烦恼人也呵！好句有情怜月夜，落花无语怨东风。

【仙吕·八声甘州】厌厌瘦损①，早是伤神，那值残春②，罗衣宽褪，能消几度黄昏③。风袅篆烟不卷帘④，雨打梨花深闭门⑤。无语凭阑干，目断行云。

【混江龙】落红成阵⑥，风飘万点正愁人⑦。池塘梦晓，阑槛辞春。蝶粉轻沾飞絮雪，燕泥香惹落花尘。系春心情短柳丝长，隔花阴人远天涯近。香消了六朝金粉，清减了三楚精神⑧。

（红云：）姐姐情不快，我将被儿薰得香香的，睡些儿。（且唱：）

【油葫芦】翠被生寒压绣裀，休将兰麝薰。便将兰麝薰尽，则索自温存。昨宵个锦囊佳制明勾引⑨，今日个玉堂人物难亲近⑩。这些时坐又不安，睡又不稳。我欲待登临又不快，闲行又闷。每日价情思睡昏昏⑪。

注释

① 厌厌——同"恹恹"，病弱无力的样子。

② 那——同"奈"，无可奈何。

③ 能消几度黄昏——出宋赵德麟【清平乐】词句："只消几个黄昏。"

④ 篆烟——熏香之烟，缭绕形同篆字。

⑤ 雨打梨花深闭门——出李重元【忆王孙】词。

⑥ 落花成阵——出秦观【水龙吟】，意指漫天遍地都是落花。

⑦ 风飘万点正愁人——出自杜甫《曲江》诗。

⑧ "香消了"二句——意谓身心懒倦无力，无心化妆。由脂粉而及六朝之香艳风气，由精神萎靡而涉屈原之困顿，此为临文牵连法，"六朝""三楚"并无实意，仅起装点作用。

⑨ 锦囊佳制——此指张生所作之诗，用唐人李贺每出门带一锦囊，遇有灵感写诗随时装入的故事。见计有功《唐诗纪事》。

⑩ 玉堂人物——本指翰林学士，元剧中常泛称书生才士。

⑪ 每日价——每天。价：语气助词，无义。也写作"家"。

赏析

　　男子悲秋女伤春，是古典文学经常表现的题材。崔莺莺的少女伤春"闲愁"，在她初次登场就已逗漏："可正是人值残春蒲郡东，门掩重关萧寺中。花落水流红，闲愁万种，无语怨东风。"与莺莺出场之曲以景生情的"无我之境"不同，此折所选三曲则改用借景传情的"有我之境"，又叠加了一层爱情阻隔的苦恼，旨在表达更加难以言传的双重感伤。莺莺道白"早是离人伤感，况值暮春天道"与【八声甘州】

"早是伤神，那值残春"的句子，已是点题之笔，把"雨打梨花深闭门""落红成阵""风飘万点正愁人"等诗词现成金句点化皴染得意象饱满，情蕴无限。"六朝金粉""三楚精神"都属于画家的随手点染之法，旨在叠加感觉，不必追究写实。"系春心"与"隔花阴"一联是《西厢》金句之一，表达两情对面无以沟通，咫尺千里的隔绝之感，深刻而精警。【油葫芦】用"睡不稳"的行为描写，表现少女身陷情网的难以自拔，失魂落魄，没着没落。明末大评论家金圣叹说："只一睡字，中间乃有如许嬝娜，如许跌宕。""每日价"是金句，把握刻画青春少女初涉爱河的身心情态，可谓形神毕肖。曹雪芹在《红楼梦》第二十三回引"落红成阵"一句，借林黛玉之口称赏《王西厢》"词藻警人，余香满口"，而黛玉在葬花一回自诉情怀的独白，引用的正好就是【油葫芦】的"每日价情思睡昏昏"一句。可见这三支曲子泄露天机，传达封建社会无数少男少女的心灵内秘，足当林黛玉"余香满口"的范例。

5.《西厢记》第四本第三折（宾白有删节）

（旦末红同上，旦云：）今日送张生上朝取应。早是离人伤感，况值那暮秋天气，好烦恼人也呵！悲欢聚散一杯酒，南北东西万里程。（唱：）

【正宫·端正好】碧云天，黄花地，西风紧，北雁南飞。晓来谁染霜林醉？总是离人泪。

【滚绣球】恨相见得迟，怨归去得疾。柳丝长玉骢难系[1]，恨不得倩疏林挂住斜晖。马儿迍迍的行[2]，车儿快快的随。却告了相思回避，破题儿又早别离[3]。听得道一声"去也"，松了金钏；遥望见十里长亭[4]，减了玉肌。此恨谁知！（红云：）姐姐今日怎么不打扮？

（旦云：）你那知我的心哩！（唱：）

【叨叨令】见安排著车儿、马儿，不由人熬熬煎煎的气。有甚么心情将花儿、靥儿⑤，打扮的娇娇滴滴的媚。准备著被儿、枕儿，则索昏昏沉沉的睡。从今后衫儿、袖儿，都温湿做重重叠叠的泪。兀的不闷杀人也么哥，兀的不闷杀人也么哥！久已后书儿、信儿，索与我恓恓惶惶的寄⑥。

（把酒了，坐。旦长吁科，唱：）

【脱布衫】下西风黄叶纷飞，染寒烟衰草萋迷⑦。酒席上斜签著坐的⑧，蹙愁眉死临侵地⑨。

【小梁州】我见他阁泪汪汪不敢垂，恐怕人知。猛然见了把头低，长吁气，推整素罗衣。

【幺篇】虽然久后成佳配，奈时间怎不悲啼⑩。意似痴，心如醉，昨宵今日，清减了小腰围。

（夫人云：）小姐把盏者！（红递酒了，旦把盏长吁科，云：）请吃酒！（唱：）

【上小楼】合欢未已，离愁相继。想著俺前暮私情，昨夜成亲，今日别离。我谂知这几日相思滋味⑪，却原来此别离情更增十倍。

【幺篇】年少呵轻远别，情薄呵易弃掷。全不想腿儿相压，脸儿相偎，手儿相携。你与俺崔相国做女婿，妻荣夫贵，但得一个并头莲⑫，煞强如状元及第。

（红云：）姐姐不曾吃早饭，饮一口儿汤水。（旦云：）红娘，什么汤水咽得下！（唱：）

【满庭芳】供食太急，须臾对面，顷刻别离。若不是酒席间子母每当回避，有心待与他举案齐眉。虽然是厮守得一时半刻，也合著俺夫妻每共桌而食。眼底空留意，寻思起就里，险化做望夫石。

（夫人云：）红娘把盏者！（红把酒科。旦唱）

【快活三】将来的酒共食，尝着似土和泥；假若便是土和泥，也有些土气息，泥滋味。

【朝天子】暖溶溶玉醅[13]，白泠泠似水，多半是相思泪。眼面前茶饭怕不待要吃[14]，恨塞满愁肠胃。蜗角虚名，蝇头微利[15]，拆鸳鸯在两下里。一个这壁，一个那壁，一递一声长吁气[16]。

【四边静】霎时间杯盘狼藉，车儿投东，马儿向西。两意徘徊，落日山横翠。知他今宵宿在那里？有梦也难寻觅。

（旦云：）张生，此一行得官不得官，疾早便回来。（末云：）小生这一去，白夺一个状元。正是："青霄有路终须到，金榜无名誓不归"。（旦云：）君行别无所赠，口占一绝，为君送行："弃掷今何道，当时且自亲。还将旧来意，怜取眼前人。"（末云：）小姐之意差矣，张珙更敢怜谁？谨赓一绝[17]，以剖寸心："人生长远别，孰与最关亲？不遇知音者，谁怜长叹人？"（旦唱：）

【耍孩儿】淋漓襟袖啼红泪，比司马青衫更湿。伯劳东去燕西飞[18]，未登程先问归期。虽然眼底人千里，且尽樽前酒一杯。未饮心先醉，眼中流血，心内成灰。

【五煞】到京师服水土，趁程途节饮食，顺时自保揣身体[19]。荒村雨露宜眠早，野店风霜要起迟！鞍马秋风里，最难调护，最要扶持。

【四煞】这忧愁诉与谁？相思只自知，老天不管人憔悴。泪添九曲黄河溢，恨压三峰华岳低[20]。到晚来闷把西楼倚，见了些夕阳古道，衰柳长堤。

【三煞】笑吟吟一处来，哭啼啼独自归。归家若到罗帏里，昨宵个绣衾香暖留春住，今夜个翠被生寒有梦知。留恋你应无计，见据鞍上马，阁不住泪眼愁眉。

（末云：）有什么言语嘱咐小生咱？（旦唱：）

【二煞】你休忧"文齐福不齐"㉑，我则怕你"停妻再娶妻"㉒。你休要"一春鱼雁无消息"，我这里青鸾有信频须寄㉓，你却休"金榜无名誓不归"。此一节君须记：若见了那异乡花草，再休似此处栖迟㉔。

（末云：）再谁似小姐，小生又生此念？（旦唱：）

【一煞】青山隔送行，疏林不做美，淡烟暮霭相遮蔽。夕阳古道无人语，禾黍秋风听马嘶。我为甚么懒上车儿内，来时甚急，去后何迟？

（红云：）夫人去好一会，姐姐，咱家去！（旦唱：）

【收尾】四围山色中，一鞭残照里。遍人间烦恼填胸臆，量这些大小车儿如何载得起？

⊙ 注释

① 玉骢——毛色青白相杂的马。

② 迍（zhūn）迍——慢腾腾，慢吞吞。

③ 破题儿——唐宋人写作诗赋开篇叫破题，所以事情的开始也叫作破题儿。

④ 十里长亭——古时计量里程，并供行人休息的亭舍，常作为送别的地方。《白孔六帖》卷九："十里一长亭，五里一短亭。"

⑤ 靥（yè）儿——面颊上的酒窝。古代妇女化妆常在这里贴花饰或施朱粉。

⑥ 恓（xī）恓惶惶——凄凉悲伤的样子。

⑦ 蒌迷——形容凄冷的景象。蒌，通"凄"。

⑧ 斜签著坐的——侧身半坐，表示小心。古时晚辈侍坐的一种礼节。签，

同"欠"，欠身虚坐。

⑨ 死临侵 —— 呆呆地，无精打采的样子。

⑩ 奈时间 —— 无奈眼下。时间，目前。

⑪ 谂（shěn）知 —— 深知。

⑫ 并头莲 —— 即并蒂莲，比喻男女恩爱。

⑬ 玉醅（pēi）—— 美酒。

⑭ 怕不待 —— 难道不。

⑮ 蜗角虚名二句 —— 比喻微不足道的名利。

⑯ 一递一声 —— 二人你一声我一声叹气。

⑰ 赓（gēng）—— 接续。

⑱ 伯劳东去燕西飞 —— 比喻离别。乐府诗《东飞伯劳歌》："东飞伯劳西
   飞燕，黄姑织女时相见。"伯劳，是一种小鸟。

⑲ 顺时自保揣身体 —— 根据气候的变化，自己保重身体。揣，估测身体
   状况。

⑳ 三峰华岳 —— 西岳华山有三座著名的山峰，即莲花峰、毛女峰、松
   桧峰。

㉑ 文齐福不齐 —— 古代成语，意为有文才而无运气，不能考中。

㉒ 停妻再娶妻 —— 古代成语，指家中有正妻，而再娶妻。

㉓ 青鸾 —— 古代传说能传信的神鸟。

㉔ 栖迟 —— 流连，逗留。

❂ 赏析

　　此折就是脍炙人口的《长亭送别》，自明代以来广为传诵，被评
论家称为"绝调"。抒写崔、张二人"昨夜成亲，今日别离"的精神痛
苦。封建家长老夫人以"三辈儿不招白衣女婿"为辞，逼令张生即行
赴京赶考，不中则不许回来。这无异生离死别，女主人公意识到自己
已落入无力挣脱的命运。即使张生如愿中举，又会增生她被抛弃的担
忧。除此之外，还有父母包办的她与表兄郑恒的婚约，就像高悬在她

头上的一柄利剑，张生离开后随时都可能落下。作者以诗笔写剧，营造出一个充满浓烈主观色彩的诗词意境——有我之境，非常质感地传达出女主人公内心的痛苦绝望与无奈。【端正好】开篇三句推出白云蓝天、满地黄菊与秋风扑面三种意象，偏重对自然景物的描绘，感情色彩还隐含未露，是为"无我之境"。至"北雁南飞"，反衬情人远去之悲，已属融情入景。接下"晓来谁染"两句设问自答，主观情绪十分强烈，已进入造景传情的"有我之境"。秋叶一夜经霜变红，象征自己一夜伤痛，如痴如醉。由心醉牵合酒醉脸红，而牵连枫叶之红。此意犹有不足，又以离人一夜泣尽血泪关合之，极尽心碎伤极之笔。此折分为三节，包含"赶赴长亭""长亭饯行"与"情人分手"三个场景，均由莺莺主唱，一切都由她眼看见，从她口中说出，类似现代影视的"主观镜头"，抒情性极强。即使有一些含而不露的意象，稍加体味，仍然能够明确地体验到主人公浓烈情绪的浸染。如【一煞】"青山隔送行，疏林不做美"两句，表现主人公痴望情人远去，怨恨青山与树林遮蔽了自己的视线。

《长亭送别》的曲语工细优美，极具特色。具体技法之一是善于化用前人名句，特别是采撷诗词成句入曲。如【端正好】"碧云天，黄花地"即由范仲淹的名作【苏幕遮】词句化出。又如【收尾】"四围山色中，一鞭残照里"，出自马致远【落梅风】《山市晴岚》"四围山一竿残照里"。"量这些大小车儿如何载得起"，化用李清照【武陵春】词"只恐双溪蚱蜢舟，载不动许多愁"。这类句子很多，融化天成，一如己出。不加留意，几看不出采自前人。具体技法之二是喜用骈俪之语，如【滚绣球】"听得道一声去也，松了金钏；遥望见十里长亭，减了玉肌"，几同骈文的四六句。【叨叨令】则用五句铺排的"连珠对"，真是神来之笔。具体技法之三是融入大量口语俗语入曲，以俗化雅。如

【叨叨令】中大量儿化语的采用，定格语"闷杀人也么哥"再加重"兀的不"等。朱权《太和正音谱》评论王实甫曲词风格"如花间美人"，此折可作典型。正由于王曲的以俗化雅特技，才使他以诗词为曲而未迷失于雅诗雅词之中，在形成华丽曲风的同时并不失本色之美，故被奉为文采派之首。

五、白银时代——变异阶段

第三期为元曲的变化时期，大致从元武宗至大（1308）到元顺帝后至元（1340）间，大致相当于钟嗣成《录鬼簿》中"方今已亡"与"方今"两代作家，以"乔（吉）、张（可久）"为代表，呈现出如下几个特点：一是创作中心南移，由北方的大都、真定等地转移到南方的杭州。作家也多为南方人，或者原籍北方而流寓南方者。二是表现出向词体复归的格律化倾向，如乔、张的作品就是这方面的典范。三是创作与研究并重，产生了周德清《中原音韵》、杨朝英编《阳春白雪》《太平乐府》元曲二选和钟嗣成《录鬼簿》，成为元人研究元曲的三大专家与专著。四是此时虽然产生了大量名家名篇，但未能产生像关、马、王、白那样的大家。白朴与郑光祖晚年也曾流寓南方，但其年辈只能属于前一代。究其原因是元仁宗延祐二年（1315）开始恢复科举制度，那些天才级人物被吸引过去，恰好与上一期的取消科举之后元曲到达黄金时代形成鲜明对照，曲词的艺术创作也由天才的自由发挥渐变为人工的精密制作。

（一）孔文卿（1260—1341）

孔文卿，名学诗，号性斋，溧阳（今属江苏）人。少年时曾被元兵俘往北方，后南归，终身未仕。著有杂剧《东窗事犯》，今存。散曲存世仅有套数 1 篇。

【南吕·一枝花】禄山谋反

苍烟拥剑门①，老树屯云栈②。西风吹渭水，落叶满长安。近帝都景物雕残，越感起人愁叹。不合在边塞间③，则见那白茫茫莎草连天④，甚的是娇滴滴莺花过眼⑤。

【梁州】不幸遣东归蓟北⑥，更胜如西出阳关。看几时捱彻相思限⑦？怕的是孤灯荧暗，残月弓弯。戍楼人静，梅帐更阑⑧。思量玉砌雕阑⑨，消磨尽绿鬓朱颜。再几时染浓香装翠衾温，迷醉魂芙蓉帐暖，解余酲荔枝浆寒⑩？这近间，敢病翻⑪，旧时的衣裌频频儹⑫，瘦症候何经惯？那的是从来最稀罕，单出落着废寝忘餐⑬。

【三煞】动无喘息行无汗，坐也昏沉睡不安。两行泪道渍成斑⑭，每日家做伴的胡友胡儿，胡舞胡歌，胡吹胡弹。知他是甚风范⑮？偏恁一曲【霓裳】宠玉环⑯，羯鼓声干⑰。

【二煞】拼了教匆匆行色催征雁，止不过拍拍离愁满战鞍。驱兵早晚到骊山⑱，若夺了娘娘，教唐天子登时两分散，休想再能够看一看。四件事分明紧调犯⑲，势到也怎遮拦？

【尾声】把六宫心事分明地慢⑳，将半纸音书党闭的悭㉑，教千里途程阻隔的难。我因此上一点春心酝酿的反㉒。

⊙ 注释

① 剑门——即剑门关，在今四川剑阁。

② 云栈——即连云栈。古代由陕入川架设的栈道。这两句写安禄山攻入长安，唐明皇带着杨贵妃已逃亡四川。安禄山遥望荒凉迷茫的入蜀之道，想念情人杨贵妃，不禁心里感到悲伤。

③ 不合——不该。这是安禄山自怨自艾之词。

④ 莎（suō）草——植物名，根块呈纺锤形，称香附子，可入药。这里代指野草。

⑤ 甚的是——意为哪里有，根本看不到。

⑥ 不幸遭东归蓟北——安禄山曾在长安住过一段时期，结识了杨贵妃，后外任范阳、渔阳及河北三镇节度使。此句就是对这件事的回忆。蓟北：相当于今河北东北部及京津地区。

⑦ "看几时" 句——意为这点相思苦不知到什么时候才能挨到头。

⑧ 梅帐——绣有梅花的帐幕。 这里作者故意要把安禄山写成一个风流文雅的人物。 更阑——夜深。

⑨ 玉砌雕阑——指建筑豪华的皇宫。李煜【虞美人】："雕栏玉砌应犹在，只是朱颜改。"这里暗喻身居深宫的杨贵妃。

⑩ 余酲——酒醉过后酒力尚未退尽。 荔枝浆寒——杨妃爱吃荔枝，调用驿站快马兼程从南方为其运递鲜荔枝。安禄山把自己掺和进去，说其与贵妃同享荔枝寒浆，这是作者的发挥。

⑪ 敢病翻——恐怕要病倒。

⑫ 衣褃（kèn）——衣缝。原文误为"裮"，与文义不合。径改。儹（zǎn）——聚紧，收紧。这句意为身体瘦损，原来的衣裳宽大了，必须收紧。

⑬ 单出落着——意为只落得。

⑭ 渍（zì）——浸染，凝结。

⑮ 风范 —— 这里是风格、风味的意思。

⑯ 【霓裳】——指【霓裳羽衣曲】。玉环 —— 即杨贵妃，名玉环。

⑰ 羯（jié）鼓声干 ——指唐玄宗亲击羯鼓为杨玉环伴奏。玄宗好羯鼓事见《新唐书·礼乐志十二》。声干：羯鼓本是羯族之乐，"其声嘈杀，特异众乐"。即声音急促，有节奏而无旋律，听起来似有干燥之感。以上两句写安禄山对唐玄宗的醋意。

⑱ 骊（lí）山 ——在陕西临潼东南，有温泉。唐玄宗建有行宫，常与杨玉环在其中宴乐。

⑲ 四件事 ——指酒、色、财、气，元曲也作"四般儿"。这里偏指色和气。调犯 ——意为刺激得难以忍受，犹言调唆。

⑳ "把六宫"句 ——意指唐明皇宠爱杨妃，把六宫嫔妃都冷落了。这更引得安禄山妒火中烧。

㉑ "将半纸音书"句 ——意为情侣连个音信都不能传递，都是因为唐明皇禁闭太严。党闭：阻挡，遮蔽。悭（qiān）：吝啬，手紧。

㉒ 春心 ——男女恋爱之情。

◎ 赏析

　　唐天宝十四年（755），范阳节度史安禄山与部将史思明起兵叛乱，很快攻进长安，吓得唐玄宗仓皇逃往四川，把大唐天下搅了个天翻地覆。这就是史家所称的"安史之乱"。这场动乱当然有其政治、经济以及民族矛盾等多方面复杂的原因，但这篇套曲并不去理会那些政治家、史学家们讨论的问题，而是根据野史有关杨贵妃与安禄山有暧昧关系的记载，运用游戏笔墨，极尽想象发挥之能事，铺写安禄山对杨贵妃的苦思苦恋，以及为此而发兵造反。作者别出心裁，把安史叛乱之因归之于一场相思病，辛辣地嘲讽了封建统治者的荒淫失政以及祸国殃民之罪。此曲别有趣味，当时行家称之为"蛤蜊风致"或"蒜酪风味"。

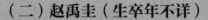

（二）赵禹圭（生卒年不详）

赵禹圭，字天锡，汴梁（今河南开封）人。元至顺元年（1330）官镇江府判，除承直郎。作杂剧2种，均失传。有散曲小令7首传世。《太和正音谱》评其曲如"秋水芙蕖"。

【双调·蟾宫曲】题金山寺

> 长江浩浩西来。水面云山，山上楼台。山水相辉，楼台相映。天与安排①。诗句就云山动色②，酒杯倾天地忘怀③。醉眼睁开，遥望蓬莱④，一半烟遮，一半云埋。

❀ 注释

① 天与安排 —— 意指金山寺壮丽景观是大自然的杰作，非人工所能创造。

② 诗句就云山动色 —— 意为即兴赋诗，云山为之变色。极言其豪情壮气。

③ 天地忘怀 —— 置身于广阔天地之中。精神得到升华，胸怀顿开，尘世俗念为之一空。

④ 蓬莱 —— 本是传说中的海上仙山，这里指处于云烟缭绕之中的金山寺。

❀ 赏析

镇江金山寺是江南著名的游览胜地。元明以前，金山原来矗立于长江当中，清末因泥沙淤积方与南岸相连。这首小令写望中所见山水楼台雄伟壮丽的景观，以及置身其间而感到逸兴遄飞、物我两忘的豪迈胸怀。笔力雄健，气势磅礴，足以与江山胜景相符。为题咏金山寺的文学名篇之一。作者用写意法，于大处泼墨渲染，但用笔精准，先从长江东流为背景写远望，然后写近观，最后写回望，层次感非常分明。

（三）王伯成（1265—?）

王伯成，马致远之忘年友，比马晚一辈。涿州（今属河北）人。作杂剧 3 种，又著《天宝遗事》诸宫调，今有辑佚本。存世散曲有小令 2 首、套曲 3 篇。《太和正音谱》论其曲"如红鸳戏波"。

【般涉调·哨遍】项羽自刎

虎视鲸吞相并，灭强秦已换炎刘姓①。数年逐鹿走中原②，创图基祚隆兴③，各驰骋。布衣学剑④，陇亩兴师⑤，霸业特昌盛。今日悉皆扫荡，上合天统，下应民情。睢河岸外勇难施⑥，广武山前血犹腥⑦。恨错放高皇⑧，懊失追韩信⑨，悔不从范增⑩。

【幺】行走行迎⑪，故然怒激刚强性⑫。迤逗向垓心⑬，预埋伏掩映山形。猛围定。涧溪沟壑，列介胄寒光莹。昼夜攻摧劫掠，爪牙脱落⑭，羽翼凋零。一个向五云乡里贺升平⑮，一个向八卦图中竞残生⑯。更那堪时月严凝⑰。

【麻婆子】汉祖胜乘威势，上苍助显号令。四野布层阴重⑱，六花飞万片轻⑲。不添和气报丰年，特呈凶兆害生灵。手拘束难施展⑳，足滑擦岂暂停㉑。

【幺】自清晓彻终日，从黄昏睡五更㉒。趁水泽身难到，夺樵路力不能㉓。旋消冰雪润枯肠，冻烧器械焰荒荆㉔。马无草人无饭，立不安坐不宁。

【墙头花】军收雪霁㉕，起凛冽寒风劲。汗湿征衣背似冰，战钦钦火灭烟消㉖，干剥剥天寒地冷㉗。

【幺】征夫梦寐清，深夜疆场静。四面悲歌忍泪听，便不思败国亡家，皆子想离乡背井^㉘。

【急曲子】帐周回立故壁^㉙，阵东南破去程^㉚。众儿郎已杳然，总安眠睡末惊。忽闻嘶困乏征骢^㉛，猛唤回凄凉梦境。

【耍孩儿】唯除个植楚怀忠政^㉜，错认做奸人暗等^㉝。误截一臂不任疼^㉞，猛魂飘已赴幽冥。碧澄澄万里天如水，明朗朗十分月满营。马首立虞姬氏，翠蛾低敛^㉟，粉泪双擎。

【幺】绝疑的宝剑挥圆颈^㊱，不二色的刚肠痛^㊲。怎忍教暴露在郊墟，惜香肌难入山陵^㊳。望碧云芳草封高冢，对黄土寒沙赴浅坑。须臾天晓，仿佛平明。

【三煞】衡路九条^㊴，山垓九层，区区纵暂奔荒径^㊵。开基创业时皆尽，争帝图王势已倾。军逐困，寻江路，误入阴陵^㊶。

【二】付能归船路开^㊷，却懒将踏板登^㊸。丧八千子弟无踪影^㊹，羞归西楚亲求救^㊺，耻向东吴再起兵。辞了铁骑，伏霜锋闪烁^㊻，纵二足奔腾。

【一】杀五侯虽惧怯^㊼，奈只身柱战争，自知此地绝天命。壮怀已散英雄气，巨口全无叱咤声。寻思到一场长叹，百战衰形^㊽。

【尾】解委领把顿项推^㊾，举太阿将咽颈称^㊿。子见红飘飘光的的绛缨先偏侧了金盔顶^{⑤①}，磣可可湿浸浸鲜血早淋漓了战袍领^{⑤②}。

😊 注释

① 炎刘 ——指汉朝刘姓。古代术数家以五行附会朝代运命，认为汉朝之运属火，故曰炎刘，或曰炎汉。

② 逐鹿走中原 ——以鹿比喻帝位。语出《汉书·蒯通传》。后以逐鹿中原指代争夺天下。

③ 创图基祚隆兴 ——意为创立基业，图谋称王称帝，气运昌旺。

④ 布衣学剑 —— 指项羽青年时曾学击剑，事见《史记·项羽本纪》。布衣：指平民百姓。

⑤ 陇亩兴师 —— 意为从民间起兵。《史记·项羽本纪》称其"乘势起陇亩之中"。

⑥ 睢（suī）河 —— 古水名。其上游在今河南睢县以上，多已湮没。下游在今安徽萧县、宿县、灵璧县、泗县等地，若断若续，入于淮河。

⑦ 广武山 —— 在今河南河阴北，是楚汉相争两军对峙之地。

⑧ 错放高皇 —— 鸿门宴项羽放走刘邦事。高皇：刘邦的谥号。

⑨ 失追韩信 —— 韩信原是项羽的部下，因未得重用，逃亡入刘邦军中，被拜为大将军。见《史记·淮阴侯列传》。

⑩ 悔不从范增 —— 范增是项羽的重要谋士，当时在鸿门宴上力主杀死刘邦，项羽不听。

⑪ 行走行迎 —— 指项羽走到哪里都遭到汉军迎击，但并不恋战，很快就退去。

⑫ 故然 —— 故意。

⑬ 迤（yǐ）逗（dòu）—— 引逗，引诱。垓（gāi）心 —— 垓下在今安徽灵璧东南。项羽在此遭到汉军十面埋伏的攻击，全军覆没。后来往往以"垓心"指包围圈。

⑭ 爪牙 —— 喻指项羽部下的兵将。下句羽翼与此同义。

⑮ 五云乡 —— 五色祥云笼罩的地方，指皇宫。王建《赠郭将军》诗："承恩新拜上将军，当直巡更近五云。"

⑯ 八卦图 —— 指八卦阵。古代运用八卦图形和理论设置的一种兵阵。

⑰ 时月严凝 —— 指天寒地冻的时节。

⑱ 层阴 —— 层层阴霾、云雾。

⑲ 六花 —— 雪花的别称。

⑳ 拘束 —— 这里指冻得麻木僵硬。

㉑ 滑擦 —— 北方口语，意为滑溜，打滑。

㉒ 睚（yá）—— 睁大眼睛，引申为盼望。

㉓ 樵路 —— 打柴人所攀缘的山路，言其狭窄艰险。

㉔ 器械 —— 这里指军械、装备。

㉕ 霁 —— 雪后放晴。

㉖ 战钦钦 —— 战兢兢。

㉗ 干剥剥 —— 口语拟态词，形容干燥寒冷。

㉘ 子想 —— 只想。这几句的意思是，楚军将士听见四面楚歌，引起怀乡思亲之情，再也无心恋战。

㉙ 周回 —— 周围。故壁 —— 故垒，古老的堡垒。

㉚ 阵东南破去程 —— 意指项羽开始轻身突围，从东南方向冲破汉军战阵，登上了逃命的路途。

㉛ 征骟（wǎn）—— 战马。

㉜ 植 —— 树立，意为拥立。楚怀 —— 这里指项羽与其叔父项梁起兵时拥立的楚怀王，曾尊称为义帝，后被项羽杀死。

㉝ 错认做奸人暗等 —— 意为暗中视义帝为敌人。

㉞ 误截一臂句 —— 意为杀死义帝，犹如断去自己一臂，引起诸侯叛乱。不任：不胜，受不了。

㉟ 翠蛾低敛 —— 皱眉发愁。翠蛾：指女子如蚕蛾触须状的眉毛。

㊱ 绝疑 —— 断绝疑虑。这句写虞姬自杀，是为了断绝项羽的牵挂，以便于他轻身突围。

㊲ 不二色 —— 指项羽除了爱虞姬，再也不爱别人。

㊳ 山陵 —— 喻指帝王的陵墓。

㊴ 衡 —— 同"横"。

㊵ 区区纵堑 —— 意指一条一条的沟壕。

㊶ 阴陵 —— 古地名，在安徽定远西北。

㊷ 付能归船路开 —— 指乌江亭长驾着一条小船接应，见项羽逃来，马上就准备开船。付能：刚要。

㊸ 踏板 —— 指登船的搭板。

㊹ 八千子弟 —— 随项羽于东吴起兵并渡江争天下的八千精兵。

㊺ 西楚 —— 指淮河以北，彭城以西地区。

㊻ 霜锋 —— 锋利的宝剑。

㊼ 五侯 —— 指最后围击项羽的吕马童、杨喜等五员汉将。项羽自杀后，
　　吕、杨五人裂其尸体，按刘邦预先约定，皆得封侯。

㊽ 衰形 —— 言其面容憔枯，疲惫不堪。

㊾ 委颔 —— 战将套在脖子上的保护性皮革。顿项 —— 头项，指喉结。

㊿ 太阿 —— 指宝剑。称 —— 比量，比划。指用剑自刎。

㉑ 光的的 —— 亮光闪闪。

㉒ 磣可可 —— 可怕，吓人。

⚙ 赏析

　　这篇套曲写项羽兵败垓下，自刎于乌江的经过。构思虽不出《史记·项羽本纪》的记载，但在具体细节上有所想象发挥，尤其是描绘主人公英雄末路、豪气沮丧但至死不屈的壮烈性格，分外出色。笔调萧瑟苍凉，充满悲剧气氛，在曲中是不可多得的精品。与司马迁《史记》相关内容对读，别有一番韵致。

（四）张养浩（1270—1329）

　　张养浩，字希孟，号云庄，历城（今山东济南）人。历任礼部令史、堂邑县尹、监察御史、礼部尚书、陕西行台中丞等职。刚直敢言，屡遭罢官。晚年赴陕西救灾，积劳成疾，死于任所。《元史》卷一七五有传。著有诗文集《归田类稿》，散曲集《云庄休居自适小乐府》。散曲存世有小令 162 首、套曲 2 篇。《太和正音谱》评其曲"如玉树临风"。

1.【双调·沽美酒兼太平令】

在官时只说闲，得闲也又思官。直到教人做样看[①]。从前的试观，那一个不遇灾难？楚大夫行吟泽畔[②]，伍将军血污衣冠[③]，乌江岸消磨了好汉[④]，咸阳市干休了丞相[⑤]，这几个百般，要安，不安。怎如俺五柳庄逍遥散诞[⑥]。

⊚ 赏析

这首带过曲写当官之危和隐居之乐。当了官向往"无官一身轻"，不当官又觉得寂寞难耐，到底被权欲刺激得人心发痒，再去做官。可有谁真正了解官场的高危风险呢？直到大祸临头，身败名裂时才想回头，但已经晚了。要想真正身心安逸，就得甘心清贫寂寞急流勇退，像陶渊明那样拂袖而去。作者深入剖析人被权力异化所产生的矛盾心理，一针见血地揭露了人的两面性，本篇实为体验深刻之言。"在官时只说闲，得闲也又思官"是元曲金句，披露人心人性的真实内秘，一针见血。

2.【双调·庆东原】

> 鹤立花边玉，莺啼树梢弦①，喜沙鸥也解相留恋。一个冲开锦川②，一个啼残翠烟，一个飞上青天。诗句欲成时，满地云撩乱。

⚙ 注释

① 弦——如琴弦声一般动听。
② 锦川——河里像锦缎一样美丽的水面。

⚙ 赏析

刻画白鹤、黄莺和沙鸥三种鸟儿的静态和动态，抒发了全身心投入对大自然的静观审美所引发的诗意和豪情。文笔优美，意境悠远，兴味盎然。

3.【中吕·醉高歌兼喜春来】

> 诗磨的剔透玲珑，酒灌的痴呆懵懂。高车大纛成何用①，一部笙歌断送②。金波潋滟浮银瓮③，翠袖殷勤捧玉钟④。对一缕绿杨烟⑤，看一弯梨花月⑥，卧一枕海棠风⑦。似这般闲受用，再谁想丞相府帝王宫。

⚙ 注释

① 高车——指代贵官。古代高官乘驷马高盖车。大纛（dào）——古代军中的大旗，这里用以指代元帅和大将。
② 一部笙歌断送——意为只不过多一支歌舞乐队供其享受。断送：消受，引为享用。
③ 银瓮——装酒的白色瓷坛子一类的器皿。元张昱《湖山堂观牡丹》诗："秾香偏惹宦游人，银瓮连车载酒频。"

④ 翠袖——指代美女。

⑤ 绿杨烟——春日笼罩着绿杨树的晓烟。李贺《浩歌》诗："娇春杨柳含细烟。"

⑥ 梨花月——月照梨花，分外娇美。晏殊《寓意》诗："梨花院落溶溶月。"

⑦ 海棠风——吹落海棠花的风，指春风。

◎ 赏析

这首带过曲写作者弃绝功名，辞官归隐后纵情诗酒，欣赏春日美景的快意和舒心。措词精美，把俗语雅言融为一炉，极具表现力和感染力。

4.【双调·雁儿落兼得胜令】

往常时为功名惹是非，到如今对山水忘名利；往常时趁鸡声赴早朝，到如今近晌午犹然睡。往常时秉笏立丹墀①，到如今把酒向东篱②；往常时俯仰承权贵，到如今逍遥谒故知。往常时狂痴，险犯着答杖徒流罪③；到如今便宜，课会风花雪月题④。

◎ 注释

① 秉笏——笏是大臣上朝面见皇帝时手里拿的记事板。秉笏就是执笏，表示上朝面君。丹墀（chí）——皇帝宫殿前的红色台阶。

② 把酒向东篱——饮酒赏菊。东篱指菊花。典出陶渊明"采菊东篱下"诗句。

③ 答杖徒流——指打板子、打棍子、拘禁劳役和流放充军等四种古代的刑罚。

④ 课会风花雪月题——意为以风花雪月为题写点文章，作点诗赋。

⊛ 赏析

　　这首带过曲抒写辞官隐居之乐，把昔日官场生活的紧张、辛劳、卑贱和险恶与今日田园山林隐士生涯的自由清闲、轻松愉悦一一对照，充分流露出作者反省自我所产生的昨非今是的由衷庆幸之情。全曲只用"往常时"与"到如今"两个对比句型构成多重反衬，给人印象鲜明。

5.【双调·雁儿落兼得胜令】

　　云来山更佳，云去山如画。山因云晦明，云共山高下。倚杖立云沙①，回首见山家。野鹿眠山草，山猿戏野花。云霞，我爱山无价；行踏②，云山也爱咱。

⊛ 注释

　　① 云沙——白云覆盖着的沙石。
　　② 行踏——行走，散步。

⊛ 赏析

　　这首带过曲写隐居山间林泉，尽情地享受自然美景的快意和舒心。在曲句中反复嵌入"云""山"二字，展转流走，抑扬顿挫，节奏明快婉畅，充分展示出作者把生命投入大自然，与云山相亲相近，融为一体，物我两忘的精神世界。

6.【中吕·朱履曲】

　　那的是为官荣贵①？止不过多吃些筵席。更不呵安插些旧相知，家庭中添些盖作②，囊箧里攒些东西。教好人每看做甚的③？

⊕ 注释

① 那的是——究竟有哪些是。

② 盖作——指盖造房屋等。

③ 好人每——好人们，正派人。每：同"们"。看做甚的——看成什么，怎么看。

⊕ 赏析

人们为什么都喜欢当官，嗜权如命？当官的好处究竟在哪里？这首小令揭穿了一个谁也不愿说、不敢说、不曾说破的千古之谜：一是可以大吃大喝，享受口腹之乐；二是安插亲信，提携亲朋，编织自己的关系网，从中捞取更大更多的好处；三是进行权力和金钱交易，中饱私囊，添置家产。这三项都在封建专政制度允许的范围之内，还不是贪官污吏之所为。作者不仅是官，而且是高官，对此一针见血，直言不讳，并表示了深切的厌恶和反感，说明他人性未泯，是少有的清官。

7.【中吕·山坡羊】渑池怀古

秦如狼虎，赵如豚鼠^①，秦强赵弱非虚语。笑相如，太粗疏^②，欲凭血气为伊吕^③。万一座间诛戮汝，君也，谁做主？民也，谁做主？

⊕ 注释

① 豚（tún）——小猪。豚鼠与虎狼相对，极言力量相差悬殊。

② 粗疏——粗心大意，做事欠考虑周全。

③ 伊吕——指伊尹和吕望。伊尹是商汤的重要谋臣，辅助汤灭夏桀，建立了商朝；吕望就是姜子牙，辅助周武王灭纣建立周朝。

◎ 赏析

这组重头小令计有9首，皆为咏史怀古之作。作者以《渑池怀古》为题作有两首，这是第一首。渑（miǎn）池，在今河南渑池西。赵惠文王二十年（前279）秦赵两国在此地举行会盟，秦王自恃强大，肆意污辱赵王。蔺相如挺身而出，拼命相挟，逼使秦王为赵王击缶，从而维护了赵国的尊严。此事历来被传为不畏强暴的佳话。但这首小令别开生面，独抒己见，为历史翻案，认为蔺相如之举未免莽撞、不智，一旦激恼了秦王，杀他如同捻死个蚂蚁，可叫谁为赵国君民作主呢？政治、外交角斗场从来就是高智商的较量，而不是无脑笨蛋们的比量拳头大、口号响。此曲所见之深刻，非群情激愤缺乏理性的乌合之众所能知晓。

8.【中吕·山坡羊】北邙山怀古

悲风成阵，荒烟埋恨。碑铭残缺应难认。知他是汉君，是晋臣？把风云庆会消磨尽①，都做了北邙山下尘。便是君，也唤不应；便是臣，也唤不应。

◎ 注释

① 风云庆会——即风云际会。指君臣遇合，共同从事轰轰烈烈的事业。

◎ 赏析

北邙（máng）山在今洛阳市东北，汉魏以来这里是王侯公卿的墓地。这首小令感慨帝王将相的功名勋业随着生命的结束全被历史的尘土埋葬了，并不具有永恒不朽的价值。面前的断碑残文已漫漶不清，当年那些圣君名臣也已风流云散。那些显赫当时、不可一世的人物而今躺在地下，再也不能复活。那名标青史的赫赫威名和盖世功业又有什么意义呢？作者面对北邙山的悲风荒烟，也沉入历史价值虚无的迷惘和感伤之中。

9.【中吕·山坡羊】潼关怀古

峰峦如聚，波涛如怒。山河表里潼关路①。望西都②，意踌躇。伤心秦汉经行处③，宫阙万间都做了土。兴，百姓苦；亡，百姓苦。

❀ 注释

① 山河表里——指潼关一带地势险要，外有黄河，内有华山。表里：里外。
② 西都——指长安。
③ 伤心句——意为一路经过秦汉故地，内心感伤不已。

❀ 赏析

潼关背靠华山，面临黄河，是从中原进入关中的咽喉，历代为兵家所争。元天历二年（1329），作者赴陕救灾，一路上见到百姓流离，哀鸿遍野，不禁吊古伤今，写下了这首咏史绝唱。作者感叹潼关形势之险，眼前闪现出那一幕幕兴亡盛衰的历史图画，遍地饿殍的悲惨景象终于使他从那轰轰烈烈的兴亡交替中透见历史的真相——无论是谁上台，还是谁下台，倒霉的却总是老百姓。作者以斩钉截铁般的语言，一针见血地揭示了封建统治者和人民的对立矛盾，具有极其深刻的社会意义。本篇可谓巨笔如椽，横扫百代，言人所未能言，言人所不敢言。

❀ 曲谱

－－－\▲－－－\▲＋－＋｜－－\▲｜－－▲｜－－▲＋
－＋｜－－\▲＋｜＋－－\＋▲－▲＋\＋▲－▲＋\＋▲

【山坡羊】又作【山坡里羊】【苏武持节】，十一句，44733771313。其格律极有特点，全在"羊头"与"羊尾"的步节与众不同。"羊头"两个4字句，音律全同。其前可衬可增字，但此两句的4字律不变。"羊尾"1313四句，两个3字句多重复。其前都可衬可增，其基本格律不变。

（五）沈和（约1270—1329）

沈和，字和甫，钱塘（今浙江杭州）人，后居江州。擅长词曲，好说笑话。时人以关汉卿拟之，称他为"蛮子汉卿"。据钟嗣成《录鬼簿》记载，南北曲合套是他创造的。这个记载具有历史权威性，明代曲书所录早于沈和的南北合套作品，都应是明人假托。他著有杂剧5种，均失传。存世仅南北合套1篇，《太和正音谱》评其曲"如翠屏孔雀"。

【仙吕·赏花时（北）】潇湘八景

休说功名，皆是浪语，得失荣枯总是虚。便做到三公位待如何①？赤紧的如今这等时务②，尽荆棘是迷途。便是握雾拿云志已疏③，咏月嘲风心愿足④。我则待离尘世访江湖，寻几个知音伴侣。我则待林泉下共樵夫。

【排歌（南）】远害全身，清风万古，堪羡范蠡归湖。不求玉带挂金鱼④，甘分向烟波做钓徒。绝尘世，远世俗，扁舟独驾水云居。嗟尘世，人斗取⑥，蜗名蝇利待如何？

【那吒令（北）】弃朝中俸禄，避风波仕途。身边引着小仆，玩云山景物。杖头挑着酒壶，访烟霞伴侣。近着红蓼滩，靠着白蘋渡，潜身向草舍茅庐。

【排歌（南）】我则将这小舟撑，兰棹举，蓑笠为活计，一任他紫朝服，我不愿画堂居。往来交游，逍遥散诞，几年无事傍江湖。旋篘新酒钓新鱼⑦，终日酶酶乐有余⑧。杯中浅，瓶内无，邻家有酒也宜沽。吟魂醉，饮兴足，满身花影倩人扶⑨。

【鹊踏枝（北）】见芳草映萍芜⑩，听松声响寒庐。我则见落照渔村，水接天隅⑪。见一簇帆归远浦，他每都是些不识字的慵懒渔夫。

【桂枝香（南）】扁舟湾住在垂杨深处⑫，鼻息如雷，睡足了江南烟雨。听山寺晚钟，声声凄楚。西沉玉兔梦回初⑬，本待要扶头去⑭，清闲倒大福。

【寄生草（北）】春景看山色晴岚翠，夏天听潇湘夜雨足。九秋玩洞庭明月生南浦⑮，见平沙落雁迷芳渚⑯。三冬赏江天暮雪飘飞絮，一任教乱纷纷柳絮舞空中，争如俺侬家鹦鹉洲边住。

【乐安神（南）】闲来思虑，自从那日赋归欤⑰，山河日月几盈虚⑱，风光渐觉催寒暑⑲。欲求生富贵，须下死工夫。且常教两眉舒。

【六幺序（北）】园塘外三丘地⑳，篷窗下几卷书，他每傲人间驷马高车。每日家相伴陶朱㉑，吊问三闾，我将这《离骚》和这《楚辞》，来便收续㉒。觉来时满眼青山暮，抖擞着绿蓑归去。看花开花落流年度。一任教春风桃李，更和这暮景桑榆。

【尾声（南）】悟乾坤清幽趣。但将无事老村夫，写入潇湘八景图。

✿ 注释

① 三公 —— 周代以太师、太傅、太保为三公，汉代以大司徒、大司马、大司空为三公。这里泛指高官。

② 赤紧的 —— 实在的，其实。时务 —— 当下局势。

③ 握雾拿云 —— 这里比喻施展经世济民、治国平天下的手段。

④ 咏月嘲风 —— 指吟诗作赋的文人雅事。

⑤ 玉带挂金鱼 —— 束玉带，佩金鱼符，这是朝廷大官的身份标志。

⑥ 人斗取 —— 指勾心斗角，争名夺利。

⑦ 篘（chōu）—— 滤酒。

⑧ 醄醄（táo）—— 酒醉的样子。

⑨ 倩（qiàn）—— 请，让。

⑩ 萍芜 —— 指漂满水面的萍荷等水生植物。

⑪ 天隅 —— 天边。

⑫ 湾住在 —— 指船停泊住。

⑬ 西沉玉兔 —— 指晓月西沉。

⑭ 扶头 —— 酒醒之后接着再喝称扶头酒。

⑮ 九秋 —— 秋季九十天。《初学记》卷三南朝梁元帝《纂要》："秋……亦曰三秋、九秋。"

⑯ 芳渚（zhǔ）—— 开满鲜花的水中陆地。

⑰ 赋归欤 —— 本指陶渊明所作《归去来兮辞》，这里借喻自己归隐田园。

⑱ 盈虚 —— 月亮的满和亏，引为消长变迁。

⑲ 风光 —— 指时光。

⑳ 三丘 —— 犹言三块。

㉑ 陶朱 —— 陶朱公，范蠡辞官隐居于陶地（今山东定陶）营商，变姓为朱，人称陶朱公。

㉒ 收续 —— 意指收读、习作。

❀ 赏析

　　本篇是南北合套创始之作，由一支北曲与一支南曲间隔串联成篇，抒写作者辞官归隐，全身远祸、放浪江湖、啸傲烟霞之志。潇湘八景本是宋代画家宋迪概括的湖南八种名胜景观，元曲家常借为吟咏的题材。但这里仅是作者抒写心志的引子，并不以具体的风景作为描写重点。文笔清丽流美，舒畅奔放，把前人曲子如白无咎【鹦鹉曲】的名句信手拈来，融会其中，和谐自然，不露痕迹。充分体现了曲不避熟，全在融化无迹，只求尽意尽情的写作奥秘。

（六）张可久（1280—1355?）

　　张可久，字小山，一说名伯远，字可久，号小山。庆元（今浙江鄞县）人。以路吏转首领官，又曾为桐庐典史，做过昆山县的幕僚，在仕途上一直屈居下位。平生好游，足迹遍及南国，晚年居杭州。有《苏堤渔唱》和《北曲联乐府》等散曲集。现存小令853首、套曲9篇，为元代散曲家存曲数量最多者。《太和正音谱》评其曲"如瑶天笙鹤"，"清而且丽，华而不艳"。

1.【中吕·卖花声】怀古

　　美人自刎乌江岸①，战火曾烧赤壁山，将军空老玉门关②。伤心秦汉，生民涂炭。读书人一声长叹。

❀ 注释

　　①美人自刎乌江岸——项羽兵败被围于垓下，虞姬在突围前自杀。这里以

此与项羽自刎乌江之事揉合为一，是典故的活用。

② 将军空老玉门关 ——东汉名将班超戍守西域达三十多年，晚年思归，给皇帝上书请入玉门关。

赏析

作者首先列举秦汉时代三件著名史实，一笔概之，指出不论谁胜谁败，谁兴谁亡，最终都是生灵涂炭，老百姓倒霉。曲子气度轩昂，笔力劲健，可谓横扫百代，雄视千古，在作者诸曲中别具一格。"读书人一声长叹"为传诵警句。

曲谱

六句：777447。＋－＋｜－－｜▲＋｜－－｜｜－▲＋－＋｜

｜－－▲＋－＋｜，＋－＋｜▲｜－－、｜－－＼▲

2.【正宫·醉太平】叹世

人皆嫌命窘，谁不见钱亲？水晶九入面糊盆，才沾粘便滚①。文章糊了盛钱囤，门庭改做迷魂阵②，清廉贬入睡馄饨③。胡芦提倒稳④。

注释

① "水晶丸"二句 ——民间歇后语，意指很清白的人只要一入官场就会异化，变得世故圆滑起来。面糊盆：比喻官场。

② 迷魂阵 ——喻坑人害人的地方。

③ 睡馄饨 ——馄饨同浑沌，意指头脑不清楚，不懂世故，愚蠢不通。再以"睡"字形容，更强调其混沌之甚。

④ 胡芦提 ——这里是指假装糊涂。

赏析

这是一首讽世之作，揭露在金钱的诱惑和腐蚀下，世风日下，人心不古，全社会堕落腐败的现实。人皆与钱亲，善恶颠倒，是非混淆，连代表正义、良心和公理的文章都变成了交易的商品。曲子多用民间俚俗语，骂尽世人，旨在揭示金钱的罪恶，体现了作者强烈的愤世嫉俗精神。

3.【双调·湘妃怨】怀古

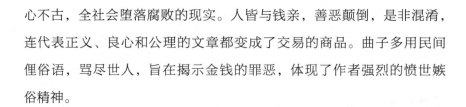

秋风远塞皂雕旗①，明月高台金凤杯②。红妆肯为苍生计③，女妖娆能有几？两蛾眉千古光辉；汉和番昭君去，越吞吴西子归④。战马空肥！

⊚ **注释**

① 皂雕旗——绣有黑鹰的旗子，是女真族的军旗。这句指昭君赴匈奴和亲。

② 高台——指姑苏台，吴王夫差安置西施的宫殿，历代传说地址不一。秦汉之前的典籍说在太湖中，不外东山、西山地区。今日景点有二，一在苏州横山，一在苏州灵岩山。金凤杯——镂刻着凤纹的金杯。意指西施在姑苏台侍宴。

③ 红妆——与下"女妖娆""蛾眉"均指代美女。

④ 越吞吴西子归——传说越国灭掉吴国后，辞官归隐的范蠡大夫携西施泛舟五湖而去。

⊚ **赏析**

这首小令咏史怀古，写昭君和番与西施进吴二事。作者一反前人观念，把这两位著名美女当作拯救民族国家危难的大英雄，高度称扬她们为天下苍生百姓甘愿牺牲自己青春和贞操的爱国精神，评其为光辉千古的巾帼豪杰。并以此比照责问那些平时吃着国家俸禄的文臣武将们，在国家危亡关头，又不知都到哪里去了，他们应当在昭君、西施面前感到自愧自羞，无地自容。"千古光辉"之赞，立意高远，一空前人。

4.【南吕·四块玉】客中九日

> 落帽风^①，登高酒^②。人远天涯碧云秋，雨荒篱下黄花瘦。愁又愁，楼上楼，九月九。

⊚ 注释

① 落帽风 —— 晋人孟嘉重阳节游龙山，帽子被风吹落而毫不在意，依旧与人作诗酬答。后来成为重阳登高的常用典故。见《晋书·孟嘉传》。
② 登高酒 —— 古代有重阳节登高饮菊花酒的风俗。

⊚ 赏析

本篇写农历九月初九重阳节登高饮酒，抒发异乡异客怀乡思亲之愁。语言浅俗，节奏分明。结尾由复叠字构成三个3字句，步步翻腾，使人感到作者一层层登上高楼，心中的感情波涛也一层层推向高潮，充分体现了散曲语言的情趣和魅力。

5.【越调·凭阑人】江夜

> 江水澄澄江月明，江上何人搊玉筝^①。隔江和泪听，满江长叹声。

⊚ 注释

① 搊（chōu）—— 以手指弹拨弦乐器。

◎ 赏析

本篇写月夜隔江听人弹奏古筝，其声凄切悲怨，一声声扣击人的心弦。弹筝者为谁，是男是女，所愁何事？究竟弹的是什么曲子？作者一概没有交待，而是用画家的背面敷粉法，把月夜风水之声幻听作满江叹息，不禁催人泪下，有力地渲染烘托筝乐感人，弹奏之人技艺高超，从而给读者留下了充分想象的余地。此外，四句中各嵌入一个"江"字，流连回环，自然和婉，毫无生硬之嫌。

（七）虞集（1272—1348）

虞集，字伯生，号道园，崇仁（今属江西）人。元成宗时，历官大都路儒学教授、翰林院待制兼国史院编修官、翰林直学士兼国子祭酒等职。《元史》卷一八一有传。著有《道园学古录》，散曲仅有小令1首传世。

【双调·折桂令】席上偶谈蜀汉事因赋短柱体

鸾舆三顾茅庐①，汉祚难扶②。日暮桑榆，深渡南泸③，长驱西蜀，力拒东吴。美乎周郎妙术，悲夫关羽云殂④。天数盈虚，造物乘除⑤。问汝何如，早赋归欤⑥。

◎ 注释

> ① 鸾舆——同"銮舆"，皇帝乘坐的车轿。这里指代刘备。他三顾茅庐时虽不是皇帝，但后来做了皇帝。
> ② 汉祚——汉朝政权。祚：帝位。

③ 深渡南泸 —— 诸葛亮晚年曾率军南渡泸水，平定孟获叛乱。泸：泸水，即今金沙江。

④ 悲夫关羽云殂（cú）—— 这句悲叹关羽死亡。关羽奉命镇守荆州，被东吴袭击，遭擒而死。

⑤ 造物乘除 —— 天神主宰着事物的盛衰命运。

⑥ 早赋归欤 —— 早些辞官归隐吧。典出陶渊明《归去来兮辞·序》。

⊛ 赏析

　　这是一篇咏史怀古之作，描述三国魏、蜀、吴争雄事迹，感叹兴亡成败皆有天数，非人力所能扭转，表现了作者抽身退步、遁世归隐的思想。吴梅在《霜崖曲话》卷四中说，此曲是虞集在一次文人宴会上，听到歌女顺时秀唱了一首短柱体的【折桂令】，爱其新奇，就以席间谈及的三国故事为题材，模仿其体，即席写成。虽为游戏之笔，也还精警可读。短柱体是曲中巧体之一，要在一句中押两韵或三韵（平仄可以通押）。通常一支曲牌中用一两句，已足以惊人；而此曲通首用"两字一韵"，稳贴绵密，极为罕见，一般人很难措办。可见元代曲家创作能力之一斑。

（八）薛昂夫（生卒年不详）

　　薛昂夫，名超吾，字昂夫，维吾尔族人。汉姓马，字九皋。居龙兴，元明宗天历年间任太平路总管。工诗能文，与虞集、萨都剌诸名家都有酬唱之作。散曲存世有小令65首，套曲3篇及残曲2句。《太和正音谱》论其曲"如雪窗翠竹"。

1.【正宫·塞鸿秋】

> 功名万里忙如燕，斯文一脉微如线①，光阴寸隙流如电，风霜两鬓白如练。尽道便休官，林下何曾见？至今寂寞彭泽县②。

注释

① 斯文一脉微如线 ——指文人代代承传的人格精神、道德情操已经堕落殆尽，所剩无几了。

② 彭泽县 ——指陶渊明。

赏析

这是一首讽世、愤世、自述其志之作。作者有感于口头标榜隐逸却行争名逐利之实的文人堕落现象，一针见血地戳破其言行相违，心不应口的假面，并借此表示了自己决心弃官归隐的志向。文笔锐利冷峻，刻写世人心理，入木三分。"尽道便休官，林下何曾见"是元曲警句，直刺人性真实，入木三分。

2.【中吕·朝天子】（选二首）

> 卞和，抱璞①，只合荆山坐。三朝不遇待如何？两足先遭祸。传国争符，伤身行货②，谁教献与他？切磋，琢磨③，何以偷敲破！
>
> 老莱，戏采④，七十年将迈。堂前取水作婴孩，犹欲双亲爱。东倒西歪，佯啼颠拜。虽然称孝哉，上阶，下阶，跌杀休相赖。

注释

① 璞 ——未经加工的玉石。

② 行（háng）货 ——对物的轻蔑称呼，犹言劳什子。

③ 切磋，琢磨 ——指研磨抛光一类的治玉工艺。

④ 戏采 —— 指故意穿得花里胡哨逗人开心。

❂ 赏析

　　第一曲嘲讽卞和献玉。传说春秋时楚人卞和在荆山发现了一块价值连城的玉璞，屡次拿去献给楚王，结果都被认定是石头，先后惩罚砍下了他的双脚。他坐在山下大哭，哭世人有眼无珠。楚王因此令人打开石头，取出一块美玉，命名为和氏璧。后来和氏璧落到秦王手里，被制成了传国玉玺。以往人们都把这个故事当作怀才不遇的寓言来看。作者一翻旧案，作惊人之言，偏说卞和犯贱，谁让他去积极献玉，活该砍了双脚。弄了这么一块劳什子，引得历代统治者争斗不休，早该在背地里砸碎了它，便不会惹出那么多的麻烦事了。正话反说，化悲剧为幽默喜剧。

　　第二曲嘲讽老莱子戏彩娱亲的做作与滑稽。传说老莱子七十岁时父母仍在，他故意穿得花里胡哨，装成小孩儿天真调皮的样子，以博取双亲的欢心。有一次他无意摔了一跤，就学着儿童的样子哭个不了。这个故事载于《二十四孝》等书，被树为封建孝道的样板。作者却挖掘出其中的喜剧因素，认为一个七十多的老头子故意装天真卖萌，实在显得滑稽可厌，简直就是一个小丑，叫人看了肉麻，从而对这种刻意追求孝名的行为进行了辛辣的嘲讽。二曲"真、新、精、深、趣"五要俱全，应为曲中神品。

3.【双调·庆东原】韩信

　　已挂了齐王印①，不撑开范蠡船。子房公身退何曾缠②？不思保全，不防未然，划地据位专权③。岂不闻自古太平时，不许将军见④。

⚙ **注释**

① 已挂了齐王印 —— 韩信在楚汉相争时，要挟刘邦封其为齐王。灭掉项羽统一天下之后，刘邦立即改封韩信为楚王，接着就贬为淮阴侯，以打击削弱他的势力。这句指韩信被罢免齐王之事。

② 子房公 —— 即张良，字子房。他佐助刘邦统一天下后，就不再参与朝政。

③ 刬（chǎn）地 —— 反而。

④ "岂不闻"两句 —— 出自宋元时流行的一句熟语，即"太平本是将军挣，不许将军见太平"。指统治者都要干卸磨杀驴的勾当。

⚙ **赏析**

　　此曲责备韩信不识进退保全之机，不懂得功高震主必遭不测的道理，不能像范蠡、张良那样在功成名就之后及早抽身退步，而一味贪恋权位，结果落得身败名裂的下场。作者借此鞭挞了封建统治者卸磨杀驴、薄情寡恩、忘恩负义的卑劣行径。曲子用旁敲侧击法，明责韩信，实则讥刺最高统治者。

4.【双调·楚天遥过清江引】（选二首）

　　屈指数春来，弹指惊春去。蛛丝网落花①，也要留春住。几日喜春晴，几夜愁春雨。六曲小山屏②，题满伤春句。春若有情应解语，问着无凭据③。江东日暮云，渭北春天树④，不知那答儿是春住处。

　　有意送春归，无计留春住。明年又着来，何似休归去。桃花也解愁，点点飘红玉⑤。目断楚天遥，不见春归路。春若有情春更苦，暗里韶光度⑥。夕阳山外山，春水渡傍渡，不知那答儿是春住处。

⊛ 注释

① 网——这里用作动词，意为网住，粘住。

② 六曲小山屏——指一组六扇屏风，上面画着山水画，题写着伤春的
  诗句。

③ 问着无凭据——意为问不出个究竟。

④ "江东日暮云"两句——出自杜甫《春日忆李白》诗，引指春去无迹，
  遍寻不见。

⑤ 红玉——喻指桃花。

⑥ 韶光——美好的时光。

⊛ 赏析

　　这是两首感伤春尽的带过曲，借景言情，抒发暮春花残、良辰美
景一去不返所引起的闲愁别绪。第一首中十三句九用"春"字，回环
往复，缠绵悱恻，在很大程度上吸取了词的意境和语句，但结尾"那
答儿"俗语词的衬入，又调入曲子的风味，和谐自然，是雅丽派以词
为曲的上乘之作。

　　第二首写春来春去对人们内心的折磨，意象更为清恻，调子更转
感伤，诗意词境更加浓厚。"夕阳山外山"为曲中金句，深得宋元山水
画"高远、平远、深远"之意境之妙。近人李叔同作《送别》"长亭外，
古道边"歌词曾引用，传播甚广。

（九）李泂（1274—1332）

　　李泂（jiǒng），字溉之，滕州（今山东滕县）人。少有文才，为姚
燧赏识，推荐于朝，授翰林国史院编修，后历官中书省掾、集贤院都

事、太常博士，元明宗天历年间升任翰林直学士，《元史》卷一八三有传。著有文集 40 卷，散曲存世仅套曲 1 篇。

【双调·夜行船】送友归吴

> 驿路西风冷绣鞍①，离情秋色相关。鸿雁啼寒，枫林染泪，撺断离情无限②。
>
> 【风入松】丈夫双泪不轻弹，都付酒杯间。苏台景物不虚诞③，年前倚棹曾看④。野水鸥边萧寺⑤，乱云马首吴山。
>
> 【新水令】君行那与名利关？纵疏狂柳羁花绊⑥。何曾畏道路难。往日今番，江海上浪游惯。
>
> 【乔牌儿】剑横腰秋水寒，袍夺目晓霞灿。虹霓胆气冲霄汉，笑谈间人见罕。
>
> 【离亭宴煞】束装预喜苍头办⑦，分襟无奈骊驹趱⑧。容易去何时重返？见月客窗思，问程村店宿，阻雨山家饭。传情字莫违⑨，买醉金宜散。千古事毋劳吊挽。阖闾墓野花埋⑩，馆娃宫淡烟晚⑪。

注释

---

① 驿路——建有驿站的官道。

② 撺断——撺掇，怂恿。这里是引起、触发的意思。

③ 苏台——即姑苏台，指代苏州。

④ 倚棹——指代乘船。

⑤ 萧寺——泛指佛寺。

⑥ 柳羁花绊——滞留于秦楼楚馆之中，迷恋于眠花宿柳的生活。

⑦ 束装预喜苍头办——意指仆人一听要回家，非常高兴，预先准备好了行装。苍头：老仆。

⑧ 分襟——别离。骊驹趱——马走得急。

⑨ 传情字莫违 —— 常写书信，保持联系。

⑩ 阖闾墓 —— 指虎丘山，传说吴王阖闾死后埋葬在此。

⑪ 馆娃宫 —— 吴王夫差为西施建筑的宫殿，遗址在今苏州灵岩山上。

❁ 赏析

这是一篇赠别之作。作者在一个西风萧瑟、秋色凄惨的日子里，送一位朋友远归苏州，心中虽有万种离愁，但还是以豪迈旷达的言词予以宽解和勉励，力求减轻对方的精神痛苦。曲中对吴地秀丽风光的描绘、对友人英姿壮怀的赞颂，都体现了这一基调。结尾设想前途之事，反复嘱咐，细细叮咛，又体现了对好友的体贴关怀，也委婉地表达了依依惜别的深情。笔力遒劲，措词精警。"丈夫双泪不轻弹"一句后来被明代大戏剧家李开先引入《宝剑记》，改成"丈夫有泪不轻弹，只因未到伤心处"，该句成为脍炙人口的名句。

（十）鲜于必仁（约 1276—1330）

鲜于必仁，字去矜，号苦斋，蓟州（今天津蓟县）人，曲家鲜于枢之子。曾漫游各地，通音律，长于词曲。今存散曲小令 29 首，《太和正音谱》评其曲"如奎璧腾辉"。

【双调·折桂令】燕山八景（选一首）

芦沟晓月

出都门鞭影摇红。山色空蒙，林景玲珑。桥俯危波①，车通远塞，栏倚长空。起宿霭千寻卧龙②，掣流云万丈垂虹。路杳疏钟，似蚁行人，如步蟾宫③。

⚙ 注释

① 危波 —— 波浪汹涌的水流。

② 宿霭（ǎi）—— 指晓烟晨雾。千寻 —— 犹言千丈。古代八尺为一寻。

③ 蟾（chán）宫 —— 月宫。

⚙ 赏析

　　这首小令是作者所作《燕山八景》组曲之一，写一弯晓月下雄伟壮丽的芦沟桥奇观。此桥建于金代，位于北京城西南永定河上，是出入京城南门的必经之地，至今犹在。作者于黎明时分骑马出京，鞭影在红霞中频频摇动，来到桥边，见远处山影迷蒙，近处林木清秀；然后登桥俯视远望，留连观赏；过桥之后，反顾洁白的石桥犹如千丈玉龙跃出晨雾，卧于水波之上，又像一道长虹，升起在空中。听着远处传来稀疏的晨钟声，再看桥上像蚂蚁一样小的行人，就好像走在月宫中一样。移步换景，层次清楚，引人入胜，如临其境。

（十一）阿鲁威（生卒年不详）

　　阿鲁威，字叔重，号东泉，人或以鲁东泉称之，蒙古族人。元英宗至治年间任泉州路总管，泰定朝历任经筵官、参知政事。散曲传世有小令 19 首。《太和正音谱》评其曲"如鹤唳青霄"。

【双调·寿阳曲】

千年调①，一旦空。惟有纸钱灰晚风吹送。尽蜀鹃血啼烟树中②，唤不回一场春梦。

注释

① 千年调——唐范摅《云溪友议》卷一一记载诗人王梵志有诗云："世无百年人，拟作千年调。"意指世人愚昧，总爱做长命不死的打算，其实人生有限。

② 蜀鹃——即杜鹃鸟，其叫声如作"不如归去"。传说为古蜀国望帝屈死所化，故有啼血之说。

赏析

此曲写清明寒食，郊野中新坟旧冢累累，祭奠焚烧的纸钱灰在晚风中飘荡，亲人的哭泣声隐隐传来。引发作者对生命价值意义的沉思，感伤人向死而生，总要走向坟墓这个共同的归宿，不禁慨叹人生碌碌，了如春梦，死则成空；世人都费尽心机，拼命争夺，好像会千年不死一样，真是可悲可叹。以特定环境特定氛围为曲，写得沉痛悲凉，蕴含着发人深省的人生哲理。

（十二）王元鼎（生卒年不详）

王元鼎，约与阿鲁威同时，曾官翰林学士。孙楷第《元曲家考略》考证其即为西域人玉元鼎，原名阿鲁丁，可备一说。散曲存世有小令7首、套数2篇。

1.【正宫·醉太平】寒食

> 声声啼乳鸦，生叫破韶华①。夜深微雨润堤沙，香风万家。画楼洗净鸳鸯瓦②，彩绳半湿秋千架。觉来春日上窗纱，听街头卖杏花。

注释

① 韶华 ——美好时光，此指春光。

② 鸳鸯瓦 ——比喻一俯一仰成对扣合的屋瓦。

赏析

春晓高卧，被声声雏鸦唤醒。昨夜下了一场小雨，天地冲洗一新，万物充满生机。随着一轮红日高升，街头传来了卖杏花的吆喝声。作者观察细致，把喜悦心情与这欣欣向荣、情趣盎然的声光画面交融在一起，读来沁人心脾。

2.【双调·折桂令】桃花马

> 问刘郎骥控亭槐①？觉红雨潇潇②，乱落苍苔。溪上笼归③，桥边洗罢，洞口牵来。摇玉辔春风满街，摘金鞍流水天台④。锦绣毛胎，嘶过玄都⑤，千树齐开。

注释

① 问刘郎骥控亭槐 ——意为莫非是刘晨骑着桃花马来到人间，拴在亭畔的槐树上？骥：马。控：拴。

② 红雨 ——这里指飘落的桃花。

③ 笼归 ——把马用缰绳牵回来。

④ 摘金鞍流水天台 ——意为那匹桃花马脱去了背上的金鞍，顺着流水，逃

下了天台山。

⑤ 玄都 —— 玄都观，在长安城中。唐刘禹锡《戏赠看花诸君子》诗："玄都观里桃千树，尽是刘郎去后栽。"

⊛ 赏析

此曲实为咏叹一匹桃花色的骏马，写得极其浪漫而传神。魏晋时相传刘晨、阮肇入天台山采药，与仙女在桃花盛开的山洞里结为夫妻。这首小令借此生发想象，把无形的春天拟为一匹仙人乘坐的桃花马。它从仙境中走来，带来了美丽的春光，千万树桃花盛开。意象优美，空灵飞动，令人神往。

（十三）邓学可（生卒年不详）

邓学可，名熙，庐陵（今江西吉安一带）人。曾寓居杭州，善书法，与张雨交善。散曲存世仅有套曲1篇。

【正宫·端正好】乐道

撇罢了是和非，拂掉了争和斗，把心猿意马牢收。舞西风两叶宽袍袖，看日月搬昏昼。

【滚绣球】千家饭足可週①，百结衣不害羞②。问甚么破设设歇着皮肉③，傲人间伯子公侯④。闲遥遥唱些道情，醉醺醺打个稽首⑤。抄化些剩汤残酒，咱这愚鼓简子便是行头⑥。今朝有酒今朝醉，明日无钱明日求，散诞无忧。

【倘秀才】积书与子孙未必尽收，积金与子孙未必尽守。我劝你莫与儿孙作马牛。恰云生山势巧，早霜降水痕收⑦。怎熬他乌飞兔走。

【滚绣球】恰见元宵灯挑在手，又早清明沿门插柳⑧。正修禊传觞流曲⑨，不觉击鼍鼓竞渡龙舟⑩。恰才七月七，又早是九月九。咱能够几番价欢喜厮守⑪？都在烦恼中过了春秋。你子见纷纷世事随缘过，都不顾急急光阴似水流，白了人头。

【倘秀才】有一等造园苑磨砖砌甃⑫，盖亭馆雕梁画斗⑬，费尽工夫得成就。今日是张家地，明日是李家楼，大刚来只是翻手合手⑭。

【滚绣球】划荆棘凿做沼池⑮，去蓬蒿广栽榆柳，四时间如开锦绣。主人公能得几遍价来往追游⑯？亭台即渐摧，花木取次休。荆刺又还依旧，使行人嗟叹源流。往常间奇葩异卉千般秀，今日个野草闲花满地愁，叶落归秋。

【呆古朵】休言尧舜和桀纣，都不如郝、孙、谭、马、丘、刘⑰。他们是文中子门徒⑱，亢仓子志友⑲。休说为吏道的张平叔⑳，做烟月的刘行首㉑。若不是阐全真的王祖师㉒，拿不着打轮的马半州㉓。

【太平年】汉钟离原是个帅首㉔，蓝采和本是个俳优㉕，悬壶翁本不曾去沽油㉖，铁拐李险烧了尸首㉗。贺兰仙引定曹国舅㉘，韩湘子会造逡巡酒㉙。吕洞宾三醉岳阳楼，度了数千年的绿柳㉚。

【随煞】休言功行何时就，谁道玄门不可投㉛？人我场中枉驰骤，苦海波中早回首。说什么四大神游㉜，三岛十洲㉝？这神仙隐迹埋名，敢只在目前走。

❂ 注释

①遇——同"赒"，供给，赡养之意。

② 百结衣 —— 用许多布块缝成的衣服。

③ 歇着 —— 意为露着。

④ 伯子公侯 —— 古代五等爵，顺序为公侯伯子男，这里求合韵律而省略颠倒。

⑤ 稽（qǐ）首 —— 古时的一种跪拜礼节。

⑥ 愚鼓简子 —— 道士乞讨唱道情时用来伴奏的鼓和简板。愚鼓也作渔鼓。行头 —— 演员演出时用的服装和道具，这里含有游戏人生的意思。

⑦ 霜降水痕收 —— 秋天水枯，留在岸壁上的水位印迹下降。

⑧ 沿门插柳 —— 古代有清明节门口插柳，以避邪祟的风俗。

⑨ 修禊（xì）—— 古代三月三日上巳节，人们欢聚水滨洗濯，以祓除不祥，称为修禊。传觞流曲 —— 即曲水流觞，是古代文人宴饮娱乐的一种游戏，多用漆木杯盛酒，置于曲折的水沟中，杯子流到谁面前停止谁就取出饮干。

⑩ "不觉击"句 —— 这句写端午节赛龙舟的风俗。鼍（tuó）鼓：鼍皮即鳄鱼皮，制鼓极响。此泛指鼓。

⑪ 价 —— 语助词，无义。下同。

⑫ 甃（zhòu）—— 井壁。

⑬ 斗 —— 此指斗拱。古建筑屋檐下的构件。

⑭ 大刚来 —— 总之。

⑮ 划 —— 同"铲"，铲除。

⑯ 追游 —— 追赶着时光游乐。

⑰ 郝、孙、谭、马、丘、刘 —— 指郝大通（号广宁）、孙不二（号清静散人）、谭处端（号长真）、马钰（号丹阳）、丘处机（号长春）、刘处玄（号长生），都是金元间人，道教全真派的道长祖师。

⑱ 文中子 —— 指隋末唐初人王通，即唐初诗人王勃之祖父。因其著有《文中子》一书，故称。金元全真教受了王通思想的影响，都夸称是他的门徒。

⑲ 亢仓子 —— 一部道家典籍，旧题庚桑楚撰，实由唐代王士元辑补。这里

引指志同道合的道友。

⑳ 张平叔 —— 即张伯端，宋代天台人，字平叔，号紫阳，道士。

㉑ 刘行首 —— 原为汴梁妓女，有道缘，经马丹阳点化入道，后成仙。故事见杨讷《马丹阳度脱刘行首》杂剧。

㉒ 王祖师 —— 这里指全真教教主王嘉，号重阳真人。

㉓ 马半州 —— 指马丹阳，因其家富，"田宅有半州之盛"，故称。见马致远《马丹阳三度任风子》杂剧。

㉔ 汉钟离 —— 传说中的八仙之一。帅首 —— 元帅，将军。钟离率军征蛮，兵败出家。

㉕ 蓝采和 —— 八仙之一。俳优 —— 演员。蓝采和曾在街上行乞唱歌。

㉖ 悬壶翁 —— 即壶公，晋宋传说中的神仙。"常悬一空壶于屋上，日入之后，公跳入壶中，人莫能见。"见葛洪《神仙传》。但八仙传说中未见有此人。

㉗ "铁拐李"句 —— 铁拐李为八仙之一。传说他出神行游日久，肉体被徒弟烧化，遂托体饿莩。见《东游记》第六回。

㉘ 贺兰仙 —— 八仙之一，即后来传说的何仙姑。曹国舅 —— 八仙之一。

㉙ "韩湘子"句 —— 韩湘子为八仙之一，传说其为韩愈之侄，曾为韩愈表演造酒开花的幻术。花开现出金字二行，即"云横秦岭家何在，雪拥蓝关马不前"。韩愈后被贬潮州，完全应验了这两句诗。会造逡巡酒即据此捏合而成。

㉚ "吕洞宾"二句 —— 吕洞宾为八仙之一，传说其多次醉酒于岳阳楼，度脱千年柳树精成仙。宋元间此传说流行甚广，不少元曲家都写过这个题材。

㉛ 玄门 —— 道门，神仙之门。

㉜ 四大神游 —— 即神游天地宇宙之间。道家以天、地、道、人为四大。见《老子》。

㉝ 三岛十洲 —— 皆为传说中的海上仙山。见《十洲记》。

⊛ 赏析

　　此曲主旨是歌颂隐居乐道，属于元代散曲十五体中的黄冠体，即所谓"神游广漠，寄情太虚，有餐霞服日之思"，是宣扬道教全真派宗教哲学思想的作品。但是这篇套曲另有特色，作者运用纵横恣肆的语言，尽情尽兴地对社会人生的世情庸俗面进行了广泛深入的嘲讽和批判，同时极力铺述山间林下修道隐居生活的逍遥和自由，表现了融生命于自然的审美追求。作者用笔如行云流水，透辟尽兴，极尽曲语随意泼洒之能事。

（十四）乔吉（1280—1345）

　　乔吉，字梦符，号笙鹤翁，又号惺惺道人，太原人，流寓杭州。一生布衣，浪迹江湖，寄兴词曲。作杂剧12种，散曲有集名《梦符散曲》，存世有小令210首，套曲11篇。他是元代后期散曲作家的代表人物，与张可久齐名，并称"乔张"。《太和正音谱》评其曲如"神鳌鼓浪"。

1.【正宫·醉太平】渔樵闲话

　　柳穿鱼旋煮，柴换酒新沽。斗牛儿乘兴老樵渔①，论闲言伐语②。燥头颅束云担雪耽辛苦③，坐蒲团攀风咏月穷活路④，按葫芦谈天说地醉模糊。入江山画图⑤。

⊛ 注释

① 斗牛儿——本为两牛相斗的游戏，这里比喻争论，抬杠。这句的正常语序应为"老樵渔乘兴斗牛儿"，为押韵倒装。

②伥语 —— 多余的话。

③燥 —— 此指头发焦枯。束云担雪 —— 此喻白发。

④攀风咏月 —— 此指谈论旧事。穷活路 —— 穷生活。

⑤江山画图 —— 犹言江山如画。

⊛ 赏析

此曲极尽渔樵清闲逍遥之乐。渔樵们醉酒江湖云林之间，以旁观者的姿态闲论世事，笑谈古今，不拘题目，没有中心，想说什么就说什么，说到哪儿算哪儿。如要争一争，抬抬杠，那态度也不必认真。字里行间，流露着作者对功名富贵、红尘劳攘的厌倦情绪。格调高古野逸，气度不凡，不输大家格局。

2.【正宫·绿幺遍】自述

> 不占龙头选①，不入名贤传②。时时酒圣，处处诗禅③。烟霞状元④，江湖醉仙。笑谈便是编修院⑤。留连，批风抹月四十年⑥。

⊛ 注释

①龙头 —— 科举时代指称状元。宋王禹偁《寄状元孙学士》诗："唯爱君家棣华榜，登科记上并龙头。"

②名贤传 —— 指圣贤人物的传记。

③诗禅 —— 像佛徒参禅一样，沉入诗歌创作的审美境界。

④烟霞状元 —— 意为论说自然美景则我必为天下第一。

⑤编修院 —— 宋代朝廷中专门负责编修国史的官署机构，并属翰林院。

⑥批风抹月 —— 指词曲创作。

⊛ 赏析

作者此曲自述生平志向，表达不愿做圣贤君子，甘心放浪于诗酒江湖的生活态度。把"龙头选"与"烟霞状元"，"名贤传"与"编修院"对举，从同义词中生出两种对立的意义，鲜明地表示了作者的人生选择，颇为简洁有味，出人意表。

3.【中吕·山坡羊】寓兴

> 鹏抟九万①，腰缠十万，扬州鹤背骑来惯②。事间关③，景阑珊④，黄金不富英雄汉。一片世情天地间⑤。白，也是眼；青，也是眼⑥。

⊙ 注释

① 鹏抟（tuán）九万 ——化用《庄子·逍遥游》"抟扶摇而上者九万里"，比喻飞黄腾达。抟：盘旋。

② "腰缠十万"二句 ——指既富且贵还要成仙。典出殷芸《小说》，讲述东晋某人希望"腰缠十万贯，骑鹤上扬州"的故事。

③ 间关 ——道路崎岖艰险。这里引指办事不力，处处受阻。

④ 阑珊 ——衰败。

⑤ 一片世情天地间 ——意指到处充满炎凉和浇薄的世态人情。

⑥ "白，也是眼"二句 ——晋人阮籍狂放傲世，对满意的人以青眼相看，对讨厌的人则投以白眼。见《晋书·阮籍传》。这里加以引申，指狗眼看人低的势利小人相。

⊙ 赏析

这首小令感叹世态炎凉和人情浇薄，寄寓满腔的愤世嫉俗之情。有钱的，飞黄腾达，平步青云，荒淫豪奢，人则以青眼相看，如敬神明；没有钱，则处处受阻，一事难成，景象凄凉，就算你是顶天立地的英雄好汉，世人也以白眼相看，根本瞧不起你。作者对这种势利的普遍世相表示了极大的愤慨和憎恶。本篇用典如讲故事，易入易解，张大气势。

4.【越调·天净沙】即事（选一首）

莺莺燕燕春春，花花柳柳真真①，事事风风韵韵。娇娇嫩嫩，停停当当人人②。

✿ 注释

① 花花柳柳真真——"花柳真"的重叠。真即真切，指花红柳绿，色彩鲜艳。

② 停停当当——"停当"的重叠。是妥帖，恰当的意思。这里指美女那种增之一分则嫌长，减去一分则嫌短的合适、恰当。

✿ 赏析

这是一幅春日美人图，即眼前所见速写而成。先描绘出阳春三月，莺飞燕舞，桃红柳绿，春光明媚的一组动人的背景，接着推出一位风神翩翩，仪态优雅，标致绝伦的美丽少女的特写镜头。艳丽春光把她的青春美貌烘托渲染得分外出色、动人。曲子通篇采用叠字，颇为新奇，是曲中巧体之代表。

5.【越调·凭阑人】金陵道中

瘦马驮诗天一涯，倦鸟呼愁村数家①。扑头飞柳花，与人添鬓华②。

✿ 注释

① 倦鸟——象征奔波旅途之人。

② 鬓华——两鬓白发。华：同"花"，喻白发。

✿ 赏析

这首小令写天涯沦落、身心疲惫之苦，是作者流浪江南，春行金陵道中所作。抒情主人公本是一位多愁善感，富有诗人气质的人，他骑着一匹瘦马，孤身流浪，已是悲戚万分，恰值鸟鸣惊心，柳絮扑头的春天，就更让他心烦意乱，忧思如麻。他感到鬓边的白发，在雪片似的飞絮中，又增添了许多，那内在的哀痛是可想而知的了。此小令以诗词法作曲，是精工雅丽风格的代表作。

6.【双调·折桂令】荆溪即事

问荆溪溪上人家：为甚人家，不种梅花？老树支门①，荒蒲绕岸②，苦竹圈笆③。寺无僧狐狸样瓦④，官无事乌鼠当衙⑤。白水黄沙，倚遍阑干，数尽啼鸦。

⊙ 注释

① 支门——支撑着门。
② 蒲——蒲草，一种生长在浅水中的植物。
③ 圈笆——围绕屋院的篱笆。
④ 寺无僧狐狸样瓦——极言荒寺之破败。样：同"漾"，抛掷的意思。
⑤ 官无事乌鼠当衙——极写官府衙门的冷落萧条。乌鼠：乌鸦与老鼠。

⊙ 赏析

荆溪在江苏宜兴县南，是流入太湖的一条小河，因靠近荆南山得名，沿岸风景秀丽，是历代文人雅士游栖题咏的风景胜地。这首小令就是作者游览荆溪时所作，他写这里并不如人们所说的那样美丽，不但没有梅花，而且没有欢声笑语，只有满目破败荒凉的景象，死一般的沉寂和冷落。这曲折地反映了元末社会的黑暗，讽刺了地方吏治的腐败。此曲取景偏于写实，与宋元山水画的审美意向有所不同，表达出另一种荒寒苦野的风调。

（十五）阿里西瑛（生卒年不详）

阿里西瑛，西域回族人。元曲家阿里耀卿之子。元顺帝至正年间隐居苏州，与贯云石、乔吉等交游。孙楷第《元曲家考略》说他就是木八剌，字西瑛。今存小令4首。

【双调·殿前欢】懒云窝（选一首）

西瑛有居号懒云窝，以【殿前欢】调歌此以自述。

懒云窝，客至待如何？懒云窝里和衣卧，尽自婆娑①。想人生待则么②？贵比我高些个，富比我憁些个③。呵呵笑我，我笑呵呵。

⊙ 注释

① 婆娑——此指舒坦，惬意。
② 待则么——要怎么样。
③ 憁（còng）——奔走钻营。

⊙ 赏析

懒云窝是作者为自己的住所起的名字，其地址在苏州城内东北角。这组重头小令计有3首，都是自述胸怀之作。当时乔梦符、贯云石等名曲家多有同题唱和。此曲突出抒写自我闲散疏懒的性格和人生态度，感叹生命短暂如梦幻，富贵空虚如花之开落。实以疏懒为放达，为超越。

⊙ 曲谱

又名【小妇孩儿】、【凤将雏】、【凤引雏】等。九句：377455544，

｜ － － ▲ ＋ － ＋ ｜ ｜ － － ▲ ＋ － ＋ ｜ － － ＼ ▲ ＋ ｜ － － ▲ －

— | | — ▲ + | — — | ▲ + | — — \ ▲ + — + | ，+ | — — ▲

第六句有作 3 字句 "— — |" 者，个别也有简省此句。如杨朝英就曾作 "八句【殿前欢】"，认为 "也唱得"，遭到周德清激烈批评。可见曲律是有宽严之别的。

（十六）刘致（生卒年不详）

刘致，字时中，号逋斋。石州宁乡（今山西离石）人。历官永新州判（治所在今江西）、河南行省掾、翰林院待制、江浙行省都事等职。与姚燧、虞集等有交往而辈分略晚。散曲存世有小令 74 首、套曲 4 篇。

【双调·殿前欢】

> 醉颜酡，太翁庄上走如梭。门前几个官人坐，有虎皮驮驮①。呼王留唤伴哥②，无一个。空叫得喉咙破。人踏了瓜果，马践了田禾。

◉ 注释

① 虎皮驮驮 —— 蒙古族置于马背装载东西的兜驮，用虎皮做成，是官吏使用的器具。
② 王留、伴哥 —— 元杂剧中人物通名，犹今言张三、李四。

◉ 赏析

这首小令写元朝官吏下乡扰民。他们喝得醉醺醺，带着一群如狼似虎的差役，驮着抢夺的财物，来到太翁庄上。村民都吓得避之唯恐不及，没有一个出来招待他们。这伙强盗般的官差非常恼怒，临走时把田园庄稼践踏得一塌糊涂。作者用口语俗言不动声色地记下了现实生活中发生的这一幕，呈现存在的本真状态，而不加评论，但憎恶之情已深寓其中。

（十七）苏彦文（生卒年不详）

苏彦文，金华（今属浙江）人，以才学优异为江西行省掾，入中书省，擢引进之职，不久即因母逝归家守孝。《录鬼簿》列入"已死才人不相知者"。散曲仅存套曲1篇。

【越调·斗鹌鹑】冬景

地冷天寒，阴风乱刮。岁久冬深①，严霜遍撒。夜永更长②，寒浸卧榻。梦不成，愁转加。杳杳冥冥③，潇潇洒洒④。

【紫花儿序】早是我衣服破碎，铺盖单薄，冻的我手脚酸麻。冷弯做一块⑤。听鼓打三挝⑥。天那！几时挨的鸡儿叫更儿尽点儿煞⑦。晓钟打罢，巴到天明，划地波查⑧。

【秃厮儿】这天晴不得一时半霎⑨，寒凛烈走石飞沙。阴云黯淡闭日华⑩，布四野，满长空，天涯。

【圣药王】脚又滑，手又麻。乱纷纷瑞雪舞梨花。情绪杂，囊箧乏⑪。若老天全不可怜咱，冻钦钦怎行踏⑫。

【紫花儿序】这雪袁安难卧⑬，蒙正回窑⑭，买臣还家⑮，退之不爱⑯，浩然休夸⑰。真佳！江上渔翁罢了钓槎。便休题晚来堪画，休强呵映雪读书^⑱，且免了这扫雪烹茶^⑲。

【尾声】最怕的是檐前头倒把冰锥挂。喜端午愁逢腊八^⑳，巧手匠雪狮儿一千般成^㉑，我盼的是泥牛儿四九里打^㉒。

⊙ 注释

① 岁久冬深——犹言寒冬腊月。岁久：指岁暮，岁尽，即腊月。

② 夜永——夜长。

③ 杳杳冥冥——形容冬日雪夜阴沉昏暗的状态。

④ 潇潇洒洒——雪花飘洒的声音。

⑤ 弯——指身体蜷缩，弯蜷。

⑥ 挝——通挝，指打鼓。

⑦ 更儿尽点儿煞——停止打更报点，意指天亮。

⑧ 划地波查——意为怎地如此难熬难挨。划地：怎地。波查：本为梵语，
   意为危害，元曲中多作苦难解。

⑨ 一时半霎——会儿。口语词，指时间极短。

⑩ 日华——日光。

⑪ 囊箧（qiè）乏——指一文莫名，穷得什么都没有。

⑫ 冻钦钦——冻得浑身发抖的样子。行踏——行走。

⑬ 袁安难卧——汉人袁安先前家贫，大雪封门，高卧不出。人以为贤，举
   为孝廉。见《后汉书·袁安传》。这里反用此典，意为今日大雪，就连
   袁安那样的高士也冻得躺不住。

⑭ 蒙正回窑——北宋贤相吕蒙正，年少时困顿穷乏，曾栖身于洛阳城南窑
   洞里。王实甫作有《吕蒙正风雪破窑记》杂剧。

⑮ 买臣还家——汉初会稽太守朱买臣先前家贫，以卖柴为生。这里指风雪
   之大，天气之冷，连朱买臣都卖不成柴，只好回家。

⑯ 退之不爱——退之是唐代韩愈的字。他因劝谏皇帝被贬潮州，途经蓝
   关，遇大风雪，曾赋《左迁至蓝关示侄孙湘》诗，中有"雪拥蓝关马不
   前"的名句。

⑰ 浩然休夸 ——唐代诗人孟浩然喜雪，他认为诗思在风雪中骑驴游赏时才能产生。

⑱ 休强 ——意为不要发獐，逞强。映雪读书 ——晋人孙康好学，家贫无钱买灯油，冬夜靠雪光映照读书。

⑲ 扫雪烹茶 ——以雪水煮茶，是文人雅事。典出宋皇都风月主人《绿窗新话》所记陶谷事。

⑳ 喜端午愁逢腊巴 ——意为饥寒交迫的人喜欢夏天，过冬天则发愁。

㉑ 雪狮儿 ——用积雪堆塑的狮子，供人们冬季游赏。

㉒ 泥牛儿 ——古代风俗，立春时鞭打泥牛以劝耕。立春打泥牛本在六九，即"春打六九头"，这里盼望提前到最冷的四九，言其因寒冷之极所生的主观愿望。

✿ 赏析

这篇套曲在元代暴红，钟嗣成《录鬼簿》记载"苏彦文有'地冷天寒'【越调】及诸乐府"，是作者的成名作与代表作。通过铺叙冬雪之景，描写穷苦文士在严冬腊月蜷缩挣扎，啼饥号寒的窘迫之态，极其真实地反映了下层人民忍冻受饿、饥寒交迫的生活处境与精神痛苦。如非身历其境者绝然说不出、写不出。中国文学史上咏雪名篇极多，但从贫苦人的角度抒写不得温饱时对雪的体验和感受，则以此曲最为生动而深刻。

（十八）周德清（1277—1365）

周德清，字日湛，号挺斋，高安（今属江西）人。生平酷爱声歌，精音律，通音韵。他根据关、郑、白、马等北曲家的创作实践，采集归纳，于泰定元年（1324）编成第一部系统完整的北曲韵书《中原音韵》，这是一部以曲韵而兼有曲论、曲谱、曲选的学术名著。所作散曲今存小令 31 首，套曲 3 篇。

【双调·蟾宫曲】

倚篷窗无语嗟呀①，七件儿全无②，做甚么人家③。柴似灵芝，油如甘露，米若丹砂。酱瓮儿恰才梦撒④，盐瓶儿又告消乏。茶也无些⑤，醋也无些。七件事尚且艰难，怎生教我折柳攀花⑥。

⚙ 注释

① 嗟呀——叹气。
② 七件儿——即"早晨开门七件事"，指柴、米、油、盐、酱、醋、茶。
③ 做甚么人家——犹言还成什么人家，指日子过不下。
④ 梦撒——民间俗语词，无，没有。
⑤ 些——押家麻韵，读 xiā。
⑥ 折柳攀花——指才子风流之事。

⚙ 赏析

描写元代文人士子穷困潦倒，生活极其窘迫的情形。造成这种情形的原因，除了元统治者歧视文人，把他们打入"八娼九儒十丐"的社会最底层以外，还有滥发钞票、货币混乱，导致物价暴涨等。"柴似灵芝，油如甘露，米若丹砂"，便是元代物价昂贵、民不聊生的真实记录，有深刻的典型意义和史料价值。结尾出之浪漫的攀花折柳事，自嘲自乐，自我调侃，化沉重为轻松。

（十九）徐再思（1280？—1330？）

徐再思，字德可，嘉兴（今属浙江）人。他是元代中后期著名的散曲家，曾为嘉兴路史，聪敏貌秀，擅长词曲，约与贯云石（酸斋）同时并齐名。以其好食甘饴（糖），而号甜斋。世人并称贯、徐两人的散曲为"酸甜乐府"。今存散曲小令 103 首。《太和正音谱》论其曲"如桂林秋月"。

1.【越调·凭阑人】无题

九殿春风鸺鹊楼①，千里离宫龙凤舟②。始为天下忧③，后为天下羞。

❀ 注释

① 鸺（zhī）鹊楼——汉武帝所建宫殿名。见《三辅黄图》卷二。这句形容汉武帝晚年穷奢极欲的生活。

② 千里离宫龙凤舟——指隋炀帝在扬州大建离宫别馆，征调民工开运河，乘龙船下扬州事。离宫：皇帝的行宫。

③ 始为天下忧——武帝早年志向远大，雄才大略。隋炀帝登基前封晋王，也是一个爱惜士卒、能文能武的贤才。见《汉书·武帝纪》和《隋书·炀帝纪》。

❀ 赏析

这是一首咏史之作，通过对汉武帝和隋炀帝两个著名帝王先好后坏，逐渐腐败堕落的史实的概括，揭露出中国历史的一个"怪圈"现象：像汉武帝、隋炀帝那些封建暴君、昏君并非天生暴虐荒淫，恰恰相反，他们初起时往往都是忧国忧民，有雄才大略，志在天下的仁德贤明之君。可最后却总要走向它的反面，成为误国殃民、为天下所不齿的独夫民贼。目光如炬，大笔如椽，横扫百代。"始为天下忧，终为天下羞"的警言不亚于千年之后西方哲人所发现的"绝对权力导致绝对腐败"的历史定律。"无题"并非无知无识，其中奥秘虽未点破，更引人沉思。

2.【双调·沉醉东风】春情

> 一自多才间阔①，几时盼得成合②？今日个猛见他，门前过。待唤着怕人瞧科③，我这里高唱当时【水调歌】④。要识得声音是我。

注释

① 一自——自从。多才——才子，这里指情郎。间阔——隔绝得很久。

② 成合——聚合，欢会。

③ 瞧科——看破。

④【水调歌】——即【水调歌头】，宋元时流行的一个词调。

赏析

这首小令写一位少女与情人被长久隔绝，突然看见他从门前经过。由于种种原因，她非但不能跟他亲近，甚至连打一声招呼都不敢。因为他们的恋爱尚未公开，生怕被人看破。她忽然灵机一动，高唱起他俩初恋时她曾经唱过的一首歌曲，故意让他听见她的声音，以引起他的注意。曲子构思新巧，纯用白描手法，刻画出一位聪灵绝顶的多情女友，表达出爱情生活中充满喜剧色彩的一幕，富有民歌风味。

3.【双调·蟾宫曲】春情

> 平生不会相思，才会相思，便害相思①。身似浮云，心如飞絮，

气若游丝②。空一缕余香在此③，盼千金游子何之④。症候来时⑤，正是何时？灯半昏时，月半明时。

注释

① 害相思 —— 指患相思病。

② 游丝 —— 又叫晴丝。春日晴空中飘荡的细丝，是蜘蛛等小昆虫吐出来的。

③ 一缕余香 —— 指熏香的残烟。

④ 盼千金游子何之 —— 意为自己苦苦盼望的远游情侣携着千金不知在哪里游荡。

⑤ 症候 —— 病状。

赏析

这首小令代闺中人立言，诉说相思之苦，突出表现女主人公害相思病的内在体验和感受。语言朴拙，本色，显出一派天真稚气。开头三句与结尾四句使用重韵，即用同一字做韵脚，这叫"独木桥"体，为曲体独创。写出一种絮絮低语，诉之不尽的感觉，恰好传达出女主人公内心缠绵悱恻、难以梳理的相思之情。

4.【双调·清江引】相思

相思有如少债的①，每日相催逼。常挑着一担愁，准不了三分利②。这本钱见他时才算的。

注释

① 少债 —— 欠债。

② 准不了 —— 折不了，抵不上。三分利 —— 十分本钱收三分利息。

⊙ 赏析

　　这首小令写男女相思的心理熬煎之苦，犹如欠人之债，整日被人催逼追讨一样，叫人难以忍受。即使整天挑着一担子愁烦去折还，竟连三分利息都抵不上，反而越欠越多，恰似当时流行的高利贷，驴打滚，羊生羔，本利倍生，永远偿还不清。可是，只要能和情侣见上一面，过去所有的欠债连本带利就会一下子偿清。构思奇特，颇富想象力，非常精切地表达出了男女相思之情的力度和强度。散曲学的开山大师任二北先生在《曲谐》中评论此曲说："以放债喻相思，亦元人沿用之意，特以此词为著耳。"

5.【双调·水仙子】夜雨

　　一声梧叶一声秋①，一点芭蕉一点愁，三更归梦三更后②。落灯花棋未收③，叹新丰孤馆人留④。枕上十年事⑤，江南二老忧⑥，都到心头。

⊙ 注释

① 一声梧叶一声秋 —— 雨打梧桐叶，几乎每一声都在诉说着秋日的愁烦。

② 归梦 —— 游子归乡之梦。

③ 落灯花棋未收 —— 宋赵师秀《有约》诗："有约不来过夜半，闲敲棋子落灯花。"这里引指昨夜未及收拾的残乱棋局。

④ 叹新丰孤馆人留 —— 唐初文士马周未达时曾落魄潦倒于新丰旅舍，受尽店主人的冷落。这里引用此事言其潦倒未遇。

⑤ 枕上十年事 —— 靠在枕上回首平生往事。

⑥ 江南二老 —— 家中父母。作者家在浙江嘉兴，故以江南指之。

赏析

　　此曲抒发游子思乡之愁，为作者自叙身世之作。主人公漂泊江湖，十年未归，羁留旅舍，在一个秋雨连绵的深夜里，刚刚做了一个回乡与亲人团聚的好梦，就被雨打芭蕉声和桐叶落地声惊醒了，片刻的欢乐顿时化作无边的愁烦和凄凉；灯花落尽，微弱的烛光照着昨夜未下完的残棋，心中更增添了一层迷茫之情。他再也不能入睡，回想半生坎坷，父母长久倚门待归，万绪千愁一齐涌上心头。开头三句用鼎足对，多用数量词，而且有意重复回环，与层层深化展开的情感意绪和谐一致，如同声声叹息，萦绕耳畔，极具神韵。

6.【双调·水仙子】春情

> 　　九分恩爱九分忧①，两处相思两处愁，十年迤逗十年受②。几遍成几遍休③，半点事半点惭羞④。三秋恨三秋感旧⑤，三春怨三春病酒，一世害一世风流⑥。

注释

①九分恩爱句——意为有几分恩爱就有几分忧愁；爱之愈深，忧也愈深。

②迤逗——原义为逗引、勾引，此指身陷爱河，无力自拔。受——受折磨，受熬煎。

③几遍成几遍休——恋爱过程中忽然恼了忽然好了的摩擦和波折。

④半点事句——回忆既往，所有的事情都让人感到羞愧悔恨。

⑤三秋——整个秋天。下句三春也同，指整个春天。这两句与《红楼梦》十二支曲《枉凝眉》"想眼中能有多少泪珠儿，怎经得秋流到冬尽，春流到夏"大意相近。

⑥害——害相思病受折磨。句意是：即使害一辈子相思病也决不放弃爱情。

⊗ 赏析

　　强调真正的爱情不光有幸福甜蜜和欢乐，还同时伴随着忧愁苦涩、烦恼和悲伤；爱有多深，愁就有多深；爱得愈久愈执着，精神熬煎和折磨就愈久愈剧烈。作者充分表达了全身心投入爱情后要死要活的内在体验和感受，相当深刻真切。每句都由数量词重复构成，形成流丽和婉、曲折跌宕的节奏和旋律，读来生出一种盘旋而上、往复回环的感觉。韵味深厚，富有哲理和启示意义。

7.【双调·殿前欢】观音山眠松

　　老苍龙，避乖高卧此山中①。岁寒心不肯为梁栋②，翠蜿蜒俯仰相从③。秦皇旧日封④，靖节何年种⑤，丁固当时梦⑥。半溪明月，一枕清风。

⊗ 注释

① 乖 —— 乖巧，此指精明机变的世道人情。

② 岁寒心 —— 指松树不畏严寒的品性。语出《论语·子罕》："岁寒，然后知松柏之后凋也。"

③ 蜿蜒 —— 指苍松枝干屈曲盘旋、如虬如龙般的枝干。俯仰相从 —— 形容清风吹过，枝叶自由地摇摆，无拘无束，任意低昂。

④ 秦皇旧日封 —— 秦始皇登泰山遇雨，避于松树下，因封之为五大夫。见《史记·秦始皇本纪》。以下三句运用有关松树的三个典故，旨在说明此古树年深日久，饱经历史沧桑，阅尽人间兴废荣枯，非一般松树可比。

⑤ 靖节 —— 陶渊明，号靖节先生。

⑥ 丁固当时梦 —— 丁固是三国时吴人，曾梦见自己肚子上长出一棵松树，对人说："松字十八公也，后十八岁，吾为其公乎？"后来果然位至三公，做了大司徒。

⊙ 赏析

　　本篇运用象征手法，托松寓人，表现和歌颂了高人逸士超凡绝俗的情怀、志节和操守。观音山，各地多有，仅江苏就有三处：一在南京北郊观音门外，一在丹阳县东北，一在扬州西北郊。这三处都是作者经常游历之地，究指何处，已难以确定。作者审美观照的焦点是深山中一棵倒卧的古松，以传神之笔，描绘其枝干如虬、曲折蜿蜒的苍奇古怪风貌，刻画其抗严寒傲冰霜，拒绝为栋为梁的弃世绝俗性格，紧紧把握住松与人在精神特征上的共同点，以人拟松，以松喻人，人与物在审美过程中已达到水乳交融、难以分别的境界。本篇是历代咏松文学中的上乘之作。

（二十）石子章（生卒年不详）

　　石子章，女真族，大都（今北京）人。为人疏狂放浪，曾客游真定，有诗刻于石，今存残拓本。作杂剧《竹坞听琴》等 2 种，散曲仅有套曲 1 篇存世。《太和正音谱》称其词"如清风爽籁"。

【仙吕·八声甘州】

　　天涯羁旅，记断肠南陌①，回首西楼。许多时节，冷落了酒令诗筹②。腰围似沈不耐春③，鬓发如潘那更秋④。无语细沉吟，心绪悠悠。

　　【混江龙】十年往事，也曾一梦到扬州⑤。黄金买笑，红锦缠头⑥。跨凤吹箫三岛客，抱琴携剑五陵游⑦。风流，罗帏画烛，彩扇银钩⑧。

【六幺遍】为他迍逗⑨，咱撺就⑩。更两情厮爱，同病相忧。前时唧溜⑪，今番抹飚⑫。急料子心肠天生透⑬。追求，没实诚谁道不自由⑭。

【元和令】外头花木瓜，里头铁豌豆⑮。横琴弹彻凤凰声⑯，两厌难上手。当初说尽海山盟，一星星不应口。

【赚尾】洛阳花，宜城酒⑰，哪里与狂朋怪友？山远水长憔悴也，满青衫两泪交流。唱道事到如今⑱，收了孛篮罢了斗⑲。那些儿自羞⑳，二年三岁，不承望空溜溜了会眼儿休㉑。

⊛ 注释

① 记断肠南陌 —— 意思是想起了那条令人伤心的小路。指被情人抛弃，被迫离去的那条路。

② 酒令诗筹 —— 指代文人的诗酒聚会。诗筹：古代文人举行诗会，要分韵分题作诗，以筹码标记。

③ 腰围似沈 —— 言其瘦损。梁朝沈约以身体病弱著称，后多以"沈腰"形容身体瘦弱。

④ 鬓发如潘 —— 指因忧伤而鬓发变白。晋朝潘岳曾作《秋兴赋》，抒写悲秋之情。后多以"潘鬓"指未老先衰或忧愁发白。

⑤ 一梦到扬州 —— 指寄身秦楼楚馆，偎红倚翠的风流放荡生活。借用杜牧"十年一觉扬州梦，赢得青楼薄幸名"诗句之意。

⑥ 红锦缠头 —— 古代歌舞艺人表演时以锦裹头，演毕，客人则以锦帛赏赐，称缠头。后引申为打赏妓女钱财的通称。

⑦ "跨凤吹箫"二句 —— 意为以一介书生与一位美丽的青楼女子结为情侣，享尽人间奢华，过着像神仙一样的日子。跨凤吹箫：引指男女情侣。用萧史与弄玉跨凤升仙的典故。见《列仙传》。三岛客：指神仙。抱琴携剑：指书生外出交游，或游学。五陵：本指豪族聚居之地，这里引为豪华奢侈的地方。

⑧ 银钩 —— 指挂衣服或挂帘帏的钩子。

⑨ 迆（yǐ）逗 —— 引逗。

⑩ 撋（ruán）就 —— 韫存体贴。

⑪ 唧溜 —— 是顺利的意思。

⑫ 抹彪（diū）—— 意为装腔作势弄虚作假。

⑬ 急料子心肠 —— 意指水性杨花，心无定准。急料子：变化多端，难以捉摸。

⑭ "没实诚"句 —— 意为谁说由不得你做主，不必推三阻四，完全是你自己不诚心。

⑮ 铁碗豆 —— 也作铜碗豆。喻风月场中的老手。

⑯ 横琴弹彻凤凰声 —— 指他央求她，希望她回心转意。这里用了司马相如弹奏【凤求凰】琴曲向卓文君求爱的典故。

⑰ 宜城酒 —— 宜城（今属江西），境内有温泉，长年温丽如春；又出美酒，饮之宜人，故言。

⑱ 唱道 —— 语气衬词，无义。

⑲ "收了字篮"句 —— 这是一句民间熟语，意为停止，罢休，犹今语收摊子。字篮：一种用柳条或竹篾编制的篮子，与斗一样都是容物器。

⑳ 那些儿自羞 —— 意为那些事让人感到羞愧。

㉑ "不承望"句 —— 意为完全没有想到空享了一顿眼福就结束了。

❁ 赏析

这篇套曲追忆与一位青楼女子的爱情波折以及由此所引起的精神痛苦。作者于羁旅之中，客愁难遣，不由地回忆起十年间青楼追欢、黄金买笑的风流放荡生涯。不幸的是他动了真情，深深地爱上了一个风尘女子，就苦苦追求她。开始她对他很好，说尽了山盟海誓。但她是个外表好看、内中不诚实的人，终于变了卦，又爱上了别人。他虽然千方百计争取她，反引起她的反感和讨厌。他虽然深感绝望而怨恨她，并劝解自己忘掉她，可感情上怎么也抛不下，总是不由自主地想起她。此曲生动运用市井俗谚，呈现感情与理智的内心冲突，非常深刻而鲜明。

（二十一）狄君厚（生卒年不详）

狄君厚，平阳（今山西临汾）人。活动年代在元成宗至元英宗之世。著有《火烧介子推》杂剧，今存。散曲仅存套曲1篇。

【双调·夜行船】扬州忆旧

忆昔扬州廿四桥，玉人何处也吹箫①。绛烛烧春②，金船吞月③，良夜几番欢笑。

【风入松】东风杨柳舞长条，犹似学纤腰④。牙樯锦缆无消耗⑤，繁华去也难招。古渡渔歌隐隐，行宫烟草萧萧⑥。

【乔牌儿】悲时空懊恼，抚景慢行乐。江山风物宜年少，散千金常醉倒。

【新水令】别来双鬓已刁骚⑦，绮罗丛梦中频到。思前日，值今宵，络纬芭蕉⑧，偏惹感怀抱⑨。

【甜水令】世态浮沉，年光迅速，人情颠倒，无计觅黄鹤⑩。有一日旧迹重寻，兰舟再买，吴姬还约⑪，安排着十万缠腰⑫。

【离亭宴煞】珠帘十里春光早⑬，梁尘满座歌声绕⑭，形胜地须教玩饱。斜日柳堤行，暖风花市饮，细雨芜城眺⑮。不拘束越锦袍⑯，无言责乌纱帽⑰。到处里疏狂落魄，知时务有口谁如，揽风情似咱少。

注释

① "忆昔扬州"二句 —— 回忆起扬州的二十四桥等风物，不知昔日那些一起玩乐的女子都到哪里去了。化用杜牧《寄扬州韩绰判官》诗句"二十四桥明月夜，玉人何处教吹箫"之意。廿（niàn）四桥：即二十四桥，为扬州名胜。沈括《梦溪笔谈补》认为是二十四座桥的总称；清李斗《扬州画舫录》卷一五则说是一座桥之名，即吴家砖桥，一名红叶桥。今址在瘦西湖内。

② 绛烛烧春 —— 红烛在温暖的春夜里燃烧。

③ 金船吞月 —— 意为斟满美酒的杯子里倒映着天上的月亮。金船：是一种大酒杯。

④ 纤腰 —— 指细腰美人。

⑤ "牙樯锦缆"句 —— 指隋炀帝游幸扬州事。据《开河记》载：炀帝乘龙舟沿大运河南下，征民间少女 500 人，与羊间杂牵锦缆绳拽船，每船用锦缆 10 条。此句即引用此事，指昔日繁华一去不返。牙樯：用象牙装饰的船桅杆。消耗：消息。

⑥ 行宫 —— 指隋炀帝的离宫。野史载炀帝在扬州大兴土木，修造行宫，著名的迷楼即为其中之一。

⑦ 刁骚 —— 毛发零落稀疏。

⑧ 络纬 —— 蟋蟀。

⑨ 偏恁 —— 偏偏这样。

⑩ 无计觅黄鹤 —— 意为再也没能到扬州。这里借用殷芸《小说》所讲故事：有四个人各述其志，一个愿发财，腰缠万贯；一个愿做官，当扬州太守；一个愿乘鹤飞升当神仙；最后一个则全都要，愿"腰缠十万贯，骑鹤上扬州"。

⑪ 吴姬 —— 泛指江南美女。

⑫ 安排着十万缠腰 —— 意为带着大量金钱去扬州游乐。

⑬ 珠帘十里春光早 —— 化用杜牧《赠别》诗句"春风十里扬州路，卷起珠帘总不如"，写扬州春光之优美。

⑭ 梁尘满座 —— 言其歌喉嘹亮，可以绕梁，震落梁上的尘土。

⑮ 芜城 —— 指代扬州城。因鲍照作有《芜城赋》，遂有此称。

⑯ 不拘束越锦袍 —— 意为放荡疏狂，不拘于官体。越锦袍：用越地所产锦缎制作的官袍。

⑰ 无言责乌纱帽 —— 意为不在其位，不谋其政，无官一身轻。言责：古代谏议大夫一类的言官，负有向皇帝建言劝谏的特别责任。

⚙ 赏析

这篇套曲写作者追忆流寓扬州时玩赏游乐的放浪生活，感慨世事变迁，旧游成梦，充满对人生的苍凉幻灭之感。但作者并不绝望，幻想有朝一日再到扬州，重温旧梦，在歌舞场中，温柔乡里了却一生。作者借抒写追风揽月，千金买醉的疏狂生活，表现了对世俗人情的厌倦之感，表面的欢乐热闹掩饰不住内心的苦涩和悲凉。把有关扬州的著名典故与名作巧妙地编织入曲，而无堆砌之病。表情达意，十分有力。

（二十二）范康（生卒年不详）

范康，字子安，杭州人。与《录鬼簿》作者钟嗣成为同时人。他精通音律，文才极高。著杂剧《竹叶舟》等2种。存世散曲有小令4首、套曲1篇。《太和正音谱》评其曲"如竹里鸣泉"。

【仙吕·寄生草】酒色财气（四首选一《酒》）

长醉后方何碍，不醒时有甚思？糟腌两个功名字①，醅淹千古兴亡事②，曲埋万丈虹霓志③。不达时皆笑屈原非④，但知音尽说陶潜是。

⊛ 注释

① 糟腌（yān）——意为用酒糟埋起来浸渍。

② 醅（pēi）——未经过滤的煮酒。

③ 曲——酿酒所用的酵母。虹霓志——形容志气极大。犹言气贯长虹。

④ 不达时皆笑屈原非——意为凡是鄙弃功名，被世俗认为不达时务的人，
都会嘲笑屈原执拗不通。

⊛ 赏析

　　这首小令写饮酒，表示宁愿长醉而不愿醒来。只有长醉，才无妨碍；只有不醒，方能无思，也无痛苦。让满腔壮志、功名利禄和兴亡盛衰都消解在醉梦中吧！凡是不肯入世钻营的人都会嘲笑屈原的愚强不通，真正的知音才能认识到陶渊明的避世归隐是正确的人生选择。曲子赞陶贬屈，寄寓着作者对元代丑恶现实的无限愤慨之情。

　　《北宫词纪外集》收录范康【寄生草】共 4 首，总题为《酒色财气》，本篇为其中第一首咏"酒"，《尧山堂外纪》误以此曲为白朴作。《中原音韵》题作"饮"。

（二十三）孙周卿（生卒年不详）

　　孙周卿，古邠（今陕西邠县）人，曾漫游江南。《太和正音谱》列其于"词林英杰" 150 人之中。散曲作品有小令 23 首存世。

【双调·蟾宫曲】自乐

> 草团标正对山凹①。山竹炊粳，山水煎茶。山芋山薯，山葱山韭，山果山花。山溜响冰敲月牙②，扫山云惊散林鸦。山色元佳，山景堪夸。山外晴霞，山下人家。

⊗ 注释

① 草团标 —— 也作草团瓢，圆形的茅屋。

② 山溜 —— 瀑布。冰敲月牙 —— 形容月夜山泉叮咚作响的清脆声音。

⊗ 赏析

　　本篇写山林隐居，自得其乐的心情。山中生活虽然简朴清苦，作者却以艺术审美的态度泰然处之，曲作用"嵌字体"，每句都嵌入"山"字，蝉联回环，娓娓道来，兴味无穷。反映着作者超越了世俗纷劳之后，用生命拥抱大自然的那种满足和愉悦，在元人隐逸曲中别具一格。

（二十四）周文质（约1290—1334）

　　周文质，字仲彬，原籍浙江建德，移居杭州。曾官路吏，学问广博，能歌善舞，多才多艺。惜其享年不永，仅中年而病逝。著杂剧4种。存世散曲有小令43首、套曲5篇。《太和正音谱》评其作如"平原孤隼"。

1.【正宫·叨叨令】自叹

> 筑墙的曾入高宗梦①，钓鱼的也应飞熊梦②，受贫的是个凄凉梦，做官的是个荣华梦。笑煞人也么哥，笑煞人也么哥！梦中人又说人间梦。

◎ 注释

① "筑墙的"句 —— 殷高宗武丁夜梦，得到名字叫"说"的贤人相助，后来在傅岩这个地方找到一个筑墙的奴隶，正是梦中之人。于是称之为傅说，举以为相。从此殷国大治。见《史记·殷本纪》。

② "钓鱼的"句 —— 指姜太公遇周文王事。姜太公吕望隐居渭水边钓鱼，有一次周文王外出打猎，事先占卜，卜人说："这次打猎会逮住个非龙非螭，非熊非罴的东西，肯定是君王称霸天下的辅弼。"果然出行至渭水边遇到姜太公，应了"非熊非罴"的卦辞。后人误"非熊"为"飞熊"，以飞熊入梦指代国君得贤臣。

◎ 赏析

这首小令感叹功名富贵的获得全凭意外机遇，对个人来说都是难以把握的无常幻梦。认真探究评说这些穷达盛衰之事，又是梦中说梦，可叹可笑。曲子采用"独木桥体"，句句复踏一个梦字为韵脚，蝉联成章，如一串珍珠，连贯不断，最后结以梦中说梦，把人生如梦，富贵无常形容得倍加虚幻缥缈。

2.【正宫·叨叨令】悲秋

> 叮叮当当铁马儿乞留玎琅闹①，啾啾唧唧促织儿依柔依然叫②，滴滴点点细雨儿淅零淅留哨③，潇潇洒洒梧叶儿失流疏刺落④。睡不着也么哥，睡不着也么哥！孤孤另另单枕上迷飔模登靠⑤。

⊙ 注释

① 乞留玎琅 —— 风铃摇动发出的声音。

② 依柔依然 —— 形容蟋蟀的叫声。

③ 哨 —— 雨线斜射入屋称哨。

④ 失流疏刺 —— 犹言稀里哗啦，拟声词。

⑤ 迷飚模登 —— 迷迷糊糊。如同今言迷迷瞪瞪。

⊙ 赏析

这首小令描摹风吹铁马声、促织悲鸣声、雨哨纱窗声和梧叶飘落声等四种声音，犹如一首秋声交响曲，把秋夜难眠、孤独悲凉的一腔愁情抒发得淋漓尽致。最为精彩奇绝之处，采用了大量的俗语拟声摹状词对各种秋声进行渲染刻画，并且构成一组精巧工丽的连璧对（四句成对），把一个常见的题目表现得鲜活流动，魅力无穷，而又浑然天成，不着一丝雕刻痕迹，实在令人叹为观止。

3.【越调·斗鹌鹑】咏小卿

释卷挑灯①，攀今揽古；妒日嫌风，埋云怨雨②。因观金斗遗文③，故造绿窗新语④。自忖度⑤，有窖腹⑥。好做得是也有钞茶商⑦，好行得差也能文士夫！

【紫花儿】苏娘子本贪也欲也，冯员外既与之求之，双解元怎羡乎嗟乎⑧？但常见酬歌买笑，谁再瞅沽酒当垆⑨。哎，青蚨⑩，压碎那茶药琴棋砚书⑪！今日小生做个盟甫⑫，改正那村纣的冯魁⑬，疏驳那俊雅的通叔⑭。

【小桃红】当时去的遇娇姝，嫩蕊曾分付，便合和根尽掘去⑮。自情疏，直教他连愁嫁作商人妇。划的进功名仕途⑯，直赶到风波深处⑰，双渐你可甚君子断其初⑱。

【金蕉叶】微雨洗丹枫秀谷，薄雾锁白蘋断浒⑲，零露湿苍苔浅渚，明月冷黄芦远浦。

【调笑令】那其间美女，搂着村夫⑳，怎做得贤愚不并居？便休提书中有女颜如玉，偏那双通叔不者也之乎。他也曾悬头刺股将经史读，他几曾寻得个落雁沉鱼？

【秃厮儿】双渐正瑶琴自抚，冯魁正红袖双扶；双渐正弹成满江断肠曲，冯魁正倒金壶，饮芳醑㉑。

【圣药王】双渐正眉不疏㉒，冯魁正兴未足；双渐正闷随江水恨吞吴，冯魁正乐有余；双渐正愁怎除，冯魁正写成今世不休书㉓，双渐正愁杀影儿孤。

【尾】寻思两个闲人物，判风月才人记取㉔，将俊名儿双渐行且权除㉕，把俏字儿冯魁行暂时与。

✿ 注释

① 释卷挑灯 —— 放下手中的书卷，把灯烛挑亮。

② 妒日嫌风，埋云怨雨 —— 风月与云雨皆指男女情爱。这两句意指苏小卿与双渐的悲欢离合故事实在令人感到遗憾，愤慨。从句意及措词看，"日"字应为"月"字。

③ 金斗遗文 —— 指记载苏小卿与双渐故事的书。金斗：庐江的别称。苏小卿原是庐江知县的女儿，因父死家败，沦落扬州为娼妓。人多称庐江苏卿。

④ 绿窗新语 —— 绿纱窗中的新故事。这里指对苏卿双渐故事的新评论。

⑤ 忖度 —— 思考。

⑥ 窨（yìn）腹 —— 元曲常用词，指思量，忖量，这里引申为"见解"之意。

⑦ "好做得是也"句 —— 意为冯魁有钱，买了漂亮的苏小卿，实在是做得

太对了，太好了。

⑧ 双解元 —— 指双渐。他抛下小卿去应考，得中乡试第一名（即解元）。

⑨ 沽酒当垆（lú）—— 司马相如与卓文君私奔后开酒店为生，文君亲自当垆（站柜台）卖酒。

⑩ 青蚨 —— 指钱。

⑪ 茶药琴棋砚书 —— 指文人雅事。

⑫ 今日小生做个盟甫 —— 犹言今天由我做个裁判。这是作者自谓。盟甫：古代诸侯会盟的司仪，引为主持人，评判员。

⑬ 村纣 —— 粗俗不堪。

⑭ 疏驳 —— 改正判词，即驳正原判。通叔 —— 双渐的别号。

⑮ 便合和根尽掘去 —— 以上三句大意指双渐与苏卿一见钟情，苏卿犹如一枝含苞待放的花，把自己的终生托付给双渐。双渐既要离去，就应连根带叶把这株娇花掘走，带在身边。

⑯ 划地 —— 无端地，平白无故地。

⑰ 直赶到风波深处 —— 指双渐在金山寺看到苏卿的题诗，连夜驾船沿长江向西追赶。

⑱ 君子断其初 —— 君子应当善始善终，既无把握保其终，就不应该有当初的行动。

⑲ 断浒 —— 断裂的江岸。

⑳ 搂着村夫 —— 这里作者故意写小卿与茶商冯魁两相情愿，男欢女爱。

㉑ 醑（xǔ）—— 美酒。

㉒ 眉不疏 —— 因忧愁而眉毛皱紧。疏：同舒。

㉓ 正写成今世不休书 —— 犹言白头到老，一辈子不分离。

㉔ 判风月 —— 评判情场中的高下得失。才人 —— 文人才子。宋元时特指通俗话本、剧本的作家。

㉕ "将俊名儿"句 —— 意为应当把过去对双渐风流俊俏的评语加以改正，放在冯魁头上才合适。这是故意说的反语。

❀ 赏析

　　宋人传奇《苏小卿》原本歌颂苏小卿与双渐坚贞不渝的爱情，与《西厢记》崔、张故事和《长恨歌》李、杨故事并称"三大爱情故事"。但这篇套曲却故意大做反面文章，借题发挥，骂世嘲俗。苏小卿被迫嫁给茶商冯魁，本属被迫，身不由己。作者偏说她是贪爱金钱，是自愿的。冯魁原是沾满铜臭，粗俗不堪的富商形象，作者偏说他和苏小卿是天生一对，一点也不村俗，就该享尽艳福，应把风流俊俏的评语赠送给他；而双渐活该受尽孤独凄凉之苦，谁叫你不早娶小卿，非要去读书应考呢？正话反说，指桑骂槐，嘲讽金钱战胜文化、士子遭受贬抑的元代社会现实。

（二十五）钟嗣成（1279?—1360?）

　　钟嗣成，字继先，号丑斋，大梁（今河南开封）人，寓居杭州。早年学诗文应考，屡试不中，遂转而从事杂剧、散曲的创作和元曲文献的整理。所著《录鬼簿》二卷，保存了元曲创作的宝贵材料。他精通音律，编撰杂剧《章台柳》和《钱神论》等 7 种；存世散曲有小令59 首，套曲 1 篇。

1.【正宫·醉太平】（选一首）

　　风流贫最好①，村沙富难交②。拾灰泥补砌了旧砖窑，开一个教乞儿市学③。裹一顶半新不旧乌纱帽，穿一领半长不短黄麻罩④，系一条半联不断皂环绦⑤。做一个穷风月训导⑥。

⊙ **注释**

① 风流 —— 风流倜傥，不拘礼法。

② 村沙 —— 粗俗，愚鲁。沙：同"煞"，极也。

③ 乞儿市学 —— 城市贫民子弟的学校。乞儿：比喻市学学生之贫穷，并非真的乞丐学校。

④ 黄麻罩 —— 用粗麻线编织的外衣。

⑤ 皂环绦（tāo）—— 黑腰带。

⑥ 穷风月 —— 贫困却风流，不以寒酸为意。训导 —— 古代学官名。这里指塾师。

⊙ **赏析**

这首小令写落魄士子苦中作乐的穷风流心态，为作者自述心志之作。他虽然已沦落到住破砖窑，衣衫破烂，靠办市学教几个贫民子弟糊口的地步，却安贫乐道，傲视为富不仁的暴发户，以不登权贵之门为自豪，显示了作者威武不能屈、贫贱不能移的倔强人格。曲中全用市井口语，生动活泼。在嬉笑幽默的作风中，隐含着几分悲哀与无奈之情。反映元代文人士子身陷文化沙漠，科举被罢，集体沦落的生存状态与心灵感受，真切而独具只眼。

2.【南吕·一枝花】自序丑斋

生居天地间，禀受阴阳气①。既为男子体，须入世俗机②。所事堪宜，件件可咱家意，子为评跋上惹是非③。折莫旧友新知④，才见了着人笑起。

【梁州】子为外貌儿不中抬举，因此内才儿不得便宜。半生来未得文章力，空自胸藏锦绣，口唾珠玑⑤。争奈灰容土貌⑥，缺齿重颏⑦，更兼着细眼单眉，人中短髭髯稀稀。那里取陈平般冠玉精神⑧，何晏般风流面皮⑨？那里取潘安般俊俏容仪⑩？自知，就里，清晨倦把青鸾对⑪，恨杀爷娘不争气。有一日黄榜招收丑陋的⑫，准拟夺魁。

【隔尾】有时节软乌纱抓扎起钻天髻⑬，乾皂靴出落着簌地衣⑭。向晚乘闲后门立，猛可地笑起。似一个甚的？恰便似现世钟馗吓不杀鬼。

【牧羊关】冠不正相知罪⑮，貌不扬怨恨谁？那里也尊瞻视貌重招威⑯？枕上寻思，心头怒起。空长三十岁，暗想九千回。恰便似木上节难镑刨⑰，胎中疾没药医。

【贺新郎】世间能走的不能飞，饶你千件千宜，百伶百俐⑱。闲中解尽其中意，暗地里自恁解释。倦闲游出塞临池⑲，临池鱼恐坠，出塞雁惊飞，入园林宿鸟应回避⑳。生前难入画，死后不留题㉑。

【隔尾】写神的要得丹青意㉒，子怕你巧笔难传造化机㉓。不打草两般儿可同类㉔，法刀鞘依着格式㉕，妆鬼的添上嘴鼻㉖，眼巧何须样子比。

【哭皇天】饶你有拿云艺冲天计，诛龙局段打凤机㉗。近来论世态㉘，世态有高低。有钱的高贵，无钱的低微，那里问风流子弟㉙。折末颜如灌口㉚，貌赛神仙，洞宾出世㉛，宋玉重生㉜，没答了镘的㉝，梦撒了寮丁㉞，他睬你也不见的㉟。枉自论黄数黑㊱，谈是说非。

【乌夜啼】一个斩蛟龙秀士为高第㊲，升堂室今古谁及；一个射金钱武士为夫婿㊳，韬略无敌，武艺深知。丑和好自有是和非，文和武便是傍州例㊴。有鉴识，无嗔讳㊵。自花白寸心不昧㊶，若说谎上帝应知。

【收尾】常记得半窗夜雨灯初昧，一枕秋风梦未回。见一人，请相会。道咱家，必高贵。既通儒，又通吏。既通疏㊷，更精细。一时间，失商议，既成形，悔不及。子教你，请俸给。子孙多，夫妇宜。货财充，仓廪实。福禄增，寿算齐㊸，我特来，告知你。暂相别，恕请罪。叹息了一会，懊悔了一会，觉来时记得。记得他是谁？原来是不做美当年的捏胎鬼㊹。

✪ 注释

① 禀受阴阳气 ——古代哲学家认为人的生命及肉体系阴阳二气交合而生成。

② 世俗机 ——意指深入世俗，通达人情。

③ 子为 ——只为。子：同"只"，后同。这句意为只是在容貌品评上惹麻烦。指其貌不扬，招人嘲笑。

④ 折莫 ——即使。下作折末，意同。

⑤ 口唾珠玑 ——言其文才极高，出口即是警句妙语。

⑥ 争奈 ——怎奈，无奈。

⑦ 重颏（kē）——指脸肉臃肿，下巴肉出现皱折。

⑧ 陈平 ——西汉初年丞相，是有名的美男子。见《史记·陈丞相世家》。

⑨ 何晏 ——三国时人，以面容白皙著称。见《世说新语·容止》。

⑩ 潘安 ——晋代美男子。事见《晋书》本传。

⑪ 倦把青鸾对 ——懒得照镜子。青鸾：绘有鸾鸟的铜镜。

⑫ 黄榜 ——朝廷出的告示，用黄纸书写，故称黄榜。

⑬ 抓扎起钻天髻 ——梳扎一个高高的发髻。

⑭ 乾皂靴 ——漆黑的靴子。出落 ——显出，此指露出在外面。簌（sù）地衣 ——拖到地面的长衣。

⑮ "冠不正"句 ——意为如果帽子戴不正，我自知责任在于自己。古代以衣冠不正有失礼仪。

⑯ "那里也"句 ——意为怎么能做到仪容尊贵让人敬重。指天生丑陋，无

威仪可讲。语出《论语·尧曰》："君子正其衣冠，尊其瞻视，俨然人望而畏之。"

⑰ 木上节 —— 木头上的疖子，或瘤子。节：同"疖"。镑刨 —— 刮削使之平直。木上疖瘤坚硬且纹路混乱，木工削平极为费力。

⑱ "世间能走的"三句 —— 意为天下万物有长处必有短处，即使你这也能那也能，百般聪明伶俐，也会有不行的，存在致命的缺点。

⑲ 倦闲游出塞临池 —— 意为懒得去塞外游览，也不愿到池边去看。因为貌丑，鱼雁看见了会害怕。

⑳ 宿鸟 —— 晚上在树上停宿的鸟。

㉑ 留题 —— 写诗文题咏之，使之名垂百代。

㉒ 写神的 —— 指画家。古人论画重神似。故称画家为"写神的"。丹青意 —— 运用色彩的技艺。

㉓ 难传造化机 —— 难以画出自然创造的奥秘。以上指天生丑貌，即使高明画家也难以描绘。

㉔ "不打草"句 —— 意为要画我的像其实不必打草稿，因我与钟馗凶貌相似，只需在画钟馗时略加添饰即成，

㉕ 法刀 —— 降神驱鬼的法师所用之刀。旧时钟馗驱鬼像多手执刀剑。格式 —— 钟馗执刀的格局样式。

㉖ 妆鬼的添上嘴鼻 —— 只需在钟馗像上添上嘴鼻就是我。

㉗ 诛龙局段 —— 即屠龙的本领。典出《庄子·列御寇》，原指无实际用处的本事，这里活用为高绝的本领。打凤机 —— 捉住凤凰的机谋。与"诛龙局段"同意，均指绝学绝技。

㉘ 近来论世态 —— 意为论当前的世态人情。

㉙ 那里问风流子弟 —— 意为谁管你长得美不美。

㉚ 灌口 —— 指灌口二郎神，其像年轻英俊。

㉛ 洞宾 —— 吕洞宾，八仙之一。传说他仙风道骨，貌相清奇。

㉜ 宋玉 —— 战国时楚国辞赋家，在《登徒子好色赋》中极赞自己貌美。

㉝ 没答了 —— 没有了，用完了。镘的 —— 钱的背面称镘，元曲中常用以指代金钱。

㉞ 梦撒了寮丁 ——宋元俗语，指没有了钱。

㉟ 他睬你也不见的 ——意为他不理睬你。

㊱ 论黄数黑 ——意为说长道短。

㊲ "一个斩蛟龙"句 ——澹台灭明，字子羽，孔子的弟子，为人公正无私，有君子之才。尝渡延津，有二蛟龙夹舟，以剑斩杀之。孔子曾嫌其貌丑，轻视之。但他退而修学，很有成绩，成为孔门升堂入室的高足。孔子总结经验教训说："以貌取人，失之子羽。"见《史记·仲尼弟子列传》。

㊳ "一个射金钱"句 ——元杨显之有《丑驸马射金钱》杂剧，已佚。这里引用的可能就是这个故事。

㊴ 傍州例 ——榜样，先例。

㊵ 无嗔讳 ——不忌讳恼怒。

㊶ 花白 ——巧说表白。此指以上自己说了一大堆自己丑陋的话。

㊷ 通疏 ——通达，不拘小节。

㊸ 寿算齐 ——指长寿。

㊹ 捏胎鬼 ——旧时传说，人投胎时由鬼神捏造成形，将此人相貌及运命同时捏定，故称捏胎鬼。

⊛ 赏析

　　作者在这篇套曲中为自己画像，突出描绘相貌奇丑无比、惊世骇俗，采用自嘲自讽的手法，极尽自我调侃、揶揄之能事，骨子里却是对世俗社会以貌取人和重钱轻才的价值标准的讽喻。作者故意丑化自己的外貌，公然自号丑斋，并以长篇自序曲大力张扬之，结尾又以"捏胎鬼"愧疚、许愿的奇特想象进行自我戏谑，该包含着作者多少辛酸的经历和愤慨之气！表面上是嬉笑怒骂的游戏之笔，实际上是对人世不平的揭示，体现着作者与现实荒谬的生存状况决不妥协的抗争精神。本篇用反讽手法，正话反说。结尾用说相声"抖包袱"的方法，抖出捏胎鬼以自嘲，出人意表，令人不禁失笑。

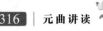

（二十六）任昱（生卒年不详）

任昱，字则明，四明（今浙江鄞县）人。与曲家张可久、曹明善同时且有交往。少时游荡妓馆，以制作小曲闻名青楼间。晚年刻苦读书，长于七言诗。散曲存世有小令 58 首，套曲 1 篇。

【正宫·小梁州】闲居

结庐移石动云根①，不受红尘，落花流水绕柴门。桃源近，犹有避秦人②。【幺】草堂时共渔樵论，笑儿曹富贵浮云③。椰子瓢，松花酝④，山中风韵。乐道岂忧贫。

⊙ 注释

① 云根——云脚。

② 避秦人——桃源中人与世隔绝，自述其先人系避秦末之乱来此。参看陶渊明《桃花源记》。后用以指避世者。

③ 儿曹——小儿辈。

④ 松花酝——以松花酿制的酒。

⊙ 赏析

这首小令写跳出俗世红尘，结庐山中，过着世外桃源般的自由清雅生活，表现了作者粪土王侯，视富贵为浮云，安贫乐道的品格情操和人生态度。用典精切，清通流畅，饶有意趣。

（二十七）吴弘道（?—1345）

吴弘道，字仁卿，号克斋，金台蒲阴（今河北安国）人。曾官江西检校掾史，后以府判致仕。著有《曲海丛珠》《金缕新声》等散曲集及杂剧5种，今皆失传。散曲存世有小令34首，套曲4篇，《太和正音谱》论其曲"如山间明月"。

【南吕·金字经】

落花风飞去，故枝依旧鲜①。月缺终须有再圆。圆，月圆人未圆。朱颜变，几时得重少年②!

⊗ 注释

① 故枝依旧鲜 —— 指花落了，旧枝上明年还会开出鲜艳的花朵。
② 几时得重少年 —— 怎么能够重新回到少年时代。

⊗ 赏析

感叹青春一去不回，人生的道路上到处充满会少离多的缺憾。花落了，旧枝上却长出了新鲜的绿叶，到明年还会开出鲜艳的花朵；可人呢？青春一去，永不复返。月缺了，还有再圆之时，可人世间却是聚少离多，良辰美景与赏心乐事从来都难以相并。作者运用自然现象反衬社会人事，揭示了人生的永恒悲剧：生命的不可逆反与美中不足是永远不能摆脱的缺憾，富有哲理意味。

（二十八）赵善庆（生卒年不详）

赵善庆，字文贤，一作文宝，饶州乐平（今江西德兴）人。善卜术，曾任阴阳学正。著杂剧 8 种，均失传。存世散曲有小令 29 首。《太和正音谱》称其曲"如蓝田美玉"。

1.【中吕·普天乐】江头秋行

> 稻梁肥，蒹葭秀。黄添篱落①，绿淡汀洲。木叶空，山容瘦②。沙鸟翻风知潮候，望烟江万顷沉秋。半竿落日，一声过雁，几处危楼③。

◎ 注释

① 黄添篱落 —— 用陶渊明"采菊东篱下"典，指篱笆中黄菊开放。
② 山容瘦 —— 指秋山干枯，脱去了绿装。
③ 危楼 —— 高楼。

◎ 赏析

本篇写秋日江边出行所见，如同一幅秋江落日图。措辞凝练，笔调清丽，结尾三句皆以数量词对举领起，构图萧散，颇含荒寒之意。

2.【中吕·普天乐】秋江忆别

> 晚天长，秋水苍。山腰落日，雁背斜阳①。璧月词②，朱唇唱，犹记当年兰舟上。洒西风泪湿罗裳，钗分凤凰③，杯斟鹦鹉④，人拆鸳鸯。

⚙ 注释

① 雁背斜阳——夕阳沉落，大雁飞过，望去一抹夕阳照在雁背之上。

② 璧月词——陈后主【玉树后庭花】词中有"璧月夜夜满，琼树朝朝新"的句子，实际上表达的是对团圆和青春美好的希望。这里泛指团圆曲。

③ 钗分凤凰——凤凰钗分的倒装句。形肖凤凰的一双金钗分开，喻指夫妻或情侣离别。

④ 杯斝鹦鹉——鹦鹉杯就是海螺盏，出广南。系土人用一种红尖如鹦鹉嘴的海螺裹以金银制成。见明曹昭《格古要论》卷六。

⚙ 赏析

作者在秋江之畔，触景伤情，忆及当年与情侣在此相别，泪洒西风的场景。昨梦前尘，历历在目，旧恨又添新愁，更加重了内心的怅惘伤感。文笔精工典丽，深婉曲折，一唱三叹，声断而意不尽。

3.【双调·落梅风】江楼晚眺

枫枯叶，柳瘦丝，夕阳闲画栏十二①。望晴空莹然如片纸，一行雁一行愁字②。

⚙ 注释

① 画栏十二——古代传说"五城十二楼"为神仙所居，"十二栏干"即出十二楼之说。泛指楼阁之栏干。

② 一行雁一行愁字——大雁飞行，排成一字或人字，称雁书。这里进一步想象每一行写的都是愁字。

⚙ 赏析

写作者在秋日夕阳中登临江楼远眺，心中所引起的悲秋之愁。望中景物都染上了浓厚的忧伤色彩，构成了散曲中较为少见的"有我之境"，尤其是晴空澄澈如白纸，雁行书写愁字的比喻，十分新奇贴切。见雁归而生悲愁，暗示了一种乡愁。

4.【双调·庆东原】晚春杂兴

> 烟中寺，柳外楼，乱随风雪絮飘晴昼①，游人陌头，残红树头，流水溪头。百六楚风酸②，三月吴姬瘦③。

◎ 注释

① 雪絮——像雪花飘舞一样的柳絮。晴昼——晴朗的白日。

② 百六——即寒食节，因距冬至一百零六天或百零五天，故称，或称百五。酸——酸目。指春寒料峭，风吹眼目发凉而酸。

③ 吴姬瘦——阳春三月，气候变暖，吴地少女卸去冬衣，显得更为苗条，故称瘦。

◎ 赏析

本篇写寒食郊游所见，突出表现了江南春景的凄清特征。文笔极其优美，造语新奇，非一般曲子的习用套话可比。陌头、树头与溪头的"独木桥"体重叠连环，流贯往反，音韵和婉，富有曲子的风味。"三月吴姬瘦"是描写江南美女的传神警句。

◎ 曲谱

八句，33744455，——｜，＋＋＋▲＋－＋｜－－＼▲——＋＋▲＋－－｜－▲＋｜－－▲＋｜｜－－，＋｜－－＼▲

末两句55可减为两个3字句，｜－－，——＼▲

（二十九）杨朝英（生卒年不详）

杨朝英，字英甫，号淡斋，青城（今山东高青）人。曾任郡守、部郎等职。流寓江南，与曲家乔吉、阿里西瑛等均有交往酬唱。所编《阳春白雪》和《太平乐府》两部散曲集，开创元人选元曲的先声，对元散曲的保存和流传，贡献极大。他写作的散曲今存小令 27 首。《太和正音谱》称其曲"如碧海珊瑚"。

【双调·清江引】

秋深最好是枫树叶，染透猩猩血①。风酿楚天秋，霜浸吴江月②。明日落红多去也③。

☺ 注释

① 猩猩血——古代诗词中常以猩猩之血比喻深红色，这里用以形容枫叶血红的颜色。

② 吴江——即吴淞江。这里泛指江南的江河，与上句楚天（南方的天空）对应。

③ 落红——本指落花，这里喻指红似二月花的枫叶飘落。

☺ 赏析

本篇写深秋枫叶的秾艳，如流丹，如鲜血，如火如霞，在秋风萧瑟中显得分外绚丽。月夜的楚天寥廓无垠，严霜洒满大地。江中明月就像冰水浸泡着的一块冷玉。冷寂萧杀的秋气使人想到那美丽的枫叶明天就会凋落飘零，不禁产生一种失落的怅惘之感。造语考究，精工典雅，隽永有味。

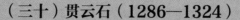

（三十）贯云石（1286—1324）

贯云石，别名石屏，号酸斋，又号芦花道人。本名小云石海涯。父名贯只哥，遂以贯为姓。维吾尔族人。曾官两淮万户府达鲁花赤，元仁宗时，曾任翰林侍读学士、中奉大夫知制诰同修国史。能武能文，长于词曲。存世散曲有小令79首、套曲9篇。与徐再思（号甜斋）齐名，二人曲作被人并称为"酸甜乐府"。

1.【正宫·塞鸿秋】代人作

战西风几点宾鸿至①，感起我南朝千古伤心事②。展花笺欲写几句知心事③，空教我停霜毫半晌无才思④。往常得兴时，一扫无瑕玼⑤，今日个病恹恹刚写下两个"相思"字。

☺ 注释

① 宾鸿——鸿雁，因其春去秋来如宾客，故有此称。

② 南朝千古伤心事——指因凭吊金陵六朝旧事而产生世事变迁，繁华成梦的伤感之情。

③ 花笺——指信纸。

④ 霜毫——毛笔。

⑤ 玼——同"疵"。指玉上的小毛病，比喻好文章中的缺点。

☺ 赏析

这首小令标明"代人作"，即代言体，实为借他人口，抒自己之情。秋风阵阵，大雁南飞，引起抒情主人公对远方情侣的无限思念，犹如人们一到金陵凭吊六朝兴亡就会产生悲伤之情一样。他打算写一封情书寄给她，可提起笔来却不知该怎么写，平时下笔千言、文不加点、一挥而就的才华都不知到哪里去了。今天沉思半晌，只写出"相思"二字就再也没词了。此曲构思新颖，体察细致，表达出人们到思念深切时写不出、说不出，所有的语言都变得苍白无力的心理感受。

2.【正宫·塞鸿秋】

> 挨着靠着云窗同坐①，偎着抱着月枕同歌②，听着数着愁着怕着早四更过。四更过情未足，情未足夜如梭。天哪！更闰一更儿妨甚么③？

⊛ 注释

> ① 云窗 —— 飘过白云的楼窗。
> ② 月枕 —— 月光照射的床枕。
> ③ 闰 —— 增长，添加。这句意为：五更之后，再增添一更迟滞天明，该多么好啊。宋元时南方有一夜分四更而非五更的风俗，此曲所用即此习俗。

⊛ 赏析

这首小令写少年情侣欢会的快乐，全按主观心理时间着笔，罗列一串动词，叠用八个"着"字，极写男欢女爱之情。尤其是一夜五更之外再增一更的设想，既纯朴、新奇，又活泼有趣，具有民歌流动鲜活而又自然天成的特色。

3.【双调·蟾宫曲】送春

> 问东君何处天涯①？落日啼鹃，流水桃花；淡淡遥山，萋萋芳草②，隐隐残霞。随柳絮吹归那答③？趁游丝惹在谁家？倦理琵琶④，人倚秋千，月照窗纱。

注释

① 东君——司春之神，指春天。

② 萋萋——绿草生长茂盛的样子。

③ 那答——哪边。

④ 倦理琵琶——懒得弹奏琵琶。

赏析

这首小令写闺中女子在暮春黄昏时的所见所感和所思所问，抒发春归引起的忧愁。文笔雅淡，意境清丽，给无形之春赋予有形之象，写得极其空灵生动，包含无限情思。是以词为曲、追求雅丽委婉的代表作品。"那答""谁家"两个口语俗词的点缀，以俗化雅，显出曲味。

4.【双调·清江引】惜别（选一首）

　　若还与他相见时，道个真传示①：不是不修书②，不是无才思，绕清江买不得天样纸。

注释

① 真传示——传一个准确的信息。

② 修书——写信。

赏析

这是一首相思曲，写与情侣别后长久未通音书，托朋友给她带一个口信，说明自己是因为思念太深，短小的信纸没法容纳那分浓厚的感情，所以未能写信。构思极为别致，以"绕清江买不得天样纸"表达情思之深长，海天难容，无以诉说，极度夸张，出人意表。语言顿挫转折，连用两个双重否定句逼出最后一句，仍是一个否定句，总是不肯说破。千回百折，引而不发，巧智之极。

5.【双调·清江引】立春

限金木水火土五字冠于每句之首，句各用春字。

金钗影摇春燕斜①，木杪生春叶②，水塘春始波，火候春初热③。土牛儿载将春到也④。

注释

① 金钗影摇——指游春女子如云。金钗：女子头上的首饰。

② 木杪（miǎo）——树梢。

③ 火候——此指气候，气温。

④ 土牛儿——立春日打春劝耕所塑的泥牛。

赏析

这首小令写立春之际，春到人间，万物勃发生机，士女郊外游春，以及鞭打土牛"打春"风俗的热闹景象。作者运用了散曲巧体中特殊的嵌字格，每句除嵌入一个"春"字，又依次在句首嵌上"金木水火土"五字，难度倍增。虽有此双重限制，还是写得较为自然活泼，富有意趣。不露堆砌斧凿之迹，殊为难得。

6.【双调·殿前欢】

楚怀王①，忠臣跳入汨罗江②。《离骚》读罢空惆怅。日月同光③，伤心来笑一场。笑你个三闾强④，为甚不身心放？沧浪污你，你污沧浪⑤。

注释

① 楚怀王——战国楚王，姓熊名槐，宠信奸佞，疏远屈原等忠臣，致国政腐败不堪，后受骗入秦，被扣，死于秦国。见《史记·楚世家》。

② 忠臣跳入汨（mì）罗江 —— 指屈原投江自杀。汨罗江：在湖南境内。

③ 日月同光 —— 与日月争光，永远不朽。这是司马迁对屈原及其作品的评价。见《史记》屈原列传。

④ 三闾 —— 指曾任三闾大夫的屈原。强（jiàng）—— 性子执拗，愚强。

⑤ 沧浪污你，你污沧浪 —— 犹言你也应和大家一起趟浑水，而不必独标清白。典出《孟子·离娄》："沧浪之水清兮，可以濯我缨；沧浪之水浊兮，可以濯我足。"

赏析

　　写阅读《离骚》之感，慨叹楚怀王昏聩愚昧，把最忠爱他的臣子逼得投江自杀。作者更嘲笑屈原性子执拗愚强，钻死牛角尖，看不破，想不开，根本不值得去为昏君献身。世人皆已醉，你何不跟着大家一起趟浑水，为什么非要独标清白呢？作者正话反说，嬉笑怒骂，皆为愤世伤心已极之言。

六、镔铁时代——余波阶段

　　第四期为元曲的余波或尾声，时间在元末明初，从元顺帝至正元年（1341）到明成祖永乐末年（1424），相当于贾仲明《录鬼簿续编》中记载的作家，多为由元入明者，代表人物有杨景贤、汤式、兰楚芳等。这个时代既没有出现关马王白那样的大家，甚至也没有产生乔、张那样的名家，所以一向被认为是元曲没落衰亡的时期。要改观这个偏见印象，首先应指出虽无大家名家，但有大批名篇精品，甚至元曲二最——最长的名套《上高监司》与最长的杂剧《西游记》——都在此段。其二是无名氏的大量作品都收在此期，其中不乏优秀之作。其三是此前割裂去的元曲一个重要组成部分——南戏——恰好"中兴"在元末明初之时。现在应把"荆刘拜杀"四大南戏与高明《琵琶记》都收归在此段。综合以观，元末仍是元曲的丰收之季，武库充盈，硬货遍地。故用"镔铁时代"比拟之。镔铁者，古代的钢铁之称。

（一）黄公望（1269—1354）

　　黄公望，字子久，常熟（今属江苏）人。原姓陆，后过继永嘉（今浙江温州）黄姓，移居富春。元世祖至元中曾为书吏，后任中台察院掾。元仁宗延祐年间，以经理钱粮得罪，出狱后自号大痴翁。博学多才，尤长于山水画，为著名的"元四家"之一，今存《富春山居图》名列"传世十大名画"。散曲存世仅小令1首。

【仙吕·醉中天】题李嵩骷髅纨扇

　　没半点皮和肉①，有一担苦和愁①。傀儡儿还将丝线抽②，弄一个小样子把冤家逗③。识破也羞那不羞④？呆，你兀自五里已单堠⑤。

　　至正甲午春三月十日大痴道人作⑥，弟子休休王玄真书，右寄【醉中天】⑦。

⚙ 注释

> ① 有一担苦和愁——宋李嵩《骷髅纨扇图》画面左下方有一挑担，装有雨伞、卷席筒等生活什物，当为串乡木偶艺人的戏担。此句即由这个细节生出，言木偶表演艺人奔波江湖的愁苦。
>
> ② "傀儡儿"句——指画面中大骷髅用细线提弄小骷髅在表演。傀儡：宋代流行的木偶戏，其中有悬丝傀儡一种，见《都城纪胜·瓦舍众伎》。
>
> ③ 小样子——指小骷髅的模样。冤家——用作反语，是爱极之称，指被逗弄的婴儿。此由画面上婴儿母亲的角度而言。
>
> ④ 识破也羞那不羞——意为幼儿及其母亲要是看破了这个牵线操控的表演者竟是一个徒具衣冠的大骷髅，演戏者应感到羞愧。
>
> ⑤ 兀自——口语词，还，仍旧。五里——画面左上方有一砖墩，上有一

方牌，写有"五里"二字，即五里堠。单堠（hòu）——堠是古代的计程标志，原来夯土为方堆，故称。后来发展为砖石建筑。有"十里双堠，五里单堠"之说。堠台除有送别、旅居驿馆的含意，还有军事警示之意。苏东坡《荔枝叹》诗："五里一堠兵火催。"元代顾瑛《饯谢子兰》诗："前年去年兵蔽野，单堠双堠人举烽。"这句由画面上的五里堠发生联想，意指敌人已大兵压境，前锋逼近城边，南宋统治者已是死神临头，还在逗弄妻妾，荒淫作乐。

⑥ 至正甲午——元顺帝至正十四年，公元 1354 年。

⑦【醉中天】——此曲按之格律实为【醉扶归】。并非作者偶然误书，二牌前五句格律全同，存在血缘关系，元曲家经常存在混写现象。

⊛ 赏析

这是一首咏画之作，可谓三绝。首先是曲绝。以曲题画，为元曲中绝无仅有之作。其次为所题之画绝，出自南宋皇家画院待诏李嵩（1166—1243）之手，将大小二骷髅工笔精绘于仕女手执纨扇之上，已是惊悚荒诞之极。此画世称《骷髅幻戏图》，今存北京故宫博物院。画面中心为一个身着色衣，头戴幞头，坐在地上的大骷髅，用一缕细线提着一个小骷髅，正在逗弄一个匍匐在地，仰头招手的幼儿；婴儿母亲神色惊恐，作伸手阻拦状。侧面另有抱儿喂乳一妇旁观。对此画主题历来有不同猜断，有的以为表现庄子齐生死的生命哲学观；也有人认为表达了李嵩对南宋统治者在敌兵压境、大难临头之时犹麻木不仁、醉生梦死的政治忧愤。最后是大画家黄公望之题绝。无论是作为同行的专业理解，还是所用元曲语言的鄙俚浅俗，都给我们观读者造成一种阅读期待，获得一个明白无误的解读。但结果正好相反！他不但不能在齐生死与政治批判之间二者择一，反而又打开了"人生如戏，人生如寄，人生无法摆脱命运的操控"等更多理解的窗口。所谓三绝者，或者正绝在这有定而无定，人们可以从中读出更多的意向启悟。

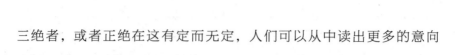

（二）陈德和

陈德和，生平事迹无考。《太和正音谱》列入"词林英杰"150人中，所作散曲今存小令10首。

【双调·落梅风】雪中十事（选二首）

> **浩然骑驴**
>
> 穷东野，忒好奇，冻得来战钦钦地。待吟诗满前都是题，偏则么灞桥驴背？
>
> **孙康映雪**
>
> 无灯蜡，雪正积，想孙康向学勤力①。映清光展书读较毕②，待天明困来恰睡。

⚙ **注释**

① 向学勤力 ——勤恳好学。
② 读较 ——校读。边阅读边校改书中的脱误。这里泛指读书。

⚙ **赏析**

这组重头小令共有10首，分题与雪有关的10个著名历史故事，均为独出心裁的翻案之作，别具"蛤蜊风致"。这里选2首。前一首写唐人孟浩然（字东野）骑驴雪中寻诗之事。程羽文《诗本事》说："孟浩然诗思在灞桥风雪中驴子背上。"后人就把雪中骑驴寻诗作为文人雅事而津津乐道。可作者在这里偏说孟浩然性子怪僻，要写诗有的是题目，为何非要到雪地里去自讨苦吃？冻得哆哆嗦嗦，实在没有必要。小令风趣幽默，跟孟浩然也跟那些故作风雅的人开了个不大不小的玩笑。

第二首是调侃一个著名的励志故事。晋人孙康好学而家贫，无钱买灯烛，冬夜常借白雪的反光读书。历代都以此作为刻苦攻读的佳话而传诵。这首小令偏要跟孙康打趣，说他映雪读了一夜书，到天明困乏正好去睡大觉。采用调皮学生的活泼思维，构想独特，诙谐幽默。

（三）钱霖（1295?—1360?）

钱霖，字子云，松江（今属上海）人。博学，工文章，因不为世用，遂出家做道士，更名抱素，号素庵。著有词集《渔樵谱》和曲集《醉边余兴》，均已散佚。散曲存世仅小令4首、套数1篇。

【般涉调·哨遍】

试把贤愚穷究，看钱奴自古呼铜臭①。徇己苦贪求②，待不教泉货周流③。忍包羞④，油铛插手⑤，血海舒拳⑥，肯落他人后？晓夜寻思机彀⑦。缘情钩钜⑧，巧取旁搜。蝇头场上苦驱驰⑨，马足尘下厮追逐⑩，积攒下无厌就。舍死忘生，出乖弄丑。

【耍孩儿】安贫知足神明佑，好聚敛多招悔尤⑪。王戎遗下旧牙筹⑫，夜连明计算无休。不思日月搬乌兔，只与儿孙作马牛。添消瘦，不调鼎鼐⑬，恣逞戈矛⑭。

【十煞】渐消磨双脸春，已凋飕两鬓秋^⑮。终朝不乐眉长皱，恨不得柜头钱五分息招人借，架上裓一周年不放赎^⑯。狠毒性如狼狗，把平人骨肉，做自己膏油。

【九】有心待拜五侯^⑰，教人唤甚半州^⑱。忍饥寒攒得家私厚，待垒做钱山儿倩军士喝号提铃守^⑲。怕化做钱龙儿请法官行罡布气留^⑳，半炊儿八遍把牙关叩^㉑。只愿得无支有管^㉒，少出多收。

【八】亏心事尽意为，不义财尽力培^㉓。那里问亲弟兄亲姊妹亲姑舅！只待要春风金谷骄王恺^㉔，一任教夜雨新丰困马周^㉕，无亲旧。只知敬明眸皓齿，不想共肥马轻裘^㉖。

【七】资生利转多，贪婪意不休，为锱铢舍命寻争斗^㉗。田连阡陌心犹窄，架插诗书眼不瞅。也学采东篱菊，子是装呵元亮^㉘，豹子浮丘^㉙。

【六】恨不得扬子江变做酒，枣穰金积到斗^㉚。为几文垫背钱受了些旁人咒^㉛。一斗粟与亲眷分了颜面，二斤麻把相知结下寇仇。真纰缪^㉜，一味的骄而且吝，甚的是乐以忘忧。

【五】这财曾燃了董卓脐^㉝，曾枭了元载头^㉞，聚而不散遭殃咎。怕不是堆金积玉连城富，眨眼早野草闲花满地愁。干生受^㉟，生财有道，受用无由。

【四】有一日大小运并在命宫^㊱，死囚限缠在卯酉^㊲。甚的散得疾子为你聚来的骤^㊳。恰待调和新曲歌金帐，逼临得佳人坠玉楼^㊴，难收救。一壁厢投河奔井，一壁厢烂额焦头。

【三】窗隔每都颩颩的飞^㊵，椅桌每都出出的走，金银钱米都消为尘垢。山魈木客相呼唤^㊶，寡宿孤辰厮趁逐^㊷，喧白昼。花月妖将家人狐媚^㊸，虚耗鬼把仓库潜偷^㊹。

【二】恼天公降下灾，犯官刑系在囚。他用钱时难参透^㊺，待买他上木驴钉子轻轻钉⁴⁶，吊脊筋钩儿浅浅钩⁴⁷。便用杀难宽宥⁴⁸。魂飞荡荡，魄散悠悠。

【尾】出落他平生聚敛的情⁴⁹，都写做临刑犯罪由。将他死骨头告示向通衢里甃⁵⁰，任他日炙风吹慢慢朽。

❀ 注释

① 铜臭 —— 是骂贪钱者的话。

② 徇己 —— 任意由着自己的欲望行事。

③ 泉货 —— 指钱币。

④ 忍包羞 —— 忍羞含耻。

⑤ 油铛（chēng）—— 煮沸的油锅。

⑥ 舒拳 —— 展开手掌，意指捞钱。

⑦ 机彀 —— 机关，圈套。

⑧ 缘情钩钜 —— 意为根据不同情况去巧取豪夺。钩钜：攫取到手的意思。

⑨ 蝇头 —— 比喻微利。

⑩ 马足尘下 —— 指奔波辛苦。

⑪ 悔尤 —— 祸殃。

⑫ 王戎遗下旧牙筹 —— 晋人王戎贪财，常手执牙筹计算，总是感到不能满足。见《晋书·王戎传》。牙筹：以象牙或兽骨制成的筹码。

⑬ 不调裀（yīn）鼎 —— 意为舍不得吃穿。裀：夹衣，泛指衣服。鼎：古代烹饪器具。

⑭ 恣逞戈矛 —— 指胸藏明枪暗箭，任意施逞，坑人害人。

⑮ 已凋飕两鬓秋 —— 意为只熬得鬓发斑白凋落。

⑯ "架上袷（jiá）"句 —— 意为所开当铺中衣物到了期也不愿让人赎取。袷：夹衣，指代典当衣物。

⑰ 五侯 —— 指古代公、侯、伯、子、男五等爵。这里泛指高官。

⑱ 半州 —— 宋元时大地主往往被人称为某半州，意为他占有半个州县的

土地。

⑲ "待垒做钱山儿"句 ——意为恨不得把钱财堆积成山，让军士提铃铛喊口令为其守护。

⑳ "怕化作钱龙儿"句 ——害怕金钱飞走而请道士作法术镇住。钱龙：古代传说钱能化龙飞走。法官：旧时称能施法术的道士。行罡（gāng）：道士踏星步斗施展法术。罡指北斗星。

㉑ "半炊儿"句 ——吃半顿饭功夫就扣八次牙，宋元风俗，以扣齿咬牙禳除晦气。

㉒ 无支有管 ——意为封锁牢固，没有支出。管：锁钥，引为封闭。

㉓ 捊（póu）——剥取。

㉔ 金谷骄王恺 ——晋人石崇与王恺比阔，把王恺二尺高的珊瑚树打碎，取出自家高三、四尺的许多珊瑚树赔给王，见《世说新语·汰侈》。金谷：金谷园，石崇所建别墅名。这里指代石崇。

㉕ 新丰困马周 ——马周是唐太宗时的监察御史，他早年未得志时，曾困于新丰（今陕西临潼东）旅店，受尽店主人的冷遇。见《新唐书·马周传》。

㉖ 共肥马轻裘 ——有肥马轻裘与朋友共同分享。

㉗ 锱（zī）铢（zhū）——泛指轻微不足道。古代重量单位，六铢为一锱，四锱为一两。

㉘ 子是 ——只是，一味地。装呵 ——装模作样。元亮 ——陶渊明的表字。这句讽刺守钱奴附庸风雅，故作清高的样子。

㉙ 豹子浮丘 ——指表面慈善如神佛，内心狠毒如虎豹的假神仙假道士。浮丘：指传说中的仙人浮丘公，见刘向《列仙传》。

㉚ 枣穰金 ——即黄金，以其颜色如枣肉，故名。

㉛ 垫背钱 ——古代人死后有把铜钱装入棺材殉葬的风习，称垫背钱。

㉜ 纰（pī）缪（miù）——荒唐，荒谬。

㉝ 燃了董卓脐 ——汉献帝时大军阀董卓贪婪残暴，后被杀弃尸于街市，守尸军士在其肚脐中点火照明。见《后汉书·董卓传》。

㉞ 元载 ——唐中期人，官至中书门下平章事，贪财弄权，后获罪被杖杀。
　　见《旧唐书·元载传》。这里说他被砍了头，是活用典故。

㉟ 干生受 ——白受辛苦。

㊱ 大小运并在命宫 ——指交上恶运，命该倒霉。命宫：星相家术语，指命
　　运流转的固定次序。

㊲ 死囚限句 ——意为死神降临，死期临近。卯酉：早晨与傍晚，犹言
　　旦夕。

㊳ 甚的散得疾句子 ——为什么散得那么快，只因聚敛得太急。

㊴ 逼临 ——逼迫。佳人跳玉楼 ——石崇之爱妾绿珠被赵王伦的亲信孙秀
　　看中，孙秀为夺取绿珠而陷害石崇时，绿珠毅然跳楼自杀。这里暗用
　　此典。

㊵ "窗隔每"句 ——意为家中邪鬼作祟，窗户棂子到处乱飞。

㊶ 山魈（xiāo）木客 ——山怪树精。

㊷ 寡宿孤辰 ——星相家指不吉利的星辰照命。

㊸ "花月妖"句 ——指花妖狐精变成美女迷害家属。

㊹ 虚耗鬼 ——民间传说中偷运粮米的精怪。

㊺ 他用钱时难参透 ——指看钱奴花钱总是看不开，就像等着买罪受似的。
　　这是一句讥讽的话。

㊻ 木驴 ——古代酷刑之一，把人钉在木凳上凌迟处死，俗曰骑木驴。

㊼ 吊脊筋钩儿 ——古代酷刑之一，把犯人用铁钩穿过脊骨吊在柱子上。

㊽ 便用杀难宽宥 ——把所有的钱都花光也难得宽赦。

㊾ 出落 ——只落得。

㊿ "将他死骨头"句 ——意指把他的死尸抛在大街上示众。甃（zhòu）：
　　这里是堆放的意思。

⊙ 赏析

　　这篇套曲为守财奴画像，从各个方面描摹他们的丑恶嘴脸，暴露
其贪鄙吝啬、既狠毒又虚伪的本性。他们为了搜刮聚敛钱财，日夜算

计，巧取豪夺，六亲不认；甚至油锅里下手，血海中舒拳，置生死于不顾，简直是天良丧尽，人性全无。但是，钱非正道而来必招祸害，发不义之财者绝无好结果，古往今来概莫能外。作者以尖刻讽刺之笔，写出了看钱奴的可耻下场。据陶宗仪《辍耕录》记载，这篇套曲是鞭挞现实生活中一个刻薄成家的守财奴的。但经过作者的艺术概括和逼肖刻画，本篇已超越了对具体人具体事的批判，赋予了普遍性和典型性，不仅暴露出元代高利贷剥削的历史真实，而且深刻地揭露出人被金钱异化之后，人性迷失堕落的状况。

（四）高克礼（生卒年不详）

高克礼，字敬臣，号秋泉，济南人，一说河间（今属河北）人。元顺帝至正八年（1348），任庆元推官。治政清静无为，以简淡自处，不行苛刻之事。与乔吉、杨维桢等交游，散曲存世有小令4首。

【越调·黄蔷薇过庆元贞】

又不曾看生见长，便这般割肚牵肠。唤妳妳酪子里赐赏①，撮醋醋孩儿弄璋②。断送得他萧萧鞍马出咸阳，只因他重重恩爱在昭阳③，引惹得纷纷戈戟闹渔阳④。哎，三郎⑤，睡海棠⑥，都则为一曲舞霓裳⑦。

⊛ 注释

① 妳（nǎi）妳（nai）——楚人呼母亲为妳，见《广韵》。此指安禄山呼杨妃为母。酪子里——背后，暗地里。

② 撮醋醋——安禄山与唐明皇争风吃醋。弄璋——指生男孩。《诗经·小雅·斯干》：" 乃生男子，载寝之床，载衣之裳，载弄之璋。" 璋为宝玉。这里借《诗经》语嘲弄三人间不正常的床笫关系。

③ 昭阳——汉宫名，成帝时赵飞燕曾居此。这里借指杨妃所居之宫。

④ 渔阳——唐郡名，治所在今天津蓟县。

⑤ 三郎——指唐明皇。因其在兄弟六人中排行老三，故称。

⑥ 睡海棠——指杨妃。唐明皇曾把杨妃醉态比做海棠睡未足，故称。见《太真外传》。

⑦ 霓裳——指《霓裳羽衣舞》曲。

◎ 赏析

这首带过曲纯用百姓口语，对唐明皇、杨贵妃荒淫误国的罪行予以嘲弄讽刺。传说安史之乱的始作俑者安禄山曾当着唐明皇的面认杨妃为干妈，背地里则有不清不楚的暧昧关系。此曲就从这里写起，调侃杨妃说：他又不是你从小看着长大的亲儿子，怎么会有这般牵肠挂肚的亲情，一唤娘就给以重赏。这引起了唐明皇争风吃醋，把安禄山排挤出咸阳。而安禄山一片恩爱和相思全在宫中杨妃身上，终于发动叛乱，差一点覆灭了李唐江山。

（五）董君瑞（生卒年不详）

董君瑞，真定冀州（今河北冀县）人。一生颠沛流离，潦倒沦落。能制曲，名传江南。《录鬼簿》列为 " 方今才人闻名而不相知者 "。散曲存世仅套曲 1 篇。

【般涉调·哨遍】硬谒

十载驱驰逃窜，虎狼丛里经魔难①。居处不能安，空区区历遍尘寰②，远游世间。波波渌渌③，穰穰劳劳，一向无程限，划地不着边岸④。镜中空照，冠上虚弹⑤。诗书有味眼生花，岁月无情鬓成斑。长铗归来⑥，壮志难酬，功名运晚。

【幺】世事谙博看⑦，人情冷暖谁经惯？风帽与尘寰，遍朱门白眼相看。腹内闲，五车经典⑧。七步文章⑨，到处难兴贩。半纸虚名薄官，飘零吴越，梦觉邯郸⑩。碧天凤翼未曾附，苍海龙鳞几时攀。因此穷途，进退无门，似羝羊触藩⑪。

【耍孩儿】待向人前开口实羞赧⑫，折腰处拳拳意懒⑬。这回不免向君前，曲弓弓冒突台颜⑭。故来海上垂钩线，特向津头执钓竿。有意相侵犯⑮，将你个高门谄媚，小子相干⑯。

【六煞】知君廉俭犹清干⑰，据头角轩昂见罕⑱。即非面谕厮过从⑲，将明公焉敢相残？岂不知甜言与我三冬暖，恶语伤人六月寒？你是多少人称赞，道你量如江海，器若丘山。

【五】也不索闲言赞，冷句儿儹⑳，快疾做取英雄汉㉑。扫除乞俭分开呇㉒，倚阁酸寒打破悭㉓，忙迭办。俺巷来近远㉔，怎地回还？

【四】你是明白与，俺索子细拣。怕有挑剜接补并糜烂㉕。至元折脑通行少㉖，中统糖心倒换难㉗。翻复从头看，则要完全贯伯㉘，分晓边栏㉙。

【三】你要寻走衮㉚，觅转关㉛，上天掇着梯儿赶。襟厮封头发牢结定㉜，额厮挣眉毛紧厮拴㉝。厮蘸定权休散㉞，坐时同坐，趓后齐趓㉟。

【二】你又奔[36]，俺又顽，则要紧无格迸松无慢[37]。皮锅里炒爆铜豌豆[38]，火坑上叠翻铁卧单[39]。无辞惮[40]，天生性耐，不喜心烦。

【一】谩把猾[41]，枉占奸。布衫领安上难寻绽[42]。头巾顶攒就宜新裹，鏊子饼热时赶热翻[43]。消息汤着犯。你便辘轳井口，直打的泉干[44]。

【尾】难动脚，怎转眼，便休推阻相延款[45]。多共少分明对面侃[46]。

注释

① 魔难——即磨难。

② 区区——指奔波辛劳。

③ 波波漉漉——奔波劳碌。

④ 划地——依旧，仍是。

⑤ 冠上虚弹——指作官无望。弹冠比喻出仕。《梁书·沈约传》：“或辞禄而反耕，或弹冠而来仕。”这里反用此典。

⑥ 长铗归来——战国齐国孟尝君门下有食客叫冯谖，曾弹剑铗而唱：“长铗归来乎，食无鱼。”见《战国策·齐策》。这里引指求官不得，遭受冷遇，生活困顿。

⑦ 谙（ān）博——熟悉，了解得很深很广。

⑧ 五车经典——喻指对儒家的著作读得很熟。五车，喻指载书极多。

⑨ 七步文章——指文才极为敏捷。这里用曹植七步作诗的典故。见《世说新语·文学》。

⑩ 梦觉邯郸——指求取功名富贵的理想破灭。这里引用黄粱梦的典故，见唐沈既济《枕中记》。

⑪ 羝（dī）羊触藩——公羊角钩在篱笆上，比喻进退不得的困境。

⑫ 羞赧（nǎn）——因羞惭而脸红。

⑬ 拳拳——恳挚。这句意指懒于做出恳挚的样子去求拜别人。

⑭ 曲弓弓 —— 弯腰如弓的样子。冒突台颜 —— 客套话，犹今言冒昧地打扰您。

⑮ 侵犯 —— 这里是添麻烦，让你受苦的意思。

⑯ 小子 —— 干谒者的自我谦称。干 —— 干谒，干求，求请别人帮助。

⑰ 清干 —— 清明干练。

⑱ "据头角"句 —— 意为气度不凡，地位显赫。

⑲ 即非面谕厮过从 —— 意为若不是你当面告诉我今后常来走，我哪敢前来冒犯阁下。

⑳ 儹（zǎn）—— 积聚。

㉑ 做取 —— 这里是成全，帮助的意思。

㉒ 扫除乞俭分开吝 —— 意为要把平日吝啬节俭的心性改一改。

㉓ 倚阁 —— 丢开，搁在一边。

㉔ 巷来近远 —— 意为住处很远，要走很长的路。

㉕ "怕有"句 —— 这句说怕纸钞有缺角的、扯破后接补的或破烂的，这些用起来都要贬值甚或花不出去。

㉖ 至元 —— 至元钞，元世祖至元（1264—1294）年间发行的一种纸钞。折脑 —— 意指边缘磨损严重。

㉗ 中统 —— 指元世祖中统（1260—1264）年间发行的纸钞。糖心 —— 外硬中软。指中统钞纸质低劣，容易破损，故交易时难以出手。

㉘ 完全贯伯 —— 不缺不损，完整十足的钱钞。

㉙ 分晓边栏 —— 指纸钞票面字迹、图案、边款清晰分明，这样在交易时才能无阻碍，不贬值。

㉚ 寻走衮 —— 指利用纸钞面值与实值的差价从中投机取利。

㉛ 转关 —— 指捣鬼投机的诀窍。

㉜ "襟厮封"句 —— 这句及以下写你要是敢骗我坑我，那我就抓住你的衣襟扯住你的头发。厮：相互。这里指相打。

㉝ "额厮拶（zǎn）"句 —— 额纹扯紧，眉毛蹙紧，形容怒容满面。拶：这里指扯紧。

㉞ 厮醮（zhàn）——意为紧盯住你，一会都不离开。

㉟ 赸后齐赸——意为走到那里，跟到那里。

㊱ 奔——同"笨"，这里指愚蠢。

㊲ "则要"句——意为追逼索讨要适度，紧不要迸裂，松不要脱钩。

㊳ "皮锅里"句——这是一句民间俗语，意指耐性极大。

㊴ 卧单——即被单、床单之类。"铁卧单"在火炕上加热折叠起来，本不可能，这里极言需要耐性。这是当时的一句熟语。

㊵ 无辞惮——不因怕麻烦而推辞。

㊶ 谩把猾——意为不要要滑，根本没用。

㊷ "布衫领"句——这是一句歇后语，指找不到任何推托的借口。

㊸ "头巾顶攒就"二句——都是熟语，意为及时抓紧，趁热打铁。

㊹ "你便"二句——也是当时熟语，意为枉费心机。

㊺ 延款——拖延，延缓。

㊻ 对面儿侃——理直气壮地说。此指说明白。

⊙ **赏析**

这篇套曲描写一个贫困士子为生活所迫向豪门求助（即干谒权贵）的场面。他从未干过这种攀龙附凤，低声下气的事情，对拉关系套近乎那一套几乎一窍不通，一上来就明说明侃：我现在奉承你抬举你，就是为了得到你的帮助。要多要少，也由他说，还不许人家拖延。曲子刻画出一个虽穷困潦倒而沦入向人乞讨之境但仍不倒架子的书呆子形象，实为作者的自画像，表现了他天生傲骨、生性不会折腰的士子作风。本篇大量采用民间俗谚熟语，特别是嵌入歇后语，显得俏皮灵动，充满生活气息。

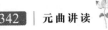

（六）高安道

高安道，生平事迹无考。《录鬼簿》列为"方今才人闻名而不相知者"，说他有《御史归庄》和《破布衫》等小曲流行于当时。今存散套3篇。

【般涉调·哨遍】皮匠说谎

十载寒窗诚意，书生皆想登科记①。奈时运未亨通，混尘嚣日日衔杯②。厮伴着青云益友③，谈笑忘机，出语无俗气。偶题起老成靴脚④，人人道好，个个称奇。若要做四缝磕瓜头⑤，除是南街小王皮⑥。快做能裁，着脚中穿，在城第一。

【要孩儿】铺中选就对新材式，嘱咐咱穿的样制："裁缝时用意下工夫，一桩桩听命休违。细锥粗线禁登陟⑦，厚底团根教壮实⑧。线脚儿深深勒，鞦子齐上下相趄⑨，鞝口宽脱着容易⑩。

【七煞】探头休蹴尖⑪，衬薄怕汗湿⑫，减刮的休显刀痕⑬。剜裁的脸戏儿微分间短⑭，拢揎得腮帮儿省可里肥⑮，要着脚随人意。休教脑窄⑯，莫得跌低⑰。"

【六】丁宁说了一回，分明听了半日，交付与钱钞先伶俐。"从前名誉休多说，今后生活便得知⑱，限三日穿新的。""你休说谎，俺不催逼。"

【五】人言他有信行，谁知道不老实，许多时划地无消息⑲。量底样九遍家掀皮尺⑳，寻裁刀数遭家取磨石，做尽荒獐势㉑。走的筋舒力尽㉒，慞的眼运头低㉓。

【四】几番煨胶锅借揎头㉔，数遍粘主根买桦皮㉕，喷了水埋在糠糟内㉖。今朝取了明朝取，早又催来晚又催。怕越了鞋行例，见天阴道胶水解散，恰天晴说皮糙燋燋㉗。

【三】走的来不发心㉘，燋的方见次第㉙。计数儿算有三千个誓，迷奚着谎眼先陪笑㉚，执闭着顽心更道易㉛。巴得今日，罗街拽巷，唱叫扬疾㉜。

【二】好一场恶一场，哭不的笑不的，软厮禁硬厮并却不济㉝，调脱空对众攀今古㉞，念条款依然说是非，难回避。骷髅卦几番自说㉟，猫狗砌数遍亲题㊱。

【一】又不是凤麒麟钩绊着缝㊲，又不是鹿衔花窟嵌着刺㊳，又不是倒钩针背衬上加些功绩㊴，又不是三垂云银线分花样㊵，又不是一抹圈金沿宝里㊶，每日闲淘气。子索行监坐守㊷，谁敢东走西移。

【尾】初言定正月终，调发到十月一㊸。新靴子投至能够完备㊹，旧兀剌先磨了半截底㊺。

⚙ 注释

① 登科记 —— 科举考试录取的人名录。

② 混尘嚣 —— 意为混日子，消磨时光。

③ 青云益友 —— 同求取功名的好友。

④ 老成靴脚 —— 老式靴子。

⑤ 四缝磕瓜头 —— 一种鞋脸用四块皮砌成西瓜花纹状的皮靴子。

⑥ 小王皮 —— 个姓王的青年皮匠。

⑦ 细锥粗线禁登陟 —— 意为缝制时锥子要细，麻线要粗，这样才结实耐穿，登高爬山都不怕。禁：禁得起。

⑧ 厚底团根教壮实 —— 鞋底要厚，鞋跟要圆，要结结实实。

⑨ 勒（yào）子齐上下相趁 —— 指靴子的高筒要整齐而且上下相称，合乎规格。勒子：即鞋勒，靴子筒。

⑩ 鞔（wēng）口 —— 鞋口。吴人称靴靿为鞔。

⑪ 探头休蹙（cù）尖 —— 指鞋头要圆，不要尖出。

⑫ 衬薄怕汗湿 —— 指鞋中衬垫要厚一些，薄了不吸汗。

⑬ 减刮 —— 指修削。

⑭ "剜裁的"句 —— 意为挖裁鞋脸时要稍微短些，长了难看。脸戏儿：即
    鞋脸，鞋面。微分间：稍微。

⑮ "拢揎（xuān）得"句 —— 指裹拢撑起鞋帮时不要太肥大。拢揎：制鞋
    时把鞋帮拢在木头模型上，使之撑起成形。省可里：休得要。

⑯ 脑窄 —— 指鞋头窄狭，穿上夹脚。

⑰ 跌低 —— 跌面低。从鞋面到鞋底的高度称跌面。

⑱ 生活 —— 干活，营生。此指产品。

⑲ 划地 —— 反而。

⑳ 量底样 —— 量鞋底的尺码。家 —— 话助词，无义。

㉑ 荒獐势 —— 这里指装模作样的架势。

㉒ 筋舒力尽 —— 犹言精疲力尽。

㉓ 憔的眼运头低 —— 意指急得晕头转向。以上两句写顾客催货之苦。

㉔ 煨胶锅 —— 指熬胶水粘结皮革的锅子。揎头 —— 支撑鞋子成形的木头
    模型。揎：应为楦（xuàn）。

㉕ "数遍"句 —— 好多次去买桦树皮来粘结鞋垫。

㉖ "喷了水"句 —— 指粘结的皮革埋在酒糟内，使之柔润。

㉗ 燋（jiāo）黧（lí） —— 指焦干发黑。燋：同"焦"。

㉘ 不发心 —— 不耐烦。

㉙ 燋的方见次第 —— 意为一次一次十分焦躁着急。

㉚ 迷奚 —— 眯缝。

㉛ "执闭"句 —— 意指王皮匠硬着头皮说很快会做好。

㉜ 罗街拽巷、唱叫扬疾 —— 意为拉扯到大街上，大吵大闹。

㉝ 软厮禁硬厮并 —— 意为软磨硬泡，软硬不吃。

㉞ "调脱空"句 —— 意为说假话还攀今揽古胡扯一通。脱空：虚诳。

㉟ 骷髅卦 —— 占着骷髅卦，意为倒霉，命中注定要死。此句指皮匠说自己运气不好。

㊱ 猫狗砌 —— 指皮匠做出装猫变狗的滑稽动作与顾客胡搅蛮缠。

㊲ "又不是"句 —— 意为做一双普通靴子，又不要绣凤凰、麒麟那些复杂的图案。

㊳ 鹿衔花 —— 一种刺绣图案。窟嵌 —— 镶嵌。

㊴ 倒钩针 —— 一种反钩提线的缝制方法。背衬 —— 皮下衬布。功绩 —— 工夫。

㊵ 三垂云银线分花样 —— 指把银线分成深浅不同的种类绣成云彩的图案。

㊶ 一抹圈金沿宝里 —— 鞋口一圈全用金线缘边，鞋里饰以金宝图案。

㊷ 子索 —— 必须。行监坐守 —— 时刻守在那里盯着，不敢离开。

㊸ 调发 —— 打发，糊弄。

㊹ 投至 —— 及至，待到。

㊺ 兀刺 —— 女真族靴子名，因其中塞垫兀刺草而称。此泛指靴子。

赏析

这篇套曲描写一个皮鞋匠吹牛撒谎，不讲信用，欺弄顾客的故事。一位读书士子请他做一双老式皮靴，千叮咛万嘱咐，生怕做不好。他大包大揽，保证在三天内完工。结果是一拖再拖，怎么也交不了货。天阴说胶水不粘，天晴又说皮焦不好干活。顾客好说，他就陪笑，发誓；顾客着急，他就厚下脸皮胡搅蛮缠。就这样从正月初一拖到十月初一，新鞋没做成，顾客来回跑腿却把旧靴子磨穿了半截。作者以喜剧笔调，描摹市井世态，幽默风趣。本篇大量采入市井对话与制鞋手艺用语，活灵活现当时生活的本真状态，犹如一幅生动鲜明的宋元市井风俗画，耐人寻味。

（七）吕止庵

吕止庵，生平事迹无考。元曲家另有吕止轩，疑为一人。散曲存世有小令33首，套数4篇《太和正音谱》论其曲"如晴霞结绮"。

【仙吕·醉扶归】

　　频去教人讲①，不去自家忙。若得相思海上方②，不到得害这些闲魔障③。你笑我眠思梦想，则不打到你头直上④。

⊙ 注释

① 讲——指讲论，说闲话。
② 海上方——海外仙方。此指可医相思病的妙方。
③ 不到的——不至于。闲魔障——此指折磨人的相思病。
④ "则不"句——意为只是没有临到你头上。

⊙ 赏析

　　本篇写男女相思，截取热恋中心理冲突的片段，用谐俗的语言加以表现，责怪好意劝解者是站着说话不腰疼，颇为新颖有趣。

（八）景元启

　　景元启，生平事迹无考，《太和正音谱》把他列入"词林英杰"150人之中。散曲存世有小令15首，套曲1篇，多写男女情爱和隐逸生活。

【双调·得胜令】（选二首）

力困下秋千，缓步趿金莲①。笑与情郎道："扶归曲槛边。"俄然，欲语声娇颤。旋旋②，旋得来不待旋③。

明月转回廊，花影上纱窗。暗约湖山侧④，低低问粉郎⑤。端详，怕有人瞧望。荒荒⑥，荒得来不待荒。

⊛ 注释

① 趿（tā）金莲 —— 拖着三寸金莲走，极言其疲惫。

② 旋旋 —— 天旋地转的感觉。

③ 旋得来不待旋 —— 意为头旋得实在让人受不了。

④ 湖山 —— 这里指花园中池塘边的假山。

⑤ 粉郎 —— 面容白皙，如同傅粉的情郎。

⑥ 荒荒 —— 心里惊慌不安。荒：同"慌"。

⊛ 赏析

这组重头小令计有4首，均写男女情爱，这里选2首。前一曲描摹一位少女在情侣的陪伴下，荡罢秋千，气喘声颤，眼晕头旋的情态。捕捉少女特定情境中的娇态予以表现，用笔轻俏，活灵活现。

后一曲写一位初恋少女，与情郎在一个月映花影上纱窗的黄昏中约会。她左右张望，生怕被人看破，心里极度慌张。作者以传神之笔，描摹初恋女主人公的独特心理，惟妙惟肖。青年男女的私情恋爱在封建社会形同偷窃犯罪，当代人难以共情，必须结合时代背景，才能予以同情的理解。

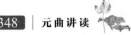

（九）查德卿

查德卿，生平事迹无考。《太和正音谱》将其列入"词林英杰"150人中。李开先论元曲，首推乔吉、张可久，次举查德卿，可知到明代其曲名仍高。今存小令22首。

1.【仙吕·寄生草】感叹

> 姜太公贱卖了磻溪岸①，韩元帅命博得拜将坛②，羡傅说守定岩前版③，叹灵辄吃了桑间饭④，劝豫让吐出喉中炭⑤。如今凌烟阁一层一个鬼门关⑥，长安道一步一个连云栈⑦。

⚙ 注释

① "姜太公"句 —— 姜子牙不该轻易地放弃渭水垂钓的隐居生活。

② "韩元帅"句 —— 意为韩信虽得拜将封王，最后却付出了生命代价。

③ "羡傅说"句 —— 意为如果傅说永不出山，不为武丁之臣，才是令人羡慕钦佩的。

④ "叹灵辄"句 —— 春秋时，晋相国赵盾外出打猎，在桑林中遇见灵辄饿倒，就赠以食物。后灵辄做了晋灵公的卫士，在赵盾危难时，冒死相救，以报当年桑林一饭之恩。这里感叹灵辄受人之恩，竟为人卖命。

⑤ "劝豫让"句 —— 豫让为春秋末年晋卿智氏的家臣。韩、赵、魏三家灭智氏分晋，他决心为家主复仇，竟以漆涂面化装，吞火炭改变嗓音，伺机刺杀赵襄子。结果事败被擒而死。作者在这里明确表示反对豫让为主子卖命。

⑥ 凌烟阁 —— 唐代功臣阁。

⑦ 长安道 —— 通向京城之路，比喻仕路宦途。

⊙ **赏析**

　　这首小令感叹仕途艰难，如同鬼门关、连云栈一样凶险莫测。作者列举姜子牙、韩信、傅说、灵辄和豫让等历代著名将相重新进行评价，翻历史旧案，借古讽今，寄慨遥深，表示对功名利禄的弃绝和否定态度，体现对生命自由的向往。空谷足音，显露一种超越古今的全新价值观。本是掉书袋用典，却出之以口语，以俗化雅，了无堆砌之痕。元曲用典与诗词不同，由此可悟其中奥秘。

2.【仙吕·寄生草】间别

　　姻缘簿剪做鞋样①，比翼鸟搏了翅翰②。火烧残连理枝成炭，针签瞎比目鱼儿眼③，手揉碎并头莲花瓣。掷金钗揪断凤凰头④，绕池塘捽碎鸳鸯弹⑤。

⊙ **注释**

① 姻缘簿——古人迷信婚姻由命中注定，传说月下老人有一个婚姻簿子，对人间夫妻已做了预先登记。这里指美满夫妻。鞋样——旧时妇女手工做鞋，先用纸剪出模板。

② 搏——被人折断的意思。翅翰——翅膀。

③ 签——用针刺。

④ 揪断——折断。凤凰头——指凤凰形的钗簪。

⑤ 捽碎——搓碎。弹——同"蛋"。

⊙ **赏析**

　　本篇写爱情婚姻遭受破坏给恩爱情侣造成的精神伤害与痛苦。此曲共 7 句，每句都是雅俗结合的奇妙比喻，全篇构成博喻，极力形容一对情人被活活拆散，世间最美好的事物被破坏、被毁灭的惨痛情景，意象奇特，令人耳目一新。曲题"间别"，就是遭到隔离而被迫分手之意。

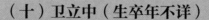

（十）卫立中（生卒年不详）

卫立中，名德辰，立中为其字。华亭（今上海松江）人。善书法，隐居未仕，曾与著名曲家贯云石交游，年辈也相当。散曲今存小令2首。

【双调·殿前欢】

> 碧云深，碧云深处路难寻。数椽茅屋和云赁①，云在松阴。挂云和八尺琴②，卧苔石将云根枕，折梅蕊把云梢沁。云心无我，云我无心。

⊙ 注释

① 赁（lìn）——租借。白云无主，无所谓租赁，这是一种富有情趣的说法。

② 云和——古时对琴瑟等乐器的代称，语出《周礼·春官·大司乐》"云和之琴瑟"。唐王昌龄《西宫春怨》诗有"斜抱云和深见月"之句。

⊙ 赏析

本篇写云山隐居之趣。碧云深处人迹罕至，自然无路可寻。主人公却在这里租赁数椽茅屋，高兴时弹弹古琴，困了就躺在长满青苔的石头上睡去，他连白云都租赁了。作者采用嵌字格，每句嵌入一个"云"字，表现了与白云为伴的幽雅情趣和逸兴高致。文笔流丽自然，涤尽人间烟火气，毫无扭捏牵合之痕。

（十一）唐毅夫

唐毅夫，生平事迹无考。《太和正音谱》将其列入"词林英杰"150人，散曲存世仅小令1首，套曲1篇。

【南吕·一枝花】怨雪

不呈六出祥①，岂应三白瑞②？易添身上冷，能使腹中饥。有甚稀奇？无主向沿街坠，不着人到处飞。暗敲窗有影无形，偷入户潜踪蹑迹。

【梁州】才苫上茅庵草舍③，又钻入破壁疏篱。似杨花滚滚轻狂势。你几曾见贵公子锦裯绣褥？你多曾伴老渔翁箬笠蓑衣④。为飘风胡做胡为，怕腾云相趁相随。只着你冻的个孟浩然挣挣痴痴⑤，只着你逼的个林和靖钦钦历历⑥，只着你阻的个韩退之哭哭啼啼⑦。更长，漏迟，被窝中无半点儿阳和气。恼人眠，搅人睡，你那冷燥皮肤似铁石，着我怎敢相偎？

【尾】一冬酒债因他累，千里关山被你迷。似这等浪蕊闲花也不是久长计，尽飘零数日，扫除做一堆，我将你温不热薄情化做了水。

⊛ **注释**

① 六出祥 —— 瑞雪兆丰年，本是祥瑞的预征，这里却用否定语气。雪花的结晶体呈六角形，故称"六出"。

② 三白瑞 —— 北方正月里下三次雪有利于庄稼丰收。《朝野佥载》云："'正月见三白，田公笑赫赫。'又有北谚云：'要宜麦，见三白。'"

③ 苫（shàn）—— 遮盖。

④ "你几曾见"二句——你什么时候敢去欺负穿着锦衣铺着皮褥的王孙公
　子？多都是冲着冬钩的老渔翁发威。意指冬雪怕富欺贫之性。伴老渔翁
　箬笠蓑衣：用柳宗元《江雪》"孤舟蓑笠翁，独钓寒江雪"诗意。

⑤ 冻得个孟浩然挣挣痴痴——用孟浩然骑驴在风雪灞桥寻诗事，指冬雪折
　磨寒士。挣挣痴痴：同怔怔痴痴，形容人精神恍惚。

⑥ 林和靖——指宋代诗人林逋，因其多有咏雪诗作，故有此联想。钦钦历
　历——抖抖索索的样子。

⑦ 韩退之——即韩愈，字退之。这句由韩愈被贬谪，雪拥蓝关马不前之事
　生发而出。

❀ 赏析

　　这是一篇奇特的咏物之作，运用拟人手法，极写冬雪给贫寒士子
带来的种种困苦磨难，抒发对沉重生活的怨恨之情。作者大做翻案文
章，一反对雪花的祥瑞评价，专写其寒冷无情，无孔不入，欺贫怕富
的品性，显然具有生活的象征意义，寄寓了对人情浇薄及世态炎凉的
社会现实的讽刺与批判。

（十二）爱山

　　爱山，姓名与生平事迹无考。散曲存世有小令 4 首。元曲家中有
李爱山、王爱山，此爱山似为李、王中之一人。

【越调·小桃红】消遣

　　一溪流水水溪云，雨霁山光润。野鸟山花破愁闷，乐闲身。拖
条藜杖家家问，问谁家有酒，见青帘高挂①，高挂在杨柳岸杏花村。

⊛ **注释**

① 青帘——用青布做的卖酒幌子，也叫酒旗、酒望子。

⊛ **赏析**

　　大自然中的溪水流云、野鸟山花给作者带来无限的喜悦和欢乐，勾起他似饥如渴般的酒兴。他拖着一条藜木手杖到处问讯，终于打听到杨柳岸边有一座酒肆。作者借用杜牧《清明》诗"借问酒家何处有，牧童遥指杏花村"的意境，表达山野春光的优美动人和郊外游赏之乐，充满浓郁的诗情画意。元曲中有一种"隐括体"，就是袭用唐诗宋词名篇的题材或名句，缩写或改写为曲。此曲于隐括中有独特发挥，应为隐括体中上乘之作。结尾把"青帘高挂"半句拆出，造成重复，别有韵致，为诗词所不能有，呈现出由远及近，不断发现的期待心理与特别感觉。

（十三）吕天用

　　吕天用，生平事迹无考，《太和正音谱》列入"词林英杰"150 人，散曲存世仅套曲 2 篇。

【南吕·一枝花】秋蝶

　　数声孤雁哀，几点昏鸦噪。桂花随雨落，梧叶带霜凋。园苑萧条，零落了芙蓉萼①，见一个玉蝴蝶体态娇。描不成雅淡风流，画不就轻盈瘦小。

　　【梁州】难趁逐莺期月夜②，怎追随燕约花朝。栖香觅意谁知道③？春光错过，媚景轻抛。虚辜艳杏④，忍负天桃⑤。梦魂杳不在花梢，精神懒怪杀墙高。喜孜孜翠袖兜笼，娇滴滴玉纤捻搭⑥，笑吟吟罗扇轻招。替他，窨约⑦，秋深何处生芳草？残菊边且胡闹，不似姚黄魏紫好⑧。忍负良宵。

【隔尾】金风不念香须少⑨，玉露那怜粉翅娇，风露催残冷来到。艳阳时过了，暮秋天怎熬？将一捻儿香肌断送了⑩。

⊙ **注释**

① 芙蓉萼——荷花的花萼。

② 难趁逐莺期月夜——这句与下句合起来说蝴蝶在寒冷的深秋已经不能和黄莺燕子在一起共同享受花朝月夜的美好春光。

③ 栖香觅意——指蝴蝶苦苦寻求可栖花朵的心意和愿望。

④ 虚辜艳杏——白白地辜负了艳丽的杏花。指错过了青春时光。

⑤ 忍负天桃——忍心辜负了妖艳的桃花。

⑥ 玉纤——指白皙纤长的手指。捻搭——用手指轻轻捏住。

⑦ 窨约——同"暗约"，私下忖度。

⑧ 姚黄魏紫——原是两种名贵的牡丹花名，这里泛指牡丹花。

⑨ 金风——秋风。香须——指蝴蝶的长长触须。

⑩ 一捻儿——形容极其细弱。

⊙ **赏析**

这篇套曲写秋蝶瘦弱的身体遭受着风露的摧残和折磨，闺中少女同情怜悯它，用罗扇招来，笼在袖中，捻在玉手里，深为这个小生命的不幸而感到悲哀。此曲明写蝴蝶，实写护蝶之人，抒发了一种生不逢时、宿命无奈、同病相怜的悲伤情思。构思极为婉曲，意绪深蕴，耐人寻味。

（十四）张鸣善（生卒年不详）

张鸣善，名择，号顽老子，鸣善为其字。平阳（今山西临汾）人，寓居扬州。元末曾任宣慰司令史、提学、宪郎等职。元顺帝至正二十六年（1366）春，应邀为夏庭芝《青楼集》作序。编撰杂剧3种，皆失传。散曲存世有小令13首，套曲2篇。《太和正音谱》称其曲"如彩凤刷羽，藻思富赡，烂若春葩，郁郁焰焰，光彩万丈"。

1.【双调·水仙子】讥时

> 铺眉苫眼早三公①，裸袖揎拳享万钟②，胡言乱语成时用，大纲来都是烘③。说英雄谁是英雄？五眼鸡岐山鸣凤④，两头蛇南阳卧龙⑤，三脚猫渭水飞熊⑥。

⊛ 注释

> ① 铺眉苫眼——挤眉弄眼，指行为不正派。三公——泛指高官权贵。
>
> ② 裸袖揎拳——捋袖子，伸拳头。形容粗蛮横暴。万钟——指优厚的俸禄。
>
> ③ 大纲来——大抵，总之。烘——打烘，蒙骗。
>
> ④ 五眼鸡——即乌眼鸡，是一种生性好斗的鸡。岐山鸣凤——岐山在今陕西岐山，传说商末有凤凰落于此，预示着圣人出世，统一天下。后来成了武王伐纣，灭商兴周的象征。这里泛指圣贤之人。
>
> ⑤ 两头蛇——传说蛇生两头极为凶毒，人遇见就会死。南阳卧龙——即诸葛亮。
>
> ⑥ 三脚猫——即瘸腿猫，比喻好事而无能的人。渭水飞熊——指姜子牙。传说周文王梦见飞熊，后在渭水边聘得贤相姜子牙，故称。

赏析

这是一首讥时刺世之作，运用生动活泼的民间俗语，直指元末官场的混乱和丑恶，嘲讽那些自诩为贤臣良相的官僚们不过是些乌眼鸡、两头蛇和三脚猫一类的家伙；或是惯于窝里斗的流氓政客，或是心狠手辣的无赖恶棍，或者是金玉其外、败絮其中的草包废物。但他们欺上瞒下，窃据高位，妄图与姜子牙、诸葛亮并称。作者对这种贤愚颠倒、人妖混淆、美丑不分、鱼目混珠的社会现实极尽嬉笑怒骂之能事，痛快淋漓，精警深刻。全曲八句，开头三句与结尾三句构成两组鼎足对，工稳严整，气势流贯。

2.【中吕·普天乐】嘲西席

"诵诗书，习功课。爷娘行孝顺①，兄弟行谦和。为臣要尽忠，与朋友休言过。养性终朝端然坐，免教人笑俺风魔②。"先生道"学生琢磨"，学生道"先生絮聒"，馆东道"不识字由他③"。

注释

① 爷娘行——爹娘那里。行（háng）：那边。元曲常用口语词，附于名词代词之后表示处所。

② 俺——指学生。以上八句是先生对学生的训话，而且是先生假设站在学生立场上说的。风魔——疯疯傻傻。

③ 馆东——旧时私塾的负责人，多由学生家长中推选担任。

赏析

西席是对家庭塾师的尊称。这首小令讽刺一位迂腐呆板的教书先生，只会熬心灵老鸡汤，用那套忠孝节义的大道理向学生填鸭式地强塞硬灌，一本正经地板着面孔训人，对孩子们的活泼天性一点也不了解，结果引得学生强烈的反感和腻烦，嫌他絮叨啰嗦。而家长也主张学生不听就由他去，实际上给这位道学先生当头泼了一盆冷水。作者截取私塾课堂上先生、学生和馆东的对话，构成一幕富有喜剧色彩的场面，对封建教育的枯燥乏味进行了揭露和嘲笑。

（十五）贾固（生卒年不详）

贾固，字伯坚，沂州（今山东临沂）人。历官山东佥宪、陕西御史、扬州路总管、江东道廉访使、中书左司郎中、中书左参政等职。《录鬼簿续编》说他"善乐府，谐音律"。在扬州时与乔吉交好。今存散曲小令 1 首。

【中吕·醉高歌过红绣鞋】寄金莺儿

乐心儿比目连枝①，肯意儿新婚燕尔②。画船开抛闪的人独自，遥望关西店儿③。黄河水流不尽心事，中条山隔不断相思④。当记得夜深沉人静悄自来时，来时节三两句话，去时节一篇诗。记在人心窝儿里直到死。

◎ 注释

① 乐心儿——互相欢爱之心。比目连枝——比目鱼和连理枝，比喻男女情侣。

② 肯意儿——互相情投意合。

③ 关西店儿——指陕西路途中的旅店，为作者赴任所经之地。关西：函谷关（在今河南灵宝）以西，指代陕西。

④ 中条山 —— 在今山西永济，是晋、陕间的屏障。

❀ 赏析

据元代夏庭芝《青楼集》记载，金莺儿是一位著名的歌妓，色艺双全。贾固任山东佥宪时与她相爱，后来调任陕西御史，与她难舍难分，就写了这首带过曲赠给她。此事被上司知道，就说他游荡优伶，上章弹劾，罢免了他的御史之职。此曲着重写作者对金氏难割难舍的感情，回忆过去相亲相爱的甜蜜和幸福，至死难忘。而如今任凭山高水长，也隔不断他对她的思念。写真人实事，采现实地名"关西店儿""中条山"入曲咏唱，音律和婉，情思轻倩，娓娓动听。

（十六）曹德（生卒年不详）

曹德，字明善，衢州（今属浙江）人，一说松江人。曾任衢州路吏、山东宪使等小官。因写【清江引】曲子讥讽当朝太师伯颜弄权，遭追捕，避于吴中僧舍。后伯颜倒台，方入都门。他与曲家薛昂夫和任昱等交往，彼此有唱和之作。《录鬼簿》把他列为"方今才人相知者"，评其作品"华丽自然，不在小山之下"。今存小令 18 首。

【双调·清江引】（二首）

长门柳丝千万结①，风起花如雪。离别复离别，攀折更攀折，苦无多旧时枝叶也！

长门柳丝千万缕，总是伤心树②。行人折嫩条，燕子衔轻絮。都不由凤城春作主③。

❂ 注释

① 长门——汉代宫殿名,汉武帝曾把陈皇后幽禁于此。这里引用此典影射伯牙吾氏皇后及皇亲宗室遭受太师伯颜迫害。

② 伤心树——古人认为树被逆披枝条会伤其心,故称被披折之杨柳为伤心树。

③ "都不由"句——指元顺帝受伯颜胁迫,无力保护皇后及众宗亲。《元史·唐其势传》记载,伯牙吾氏皇后被捕时向顺帝大声呼救,顺帝不敢违抗伯颜之意,无奈地说:"汝兄弟为逆,岂能相救耶?"凤城:指京都、皇宫,此指代皇帝。

❂ 赏析

这组重头小令计有 2 首,是政治讽刺曲。《辍耕录》卷八记录了此曲的本事:"太师伯颜擅权之日,郯王彻彻都、高昌王贴不儿不花皆以无罪杀。山东宪吏曹明善时在都下,作【岷江绿】(【清江引】的别名)二词以讽之。大书于五门之上。"伯颜因拥立顺帝之功,权倾朝野,专横跋扈。很多皇室宗亲因反对他而惨遭杀戮剪除,甚至连皇后伯牙吾氏也受牵连,而遭鸩杀。二曲运用象征手法,以长门柳任人披折为喻,讥刺伯颜对皇后宗族及宗室王子的斩除诛杀。"苦无多旧时枝叶也"一语双关,抨击伯颜清除异己斩尽杀绝的残忍凶毒。还同时运用了多种影射手法,如用雪之"白"谐音影"伯","燕"谐声影"颜"。矛头直刺权奸,时人一望而知。难怪刺痛、惹怒了伯颜,立即下令追查缉捕,必欲置作者于死地而后快。

（十七）刘时中（生卒年不详）

刘时中，有人认为即名曲家刘致，字时中。元人杨朝英《乐府新编阳春白雪》著录两套《上高监司》特注明作者为"古洪刘时中"，以与刘致相区别。杨选初编成于元泰定元年（1324），因刘曲第二套中有"红巾"字样，应指元末红巾军起义，故推断刘曲作于元末，系杨书后来"新编"，即重编时收入。

【正宫·端正好】上高监司

众生灵遭磨障①，正值着时岁饥荒。谢恩光拯济皆无恙②，编做本词儿唱。

【滚绣球】去年时正插秧，天反常。那里取若时雨降③，旱魃生四野灾伤④。谷不登，麦不长，因此万民失望。一日日物价高涨。十分料钞加三倒⑤，一斗粗粮折四量⑥。煞是凄凉！

【倘秀才】殷实户欺心不良⑦，停塌户瞒天不当。吞象心肠歹伎俩⑧，谷中添秕屑⑨，米内插粗糠。怎指望他儿孙久长？

【滚绣球】甑生尘老弱饥⑩，米如珠少壮荒⑪。有金银那里每典当⑫，尽枵腹高卧斜阳⑬。剥榆树餐，挑野菜尝，吃黄不老胜如熊掌⑭，蕨根粉以代糇粮⑮。鹅肠苦菜连根煮⑯，荻笋芦莴带叶啌⑰，则留下杞柳株樟⑱。

【倘秀才】或是捶麻柘稠调豆浆⑲，或是煮麦麸稀和细糠。他每早合掌擎拳谢上苍。一个个黄如经纸⑳，一个个瘦似豺狼。填街卧巷。

【滚绣球】偷宰了些阔角牛㉑，盗斫了些大叶桑㉒。遭时疫无棺活葬㉓，贱卖了些家业田庄。嫡亲儿共女，等闲参与商㉔。痛分离是何情况？乳哺儿没人要搬入长江。那里取厨中剩饭杯中酒，看了些河里孩儿岸上娘，不由我不哽咽悲伤。

【倘秀才】私牙子船湾外港㉕，行过河中宵夜朗。则发迹了些无徒米麦行㉖，牙钱加倍解㉗，卖面处两般装㉘，昏钞早先除了四两㉙。

【滚绣球】江乡相㉚，有义仓㉛，积年系税户掌㉜。借贷数补答得十分停当，都侵用过将官府行唐㉝。那近日劝粜到江乡㉞，按户口给月粮。富户都用钱买放㉟，无实惠尽是虚桩。充饥画饼诚堪笑，印信凭由却是谎。快活了些社长、知房㊱。

【伴读书】磨灭尽诸豪壮㊲，断送了些闲浮浪㊳。抱子携男扶筇杖，尫羸伛偻如虾样㊴。一丝好气沿途创㊵，阁泪汪汪。

【货郎】见饿莩成行街上，乞出拦门斗抢㊶，便财主每也怀金鹄立待其亡㊷。感谢这监司主张，似汲黯开仓㊸。披星带月热中肠，济与粜亲临发放。见孤孀疾病无皈向㊹，差医煮粥分厢巷㊺。更把赃输钱分例米，多般儿区处的最优长㊻。众饥民共仰，似枯木逢春，萌芽再长。

【叨叨令】有钱的贩米谷置田庄添生放㊼，无钱的少过活分骨肉无承望。有钱的纳宠妾买人口偏兴旺，无钱的受饥馁填沟壑遭灾障。小民好苦也么哥，小民好苦也么哥！便秋收鬻妻卖子家私丧㊽。

【三煞】这相公爱民忧国无偏党㊾，发政施仁有激昂。恤老怜贫，视民如子，起死回生，扶弱摧强。万万人感恩知德，刻骨铭心，恨不得展草垂缰㊿。覆盆之下[51]，同受太阳光。

【二】天生社稷真卿相[52]，才称朝廷做栋梁。这相公主见宏深，秉心仁恕，治政公平，莅事慈祥[53]。可与萧曹比并[54]，伊傅并肩[55]，周召班行⁵⁶。紫泥宣诏⁵⁷，花衬马蹄忙。

【一】愿得早居玉笋班上⁵⁸，仁看金瓯姓字香⁵⁹。入阙朝京，攀龙附凤，和鼎调羹⁶⁰，论道兴邦。受用取貂蝉济楚⁶¹，衮绣峥嵘⁶²，珂珮叮当⁶³。普天下万民乐业，都知是前任绣衣郎⁶⁴。

【尾声】相门出相前人奖⁶⁵，官上加官后代昌。活被生灵恩不忘⁶⁶，粒我烝民德怎偿⁶⁷。父老儿童细较量，樵叟渔夫曹论讲，共说东湖柳岸旁。那里清幽更舒畅，靠着云卿苏圃场⁶⁸，与徐孺子流芳挹清况⁶⁹。盖一座祠堂人供养，立一统碑碣字数行⁷⁰，将德政因由都载上，使万万代官民见时节想。

🏵 注释

① 磨障——同"魔障"，灾难。

② 恩光——恩惠。指高监司救灾活民的恩德。无恙——无病。这里指百姓得以生存。

③ 若时雨——及时雨。若：同"偌"，那。

④ 旱魃（bá）——古代传说中的旱魔。

⑤ 十分料钞加三倒——这句说物价飞涨，货币严重贬值。料钞：元代发行的一种纸币。加三倒：意指按票面足额价值，比较平时乘三倍进行交易。

⑥ 折四量——买一斗粮食，只量付四折。言其旱灾之年，粮食腾贵。

⑦ 殷实户——与下句"停塌户"意同，富实户。指富豪商人之家。

⑧ 吞象——"人心不足蛇吞象"的略语，比喻贪婪。

⑨ 秕（bǐ）屑（xiè）——细小不实的谷子。谷米不实称秕子。

⑩ 甑（zèng）——蒸饭用的炊具。

⑪ 荒——饥荒，饥饿。

⑫ 那里每——那里。每：元曲中常用作复数词，同"们"，有泛指的含义。

⑬ 枵（xiāo）腹——肚子空空。

⑭ 黄不老 —— 即黄柏，又叫黄檗，落叶乔木，果如圆球，味苦，可入药，也可食。

⑮ 蕨（jué）根 —— 蕨菜之根。糇（hóu）粮 —— 干粮。

⑯ 鹅肠苦菜 —— 野菜名，又叫蘩缕，味苦可食。

⑰ 荻笋 —— 荻草的幼苗，似笋状。芦莴（wō）—— 芦苇的嫩茎。哐（zhuāng）—— 大口吞咽。

⑱ 杞（qǐ）柳 —— 柳树。株樟 —— 指樟树。

⑲ 麻柘（zhè）—— 这里指麻的籽粒和柘树的果实。

⑳ 经纸 —— 抄印佛经用的黄纸，俗称黄表纸。

㉑ 阔角牛 —— 大角的水牛。

㉒ 斫（zhuó）—— 砍伐。

㉓ 时疫 —— 传染病。

㉔ 参与商 —— 比喻永不相见。

㉕ 牙子 —— 指投机倒把的走私粮商。牙子：即二道贩子。船湾外港 —— 把船停在港外。意指到半夜才过河来干违法勾当。

㉖ 无徒 —— 无赖之徒。

㉗ 牙钱 —— 二道贩子所得的钱。解 —— 交付，付钱。

㉘ 两般装 —— 意为克扣面粉的斤两，又扣除货币的面值，两头捣鬼两头赚。

㉙ "昏钞早先"句 —— 指在流通过程中破旧的钞票，被强行扣除面值的四成。

㉚ 江乡 —— 江边乡村。相 —— 同"厢"，那边。

㉛ 义仓 —— 旧时地方为防备灾荒而设的粮仓。

㉜ 积年 —— 历年。税户 —— 纳税之户，即地主富绅。

㉝ "都侵用过"句 —— 意为义仓中的粮食都被掌管者侵吞贪污了，但把账目补写得十分妥当，这样就可以搪塞官府那里的查问。行：那里，元曲常用指示词。唐：同"搪"，搪塞。

㉞ 劝粜（tiào）—— 督促富户出卖余粮救灾。因为义仓中已无可用之粮。

㉟ 买放 —— 贿赂官吏，逃脱粜米济灾之责。

㊱ 社长、知房 —— 相当于后来的保长、甲长。

㊲ 磨灭尽诸豪壮——指那些身强力壮的人被饥饿折磨得有气无力，十分衰弱。

㊳ 断送了些闲浮浪——指平时那些没有产业，平日游荡街头不事生产的闲人大多被活活饿死。

㊴ “尪（wāng）羸（léi）伛（yǔ）偻（lǚ）”句——意为一个个瘦弱得弯腰驼背，就像虾米一样。俗语有“饿得直不起腰”之说，即此之谓也。

㊵ 好气——当为“游气”，因形近而误。创——创伤，打击。这句说饿得口里只剩了一口游气，还要外出逃荒，受路途风霜的创痛。

㊶ 乞出——外出乞讨。

㊷ 鹄（hú）立——像天鹅那样伸长脖子张望。

㊸ 汲黯开仓——汲黯是汉武帝时一个关心百姓的官吏，他有一次去视察黄河水灾，看到灾害严重，不等请示批准就私行开仓放粮。见《史记·汲郑列传》。

㊹ 皈（guī）向——归宿，依靠。

㊺ 厢巷——指大街两旁以及胡同里的百姓。

㊻ 赃输钱——所查获的各种应上交的赃款。分例米——按条例应分配供给的各项粮米。如秀才的廪米等。区处——分别处理。

㊼ 添生放——指放生，行善事积德一类。

㊽ 鬻（yù）——卖。

㊾ 偏党——偏袒亲朋私党。

㊿ 展草垂缰——为报别人恩德甘效犬马之劳。

(51) 覆盆之下——倒扣的盆子之下，比喻极黑暗的地方。

(52) 社稷——指国家。

(53) 莅（lì）事——主管。

(54) 萧曹——萧何与曹参。皆为汉初名相。

(55) 伊傅——伊尹和傅说。皆为殷商时名臣。

(56) 周召——周公旦和召公奭。周初名臣。

(57) 紫泥——皇帝诏书要用紫泥封缄，指代诏书。

(58) 玉笋班——指朝班。

(59) 金瓯——这里指全国。

(60) 和鼎调羹——以食物烹饪比喻宰相治理国事。

(61) 貂蝉——以貂尾和蝉羽为装饰的帽子，为王公贵族于朝会时所戴。济楚——整齐。

(62) 衮绣——绣有衮龙和海浪图案的朝服，即衮龙袍。峥嵘——这里指出众不凡。

(63) 珂珮——身上佩带的各种金玉饰物。

(64) 绣衣郎——指御史。

(65) 相门出相——这是歌颂祝愿的话。高监司祖上可能出过宰相级别的高官，他这次因功入朝，有可能高升，故有相门出相之说。

(66) 被——当为“彼”之形误。

(67) 粒我烝（zhēng）民——意为使我人民有饭吃。粒：用作动词，让人吃饭。

(68) 云卿苏圃场——宋代苏云卿曾隐居于江西南昌市的东湖。圃场：指苏云卿的园田。

(69) 徐孺子——东汉豫章隐士徐穉，字孺子。挹（yì）——揽取。清况——这里指清高的名声。

(70) 一统——一块石碑称一统。

赏析

这套曲子直接干预现实生活，把镜头对准人民苦难，暴露人性的黑暗与残忍，可谓以曲为史之写实奇作，不止在元散曲中，就是在中国文学史上都是凤毛麟角，独树新帜。中国素以农业文明古国自豪，但在封建专制淫威之下，几千年间持续不断发生饥荒，大面积饿死农民却是司空见惯的。这广泛见于历史文献与古代文学中的标题式纪要，而实录详情者却极为罕见。本篇真实完整地再现元末江西发生的一次名不见经传的饥荒，人民在天灾人祸中痛苦挣扎的悲惨情景，愤怒地揭露了富豪奸商趁火打劫、大发国难财的罪恶行径。曲子采用通俗质朴的语言，夹叙夹议，深入现场，详尽描摹百姓吃糠咽菜、卖儿卖女的具体细节。特别是本篇描绘的"乳哺儿没人要撇入长江""看了些河里孩儿岸上娘"等特写镜头，令人锥心刺目，永远定格在了历史的屏幕上。本篇还有对官商勾结趁机哄抬粮价、大发国难财的细节描述；对贪官污吏掏空救急的义仓，做足假账，"补答得十分停当"的揭发，可谓字字如刀，戳破了重重历史与人性的黑幕，无情地暴露出天灾实即人祸，人祸招致天灾的残酷现实，直到今天仍然是一面高悬的明镜。这篇作品用大量篇幅对高监司忧国爱民、积极救灾的仁德之政进行了称扬歌颂，这完全不同于通常中国文学中那些太监、奴才跪舔权贵主子的"歌德"之作。这位高监司胆敢冒死打开官仓，亲自主持放粮舍粥，做了大量"视民如子，起死回生，锄强扶弱"的务实工作，从而避免了一场饿毙千万条人命的人道主义悲剧，从而显示出黑暗王国中的一线人性光辉。历史必须记住他！

作者同时还作有另一套同题目同宫调的曲子，指陈当时钞法之弊，也是上给高监司的，用曲长达 34 支，为元曲套数之最。古洪刘时中两套【正宫·端正好】因都是批判现实主义的力作，有评论家拟之以唐代大诗人白居易那些令权贵们扼腕切齿的揭露时弊之诗，称之为"元散曲中的新乐府"。

（十八）杨维桢（1296—1370）

杨维桢，字廉夫，诸暨（今属浙江）人。号东维子，因幼居铁崖山读书，因以为号；善吹铁笛，故又自号铁笛道人。元中期泰定四年

（1327）考取进士，曾任天台县尹，改任钱清盐场司令，升建德路总管府推官、江西儒学提举等。元明正史均为之立传。他是元末诗坛上的一位重要作家，著有《东维子集》和《铁崖先生古乐府》等。据魏良辅《南词引正》记载，杨氏与精于南曲的顾坚交好，可见他写南套自有渊源。散曲存世仅此南曲一套。

【双调·夜行船】吴宫吊古

霸业艰危，叹吴王端为，苎罗西子①。倾城处，妆出捧心娇媚②。奢侈，玉燕金莺③。宝凤雕龙④，银鱼丝脍⑤。游戏，沉溺在翠红乡，那管卧薪滋味⑥。

【前腔】乘机，勾践雄图，聚干戈要雪，会稽羞耻⑦。怀奸计，越赂私通伯嚭⑧。谁知，忠谏不听，剑赐属镂，灵胥空死⑨。狼狈，不想道请行成⑩，北面称臣不许。

【斗蛤蟆】堪悲，身国俱亡。把烟花山水，等闲无主。叹高台百尺⑪，顿遭烈炬。休觑，珠翠总劫灰，繁华只废基。动情的，不见范蠡乘舟⑫，一片太湖烟水。

【前腔】听启⑬，槜李亭荒⑭，更夫椒树老⑮，浣花池废⑯。问铜沟明月⑰，美人何处⑱？春去，杨柳水殿欹⑲，芙蓉池馆摧⑳。恼人意，只见绿树黄鹂，寂寂怨谁无语。

【锦衣香】馆娃宫㉑，荆榛蔽；响屧廊㉒，莓苔嚚㉓。可惜剩水残山，断崖高寺，百花深处一僧归㉔，空遗旧迹。斗鸡走狗，想当年僭祭㉕。望郊台凄凉云树，香水鸳鸯去㉖，酒城倾坠㉗，茫茫练渎㉘，无边秋水。

【浆水令】采莲泾红芳尽死㉙，越来溪吴歌惨凄㉚。宫中麋走草萋萋，黍离故墟㉛，过客伤悲。离宫废，谁避暑？琼姬墓冷苍烟蔽㉜。空原滴，空原滴，梧桐秋雨。台城上㉝，台城上，夜乌啼。

【尾声】越王百计吞吴地，归去层台高起㉞，只今亦是鹧鸪飞处㉟。

⊕ 注释

① "霸业艰危"三句——感叹吴王夫差打败越王勾践之后，被胜利冲昏头脑，耽于女色，荒废政事，造成腐败不堪，危机四伏的局面。苎萝西子：即西施，因其出生于诸暨县南苎萝山下，故称。

② 妆出捧心娇媚——传说西施有心绞痛病，常常疼得手捧心口，皱起眉头，反越发显得俏丽。这句说西施向夫差百般献媚，以腐蚀其心志。

③ 玉燕金莺——比喻美色环绕。

④ 宝凤雕龙——指吴国宫殿的画栋雕梁，金碧辉煌。

⑤ 银鱼丝脍——指食品精美。

⑥ 那管卧薪——指夫差完全放松了对勾践图谋复仇的警惕性。卧薪：卧薪尝胆是越王勾践刻苦励志，图谋复国雪耻的成语典故。

⑦ 会稽羞耻——越王兵败，被吴兵围困于会稽山，被迫投降称臣。

⑧ "怀奸计"二句——指越王贿赂吴国太宰伯嚭，使之成为在吴国的内线人物。

⑨ "剑赐属镂"二句——指吴王不听伍子胥的忠谏，反赐剑令其自杀。属镂：吴王佩剑名。灵胥：伍子胥，被害后抛尸江中，传说其魂化为涛神，故称。

⑩ 请行成——指吴王战败后向越王请求投降。

⑪ 高台——指吴王兴建的姑苏台。

⑫ 不见范蠡乘舟——范蠡助越灭吴后，急流勇退，乘舟泛五湖（即太湖）而去。这里说只见太湖水，不见范蠡舟，是感叹景物依旧，物是人非的意思。

⑬ 听启——听我说。

⑭ 檇（zuì）李——地名，在今浙江嘉兴西南 70 里，为夫差之父阖闾伐越

战败处（阖闾伤足而亡）。

⑮ 夫椒 —— 山名，在今江苏吴县太湖中，是夫差击败勾践处。

⑯ 浣花池 —— 吴宫中水池名，在吴县灵岩山上。

⑰ 铜沟 —— 以铜为宫殿，其屋檐下的水沟，极言吴王之豪奢，见任昉《述异记》："吴王于宫中作海灵馆、馆娃宫，铜沟玉槛。"

⑱ 美人 —— 此指西施及郑旦等越国贡献给吴王的美女。

⑲ 欹（qī）—— 倾斜。

⑳ 芙蓉池馆 —— 开满荷花的水上亭馆。

㉑ 馆娃宫 —— 夫差专门为西施建造的宫殿，在今苏州西南灵岩山上。

㉒ 响屧（xiè）廊 —— 馆娃宫中走廊名，传说以梓木铺地，西施穿木屐走过而发出响声。故名。

㉓ 莓（méi）—— 苔藓类植物。翳（yì）—— 遮盖。

㉔ 百花深处一僧归 —— 吴宫已成寺院，一僧穿花径归来，旧境均已成空。

㉕ 僭（jiàn）祭 —— 逾越等级礼制的祭祀。吴国相传为周朝宗室，武王建国封其为诸侯。春秋时礼崩乐坏，吴国自奉为王。其祭祀礼仪升为王国级别，而非周王所准。是为僭越。

㉖ 香水 —— 香水溪，在吴县南，相传为西施沐浴处。

㉗ 酒城 —— 指吴国的城堡。

㉘ 练渎 —— 水名，在灵岩山西南。

㉙ 采莲泾 —— 指采香泾，在灵岩山下，南通太湖。

㉚ 越来溪 —— 在灵岩山西南太湖边，传说勾践率越兵由此溪攻入吴国。

㉛ 黍离 —— 语出《诗经·王风·黍离》，后用以哀叹故国的破败。

㉜ 琼姬 —— 吴王之女，吴县西阳山有其墓。

㉝ 台城 —— 此指吴王宫墙。

㉞ 归去层台高起 —— 指越王勾践灭吴后，也大兴土木，建造亭台楼阁，最有名者为越王台。

㉟ 只今亦是鹧鸪飞处 —— 语出李白《越中览古》诗："越王勾践破吴归，义士还家尽锦衣。宫女如花满春殿，只今惟有鹧鸪飞。"意指越国虽然

灭吴，但最终又被楚国所灭，越王的亭台宫殿已破败荒废，如今也变成野鸟的栖身之处。

⊛ 赏析

这是一篇咏史吊古之作，前三支曲子追述吴王夫差战胜越王之后，沉溺酒色，腐化堕落，宠信奸佞，迫害忠良，反被卧薪尝胆的越王一举打败，结果落得身国俱灭，要投降称臣而不可得的下场。后三支曲子突出描绘当下吴国旧苑的破败荒凉，渲染出浓重的凄冷萧瑟氛围，透露了作者对那段戏剧性历史的沉痛思索。【尾声】把视线转向勾践。作为最后胜利者，越王也同样在重蹈夫差的覆辙，走上了骄奢亡国之路。本篇笔调冷峻，意绪苍凉，寄慨遥深，有一唱三叹之感。有关西施的故事与地名本篇采入甚多，但因都属苏州的著名胜迹，非但不令人感到晦涩，反生深沉回味之思。明代梁辰鱼作《浣纱记》传奇，摘《锦衣香》和《浆水令》两调入该剧第 45 出《泛湖》一场，从此脍炙人口，可见杨氏此作影响之大。

（十九）刘庭信（生卒年不详）

刘庭信，原名廷玉。因他出身官宦子弟，排行第五，身长而黑，人称"黑刘五舍"。彭城（今江苏徐州）人，后流寓益都（今属山东）。《录鬼簿续编》说他"风流蕴藉，超出伦辈，风晨月夕，唯以填词为事"。工散曲，现存小令 39 首，套数 7 篇。《太和正音谱》称其曲"如摩云老鹘"。

1.【双调·水仙子】相思

恨重叠、重叠恨、恨绵绵、恨满晚妆楼；愁积聚、积聚愁、愁切切、愁斟碧玉瓯①；懒梳妆、梳妆懒、懒设设、懒爇黄金兽②；泪珠弹、弹珠泪、泪汪汪、汪汪不住流；病身躯、身躯病、病恹恹、病在我心头。花见我、我见花、花应憔瘦；月对咱、咱对月、月更害羞；与天说、说与天、天也还愁。

☉ 注释

① 瓯（ōu）——杯盏等器皿。
② 爇（ruò）——点燃。黄金兽——金质兽形香炉。

☉ 赏析

这组以《相思》为题的重头小令共有 3 首。此曲写闺中思妇的情态心理，因恨而愁，由愁生懒，而病而瘦而羞。在修辞技巧上采用回文格和顶真格，每句都用一字反复重叠构成，使人产生一种回环往复，连绵不断，无头无尾的感觉。这种语言形式，十分切合剪不断、理还乱，纷纭无绪的情感流与意识流的特征。更为奇特的是，如此一堆行云流水般变幻飞动的句子，居然被作者奇迹般聚合为两种结构，前 5 句构成一组精致的联珠对（多句相对），后 3 句构成一组鼎足对。把多种巧体叠加在一首小令之中，而能工稳自然，妙合无间，这种文字的杂技魔术，真是把汉语的形式美发挥到了极致。有一足矣，不可有二。

2.【双调·雁儿落过得胜令】

下一局不死棋①，论一着长生计。服一丸延年丹，养一口元阳气②。看一片岭云飞，听一会野猿啼。化一钵千家饭，穿一领百衲衣。枕一块顽石，落一觉安然睡。对一派清溪，悟一生玄妙理。

🌀 **注释**

① 下一局不死棋 —— 指以下棋为游戏，重在悟其理，会其意，而不必争死
　活，定输赢。
② 元阳气 —— 即元气。中国传统哲学命题，指人的精神本体，生命力的
　本原。

🌸 **赏析**

　　这首带过曲写山林隐士修道的生活，本不奇特，但每句中都嵌用
数量词"一"字，不仅表达了隐逸生活的简朴、闲雅，而且自然地流
露出无可无不可的生活理想与情调，创造出一种新颖别致的语言表达
形式。

（二十）兰楚芳（生卒年不详）

　　兰楚芳，西域人，元末任江西元帅。才思敏捷，喜撰词曲。曾
与刘庭信在武昌互相唱和，当时人把他俩比作曲坛元（稹）、白（居
易）。散曲存世有小令9首、套曲3篇。《太和正音谱》评其曲"如秋
风桂子"。

【南吕·四块玉】风情

　　我事事村①，他般般丑。丑则丑村则村意相投。则为他丑心儿
真，博得我村情儿厚。似这般丑眷属②，村配偶，只除天上有。

注释

① 村——这里指愚鲁拙笨。

② 眷属——指夫妻。

赏析

　　此曲歌颂青年男女纯洁无瑕的爱情。他们虽然一个生性愚拙，一个其貌不扬，却两情相投，心心相印，毫不在乎世俗的婚姻价值观念，反为自身以纯情为基础结成的"丑眷属"而感到无比骄傲和自豪。这对当时普遍流行的门当户对、郎才女貌的封建婚姻观是当头一击，具有进步意义。这首小令用第一人称的代言体，自述其事，十分亲切；又全用俚俗语，每句中嵌入"村、丑"二字，自谦自嘲，反复吟咏，活脱脱地表现出主人公的纯真心灵。

（二十一）邾经（生卒年不详）

　　邾经，字仲谊，或作仲义，号玩斋，又号观梦道士、西清居士。祖籍陇右（今甘肃一带），先世移家吴陵（今江苏泰州）。元末为平江路儒学录，入明为浙江省考试官，侨居杭州。他多才多艺，名重一时。作杂剧4种，仅存佚曲1套；散曲仅存小令1首。

【双调·蟾宫曲】题《录鬼簿》

　　可人千古风骚①，如意珊瑚②，苍水鲸鳌③。纸上功名，曲中恩怨，话里渔樵。叹雾阁云窗梦杳④，想风魂月魄难招⑤。裹骊珠泪冷鲛绡⑥，续冰弦指冻鸾胶⑦，传芳名玉兔挥毫⑧，谱遗音彩凤衔箫⑩。

注释

① 可人——可心的，招人喜欢的人。风骚——风流，才华横溢。

② 如意珊瑚——这里引用石崇用铁如意击碎珊瑚玉树的典故，形容意气之豪放。

③ 苍水鲸鳌——大海中的鲸鱼和巨鳌，比喻气势非凡。

④ 雾阁云窗——文人的居住和创作环境。这句感慨众多元曲家已经作古，如同幻梦，不为世人记得。

⑤ 风魂月魄——指众多曲家的魂魄。

⑥ 裹骊珠泪冷鲛绡——这句用了骊龙之珠和鲛人之泪两个典故，写钟氏全力收录元曲家们珍贵的作品并深切地缅怀追悼其人其事。

⑦ 续冰弦指冻鸾胶——鸾胶是古代一种粘结力极强的胶，可以粘接绷断的琴弦。这句指钟氏继承前辈曲家的事业，并使之发扬光大。冰弦：指丝弦。指冻：由冰弦联想而成，喻其写作辛苦。

⑧ 玉兔——指代毛笔（多用兔毛制成）。

⑨ 彩凤衔箫——用弄玉和萧史吹箫招凤，乘凤升仙的典故，喻钟氏为曲家所作【凌波仙】挽曲如仙音天乐一般优美。

赏析

　　这是作者在元顺帝至正二十年（1360）为钟嗣成《录鬼簿》作的题词。钟氏是一位著名的曲家，所作《录鬼簿》记载了150多位元代同行戏曲家、散曲家的生平及其作品名目。那些曲家大多地位卑下，为正统观念所鄙薄，不为封建正史所载。而钟氏却怀着崇敬仰慕之情和深刻理解著录了那些永垂不朽的"不死之鬼"。这首小令前半推崇并感慨前辈元曲家"千古风骚"的风神业绩，"话里渔樵，曲中恩怨"是警句；后半则对继承前人事业的钟氏其人其书给以高度评价和称扬，叹赏评点他的才学、事业、遭际及著书动机，连用三组鼎足对，意象富赡丰蕴，隽永有味，是以曲题评的精绝之作。

（二十二）夏庭芝（1316—？）

夏庭芝，字伯和，一作百和，号雪蓑，华亭（今上海市松江县）人。出身富家巨族，平生淡泊功名，喜结交文士，好词曲。元末许多曲家与歌唱家都与他交善，杨维桢就曾做过他的家庭塾师。他著有《青楼集》，该集记载了元代110多位戏曲、曲艺女演员的事迹，是一部弥足珍贵的元曲演艺史。他的散曲创作今存小令2首。

【双调·水仙子】赠李奴婢

丽春园先使棘针屯①，烟月牌荒将烈焰焚②，实心儿辞却莺花阵③。谁想香车儿不甚稳④，柳花亭进退无门⑤。夫人是夫人分，奴婢是奴婢身，怎做夫人！

⊛ 注释

① 丽春园——指妓院。棘针——长刺的荆棘。用棘针堵塞丽春园，表示女主人公一心从良，义无反顾。

② 烟月牌——妓院中写着妓女名号以招徕顾客的牌子。荒——同"慌"，这里有勿忙之意。

③ 莺花阵——妓女队列。

④ 香车——此指结婚迎亲的车子。

⑤ 柳花亭——谈情说爱之处，这里喻指女主人公与情侣的爱情婚事。

⊛ 赏析

据《青楼集》记载，李奴婢是一位杂剧旦角女演员，不仅色艺双全，而且心地善良，仁厚仗义。她曾与一位名叫杰里哥儿的小官吏相爱，并嫁给了他。此事触犯了妓女不许从良的元朝法律，大伯哥阎监司告到衙门，最终把她休弃赶出家门。这首小令就是赠给李氏，为她鸣不平的。作者热忱赞扬她果断从良的志向，对其无法摆脱奴隶身份的悲剧结局表示了深切的同情。"夫人是夫人分，奴婢是奴婢身"，正话反说，流露出对封建等级制度的抗议与无奈。

（二十三）杨景贤（生卒年不详）

杨景贤，名暹（xiān），后改名讷，景贤为其字，一字景言，号汝斋，蒙古族人，家居钱塘（今浙江杭州）。他是元末的杂剧和散曲作家，善琵琶，好戏谑，入明后曾与汤式等在内府供奉词曲，为明成祖朱棣赏识。生平共作杂剧 18 种，今存 2 种，其中《西游记》杂剧最为著名。散曲今存小令 2 首，套曲 1 篇。《太和正音谱》评其曲"如雨中之花"。

1.【中吕·红绣鞋】咏虼蚤

小则小偏能走跳①，咬一口一似针挑，领儿上走到裤儿腰。眼睁睁拿不住，身材儿怎生捞②？翻个筋斗不见了。

💠 **注释**

① 走跳——跑跳，此指跳蚤跑得极快极迅速。
② 捞——此指抓住。

💠 **赏析**

这是一首咏物曲。虼（gè）蚤即跳蚤，本是一种骚扰人、招人讨厌的寄生虫，但在作者笔下变成一个活泼顽皮、充满快乐的精灵鬼，如同一个淘气捣乱的小儿，逗人喜爱。本篇笔调轻松幽默，语言俚俗有趣，从中可透视出作者以诙谐乐观态度面对苦涩生活的喜剧精神。

2.《西游记杂剧》第十九出 铁扇凶威（摘调）

（铁扇公主上，云：）妾身铁扇公主是也。乃风部下祖师，但是风神，皆属我掌管。为带酒与王母相争，反却天宫，在此铁山居住，到大来是快活也呵！（唱：）

【正宫·端正好】我在巽宫里居，离宫里过①，我直滚沙石撼动娑婆②。天长地久谁煞得我，把世界都参破。

【滚绣球】孟婆是我教成③，风神是我正果。我和骊山老母是姊妹两个④，我通风，他通火。角木蛟，井木犴是叔伯亲，斗木獬，奎木狼是舅姑哥⑤。当日宴蟠桃惹起这场灾祸。西王母道他金能欺风木催挫。当日个酒逢知己千钟少，话不投机一句多。死也待如何。

（云：）俺这里铁镲峰，好景致也呵！（唱：）

【倘秀才】明月照疏林花果，寒露滴空山薜萝，四面青山紧围裹。松梢闻鹤唳，洞口看猿过，与凡尘间阔⑥。

⊙ 注释

① 巽（xùn）宫——风神的宫殿，八卦中巽卦像风。离宫——火神的宫殿，八卦中离卦像火。

② 娑婆——疑当作娑罗，指月中娑罗树。

③ 孟婆——风神名。

④ 骊山老母——神话传说中的骊山圣母。

⑤ "角木蛟"四句——角、井、斗、奎是二十八宿中东方七宿的四个星宿。

⑥ 间阔——隔绝。

⊙ 赏析

《西游记》杂剧共 6 本 24 出，汇集众多民间传说故事编成，结构宏伟，是元杂剧中的第一长剧，也是吴承恩《西游记》小说之前现存最早最完整的一部同题材作品。行文虽然有草率处，但是主要情节、人物多有精彩之笔。这里所选经历火焰山之难的【端正好】【滚绣球】二曲，杂用阴阳八卦、天文星象、神话传说等交待铁扇公主的神通、人设与居住环境，渲染铁扇公主敢作敢为的脾性与排山倒海的非凡气势。【倘秀才】则笔锋一转，以清词丽句描写她所居住铁镤峰的优美仙境。雄放与婉丽相结合，刚柔相济，运转自然，正好突出了铁扇"公主"的妖仙性格。

（二十四）高明（1306 前后—元末明初）

高明，字则诚，自号菜根道人，温州瑞安（今浙江瑞安）人。出身书香之家，于元末至正五年（1345）科考中进士，历任处州录事、江浙行省丞相掾、绍兴府判及福建行省都事等级别不高的文职官员，于五十岁左右归隐于浙东四明之栎社（在今宁波市），潜心词曲创作。元末朱元璋起义或者登基后曾慕名征聘其出山，被他以老病辞绝。博学多才，除《琵琶记》外，还有《闵子骞单衣记》一种，并有《柔克斋集》20 卷，均不传。

《琵琶记》第二十出（摘调）

【山坡羊】滴溜溜难穷尽的珠泪，乱纷纷难宽解的愁绪，骨崖崖难扶持的病体①，战钦钦难挨过的时和岁②。这糠呵，我待不吃

你，教奴怎忍饥？我待吃呵，怎么吃的？（介）苦！思量起来不如奴先死，图得不知他亲死时。（合前）

（白：）奴家早上安排些饭与公婆，非不欲买些鲑菜③，争奈无钱可买。不想婆婆抵死埋怨，只道奴家背地吃了些甚么。不知奴家吃的却是细米皮糠。吃时不敢教他知道，只得回避。便埋怨杀了，也不敢分说。苦！真实这糠怎地吃得。（吃介。唱：）

【孝顺歌】呕得我肝肠痛，珠泪垂，喉咙尚兀自牢嗄住④。糠，遭砻被舂杵⑤，筛你簸扬你，吃尽控持⑥。悄似奴家身狼狈⑦，千辛万苦皆经历，苦人吃着苦味。两苦相逢，可知道欲吞不去。（吃吐介，唱：）

【前腔】糠和米，本是两倚依，谁人簸扬你作两处飞？一贱与一贵，好似奴家共夫婿，终无见期。丈夫，你便是米么，米在他方没处寻。奴便是糠么，怎的把粮救得人饥馁？好似儿夫出去⑧，怎的教奴，供给得公婆甘旨⑨？（不吃放碗介，唱：）

【前腔】思量我生无益，死又值甚的！不如忍饥为怨鬼。公婆年纪老，靠着奴家相依倚，只得苟活片时。片时苟活虽容易，到底日久也难相聚。谩把糠来相比，这糠尚兀自有人吃，奴家骨头，知他埋在何处？

注释

① 骨崖崖——瘦骨嶙峋。

② 战钦钦——战战兢兢。

③ 鲑（xié）菜——江南一带对鱼类菜肴的统称。这里指好的饭菜。

④ 嗄（shà）住——卡住。

⑤ 砻（lóng）——稻谷脱壳成米的一种工具，类似碾磨。舂（chōng）

杵 —— 春米，把稻谷放到石臼中，用木杵捣去谷皮。

⑥ 控持 —— 折磨。

⑦ 悄似 —— 同"恰似"。

⑧ 儿夫 —— 古代少妇谦称自己的丈夫，常见于戏曲小说中。

⑨ 甘旨 —— 美味食物。

⊛ 赏析

《琵琶记》是第一部文人南戏，一向被誉为"南曲之宗"。明清以来，数其与《西厢记》最为流传。剧演书生蔡伯喈与赵五娘新婚两月，被蔡父逼迫赴京赶考，中状元之后奉旨入赘相府。家乡连年遭受灾荒，妻子赵五娘苦苦支撑门户，奉养八十多岁的公婆。公婆双双死去，五娘卖发营葬。最后她靠弹唱琵琶词，一路乞讨上京寻夫（剧名即由此而出），结局是一夫二妻大团圆。这里选录第二十出四支曲子。这一出明代有版本题名《糟糠自厌》，意指五娘于大灾之年，宁愿自己吃谷糠，而把粮米留给公婆。突出表现中国劳动妇女善良、坚忍与自我牺牲的品质精神，极其真切感人。三支【孝顺歌】巧借眼前事物——糠与米为比，把女主人公身陷生活绝境的情感心理演绎得淋漓尽致，历代观读者无不为女主人公的不幸命运挥洒一掬同情之泪。传说三国曹植作七步诗感化哥哥曹丕疾杀之心，此剧以米、糠喻"席上生花"，出之自然，更胜曹诗豆、萁之比一筹。前人惊奇于这段唱词的出人意料而又浑然天成，竟附会出"神来之笔"的故事。传说高明填写曲词到《糟糠自厌》，"案上两烛光合而为一，交辉久之乃解"（王世贞《艺苑卮言》）。

（二十五）无名氏

　　元曲的各代各种总集、选集之中，保存了大量无名氏之作，其中不乏名篇精品。这些不能误认为都是出自群众之手的民间文学。无名氏不是无作者，只是作者失传了。无名氏之作也不全是于元末所作，只是无从确定创作时间，才集中放在最后。

1.《幽闺记》第十三出　相泣路歧（1）

　　【破阵子】（老旦上：）况是君臣分散，那堪母子临危②。（旦上：）严父东行何日返③，天子南迁甚日回。（合：）家邦无所依。

　　（老旦：）【望江南】身狼狈，慌急便奔驰。贴肉金珠揣得甚，随身衣服着些儿。了母紧相随。（旦：）离帝辇④，前路去投谁。风雨催人辞故国，乡关回首暮云迷。何日是归期。（老旦：）孩儿，管不得你鞋弓袜小，只得趱行几步⑤。（旦：）母亲，怎么是好！

　　【渔家傲】（老旦：）天不念去国愁人助惨凄，淋淋的雨若盆倾，风如箭急。（旦：）侍妾从人皆星散⑥，各逃生计。（合：）身居处华屋高堂，但寻常珠绕翠围⑦。那曾经地覆天翻受苦时。

　　（老旦：）孩儿，天雨淋漓，人迹稀走。两条路不知往那一条去。

　　【剔银灯】迢迢路不知是那里。前途去，安身何处。（旦：）一点点雨间着一行行恓惶泪⑧，一阵阵风对着一声声愁和气。（合：）云低，天色傍晚。子母命存亡，兀自尚未知⑨。

　　【摊破地锦花】（旦：）绣鞋儿分不得帮和底，一步步提，百忙里褪了跟儿⑩。（老旦：）冒雨汤风带水拖泥。（合：）步难移，全没些气和力。

【麻婆子】（老旦：）路途，路途行不惯，心惊胆战摧。（旦：）地冷，地冷行不上，人慌语乱催。（老旦：）年高力弱怎支持。（倒科，旦扶科。旦：）泥滑跌倒在冻田地，款款扶将起。（合：）心急步行迟。

（旦：）最苦家尊去远，（老旦：）怎当军马临城。

（合：）正是福无双至，果然祸不单行。

⊗ 注释

① 路歧——交叉路口。

② 那堪——哪里能忍受。

③ 严父——父亲。

④ 帝辇——帝都。此指金朝中都（今北京）。

⑤ 趱（zǎn）行——赶路。

⑥ 侍妾——旧时代贵族家庭中养娘、丫环一类侍奉主人的女性。

⑦ 珠围翠绕——佩戴珍珠翡翠的侍妾、丫环成群结队，极言其富贵。

⑧ 恓（xī）惶——悲伤。

⑨ 兀自——如此地。

⑩ 褪——退，脱。

⊗ 赏析

《幽闺记》又名《拜月记》，是元末四大南戏之一，历传为杭州名曲家施君美作，不可信。此剧一本结尾云"书府翻腾，燕都旧本"，据此应为市井民间的无名氏文艺家根据大都人关汉卿的同名杂剧改编而成。剧演金末中都城被蒙古大军攻破，王尚书的女儿王瑞兰在兵乱逃难中与书生蒋世隆不期而遇，患难相依而生爱。乱后却为家长幽闭阻隔，瑞兰念念不忘旧情，拜月祈祷重聚，最后终获大团圆结局。

明代不少批评家曾就《幽闺记》与《琵琶记》的高下优劣，展开激烈争论。王世贞坚决反对何良俊"高出于《琵琶记》远甚"之说，李卓吾则用"化工"与"画工"分别点评二剧，称《幽闺记》浑然天成，远胜《琵琶记》的人工雕琢。反思探讨他们的争论意见，可以体会领悟艺术与审美的深刻意趣与无穷奥妙。如果就人物塑造与情节结构的真实巧妙而言，由于南戏《幽闺记》改编建基于大戏剧家关汉卿的原创，确实远胜高明的《琵琶记》，李卓吾的"化工与画工"之评极其精彩！但是，若就二剧整体的语言表达与阅读直觉而言，优劣高下正好翻转过来。《幽闺记》语言枯萎干涩，索然乏味，几无艺术审美价值，王世贞等抑《幽闺记》扬《琵琶记》并非无理由。《幽闺记》剧中也不乏描写新采生动的折出，而大都因袭于关汉卿手笔。何良俊扬《幽闺记》抑《琵琶记》，所举例子也不否认"乃隐括关汉卿杂剧语"。这里所选该剧第十三出又称"走雨"，就是历代称说的"本色当行"之语。下面引录关剧相应内容的【油葫芦】一曲，请读者比较体味南戏改编借鉴脱化的技术："分明是风雨催人辞故国，行一步一叹息，两行愁泪脸边垂。一点雨间一行恓惶泪，一阵风对一声长吁气。（做滑擦科。唱：）咦！百忙里一步一撒，嗨！索与他一步一提。这一对绣鞋儿分不得帮和底，稠紧紧粘软软带着淤泥。"关剧描写雨路泥泞，绣鞋沾粘脱落，作"一步一撒"。南戏点化为"褪了跟儿"，意思更明白准确。凡移植改编，对于原作精警文段，最好不要师心自用，推倒重写，而加以脱化点染为妙。

2.【正宫·塞鸿秋】山行警

东边路西边路南边路，五里铺七里铺十里铺[①]，行一步盼一步懒一步，霎时间天也暮日也暮云也暮。斜阳满地铺，回首生烟雾。

兀的不山无数水无数情无数②。

注释

① 铺——此指递铺，古代采用接力形式传递公文信件的设施。
② 兀的不——怎能不。

赏析

　　本篇写长年漂泊的旅人跋涉山中，在日暮夕阳中所产生的疲惫厌倦心理。本篇内容虽不复杂，但作者大量采用同义词反复叠加的句式，即每句由仅变换一个字的三个同义短语构成。这样的写法在意义上虽未增加什么内容，但在节奏和旋律上造成了一种无止无休无限反复的感觉效果，恰到好处地传达出羁身旅途者内心极端的厌倦情绪，传达出他步履蹒跚的神态和一步一拖的沉重感，充分发挥了艺术语言的形式魅力。

3.【正宫·塞鸿秋】村夫饮

　　宾也醉主也醉仆也醉，唱一会舞一会笑一会。管什么三十岁五十岁八十岁，你也跪他也跪恁也跪①。无甚繁弦急管催②，吃到红轮日西坠。打的盘也碎碟也碎碗也碎。

注释

① 恁——这，我。跪——跪坐，古代坐席的方式，即两膝着席，臀着于两脚跟上。
② 繁弦急管——指急促欢快的管弦乐。

赏析

　　本篇写农家宴客，大家尽情地唱歌跳舞，开怀畅饮，放纵不拘。

主宾不分老少尊卑，一律跪在炕席上。来客带着仆人，可能是有身份的人，但来到这里也不讲什么礼仪，连仆人也一块儿入席。一切都是那么淳厚古质，任情任意，尽心尽兴，没有丝毫的虚伪做作和礼仪客套，充满朴野原始的热情和炽烈气氛。曲辞全用日常生活语，朴茂古拙，不加藻饰，纯是农村生活的原生态表达。

4. 【正宫·塞鸿秋】丹客行

朝烧炼暮烧炼朝暮学烧炼，这里串那里串到处都串遍，东家骗西家骗南北都诓骗，惹得妻埋怨子埋怨父母都埋怨。我问你金丹何日成，铅汞何日见①？只落得披一片挂一片拖一片②。

⊗ 注释

① 铅汞 ——铅和水银，是道家炼丹的主要原料，这里指代金丹。
② "只落得"句 ——这句指丹客穿得破破烂烂，衣不蔽体。

⊗ 赏析

古代炼丹术曾对近代化学的产生和发展作出过贡献。但在神秘主义包裹下，财迷心窍的人竟迷信从水银和朱砂中能炼出所谓九转金丹，点铁可以成金，人吃了可以成仙。这首小令就是揭露炼丹客的。他们不事生产，到处乱窜，行骗，只落得家财荡尽，妻儿父母都怨恨不已，实在是可笑可气而又可悲。作者使用通俗的生活口语，组成反复递进的句式，对丹客自欺欺人的荒唐行为予以尖锐的讽刺和嘲弄，是一篇破除迷信、醒世警人之作。

5. 【正宫·醉太平】

堂堂大元，奸佞专权。开河变钞祸根源①，惹红巾万千②。官法滥刑法重黎民怨，人吃人钞买钞何曾见③，贼做官官做贼混愚贤④。哀哉可怜！

◎ 注释

① 开河——元顺帝至正十一年（1351），为把江南的粮食运到北京，征发民夫15万、戍军2万，命贾鲁主持开挖黄河。白莲教首领韩山童、刘福通等预埋下石人，上刻"石人一只眼，挑动黄河天下反"，策动河工起义。变钞——改换钞票。至正十年（1350）推行至正新钞，纸张低劣，实值暴跌，物价飞涨。连原来的至元钞也大受影响。

② 红巾——指元末韩山童、刘福通为首的农民起义军，因以红巾裹头，故称红巾军。

③ 钞买钞——钞法更定引起货币制度的混乱，至元钞与至正钞出现了面值与实值的差价，于是产生了普遍的倒卖纸币的投机倒把活动。

④ 贼做官官做贼——指官匪一家，官与匪在性质上一样，都公然掠夺百姓财产。元末对强盗和造反者多行招抚封官政策，如海盗朱清、张瑄等就官至万户，张士诚也曾受招安被封官。

◎ 赏析

此曲对元末社会法纪败坏、政治混乱，到处充满罪恶与荒唐的现实生活进行了愤怒的暴露和谴责。开河和变钞弄得天怒人怨，引发了红巾军造反，是导致元王朝统治崩溃的直接原因；其更为深层的根源则是奸佞专权，官吏贪赃枉法，大肆进行超经济掠夺和超法律横行。"贼做官官做贼"可谓一语中的，精辟之极。作者敏锐地揭出了现实社会的病根，预示了元王朝行将灭亡的命运和历史趋势。这是一首半是丧钟半是挽歌式的现实主义杰作，当时很快就在全国范围内流传开来。

6.【正宫·醉太平】讥贪小利者

夺泥燕口，削铁针头，刮金佛面细搜求①。无中觅有，鹌鹑嗉里寻豌豆，鹭鸶腿上劈精肉，蚊子腹内刳脂油②。亏老先生下手！

☸ 注释

① 刮金佛面——从佛像的脸上刮金子。古代塑佛像以金箔贴其面，故有此说。

② 刳（kū）——用刀剖挖。

☸ 赏析

这首小令名为嘲讽贪小利者，实则把讽刺矛头直指那些丧心病狂地搜刮民脂民膏的贪官污吏和地主老财。作者紧抓住他们贪婪、吝啬、财迷心窍、卑鄙无耻的本性，连用六个夸张到极端的比喻，刻画其丑陋嘴脸与变态心理，穷形尽相，入木三分。这是民间智慧的结晶，决非文人作家在书斋中冥思苦索所能写出。

7.【仙吕·寄生草】（二首）

动不动人前骂，走将来脸上抓。一千般做小伏低，但言语便道和咱罢。罢字儿说的人心怕。你这忘恩失义小冤家，不剌①，你眉儿淡了教谁画？

有几句知心话，本待要诉与他。对神前剪下青丝发，背爷娘暗约在湖山②下。冷清清湿透凌波袜③，恰相逢和我意儿差④。不剌，你不来时还我香罗帕。

☸ 注释

① 不剌——叹词，无义。

② 湖山 —— 花园假山，因用玲珑剔透的太湖石堆成，故名。

③ 凌波袜 —— 妇女穿的袜子。典出曹植《洛神赋》。

④ "恰相逢"句 —— 意为偏偏碰上他跟我想法不一样，指情侣未来赴约。

🏵 赏析

　　这是两首联章体情歌。第一首出自男生口吻，写一位性格泼辣、脾气急暴的野蛮女友，对情人有所不满便不留情面，开口便骂，举手就抓。即使他做小伏低，千方百计讨好献殷勤也不行。还动不动声言要和他断绝关系。有趣的是这一幕爱情生活中的喜剧片断全由男子之口说出。尽管情人对他这样，他还是深深地爱她，从心底里害怕她真的离开他。本篇描摹人情惟妙惟肖，逼真如画。

　　第二首出自女生之口，写与情人约会，准备把心胸全部敞开，对他说出最知心的话语，并在神前剪下自己的一缕秀发，准备赠给他，以表示自己海枯石烂永不改变的决心。她背着爹娘，偷偷地来到花园中的假山下，等待情郎前来赴约。可久等不来，夜露已打湿了她的鞋袜，少女满腔的热情也渐渐地变凉了。她不能不对情人的诚意产生怀疑。作者没有交待这对恋人的开始和结局，只截取这次约会未遇的场面，用生动通俗的语言描绘出来，曲终而意未尽，给读者留下了想象、回味的余地。

8.【仙吕·寄生草】遇美

　　猛见他朱帘下过，引的人没乱煞①。少一枝杨柳瓶中插②，少一串数珠胸前挂③，少一个化生儿立在傍壁下④。人道是章台路柳出墙花⑤，我猜做灵山会上活菩萨⑥。

⊛ 注释

① 没乱煞 —— 心情撩乱，激动不已。

② "少一枝"句 —— 观音菩萨手托净瓶，瓶中插一枝杨柳。这位歌妓长得很像观音画像那样美丽，仅手中无净瓶杨柳而已。

③ 数珠 —— 念珠。

④ 化生儿 —— 传说观音可为人送子，因此多在观音相旁塑一化生童子，即红孩儿。傍壁 —— 旁边。

⑤ 章台路柳出墙花 —— 指妓女。

⑥ 灵山会 —— 灵山是佛祖释迦牟尼修行之地，灵山会指众佛徒听佛祖讲经说法的集会。

⊛ 赏析

作者偶然看见一位绝顶标致的歌妓从门前走过，激起他的爱美之心。他把歌妓比作美丽端庄的南海观音，尽管他听别人说，她是一个被人看不起的风尘女子，但他还是坚持要把她看作高华妙相的观音菩萨。爱美，尊美，追求美，为美而动情，是人的天性。作者以夸张的手法描写一位歌妓的秀容丽姿，并毫不掩盖强烈的爱慕、敬仰、喜悦之情，用语轻灵谐俗，却无半点庸俗轻佻之气。

9.【南吕·骂玉郎过感皇恩采茶歌】

牛羊犹恐他惊散，我子索手不住紧遮拦①。恰才见枪刀军马无边岸，吓的我无人处走，走到浅草里听，听罢向高阜处偷晴看。吸力力振动地户天关，吓得我扑扑的胆战心寒。那枪早忽地刺中彪躯②，那刀亨地掘倒战马③，那汉扑地抢下征鞍。俺牛羊散失，您可甚人马平安? 把一座介丘县④，生纽做枉死城⑤，却翻做鬼门关。败残军受魔障⑥，德胜将马顽奔⑦。子见他歪剌剌赶过饮牛湾⑧，荡的卒律律红尘遮望眼，振的这滴溜溜红叶落空山。

⚙ 注释

① 子索——必须，一个劲地。

② 彪躯——指彪形大汉。

③ 掘倒——砍倒，刺倒。

④ 介丘县——今山西介休。休与丘在北方方言中音同，可通。

⑤ 生绌做——生生地弄成。枉死城——佛家说是地府中收容屈死鬼的城。

⑥ 受魔障——像中了魔似的，言其疯狂。

⑦ 德胜——同"得胜"。顽奔——拼命奔驰。

⑧ 子见——只见。

⚙ 赏析

　　这是一首带过曲，《乐府群珠》本题为《鏖兵》，写一个小牧童偶然遇见两军交战，喊杀声震天动地，双方兵将都死命拼杀，白刀子进红刀子出，战场上顿时满地横尸，血流成河。牧童的牛羊受惊吓早已四处跑散。这时一方军队被杀得大败溃逃，另一方则乘胜追击，荡起的尘土遮天蔽日，马蹄声、呼喊声把满山红叶都震得乱飞。作者采用"限知视角"叙事手法，一切从小牧童的眼睛看见，从他的嘴里说出，真实地记录下人类互相残杀的惊心动魄一幕。追败赶逃，"子见他歪刺刺赶过饮牛湾"。仅此一细节，把虚的假的写真写实，活灵活现，这才是文学高手。当下众多无脑作家看样，只知歌功颂德，把真的实的都写成了假的虚的"天朝神剧"。

10.【中吕·朝天子】嘲人穿破靴

　　两腮，绽开，底破帮儿坏。几番修补费钱财，还不彻王皮债①。不敢大步阔行，只得徐行短迈。怕的是狼牙石龟背阶②，上台基左歪右歪。又不敢着檐排③，只好倒吊起朝阳晒。

⊙ 注释

① 王皮 —— 姓王的皮鞋匠。元曲中称呼皮匠的通名。

② 龟背阶 —— 用方砖砌成，纹状如龟背的台阶。

③ 楦（xuàn）—— 塞入鞋中使之鼓撑成形的木制模型。排 —— 将木楦撑起
　鞋面称排。

⊙ 赏析

　　这首小令以游戏之笔从修补、走路、晾晒等几个方面描绘穿破靴子的情态和心理，极尽戏谑调侃之能事。语言谐俗，充满市井生活气息。一双破靴子把人搞得如此狼狈，却舍不得丢弃，显见这是一位穷困潦倒的文人士子。作者毫无悲天悯人之叹，而是出之以诙谐幽默之笔，把生活的沉重和酸辛化为轻松的一笑，反映了元代文人好嘲人且好自谑的性格心态。笑对生活，这是另一种高超的生存态度。

11.【中吕·朝天子】志感（二首）

　　不读书有权，不识字有钱，不晓事倒有人夸荐①。老天只恁忒心偏②，贤和愚无分辨。折挫英雄，消磨良善，越聪明越运蹇③。志高如鲁连④，德过如闵骞⑤，依本分只落的人轻贱。

　　不读书最高，不识字最好，不晓事倒有人夸俏。老天不肯辨清浊，好和歹没条道。善的人欺，贫的人笑，读书人都累倒。立身则《小学》⑥，修身则《大学》⑦，智和能都不及鸭青钞⑧。

⊙ 注释

① 夸荐 —— 夸奖举荐。

② 只恁 —— 只这样。

③ 运蹇（jiǎn）—— 命运艰难，犹言倒霉。

④鲁连——即鲁仲连，战国时齐人，曾说服辛垣衍义不帝秦，并解了赵国
　　之围。是古代尚侠重义、有志节、有骨气的士人典范。见《史记·鲁仲
　　连列传》。

⑤闵骞（qiān）——闵子骞，是孔子的学生，以性孝有德行著称。事见《史
　　记·仲尼弟子列传》。

⑥《小学》——宋人朱熹等编辑的儿童教育课本，共六卷：《立教》《明伦》
　　《敬身》《稽古》《嘉言》《善行》，是古代塾童的必修教材。

⑦《大学》——儒家经典之一，原是《礼记》中的一篇，宋时从中抽出，
　　与《论语》《孟子》《中庸》合称《四书》，是科举教育的主要教材。

⑧鸭青钞——元代的一种纸币，因颜色为鸭蛋青色，故名。

◎ 赏析

　　本篇是暴露当时政治现实的联章体组曲。元统治者是历代封建王
朝中文化水准最低、最野蛮蒙昧者，与文化、文明存在天生的隔膜、
敌视意识。元王朝取消科举，文人士子"九儒十丐"，任命官员大都为
不通文墨者。各级行政长官仅安排本族贵族，都不识字，批阅文件连

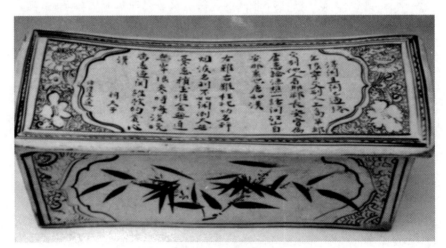

联章体【朝天子】二首

签名都不能，全由吏员代劳。更有图省事者刻一名章，只会朝纸上盖章。"不读书有权，不识字有钱"是元曲金句，一针见血，概括了元代社会荒谬绝伦的普遍现象，穿透力极强。第一曲进一步揭露了由此导致的贤愚颠倒、善恶混淆的丑陋现实，著名的窦娥冤案就是这样制造出来的，抒发了作者极端愤慨不平的情绪。第二曲在手法上有所变化。运用反讽，正话反说，对金钱征服文化的变态社会予以冷嘲热讽，愤世嫉俗之情更为强烈。

12.【中吕·十二月过尧民歌】

> 看看的相思病成，怕见的是八扇帏屏。一扇儿双渐小卿①，一扇儿君瑞莺莺②，一扇儿越娘背灯③，一扇儿煮海张生④。一扇儿桃源仙子遇刘晨⑤，一扇儿崔怀宝逢着薛琼琼⑥，一扇儿谢天香改嫁柳耆卿⑦，一扇儿刘盼盼昧杀八官人⑧。哎，天公，天公！教他对对成，偏俺合孤另？

◎ 注释

> ① 双渐小卿 ——宋元著名爱情故事，在小说、戏剧以及各种曲艺中均有传述。故事大意说书生双渐与卢江名妓苏小卿相爱。小卿在双渐赶考走后被老鸨卖给江西茶商冯魁，双渐听说连夜驾船追赶，终于救出小卿团圆。
>
> ② 君瑞莺莺 ——指《西厢记》张生和崔莺莺的爱情故事。
>
> ③ 越娘背灯 ——越娘是越地女子，受辱后自缢而死，鬼魂与情侣初会时面壁背灯不语。事见宋刘斧《青琐高议·越娘记》。元人有《凤凰坡越娘背灯》杂剧，今失传。
>
> ④ 煮海张生 ——元代著名神话爱情故事。李好古、尚仲贤都有《张生煮海》杂剧。李作今传。

⑤ 桃源仙子遇刘晨 ——指刘晨、阮肇入天台遇仙成婚事。

⑥ 崔怀宝逢着薛琼琼 ——少女薛琼琼清明郊游，与书生崔怀宝一见钟情，后经曲折结成婚姻。见《岁时广记》。

⑦ 谢天香改嫁柳耆卿 ——妓女谢天香嫁给柳永的故事。见关汉卿《钱大尹智宠谢天香》杂剧。

⑧ 刘盼盼昧杀八官人 ——妓女刘盼盼沦落风尘，与八官人结为夫妻。关汉卿有《刘盼盼》杂剧，今不传。

⊗ 赏析

本篇写闺中思妇的离愁别恨，运用反衬手法，一连罗列八扇屏风中所绘当时最流行的八个爱情故事，均以大团圆结局，引发女主人公的孤独怨恨情绪。语言拙朴，格调天真烂熳，民间曲子的味道很浓。

13.【小石调·归来乐）（选二首）

你看那秦代长城替别人打，汉朝陵寝被偷儿挖。魏时铜雀台①，到如今无片瓦。哈哈，名利场最兜搭②。班定远玉门关③，枉白了青丝发。马新息铜柱标④，抵不得明珠价。哈哈，却更有几般堪讶。

从负郭问桑麻⑤，遇邻翁数花甲⑥。铁笛儿在牛角上挂，酒瓢儿在渔竿上插，诗囊儿在驴背上挎。眼底事抛却了万万千千，杯中物只饮到七七八八。醉中日月真无价。哈哈，要罢就罢，浓睡在十里松荫下，一任黄鹂骂。

⊗ 注释

① 铜雀台 ——三国时曹操所建，遗址在今河北临漳。

② 兜搭 ——艰难曲折，不顺利。

③ 班定远玉门关 ——班超守西域立军功，封定远侯。老年思乡，上书说：

"臣不敢望到酒泉郡，但愿生入玉门关。"

④ 马新息铜柱标 —— 东汉初陇西太守马援因军功封新息侯，故称马新息。他曾率兵征服交趾，立铜柱为汉朝西南的边界标志。见《后汉书·马援传》李贤注引《广州记》。

⑤ 负郭 —— 这里指靠近城根居住的老农。

⑥ 花甲 —— 指年岁、岁月。

赏析

这组重头小令计有5首，皆为叹世、避世之作，作者当为一人，这里选2首。第一曲感慨历史兴亡，对帝王将相的功勋业绩予以否定和嘲弄。语言俚俗，笔调诙谐幽默，在调侃揶揄的口气中，流露了作者鄙弃功名富贵的态度。第二曲写弃绝世情，隐居田园，诗酒优游，逍遥自在的隐士生活，格调轻松，充满诗意，表现了投入自然的那份舒心惬意，以及作者崇尚清静淡泊，安贫乐道的生活态度。"浓睡在十里松荫下，一任黄鹂骂"，写闲散放达，妙绝！

14.【商调·梧叶儿】嘲谎人

东村里鸡生凤，南庄上马变牛。六月里裹皮裘。瓦垄上宜栽树①，阳沟里好驾舟②。瓮来大肉馒头，俺家的茄子大如斗。

注释

① 瓦垄 —— 屋上的瓦脊。

② 阳沟 —— 院落中排泄雨水的地面沟槽。如加封盖则称阴沟。

赏析

作者运用漫画式的夸张手法，仅列举撒谎者几句违背生活常识的胡说，不加任何评点，就惟妙惟肖地刻画出了吹牛者的嘴脸。语言俚俗，机智幽默，手法简洁凝练，富有生活气息。

15.【商调·梧叶儿】题情

> 解不开同心扣①，摘不脱倒须钩②，糖和蜜搅酥油。活摆布千条计，死安排一处休。恁两个忒风流，死共活休要放手。

注释

① 同心扣——即同心结，用锦带打成的连环结，极难解开，多用作男女爱情的象征。

② 倒须钩——一种钓鱼钩，钩上有逆刺，鱼吞食后吐不出。

赏析

这首小令写坚贞不移、生死不渝的爱情，就像解不开的连环扣，摘不脱的倒须钩，就像糖和蜜搅和在酥油中，不管遇到多少阻挠破坏，无论是死是活都不能把他们分开。比喻新颖贴切，语言坦率泼辣，感情炽烈如火，显示了下层人民争取爱情幸福无所畏惧、一往无前的斗争精神。

16.【双调·水仙子】

> 退毛鸾凤不如鸡，虎离岩前被犬欺，龙居浅水蛤蟆戏①。一时间遭困危。有一日起一阵风雷，虎一扑十硕力②，凤凰展翅飞。那其间别辨高低。

注释

① 戏——戏弄，戏辱。

② 硕——通石（dàn），古时重量单位，120市斤为1石。

赏析

本篇抒写英雄落魄，身陷逆境，遭受群小轻蔑欺侮的悲愤和不平，于感慨世态炎凉，人情势利之中，表现东山再起，重振雄风的人生壮志和自信。前三句引用流传广泛、脍炙人口的民间熟语，巧构鼎足对，精警传神，富有哲理意味，今天仍然活在人们的口头。

17. 【双调·水仙子】喻纸鸢

丝纶长线寄天涯①，纵放由咱手内把。纸糊披就里没牵挂②。被狂风一任刮，线断在海角天涯。收又收不下，见又不见他。知他流落在谁家？

注释

① 丝纶——丝线。

② 纸糊披——指风筝用纸披糊外表。就里——内里。

赏析

纸鸢（yuān）就是风筝，多制成鸟虫形状。本篇是一首托物言情之作，借风筝断线飘落天涯，无处寻觅，象征情侣游荡不归，既不可相见又无处召唤，表达了一种无可奈何的失落感。所用比喻象征非常精彩，自然贴切而妙合无痕，极富创造性。

18. 【双调·山丹花】

昨朝满树花正开，蝴蝶来，蝴蝶来。今朝花落委苍苔，不见蝴蝶来，蝴蝶来。

☼ 赏析

　　本篇感伤春来春去，花开花落，年光流逝，生命消耗。六句中连用"蝴蝶来"，四次重复，每重复一次都在意象情绪上深入一层，音律上则造成一种哀伤叹息的深沉感。文笔简洁，辞约意丰，耐人寻味。近代第一学术大师王国维论"元曲之佳处"说："一言以蔽之曰自然而已矣。古今之大文学，无不以自然胜，而莫著于元曲。"这首小令语言之妙，可作为王评之显例。

七、后元曲时代

入明之后，随着元末作家纷纷离世，他们的书写活动终结，元曲文学的经典化运动开始了，"唐诗宋词元曲"的口头禅即出自明人之口。"元人第一""四大家"的头衔与评选多是明人搞的。明清文坛充满浓烈的复古风气，例如明代中期前后七子等连续几代人都鼓吹"诗必盛唐，文必秦汉"的口号，古今中外都十分少见。在这种文化风潮之中，昔日关马王白等元曲家们连做梦都不会想到，他们的名号连同他们所写的那些不登大雅之堂的通俗歌曲，居然都成了后人尊仰崇拜的偶像。明人无论写作、评论曲文或研究"曲学"，都言必称"元人""元曲"。著名大曲家李开先就说过曲作"俱以金元为准，犹之诗以唐为极也"的话。正如后世作诗填词者无法逃避唐诗宋词的笼罩，习曲者也必以元曲为样板，精心揣摩，由此而入而出，舍此再无他途。

明清人学元曲，有会学、活学与不会学、死学之分。不会学而死学，一味模拟因袭，仅

取元曲皮毛，丢弃了"真新精深趣"的生香鲜活的元曲精神。例如死学元曲的归雅派末流，以宋词法作曲，弄得不伦不类。明人散曲的南曲派与两千多篇散套，大都属于这类拼凑堆砌，陈辞滥调，空洞浮泛，千篇一律的作品，像极了今日诗词创作中流行的"老干体"，读之索然无味。近代散曲学大师任二北对此有十六字酷评："臣妾宋词，宋词不屑；伯仲元曲，元曲奇耻"，指斥的就是这类明散曲中大量的无聊乏味之作。与之相反，明清两代也有不少会学而富有才华的作家，活学元曲精神，在继承中发扬创造，或另辟蹊径，或别开生面，在许多方面都充分发挥想象力，别出心裁，在元曲之外又开拓出一个遍布奇花异草的审美新天地，令人流连忘返。有不少近代曲学家认为明曲足可与元曲并驾齐驱，同为"散曲的黄金时代"，甚至有人评论说元曲不逮明曲，后来者青出于蓝而胜于蓝。总结汲取明清后世继承学习元曲的经验与教训，呈现前人习作元曲的另一个维度，不只对完整曲史增进系统的认识，也为当代研曲作曲者打开眼界、获得创作启示与灵感，开发出一条有效可行的路径。

（一）明代散曲精品

明朝文人的散曲创作收录于《全明散曲》中，多达一万四千余篇，数量超过元散曲数倍，质量水平却远不及元人，但还是在生活化与谐俗化两个方面有所开拓，增强突出了曲作的现实感与喜剧性，写出不少富有个性特色的名篇乃至绝唱。

1. 朱有燉【双调·扫晴娘】

> 扫晴娘，腰身可喜好衣裳，便将云雾先扫荡。尽力掀扬，扫晴天万里长。打麦场，农夫望，归来相谢救民荒，佳名百世芳。

⚙ 赏析

朱有燉（dùn）是明太祖朱元璋之孙，号诚斋，世称周宪王。作杂剧 31 本，散曲有专集《诚斋乐府》。曲论家评论其作充满金元遗风。他的散曲在其封地河南开封特别流行，时人有"齐唱宪王新乐府，金梁桥外月如霜"之传。这首小令描写北方麦收季节农民怕阴雨而盼晴天的心情与风俗，十分接地气。据其《诚斋乐府》自序："【扫晴娘】曲，乃余审音定律，新制此调，与【双调·殿前欢】略同，此亦双调也。原其因实苦久雨，偶见人制纸妆妇女，名曰'扫晴娘'，臂悬灰土，手持扫帚，其意以土克水，以扫尽阴云……予遂以【扫晴娘】名曲。"说明此曲不止取材于现实生活，就连曲牌也是新创的。这种现象在元曲中极为罕见。后来曹雪芹在《红楼梦》中的"自创北曲"就发源于此。不过周宪王并不是无中生有，而是改造旧调而生出"新乐府"。【扫晴娘】前四句袭用【殿前欢】句格，后五句则为自创。

2. 杨靖【绝命词】

> 可惜跌破了照世界的轩辕镜[①]，可惜颠折了无私曲的量天秤，可惜吹息了一盏须弥有道灯[②]，可惜陨碎了龙凤冠中白玉簪。三时三刻休，前世前缘定。

⚙ 注释

① 轩辕镜——古代传说中的照妖镜，为轩辕黄帝所制，可以避邪辨冤。

② 须弥灯——佛教指佛祖如来普照众生的智慧之光。

✦ 赏析

杨靖，淮安人。明初进士，官至刑部尚书，治狱严明，深得朱元璋赏识。洪武末年冤死，《明史》有传。据阮葵生《茶余客话》卷21载"临难之日，作【绝命词】"，即此曲。用的是什么曲牌呢？人们都说"失调"。其实与朱有燉【扫晴娘】一样，是一首创调曲。由【正宫·赛鸿秋】减末句而成。又【赛鸿秋】六韵皆用去声，而"灯""簪"二字改作平声。且"簪"字按《中原音韵》出韵，本为"监咸"部，此曲用"庚青"韵。杨曲实用淮南方音入韵。这些都可看作改造旧调，采用宽韵。以曲写【绝命词】，是真正用生命凝成的诗，化作一曲悲歌冲天，想不真不新不深都难。

3. 夏完淳【仙吕·傍妆台】自叙

用曲子写绝命词的，明末还有一位少年烈士夏完淳，上海人，十四岁从军，随其父师起兵抗清，十七岁被俘，不屈殉国。著有《狱中草词余》一卷，抒写英雄赴义之慷慨悲歌，实为绝命之曲。从其【仙吕·傍妆台】《自叙》套中摘出【掉角儿序】两调以飨读者：

我本是西笑狂人①，想那日束发从军，想那日霜角辕门，想那日挟剑惊风，想那日横槊凌云。帐前旗，腰后印，桃花马，柳叶衣②，惊穿胡阵。【合】流光一瞬，离愁一身。望云山当时壁垒，蔓草斜曛③。

【前腔】盼杀我当日风云，盼杀我故国人民，盼杀我西笑狂人，盼杀我东海孤臣。月轮空，风力紧。夜如年，花似雨，英雄双鬓。【合】黄花无分，丹荂几人④？忆当年吴钩月下⑤，万里风尘。

◎ 注释

① 西笑狂人 —— 汉代桓谭《新论》记一个傻子，听别人说"长安乐，则出门西向而笑"。作者借此自喻为忠君爱国，不计生死之志。

② 柳叶衣 —— 武士铠甲，用铁片穿织成鱼鳞状，称"柳叶甲"。

③ 斜曛 —— 落日余辉。

④ 丹萸 —— 即茱萸，果实秋熟类红枣。古代重阳节有插戴茱萸辟邪的风俗。这里用王维"遥知兄弟登高处，遍插茱萸少一人"诗意。

⑤ 吴钩 —— 宝剑。

◎ 赏析

习作词曲者如果想治疗空洞浮泛、无病呻吟的"老干体"痼疾，可从绝命词的诵读习作入手，先读关汉卿为窦娥写的绝命词，再读杨靖、夏完淳为自己作的绝命词，如果还是无法根除，恐怕就真的是无药可救了。

4.（1）王磐【中吕·朝天子】咏喇叭

喇叭，锁呐，曲儿小腔儿大。官船来往乱如麻，全仗你抬声价。军听了军愁，民听了民怕，那里去辨甚么真共假！眼见的吹翻了这家，吹伤了那家，只吹得水尽鹅飞罢。

◎ 赏析

王磐，字鸿渐，号西楼，高邮（今属江苏）人。时人评"小令北调，王西楼最佳"。明朝蒋一葵《尧山堂外纪》记载此曲本事："正德间（1506—1521），阉寺当权，往来河下者无虚日。每到辄吹号头，齐丁夫，民不堪命。"这首小令直刺当时太监弄权，抨击封建官僚出门摆架子，搞排场，抖威风，清道戒严，扰民害民的官场恶风，笔锋锐利，刺穿百代。本篇意涵十分丰富，似乎还隐含着对传统太监文化吹喇叭，抬轿子，歌功颂德，哈舔拍溜丑恶风气的讥讽。可谓"真新精深趣"五味俱全。

（2）【中吕·朝天子】瓶杏为鼠所啮

被时人一起评为"妙绝"的，王磐还有同名曲牌一首，写摆放花盆的架子被老鼠咬倒，有人认为含有讽刺贪官污吏的深意：

> 斜插，杏花，当一幅横披画。《毛诗》中谁道鼠无牙。却怎么咬倒了金瓶架！水流向床头，春拖在墙下，这情理甘罢。那里去告他，那里去诉他？也只索细数着猫儿骂。

◎ 赏析

《诗经·召南·行露》有"谁谓鼠无牙，何以穿我墉"之句，旧注家多认为有讽刺官吏害民之意。此曲引用旧诗，即使忽略其深意，只看字面描述日常生活中雅兴被破坏的懊恼，已是写得十分有趣，特别是结句出之以由恨鼠而骂猫，令人忍俊一笑，可谓深得曲子之三昧。当时大曲论家王骥德在《曲律》中专门记下他在一次曲会中对此曲的点评："插花瓶中而曰'当一幅横披花'，毋太矮而阔乎？欲更作'单条下'。'毛诗中谁道鼠无牙'，使村人听之，不以为'茅司'中杏花乎？是为病语。欲更作'笑诗人浪说鼠无牙'，乃妥耳。（柳）元谷鼓掌大快曰：'恨不令西楼闻之，定当俯首称服。'举座为之哄堂。"茅司是厕所的方言词，在很多方音中舌尖音 z c s 与舌面音 zh ch sh 不分，所以会把"毛诗"听成"茅司"。王骥德改得好不好且不论，他主张曲属音乐文学，不同于阅读文字，必须以当场歌听为先，在当时则非常正确。

5. 王九思【双调·水仙子带折桂令】归兴

一拳打脱凤凰笼，两脚蹬开虎豹丛，单身撞出麒麟洞。望东华人乱拥①，紫罗襕老尽英雄②。参详破邯郸一梦，叹息杀商山四翁③，思量起华岳三峰。思量起华岳三峰，掉臂淮南④，回首关中。红雨催诗，青春作伴，黄卷填胸。骑一个蹇卫儿南村北垅⑤，过几处古庄儿汉阙秦宫。酒盏才空，鼾睡方浓。学得陈抟⑥，笑杀石崇⑦。

☸ 注释

① 东华——东华门，明代紫禁城的东门。代指朝廷。

② 紫罗襕——高官之服。

③ 商山四翁——陕西商山"四皓"，秦末汉初著名隐士。《史记》说刘邦聘而不出，欲改立太子，四皓出山辅佐原太子，刘邦才打消了废立太子的主意。

④ 淮南——此指淮南王刘安，是古代修道升仙的典型。

⑤ 蹇卫儿——跛脚驴。卫，驴的别名。

⑥ 陈抟——五代末北宋初道士，隐居华山，以能睡闻名。

⑦ 石崇——晋朝巨富，以豪奢著称。

☸ 赏析

王九思与康海同为"前七子"诗人，陕西同乡，一为进士，一为状元。又曾同朝为官，一起受同乡大宦官刘瑾倒台牵累而被罢官，都愤而作曲，世称"康王"。王作《归兴》打破了归隐曲"老干体"空洞浮泛、陈词滥调的套路，完全以个人官场遭遇入曲，忽怒忽笑，或庄或谐，用个性之语点化古典，非他人能写得出。

6. 康海【双调·雁儿落带过得胜令】饮中闲咏

> 数年前也放狂，这几日全无况。闲中件件思，暗里般般量。真个是不精不细丑行藏，怪不得没头没脑受灾殃。从今后花底朝朝醉，人间事事忘。刚方，奚落了膺和滂；荒唐，周全了籍和康。

🉐 **赏析**

　　这篇带过曲充满人生的荒诞感，因为康海遭遇了人性的丑陋与险恶，结果弄得自己不干不净，莫名其妙地落入命运泥淖而难以自拔。原来是他亲身经历了《农夫与蛇》的故事。据传大太监刘瑾权倾朝野，以同乡之谊拉拢状元康海，遭到正直康海的拒绝。而好友李梦阳因得罪刘瑾被下狱处死，求康海说情，得救。后来刘瑾倒台，康海却因此事获勾结权奸之罪。康请李出面说明原委。不想李落井下石，反诬康卖身投靠，致使康受到罢官处分。康海有《中山狼杂剧》，其师马中锡有小说《中山狼传》，一起被罢的同乡王九思有《中山狼院本》，都影射此事。曲中借用汉朝李膺和范滂以及晋朝阮籍与稽康的典故，李、范因立身正直而遭宦官诬害而死，阮、稽二人受政治迫害，也是因了朋友、同僚出卖举报。康海说自己的刚正被人"奚落"，被罢职回乡是受到小人"周全"，与痛骂自己的"不精不细""没头没脑"，都是懊恨之极而说的自嘲、愤激语。

7. 陈铎【双调·水仙子】葬士

> 寻龙倒水费殷勤，取向敛穴无定准，藏风聚气胡谈论。告山人须自忖：拣一山葬你先人，寿又长身又旺，官又高财又稳，不强如干谒侯门？

◎ **赏析**

陈铎，字大声，南京人。出身侯门，世袭济州卫指挥。存世散曲一千多首，也作杂剧与传奇，世称"乐王"，实为将军玩票下海。有一次赴上级军帐汇报军务，上司大帅问："你就是会唱曲的陈铎？"他当场从腰里抽出拍板，高唱一曲。上司厌其不务正业，罢之。他的大部分作品都是浮泛空洞，充满陈词滥调的"老干体"，但有《滑稽余韵》一集140篇，描写市井社会百行百业的特点，有赞颂，有讽刺，有戏谑，有挖苦，实在是古代文学史上的奇作。此曲即选自其中一篇，讥刺风水术士，一剑封喉！既然勘验风水能够改变命运，让子孙升官发财，那为何不去给死去的先人改葬，何必要从事伺候人混饭吃的下九流行业呢！把所有的星相术士连同愚昧信众都嘲弄了。数年前报载南京某大学开办"风水专业培训班"，如果这所大学的校长和教授们读过他们故乡先贤的这首曲子，不知还办不办学。

8.（1）杨慎【南吕·罗江怨】

> 空亭月影斜，东方亮也，金鸡惊散枕边蝶。长亭十里，阳关三叠，相思相见何年月！泪流襟上血，愁穿心上结，鸳鸯被冷雕鞍热。

◎ **赏析**

杨慎，字用修，号升庵，四川新都人。正德六年（1511）状元，论者评为明朝学问第一人。因论事得罪嘉靖皇帝，被贬谪云南35年。其词作【临江仙】"青山依旧在，几度夕阳红"为明词第一名篇，被毛宗岗抄入《三国演义》作为开篇词，广为传诵。他的散曲多写个人贬谪云南的生活，题材内容新鲜而富个性。但他以词为曲，缺乏曲子的鲜活泼辣作风。例如，此曲抒写远谪途中，看见太多的长亭离别场面，心生思乡念亲之痛。"鸳鸯被冷雕鞍热"是个金句，一笔写尽自己与家中爱妻的两地情思，但与曲体的本色当行，终隔了一层。

（2）【中吕·粉蝶儿】（摘调）

杨慎有【中吕·粉蝶儿】套，历代曲论家都摘出【耍孩儿】一调，激节称赏为"佳语"：

> 昨宵梦里分明见，醒来时枕剩衾单。费长房缩不就相思地，女娲氏补不完离恨天。相思离恨知多少，烦恼凄凉有万千。别泪铜壶共滴，愁肠兰焰同煎。

⊙ 赏析

这里用典除了女娲补天不需解释，其他几个都不是一看就能明白的。费长房传说是古代仙人，会缩地之术。铜壶特指古代滴漏计时器。兰焰指蜡烛烧结的灯花。杨慎虽然以诗词语作曲，但幸赖文人大才，写出了相思离恨的痛彻心扉。这就是内容决定形式的道理。《红楼梦》后四十回为高鹗续作，文笔草率粗劣，与曹雪芹前八十回对读，高下立见。但第九十八回题目"苦绛珠魂归离恨天、病神瑛泪洒相思地"，突然让人眼睛一亮，惊异其工整精彩，因此不少人相信高续混有曹氏原稿。其实此联全由杨慎"佳语"脱出，并非高鹗原创。

9. 黄峨【双调·雁儿落带过得胜令】

杨慎之妻黄峨，著有《杨夫人乐府》散曲专集，是曲史上女性作家第一人。她的作品多为怀念远谪丈夫，或寄远唱和之作。正因为妇女曲作家凤毛麟角，人们喜欢托名于她，故她的曲集中混入不少他人之作。如上引【罗江怨】"空亭月影斜"小令，也混入她的曲集，题作《寄远》，仅个别文字有别。现代有的曲选两属，误认为是夫妻唱和之作。例如，署名黄峨有一篇情曲【双调·雁儿落带过得胜令】写得泼辣恣肆，曲味浓郁，与杨、黄夫妇的文雅曲风大相径庭，值得介绍学习：

> 俺也曾娇滴滴徘徊在兰麝房，俺也曾香馥馥绸缪在鲛绡帐，俺也曾颤巍巍擎他在手掌儿中，俺也曾意悬悬搁他在心窝儿上。谁承望，忽剌剌金弹打鸳鸯，支楞楞瑶琴别凤凰。我这里冷清清独守莺花寨，他那里笑吟吟相和鱼水乡。难当，小贱才假莺莺娇模样；休忙，老虔婆恶狠狠做一场！

"莺花寨"在宋元特指秦楼楚馆征歌买笑之地，"老虔婆"指老鸨、媒婆等。此曲写歌妓与情郎打情骂俏，争风吃醋。结尾作者说情郎移情别恋，我要学那会撒泼的老虔婆，跟情郎与小三大闹一场。这个主题内容在元散曲中常见，黄峨为尚书之女，嫁状元为妻，如此"野蛮女友"之声口，决非这位超级大家闺秀所能有。此篇为托名之作无疑。

10.（1）李开先【仙吕·傍妆台】

> 曲弯弯，一轮明月照边关。恨来口吸尽黄河水，拳打碎贺兰山。铁衣披雪浑身湿，宝剑飞霜扑面寒。驱兵去，破虏还。得偷闲时且偷闲。

◎ 赏析

李开先，字伯华，号中麓。山东章丘人。嘉靖间进士，任户部主事、吏部员外郎、太常寺少卿。因太庙失火，被解职归田。醉心元曲，大量收藏、刊印元人作品，并编辑当代散曲与民间小曲，也进行评论与创作，与康、王等众多曲家有交往。传奇代表作有《宝剑记》，散曲时人称赏其作"虽马致远、张小山无以过也"。他在任职期间曾到西北边防视察慰问，这首小令表现边防将士的豪情壮志与艰难困苦，应当有他的亲身观感与体验。"口吸尽黄河水，拳打碎贺兰山"气势粗豪，与康、王等北派曲家风格接近。结尾软弱，笔力不济，是明显的缺陷。元曲大家乔吉介绍作曲之秘有"凤头、猪肚、豹尾"六字诀，强调结尾必须有力度。李开先的散曲多有这种虎头蛇尾现象，表明他不理解"豹尾"的紧要，或者不具备这种写作能力，有人说他是当代马、张，显然是吹捧过头之言。

（2）《词谑》所收佚名氏诙谐曲

李开先对散曲的喜剧精神有着独特理解与正确认识，编辑有《词谑》《酸咸构肆》二集，后者失传。前者现存，专收谐谑之曲，举凡讽刺、滑稽、幽默、戏谑等各种喜剧类型无不具备。从所收作者角度看主要有三类情况：等一类作者大都是山东籍的李氏所知所闻者，第二类是作品传播而作者失落的佚名氏，第三类则是市井小曲，作者为民间大众。等一、三类下面单列专门介绍，这里附带选介几首佚名氏之作，以见一斑。《词谑》第三条："邮亭壁上诗，题者皆东南西北之人，信笔胡云，如出疯道士之口者，为多。有【叨叨令】刺之"：

> 东来的也写在墙儿上，西来的也写在墙儿上，南来的也写在墙儿上，北来的也写在墙儿上。兀的不羞杀人也么哥，兀的不羞杀人也么哥，再来的休写在墙儿上。

这首小令四面铺排，直接抨击，故意重复啰嗦。妙在结句，如同相声中的"抖包袱"，出人意料，让人发笑。此前的拙语笨言，一下子变得呆萌可爱，让人回味无穷。今日游客喜欢在名胜景点刻写"XXX

到此一游"者看样！

第五条收录【傍妆台】一首，讽刺酒坊贪利掺假，加倍注水而造卖味道寡淡的"薄酒"：

> 且尝尝，是谁造作不如方？蒸糜止下三升米，倒用八齐箸浆。冷时一似"金生丽"，热后浑如"周发商"。江湖量，酒饭囊，也应撑破裤儿裆。

这首小令有两处让人发笑。一处用歇后语，是古代文字游戏"拆白道字"的一种。当时大众文化读物《千字文》中有"金生丽水"和"周发商汤"两句。小令引用故意各省末字，意指薄酒冷喝像凉水，热喝像热汤，索然无味，说得却十分俏皮有味。另一处夸张说最能喝酒的无论"海量"之人，还是"酒囊饭袋"，都要被这种薄酒撑破肚皮，溺尿不止。前为雅谑，后用谐俗。此曲不在深刻，而以谐趣胜。（《词虐》）

第十三条"两人夸乖——【朝天子】"：

> 买乖，卖乖，各自有乖名儿在。使乖乖处最难猜，肯把乖来坏？乖卖与乖人，忒乖了谁买？买乖的必定乖。你说道你乖，我说道我乖，只怕乖乖惹的乖乖怪。

俗语常说有人"得了便宜卖乖"，就是自以为精明而炫耀。小令由卖乖一词杜撰出"买乖"，每句嵌一乖字，结句连用四个乖字，嘲讽那些爱耍小聪明、喜欢占小便宜且自以为得计的人。本篇刺穿人性的卑微，幽默可笑，而浑然无迹。

11.（1）刘天民【双调·胡十八】罢官作

> 这功名要怎么？生被他迤逗杀①。从来无有半星儿差，平白里

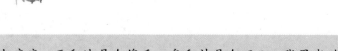

结下个大疙瘩。天和地是个傻瓜，鬼和神是个哑叭。张果老跌下驴②，孙伯阳落下马③。

注释

① 迤逗 —— 引逗，诱感。
② 张果老 —— 传说八仙之一，其坐骑为驴。
③ 孙伯阳 —— 即伯乐，善相马，相传为秦穆公时人。

赏析

刘天民载于李开先《词谑》，号函山，济南人，正德九年（1514）进士，官至河南、四川按察司副使，嘉靖间被罢。刘曲抒写被罢官，与康、王态度大不同，其并不认为此遭遇是人生的灭顶之灾，但要说成毫不在乎，那也虚假了。他说自己就像平生骑驴的张果老、对良马了如指掌的伯乐，莫名其妙地跌落，头上摔出一个大包，显示出他的洒脱放达性格。他骂天地鬼神是"傻瓜""哑叭"，虽然出于愤怒，但更多地体现了嘲弄，与他旷达幽默的天性相一致。试比较前列关汉卿《窦娥冤》第三折【滚绣球】"地也，你不分好歹何为地；天也，你错勘贤愚枉做天"，笑怒之差立显。再看一首清初《豆棚闲话》收录的斥骂老天的小曲，更见同一内容，不同作家带有不同的个性特征：

老天爷，你年纪大，耳又聋来眼又花。你看不见人，也听不见话。吃斋念佛的活活饿死，杀人放火的享受荣华。老天爷，你不会做天，你塌了吧！

（2）【叨叨令】

刘天民还有一首【叨叨令】揭露封建官场逆淘汰的内幕，说出他仕途不得志，最终无端被罢的真正原因：

> 只为舌头尖口嘴多弄的你名声裂，脖子强腰肢挺搬的你脚根趄，眼目空手策高挤的你官阶岁，面貌衰容颜改枉你胡须镊，兀的不恼杀人也么哥，兀的不恼杀人也么哥，再休题心性灵机关大情肠热。

他不是没头脑没本事没热情，只是为人正派，心直口快，而不善奉迎，才不为上司所喜，并不容于同僚。这里直刺封建官吏任命制造成的恶疾，"说你行你就行不行也行，说你不行你就不行行也不行"。刘曲所写非混迹其中者不能有此透辟的观察与认识。

12. 陈全【正宫·叨叨令】咏疟疾

> 热时节热的在蒸笼里坐，冷时节冷的在冰凌上卧，颤时节颤的牙关错，疼时节疼的天灵破。兀的不害杀人也么哥，兀的不害杀人也么哥，寒来暑往都经过。

◎ 赏析

陈全，南京人，秀才。周晖《金陵琐事》说他"有乐府一卷行于世，无词家大学问，但工于嘲骂而已"。李开先《词谑》最早收录此曲，点赞说"颇尽其情态"。疟疾俗称打摆子或发疟（yào）子，是旧时一种传染病，症状是冷热交加。颤，颤抖，形容冷得打战。近年中国所获第一个诺贝尔科学奖，屠呦呦先生发明的青蒿素就是专治此病的特效药。今日此病已经灭绝。此曲之妙在于写尽打摆子、忽冷忽热痛苦之状，却出之以幽默之笔，表现出作者笑对生活苦难的喜剧人生态度，曲趣盎然，并无其他深意。此作深得曲体三昧，后来有很多笔记、曲选转载。毛主席训谕干部曾加引用，批评形容那些忽左忽右、忽冷忽热的投机分子。

13. 马惠【清江引】

李开先《词谑》载："匠作以谎为常，而缝衣、打铁者尤甚。马惠善制衣，以吾家所久用，稍不敢脱空，在他处则不然矣。"接着讲了马裁缝的一个故事。马裁缝有一把生铁门锁锈坏了，拿给铁匠靳循去修补。每次按照约定交工的日子马裁缝去取锁，铁匠总推脱说还没修好，这样拖拉了一年。有一天二人在路上巧遇，靳铁匠赶快躲避到一个厕所中。马裁缝正好如厕撞见，揪着靳铁匠的耳朵出来，当众高唱一曲【清江引】，"众皆为之绝倒，至今传播里巷云"：

> 我来访君君莫躲。一把锁烦加磋，年前许送来，今尚无归落。谁知你的谎儿大似我。

商家无信，引得主顾生气发火，却能出之以滑稽之笔。最可笑者为末句："想不到你说的谎话比我还大。"说谎者被说谎者欺骗，哭笑不得。马裁缝出口成歌，可见当时散曲流行普及程度。

14. 王田【黄莺儿】骂驴

> 泯耳笑青天，对弹琴也枉然。前身本是和尚变，我谒禅林种福田，你食竹林似宿缘，苦遭怒骂难分辩。到前川，窟窿桥上，一似上刀山。

◎ 赏析

王田，字舜耕，号西楼，济南人。因与高邮王磐同号同时且同为散曲家，故当时就有评论家将二者混为一谈。对于这首小令的本事，李开先《词谑》记述甚详："王舜耕往寺中议斋事，所乘驴偶吃舍竹，被僧怒骂，不可忍，将欲回一言，自以一孤客，恐加倍遭辱。乃鞭其驴寓意，细数之曰：'在家不吃竹，出家却吃竹。急欲趁长途，锥戳不动，如牵上窟窿桥。今投竹林，如赶斋的一般，脆生生的竹子，如油炸细馓，可也好吃。将欲割了两耳，教人骂你是秃驴。割了下唇，你又'般若、般若'地恨将起来。和上唇都割了。欲打折后蹄，怕人叫你做点坐。打折前蹄，怕人叫你做提点。把四蹄都打折，怕你难行道。右边打你，你便右缠。左边打你，你便左缠。就是左缠，我也打你。常言甚有理：一岁不成驴，长老是驴驹。'骂毕，跳上驴背，急出寺门，口唱【黄莺儿】云云。原乃'一似上刀山'，虽切题，却走韵。友人改为此句（会赶脚也难牵），殊不如初。"李开先批评末句"山"字失韵，是按周德清《中原音韵》"山"字在"寒山"部说的，而此曲前用"天然变田缘辩川"七字全属"先天"韵。从文学角度考量，友人改句则远不逮原作。什么叫"豹尾"，什么叫蛇尾、狗尾，这是一个分别的好例。今天《中原音韵》的寒山、桓欢、先天、监咸、廉纤五韵都合并为普通话的 an 韵，再不用分别了。此曲与本事用俗语、谐音、双关等修辞手法，指桑骂槐，嘲骂恶僧，是明朝喜剧散曲名作。

15. 袁崇冕【雁儿落带德胜令】嘲僧

> 贪婪心怎忘，嗜愁情偏荡。人前捻数珠，背后轮禅杖。无志向西方，有计跳东墙①。"波罗密"噇食咒②，"南无佛"救命王。经堂，挂搭上唐三藏；僧房，窝藏下黄四娘③。

⊕ 注释

① 跳东墙——元杂剧有《东墙记》，白朴著。剧中有男主人公跳过东墙，与女主人公相会的情节。

② 波罗密——佛教《心经》中的一个咒语，大意是放下一切烦恼，修成正

果。噇（chuáng）——暴食暴饮。

③ 黄四娘 ——杜甫居于成都草堂的女邻居。杜甫有诗"黄四娘家花满蹊"
　　歌之。

赏析

　　袁崇冕，号西野，山东章丘人。李开先的同乡曲友，《词谑》记
述其曲作三篇，此带过曲为其中之一。佛教禁欲禁食肉，且过午禁食。
一般人很难持戒恪守，古今都有不少假和尚。此曲即讽刺贪吃贪色的
这类假和尚，嘲弄佛教的虚伪。此曲单独去看，也还不错；但与上引
王舜耕同主题嘲僧之作对读，则高下立见。王曲全写个人遭遇，真切
生动，个性化极强，"真新精深趣"五味俱全。袁曲则显得比较空浮，
带有堆砌痕迹，虽意在讽刺，而略乏谐趣。

16.（1）冯惟敏【双调·新水令】十美人被杖（节录）

　　买欢追笑遣流光，近新来一番惆怅。搜寻风月馆①，点检翠红
乡。十样锦真堪赏。

　　【驻马听】莺燕双双，风送春心度画墙。芙蓉两两，天然秀色
映秋江。有谁搬递是非场，无端牵扯平康巷。因被访，低眉伏首霜
台上。

　　【雁儿落】一个颤微微玉蕊着棍汤②，一个娇滴滴红英着棒儿
掀③，一个香馥馥酥胸衬碧阶，一个软脓脓腻体挨牙杖。

　　【得胜令】呀，一个露春葱解罗裳，一个軃乌云卸残妆④，一个
粉面皮如浇蜡，一个劣身躯似抖糠。当堂，一个红绣鞋跟朝上。收
场，一个醉扶归不姓杨⑤。

　　【幺篇】子弟每拦街立捧酒浆，姨夫每沿城走找药方⑥。老虔婆
气满心跳八丈⑦，丑獗丁手捶胸泪两行⑧。哭一声亲娘，五百劫逢冤

障。叫一声情郎，八千人恼断肠⑨。

注释

① 风月馆 —— 指妓院。下文翠红乡、平康巷义同。

② 汤 —— 这里指用棍棒打。

③ 搋（chuāng）—— 敲打。

④ 鬌（duǒ）—— 下垂。乌云 —— 喻指黑发。

⑤ 杨 —— 指杨贵妃。此句用贵妃醉酒的故事比方挨打妓女被人架归。

⑥ 姨夫 —— 一妓同时有数个嫖客，则数客间互称姨夫。

⑦ 老虔婆 —— 此指妓女们的假母，俗称"老鸨"。

⑧ 丑撅丁 —— 古代妓院中的服务生。

⑨ 八千人 —— 暗用项羽"江东八千子弟兵"的典故，指那些"子弟每"，即众多嫖客。

赏析

　　冯惟敏，号海浮，山东临朐人。嘉靖间举人，授河北涞水知县，后历任镇江府学教授、保定府通判。长于北曲，"独为杰出"，有散曲专集《海浮山堂词稿》传世。这篇散套连同本事收录在李开先《词谑》中："段古松巡按山东，访拿甚严。一仪宾犯事，牵连群妓，各受痛责。冯海浮以【双调】慰之。"李开先说明"只具节略"，查冯氏《海浮山堂词稿》则存全套，有跋语自述创作因由："十年前暴虐扇祸，以访捕为一切之政。民无良贱，隶于法率无辜人。十美人一时受杖而出，观者如堵，而为之奔走前后，不知其几也。走笔贻罗山甫，怜其剪发者与焉。"一般人都知道官吏受贿，贪赃枉法。此曲真新深刻之处，在于直击山东当时一桩真实的司法大案，主办者省级大法官严明执法，嫉恶如仇，特别对人人鄙视的妓女滥用酷刑拷打，并未受贿卖法而酿成冤假错案。作者身在官府，深知这种"暴虐扇祸"，丧失人性的官僚更为普遍，其害之深更甚于贪赃卖法。用幽默之笔处理"咏妓"老旧题材，为那些被压迫在社会最底层的妓女们"无辜"受刑罚而打抱不平，在戏谑笔墨的背后，又含有深沉的同情。"一个……一个……"袭用元人赵岩【殿前欢】排比十二只胡蝶句法，李开先《词谑》本"一个"后有"价"字，口语虚字，无义，曲味更浓，应是初始本。

（2）【正宫·端正好】（摘调）

以滑稽喜笑之笔写封建司法冤案，是冯曲的一大特色。再举《吕纯阳三界一览》散套中的一只摘调【七煞】：

> 赵瞎汉瞅他爷，钱哑叭骂他娘，孙聋亲听的侄儿谤。李没牙咬下半边耳，周秃厮发拔一寸方。吴瘸儿踢折了将军项。这一起干名犯义，那一起斗殴成伤。

简直就像一面哈哈镜，照出酷吏审案的荒诞离奇。千万不要以为这是反体制持不同政见者的抹黑诬蔑，比较封建现实生活中发生的种种冤假错案，作者的描写并不显得更夸张离谱。

（二）明清小曲与文人拟小曲

小曲就是市井流行歌曲，历代都有，明朝最盛行。明末有个无名词曲家说了一句名评，于是他也有名了："我明诗让唐，词让宋，曲让元，庶几《吴歌》《挂枝儿》《罗江怨》《打枣杆》《银纽丝》之类，为我明一绝耳。"他就是卓人月，字珂月。

明代小曲其实是元曲在市井民间一脉的再度泛滥。晚明著名学者沈德符在他的《万历野获编》中专列"时尚小令"一目，论述道："元人小令，行于燕赵，后浸淫日盛。自宣（德）、正（统）至成（化）、弘（治）后，中原又行《锁南枝》《傍妆台》《山坡羊》之属。李崆峒先生初自庆阳徙居汴梁，闻之以为可继国风之后，何大复继至，亦酷爱之。今所传《泥捏人》及《鞋打卦》《熬鬏髻》三阕，为三牌名之冠，故不虚也。自兹以后，又有《耍孩儿》《驻云飞》《醉太平》诸曲，然不如三曲之盛。嘉隆间乃兴《闹五更》《寄生草》《罗江怨》《哭皇天》《干荷叶》《粉红莲》《桐城歌》《银纽丝》之属。自两淮以至江南，渐与词曲相远，不过写淫媟情态，略具抑扬而已。比年以来，又有《打枣杆》《桂枝儿》二曲，其腔调约略相似，则不问南北，不问男女，不问老幼良贱，人人习之，亦人人喜听之，以至刊布成帙，举世传诵，沁人心腑。其谱不知从何来，真可骇叹。又《山坡羊》者，李、何二公所喜，今南北词俱有此名，但北方惟盛爱《数落山坡羊》，其曲自宣、大、辽东三镇传来，今京师妓女惯以此充弦索北调，其语秽亵鄙浅，并桑濮之音亦离去已远。"这段评论从明初的宣德（1426）说到"比年"，即近年的晚明万历中（1607），列举明代小曲的曲牌，为明代通俗歌曲的发展勾勒出一幅速写图。

1. 李、何教学诗者听小曲

沈评中反复提到两位大伽——李崆峒，即李梦阳；何大复，即何景明，是"李、何前七子"的领袖。他们鼓吹"诗必盛唐，文必秦汉"，教学生写诗文，结果都写成了"老干体"。据李开先《词谑》记述，李梦阳自从到河南开封之后，改变了教学方法，让学生先去"街市上闲行"，天天听流行歌曲，"若似得传唱【锁南枝】，则诗文无以加矣"。这一妙招果然奏效，学生们"喜跃如获至宝"。李大师于是发明了一个著名口号："真诗乃在民间。"何景明本就是河南人，更是流行歌曲的狂热粉丝。他对学生说，这些通俗歌曲千万不要看不起，它们跟《诗经》的《国风》一样，"出诸里巷妇女之口，情词婉曲，有非后世诗人墨客操觚染翰，刻骨流血所能及者，以其真也。"他有一次跟学生聚会，酒席上让歌女反复唱【锁南枝】一个曲子，每唱一遍他就干一杯酒，"终席唱数十遍，酒数亦如之，更不及他词而散"。李开先讲完他们的故事之后表示赞同："若以李、何所取时词为鄙俚淫亵，不知作词之法，诗文之妙者也。"

2.【锁南枝】捏泥人

这首【锁南枝】究竟写了什么，居然令这三位大文豪如此迷狂热捧呢？且看：

> 傻酸角，我的哥，和块黄泥儿捏咱两个，捏一个儿你，捏一个儿我。捏的来一似活脱，捏的来同床上歇卧。将泥人儿摔碎，着水儿重和过。再捏一个你，再捏一个我。哥哥身上也有妹妹，妹妹身上也有哥哥。

男女情爱的永恒主题在古今中外文学中都写滥了，儿童游戏都会玩捏泥人。这首小令土得不能再土，俗得不能再俗，读之却如五雷轰顶，叫人脑洞大开。这诗与爱情还可以这么写？捏成了打碎再捏，亏他怎么想来！不止是接地气，简直就是满嘴泥土的芳香。难怪何景明绝望地说，就是把那些诗人作家们打个头破血流，也逼不出半个字来！

明末还真有一些无脑无聊的好事文人认定这样的绝品只有才女才子方能写出，于是托名于元代著名文艺家赵子昂的夫人管道昇，有的干脆说就是赵子昂本人所作。为此还杜撰了二人写《捏泥人》调情的故事，其至还把这篇土里土气的作品改编出几个文雅的版本。（参见王文才编《元曲纪事》）这些好事之举从反面更进一步证明了"真诗乃在民间"的真理。作为明代"一绝"的小曲当然不止此篇，下面选录分享。

3.【锁南枝】鞋打卦

鞋打卦，无处所求，粉脸上含羞，可在神面前出丑，神前出丑。告上圣听诉缘由：他如何把人不睬不瞅，丢了我又去别人家闲走？绣鞋儿亵渎神明，告上圣权将就。或是他不来，或是他另有；不来呵根儿对着根儿，来时节头儿抱着头，丁字儿满怀，八字儿开手。

此曲写女生失恋，心重而细，无人可诉，竟脱下红绣鞋，祈神问卜算卦。她能设想把一双绣鞋抛出四种卦象，代表四种预兆，缠绵悱恻，唱出内心的无限委屈。

4.【锁南枝】别提你有势

题起你的势，笑掉我的牙。你就是刘瑾、江彬，也要柳叶儿刮，柳叶儿刮。你又不曾金子开花，你又不曾银子发芽。我的哥喋！你休当玩当耍。如今的时年，是个人也有三句话。你便会行船，我就会走马。就是孔夫子也用不着你文章，弥勒佛也当下领袈裟。

此曲描绘了风月情场中十分滑稽有趣的一幕。男生冒充官二代，也可能真是官二代，张口就卖弄他们家多么有权有钱有势，关系通天，无所不能。他深知权力通吃的世道人心，无论官场、商场、情场，"强权就是真理"。但他绝对没有想到，一个风月场中的小女子居然不吃这一套。她听得多，见得广，想得开，泼辣放肆，对吹牛皮男友进行了无情的嘲弄。这是一曲反抗意志霸凌、精神奴役，高扬人格独立的颂歌，从一情场女子口中唱出，别有一番风味。

刘瑾，明中期大太监，武宗时独揽朝政，权倾天下，人称"刘皇帝"。正德五年（1510）倒台，被凌迟处死，其党羽被剪除殆尽。江彬，明武宗时守边武将，善以女色投皇帝所好，武宗认为义子，赐姓朱。正德十四年（1519）提督东厂兼锦衣卫，权倾朝野，大肆贪污受贿，结党营私，残害忠良。武宗驾崩后被抄家，车裂而死。"柳叶儿"，即柳叶刀。古代"凌迟"，即用柳叶小刀，千刀万剐是也。据此，知此曲流行于二人倒台之后，即明嘉靖初年。

5.【挂枝儿】送别

> 送情人直送到丹阳路，你也哭，我也哭，赶脚的也来哭。"赶脚的你哭因何故？"道是"去的不肯去，哭的只管哭；你两下里调情也，我的驴儿受了苦！"

本篇构思极尽尖新刁巧。情人分手，抱头大哭，出语平平。赶脚人哭，匪夷所思。用戏剧化的小丑插科打诨之法，深得无理有情之妙。生离死别而出之喜剧幽默之笔，破涕为笑，一片天真烂漫，此为天籁之音，非人力所能为！丹阳，县名，在江苏镇江市南。据此可知此曲为江南民歌。

6.【挂枝儿】账

> 为冤家造一本相思账，旧相思，新相思，早晚登记得忙。一行行，一字字，都是明白账。旧相思销未了，新相思又上了一大桩。把相思账出来和你算一算，还了你多少也，不知还欠你多少想。

以欠债比喻相思之苦，元曲中有不少，以徐再思【清江引】"相思有如少债的"小令最精。民间智慧又高过文人，同写相思如欠账，此曲先写造账，再写记账，最后结以查账算账。写得有故事，有波澜，化静为动，随机而发，出自天然。非有对生活的深刻体验与沉厚积累，不能如此驾轻就熟，用家常语，道家常事。

7.【挂枝儿】梦

> 正二更，做一梦，团圆得有兴。千般恩，万般爱，搂抱着亲亲。猛然间惊醒了，教我神魂不定。梦中的人儿不见了，我还向梦中去寻。嘱付我梦中的人儿也，千万在梦儿中等一等。

古人写相思多有出之惊醒美梦者，唐人金昌绪《春怨》"打起黄莺儿，莫教枝上啼。啼时惊妾梦，不得到辽西"最为传诵。此小曲不止接地气，取材世俗生活，以大俗为大雅，而且异想天开，别写惊梦之后，疑窦之间，又去寻梦，并呼唤梦中情人在梦中相等再会。都说梦觉为醒，独谓醒而亦梦。真是白日做梦，痴人说梦，呆萌得纯真可爱。

8.【挂枝儿】喷嚏

> 对妆台忽然间打个喷嚏，想是有情哥思量我，寄个信儿。难道他思量我刚刚一次？自从别了你，日日珠泪垂。似我这等把你思量也，想你的喷嚏儿常似雨。

俗传打喷嚏是因为有人思量念叨。情妹妹从一个喷嚏悟得情哥哥对自己的念叨，突发奇想，如我这般苦思苦恋，念念不忘，以泪洗面，他岂不该喷嚏不断，如雷如雨。思极而痴，一笔写出两面，灵动飞扬。

9.【挂枝儿】坚心

> 罢了罢了，难道就罢了？死一遭，活一遭，死活只这一遭。尽着人将我两个千腾万倒。做鬼须做风流鬼，上桥须上奈何桥。奈何桥上若得和你携手同行也，不如死了到也好！

阅读此曲的现代读者务须了解中国传统社会"万恶淫为首"观念，男女自由恋爱不止是凶恶之首，还是丑行之最。特别是女孩子，一涉私情犯案，正如《红楼梦》中贾母所论，那就是"鬼不成鬼，贼不成贼"，身败名裂，令整个家族蒙羞。此曲的主人公就是这样一位身陷爱河，面临生死选择的女孩子。"难道就罢了"之问，透露出她内心的折磨与挣扎。"罢了"是父母、亲人，甚至是情人的劝告警示。她已认清现在回头不晚，前面等待他们的将是万劫不复之深渊。最终女孩子做出以命相赌的勇敢决定，在展现她生命悲剧的崇高壮美之中，释放出"不自由，毋宁死"之高尚人性光辉。奈何桥，即奈河桥，古代传说人死后灵魂下地狱要过奈河桥，生前有罪的要被两旁的牛头马面推下"血河池"，遭受害虫毒蛇的咬噬，而生前仁善的则顺利通过。"做鬼须做风流鬼，上桥须上奈何桥"是此曲金句。

10.【挂枝儿】告状

> 鬼门关告一纸相思状，不告亲，不告邻，只告我的薄幸郎。把他亏心负义开在单儿上，欠了我恩债千千万，一些儿也不曾偿。勾摄他的魂灵也，在阎王面前去讲。

本篇构思刁钻：一个女孩子要告状，告的却是"相思状"，还是阴间阎王状。自古有"痴心女子负心汉"之说，为何自由恋爱中受到伤害的总是女孩子？她遭遇了无情的"薄幸郎"，也许还是负心汉。可她并无多少仇恨，也不是要报复，而只是无处诉说，她付出太多的感情，遭受了太多的委屈，只是想要说给他听。就算说了"做鬼也不放过你"，表明她对他还是有太多依恋。爱恨情仇搅作一团，任谁也说不清楚。此小曲语浅显而实深刻，玩味不尽。

11.【挂枝儿】泣想

> 青山在绿水在，冤家不在；风常来雨常来，情书不来；灾不害病不害，相思常害。春去愁不去，花开闷未开。泪珠儿汪汪也，滴没了东洋海。

此曲思想内容非常单纯，通篇只写一个女孩子对情郎的思恋。用青山绿水、风雨灾病、春花大海起兴作比衬，反复泼墨渲染。开篇三句用鼎足对，内部又埋设了隔句的"扇面对"（如"青山在"对"风常来""灾不害"）、藏韵重复（如"在""来""害"）等多重修辞手法，却极其自然，不落痕迹。

12.【挂枝儿】寄书

> 捎书人出得门儿骤。赶梅香唤转来，我少吩咐了话头。见他时，切莫说我因他瘦。如今他不好，说与他又担忧。他若问起我的身子呀，只说灾殃从没有。

古时人会托顺路人捎家书回乡，同时带回亲人情况或回信。这位心细、贤惠、百般体贴的妻子收到家书，跟捎书人什么都打听过，也把自己的情况、或者还有回信、东西都交他捎去。但她还是发现自己粗心，忘记了最重要的一句话。小曲构思精巧，只剪取追回信使补嘱最后一句话的镜头，把前后复杂因由的交代都压缩在这一生活片断之中。捎书人为何出门走得那样急骤？一定是因为她问得太多，交待没完没了，影响了赶路，让人心烦。"赶"丫环追还，写她的急迫溢于言表。这句最重要的话是什么呢？就是千万不要说自己的病瘦。她已打听到他目前情况不顺利，或事业受挫，或身体不好。不能让他再为自己加一重担忧。他要具体追问身体情况，还必须说连小病小灾都没有。以少写多，以粗心写细心，以假见真，了无刻意痕迹。

13.【挂枝儿】错认

> 月儿高，望不见我的乖亲到。猛望见窗儿外，花枝影乱摇，低声似指我名儿叫。双手推窗看，原来是狂风摆花梢。喜变做羞来也，羞又变做恼。

女子约会，因急不可耐而发生幻觉，错把风吹花枝当成情人的身影与呼叫。先喜后羞，然后气恼。最后一句极妙，不事雕琢，天然入画，刻画女子第一次约会的心理情态，活灵活现，细腻入微。元曲有商挺【双调·潘妃曲】二首，写相同之题，前后比较对读，则有异曲同工之妙。

14.【山坡羊】

> 你性情儿随风倒舵，你见识儿指山卖磨。这几日无一个踪影，你在谁价家里把牙儿嗑？进门来，床儿前快与我双膝儿跪着，免的我下去采你的耳朵。动一动就教你死，挪一挪惹下个天来大祸！你好似负桂英王魁也，更在王魁头上垒一个儿窝。哥哥，一心里爱他，一心里爱我？婆婆，一头儿放水，一头儿放火！

这是一位野蛮女友，因为爱得深，才防得严，管得紧。男主人公犯的其实是每个男人都有的毛病，无非就是不着家，见一个爱一个，说谎骗人等。当然更叫她生气的是婆婆从中挑拨，搬弄是非。揪耳朵，床下罚跪，"动一动就教你死"，这位女友不止有家暴倾向，口角也好生了得，把家常俗语说得如此泼辣犀利，也是一绝。"谁价家里"，价也写作"家"，俗语虚词。这里"撞字"，完全是实录北方口语。王魁负桂英是宋元最著名的一个男子负心的故事。王魁头上垒窝，言其比王魁罪恶还大，还更可恶。

15.【山坡羊】

> 熬这顶鬏髻如同熬纱帽，想这纸婚书如同想官诰。听的人家来通媒行礼，患病的得了一贴灵丹妙药。福分薄才有几分成，又早把卦来变了。好似做官的得了升转，原来是虚传了一个通报。花朵身子一年大似一年噪。只恐怕弄的我有上稍无下稍。我的娘，你试听着：这件事靠不的哥哥，告诉不的嫂嫂。我的娘，你再听着：生不的娃娃，谁叫你姥姥？

这首小曲摩写大龄女子的心理恐慌，出之幽默滑稽之笔，十分有趣。鬏髻，明代出现的一种新式假发，一般用金银丝或马鬃、头发等材料编成，佩戴于头顶发髻之上，是已婚妇女的标志。封建社会男女结婚主宰于"父母之命，媒妁之言"，由不得个人半点意志。大女愁嫁，怨之父母，普遍存在；只是以之为耻，人人心中有，人人口中无罢了。小曲以熬婚与熬官作比，一隐一显，同样忽喜忽悲，让人心焦，刻摩如画，精深入微。结尾对母亲再提抗议，实是逼人已急；却出之以科诨之笔，真叫人忍俊不住。

16.【山坡羊】

> 熨斗儿熨不展眉尖摺皱，竹绷儿绷不开面皮黄瘦，顺水船儿撑不过相思黑海，千里马儿也撞不出四下里牢笼扣。俺如今吞了倒须

钩，吐不的，咽不的，何时罢休？奴为你梦魂里挣破了被角，醒来不见空迤逗。泪道也有千行噀！恰便似长江不断流。休休，阎罗王派俺是风月场行头；羞羞，夜叉婆道你是花柳营对手。

这是"痴情女子负心汉"故事的又一个版本。她是一位歌妓，"风月场行头"，在娱乐行业中名挂头牌，色艺兼优。非常不幸，她犯了职业大忌，爱上了一位常来找她听歌买笑的年轻公子。也许是他床头金尽，遭老板娘驱逐，已经有好长时间未看见他，本以为人走茶凉，想不到的是越来越放不下他，日思夜想，面黄肌瘦，整天没着没落，就像鱼儿吞下倒须钩。她害了相思病，昨夜梦见他要离去，一把抓空，醒来扯破了被角。也许是她落花有意，而流水无情的单思暗恋；也许是他逢场作戏，根本就没有把那段两情相悦放在心里，如同老板娘所说，他就是一个情场老手；也许是"两下都有意，人前难下手"；也许，也许……有多少女孩子怀抱太多的"也许"而度过终生。

17.【劈破玉】

要分离除非是天做了地，要分离除非是东做了西，要分离除非是官做了吏，你要分时分不得我，我要离时离不得你，就死在黄泉也做不得分离鬼。

女子表达爱情誓言，如此执着决绝，真可惊天地，泣鬼神。当时人评点："层层递进，步步紧逼，重章叠句，得一唱三叹之妙。"前人写此类题目的名篇，诗有汉乐府《上邪》："上邪！我欲与君相知，长命无绝衰。山无陵，江水为竭，冬雷震震，夏雨雪，天地合，乃敢与君绝。"词有【菩萨蛮】："枕前发尽千般愿，要休且待青山烂。水面上秤锤浮，直待黄河彻底枯。白日参辰现，北斗回南面。休即未能休，且待三更见日头。"三首都是民歌体，对读比较，可以感受诗、词与曲各自不同的美与语言表达特点。

18.【劈破玉】虚名

> 蜂针儿尖尖的做不得绣，萤火儿亮亮的点不得油，蛛丝儿密密的上不得簆。白头翁举不得乡约长，纺织娘叫不得女工头。有甚么丝线儿相牵也，把虚名挂在旁人口！

女子遭遇了爱情虚假陷阱，不哭不叫，不打不闹，更不去投井上吊，寻死觅活。她非常理智克制，拿得起放得下，长痛不如短痛，一刀两断，坚拒虚名。前代爱情名篇中从未见如此明智果断、心胸宽广之女主人公！通篇出自一个女孩子之口，巧妙地列举名实不符的五种飞物为喻：蜜蜂尾部有尖刺，虽然有"针"的名称，却不能刺绣；萤火虫虽亮，并不能注油点灯；蜘蛛丝虽密，却不能上簆（织机上一种隔开经线以便织布的工具）当真丝使用；白头翁（一种鸟）虽有老翁之美名，却当不了农村的三老乡长；纺织娘（一种飞虫）虽能发出织布的鸣声，却做不得纺织的女工头。列举完这些鸟虫以后，总题一笔：以上这些虫鸟的名字与实际有什么牵连？居然虚名到处流布在人们口头！民歌到此便戛然而止，收得干净利落，言有尽而意无穷，发人深省。

19.【山歌】月上

> 约郎约到月上时，那亨月上子山头弗见渠。唉，弗知奴处山低月上得早；唉，弗知郎处山高月上得迟。

这就是沈德符说的"吴歌"，又叫"山歌"，实为吴地的市井俗曲。形式上有两个特点，一是七字句的四句头，二是杂用吴语方言。

"那亨"，吴语，意为"怎么"。"子"，语衬词。"渠"，他。这首小曲写一个女孩子第一次约会情郎，刻画她的急迫心理，活灵活现。约定在月上山头时，怎么不见他？女子居然怀疑两人有时间差，亏她怎么想来。

清代小曲也很发达，与明人小曲一脉相承，有的传唱到今天。介绍几首，供作曲者学习借鉴。

20.【寄生草】

> 濛淞雨儿点点下，偏偏情人不在家。若在家任凭老天下多大。劝老天，住住雨儿教他回来罢！沦湿了衣裳事小，冻坏了情人事大。常言说：黄金有价人无价。（叠）

在一个蒙蒙细雨的秋日里，女子担忧出门在外的情人，他没有带雨具，穿的衣服也不多。她为他的挨淋受冻而焦虑，祈祷老天爷停雨，让自己的情人回家。小曲选择秋雨连绵的日常环境，刻画一个热恋女子的细腻心理，极其朴实真切，如见可感。采用生活化的口语，更加重了这种逼真亲切感。"濛淞（méng sōng）雨儿""沦湿""住住雨儿"都是北方语中的某地方言，读之风味盎然。结尾叠用"黄金有价人无价"的俗语，朴实无华，侧显女孩儿诚厚单纯的品性。

21.【寄生草】圈儿信

> 相思欲寄从何寄？画个圈儿替。话在圈儿外，心在圈儿里。我密密加圈，你须密密知侬意：单圈儿是我，双圈儿是你；整圈儿是团圆，破圈儿是别离。还有那说不尽的相思，把一路圈儿圈到底。

欲写情书却不识字，这位女子突生奇思妙想，以画圈圈代表心意，真是绝顶聪明。小曲以"相思"为总纲振起，以下每句用"圈"字，渲染浓情蜜意，层层递进。心在圈内，话在圈外，本是题内既有之意，而将圈圈的密度与情意深浅挂钩则是一种巧思。"单圈儿是我，双圈儿是你"这样的表述与想象力也只有热恋的女生才有。整圈与半圈分别寓意团圆与离别，暗与"破镜重圆""月有圆缺"的俗典相合。最有趣的是结句"把一路圈儿圈到底"，是作者的独特发明，把女主人公的情深意长表达得淋漓尽致。

记载这首小曲的是个钻牛角的文人。他想不通既然不识字如何能写出这首曲词，于是就杜撰了一个十分蹩脚的故事。说是那位接到"圈儿信"的丈夫看不懂，就请某人帮忙破译。某人不但以"相思"为密钥，破解了情书的密码，还写下这首作品。他不懂市井小曲原是歌之口头，后来才由文人记载刻印的。这首《圈儿信》同时还有另外一个版本传播，文字各有千秋，可谓奇迹：

> 欲写情书，我可不识字。烦个人儿使不的，无奈何画几个圈儿为表记。此封书惟有情人知此意，单圈是奴家，双圈是你。诉不尽的苦，一溜圈儿圈下去。（叠）

22.【北京小曲】探清水河

> 桃叶尖上尖，柳叶儿遮满了天。在其位这个明公，细听我来言呐。此事哎，出在了京西蓝靛厂啊，蓝靛厂火器营儿，有一个宋老三。
>
> 提起那宋老三，两口子卖大烟。一辈子无有儿，生了个女儿婵娟呐。小妞哎年长一十六啊，起了个乳名儿，姑娘他叫大莲。
>
> 姑娘叫大莲，俊俏好容颜。似鲜花无人采，琵琶断弦无人弹呐。奴好比貂蝉思吕布，又好比阎婆惜坐楼想张三。
>
> 太阳落下山，秋虫儿闹声喧。日思夜想的六哥哥，来到了我的

门前呀。约下了今晚三更来相会呀，大莲我羞答答低头无话言。

一更鼓儿天，姑娘她泪涟涟。最可叹二爹娘爱抽鸦片烟呐，耽误了小奴我的婚姻事啊。青春要是过去，何处你找少年。

二更鼓儿发，小六儿他把墙爬。惊动了上房屋，痴了心的女儿娇娃呀。急慌忙打开了门双扇，一把手拉住了心爱的小冤家。

三更鼓儿喧，月亮那照中天。好一对多情的人对坐把话言，鸳鸯哎戏水我说说心里话呀。一把手我就握住了心爱的小冤家啊。

五更天大明，爹娘他知道细情。无廉耻的这个丫头哎，败坏了我的门庭啊。今日里一定要将你打呀，皮鞭子沾凉水，我定打不容情。

大莲我无话说，被逼就跳了河。惊动了六哥哥，来探清水河呀。亲人哎，你死都是为了我呀。大莲妹妹慢点走，等等六哥哥。

秋雨下连绵，霜降那清水河。好一对多情的人，双双跳下了河。痴情的女子这多情的汉呀，编成了小曲儿来探清水河，编成了小曲儿来探清水河。

这是一个真实的爱情悲剧故事，发生在清中叶的北京。清水河、蓝靛厂、火器营都是京西实有地名，至今犹存。当年这里主要是满族聚居地，故事的主人公宋大莲与小六是一对满族青年。"宋"在旧传本中原作"松"，是满族人的汉姓。又曲中对"卖大烟""抽大烟"尚无后来极度憎恶之感，只是一种态度中立的叙述，表明此曲可能产生在1840年鸦片战争之前。故事并不复杂，说的是一个叫宋大莲的女孩儿与小六哥偷情，被父母发觉，以败坏门风为罪，逼打跳河。真人实事催人泪下，曲调缠绵悱恻，感人肺腑。本篇在清末民初之时流传极广，从东北二人到江南小调都有移植翻唱，同时有多种曲书刻印，记录了各种不同的版本。最大差别在故事结局，另一个本子说小六哥听说大莲跳河殉情，下河捞尸，并烧纸哭祭，一病不起，所以题目叫《探清水河》。此本的结局类似梁祝化蝶，说小六哥也跳河而死。

这篇小曲与元明小曲多用长短句的曲牌体不同，采用的是齐言诗赞体，清代戏曲、曲艺多变为这种诗赞体，又叫"板腔体"。1949年后此曲被当作"淫词滥调"而禁绝，只在二十世纪六十年代老电影《智取威虎山》中引录"提起那宋老三，两口子卖大烟"两句，由英雄杨子荣假扮土匪所唱。为了点染一点流氓匪气，才让他从东北二人传中模仿而来。近年经著名相声演员郭德纲德云社挖掘整理，由张云雷所唱爆红全国。上面所录曲词即据张、郭整理本。唱词完整且韵味地道的是网传赵俊良所唱。他出身北京单弦职业艺人，咬字吐音，最为传统正宗。前年有向编者学散曲写作者，不能去其"老干体"毛病。编者建议他上网反复赏听揣摩《探清水河》小曲，从赵俊良所唱听起。他说一气儿听了三十多个版本，终于悟得了一点作曲之秘。

明清还有不少文人作家采用小曲的时调曲牌，并学习仿效小曲体写作，一些曲史称之为"拟小曲"，别有特色风貌，自成一派。下面择其典范，介绍几家。

23. 沈仕（1488—1565）

沈仕，号青门山人，浙江杭州人。有散曲集《唾窗绒》，曲风艳丽，人称"青门体"，有如诗中的"香奁体"和词中的"花间派"，成就不高，但有拟小曲颇为生动活泼。如【锁南枝】咏所见：

> 雕栏畔，曲径边，相逢他猛然丢一眼，教我口儿不能言，脚儿扑地软。他回身去一道烟。谢得腊梅枝，把他来抓个转。

从一女性心理写一见钟情。一女孩儿见一帅哥，猛丢一眼，立即"来电"，腿麻脚软。这位帅哥是个雏男，对面撞见倩女，心慌意乱，羞得转身就跑，不料被树枝挂住衣服。小曲最有趣、最难的是结句，往往别出心裁，出人意想。此曲学得味道十足。我叫你跑，一枝子抓回来了吧！

24. 金銮（1494—1587）

金銮，字在衡，号白屿。陇西（今属甘肃）人。散曲集有《萧爽斋乐府》，名重一时。有【锁南枝】《风情集常言》：

> 心肠儿窄，性气儿粗，听的风来就是雨。尚兀自拨火挑灯，一密里添盐加醋。前怕狼，后怕虎，筛破的锣，擂破的鼓。

金銮学习小曲有独得之秘，发现其灵动鲜活，全因为采用生活日常语。他专集民间俗谚熟语描写男女爱情，作有8首【锁南枝】。本篇是其中之一，写女友对情侣心性行为的批评，指责他无端地疑神疑鬼，轻信传言。"拨火挑灯"，指无中生有，意同"鸡蛋里挑骨头"。"一密里"即"一迷地"，一味地，一个劲儿地。"筛破的锣，擂破的鼓"意为没有实质性事实，闹不出什么响动。其他"听风就是雨""添油加醋""前怕狼后怕虎"等，仍然活在今日口头语中。多用日常生活的俗言俚语，确实是治疗"老干体"空泛直白毛病的一剂有效验方。

25. 刘效祖（1522—1589）

刘效祖，号念庵，原籍滨州（今山东惠民），侨寓北京，故又称宛平（今属北京）人。嘉靖二十九年（1550）进士。官至陕西按察副使，因不满严嵩父子专权，愤而辞官。寄情词曲，知名当世。著有散曲集《词脔》等。

【挂枝儿】（四首）：

> 我教你叫我声，只是不应，不等说就叫我，才是真情。背地里只你我，推什么佯羞佯性。你口儿里不肯叫，想是心儿里不疼。你若有我的心儿也，如何开口难得紧？
>
> 我心里但见你，就要你叫。你心里怕听见的，向外人学。才待叫又不叫，只是低着头儿笑。一面低低叫，一面又把人瞧。叫的虽然艰难也，意思儿其实好。
>
> 俏冤家但见我，就要我叫。一会家不叫你，你就心焦。我疼你，那在乎叫与不叫。叫是提在口，疼是心想着，我若有你的真心也，就不叫也是好。
>
> 俏冤家，非是我好教你叫。你叫声儿无福的也自难消。你心不顺怎肯便把我来叫。叫的这声音儿俏，听的往心髓里浇，就是假意的勤劳也，比不叫到底好。

这组小曲如同舞台剧的生旦对唱，紧紧围绕"教叫"二字，写尽初恋男女的风情嘲戏，俗称打情骂俏。要叫什么？其实是成人都经历过的，今天叫"亲爱的"三字，古代也有"亲亲""肉肉""心肝""宝贝"等更丰富的同义词。第一和第二首写坏男孩儿坚持教叫，女孩儿矜持、害羞，又怕被外人听到笑话，从不叫至待叫，到低低叫。第三首写女孩儿告白为何不叫。第四首写男生告白，听见女孩儿叫心痒难耐，假叫都比不叫好。真是工笔细描，口吻毕肖，空灵飞动，发尽爱情神髓。更为神奇的是，教叫的既可以是个坏男生，也可以换成一个大胆、泼辣，热情奔放的女孩儿，而这个害羞不叫的小雏男则是初涉爱河，心慌意乱，脸红发汗，话都说不成句，哪里还能叫得出口！如此读来同样非常有趣。

26. 朱载堉（1536—1611）

朱载堉，明代拟小曲第一人，号句曲山人，人称郑世子、端清世子、郑王等，怀庆府河内县（今河南沁阳）人。他是个极具传奇性的人物，为明太祖九世孙，世袭郑王世子。青年时其父郑恭王因劝谏得罪嘉靖帝而被囚禁，他愤而搬出王府，筑土室独居二十年，以示抗议。到晚年郑王去世，他本该袭封王位，却七疏让国，甘心沦落为平民百姓。对律学、数学有极深研究，在世界数学史上有一定地位。所发明的十二平均律传于西方，建立了现代乐理、乐器的理论基础。所作通俗散曲在河南广泛传播，清代有其乡人编刻为《郑王词》。解放后有人得而复失，讹传为《醒世词》。近年编者收得原刻本及一些翻刻本，真相始得辨明。

（1）【山坡羊】说大话：

> 我平生好说实话，我养个鸡儿，赛过人家马价；我家老鼠，大似人家细狗；避鼠猫儿，比虎还大。头戴一个珍珠，大似一个西瓜；贯头簪儿，长似一根象牙。我昨日在岳阳楼上饮酒，昭君娘娘与我弹了一曲琵琶。我家下还养了麒麟，十二个麒麟下了二十四匹战马。实话！手拿凤凰与孔雀厮打。实话！喜欢我慌了，蹦一蹦，蹦到天上，摸了摸轰雷，几乎把我吓杀。

本篇为古今撒谎吹牛说大话者画像，刻画得穷形尽相，入木三分，充满幽默滑稽的喜剧色彩。中国人天性，或者说传统文化中本来就有好吹牛、敢吹牛、会吹牛的基因。此即会吹牛者，先以"实话"声明，并反复强调之。结尾更好玩，吹牛者本性胆大敢吹，但他偏偏说差点吓死，吹了个天上摸雷的更大牛皮！好吹牛的吹到最后，往往连自己都分不清哪是瞎话儿，哪是真实了。举一首大跃进时期流传朱载堉家乡河南的一首著名吹牛诗对读："种个南瓜象地球，架在五岳山上头。把它扔进太平洋，地球又多一个洲。"这个诗人可是当真的，绝不认为是吹牛。

（2）【黄莺儿】骂钱：

> 孔圣人怒气冲，骂钱财狗畜生。朝廷王法被你弄，纲常伦理被你坏，杀人仗你不偿命，有理事儿你反复，无理词讼赢上风。俱是你钱财当军令，吾门弟子受你压伏，忠良贤才没你不用。财帛神当道，任你们胡行。公道事儿你灭净，思想起把钱财刀剁斧砍，油煎笼蒸。

本篇借孔圣人之口，痛数金钱的罪恶。明末社会发生转型，资本主义开始萌芽，随着商人地位的提高，各种传统的社会关系和价值体系都在万能金钱的冲击下，发生异化与崩溃。作者朱载堉敏锐地感受到这一千古巨变，用笔如刀，直刺社会癌变。本篇是反映历史生活真实的奇作。研究经济史的专家常引此曲以证史。

（3）【山坡羊】《钱是好汉》：

> 世间人睁眼观见，论英雄钱是好汉。有了他诸般趁意，没了他寸步也难。拐子有钱，走歪步合款。哑叭有钱，打手势好看。如今人敬的是有钱，蒯文通无钱也说不过潼关。实言，人为铜钱，游遍世间；实言，求人一文，跟后擦前。

本篇不由让我们联想起西方大戏剧家莎士比亚那段"泰门的黄金咒"著名道白:"金子!黄黄的、发光的、宝贵的金子!这个东西,只这一点点儿,就可以使黑的变成白的,丑的变成美的,错的变成对的,卑贱变成尊贵,老人变成少年,懦夫变成勇士!这黄色的奴隶可以使异教联盟,同宗分裂,它可以使受诅咒的人得福,它可以使黄脸寡妇重做新娘。啊!你可爱的凶手,帝王逃不过你的掌握,亲生父子被你离间。啊!你有形的神明,你会使冰炭化为胶漆,仇敌互相亲吻,使每一个人唯命是从。"朱、莎同时,东西辉映,异曲同工,也许有着不约而同的某种历史契合。

(4)《十不足》:

> 终日奔忙只为饥,才得有食又思衣。置下绫罗身上穿,抬头又嫌房屋低。盖下高楼并大厦,床前又少美貌妻。娇妻美妾都娶下,又虑出门没马骑。将钱买下高头马,马前马后少跟随。家人招下十数个,有钱没势被人欺。一铨铨个知县位,又说官小势位卑。一攀攀到阁老位,每日思想要登基。一日南面坐天下,又想神仙来下棋。洞宾与他把棋下,又问哪有上天梯。上天梯子未做下,阎王发牌鬼来催。若非此人大限到,上到天上还嫌低。

本篇是一首诗赞体的通俗歌曲。字字如刀,解剖人性贪婪,直刺人心欲壑难填。人性本私利己,基因细胞决定如此。否则岂不背离了"物竞天择"的进化论真理?中国传统观念不能、不肯,也不敢正视如此显见的真实。作者朱载堉不愧科学家的眼毒手辣,无情地剥去各种动听的虚饰伪论,非有刮骨疗毒的医者慈心不可。最厉害的是连圣君皇帝也不放过,如屠夫宰猪,从咽喉下刀,直透心脏。更奇妙的是,如此霹雳手段,而出之喜笑嘲讽,如说家常口语。轻松自如,不动声色。非大手笔不能行。

27. 赵南星（1550—1628）

赵南星，字梦白，别号清都散客，高邑（今属河北）人。明神宗万历二年（1574）进士，历任户部主事、吏部文选员外郎等职。因得罪当朝者被罢，家居达二十余年。明熹宗天启间被重新启用，任吏部尚书。为政严正，为东林党领袖之一。与魏忠贤阉党斗争，失败被革职削籍戍代州。崇祯为其平反，世称赵忠毅公。文学造诣颇深，散曲集有《芳茹园乐府》传世。选录【劈破玉】一曲：

> 俏冤家我咬你个牙厮对。平空里撞见你，引得我魂飞。无颠无倒，如痴如醉。往常时心如铁，到而今着了迷。舍死忘生只是为你！

本篇中女孩儿够狠，非要活生生咬下情人一块肉，叫他勾引得自己如此神魂颠倒，死去活来。她百般弄不明白，平时自己心性如铁，冷面无情，看见什么男孩儿都没动过心，怎么就被他迷得如痴如醉呢？爱极而偏写恨极，更见其深刻而真实。

28. 冯梦龙（1574—1646）

冯梦龙，字犹龙，号龙子犹、茂苑外史、顾曲散人、姑苏词奴等，苏州府长洲县（今苏州市）人。崇祯年间曾任福建寿宁知县。是明代最著名的通俗文学家，编辑、刻印、创作戏曲、小说等上百种。小说以"三言"最名。编刻散曲集有《挂枝儿》《山歌》《太霞新奏》等，其中收有他的作品【挂枝儿】一首：

> 俏冤家，写着他名儿挂，对着窗儿骂。怪猫儿错认鹊儿抓，碎

> 纷纷就打也全不怕。你心亏做事差，猫儿也恨他，我不合错把猫儿打。

本篇构思刁巧，用心曲折，语少而意丰。因情侣负心薄情而气恼，因气急才想出在纸条儿写名，挂到窗口指着骂，此想本已出奇。因毛笔字纸条映在窗上，被猫儿误认为是小鸟而扑抓得粉碎，此想更奇。迁怒打猫，而猫全不怕，还要扑抓墨纸。于是方知不是猫儿误认而是自己误解，必须向猫儿道歉。猫儿原来是自己一边的，对薄情郎替我恨，所以才将他抓碎，真是愈转愈奇。

（三）明清传奇与杂剧选粹

明清戏曲的主流是文人传奇，实由元曲南戏一流而出。南戏原本就是吸取北剧成果而成，明人传奇更进一步兼取南戏北剧之长，采用南戏多角可唱、折出无定限的自由形式，更大规模地吸收北曲入唱，发展出一种更为进步的长篇大戏。据初步统计，明清传奇剧本大概有两千多部。传奇的主要唱腔依次迭代，有海盐、余姚、弋阳、昆山等以发源地称名的所谓"四大声腔"。昆腔原出苏州昆山，由明代嘉靖年间的魏良辅大量采取北曲入南，改良旧昆土腔而成，从晚明的万历年间爆红流行全国，成为超地方戏的国剧；到清初的康熙年间，以洪升、孔尚任的剧作演出为标志，达到兴盛顶峰，此后衰落不振，实为乾隆年间新兴的以京剧为代表的地方戏所压倒，但并未灭绝，一直传唱至今，是当今可唱的最古戏曲。

明清人创作的杂剧也不少，但质量远不逮传奇。在体制形式方面，明代杂剧与时俱进，打破元剧四折制与一角主唱的僵化模式，吸收南戏成果，发展出最少一折的短剧和最长十二折的长剧，乃至全用南曲的"南杂剧"。下面披沙拣金，撷取明清戏曲的经典名曲提供大家鉴赏学习。

1. 李开先《宝剑记》第三十七出 夜奔（摘调）

（生唱：）

【新水令】按龙泉血泪洒征袍①，恨天涯一身流落②。专心投水浒，回首望天朝③。急走忙逃，顾不得忠和孝。

【驻马听】良夜迢迢，投宿休将门户敲。遥瞻残月，暗度重关，急步荒郊。身轻不惮路迢遥④，心忙只恐人惊觉。魄散魂消，魄散魂消，红尘误了武陵年少⑤！

⊕ **注释**

① 龙泉——古剑名，泛指宝剑。征袍：远行人的服装。

② 落——读作 lào，押韵。

③ 天朝——指京城汴梁（今河南开封）。

④ 惮——怕。

⑤ 武陵年少——京城富贵子弟。武陵即五陵，在今陕西咸阳附近，为西汉五个皇帝的陵墓所在地，当时迁移四方富豪与外戚之家于此，使其供奉园陵，故五陵后来又成为京师富贵之地的代称。

⊕ **赏析**

李开先生平见前。他的代表作《宝剑记》改编于《水浒传》中林冲被逼上梁山的故事，与王世贞《鸣凤记》、梁辰鱼《浣纱记》被誉为"明中期三大传奇"。《夜奔》一出的内容出自《林冲雪夜上梁山》一回中的片断。戏剧对小说中的林冲形象做了二度创作，在武林英雄的基调上融入了正义士大夫的情怀，寄寓了作者自己的官场遭际情绪。《夜奔》一出用全套北曲，抒写英雄落难的内心悲情，曲词沉雄高迈，读之令人毛发竦然，壮怀激烈。【新水令】与【驻马听】二曲集中刻画林冲的巨大精神冲突：本忠孝善良，现在沦落为杀人罪犯；报效国家建功立业是一生志向，现在却要落草为寇；刚才是血溅征袍，快意恩仇，现在则亡命天涯，惊魂落魄。可谓字字千钧，传达到位。作者李开先曾以有人评他的散曲"马致远、张小山无以过也"为自豪，此评如移置在这里多少靠谱。《夜奔》一出是京、昆常演不衰、保留至今的经典折子戏，要求武生一角独演，唱做并重，展现出曲词所蕴含的气势。梨园行中传有"男怕《夜奔》，女怕《思凡》"之说，言其表演难度之高。

2. 梁辰鱼《浣纱记》第四十五出 泛湖（摘调）

（生唱：）

【北川拨棹】古和今此会稽，古和今此会稽，旧和新一范蠡。谁知道戈挽斜晖①，龙起春雷，风卷潮回，地转天随。霎时间驱戎破敌，因此上喜卿卿北归矣②。

（旦唱：）

【南园林好】谢君王将前姻再提，谢伊家把初心不移③，谢一缕溪纱相系。谐匹配作良媒，谐匹配作良媒。

（生唱：）

【北太平令】早离了尘凡浊世，空回首驽弩危机。伴浮鸥溪头沙嘴④，学冥鸿寻双逐对。我呵，从今后车儿马儿，好一回辞伊谢伊⑤。呀！趁风帆海天无际。

（旦唱：）

【南川拨棹】烟波里，傍汀蘋，依岸苇，任飘飘海北天西，任飘飘海北天西！趁人间贤愚是非，跨鲸游，驾鹤飞，跨鲸游，驾鹤飞！

⚙ 注释

① 戈挽斜晖 —— 典出《淮南子·冥览训》："鲁阳公与韩构难，战酣，日暮，援戈而挥之，日为之反三舍。"这里指旋转乾坤，改天换地。

② 卿卿 —— 爱称，此指西施。

③ 伊家 —— 伊，第二人称代词，你。家，语尾助词，无义。

④ 伴浮鸥溪头沙嘴 —— 此处指远离政治上的尔虞我诈，过一种毫无机心的隐逸生活。

⑤ "从今后"二句 —— 意为从此告别车马来往的官僚生活，去过自由自在的隐士生涯。

⚙ 赏析

梁辰鱼（1520—1592）字伯龙，号少白，又号仇池外史，南直隶昆山（今江苏昆山）人。好任侠，招徕四方豪杰。继魏良辅变革昆山腔后，作首部昆腔传奇《浣纱记》，盛行一时。尚有传奇、杂剧与散曲若干种，为一时词曲家所宗。

《浣纱记》一名《吴越春秋》，演述吴越争霸、交替兴亡的历史故事。先叙越国上大夫范蠡春游，遇浣纱美女西施，一见钟情，以一缕白纱为约，定于旬月迎娶。不料越国战败，面临被吴灭国之难。范、西为救国而勇于牺牲个人爱情婚姻，二人"分纱"，献西施于吴，用美人计离间吴国君臣，诱惑吴王腐败亡国。越王复国，范、西"合纱"团圆。用生旦爱情贯穿重大历史事件，用一缕轻纱挽合全剧，构思用意颇为巧妙深远。

本篇第一次成功地把新昆腔"水磨调"用于舞台，唱词优美抒情，许多富于创造性的音乐段落很好地加强了演出效果，其中一些精彩的昆曲唱段成了社会上流行的轻音乐，对清代洪昇的《长生殿》和孔尚任的《桃花扇》有一定的影响。明以后在戏曲舞台上演出的西施故事，多源于《浣纱记》。

男女主人公在经历了国破家亡、数载分离的巨大精神考验之后，一起携手隐退江湖，飘然而去。一幕波澜壮阔的历史大剧终以生旦泛湖结束，最后升华并完成了两位救国志士的高尚精神人格，是令那些世俗道德家和政治功利主义者难以理喻的。

日本学者青木正儿评价《浣纱记》的结局说："以余观之，觉其余音袅袅，意味深长。且不犯生旦当场团圆之法，而脱尽俗套焉。"认为《泛湖》一出意味深长，不落俗套。此出语言拙重奇崛，感慨万千。所选四曲笔锋在古今不同的时序中往返穿越，盖有块垒积于胸中而难吐者。新旧一人，言其从此新生；"海北天西"，如说成很平易的"天南地北"或"海北天南"，就失落了这种奇崛拙拗之感。

3. 高濂《玉簪记》第十六出 弦里传情（摘调）

（生云：）此《广寒游》也。正是仙姑所弹。争奈终朝孤冷，难消遣些儿。（旦云：）相公，你听我道，（唱：）

【朝元歌】《长清短清》①，那管人离恨？云心水心②，有甚闲愁闷？一度春来，一番花褪，怎生上我眉痕。云掩柴门，钟儿磬儿枕上听。柏子坐中焚③，梅花帐绝尘④。果然是冰清玉润。长长短短，有谁评论，怕谁评论？

（生唱：）

【前腔】更深漏深，独坐谁相问。琴声怨声，两下无凭准。翡翠衾寒⑤，芙蓉月印⑥，三星照人如有心⑦。露冷霜凝，衾儿枕儿谁共温。（旦作怒科，云：）先生出言太狂，屡屡讥讪，莫非春心飘荡，尘念顿起。我就对你姑娘说来，看你如何分解！（作背立科）（生云：）小生信口相嘲，出言颠倒，伏乞海涵！（作跪科）（旦扶科）（生唱：）巫峡恨云深⑧，桃源羞自寻⑨。你是个慈悲方寸，望恕却少年心性、少年心性。

⊙ **注释**

① 《长清短清》——琴曲名。

② 云心水心 ——指前面妙常所弹古琴《潇湘水云》的曲意。

③ 柏子 ——一种香料。

④ 梅花帐 ——一种用梅花纸制做的帐子。

⑤ 翡翠衾 ——绣着翡翠鸟的被子。

⑥ 芙蓉月印 ——月照莲塘。

⑦ 三星 ——即参（shēn）星。《诗经·唐风·绸缪》有"三星在天"句，写新婚的欢乐。

⑧ 巫峡 ——典出宋玉《高唐赋》，指代男女欢会之所。恨云深 ——指对方生气，心性莫测。

⑨ 桃源 ——此指刘晨、阮肇采药入天台山，迷路到桃花源，遇仙女结婚的故事。见刘义庆《幽明录》。

⊙ **赏析**

高濂（1527？—1603后），别号湖上桃花渔，钱塘（今浙江杭州）人。博闻强识。曾入太学，后两应乡试，皆不第。隆庆六年（1572），入赀为郎，隶鸿胪寺。撰有传奇《玉簪记》《节孝记》二种，另有小令、套数传于世。

《玉簪记》传奇是根据前人的同题材话本与杂剧改编而成，叙潘必正与陈妙常的恋爱故事。宋代河南书生潘必正到临安赴试，因病落第，羞归故里，恰好金陵女贞观观主是他的姑母，乃借寓观中攻读，准备下科再去应试。恰遇观中带发修行的青年道姑陈妙常，互生爱慕之情，终于冲破道观的清规戒律，结为同心。事被观主觉察，拆散鸳鸯。姑母逼迫潘生赴京应试，亲自送到江边，防止与妙常再见。而妙常自雇一叶扁舟，追及潘郎之船，以玉簪为表记相赠。潘生则以鸳鸯扇坠回赠妙常作为定情信物。男女主人公经过悲欢离合，最终合婚团圆，

《弦里传情》在昆曲演出本中多题《琴挑》，描写陈妙常秋夜弹琴，排遣孤寂之情。潘生听出其中的"凄凄楚楚"与"细数离情"，遂以借琴曲《雉朝飞》寄寓追求之意，挑逗、试探对方。

妙常虽早与潘生一见动情，此又生发知音相惜之意，但碍于少女羞怯心理，再加之宗教禁律的束缚，使她欲迎反拒，忸怩作态。【朝元歌】就是她硬着头皮矢口否认自己的内在感伤：听《长清短清》的凄凉琴曲，根本就不会引起孤独怨恨；听《潇湘水云》逗人情思，也无关闲愁闷；春来花谢连眉头都不会皱，更别说什么伤春了。"你看我听着晨钟暮鼓，念经烧香，冰清玉洁多么坚忍。"潘生反而从她的表白中听出极度的幽怨伤感。两支【朝元歌】的生旦对唱，曲词委婉工细，清丽典雅，外在的喜剧情趣中深蕴着几缕幽恨哀怨，不乏诗韵画意。

这两支【朝元歌】的昆曲配腔主要在中、低音区，用气深、稳、舒缓，低音深切浑厚，一唱三叹，具有昆曲"水磨腔"缠绵悱恻，典雅华丽的典型风格，是昆曲音乐遗产最动听的唱段之一。

4.（1）汤显祖《牡丹亭》第十出 惊梦（摘调）

（旦云：）不到园林，怎知春色如许！（唱：）

【皂罗袍】原来姹紫嫣红开遍，似这般都付与断井颓垣①。良辰美景奈何天②，赏心乐事谁家院。恁般景致，我老爷和奶奶再不提起。（合）朝飞暮卷③，云霞翠轩；雨丝风片，烟波画船。锦屏人忒看的这韶光贱④。

（贴云：）是花都放了，那牡丹还早。（旦唱：）

【好姐姐】遍青山啼红了杜鹃，荼蘼外烟丝醉软⑤。春香呵，牡丹虽好，他春归怎占的先⑥？（贴云：）成对儿莺燕呵，（合唱：）闲凝眄⑦，生生燕语明如剪⑧，呖呖莺歌溜的圆。

注释

① 断井颓垣——井栏断裂，墙壁坍塌。言其荒芜。

② 良辰美景——典出谢灵运《拟魏太子邺中集诗序》："天下良辰美景、赏心乐事，四者难并。"之说。

③ 朝飞暮卷——典出唐王勃《滕王阁诗》："画栋朝飞南浦云，珠帘暮卷西山雨。"

④ 锦屏——锦绣屏风，这里代指富贵人家。

⑤ 荼蘼——一种春末开白色小花的蔓生植物。

⑥ 怎占的先——意为牡丹虽有花王之称，但于春末夏初开花，晚于众花。

⑦ 凝眄（miǎn）——注目而视。

⑧ 明如剪——燕子的叫声清脆如同剪刀剪物之声。

赏析

汤显祖（1550—1616），字义仍，号若士，临川（今属江西抚州）人。明朝最杰出的戏曲家，临川派领袖。生而颖异不群，万历年间中进士，仕途不顺，先期曾任南京礼部主事一类的闲职，最后做了一任浙江遂昌知县，致仕乡居，著有传奇"临川四梦"《紫钗记》《牡丹亭》《南柯记》《邯郸记》等，人称"颇能模仿元人而运以俏思"。

《牡丹亭》一名《还魂记》，故事主线并不复杂，演述南宋时南安太守杜宝之女杜丽娘，与丫环春香到后花园游玩，怀春伤感，梦与书生柳梦梅欢会于牡丹亭畔。后因极度思恋梦中情人，竟忧郁而亡。三年后柳梦梅赶考路过南安，与丽娘鬼魂欢聚，发坟开棺使丽娘复生，结为人间夫妻。剧本旨在表现人性至上主义，以情反理，解构批判封建礼教"存天理、灭人欲"的道德价值体系。

《惊梦》一出的前段在演出本中单列出为《游园》，是全剧的戏胆，写女主人公平生第一次步入自家的花园，从眼前明媚春光中突然发现了自己青春的美好与珍贵。【皂罗袍】一曲十分细腻委婉地表现了一个花季少女的生命萌动，描述她对美丽青春被荒置、生命遭受压抑的伤感、惋惜与幽怨的复杂情感。"锦屏人忒看的这韶光贱"，字面上是自怨自责，为何把这大好春光看得那么轻贱；实为对封建幽闭式家庭生活的挣扎与抗议。汤显祖的传奇语言学习继承的是元人以王实甫为代表的清丽派，且发挥得更加委婉细腻。他喜写梦幻，文笔也带有一种如云蒸霞蔚般的朦胧美，能感觉而难以指实，妙在可解与不可解之间。如"遍青山啼红了杜鹃"，把杜鹃鸟与杜鹃花捏合在一块，着重突出一种主观心理感觉与情绪。

（2）汤显祖《邯郸记》第三出 度世（摘调）

（何仙姑持帚上）好风吹起落花也。

【赏花时】翠凤翎毛扎帚叉①，闲踏天门扫落花。你看风起玉尘砂，猛可的那一层云下②，抵多少门外即天涯③。

⊗ **注释**

① 帚叉 ——打扫卫生的工具。叉是一种挑草的农具。

② 猛可的 ——猛然一看。

③ "抵多少"句 ——语出刘禹锡《和令狐相公别牡丹》诗："莫道两京非远别，春明门外即天涯。"

⊗ **赏析**

《邯郸记》据唐人传奇小说《枕中记》改编，演述黄粱一梦的故事。《度世》的前半段，昆曲演出本题为《扫花》，叙述何仙姑在蓬莱仙山天门打扫卫生，值班日期将满。吕洞宾奉东华帝旨到尘世超度代役者，二人在天门相遇，何叮嘱吕至下界不要贪酒惹事，耽误了八仙共赴王母蟠桃宴的盛会。原本就是一个扫大街的故事，到了汤显祖笔下，简直有如神助，立马点化出一个空明灵动、仙气氤氲的美丽幻境，读之仿佛置身琼楼玉宇之中。那些日常生活常见的扫把笤帚等，都用翠绿的孔雀屏羽绑扎，这已是奇思妙想，还要再进一步异想成神话中都没有的"翠凤"。扫地不叫扫地，叫"扫花"。尘土不叫垃圾，叫"玉尘砂"。这种手法叫"陌生化"，就是把司空见惯的俗常题材加以非常化。曹雪芹在《红楼梦》中不但具体描绘了林黛玉扫花与葬花的感人故事，还在第 63 回让芳官唱了这支【赏花时】，显然是对汤显祖的学习与借鉴。

"猛可的"二句颇为难解，即使注出所引唐人原典还是感到可意会而不可言传。大致顺着时空两个维度去联想就八九不离十了。从仙人的天上视角俯视人间，我们常说的"咫尺天涯"一类人间长矩，根本就不值得一提。从天门看下去的天涯地角，要抵多少人世间同一量矩呢？这些空间长矩转换成时间，就是《西游记》说的"天上一日，世上一年"。何仙姑对吕洞宾之唱，就是嘱咐他下凡度人不要误事，以免错过蟠桃宴的日期。这就是汤显祖戏曲多有心理语言或情绪化语言的特点。此曲是芳官等旦行演员公认的昆曲中"极好"的唱段，正可谓"此曲只应天上有，人间能得几回闻"。

5. 王衡《真傀儡杂剧》（摘调）

（末唱：）

【雁儿落】我今日将身在恁地藏①，这十行字谁承望②。（使云：）相公，怎得个朝衣谢恩才好。（众云：）怎么讨起朝衣来？（末云：）这区处怎得有来。也罢，将傀儡衣服权用一用吧。（众惊介，云：）怎么戴起丞相帽来，吓死我也！（末唱：）只得演朝仪在傀儡场③，假金绯胡乱遮穷相④。

（众看衣介）相公穿得来不称体，不好看哩！（末唱：）

【得胜令】颠倒着这衣裳，装扮的不厮象。分明是木伴哥登场上⑤，身材儿止争些短共长。（拜介唱：）我再启首吾皇，问什么麦熟蚕荒状。（使云：）圣人道：相公有补天浴日手段⑥，特遣相问。今日保治之道，何者为先？（末唱：）生疏了朝章，捏不出擎天浴日的谎。

☼ 注释

① 恁地 —— 你这里。

② 十行字 —— 指代圣旨。

③ 朝仪 —— 大臣朝见皇帝的礼仪。

④ 金绯 —— 金绣的大红袍，古代高级官服。

⑤ 木伴哥 —— 指木偶。

⑥ 补天浴日 —— 古代神话传说女娲氏补天，羲和氏浴日。此指治理天下的杰出才能。

⊗ 赏析

王衡（1562—1609），字辰玉，号缑山，南直隶太仓州（今江苏太仓）人。少喜为诗，有文名。万历十六年（1588），举顺天乡试第一。有人弹劾他作弊，诏令覆试，援笔立就，人皆叹服。后中进士，授翰林院编修。著有杂剧四种。

《真傀儡》为一折杂剧，短小精悍，演宋代退休丞相杜衍在村中看傀儡戏，突然有朝使奉旨宣慰，仓促之间只好穿上戏装接旨，意在嘲讽人情逐冷暖的恶劣世风。把官场与戏场叠印相照，构成强烈反讽，显现人生荒诞的哲理韵味，富于喜剧色彩。明沈德符《顾曲杂言》评："近年独王辰玉太史衡所作《真傀儡》《没奈何》诸剧，大得金、元本色，可称一时独步。"明祁彪佳《远山堂剧品》以此剧入"妙品"，"境界妙，意致妙，词曲更妙。正恨元人不见此曲耳"。

剧名《真傀儡》，有二义。一指剧中之傀儡戏如"社长"道白："闻得近日新到一班偶戏儿，且是有趣。往常间都是傀儡妆人，如今却是人妆的傀儡。"宋元时称之为"肉傀儡"。显然这是为了木偶戏装能借于人穿而特设。二指为官不自由，官场不就是傀儡棚吗？真假难辨，正是此剧妙趣横生之所在。

6. 李玉《千忠戮》第十一出 惨睹（摘调）

（生缁衣、笠帽，小生道装、挑担上白）大师走吓！（生唱：）

【倾杯玉芙蓉】收拾起大地山河一担装，（小生合唱：）四大皆空相①。历尽了渺渺程途，漠漠平林，垒垒高山，滚滚长江。（生白：）我自吴江别了史徒出门②，师弟两人一路登山涉水，夜宿晓行。一天心事，都付浮云；七尺形骸，甘为行脚③。身似闲云野鹤，心同槁木死灰。（唱：）但见那寒云惨雾和愁织，受不尽苦雨凄风带怨长。（生白：）徒弟，前面是那里了？（小生）是襄阳城了④。（生）是襄阳城了咳！（生唱：）雄城壮，看江山无恙。谁识我一瓢一笠到襄阳？

注释

① 四大皆空——佛教观念，指看破一切，心灵寂灭，不为外物所动。四大：地、火、水、风，佛教认为是世界的基本要素。
② 史徒——指前出中的史仲彬等。
③ 行脚——云游四方，寻访师友以求法证道的僧人。
④ 襄阳——今湖北襄阳市。

赏析

　　李玉（生卒年不详），字玄玉，号苏门啸侣、一笠庵主人，吴县（今江苏苏州）人。生活于明末清初，是苏州派传奇的领袖。著有戏剧四十余种，今存十八种。《千忠戮》又名《千忠录》《千钟禄》《琉璃塔》等，演述明初燕王朱棣发动兵变，推翻侄子建文帝，上位称帝的历史事件。建文帝下落是中国历史一大迷案，一说燕兵攻破南京，建文帝自焚而死；一说削发为僧，乔装改扮，从地道遁走，隐于西南云、贵民间，直到宣德间，大赦天下，才得以回归京师；又一说流亡外国，郑和下西洋就是受朱棣指派前往缉访。剧本取第二说，着重描写朱棣篡国，因非法而心虚，遂产生极端阴狠变态心理，残酷镇压迫害建文旧臣，凡表示反对或持异议者，一律杀戮灭族，妻女卖入妓院。《千忠戮》应为剧本原名，"录""禄"等别名可能是因为原名太过刺激而后来改题。

　　《惨睹》为《千忠戮》中最有名的一出，写建文帝削发为僧，与装扮成道士的大臣程济一起乘乱逃离南京，沿长江水路向西逃亡。一路上看到被杀群臣，传首四方，以及受牵连的在乡旧臣和宦门妇女，被押解进京。种种惨状，不忍目睹。共由八支曲子组成，每曲结尾都用"阳"字，故人称"八阳"。清代杨恩寿《词余丛话》点评："《惨睹》一出，发端无限凄凉。帝子飘零，迥异游僧托钵，选词何亲切乃尔。神情之合，排场之佳，令人叹绝。"

【倾杯玉芙蓉】为"八阳"第一曲，生扮建文帝，小生扮程济。首句"收拾起大地山河一担装"，金句不凡，语惊四座，写出一国之君的失位逃难，当然与普通百姓不同。在首句基调引领下，接续曲词笔力不减，抒写一种人生巨大的挫败失落感，悲怆激昂，在佛教语言的表层旷达宏阔之中，隐含着无尽的苍凉与无奈。这恰好契合了明清易代之际人们家国俱亡的心理情绪，故长期传唱而不衰，清代有所谓"家家收拾起，户户不提防"的俗谚。"收拾起"即指此曲首句，"不提防"为洪升《长生殿》中的金句。

7. 邱园《虎囊弹》第二十出 山门（摘调）

（净唱：）

【寄生草】漫拭英雄泪，相辞乞士家①。（净云：）且住，想俺当日打死了郑屠，若非师父相救，焉有今日？师父吓！（净唱：）谢恁个慈悲剃度莲台下②。（净云：）师父，你当真不用了？（外云：）当真不用了。（净云：）果然不用了？（外云：）果然不用了。（净云：）罢，（唱：）没缘法转眼分离乍；赤条条来去无牵挂。那里讨烟蓑雨笠卷单行③，敢辞却芒鞋破钵随缘化④。

⊛ **注释**

①乞士——比丘高僧。《法华经义疏》："比丘名为乞士。上从如来乞法以

炼神，下就俗人乞食以资身，故名乞士。"

②恁个——你。北方方言，今河南语中仍保留。

③卷单——行脚僧人投宿寺院，把装有衣、钵的行囊挂在僧堂中的挂钩
　　上，习称"挂单""挂搭"等。卷单则谓离寺上路。

④芒鞋——一种草鞋。

❀ 赏析

邱园（1616—1689 后），字屿雪，隐居苏州坞丘山，自号坞丘山
人。明清之际苏州派的戏剧家，著有传奇 11 种。《虎囊弹》依据《水
浒传》中鲁智深的故事改编。完本已经失传，仅有《山门》等一些散
出保存在清代曲选中。《山门》一出演述鲁智深醉闹五台山，昆剧折子
戏叫《醉打山门》。

【寄生草】是鲁智深被驱离山门，与师父拜别时所唱。鲁由净角
扮演，唱词表现他英雄落魄，流浪江湖，前路渺茫的悲剧命运与感
伤。"哪里讨""敢辞却"（一本作"一任俺"）二句是说从此四海
为家，自由自在，不辞随缘而化，任性而行，传达出一种人生如寄，
人在旅途的迷茫与漂泊感。《红楼梦》第二十二回，宝钗称赏《山
门》这出戏"排场又好，词藻更妙"，并特别举出这支【寄生草】，赞
扬它"铿锵顿挫，韵律不用说是好的"。贾宝玉听了，"喜得拍膝画
图，称赏不已"。贾宝玉深感人生迷茫时，曾习作一首【寄生草】"无
我原非你"，还常引此曲"赤条条来去无牵挂"，表达自己的生命
感悟。

8. 洪昇《长生殿》第三十八出 弹词（摘调）

（末叹科）哎，想起当日天上清歌，今日沿门鼓板，好不颓气
人也。（行科）

【南吕·一枝花】不提防余年值乱离，逼拶得歧路遭穷败①。受奔波风尘颜面黑，叹衰残霜雪鬓须白。今日个流落天涯，只留得琵琶在。揣羞脸，上长街，又过短街。那里是高渐离击筑悲歌②，倒做了伍子胥吹箫也那乞丐③。

（末上见科）列位请了，想都是听曲。请坐了，待在下唱来请教波。（众）正要领教。（末弹琵琶唱科）

【转调货郎儿】唱不尽兴亡梦幻，弹不尽悲伤感叹，大古里凄凉满眼对江山④。我只待拨繁弦传幽怨，翻别调写愁烦⑤，慢慢的把天宝当年遗事弹⑥。

（外云：）《天宝遗事》，好题目波。（净云：）大姐，他唱的是什么曲儿，可就是咱家的西调么⑦？（丑云：）也差不多儿。（小生云：）老丈，天宝年间遗事，一时那里唱得尽者。请先把杨贵妃娘娘，当时怎生进宫，唱来听波。

（末弹唱科）

【七转】破不剌马嵬驿舍⑧，冷清清佛堂倒斜。一代红颜为君绝，千秋遗恨滴罗巾血。半棵树是薄命碑碣；一杯土是断肠墓穴⑨。再无人过荒凉野，莽天涯谁吊梨花谢！可怜那抱幽怨的孤魂，只伴着呜咽咽的望帝悲声啼夜月⑩，

（外云：）长安兵火之后；不知光景如何？（末云：）哎呀，列位，好端端一座锦绣长安，自被禄山破陷，光景十分不堪了。听我再弹波。（弹唱科）

【八转】自銮舆西巡蜀道，长安内兵戈肆扰。千官无复紫宸朝，把繁华顿消，顿消。六宫中朱户挂蟏蛸⑪，御榻傍白日狐狸啸。叫鸧鸹也么哥⑫，长蓬蒿也么哥。野鹿儿乱跑，苑柳宫花一半儿凋。有谁人去扫，去扫！玳瑁空梁燕泥儿抛，只留得缺月黄昏照。叹萧

条也么哥，染腥臊也么哥！染腥臊，玉砌空堆马粪高。

注释

① 逼拶（zā）——逼迫。

② 高渐离击筑悲歌——高渐离，战国时燕国人，他的朋友荆轲应燕国太子丹的要求，去行刺秦王，临发时在易水边击筑为其送别。筑，一种敲击乐器。

③ 伍子胥——战国时楚国人，父兄被楚平王杀害，逃到吴国，吹箫求乞。也那，衬字，无义。

④ 大古里——总是。

⑤ 翻别调——转换宫调。【九转货郎儿】一套原在正宫，这里接入南吕宫中。故云别调。

⑥ 天宝遗事——天宝是唐明皇最后一个年号。此指明皇末年发生的故事。

⑦ 西调——指西北一带的地方音乐。

⑧ 破不剌——破烂。

⑨ 一抔（póu）——一捧。

⑩ 望帝——传说中的古蜀国君，他把王位让出后，化成悲鸣不已的杜鹃鸟。

⑪ 蟏（xiāo）蛸（shāo）——一种蜘蛛。

⑫ 鸱（chī）鸮（xiāo）——猫头鹰。

赏析

洪昇（1645—1704），字昉思，号稗畦，钱塘（今浙江杭州）人，国子监生。清初康熙间作《长生殿》传奇，轰动剧坛。因值皇后丧间，应朋友邀请观演《长生殿》而招祸，被革国子生。与孔尚任并称"南洪北孔"。

《长生殿》是一部历史传奇剧，综合了唐人白居易《长恨歌》及元人白朴《梧桐雨》等历代有关材料，成为敷演唐明皇与杨贵妃爱情故事的集大成之作。排场巧妙，格律精严，最切合昆腔剧的舞台歌演，至今仍是代表昆剧艺术的典范剧目。

《弹词》一出是昆曲最有名的折子戏之一，清代已有"家家'收拾起'，户户'不提防'"之誉。"不提防"即此出第一句唱词。述明皇的梨园艺人李龟年（由末扮演），于安史乱中逃亡江南，以卖唱糊口。他用一套【九转货郎儿】的北曲讲唱天宝遗事，抒发兴亡感慨。他既是一位历史兴亡的见证人，又是历史悲剧的经历者，所以作者借这套弹词把一种深浓的人生遗憾演绎得淋漓尽致。不仅让明清易代之际深怀家国破灭之感的人们抛洒一掬同情之泪，也引发不同时代的读者和观众产生人生沧桑与生命遗憾的心理共鸣。《长生殿》曲词精警处多采自前人剧、诗，少有作者独撰，独此套《弹词》为洪升原创。感慨苍凉，声泪俱下。"不提防"一句真神来之笔！古云"乱离人不如太平犬"，此为一层悲哀；"余年"，晚年逃难，两重悲哀；李龟年原是皇家乐团的"梨园供奉"，杜甫诗说他"岐王宅里寻常见，崔九堂前几度闻"。"不提防"三字写尽他从天上跌入人间地狱的内心剧痛——此三层，非深历人生盛衰兴亡者道不出。

9.（1）孔尚任《桃花扇》第七出 却奁（摘调）

（旦怒介）官人是何说话，阮大铖趋附权奸，廉耻丧尽；妇人女子，无不唾骂。他人攻之，官人救之，官人自处于何等也？

【川拨棹】不思想，把话儿轻易讲。要与他消释灾殃，要与他消释灾殃，也提防旁人短长。官人之意，不过因他助俺妆奁①，便要徇私废公；那知道这几件钗钏衣裙，原放不到我香君眼里。（拔簪脱衣介）脱裙衫，穷不妨；布荆人②，名自香。

（末云：）阿呀！香君气性，忒也刚烈。（小旦云：）把好好东西，都丢一地，可惜，可惜！（拾介）（生云：）好，好，好！这等见识，我倒不如，真乃侯生畏友也③。（向末介）老兄休怪，弟非不领教，但恐为女子所笑耳。

【前腔】（生唱：）平康巷④，他能将名节讲；偏是咱学校朝堂，偏是咱学校朝堂，混奸贤不问青黄。（云：）那些社友平日重俺侯生者，也只为这点义气；我若依附奸邪，那时群起来攻，自救不暇，焉能救人乎？（唱：）节和名，非泛常；重和轻，须审详。

注释

① 妆奁（lián）——嫁妆。

② 布荆人——穿麻布裙、插荆钗的贫家妇人。

③ 畏友——品节正派使人敬畏的朋友。

④ 平康巷——指妓院。

赏析

孔尚任（1648—1718），自号云亭山人，山东曲阜人，孔子六十四代孙。康熙皇帝南巡，路过曲阜祭孔，他被族人推举为接待与导游，康熙帝欣赏其才，破格提拔为国子监博士。他深好戏剧，《桃花扇》传奇著成，风行全国，至有"洛阳纸贵"之誉，与洪昇齐名。终因剧本内容招致满清统治者忌讳而被罢官。

《桃花扇》究竟写了什么，而让作者丢了官呢？原来这是一部严正的历史剧，借明末四公子之一的侯方域与秦淮名妓李香君的爱情故事为线索，真实地描绘了南明王朝生灭兴亡的短命历史。这与洪昇写唐明皇的古代史不同，他写的是与满清上位紧密相关的"当代史"！更厉害的是他一反洪昇等戏剧作家改编旧作的操作模式，走了一条深入生活，采访调查当年人事，开山采铜，自铸伟器的特立独行之路，从而与官史立场不同，必然不为当朝所容。也正因其艺术的原创性，使其达到古典戏剧的巅峰，足可与同时产生的另一部叙事巨著《红楼梦》相媲美。

《却奁》一出表现妓女李香君的独立人格意识，她的义利见识远超士大夫读书人。有帮闲朋友杨龙友自愿资助重金，为她操办与落魄文人侯方域结婚，事后问明有人贿赂求情的真相。别说经营色相皮肉生意的妓院行业，就连把道义气节口号喊得震天响的东林党的男主人公侯方域都不好意思回绝，而香君却能义正词严，脱裙拔钗，坚决拒绝。这在临近崩盘的明末社会的道德烂泥潭中，真如独立人格的一枝奇葩令人仰视。这是真实的历史！与李香君同为秦淮十大名妓的柳如是，在丈夫钱谦益受到富贵诱惑面临变节时，说他必须死，因为是士林领袖，是天天喊口号的。最后说完"你怕死那我就死给你看"，一下子跳入水塘。那些爬上道德高岸漫骂戏子、妓女以自标清高的人，就连溺尿自照的反思神经还没进化出来呢！

（2）《桃花扇》第二十四出 骂筵（摘调）

（末云：）看他年纪甚小，未必是那个李贞丽①。（旦恨介云：）便是他待怎的！

【玉交枝】东林伯仲②，俺青楼皆知敬重。乾儿义子从新用，绝不了魏家种③。（副净云：）好大胆，骂的是那个，快快采去丢在雪中。（外采旦推倒介）（旦唱：）冰肌雪肠原自同，铁心石腹何愁冻。（副净云：）这奴才，当着内阁大老爷；这般放肆，叫我们都开罪了。可恨可恨！（下席踢旦介）（末起拉介）（净云：）罢罢！这样奴才，何难处死，只怕妨了俺宰相之度。（末云：）是是！丞相之尊，娼女之贱，天地悬绝，何足介意。（副净云：）也罢！启过老

师相④，送入内庭，拣着极苦的脚色，叫他去当。（净云：）这也该
的。（末云：）着人拉去罢！（杂拉旦介）（旦云：）奴家已拼一死。
（唱：）吐不尽鹃血满胸，吐不尽鹃血满胸。

❂ 注释

① 李贞丽 ——明末南京秦淮明妓，《桃花扇》剧中为李香君假母。香君被
　　权贵田仰逼嫁，以死相拒。贞丽仗义挺身而出，与香君换装代嫁。
② 东林 ——晚明万历间，政治日益腐败。吏部郎中顾宪成革职还乡，在无
　　锡东林书院讲学，"议论朝政，裁量人物"，与以魏忠贤为首的阉党相
　　抗，得到一部分正直官员士大夫的响应，被称为"东林党"。剧中侯方
　　域参加的复社是东林党的后劲，故云"东林伯仲"。
③ 魏家种 ——指阮大铖，他曾卖身投靠魏忠贤阉党。
④ 老师相 ——指马士英，因拥立福王之功，被封内阁首相。

❂ 赏析

　　《骂筵》一出演李香君同马士英、阮大铖为代表的权贵奸党正面冲
突，冒死斥骂。末扮杨龙友，旦扮李香君，净扮马士英，副净扮阮大
铖。马、阮等为了取媚于福王，征歌选秀，搜拿秦淮名妓，教演阮大
铖的《燕子笺》传奇。香君假冒李贞丽之名，也被搜去。马、阮、杨
同在赏心亭饮宴，验看点选的妓女，召香君唱曲佐酒，香君借此机会
倾吐满腔积愤，怒骂他们祸国殃民的罪行。香君骂筵无历史记述，是
孔尚任的合理虚构。其中曲词慷慨激烈，唇枪舌剑，是《桃花扇》剧
中精彩片断之一。【玉交枝】一曲，用笔犀利，最为新采精警。"乾
儿义子从新用，绝不了魏家种"，字字如刀，骂尽千古，直透中国传
统太监奴才文化的深层结构。太监如何能有种？原来是中国传统专制
文化的真正特色产物。男人自动去势，产生一种变态人格，一面跪倒

在主子脚下自认奴才，凡不认奴才、主子者则随时扑上去群殴撕咬之；另一面则日夜盘算爬上主子之位，一旦上位小人得志，比主子对待奴才更狠恶十倍。剧中阮大铖一角正是这种普遍太监奴才人格的典型。

（3）《桃花扇》续四十出《哀江南》

（净）那时疾忙回首，一路伤心；编成一套北曲，名为《哀江南》。待我唱来！（敲板唱弋阳腔介①）俺樵夫呵！

【北新水令】山松野草带花挑，猛抬头秣陵重到②。残军留废垒，瘦马卧空壕；村郭萧条，城对着夕阳道。

【驻马听】野火频烧，护墓长楸多半焦③。山羊群跑，守陵阿监几时逃④。鸽翎蝠粪满堂抛，枯枝败叶当阶罩。谁祭扫，牧儿打碎龙碑帽。

【沉醉东风】横白玉八根柱倒，堕红泥半堵墙高。碎琉璃瓦片多，烂翡翠窗棂少。舞丹墀燕雀常朝⑤，直入宫门一路蒿，住几个乞儿饿莩。

【折桂令】问秦淮旧日窗寮⑥，破纸迎风，坏槛当潮⑦，目断魂消。当年粉黛，何处笙箫。罢灯船端阳不闹，收酒旗重九无聊。白鸟飘飘，绿水滔滔，嫩黄花有些蝶飞，新红叶无个人瞧。

【沽美酒】你记得跨青溪半里桥，旧红板没一条。秋水长天人过少，冷清清的落照，剩一树柳弯腰。

【太平令】行到那旧院门⑧，何用轻敲，也不怕小犬哞哞⑨。无非是枯井颓巢，不过些砖苔砌草。手种的花条柳梢，尽意儿采樵；这黑灰是谁家厨灶？

【离亭宴带歇指煞】俺曾见金陵玉殿莺啼晓，秦淮水榭花开早，谁知道容易冰消。眼看他起朱楼，眼看他宴宾客，眼看他楼塌了。这青苔碧瓦堆，俺曾睡风流觉，将五十年兴亡看饱。那乌衣巷不姓王，莫愁湖鬼夜哭，凤凰台栖枭鸟。残山梦最真，旧景丢难掉，不信这舆图换稿⑩。诌一套《哀江南》，放悲声唱到老。

注释

① 弋阳腔——明代四大声腔之一，因产生于江西弋阳称名。

② 秣陵——南京。

③ 长楸——高大的楸树。

④ 阿监——指看守明孝陵的太监。

⑤ 丹墀——群臣朝见天子的地方。

⑥ 窗寮（liáo）——房舍。

⑦ 槛（kǎn）——门限。

⑧ 旧院——明初朱元璋在南京建"富乐院"招聚歌妓，在秦淮河畔，到明末简称"旧院"。见余怀《板桥杂记》。

⑨ 哶（láo）哶——犬吠声。

⑩ 舆图换稿——指江山易主。舆图，地图。

赏析

作者在正剧四十出之后又写了一个续出《余韵》，实为尾声，画龙点睛，取言有尽而意无穷之意。晚清有位评论家说："《桃花扇》以《余韵》折作结，曲终人杳，江上峰青，留有余不尽之意于烟波缥缈间，脱尽团圆俗套。"

续出写南明灭亡、改朝换代之后，说唱艺人苏昆生和柳敬亭流落江湖，以打柴捕鱼度日。适逢剧中人老赞礼，三人相见，共话沧桑。老赞礼和柳敬亭各自弹弦子自唱一段。苏昆生则以《哀江南》为题，唱北曲一套。哀江南实为伤吊经历易代战火之后的南京，长歌当哭，代山河破碎、家国俱亡的人们挥洒一掬伤心之泪。

第一支曲【新水令】，写苏昆生挑着柴草往南京叫卖，所见城外易代战争所留下的遗迹。"村郭萧条"，点染出浓厚的历史沧桑之感。第二支曲【驻马听】凭吊明孝陵，即明朝开国皇帝朱元璋的陵墓。经过野火的焚烧，墓旁的高大楸树枝枯叶焦。陵前到处是鸽子毛、蝙蝠粪和枯枝败叶，变成了牛羊牧场。看守陵墓的太监早已逃得无影无踪，墓碑的龙帽都被牧童们打碎了。第三支曲【沉醉东风】凭吊明故宫，更具象征意义。叫化子朱元璋建立大明王朝于南京，三百年后一朝崩盘，思之真有如梦如幻，如火如电之感。第四支曲【折桂令】吊秦淮河畔旧游，原来歌舞繁华地，绮靡温柔乡，如今人去楼空，烟消云散。第五支曲【沽美酒】吊红板桥，是一处著名的秦淮河景点。桥无剩板，暗示已无人行走。桥边只剩一棵弯腰的老柳树，极言其冷落孤清。第六曲【太平令】吊旧院，此为香君居所，也是众名妓的聚居之地。苏昆生故地重游，脑中闪回多少灯红酒绿，纸醉金迷的镜头，顿生恍如隔世之感。第七支曲【离亭宴带歇指煞】总吊南明王朝，其兴起快速，其崩溃更是迅疾。"眼看他起朱楼，眼看他宴宾客，眼看他楼塌了"，字字千钧，横扫百代。历史充满讽刺的是，不止一个短命的南明小朝廷，大明王朝、封建专制的历朝历代，不都像走马灯一样，乱纷纷你方唱罢我登场，到头来都是为他人做嫁衣裳！

（四）作曲"活法"案例

明朝人发明了曲谱，你只要会"妈麻马骂"，就能够照谱填字。按说作曲变得十分容易了，可是当时很多写手反映：诗变为词，词变为曲，"愈趋愈难"。大曲论家王骥德就碰到了这个问题，讲过一个真实的故事。说他有位同学，争强好胜，诗词文赋都抢尽风头，独有作曲，怎么都不行，写出来就是诗词味道。最后不得不甘拜下风，向王同学虚心讨教。王骥德却对他说，趁早死心吧，老天爷就没给你安装这副"肾肠"。翻译成今天的话，就是说他缺失作曲的基因或细胞。后来的曲学家一直梦想破解这个谜题，怎么能够一下子就抓住曲之所以为曲，根本上区别于诗词的文体特征，下笔就是元曲风味，而不是诗味词味？正如吴江派领袖沈璟所论，就算你写出唐诗宋词的水平，可它连最差的曲也不能算呀。作曲的发愁写成了诗词，写诗词的还有发愁串进曲味呢。清初诗学大师王士禛这样教学生："或问诗词、词曲分界，予曰：'无可奈何花落去，似曾相识燕归来'（晏殊【浣溪沙】词句），定非香奁诗。'良辰美景奈何天，赏心乐事谁家院'（汤显祖《牡丹亭》曲语），定非《草堂》词也。"他列举词、曲各一对名句来说明词曲之别，其实等于什么都没说。这是糊弄学生，十分狡猾地掩盖了老师自己的无知。

这道题确实够难。近代学术大师王国维已认识到"凡一代有一代之文学"，在《宋元戏曲史》中专列《元剧之文章》一题，已经接近了元曲的文体特征，但还是失之交臂。他说曲文的妙处在"意境"。"意境"是他在《人间词话》中评论诗词的关键词，把意境拉来顶缸，不是把词、曲的"文章"混作一谈了？

近代散曲学开山大师任二北词曲辨体意识非常强烈，曾详细论析词与曲的八项"精神、性质之所异"，现在把他的论述归纳列表如下：

词	静	敛	纵	深	内旋	阴柔	婉约为主，别体豪放	意内言外
曲	动	放	横	广	外旋	阳刚	豪放为主，别体婉约	言外意外

这是从审美精神与艺术风格着眼，主观感受性更强，只可意会而难以言传。对于天才高手或许有启发，而对于一般写手来说，则难以具体把握，缺少技术的可操作性。你不说我还会写，越说"精神"反而不知道怎么下笔了。

这里牵涉一个"活法"问题。无论下棋、书法、绘画，如果只强调依谱、定式、模板、有法的一面，就容易走入呆板、僵化的死胡同，而失落艺术创造的活力。作曲也是如此，除了以前所讲曲谱模板的定法，还必须知道无定之法即"活法"的一面。查阅所有曲论家、曲学家的文献，都罕见讨论"活法"的，倒是在小说家曹雪芹的《红楼梦》创作实践中，发现有非常精深的探讨试验，或者可以给我们提供一些启发与教益。

1. 曹雪芹"自创北曲"奥秘

《红楼梦》中诗词曲赋俱全，有鉴赏力的人多认为其中散曲写得最好，放在元曲名作之林中并不逊色。最有名的是第五回《红楼梦十二支曲》，脂砚斋有这样的批点："语句泼撒，不负自创北曲"；"悲壮至极，北曲中不能多得"；"绝妙！曲文填词中不能多见"。现在问题来了，曹雪芹既然是"自创"，连曲牌都是杜撰，为什么偏说是"北曲"？就算脂砚斋是作者密友，可是连曹雪芹的小说原文都否认了"有南北九宫之限"，脂说的根据是什么呢？其实他的点评已经提示，之所以说是"北曲"，就来自"语句泼撒"的经验直觉，即为阅读过程中直接感受的语法、句式与句型，而这恰好是元曲文体构成的核心要素，是比曲牌格律还要根本的生命所在。原来曹雪芹的"自创北曲"是丢弃了元曲的外衣皮毛，而掌握了体现内在精神奥秘的"语码"。这个可以进行译解验证。

（1）……只为……因此上……；因此上……

【红楼梦引子】：

"开辟鸿蒙，谁为情种？都只为风月情浓。趁着这奈何天、伤怀日、寂寥时，因此上演出这悲金悼玉的红楼梦。"

这个"因此上"的句型一出，曲味顿生。诗词中绝无，也不存在仅有，而元曲中却是常用句型，使用频率极高。例如关汉卿名剧《窦娥冤·楔子》：

【仙吕·赏花时】我也只为无计营生四壁贫，因此上割舍得亲儿在两处分。

这个句型在关剧中为"楔子"，曹雪芹用作"引子"。北曲无引子，楔子就是引子。这不是偶然巧合，只能说是曹雪芹学习元曲的独得之秘。《窦娥冤》第二折【贺新郎】还有一例：

"你莫不为黄金浮世宝，白发故人稀，因此上把旧恩情，全不比新知契。"

"莫不为"是"只为"的变体。

又如王实甫《西厢记》第一本《楔子》【仙吕·赏花时】：

夫主京师禄命终，子母孤孀路途穷，因此上旅榇在梵王宫。

再如马致远《西华山陈抟高卧》第三折：

【滚绣球】官里赐来衣冠道号，望阙谢恩。因此上将龙庭御宝皇宣诏，赐与我鹤氅金冠碧玉圭，道号希夷。

更多的例子是省略"只为"，仅用"因此上"连句。据初步统计，在现存元杂剧与元散曲作品中共出现了 284 次。

（2）好一似……；恰便似……

《红楼梦十二支曲》使用了四次：

> 【乐中悲】"好一似霁月光风耀玉堂"。
>
> 【世难容】"好一似无瑕白玉遭泥陷，又何须王孙公子叹无缘"。
>
> 【聪明累】"枉费了意悬悬半世心，好一似荡悠悠三更梦"。
>
> 【收尾·飞鸟各投林】"好一似食尽鸟投林，落了片白茫茫大地真干净"。

"好一似"句式在元曲中的用例，如郑廷玉《宋上皇御断金凤钗》第一折：

> 【鹊踏枝】恰脱下紫罗衣，又穿上旧罗衣，远远而来，却不快快而归。好一似江淹梦笔，我滴溜着一个休妻。

再如李邦祐《双调·转调淘金令》：

> 如今误我，好一似失了群的雁。

"好一似"还有一些变体，如"恰便似"，在《红楼梦》第二十八回的小曲中有两个用例：宝玉所唱《红豆曲》"恰便似遮不住的青山隐隐，流不断的绿水悠悠"，与蒋玉菡所唱《百媚娇》"恰便似活神仙离碧霄"。这都同属于比拟句型"×一似""××似"，据统计，在元曲现存作品中的用例有 41 个。

（3）一个……一个……

《枉凝眉》：

> 一个是阆苑仙葩，一个是美玉无瑕，
>
> 一个枉自嗟呀，一个空劳牵挂，
>
> 一个是水中月，一个是镜中花。

元曲中喜用排比句，如睢景臣《高祖还乡》中的六面旗："一面旗……一面旗……"。其中最奇特的是"一个……一个……"句笨笨地挨排，读之令人感觉可喜。如前录赵岩【殿前欢】写 12 只蝴蝶，排比 11 个"一个"句成文。把"一个"句挨排到极限的是王大学士【仙吕·点绛唇】一套，排比 100 句"一个"，写 100 个农村儿童游戏，真是绝无仅有的奇文！《枉凝眉》的"一个"体应直接学于王实甫。《西厢记》第三本第一折【油葫芦】："一个睡昏昏不待观经史，一个意悬悬懒去拈针指，一个丝桐上调弄出离恨谱，一个花笺上删抹成断肠诗，一个笔下写幽情，一个弦上传心事。"像曹雪芹这样的天才文学家，当然不会一味地生搬硬套，在学习借鉴中还是会灵活变化地运用。如《红楼梦》第二十八回云儿所唱《两个冤家》小曲中的 2 个"两个"句与 2 个"一个"句的组合，显然是对元曲"一个"排比句式的发展。还有同回冯紫英所唱小曲连用 4 个"你是个"排比句，都可以看作曹雪芹的创造性学习。因为不见于诗词，所以一读就会与元曲联系起来，难怪脂研斋有"自创北曲"之评。

（4）叠句

> 【留余庆】"留余庆，留余庆"；"幸娘亲，幸娘亲"。
>
> 【晚韶华】"气昂昂头戴簪缨，气昂昂头戴簪缨，光灿灿胸悬金印，威赫赫爵禄高登，威赫赫爵禄高登，昏惨惨黄泉路近！"

这种不增加意义，只在传达声情方面起一些作用的重叠句式，在讲究推敲锤炼的诗词中不太可能发生，而在曲中常见，被视为元曲"巧体"之一，叫"重叠体"。除了随机性的叠句体，元曲还有一些曲牌规定必用叠句，如【叨叨令】【山坡羊】、南曲【桂枝香】等。【叨叨令】就是因为规定第五、六句复叠，而且句末还必须都加上"也末哥"三字，因有絮叨的意味而得名。如王实甫《西厢记》名段《长亭送别》折中【叨叨令】"兀的不闷杀人也么哥，兀的不闷杀人也么哥"。南【桂枝香】一牌第五句与第六句例用重复。如贾仲明《吕洞宾桃柳升仙梦》"我丰姿艳色，我丰姿艳色"。【山坡羊】的第九句与第十一句例为隔句复叠。如张养浩《山坡羊·潼关怀古》"兴，百姓苦；亡，百姓苦"。

（5）"呀"字句

【聪明累】"呀，一场欢喜忽悲辛"，第二八回宝玉所唱《红豆曲》：

> 呀，恰便似遮不住的青山隐隐，流不断的绿水悠悠。

蒋玉菡所唱《百媚娇》：

> 呀，看天河正高，听谯楼鼓敲。

"呀"字一出，轻俏灵动，声情并茂。元曲除了随机性用"呀"字句，【双调·新水令】套中的【梅花酒】【收江南】二曲也多用之，以马致远名剧《汉宫秋》第三折最为经典："【梅花酒】呀，俺向着这迥野悲凉……绿纱窗，不思量。【收江南】呀，不思量除是铁心肠，铁心肠也愁泪滴千行。"也许是元曲家们学马致远才造成此二支曲例用"呀"字句现象的。

（6）三字领

【乐中悲】除去末句，全用三字领起句式：

襁褓中＼父母叹双亡。

纵居那＼绮罗丛谁知娇养？

幸生来＼英豪阔大宽宏量，

从未将＼儿女私情略萦心上。

好一似＼霁月光风耀玉堂。

厮配得＼才貌仙郎，

博得个＼地久天长，

准折得＼幼年时坎坷形状。

终久是＼云散高唐水涸湘江。

这的是＼尘寰中消长数应当，

何必枉悲伤？

小曲《红豆曲》也多用三字领：

滴不尽＼相思血泪抛红豆，

开不完＼春柳春花满画楼。

睡不稳＼纱窗风雨黄昏后，

忘不了＼新愁与旧愁。

咽不下＼玉粒金莼噎满喉；

照不见＼菱花镜里形容瘦。

展不开的眉头，

捱不明的更漏。

呀！恰便似＼遮不住的青山隐隐，

流不断的绿水悠悠。

三字领，又叫三字逗，是元曲的普遍句式，例多不举。只要读一过关汉卿《窦娥冤》杂剧的曲词就不会怀疑这一点。宋词则用一字领，又叫一字逗。如姜夔【扬州慢】：

> 淮左名都，竹西佳处，解鞍少驻初程。过\春风十里，尽\荠
> 麦青青。自\胡马窥江去后，废池乔木，犹厌言兵。渐\黄昏，清
> 角吹寒，都在空城。
>
> 杜郎俊赏，算\而今重到须惊。纵\豆蔻词工，青楼梦好，难
> 赋深情。二十四桥仍在，波心荡，冷月无声。念\桥边红药，年年
> 知为谁生？

一字领与三字领，是造成词曲文体差别的一个重要指标。一字领出来，马上出现词味；三字领一出，曲味立现。《红楼梦》的曲子大面积采用三字领，而避免使用一字领，表明曹雪芹对此体会得非常到位。

与一字领、三字领句式相关联的是宋词用破句法，而元曲不破句，用整句法。何为破句？试举二例：范仲淹【苏幕遮】"夜夜除非，好梦留人醉"。本为一句，断为两个半截句。苏东坡【水调歌头】"不知天上宫阙，今夕是何年"，"又恐琼楼玉宇，高处不胜寒"。都是一句破为两半。一字领实为一字串，不只串过一句，也可串联几句，其中多有破句。如，【扬州慢】："自\胡马窥江去后，废池乔木，犹厌言兵"，"渐\黄昏，清角吹寒，都在空城"，"纵\豆蔻词工，青楼梦好，难赋深情"，"念\桥边红药，年年知为谁生"。本词是一字串起多个破句的例子。这就造成宋词委婉迂徐，摇曳多姿的文体特征。元曲用整句，不用破句，所以三字领所串，无论有多少顿挫，都必须读作一句。遂形成元曲的流走滚动，波澜翻腾的文体美感。

（7）儿化语

儿化语是近代汉语受北方女真、蒙古语等阿尔泰语系影响而发生

的语音变异。诗词用中古汉语，没有卷舌的儿化音。而到了元曲中则大面积地出现儿化语，粗略统计儿化用例不下 16000 例。词入金元，也受到新语音影响，偶用儿化音字。如宋词牌【摸鱼子】，至金元也写作【摸鱼儿】。因此，儿化语的采用与否，可以认为是宋词与元曲的一条文体分界线。曹雪芹对此颇有心得：

> 【枉凝眉】"想眼中能有多少泪珠儿"。
>
> 【晚韶华】"问古来将相可还存？也只是虚名儿与后人钦敬"。
>
> 《可人曲》"我说的话儿你全不信"。
>
> 《豆蔻花开》"一个虫儿往里钻"，"爬到花儿上打秋千"，"肉儿小心肝"。

《好了歌解注》也是俗曲，有一例"蛛丝儿结满雕梁"。

（8）的（包含地、得）、着、了、过

这 6 个助语大面积用于元曲，而在诗词中极其罕见。结构助语元曲中只有一个"的"字，包含"地"与"得"。《红楼梦》曲仍包含"地"，已分立出"得"。【收尾·飞鸟各投林】连用 8 个"的"字结构语，形象描绘各色人物，给读者留下极深的印象：

> 为官的家业凋零，富贵的金银散尽。有恩的死里逃生，无情的分明报应。欠命的命已还，欠泪的泪已尽。……看破的遁入空门，痴迷的枉送了性命。

元曲中"的"字结构做主语的相同用例统计有 263 个，例如，关汉卿《拜月亭》第一折【金盏儿】："有儿夫的不掳掠，无家长的落便宜"。

"的"字作"地"，联结副词为状语，《红楼梦》中的曲与元曲一致。如【喜冤家】"一味的骄奢淫荡贪还构"。郑光祖《㑇梅香》第二折【随煞尾】："悠悠的声揭谯楼品画角，珰珰的水滴铜壶玉漏敲，刷刷的风飐芭蕉凤尾摇，厌厌的月上花梢树影高，悄悄的私出兰房离绣幕，擦擦的行过阑干上甬道，霍霍的摇动珠帘你等着，巴巴的弹响窗棂恁时节的是俺来了。""的"字作状语时写作"地"，是现代汉语才有的。"的"字联结补语写作"得"。【乐中悲】："厮配得才貌仙郎，博得个地久天长，准折得幼年时坎坷形状。"在元曲中通常作"的"，但在《西厢记》等一些作品中，也有一些作"得"，应为后人所改。

"着""了""过"是时态助语，表示动作进行时、结束时与过去时，随着元曲创作，开始大量使用。"着"有时写作"著"。《红楼梦》曲用例都不少，不再一一列举。

总结起来，上述句型、句式、语法，其实大都是金元近代汉语所产生的新现象。元曲作为一种与诗词不同的新歌曲与新诗体，正是建构于这种新言语的基础之上的。因为这些新言语至今保存在我们现代汉语之中，反而为我们司空见惯、习而不察。曹雪芹的"自创曲"取得成功，并非一蹴而就，也走过以词为曲的弯路。《红楼梦》第二十二回《听曲文宝玉悟禅机》中，作者代宝玉填写了一支【寄生草】"无我原非你，从他不解伊"，就是照谱填字的呆板乏味之作。曹雪芹若不是从失败之后重新激发、寻找自己的语言敏感，挖掘出元曲文体的新语型材料，恐怕也会跟明清大多数曲家一样，把《红楼梦》中的曲写成一些味同嚼蜡的东西。他毕竟是少数天才作家，否则《红楼梦》的经典就不存在了。

2.【山坡羊】变与不变

前面知识部分讲过，曲可灵活运用衬字，也就是说正字基本上恒定不变，字调格律谱就是众多曲牌的正字定式或模板。这个说法就静态的某个具体时地情形看，在元代的北曲中是大体不错的。但如果动态地从不同时地的情况看，一个曲牌的格律就不只是衬字的变化，正字也会发生变异，有的甚至变得面目全非，除了曲牌名相同，完全看不出前后格律有什么关联。如元代南戏的【挂真儿】与明代的【挂枝儿】，公认是同名牌子。但因其格律完全不同，乃至有人说二牌并无关系。但是多数曲牌在不同时地的传播中，还是表现出变中含不变，有定而无定的一面。因此我们在掌握了曲谱的一些"定式""定法"以后，还需要了解一些无法、不定之法，即"活法"。下面以【山坡羊】一牌为例进行讲解。

【山坡羊】是元曲传播最广泛最久远的少数几个调牌之一。近年经过研究与论争，大体可以认定源出元人北曲。最初常用于杂剧与散曲小令，后来被南戏移植，《张协状元》取3支【山坡羊】，尝试用南曲模唱。明清以降又分别流入传奇与时调小曲中，再传播于梆子腔等很多地方戏，至今传唱不衰。

近年发现冀南出土的金元间磁州窑器物之上，书刻有大量词曲作品，其中有3首【山坡里羊】，2首为元人陈草庵所作（参看插图），其中之一书于四系瓶上：

> 晨鸡初报，昏鸦争噪，那一个不在红尘里闹。路遥遥，水迢迢，利名人都上长安道。今日少年明日老，山，依［旧］好；人，不见了。词寄【山坡里羊】

陈草庵是元代前期曲家，大约与马致远同时，曾官中丞，《录鬼簿》有载。最早用【山坡羊】作散曲的写手。另一首【山坡羊】书于一方瓷枕上：

四系瓶——词寄【山坡里羊】"晨鸡初报"（【元】陈草庵作）

> 风波实怕，唇舌休卦，鹤长鹤（凫）短天生下。劝鱼家，共樵家，从今莫说贤鱼（愚）话。得道助多失道寡，渔（愚），也在他；贤，也在他。

比对同一作家的这两首小令，虽然传抄出了不少错漏字，但还是很容易确定第二首全用正字，共计 11 句，各句分别为 44733771313 字。第九句与第十一句重叠。第一首的第三句用了衬字"一"和"里"，第六句"利"字为衬字。元明清三代的文人写作【山坡羊】散曲，"千篇一律"，自由活动不出衬字的范围。现代北曲谱给定的模板曲是张养浩的《潼关怀古》，不用衬字，同于陈草庵所作第二首。究其格律，"羊头"二句必为平行的 2/2 式节奏型，都须入韵，其平仄律同为"平平平去"；"羊尾"四句必用词曲中独有的"扇面对"，朱权《太和正音谱·对式》称作"隔句对"，并注明只有"长短句对者是"。"羊尾"节奏已足够鲜明，再加之平仄律规定一字句必用平声，三字句第二字必用去声，对比度就更为突出。此外，王力先生还发现"末四句共八字，用重叠语"。

随着元朝灭宋统一，北曲流传到南方，南戏大量移植、翻唱北曲。现存最早的南戏传本《张协状元》第三十出存有 2 支南曲翻唱【山坡里羊】，格律大变。据钱南扬《永乐大典戏文三种校注》本录出一支：

> 知它你是及第？知它你是不第？知它在上国？知它归来未？镇使奴终日泪暗垂。莫非不第了羞归乡里？又恐嫌奴贫穷恁地。别也别来断信息，断信息。

由于南戏专家拒绝承认南曲源出北曲，竟连【山坡羊】曲文的断句都搞乱了。其实最后 2 句应当断为 4 句："别也，别来断；信息，断信息。"与北曲谱的模板格式相较，句数同是 11 句。首一、二句剔出"你是"两个衬字，与北曲"4，4"句格全同。这叫作"山坡羊头"。末四句一望而知是北曲"1，3；1，3"式的"山坡羊尾"，连重叠格都有变形的体现。由此看出，羊肚子可大可小，但羊头羊尾的标志性句格不变。第五十出【山坡羊】格律更加怪异：

> 协惶恐再拜，常侍眷爱，苦屈大才，少慰下怀。不沐劝介，必成祸胎，专等左右过来，不宣，张协惶恐再拜。

南戏专家说"句格与曲谱所收全不相同，不知何故"。其实只要在"专等"后点断，就可看出这是一只头、尾俱备的"全羊"，仅"羊肚"有减字减句之变。

晚明汤显祖在《牡丹亭》第 10 出《惊梦》中写出了著名的 13 句【山坡羊】：

> 没乱里春情难遣，蓦地里怀人幽怨。则为俺生小婵娟，拣名门一例、一例里神仙眷。甚良缘，把青春抛的远！俺的睡情谁见？则索因循腼腆。想幽梦谁边，和春光暗流转？迁延，这衷怀那处言！淹煎，泼残生除问天！

当时格律家沈璟指责它"不可歌"，后来反而成了昆曲的名段。其实他只在可大可小的"羊肚子"里增加了 2 句。且看他的"羊头"与"羊尾"，基本无甚变化："没乱里春情难遣，蓦地里怀人幽怨"是"羊头"，两个 4 字句前各衬三字。"羊尾"："迁延，这衷怀那处言；淹煎，泼残生除问天"，有增衬字，但仍然不失"1，3；1，3"的扇面对，即隔句对的节奏。

传奇中最长的【山坡羊】是昆曲名折《思凡》中的 20 句体，被林语堂先生称赏为"堪当中国第一流作品"：

> 小尼姑年方二八，正青春被师傅削去了头发。每日里在佛殿上烧香换水，见几个子弟游戏在山门下。他把眼儿瞧着咱，咱把眼儿觑着他。他与咱，咱共他，两下里多牵挂。冤家，怎能够成就了姻缘，就死在阎王殿前由他。把那碓来舂、锯来解、磨来挨，放在油锅里去炸，由他。则见那活人受罪，哪曾见死鬼带枷？由他。火烧眉毛且顾眼下，火烧眉毛且顾眼下。

这是明清戏曲中流传最广的名唱，昆腔、弦索调、目连戏、梆子等很多腔种都"改调歌之"，移植翻唱。明朝曲本记录最早只有 14 句，到清初曲本中已增至 20 句，明显有一个由简趋繁的膨胀过程。但无论如何变化、增衍，"羊头"与"羊尾"也可以生长，但其标志性句格节奏仍保留其中。两句"由他"，在意义上承续上句，在格律上则凑合下二句，明显由"1，3；1，3"原型格变化而来。

【山坡羊】有一流入明后传入小曲：

> 熬这顶髻鬟如同熬纱帽，想这纸婚书如同想官诰。听的人家来通媒行礼，患病的得了一贴灵丹妙药。福分薄才有几分成，又早把卦来变了。好似做官的得了升转，原来是虚传了一个通报。我的娘你试听着，这件事靠不得哥哥，告诉不得嫂嫂；我的娘你再听着，生不的娃娃，谁叫你老老。

小曲为了表达得透辟尽兴，就不能不打破南北曲的旧有词格，而进行大幅度的展衍，不止句数增到 14 句，而且增字衬字也大面积地成倍嵌入。与此相应，腔调旋律也一定要调整改造，铺展推衍。但最终还是保留了【山坡羊】词格的原型。首先是【山坡羊】头、尾不难辨识："如熬纱帽，如想官诰"是羊头，"听着，告嫂嫂；听着，叫老老"是羊尾。就连羊尾的重叠格也未失落。

再举一首地方戏的【梆子山坡羊】：

> 常言道人离乡贱，似猛虎离山出涧。好比做蛟龙离了大海，凤凰飞入在鸦群伴。汉钟离吕洞宾他也曾降世间，谁人肯把神仙看？有一个绝粮孔子曾把麒麟叹，似这等古圣先贤也曾遭磨难。苍天，死生有命，富贵在天；堪怜，谪贬潮阳路八千。

这首梆子【山坡羊】原型的标志性句格也很容易发现。小曲中还有一种"羊肚"疯长的【数落山坡羊】。"数落"本是北方口语，如"数落人"，言其罗列他人错误以指责之，这里借指叙事。明末曲选《大明天下春》收录两首"新山坡羊"，其一78句，就是叙事性的。目前所见篇幅最长的是冯梦龙《挂技儿》小曲集中的一首【诉落山坡羊】，计有366句。"诉落"即"数落"，可谓把小曲的叙事性功能发挥到了极致。这个极端之例也与规律吻合而不悖，"羊头"与"羊尾"的节奏仍然十分鲜明。否则，就不是【山坡羊】了。"羊肚"如此无限度膨胀，如何歌唱呢？从"数落"的标名推测，"羊肚"的大量七字句可能采用一种类似"说唱"的连说带唱方式。中国北方有一种传统曲艺叫"数来宝"，又叫"顺口溜"，就是以说为唱，时至今日还能听到。"数来宝"本字应为"数落包"，由此可以想象"数落山坡羊"的歌唱情况。

附录一：学习参考书目

1. 王国维：《宋元戏曲史》，载《王国维戏曲论文集》，中国戏剧出版社，1957。

2. 任二北：《散曲概论》，《任中敏文集》本，凤凰出版社，2013年版。

3. 梁乙真：《元明散曲小史》，商务印书馆，1934。

4. 钱南扬：《戏文概论》，上海古籍出版社，1981。

5. 郑骞：《北曲新谱》，台北艺文印书馆，1973。

6. 李昌集：《中国古代散曲史》，华东师范大学出版社，1991。

7. 杨栋：《元曲起源考古研究》，中国社会科学出版社，2014。

8. 杨栋：《中国散曲学史研究》，高等教育出版社，1998。

9. 杨栋：《中国散曲学史研究续篇》，山东大学出版社，1998。

10. 徐征等主编：《全元曲》，河北教育出版社，1998。

11. 李修生主编：《元曲大辞典》，江苏古籍出版社，1995。

12.（元）周德清《中原音韵》，《中国古典戏剧论著集成（二）》，中国戏剧出版社，1981。

附录二：习作曲谱 30 牌索引

（按笔画排序）